CW01207159

Eternità Di Vendetta

Libro 7 Della Serie Heku

T.M. Nielsen

Traduzione di Mirella Banfi

Ci trovate su:

www.hekuseries.com

For information about special discounts for bulk orders or to schedule book signings in Northern Utah, please e-mail us at:

info@hekuseries.com

Copyright © 2012

All rights reserved, including the right to reproduce this book, or portions thereof, in any form whatsoever.

Manufactured in the United States of America

ISBN 978-1-4700-9164-4

Indice

Frederick	1	Confusione	393
Arresti Domiciliari	30	Mortem Obire	408
Robert	54	Eridità	417
Boschi	90	Equilibrio	432
Teenager	116	Sepolta	450
Scomparso	129	Lentamente	473
Lord Dexter	145	Progressi	482
Dopplegänger	170	Salazar	492
Invasione	197	Preso	504
Ritorno Alla Normalità	207	Lupi	527
La Ricerca	220	Spille	554
Dain	275	L'Isola	573
Visita	298	Rosa	593
Memoria	309	Sotomar	621
Malattia	319	Silo	648
Gabe	342	Alexis	684
Salute	369	La Promessa	704
Encala	379		

Frederick

"E adesso?" Chiese Alexis, in piedi davanti al consiglio. Era di parecchi anni più vecchia dei suoi attuali 12 anni e li guardava con occhi neri ammalianti, con i lunghi capelli neri che le scendevano sulla schiena.

"Ci chiedevamo dove fossi ieri sera", chiese Zohn. La osservava con attenzione, sapendo che avrebbe potuto incenerire il Consiglio in qualunque momento. Era bella, come sua madre, ma una decina di centimetri più alta. Questa donna sapeva di essere attraente e gli abiti aderenti dimostravano che voleva farlo vedere.

Chevalier sentiva la paura del Consiglio attraverso il sogno di Emily, quindi strinse le braccia attorno.

Alexis sorrise: "Non sapevo di dover riferire le mie azioni al Consiglio".

"Non fare la difficile, Alex", disse Chevalier: "Rispondi alla domanda.

"Bene, allora. Ero fuori a correre in moto per la città".

"È tutto?" chiese Zohn.

"Già".

"Allora l'aggressione a un giovane uomo di cui ci hanno riferito... non sei stata tu, presumo?"

"No".

Chevalier sospirò e si appoggiò indietro. La diciottenne era fuori controllo e il Consiglio lo sapeva. I suoi poteri Winchester non erano forti come quelli di sua madre, né lo era il richiamo del suo sangue, ma si metteva costantemente in pericolo e sembrava nutrirsi dell'attenzione negativa.

"Se scopriremo che sei stata tu le conseguenze saranno gravissime", le disse Quinn.

Alexis sorrise: "Lo immagino, ma non sono stata io. Posso andare adesso?"

"Stavi uscendo?" le chiese Chevalier.

"Sì".

"Vestita così?" Indossava pantaloni di pelle nera che la fasciavano come una seconda pelle e una corta canottiera. Mostrava più pelle di quanto suo padre riuscisse ad accettare. Gli stivali di pelle, alti fino alla coscia aggiungevano dieci centimetri alla sua statura ed era lì che Alexis teneva delle piccole armi, sulla coscia.

"Sì, vestita così".

"Ti rendi conto che è pericoloso per te andare in città? Vestita a quel modo, poi, è come se chiedessi di essere aggredita!", le disse Zohn.

Alexis sorrise: "So difendermi da sola".
"Stavi uscendo per andare a nutrirti?"
"Forse".
"Forse?"
"Sì, forse", disse, irritata. "Non lo programmo... se trovo un tipo che mi piace, lo prendo da lì".
Chevalier trasalì: "Alexis..."
Lei sbuffò: "Sono un'adulta, posso fare quello che voglio".
"Sei comunque sotto la responsabilità di questo Consiglio", le disse Kyle, fissandola minaccioso.
Alexis incrociò le braccia sul petto e strinse le mascelle. Il Consiglio trovava impressionante come quel piccolo gesto ricordasse loro sua madre: "Sono responsabile di me stessa. Se volete un Winchester da comandare a bacchetta, parlate con Allen, lui è più che pronto a fare il piccolo servo obbediente".
"Non stiamo cercando di comandarti a bacchetta", ringhiò Chevalier: "Stiamo cercando di proteggerti".
"Se sentite questo improvviso bisogno di proteggere qualcuno, chiedetelo a mamma o Dain. Vengono continuamente rapiti e hanno sempre bisogno di essere salvati, ma lasciate in pace me".
"Solo perché non sei ancora stata rapita, non significa che non potrebbe succedere".
Alexis sorrise: "Mi piacerebbe che ci provassero".
"Se stai uscendo, devo insistere che prenda una guardia", le disse Quinn.
"No".
"Non puoi dirci di no, Alexis. Tu non sei Emily", ringhiò Kyle.
"No, non sono mia madre... ma comunque non prenderò una guardia".
"Perché no?"
"Mi rallenterebbe", rispose e andò alla porta. Se la chiuse alle spalle e i Consiglieri rimasero lì, immersi nei loro pensieri.
"Emily riesce a controllarla?" chiese Zohn a Chevalier.
"È quella che ci va più vicino ma Alexis fa comunque quello che vuole".
"Ha lasciato Chris", disse Kyle, chinandosi in avanti.
"Accidenti, deve smetterla di uscire con lo staff di guardia... si innamorano di lei e poi lei li scarica. Sta diventando sempre più difficile trovare qualcuno per proteggerla, uno con cui non sia uscita", sospirò Zohn.
Chevalier sorrise e strinse Emily più forte. Trovava il sogno particolarmente divertente.

Alexis corse in garage e montò sulla Yamaha YZF-R1, nera. Uscì dalla città a una velocità pericolosa, sorridendo alle Guardie alle Porte mentre passava e scomparendo nella notte. Non esisteva una libertà simile alla sensazione della motocicletta e della solitudine della notte. Guardava la città scorrere veloce di fianco a lei e ignorava i segnali stradali e i clacson rabbiosi delle auto che la evitavano per un pelo.

Qualcosa di strano colse il suo sguardo, e si fermò con una scivolata. Scese dalla moto e camminò lentamente indietro verso il vicolo buio, senza fare rumore, poi si fermò e rimase a guardare, affascinata da quello che vedeva.

"Per favore... è stato un incidente", disse l'heku rannicchiato a terra.

"Non è qualcosa che noi Encala tolleriamo, aggredire un giovane uomo e nutrirsi. Devi essere punito", disse l'heku massiccio, guardandolo. Alexis non se ne andò, anche quando lo vide togliere un piccolo stiletto dalla tasca e incenerire l'heku spaventato.

"Che ci fa un Encala così vicino al territorio degli Equites?" Chiese Alexis, sorridendo a Frederick.

L'heku si voltò in fretta e socchiuse gli occhi: "Sei una Winchester".

"Già".

Frederick si avvicinò di qualche passo, sorpreso che lei non arretrasse, che anzi squadrasse le spalle e lo fissasse: "Fuori da sola, così tardi?"

"So difendermi", gli disse, incrociando le braccia.

L'heku sorrise, guardandola dalla testa ai piedi: "Non hai paura di me?"

"No".

"Sai chi sono?"

"Sì. Sei Frederick, il Giustiziere degli Encala".

Frederick si appoggiò al muro di mattoni: "Non hai paura che ti rapisca?"

Alexis sorrise: "Non hai paura che ti incenerisca?"

"Credo di no".

"Nemmeno io ho paura di essere rapita"

"Le voci si sbagliavano. Non assomigli per niente a tua madre", le disse Frederick, osservandola attentamente.

Alexis si avvicinò a lui e mise le mani sul muro di mattoni dietro di lui. Appoggiò il corpo al suo e sussurrò: "Non sono per niente come mia madre".

L'heku abbassò gli occhi su di lei e sorrise: "Sei in cerca di guai, vero?"

"Tu porti guai, allora?"
"Sì".
"Bene, anch'io", disse e gli mise le mani sul volto per avvicinarlo a sé. Gli premette le labbra sulle sue, facendo scorrere le dita tra i capelli neri, dietro la testa.

Frederick rispose sollevandola perché fosse più vicina al suo livello e poi baciandola con forza. Alla fine lei si staccò e l'heku sorrise quando lei gli avvolse le gambe intorno alla vita.

"Credo che tu significhi guai molto più di me", disse ridendo.
"Oh, senza dubbio".

Frederick la mise a terra e fece qualche passo indietro.

"Sarà meglio che corra a casa a Council City prima di trovarti fuori dal tuo orticello", disse, scuotendo la testa.

Alexis cominciò lentamente a slacciarsi la camicia: "Vuoi assaggiare?"

Frederick sbarrò gli occhi: "Tu... tu ti stai offrendo?"

Lei annuì sorridendo.

Quando Frederick mise i denti sul collo di Alex, lei chinò indietro la testa... e Emily si sedette di colpo, guardandosi attorno.

"Ti rendi conto che è un Anziano adesso?" Disse Chevalier ridendo e tirandola giù tra le sue braccia.

"Sì", rispose, stringendosi a lui.

Chevalier le baciò la testa: "Sono preoccupato".

"Per che cosa?" Gli chiese sfiorandogli il collo con un bacio.

"Che tu intenda dare la caccia agli Encala e ai Valle".

Lei si tirò indietro un po' e si appoggiò a un gomito: "Ci ho pensato".

"Lo so, è un mese che sogni Frederick. Lascia che ce ne occupiamo noi".

"Penso farlo io più in fretta e senza perdite".

"Sì, lo so", disse, scostandole una ciocca di capelli dal volto: "Però ti chiedo per favore di lasciar fare a noi".

"In questo momento non te lo posso promettere"

Chevalier le baciò la fronte: "Lascia che ce ne occupiamo noi. Adesso devo scendere nella sala del Consiglio. Ci sono qui gli Encala".

Emily sospirò: "Vuoi che venga anch'io?"

"Sì, vieni giù e accertati che restino civili".

Emily annuì e scese dal letto e prima che potesse voltarsi per guardarlo, Chevalier era già sparito dalla stanza. Dopo essersi messo un semplice abito estivo verde, prese il caffè e scese nella sala del Consiglio. Sentì urlare prima ancora di arrivare.

Emily aprì in fretta la porta e gridò: "Comportatevi bene!"

Gli Encala si voltarono a guardare lei e William strinse un po' gli occhi prima di rivolgersi nuovamente agli Equites. Aveva portato con sé l'Investigatore Capo e quattro Guardie di Palazzo. Emily corse in fretta sul palco del Consiglio e si sedette accanto a Chevalier.

"Urla con gli Equites e diventerai cenere prima di finire la frase", disse, fissandolo minacciosa.

William sospirò: "Stiamo semplicemente cercando di scoprire se gli Equites hanno Frederick".

"Allora fallo con calma, ultimo avvertimento".

L'heku fece un cenno affermativo, poi si rivolse a Zohn: "Vogliamo che il nostro l'Investigatore Capo passi del tempo qui, se negate ancora di avere Frederick".

"Non abbiamo il vostro Anziano ma se l'avessimo, seguiremmo la tradizione e ve lo diremmo. È offensivo che presumiate che lo teniamo nascosto", gli disse Quinn: "Però non vogliamo il vostro Investigatore Capo nel nostro palazzo.

"Se scopriremo che avete infranto la tradizione..."

"Non è così, quindi potete andare", ringhiò Chevalier.

William fece un cenno con la testa, guardò Emily e poi se ne andò con gli altri della sua fazione.

"È stato divertente, ora vado a fare colazione", disse Emily, uscendo dalla porta sul retro.

Kyle aspettò che uscisse e poi guardò Chevalier: "Continua a farli?"

"Sì, e sono veramente strani", gli disse Chevalier: "La notte scorsa era tornato a essere Giustiziere ".

"È preoccupata perché era a capo delle truppe?" chiese Quinn.

"Sospetto che sia più preoccupata che sia sparito senza lasciare traccia".

"Ha detto qualcosa di un'eventuale vendetta per Jaron?" chiese Zohn.

"Sì, ci sta ancora pensando", disse Chevalier sospirando.

"Con Emily, però, non sapremo che ha preso una decisione finché non è finito tutto, o almeno è già in corso", disse Kyle: "Per ora suggerisco di lasciarle la Cavalleria come guardie personali. Sfugge troppo facilmente alle Guardie di Città".

"D'accordo, e assicurati che uno di loro sia un ufficiale superiore". Disse Quinn e cominciò a controllare un taccuino.

***

"Sta nevicando ancora". Le disse Kralen quando Emily andò alla finestra. Lei sospirò e lasciò cadere la tenda.

"Finirà mai?"

"Sì, e allora farà troppo caldo. Che cosa vuoi fare oggi?"

Lei si strinse nelle spalle: "Non lo so, che cosa fa la Cavalleria oggi?"

"Usciamo tutti per un po' di allenamento. Vuoi venire?"

"Cosa farete?" chiese Emily.

"Ci alleneremo a trovare gli heku tra gli alberi" le spiegò il Capitano.

"Quindi avrò delle Guardie di Città?"

"Sì, per favore, non scappare"

Emily sorrise: "È un po' che non mi toccano Guardie di Città".

"È perché gli sfuggi troppo facilmente... ci serve veramente tutta la Cavalleria oggi e ti prego di rimanere con le guardie".

Emily si sedette e prese un bricco di caffè: "Che cosa fa il Consiglio, oggi?"

"Non lo so, in effetti", le disse e si sedette a tavola con lei. Durante l'inverno, Emily aveva cominciato a voler compagnia quando faceva colazione e Kralen si era assunto quel compito. La situazione era stata tranquilla a Council City nei tre mesi dall'attacco, ma la tensione era ancora alta e Kralen pensava che Emily la sentisse. Non stava volentieri da sola e passava un sacco di tempo nella sala del Consiglio.

Kralen guardò la porta, poi tornò da lei: "Ci sono le tue guardie... per favore, comportati bene".

Emily sorrise: "Sì, tranquillo, divertiti".

Kralen fece un piccolo inchino e scomparve della stanza. Emily si mise comoda e si guardò attorno nella stanza buia, ascoltando il rumore del vento che soffiava attraverso il tetto dell'Antico palazzo. Di colpo ebbe un'idea e sorrise. Saltò in piedi e andò nella cabina armadio, uscendone con una tuta mimetica verde.

Si ricordava il giorno in cui gliel'avevano portata, insieme alle nuove uniforme della Cavalleria. Ogni Cavaliere ne aveva una serie e dal quel giorno le sue erano rimaste appese. La indossò in fretta e si legò i capelli, poi si mise il cappello mimetico. Frugò in un cassetto e trovò la vernice verde e nera che i Cavalieri usavano per dipingersi i volti e se la mise in fretta.

Poi cominciò a spruzzare uno spray dall'odore forte sui suoi vestiti. Gliel'aveva dato Sotomar quando erano ancora amici per mascherare il suo odore quando era necessario. Prese una giacca mimetica pesante e guanti neri, poi andò nella sala del Consiglio.

Le Guardie di Città la seguirono, perplessi di vederla in tuta mimetica.

"Buon... giorno", disse Derrick, sorpreso: "Secondo te dovrei sapere quello che stai facendo?"

Emily sorrise: "Dovrei parlare con Chev".

"Entra", disse Derrick, aprendole la porta.

I Consiglieri rimasero in silenzio quando la videro, osservandola mentre avanzava nell'aula. Andò da Chevalier e si mise vicino a lui, non voleva che diventasse una decisione del Consiglio.

"Secondo te mi dovrei sapere quello che stai facendo?" Le chiese Chevalier.

Emily aggrottò la fronte: "È esattamente quello che mi ha appena chiesto Derrick".

Chevalier rise: "Già, sono sicuro che l'ha fatto".

"Voglio che allontani le guardie".

"Non puoi andare senza guardie".

"Il tuo profumo è strano", disse Kyle storcendo il naso.

"Non sarò senza guardie. Fra poco ne avrò intorno oltre cinquanta", gli disse e ammiccò a Kyle.

Quinn sorrise: "Che cosa hai intenzione di fare alla nostra Cavalleria?"

"Gli farò un'imboscata... in effetti...", disse Emily, con un sorrisino.

"Farai un'imboscata a un plotone di heku?" disse Dustin, con un sopracciglio alzato.

Lei lo guardò torva poi tornò a Chevalier: "Per favore, toglimele dalle scatole. Sarò da sola per tre minuti in tutto, poi sparerò a tutti i Cavalieri che riuscirò a beccare con il fucile a vernice".

"Mark lo sa?" chiese Zohn.

"Non sarebbe un'imboscata se lo sapesse", gli disse Emily.

Chevalier scosse la testa e poi ordinò alle guardie di aspettarla accanto alla porta della sua camera.

Emily sorrise: "Grazie".

"Ti rendi conto che c'è una bufera di neve, là fuori?"

"Sì, ecco perché ce la farò. Sarò più difficile da trovare".

"Non farti male", le disse Chevalier e lei sorrise uscendo dalla sala del Consiglio.

"Non c'è modo che riesca a sparare un solo colpo", disse Dustin indignato.

"Oh, sì, invece", disse Zohn: "La Cavalleria non ha idea che lei sia là fuori, ha mascherato il suo odore e non hanno nessun motivo di sospettare che gli spareranno addosso".

"Manderà all'aria il loro allenamento, però. Non dovremmo permetterlo".

Quinn sorrise: "Se quei Cavalieri si faranno sparare, sarà colpa loro ed io, per primo, penso che sia una buona idea. Colpirli quando meno se lo aspettano".

Emily agganciò in fretta il van al pickup e condusse fuori il suo cavallo. Non voleva attaccarli dalla città, quindi aveva programmato di arrivare da un'altra direzione. Doveva guidare lentamente con il van, per via della neve, ma dopo dieci minuti era arrivata dall'altra parte degli alberi.

Montò in fretta, lieta del calore del cavallo, poi lo condusse lentamente dentro gli alberi, sperando di ricordare dov'era la radura dove si allenavano, in modo da non finirgli proprio in mezzo. Quando fu vicina, smontò da cavallo e andò a nord, allontanandosi da dove normalmente si esercitavano.

Trovò l'albero che cercava, si mise a tracolla il fucile a vernice e si arrampicò senza fare rumore. Quando arrivò sui rami più in alto, vide Mark che parlava con i Cavalieri, con Silas e Kralen al suo fianco. Emily era di lato, in alto, nascosta dalle fronde fitte. "La prossima volta sarete sospesi, capito?" ringhiò Mark e i Cavalieri annuirono all'unisono.

"Bene, quindi ora...", Silas si fermò e si toccò la spalla. Si guardò la mano e vide della vernice verde sulle dita.

"Ti hanno sparato?" Chiese Kralen, guardando tra gli alberi.

Silas sorrise e gridò: "Emily!"

I Cavalieri cominciarono a ispezionare gli alberi ed Emily si spostò dietro uno dei rami più grossi.

Mark strinse gli occhi, controllando gli alberi: "Squadra 4, andate".

Sei dei Cavalieri partirono nella direzione della schiena di Silas. Si mossero silenziosamente attraverso gli alberi, cercando di percepire l'odore della Winchester, o qualche suono.

"Squadra 2, prendetela sul fianco", sussurrò Kralen e altri sei heku partirono verso est.

Emily vide il primo gruppo passare sotto l'albero dov'era lei e proseguire. Si voltò di nuovo, trattenendo il fiato e guardò i Cavalieri.

"Lo giuro... le avevo detto di non seminare le guardie", ringhiò Kralen.

"È un po' che non scappa, forse ha avuto il perm... accidenti", disse Mark ridendo quando vide la macchia di vernice rossa sulla sua camicia.

"Squadra 1... è una mortale, per l'amor del cielo! Trovatela!". Disse Silas scuotendo la testa. Osservò la squadra 1 che seguiva la linea da cui era arrivato il colpo a Mark.

"In effetti sono piuttosto imbarazzato", disse Mark con una smorfia. "Avremmo dovuto accorgerci che era accanto a noi".

"Lo so, sono sicuro che per lei è un gioco ma noi siamo predatori. Non avrebbe dovuto riuscire ad avvicinarsi tanto... neve o non neve", ammise Kralen, poi rimase senza fiato quando sentì il proiettile di vernice esplodergli sulla schiena.

Silas sorrise e sussurrò: "Tutte le squadre, fuori. La squadra che ce la riporta otterrà una settimana di licenza".

"Con questo incentivo dovrebbero farcela" disse Kralen ridendo.

"Io potrei trovarla", disse Silas, ispezionando gli alberi.

"Sì, ma hanno bisogno di fare pratica", gli disse Mark: "Cosa faremo per vendicarci?"

La squadra quattro tornò dai capi con l'espressione irritata.

"Che c'è?" Chiese Silas.

Si voltarono e avevano tutti delle macchie di vernice sulla schiena: "Abbiamo perso, direi".

Mark sospirò: "È una mortale!"

"Lo so, lo so". Disse il caposquadra e tutti si misero in fila davanti agli ufficiali.

Emily mirò a un altro gruppo e mise il fucile su fuoco automatico. Tenne il dito premuto e colpì ciascuno di loro, continuando a sorridere.

"Presa!" sentì dire dietro di lei e si voltò proprio mentre qualcuno la afferrava e saltava giù dall'albero. Fu gettata sulla spalla di un heku che sfuocò tra gli alberi.

"Mettimi giù", gli disse ridendo.

"La squadra sette avrà una settimana di licenza", disse Kralen divertito.

"Prendetele il fucile", ordinò Mark e un heku glielo tolse, mentre Emily cercava di trattenerlo.

"Mettetela in ginocchio", disse Silas, fingendo di essere arrabbiato.

Emily cadde sul terreno freddo e fu obbligata a mettersi in ginocchio. Alzò gli occhi su Mark e sogghignò.

"Hai seminato le guardie?" Chiese Kralen.

"No, le ha allontanate il Consiglio. È tutto legale".

"Legale sì, ma corretto?"

"Tutto è lecito in amore e in guerra", disse, guardando in su e sorridendo.

"Ora, che cosa ne facciamo di te?" disse Mark, soffocando una risata e camminando intorno a lei.

"Una cioccolata calda sarebbe perfetta. Si gela qua fuori", suggerì lei.

"Cioccolata calda... no... ci serve qualcosa per far valere le nostre ragioni".

Emily spalancò gli occhi: "Come cosa?"

"Interessante uso della tuta mimetica", disse Silas, guardandola dall'alto in basso.
Emily fece per alzarsi, ma fu respinta sulle ginocchia: "Ehi!"
Mark sorrise: "Sei nostra prigioniera".
"Davvero?" Chiese, sgranando gli occhi.
"Sei stata catturata, quindi... sì", le disse Silas.
"Voi due, trovate il suo cavallo e riportatelo nella scuderia", disse Mark, indicando due dei Cavalieri.
"Prendete il mio pickup!" Gli gridò dietro Emily e cercò di nuovo di alzarsi, ma fu di nuovo obbligata in ginocchio.
Vide uno dei Cavalieri consegnare un paio di manette a Mark e cercò di scappare, ma non riuscì nemmeno a fare un passo prima di essere ammanettata dietro la schiena.
"Comincia a camminare..." le disse Silas, indicando la direzione del palazzo.
Emily camminò con l'intera Cavalleria dietro di lei. Continuava a chiedersi che cosa avevano intenzione di fare e si innervosì di più quando le Guardie alle Porte ridacchiarono vedendoli passare. Entrò nel palazzo e fu condotta nella sala del Consiglio.
Derrick sorrise e aprì la porta. Emily entrò dopo Mark, Silas e Kralen.
"Sei stata catturata, vedo" disse Dustin, con un'espressione soddisfatta.
"Ne ho beccati un bel po', prima... incluso questi tre", gli rispose.
"Vi ha colpito?" Chiese Dustin a Mark.
Mark fece segno di sì: "Sì, ma non capiterà un'altra volta".
"Allora che cosa avete intenzione di farle?"
"È nostra prigioniera, ma non abbiamo ancora deciso", gli rispose Kralen.
"Una bella nuotata andrebbe bene", disse loro Emily. Usando la tecnica che le avevano insegnato gli Encala, tolse silenziosamente le mani dalla manette. Le guardie erano un po' avanti rispetto a lei, quindi non notarono quando se le fece scivolare in tasca.
"Una nuotata?" Sogghignò Mark: "È troppo...".
Tacque e guardò Silas e Kralen. Emily si raddrizzò, spazzolandosi i pantaloni.
"Perché hai la mimetica?" Le Chiese Silas.
Emily sorrise: "Stavamo uscendo per le manovre, ricordi?"
Mark si guardava attorno nella sala del Consiglio: "Che cosa hai cancellato? Non ricordo di essere entrato".
"Em..." rise Chevalier e poi scosse la testa.

Emily si girò e andò verso la porta, ma Kralen le prese il braccio: "Che cosa hai cancellato?"

"Non dovresti proprio usare le tue abilità con gli Equites", ringhiò Dustin.

Emily lo ignorò e liberò il braccio: "Non era niente, davvero... le mie guardie mi stanno aspettando".

Sorrise e uscì dalla sala del Consiglio.

"Che cosa ha cancellato?" Chiese Mark agli Anziani.

"Non ritengo che la faccenda richieda l'intervento del Consiglio", disse Zohn con un sogghigno.

Emily corse in fretta fino all'ottavo piano ed entrò in un ripostiglio. La porta era vecchia e dura, ma riuscì ad aprirla e poi a richiuderla dietro di sé. La stanza era buia, abbandonata da qualche tempo, piena di mobili coperti da teli protettivi e impilati fin quasi al soffitto. Si sedette su una poltrona polverosa a leggere il libro che aveva afferrato mentre saliva.

Silas sembrava preoccupato: "Era qualcosa di brutto?"

"No", gli disse Chevalier: "Ma vi suggerisco di tenerla d'occhio finché non avrete recuperato la memoria.

Mark annuì: "Trovatela".

Kralen e Silas scomparvero dalla stanza.

"In bocca al lupo", disse Kyle ridendo.

"Mark, ancora una cosa" disse Quinn prima che uscisse.

"Sì, Anziano?"

"Ultimamente, Emily sembra particolarmente sconvolta per la scomparsa di Frederick".

"L'ho notato... ha anche fatto un mucchio di domande".

"Che tipo di domande?"

"Cose riguarda la proscrizione. Un heku è cosciente quando è in cenere? Quanto ci vuole perché recuperi naturalmente? Quel tipo di cose".

"Quindi pensa che sia stato bandito?", chiese Zohn, stupito.

"Non ne sono sicuro, ma credo di sì".

"I suoi sogni non contengono nulla che indichi che gli Equites lo abbiano proscritto", disse Chevalier.

"Beh, tenetela d'occhio. Potrebbe cercare di proteggerci se pensa che l'abbiamo bandito e corriamo il rischio di essere attaccati dagli Encala", disse Quinn.

Mark annuì: "Sì, Anziano... però la stiamo già tenendo d'occhio attentamente. Stiamo ancora aspettando che cerchi di vendicarsi per Jaron".

Chevalier fu d'accordo: "Sta arrivando".

Kralen tornò con un'espressione confusa in volto: "Non sentiamo nessun odore recente, è di qualche ora fa".

"L'ha mascherato", gli disse Kyle, tornando a leggere un registro.

"Che cosa ha fatto?"

Dustin sospirò: "Ha interrotto il vostro allenamento per fare uno dei suoi giochi".

Mark strinse gli occhi e poi sorrise: "Ho della vernice sulla camicia".

"Pure io e Silas", gli disse Kralen.

"Accidenti!", disse Mark ridendo: "Doveva essere nostra prigioniera".

"Davvero?" Chiese Kralen, spalancando gli occhi.

"Vai a cercarla".

Kralen salutò e uscì dalla sala del Consiglio.

"Dobbiamo cercare di evitarlo", disse Mark al Consiglio.

"Sì, per forza", disse l'Inquisitore capo.

I Consiglieri sorrisero sentendo Silas e Kralen imprecare quando tornò loro la memoria. Chiamarono le guardie di palazzo perché li aiutassero a trovarla.

"Puoi andare", disse Chevalier a Mark, che scomparve dalla stanza.

"Mi domando se sono i Valle ad avere Frederick", disse il Capo della Difesa, parlando tra sé e sé.

"Perché? Che cosa ci guadagnerebbero?" chiese Quinn.

"Causare tensione tra gli Equites e gli Encala", suggerì Kyle.

"È ora che facciamo una visitina ai Valle", disse Zohn, poi, rivolto a Chevalier: "Potremmo mandare il nostro Inquisitore capo e chiedere loro direttamente se hanno Frederick. Poi potremo parlare delle tensioni tra Thukil e il loro Clan Weber.

Chevalier annuì: "Correremmo il rischio di essere fatti prigionieri, però".

"Allora mandiamo Emily", disse Quinn riflettendo: "Non oserebbero prenderci prigionieri con lei presente e le darebbe qualcosa da fare oltre a decidere quando attaccare"

Chevalier sospirò: "Non so..."

"Le darebbe uno scopo. Stiamo ancora vedendo gli effetti della sua conversazione con Wen", disse Zohn.

"Vediamo di finire questo processo. Parlerò con Emily e potremo mandare una delegazione la settimana prossima".

"Bene, Derrick porta dentro..." Quinn si fermò quando si sentì l'urlo agghiacciante di Emily. Il Consiglio si precipitò nell'atrio e seguì gli urli fino all'ottavo piano.

Mark, Silas e Kralen erano già lì e cercavano freneticamente nelle stanze. Gli urli cessarono bruscamente ma Chevalier percepiva una forte paura.

Mark spalancò la porta del ripostiglio e la vide quasi immediatamente. Era sul pavimento, rannicchiata stretta con le braccia che le coprivano la testa e stava sussurrando qualcosa verso il pavimento, tremando di paura.

Si avvicinò in fretta e si inginocchiò accanto a lei: "Em?"

Gli altri apparvero sulla porta. I Consiglieri ritornarono nella sala del Consiglio, eccetto Chevalier e Kyle che entrarono entrambi.

"Cacciateli via... cacciateli via", sussurrava di continuo.

"Em, che cosa c'è che non va?" chiese Chevalier, inginocchiandosi e piegandosi sopra lei.

"Cacciateli via", fu tutto quello che disse Emily.

Kyle ispezionò in fretta la stanza: "Em, hai paura dei pipistrelli?"

Silas guardò i pipistrelli che sciamavano intorno al soffitto del ripostiglio. Allungò la mano e ne prese facilmente uno, che emise uno strillo acutissimo obbligando tutti gli heku nel palazzo a coprirsi le orecchie.

Silas lasciò andare immediatamente il pipistrello, trasalendo: "Scusate".

Mark sorrise e si alzò dal pavimento.

Chevalier cercò di non ridere e le mise una mano sulla schiena: "Sono i pipistrelli?"

Era sorpreso che tremasse di paura e quando non rispose, la prese in braccio, ancora rannicchiata e si spostò nell'atrio. Silas chiuse la porta del ripostiglio e la guardò raggomitolata come una palla sul pavimento.

Kralen ci pensò un attimo e poi rientrò nel ripostiglio, chiudendo la porta. Il palazzo si riempì di nuovo degli strilli spaventati dei pipistrelli e gli heku dovettero coprirsi le orecchie che dolevano. Qualche minuto dopo il suono stridulo smise e Kralen tornò nell'atrio, richiudendo la porta.

"Sono morti?" chiese Emily, continuando a coprirsi la testa.

"No, li ho fatti uscire", disse Kralen: "Non c'era motivo di ucciderli".

Emily alzò finalmente la testa, aveva gli occhi rossi. Si rimise i piedi e corse Tra le braccia di Chevalier, che la strinse sorridendo.

"Tutto per dei pipistrelli?" Chiese Mark, divertito.

Lei si premette contro Chevalier, che scosse la testa quando sentì che tremava ancora: "Se ne sono andati, va tutto bene.

La sentirono tirar su col naso prima di sussurrare: "Mi davano la caccia".

Kralen ridacchiò, ma restò zitto.

"I pipistrelli in effetti non aggrediscono nessuno", le disse Chevalier.

Emily si scostò da Chevalier e continuò a tremare mentre scendeva le scale: "Io mi trasferisco".

"Te ne vai dal palazzo a causa dei pipistrelli?" le chiese Chevalier, che cominciava a preoccuparsi.

Emily annuì e andò nella sua camera, cominciando a preparare la valigia.

Chevalier mise la mano sulla valigia: "Non puoi trasferirti a causa di qualche pipistrello. Sono innocui",

"Non ci sono più. Li ho fatti uscire tutti", le disse Kralen.

Chevalier lanciò un'occhiata alle tre guardie, che uscirono dalla stanza prendendo la loro postazione fuori dalla porta.

Prese la mano di Emily e la portò sul letto, poi si sedette e se la tirò in grembo, abbracciandola e baciandole piano la fronte.

"Mi davano la caccia", sussurrò, asciugandosi una lacrima.

"Non sono più nel palazzo".

"Riesci a sentirne l'odore?"

"Sì".

"Allora sapevi che c'erano dei pipistrelli qui dentro?" Gli chiese sorpresa.

"Sì, ma sono innocui",

"Mordono e trasmettono la rabbia".

"Pochissimi trasmettono la rabbia e devi proprio spaventarne uno per farti mordere".

Emily socchiuse gli occhi minacciosamente, fissandolo: "Ti piacciono i pipistrelli?"

"Non proprio".

"Dannati vampiri", borbottò, andando in bagno.

Chevalier rise e uscì nell'atrio.

"Se ne sta andando?"

"Non lo so... ora sta brontolando qualcosa sui vampiri e i pipistrelli... io sarò in riunione", disse alle guardie, andando verso le scale.

"Sono in sostanza dei topi volanti", disse Silas, guardandosi attorno, al quinto piano.

"Ho già chiesto a un paio di Cavalieri di liberarsi dei pipistrelli nella scuderia", gli disse Mark: "Non so come faccia ad aspettarsi di lavorare in una scuderia senza topi o pipistrelli".

Kralen ridacchiò: "È strano, può spazzare via completamente la nostra specie e ha paura dei topi".

Si voltarono quando Emily aprì la porta e uscì con una valigia in una mano e tenendo Dain per mano con l'altra.

"Noi ci trasferiamo", disse loro Dain.

"Em, ci siamo liberati dei pipistrelli", le disse Mark, preoccupato.

"Andrò a stare per un po' nell'altra casa", gli rispose e scese lentamente le scale con Dain.

"Ti seguiremo là, lo sai".

"Lo immaginavo. Potete venire con la Jeep".

"Io ho un pene", Disse Dain a Mark e l'heku sorrise.

"Dain, smettila", gli disse Emily decisa e il piccolo alzò le spalle, poi scomparve, scendendo le scale: "Accidenti!"

"Lo prendo io", disse Kralen, sfuocando dietro a lui".

Silas prese la valigia e sparì anche lui giù dalle scale.

Emily sentì i Consiglieri che parlavano con Dain, quindi entrò nella sala del Consiglio per prenderlo.

"Sono sicuro di sì", stava dicendo l'Inquisitore capo al piccolo heku.

"E tu?" Chiese Dain.

Richard guardò Emily, poi sorrise e rispose a Dain: "Sì, piccolo".

"Quello della mamma non c'è più".

Emily emise un gridolino e lo tolse in fretta dalle braccia di Kralen mentre i Consiglieri cominciarono a ridere: "Adesso, basta, ti avevo avvertito".

"Perché?"

Emily cominciò a camminare verso la porta: "Perché te lo dico io... ecco perché".

"Emily?" La chiamò Quinn.

Emily sospirò e si voltò: "Sì?"

"Te ne vai, allora?"

"Sì, andrò a stare nella vecchia casa di Exavior. Ho bisogno di buttar via un bel po' di cose e di renderla vivibile".

"Porterai delle guardie?"

"Ho scelta?"

Quinn sorrise: "Temo di no".

"Allora sì, porterò le guardie".

"Stai scappando per colpa dei pipistrelli?" disse Dustin.

Emily lo fissò minacciosa: "Tu non mi piaci".

"Ne sono perfettamente conscio".

Emily si voltò e uscì dalla sala del Consiglio e pochi minuti dopo, sentirono la Jeep che partiva.

"Beh... almeno sappiamo dov'è e ha con sé le guardie", disse Zohn e chiese a Derrick di far entrare il prigioniero da processare.

Emily dovette guidare lentamente a causa della bufera di neve, ma finalmente arrivarono alla casa buia. Lasciò la Jeep davanti all'ingresso e aprì la porta, poi accese le luci e l'intero pianterreno si illuminò.

"Puzza", Disse Dain, guardandosi attorno nell'atrio.

"Questo è l'odore dei Valle", gli disse Silas, prendendogli la mano.

"Chevalier ha fatto rifornire la cucina", le disse Mark, chiudendo a chiave la porta.

Emily cominciò a salire le scale: "Sceglietevi una stanza... una qualunque eccetto quella di Exavior".

Dain salì le scale di corsa, superandola e sparendo nella stanza che Exavior aveva fatto arredare per Emily. Lei chiuse la porta e si preparò ad andare a letto.

"Controllate le porte e le finestre. Verificate com'è il sistema d'allarme e controllatelo, potremmo dover chiamare più gente se la casa è troppo esposta. Poi chiudete a chiave quella stanza cerimoniale e la stanza degli interrogatori".

Kralen e Silas corsero via per controllare la sicurezza del pianterreno.

***

"Lasciami andare!" ringhiò Frederick, dietro le sbarre di ferro.

"No, ti meriti un'intera vita di dolore per aver ucciso i miei amici".

Frederick sorrise: "Ne ucciderò ancora quando mi sarò riformato".

"Non ne avrai la possibilità, io ti incenerirò di nuovo", gli disse Emily.

All'improvviso, Frederick si liberò dalle sbarre e si lanciò contro di lei.

Emily si mosse di scatto e si sedette sul letto quando sentì una mano sul braccio.

"Sono solo io", sussurrò Mark, sedendosi sul letto accanto a lei: "Era solo un incubo, torna a dormire".

Emily annuì, senza svegliarsi completamente, e tornò a sdraiarsi: "Resta qui".

"Sì, tranquilla", le disse Mark, osservandola mentre si riaddormentava. I Cavalieri facevano a turno a restare seduti accanto a lei mentre dormiva, finché non arrivava l'Anziano. Chevalier passava le giornate nel palazzo e, durante le ultime quattro settimane, le notti nella casa di Emily.

"E sono quattro", sussurrò Silas dalla porta.

Mark annuì e sussurrò: "Stanno peggiorando".

Silas andò incontro a Chevalier quando arrivò, quella notte.

"Incubi?" chiese Chevalier, togliendosi con un calcio gli stivali pieni di neve.

"Sì, quattro, stanotte", gli disse Silas.

"Frederick?"

"Due volte ha urlato il suo nome, ma le altre due volte non ha parlato".

Chevalier sospirò e salì le scale. Mark uscì dalla stanza quando arrivò Chevalier chiuse la porta dietro di loro. Chevalier guardò attentamente la stanza. Detestava quella casa e il fatto che Exavior era stato lì e aveva fatto dei piani per tenerci Emily. Lei ne aveva già ridipinta una buona parte e la casa stava lentamente trasformandosi da tipicamente Valle a tipicamente Equites, ora che l'atrio era stato dipinto nei toni del verde scuro e aveva uno stendardo degli Equites sopra la porta.

Si mise a letto e la abbracciò. Su suggerimento del Consiglio, aveva cominciato a scavare in profondità nei suoi sogni e a studiarli, cercando di trovare la fonte del terrore notturno.

Emily vagava da sola nella casa di Chevalier in Colorado, stava guardando noncurante le varie opere d'arte e aprendo porte a casa. Alcune delle porte si aprivano su uffici che appartenevano alla Cavalleria, mentre altri erano piccole stanze degli interrogatori.

Aprì una porta e vide Kyle dentro la stanza. Aveva messo Frederick sul rack e Frederick urlava per il dolore.

"Oh, scusa", disse Emily, e fece per chiudere la porta.

Kyle alzò gli occhi: "Oh, entra pure, è tutto ok".

Lei si guardò alle spalle e poi di nuovo Kyle: "A Chev non piacerebbe".

Kyle sogghignò: "Potresti aiutarmi. Vieni, ti mostro come si fa".

"Me lo mostrerai?"

"Certo, perché no?"

Emily entrò e guardò giù mentre Frederick urlava per il dolore: "Perché lo stai facendo?"

"È divertente, ti piacerà", le disse Kyle.

"Non lo stai interrogando?"

"No", disse Kyle, spostandosi un po' di lato: "Prendi questa leva e tirala verso di te".

Emily prese la leva, senza muoverla: "Che cosa farà?"

"Lo farà a pezzi. È fantastico!".

Lei guardò gli occhi di Frederick: "Sta già soffrendo, perché non lo uccidi e basta?"

"Perché? Merita di soffrire per quello che ha fatto a Jaron".

"Sì, presumo di sì".

"Fallo, tira la leva", la incitò Kyle.

"Non posso", sussurrò e tolse la mano dalla leva.

Frederick le sorrise: "Sei mia".

Quando Frederick si liberò dalle cinghie Emily gridò e si sedette sul letto.

"Un altro sogno", sussurrò Chevalier.

Emily lo guardo annuendo. Guardò la stanza e poi fissò il fuoco.

Chevalier si sedette accanto a lei: "Non torni a dormire?"

"No", gli rispose e scese dal letto, mettendosi una vestaglia: "Vado a fare un po' di caffè".

"Siediti e parliamo, prima", le disse, dando un colpetto al letto accanto a lui. Lei tornò a letto e si sedette a gambe incrociate accanto a lui.

"Di che cosa?"

"Vivrai per sempre in questa casa?"

"No, appena avrò finito di ristrutturarla tornerò a palazzo".

"Ah, non lo sapevo", le disse, sorpreso.

"È più facile sistemarla se sto qui".

"Mark mi ha detto che hai fatto un sacco di domande riguardo la proscrizione degli heku".

Lei alzò le spalle: "Sì, qualche domanda, però non mi ha risposto".

Chevalier sorrise: "Penso che volesse essere sicuro di non dire troppo".

"Allora, risponderai tu alle mie domande?"

"Prova".

"Gli heku sono coscienti quando sono in cenere?"

"No, all'inizio no".

"Da quanto devono essere in cenere prima di cominciare a soffrire?"

"Di solito circa un anno. Perché?" Le chiese, scostandole i capelli dal volto.

Emily si strinse nelle spalle: "Ero solo curiosa. Poi... quanto ci vuole perché si riformino e tornino a vivere?"

"Ci vogliono circa 10 anni prima che siano formati a sufficienze per essere senzienti"

"È diverso se sono sepolti oppure no?"

Chevalier sospirò: "Dimmi che cosa sta succedendo, per favore".

"Che cosa vuoi dire?"

"Perché le domande e gli incubi? Perché all'improvviso Frederick ti sta tormenta?"

Lei lo guardò in viso.

"Stai usando la tua faccia da poker, Emily", le disse sospirando: "Perché non me lo dici?"

"Sono solo curiosa, ecco".

"E gli incubi?"

"Non ne so niente", disse, distogliendo lo sguardo.

"Sarebbe d'aiuto se me ne parlassi".

Si sentì un forte tonfo al pianterreno e Chevalier sfuocò fuori dalla porta. Emily corse verso le scale e si fermò in cima, guardando a occhi sbarrati Chevalier che si univa a una gigantesca zuffa, piena di figure quasi invisibili. Si sedette sul gradino più in alto, pronta a incenerire chiunque non fosse un Equites e si dirigesse verso di lei.

La lotta durò poco, solo qualche minuto e poi fu in grado di vedere che cosa stava succedendo. Quando smise, Mark, Kralen e altri due Cavalieri tenevano quattro Encala in ginocchio davanti a Chevalier che respirava pesantemente ed era ancora acquattato, come se dovesse attaccare qualcuno.

Silas era in piedi accanto a loro, chiaramente furioso ed Emily pensò che sembrava pronto a fare a pezzi gli Encala, se gliel'avessero permesso.

"Volete spiegarvi?" Ringhiò Chevalier e si alzò, anche se aveva ancora i pugni stretti.

"Non abbiamo niente da dirvi", ringhiò uno degli Encala. I quattro heku nemici furono avvolti di colpo dal feroce dolore bruciante che Emily gli stava inviando. Gli Equites e aspettarono di vedere se sarebbero diventati cenere oppure se il dolore sarebbe stato sufficiente per farli parlare.

Quando Emily li lasciò andare, si rimisero in ginocchio, ansimando e gemendo per il bruciore persistente.

"Prova di nuovo. Perché avete attaccato questa casa?" Chiese Mark, dando un manrovescio a quello più vicino a lui.

"Potete ucciderci, non vi diremo niente", gridò un altro.

"Ci sono celle in questa casa?" chiese Chevalier, guardando Emily.

Lei fece cenno di sì e poi scese le scale. I Cavalieri immobilizzarono gli Encala e poi la seguirono giù in una piccola prigione. Quando l'ultimo Encala fu in cella, Silas diede corrente alle sbarre.

"Resteranno qui?" chiese Emily a Chevalier.

"No, faremo venire delle guardie per trasportarli a palazzo.

"Papà vi ha preso!" Disse Dain, sorridendo dietro i suoi genitori. Emily si voltò a prenderlo in braccio e poi uscì dalla prigione. Quando arrivarono al pianterreno, Chevalier la fermò.

"Devo tornare a palazzo", le disse.

"Lo immaginavo. Tornerai ancora stasera?"

"Naturalmente", le disse, baciandola. Poi si rivolse a Mark: "Manderemo a prenderli. Non li voglio qui".

Mark salutò e guardò l'Anziano che se ne andava.

"Allora che c'è in programma per oggi?" Chiese Kralen a Emily, appoggiandosi al muro.

Lei mise a terra Dain: "Per prima cosa... farò del popcorn".

Mark storse il naso: "Puah, è ora di pattugliare all'esterno".

"Senza alcun dubbio", disse Silas e seguì di fuori Mark, Kralen e gli altri tre Cavalieri. L'ultimo a uscire prese Dain e chiuse la porta.

Emily sorrise, sapeva che preparare il popcorn era un modo sicuro di fare uscire gli heku dall'edificio. Ne mise in fretta una busta nel microonde per assicurarsi che stessero fuori, poi afferrò la mazza dalla sua cabina armadio e si diresse verso la stanza cerimoniale.

Si fermò e guardò attraverso la porta. Cercando di calmare i nervi, fece un passo dentro la stanza e poi aprì gli occhi. La stanza era buia, ma riusciva a individuare le rune incise nelle pareti e sentiva il cuore che martellava. Dovette sforzarsi per respirare, mentre le sembrava che la stanza si chiudesse intorno a lei.

Sapendo di doverlo fare, afferrò la mazza e si voltò verso la runa più vicina, poi prese la mira e colpì più forte che poteva.

***

"Questa puzza farà parlare gli Encala", disse uno dei Cavalieri mentre pattugliava accanto a una delle finestre della cucina e l'odore di popcorn aleggiava verso di loro.

"Dovremmo aggiungere un forno a microonde nella stanza degli interrogatori", scherzò Silas.

"Chi mangia il popcorn a colazione, in ogni caso?" Chiese Silas.

"Emily, immagino", disse Kralen.

"Lei non ha un pene", gli disse Dain.

Kralen annuì: "Spero proprio di no".

"Perché?"

Kralen guardò Mark e poi il bambino: "Perché lei è una ragazza".

Dain assunse un'espressione concentrata e gli heku capirono che ci stava pensando.

"Basta... Emily detesta quando gli parliamo di queste cose", disse Mark, cercando di non ridere.

Silas si guardò attorno e poi abbassò la voce: "Stavo pensando agli incubi di Emily".

"E...?" chiese Mark.

"Di solito riguardano Frederick... com'è possibile che sia tanto sconvolta perché è scomparso un Encala?"

"Beh, hanno passato del tempo in una prigione Ferus insieme, potrebbe voler dire qualcosa. Magari hanno fatto amicizia".

"Non lo penso proprio... e se...", Silas si guardò di nuovo intorno: "E se non stesse progettando di vendicarsi per i nostri morti?"

"Certo che ci sta pensando!"

"No... voglio dire, se non stesse progettando una vendetta perché si sta già vendicando?"

"Come?"

"Allora... e se avesse lei Frederick?"

Mark aggrottò la fronte: "Vuoi dire... sotto forma di cenere?"

"Giusto! Ecco perché non riusciamo a trovarne traccia".

"Quando avrebbe potuto farlo?"

"Mentre stavamo combattendo, fuori sul campo di battaglia", disse Kralen: "Mi stavo domandando anch'io se l'avesse lei, da qualche parte".

"Ma perché dovrebbe tenerlo?" Chiese Mark. Trovava intrigante l'idea.

"Vendetta per Jaron e gli altri", disse Silas: "Siamo preoccupati che cerchi vendetta, ma se lo stesse già facendo?"

"Detesta incenerire gli heku, però", gli ricordò Mark: "Non riesco a immaginarla fare una cosa del genere e poi nasconderla al Consiglio".

Kralen alzò un sopracciglio, guardandolo.

Mark sospirò: "Accidenti, sì che lo nasconderebbe al Consiglio".

"È solo un'idea", sussurrò Silas: "Comunque non abbiamo l'autorità per chiederglielo".

Kralen sorrise e guardò Dain: "Come stai, piccolo?"

"Posso scendere?" Chiese Dain.

"Non subito... voglio farti una domanda. Puoi fare il ragazzo grande e rispondermi?"

Dain annuì e sorrise:

"Sai che cos'è la cenere?"

Dain annuì.

"Che cos'è?" gli chiese Kralen, tenendo la voce tranquilla.

"È il tuo didietro", annunciò Dain orgogliosamente.

Silas si strozzò e cominciò a tossire e Mark dovette girarsi per impedire e Dain di vederlo ridere.

Kralen ridacchiò: "Non sedere, cenere",

Dain si strinse nelle spalle: "No".

"È come la polvere... polvere nera".

"Ok", Disse Dain, guardando Mark con interesse.

"Hai visto la mamma con della cenere?"

"No",

"Forse in un sacchetto, o forse l'ha sepolta in casa?"

"No... posso scendere adesso?"

Kralen lo mise a terra, continuando a ridere: "Niente da fare qui".

Mark alla fine riuscì a tornare serio: "Se ci fosse cenere di heku in questa casa, lo sapremmo".

"Quindi forse non è qui, è fuori da qualche parte".

"Uffa, Dain!" gridò Silas e corse dietro al bambino nudo.

Kralen raccolse i vestiti di Dain, facendo una smorfia: "Se ha lei Frederick sotto forma di cenere... potrebbe essere un grosso problema per il Consiglio".

"Che cosa faresti se lo trovassi tu?" Chiese Mark.

Kralen ci pensò un attimo: "Probabilmente lo seppellirei nel bel mezzo del nulla, sperando che non si ricordi chi lo ha bruciato".

"Ha fatto parecchie domande all'Anziano, su un heku ridotto in cenere".

"Le ha risposto?"

Mark annuì: "Sì... dannazione, comincia ad avere tutto un senso".

Kralen guardò Silas quando tornò tenendo Dain per mano. Gettò i vestiti a Dain e Silas aiutò il bambino a rivestirsi.

"Ha decisamente senso", disse Kralen: "Abbiamo due alternative. O infrangiamo il protocollo e glielo chiediamo, oppure riferiamo al consiglio quello che sospettiamo".

"Non deve sapere che stiamo andando a parlare con il Consiglio", gli disse Mark.

Silas annuì: "Andate voi due, io resterò qui con gli altri tre... possiamo controllare il perimetro della casa.

"Ok, andiamo", disse Mark e lui e Kralen sparirono sfuocando.

***

Derrick entrò nella sala del Consiglio tre ore dopo l'arrivo di Mark e Kralen e chiese udienza. Il Consiglio aveva appena finito un processo.

"Signori, il Generale Mark chiede di parlare con il Consiglio", disse loro Derrick.

"C'è Emily con lui?" chiese Chevalier.

"No, Signore ed è un po' che è qui".

"Fallo entrare".

Mark e Kralen entrarono e rimasero in piedi davanti al Consiglio, dopo un piccolo inchino.

"C'è qualche problema?" chiese Chevalier.

"Abbiamo un sospetto di cui vorremmo informare il Consiglio", disse Mark.

Zohn fece cenno di continuare: "Ok? Che sospetto?"

Mark diede un'occhiata a Kralen, che fece un profondo respiro: "Silas ed io ne abbiamo discusso. Abbiamo cominciato a vedere parecchi segni che indicano che Lady Emily... beh che lei potrebbe avere Frederick".

Chevalier si rannuvolò: "Che cosa vi fa pensare che l'abbia lei?"

"Parecchie cose", disse Mark: "I suoi incubi, la maggior parte riguarda Frederick... ha fatto parecchie domande ultimamente riguardo a quando un heku può recuperare dopo essere stato trasformato in cenere".

"Siamo stati tutti così preoccupati... a osservarla, aspettandoci che cercasse di vendicarsi per Jaron", disse loro Kralen: "Non l'ha fatto e ci chiediamo se non sia perché sta già ottenendo la sua vendetta".

Chevalier rifletté, concentrato, e venti minuti dopo, sospirò:"Hanno ragione. Sta nascondendo qualcosa ed io ho creduto, erroneamente, che fosse qualcosa che aveva scoperto in quella casa".

"Nascondendo qualcosa?" chiese Quinn.

"Sì, la sua faccia da poker, l'ha usata questa mattina mentre parlavamo".

"Se ce l'ha lei, potrebbe far scoppiare una guerra per cui non siamo pronti", ringhiò Dustin.

"Non sappiamo ancora niente", disse Quinn e guardò l'Inquisitore capo: "Se usa quella che Chevalier chiama faccia da poker, riesci a capire se mente?"

"A volte sì, le riesce difficile mantenerla a lungo".

"Con tutto il rispetto, Signore", disse Kralen: "Se vede arrivare l'Inquisitore capo, si chiuderà a riccio e non otterremo nessuna informazione".

Chevalier annuì: "Ha ragione".

"Però", disse Mark con un sorrisino: "Credo che tenda a dimenticare che l'Anziano Zohn era un Inquisitore capo.

"Potrebbe avere dei sospetti, però. Non sono mai stato in quella casa", gli disse Zohn.

"Possiamo trovare una scusa", disse Chevalier: "La cosa più difficile sarà di introdurre l'argomento in modo casuale senza che si metta sulla difensiva.

"È un'emergenza che richiede misure drastiche", disse Dustin: "Io suggerisco di controllarla e chiederglielo".

"Mi sembra un po' affrettato", disse Quinn: "Glielo chiederemo semplicemente e vedremo se Zohn riesce a percepire qualcosa".

"E se ce l'ha lei?"

"Allora decideremo che cosa fare", disse Chevalier e si alzò: "Andiamo?"

Si alzò anche Zohn e uscirono insieme dalla sala del Consiglio. Diedi minuti dopo la Humvee era parcheggiata di fronte alla casa di Emily dove incontrarono Silas e le altre guardie.

"Perché siete qui fuori?" Chiese Silas preoccupato.

Silas diede un'occhiata alla finestra: "Emily sta facendo i popcorn".

"A quest'ora? Strano" disse Chevalier ed entrò in casa. Si coprì il naso con un braccio guardandosi attorno prima di chiamare: "Em?"

Dain corse dentro e si fermò sulla porta che conduceva alla stanza cerimoniale, a quella per nutrirsi e la stanza degli interrogatori: "Mamma!"

Chevalier lo guardò: "La mamma è laggiù?"

Il piccolo heku guardò la porta, inalò, poi annuì e la chiamò ancora: "Mamma!"

"Perché diavolo dovrebbe essere là?" Chiese Chevalier e scese per primo nel sotterraneo. "Em?"

Aprì per prima la stanza degli interrogatori trovandola vuota. Emily aveva cercato di buttar via tutti gli strumenti e non sapeva che Mark li aveva semplicemente trasferiti tutti a palazzo.

Kralen aprì la porta della seconda stanza e guardò dentro: "Rimane solo... quella".

Tutti guardarono la porta chiusa della stanza cerimoniale.

Zohn aprì lentamente la porta e guardò all'interno, poi corse dentro in fretta con tutti gli altri. Emily era esattamente al centro della stanza, sdraiata sul pavimento con le braccia incrociate e gli occhi chiusi.

"Che cosa sta succedendo?" sussurrò Mark.

Chevalier si inginocchiò e la toccò: "Non lo so".

"Non ho mai visto niente del genere", disse Zohn, guardandola.

"Em?" Disse Chevalier, scuotendole leggermente un braccio. Quando non si mosse, guardò gli altri.

"Anziani", disse Silas, sollevando la mazza: "Penso che stesse cercando di liberarsi di questa stanza.

Zohn sgranò gli occhi, fissandola: "Ha cercato di distruggere la stanza cerimoniale?"

Mark sospirò: "Ne aveva già parlato".

"Una volta ha cercato di convincere Miri a farlo", aggiunse Chevalier.

"Allora... è ferita?" Chiese Kralen, avvicinandosi.

"Non credo".

"Non ho mai sentito che qualcuno abbia cercato di distruggerne una", disse Zohn, guardandosi attorno.

"Sono state le rune, allora?" Chiese Silas, sciocato.

"È quello che penso io", disse Chevalier, guardandoli: "Sono sicuro che non vogliono essere danneggiate".

Mark si chinò e la sollevò delicatamente. Emily era inerte tra le sue braccia: "Beh, è un inizio, temevo non fosse possibile spostarla".

"Portala in camera sua", disse Chevalier.

Appena Mark fu fuori dalla porta. Emily lo guardò: "Che cos'è successo?"

"Stai bene?" Le chiese Chevalier, avvicinandosi per controllarla.

"Mettimi giù".

Mark la rimise in piedi e lei guardò gli heku: "Che cos'è successo?"

"Hai cercato di struggere la stanza cerimoniale", le spiegò Chevalier.

"Già e allora?"

"Non vuole essere distrutta".

Emily strinse gli occhi: "Ho preso un calcio nel sedere da una stanza?"

"Io non lo chiamerei..." fece per dire Chevalier, ma si fermò quando Emily tornò verso la stanza.

Emily arrivò alla porta e fece per entrare, quando dalla stanza esplose un lampo di luce brillante e fu gettata indietro contro il muro di pietra.

Si girò e si mise carponi, gemendo: "Che diavolo?!"

Gi heku erano troppo storditi per aiutarla. Non avevano mai visto niente di simile a quello che stava succedendo in quella stanza. Alla fine Mark si chinò accanto a lei.

"Ti sei fatta male?"

"Sì, ho picchiato la testa", disse, alzandosi lentamente in piedi. Si toccò dietro la testa e fece una smorfia quando sentì un grosso bozzo.

"Forse dovresti andare di sopra", le disse Chevalier, tendendole la mano.

Zohn si avvicinò lentamente alla stanza, si fece forza ed entrò, poi si guardò attorno: "Non è successo niente".

"Non hai cerca di distruggerla", disse Kralen, entrando anche lui. Prese la mazza e seguì gli altri di sopra.

"Quella stanza deve andarsene", brontolò Emily quando arrivarono al pianterreno.

"Non è così facile liberarsene. Anche se non credo di aver sentito che nessuno abbia cercato di distruggerne una con una mazza", spiegò.

"Allora liberatevene voi. Io qui non ce la voglio".

"Ci lavoreremo, potrebbero volerci mesi, dovrà essere trasferita".

"Cosa? Come farete?"

Chevalier sorrise: "Non preoccupartene. La sposteremo".

"È stato Exavior a farlo?" Chiese Emily, guardando giù dalle scale.

"Non credo. Stavi cercando di distruggere una magia più antica della tua specie, usando una mazza. Non è così semplice".

Emily guardò Zohn: "Sei venuto a trovarmi?"

"Sì, volevo vedere cos'era tutta questa faccenda. Sono contento di essere venuto, è stato piuttosto interessante".

"Per te, forse, a me ha fatto venire un gran mal di testa", gli disse sedendosi su un divano nell'atrio.

Silas apparve davanti a lei con un bicchiere di succo d'arancia e qualche aspirina.

"Grazie", mormorò, prendendole in fretta.

Chevalier si sedette accanto a lei: "Vorrei chiederti una cosa".

"Sì, ho cercato di distruggerla con una mazza".

Chevalier sorrise: "Quello era ovvio, ma c'è qualcos'altro".

"Ok", gli disse, guardandolo.

Lui la guardò negli occhi: "Hai tu Frederick?"

Emily guardò brevemente Zohn prima di rispondere: "Sì".

"Aspetta... davvero?" disse Chevalier con la voce strozzata, scioccato che lo avesse ammesso.

"Sì, ce l'ho io e no, non potete riaverlo".

"Hai tu Frederick?" chiese Zohn, sorpreso.

"L'ho appena detto".

"È che... l'abbiamo cercato... gli Encala... e per tutto questo tempo lo avevi tu?"

"Sì".

"Perché non ce l'hai detto?"

"Non l'avete chiesto e non volevo offrirvi io quest'informazione", spiegò e poi prese in braccio Dain quando passò accanto a lei.

Kralen rise: "È vero, non gliel'abbiamo chiesto".

Chevalier sospirò: "Ci serve".

"No".

"No?" Chiese Zohn, accigliandosi.
"No, non potete averlo".
"Em, non credo che tu capisca com'è seria la situazione", spiegò Chevalier: "Causerà un incidente grave".
Emily tese le mani, con i polsi uniti: "Sono un'Equites e accetterò la punizione, ma non potete riaverlo".
Mark diede un'occhiata a Chevalier che rifletté un attimo e poi annuì. Kralen si avvicinò e mise le manette a Emily, poi la condusse verso la Humvee.
"No!" Urlò Dain. Corse verso Kralen e lo morse su una gamba.
"Accidenti!" ringhiò Kralen mentre Silas gli toglieva di dosso il piccolo.
"Dain, smettila", disse severamente Emily.
"No!" gridò di nuovo e cercò di liberarsi da Silas scalciando.
Emily salì' sulla Humvee e si sedette in mezzo al sedile posteriore, tra Silas e Kralen. Mark portò il bambino urlante sulla Jeep e Chevalier parlò con lui prima di chiudere la casa e salire sulla Humvee con Zohn.
"Andrò in prigione?" Chiese Emily sorridendo appena.
"Non lo so ancora", disse Chevalier. Diede gas e la Humvee andò a tutta velocità verso la città.
Chevalier parcheggiò l'auto con furia e poi sfuocò nel palazzo, seguito da Zohn.
"Fai un respiro profondo", le disse Kralen.
Emily annuì, cominciava a spaventarsi.
"Staremo con te finché potremo", le disse Silas, aiutandola a scendere dall'auto. Salirono tutti lentamente al quarto piano.
Derrick non li salutò come il solito ma seguì strettamente la procedura mentre apriva la porta: "Il Consiglio vi riceverà subito".
Kralen e Silas le presero ciascuno un braccio e la condussero nell'aula di tribunale. La aiutarono gentilmente a inginocchiarsi e lei alzò gli occhi verso il Consiglio.
Quinn sospirò: "Perché Emily è in arresto?"
Kyle guardò Chevalier, che era troppo arrabbiato per parlare.
"Ho io Frederick... e non ho intenzione di restituirlo", gli disse Emily.
Quinn rimase a bocca aperta: "Sul serio?"
"Sì".
"Rifiuti un ordine diretto del Consiglio di restituirlo?" Chiese Dustin.
"Sì".
Kyle sospirò: "Perché Em?"
"Ha ucciso i miei Cavalieri ed io gliela farò pagare".

"Causando una guerra?"

"Non credo che questo causerà una guerra".

"Certo che sì!" gridò Kyle.

"Allora consegnatemi agli Encala, in cambio di Frederick".

"Non possiamo farlo", le disse Zohn. "Mettetela in una cella di sicurezza finché decideremo cosa fare".

Silas e Kralen la aiutarono ad alzarsi e la portarono verso le celle di sicurezza. Le tolsero le manette e lei si sdraiò sul lettino e guardò il soffitto.

"Che cosa facciamo adesso?" chiese Quinn, rivolto agli altri due Anziani.

Zohn scosse la testa: "Il mio primo suggerimento sarebbe di cercarlo. Mettere all'opera i Cavalieri, far cercare dovunque sia stata Emily e trovarlo".

"Mark", chiamò Quinn. Quando entrò il Generale, ordinò alla Cavalleria di cercare le ceneri dell'Anziano Encala.

Kyle guardò Chevalier: "Va tutto bene?"

Lui annuì: "Mi sto calmando. Prima viene aggredita da una stanza e ora è in una cella di sicurezza... non è la mia giornata migliore".

"Aspetta... aggredita da una stanza?" Chiese Quinn.

Zohn rise: "Ha cercato di distruggere la stanza cerimoniale con una mazza e... beh... quella si è difesa".

I Consiglieri rimasero a bocca aperta e poi cominciarono a parlare tra di loro.

"Che cosa ha fatto?" Chiese Kyle a occhi sgranati.

"L'ha stesa. L'abbiamo trovata, incosciente, sdraiata sul pavimento", spiegò Zohn. "Si è svegliata nell'attimo in cui è uscita dalla stanza, e quando ha cercato di rientrare... un lampo di luce blu l'ha fatta volare contro il muro".

"Wow", disse Dustin, sciocato.

"Dobbiamo registrarlo", disse l'archivista. "Non credo che sia stato mai tentato in passato".

"Non credo che i Valle saranno molto sconvolti quando scopriranno che Emily è stata in possesso di Frederick per tutto il tempo", disse loro Zohn: "Ma gli Encala non saranno molto contenti".

"Dovremmo aspettarci un attacco", disse Chevalier: "Allertate i Clan di alzare a due il livello di allarme",

Kyle annuì e sfuocò fuori dalla stanza.

"Le cose potrebbero andare più lisce se lo consegnasse", sospirò Quinn.

"Dovremmo mandare una delegazione per informarli", suggerì Zohn.

"Una che non tornerebbe".

"Vero... forse dovremmo convocarli e farglielo dire da Emily".

Chevalier annuì: "Sarebbe la mossa migliore. Hanno troppa paura di lei per fare qualcosa".

"Poi che cosa faremo con lei?" Chiese Dustin.

"Ci ha detto che è un'Equites e che accetterà la punizione", però sappiamo tutti che non la possiamo bandire e non possiamo nemmeno tenerla in prigione a lungo".

"Perché no?" Ringhiò Dustin.

Chevalier lo fissò: "Non andrà in prigione".

Dustin si appoggiò allo schienale.

"Arresti domiciliari", disse Quinn: "Completi, niente scuderia, niente auto, nulla".

"Non possiamo tenerla agli arresti domiciliari, riesce a scappare", gli ricordò Zohn.

"Ha accettato la responsabilità. Penso che resterà qui", gli disse Chevalier.

"Quindi arresti domiciliari fino a nuovo ordine e deve informare lei gli Encala?"

"Mi sembra vada bene", disse Quinn e chiese di riportare in aula Emily. Quando entrò non era più in manette, ma camminava accanto a Kralen e Silas. Rimase in piedi davanti a loro, evitando di guardare Chevalier.

"Ci sono diverse parti in questa punizione, ognuna delle quali potrà essere alleggerita se ci dirai semplicemente dove sono le ceneri", disse Zohn alzandosi.

"No, continuate".

"Sei agli arresti domiciliari fino a nuovo ordine. Questo significa che non potrai mettere piedi fuori dal quinto piano, per nessuna ragione, eccetto quando ti sarà richiesto di informare gli Encala che sei tu in possesso dei resti del loro Anziano e che ti rifiuti di restituirli".

Emily annuì: "Molto bene".

Quinn la osservò: "La cavalleria sta cercando le ceneri. Se lo troveremo potremo ridiscutere la tua punizione".

Emily sorrise: "Non le troverete".

"La punizione comincerà immediatamente. La Cavalleria passerà dal ruolo di guardie del corpo a guardiani. Ci dovrà essere sempre una guardia di rango superiore a Luogotenente".

Sia Silas sia Kralen annuirono: "Sì Signore".

Arresti Domiciliari

Emily si svegliò e si sedette sul letto per stirarsi, poi si guardò attorno nella stanza fin troppo familiare. Era agli arresti domiciliari da nove giorni e cominciava ad annoiarsi con il poco che aveva a disposizione per intrattenerla. Le guardie potevano portarle libri, cibo e da bere, ma nient'altro e lei passava la maggior parte delle giornate a giocare con Dain, aiutare Alexis con i compiti o addestrando i cani. Sapeva che quel giorno sarebbero arrivati gli Encala e lei avrebbe dovuto informarli di Frederick.

"Potete entrare", disse quando bussarono alla porta.

Entrò Kralen con un vassoio: "C'è la colazione e il Consiglio vuole vederti tra un'ora".

Emily annuì e lo guardò uscire. Dopo aver fatto colazione in fretta, s fece una doccia e si vestì, finendo proprio quando bussarono di nuovo.

"Siamo qui per scortarti da basso", le disse Mark. Le guardie la trattavano in modo diverso. Non scherzavano più con lei, né la prendevano in giro, erano secchi e corretti. Sapeva che erano irritati perché la Cavalleria stava passando innumerevoli ore cercando i resti dell'Anziano, perché lei non voleva dire a nessuno dove fossero.

"Sono pronta", disse e tese la mani. Silas le mise le manette e lei scese le scale, circondata dai Cavalieri.

Derrick aprì la porta immediatamente ed Emily entrò con le guardie, sorpresa di vedere Sotomar e le Guardie Imperiali in piedi accanto agli Encala.

"Cos'è questa storia?!" gridò William quando la vide. Si rivolse infuriato al consiglio: "Liberatela subito!"

"Ascoltala, prima". Disse Zohn: "C'è un valido motivo!".

"Non c'è nessuna ragione per tenere in manette la Winchester", gridò Sotomar.

"Ascoltala", gli disse Chevalier.

William strinse gli occhi ed Emily si avvicinò a lui.

Lui le mise una mano sul braccio e sussurrò: "Devo portarti via da qui?"

"No, sto bene. Me lo merito", gli disse.

"Come?"

"Ho io Frederick".

Gli occhi di William si ridussero a due fessure: "Sul serio?"

"Vuoi dire che gli Equites hanno Frederick", la corresse Sotomar.

"No, non loro, solo io e non ho intenzione di restituirlo, per ora", disse loro.

"È uno scherzo?" Chiese William al Consiglio degli Equites.

"Assolutamente no", gli assicurò Dustin.

"È agli arresti domiciliari e stiamo cercando dovunque sia stata durante l'ultimo mese per cercare di trovarlo",disse Kyle.

"Non riesci a capirlo?" chiese William all'Inquisitore capo.

"In effetti no, grazie al vostro l'Inquisitore capo".

Un sorriso sfiorò le labbra di William: "Ah, giusto".

"Torno nella mia camera, allora", disse Emily, girandosi per andarsene.

"Non abbiamo finito", le disse Sotomar. Lei sospirò e si girò.

"Non lo dirò nemmeno a te".

"Perché esattamente?"

"Il suo esercito ha ucciso i miei Cavalieri. È giusto che lo punisca io e dopo aver parlato con gli heku qui intorno, sembra che non comincerà a sentire dolore per un anno dopo essere stato incenerito. Per ora, aspetto".

Sotomar strinse gli occhi: "Dimmi dov'è".

"No".

"Pretendo che ce la consegniate per interrogarla", ringhiò William.

Emily sbarrò gli occhi: "In una stanza degli interrogatori?"

"Sì, se non ci dirai dov'è".

"No!" urlò Chevalier. "È sotto la custodia degli Equites per crimini contro questa fazione. Non potete averla".

"I crimini contro gli Encala sono più gravi e dovete consegnarcela".

"No", disse Quinn con calma "E non vi permetteremo nemmeno di interrogarla".

William strinse gli occhi: "Pretendiamo indietro il nostro Anziano".

Chevalier la indicò: "Fai un tentativo".

Emily lo guardò e lui si voltò verso di lei.

"Dimmi dov'è Frederick".

"No".

Lui si concentrò.

"Non funzionerà", gli disse Emily osservandolo.

William ringhiò: "Dimmelo!"

"Non finché avrò ottenuto la mia vendetta".

William si mosse per darle un manrovescio ma Sotomar gli fermò la mano: "Non picchiarla".

Chevalier e Kyle apparvero accanto a lei.

"Mettile una mano addosso e dovrai vedertela con me", disse Chevalier, fissandolo minaccioso.

"Dimmelo, subito!" ruggì William.

Emily fece un passo indietro: "Calmati o ti incenerisco".

"Non ci stai aiutando", sibilò Kyle e si mise davanti a lei.

William tentò di lanciarsi su Emily, ma Sotomar la tenne fermo: "Devi restituirci il nostro Anziano altrimenti affronterai la mia stanza degli interrogatori".

"Basta!" Gridò Quinn. La ferocia tuonante della sua voce calmò immediatamente l'intera sala.

William lo guardò: "Se non riuscite a farvi dire dov'è Frederick, insisto che lasciate provare noi".

"Nessuno metterà Emily in una stanza degli interrogatori".

"Lasciatemi parlare con lei, da solo", suggerì Sotomar con calma.

"Non lo dirò nemmeno a te", sussurrò.

"Solo un momento".

Quinn diede un'occhiata a Chevalier e poi annuì: "Derrick, scorta Emily e Sotomar nella sala riunioni".

Derrick aprì la porta ed Emily e Sotomar lo seguirono fuori.

"Hai cinque minuti per calmarti, o ti farò portare fuori", gridò Kyle a William.

"Se non riuscite a tenerla a freno voi, lo farò io" disse l'Anziano Encala, ancora furioso.

Emily si sedette accanto a Sotomar, che allungò una mano e ruppe le manette.

"Ecco, queste non servono", disse, mettendosi comodo.

Emily si massaggiò i polsi: "Grazie".

"Non ti chiederò dov'è Frederick".

"Allora perché sono qui?"

"Volevo sapere se ti serve aiuto".

"Per che cosa?"

"Un posto dove allontanarti dagli arresti domiciliari. Un posto dove gli Encala non possono arrivare".

"Vuoi dire venire a stare con i Valle?"

"Sì".

Emily sospirò: "Mi sono procurata io questi arresti domiciliari. Ne vale la pena per ottenere la vendetta che merita la mia Cavalleria".

"Lo capisco", disse Sotomar, accarezzandole una mano: "Però, con i Valle non avrai bisogno di restare agli arresti domiciliari, e non ci importa niente anche se Frederick non viene più restituito".

"Oh, non voglio tenerlo per sempre".

"No?"

"No, quando sarà passato un anno e comincerà a sentire dolore, deciderò quanto dovrà sopportarlo prima che siano vendicati".

"Possiamo rendertelo più facile, però".

"Non credo che gli Equites mi terranno sotto chiave per sempre", disse, con un sorrisino: "Ovviamente pensano di riuscire a trovarlo".

"Gli Encala lo prenderanno come un atto di guerra".

"Ci ho pensato e vorrei proprio sapere come fare per tenere gli Equites fuori da questa storia".

"Venendo dai Valle", suggerì Sotomar.

"Questo renderebbe semplicemente i Valle un bersaglio".

"Forma un'alleanza con i Valle e noi ci schiereremo con gli Equites contro gli Encala".

"Non ho dimenticato che sono stati i Valle ad assicurarsi l'aiuto degli Encala, innanzi tutto".

"Quello non aveva niente a che fare con te, però".

"Non ha importanza. Hai attaccato i miei amici e la mia famiglia. Questo mi coinvolge automaticamente", gli spiegò Emily.

"Pensaci, se i Valle si schierano con gli Equites, gli Encala non avranno altra scelta che tenere giù la testa e lasciarci tutti in pace.

"Non posso fidarmi nemmeno di te".

"Tenta".

Emily annuì e si alzò: "Ci penserò".

Sotomar sorrise: "È tutto quello che ti chiedo".

Le prese il braccio e uscirono insieme, ritornando nella sala del Consiglio.

"Perché le hai tolto le manette?" ringhiò William

"Perché non c'è nessun motivo per lasciargliele. Non può scapparci", gli disse Sotomar e guardò Emily che saliva sul palco del Consiglio, si sedeva accanto a Chevalier e gi prendeva la mano sotto il tavolo.

"Ti ha detto dov'è?"

"Non gliel'ho chiesto. Ai Valle non interessa".

William guardò Emily con gli occhi socchiusi: "Considera finita ogni alleanza o amicizia e tu... mia cara... ora sei il bersaglio numero uno dell'intera fazione Encala".

"Capito", sussurrò Emily, osservandolo attentamente.

"Se gli Equites non riescono ad avere il minimo controllo su di lei, dovremo occuparcene noi".

"Non minacciarci!" Gridò Kyle: "Ora vattene".

William si voltò rabbioso e sfuocò fuori dall'edificio.

Sotomar sorrise: "Zoppichi ancora un po'".

"Sì", disse Emily, non era qualcosa che riuscisse a nascondere.

"Potrei aiutarti".

"Sto bene, sta sparendo".

Sotomar annuì: "Pensa all'alleanza, Emily. Gli Encala non si fermeranno finché non sarà restituito Frederick".

"Lo farò".

Sotomar sorrise e poi uscì dalla sala del Consiglio.

Zohn si rivolse a Emily: "Per favore, per cercare di evitare una guerra, dov'è?"

"Restituirlo non impedirebbe una guerra. Attaccherebbero perché una volta l'avevo".

"Non è vero. Potremmo risolvere la faccenda pacificamente".

Emily sospirò: "Ha ucciso dei membri della mia Cavalleria. Jaron mi ha salvato la vita, una volta, eppure è morto davanti a me sul campo di battaglia".

"È morto con onore".

"È morto mentre io avrei potuto impedirlo", disse, con gli occhi che si riempivano di lacrime. Detestava piangere in pubblico, quindi si alzò e fece per andare alla porta.

"Non abbiamo finito", le disse Quinn.

Lei si fermò e annuì, poi si asciugò una lacrima dalla guancia: "Non ve lo dirò. Tornerò agli arresti domiciliari".

"Non sei più agli arresti domiciliari", le disse Kyle.

Emily si voltò: "Sul serio?"

"Sì", disse Chevalier: "Ci sono delle regole, però, non sei ancora completamente fuori dai guai".

"Regole?"

Quinn annuì: "Non dovrai sfuggire alle guardie".

"Non potrai uscire da sola", aggiunse Zohn.

"È tutto?" Chiese.

"No, non è tutto... non potrai scendere in prigione", le disse Kyle.

"Rimarrai nel palazzo. Potrai visitare l'altra casa per la ristrutturazione, ma dovrai restare qui di notte", disse Zohn.

"Niente cancellazione della memoria o incenerire qualcuno", disse Dustin: "Nessuno...".

Emily annuì: "Ok"

"Non dovrai temere di essere aggredita. Non sarai da sola abbastanza a lungo, a meno che tu sia nella tua stanza", le disse Chevalier.

"E i miei guardiani?"

"Torneranno ad essere le tue guardie del corpo".

Emily sorrise: "Grazie".

"Continueremo a cercare Frederick e... per favore, rifletti se non sia il caso di dirci dov'è", disse Quinn.

"Erano i miei Cavalieri. Vi farò sapere quando sentirò che è stato punito a sufficienza", disse loro e uscì dalla porta sul retro.

"Se le emozioni umane smetteranno di avere la meglio, ci porterà da lui", sussurrò l'Investigatore Capo.

"Speriamo", disse Chevalier.

Emily andò incontro a Silas e agli altri tre Cavalieri: "Ora che mi hanno rilasciato, tutti voi vi rilasserete un po'?"

Silas sorrise: "Forse".

"Forse?"

"Forse... stiamo passando un sacco di tempo a cercare di trovare Frederick. Sta diventando un po' fastidioso".

"Ah, bene... smettetela di cercare. Non lo troverete".

"Non possiamo smettere di cercare", disse, seguendola da basso: "Dobbiamo trovarlo per impedire una guerra".

Emily si fermò. "È per questo che sono libera? Sperano che vi dica dov'è?"

"No, ti hanno liberata perché è passato abbastanza tempo".

Emily fece un sorrisino e andò verso la scuderia. Mark e Kralen erano nella scuderia e parlavano sottovoce.

Kralen si voltò a guardarla quando entrarono: "Libera?"

"Sì, quasi, con un mucchio di limitazioni, però", disse, andando verso il box del suo stallone. Si fermò davanti e toccò il lucchetto: "Perché è chiuso?"

"Dovrai parlarne con Dustin", disse Mark: "Non ritiene che sia una buona idea che tu abbia il cavallo più veloce".

Emily allungò la mano sopra il box e strofinò il naso dello stallone: "Da quanto è rinchiuso?"

"Lo portiamo fuori noi. Però non permette a nessuno di cavalcarlo", le disse Kralen. Appoggiandosi alla parete.

Emily sorrise: "È perché è mio".

"Dustin ti ha riassegnato la giumenta di Jaron".

Emily strinse gli occhi: "Mi ha riassegnato un cavallo?"

"Sì".

"Lo vedremo. Non ha il diritto di farlo".

"Sì, fa parte del Consiglio", le disse Mark. Erano pronti a una discussione e sapevano che stava arrivando. Avevano avvertito Dustin, ma lui non sembrava preoccuparsi.

Emily fece un respiro profondo e sorrise.

"Che c'è?" Chiese Silas, innervosito dalla sua reazione.

"Riavrò il mio cavallo ma Frederick resterà sotto il mio controllo". Notò che tutti e tre trasalirono leggermente quando lo disse.

"Perché non la fai finita e non ce lo dici?" disse Mark irritato. "Stiamo passando ogni momento libero in questa caccia al tesoro".

"Non lo troverete, non vale la pena di cercarlo".

"Siamo obbligati. Stiamo cercando di evitare una guerra".

"Gli Encala non attaccheranno. William è arrabbiato, ma sa che posso annichilire qualunque esercito possa mandarci contro", disse Emily e andò dalla giumenta di Jaron.

"Usciamo?" Chiese Kralen.

"Certo, ho bisogno di uscire da qui", disse Emily, mettendo una briglia alla giumenta. Quando portò fuori al passo la giumenta, Mark, Silas e Kralen erano già in sella e la aspettavano. Emily saltò in sella e si diressero tutti fuori dalle mura.

***

"Lady Emily vuole parlare con Dustin", disse Derrick al Consiglio.

Dustin sorrise: "Me l'aspettavo".

"Che cosa hai fatto?" chiese Chevalier.

"Le ho assegnato un nuovo cavallo".

"Perché l'hai fatto?" Chiese Kyle, sorpreso.

"È troppo pericoloso lasciare che abbia il cavallo più veloce", spiegò Dustin: "Se a quello aggiungete il suo livello di esperienza, può sfuggire troppo facilmente a chiunque di noi".

"Questo è vero, disse l'Inquisitore capo.

"Falla entrare", disse Dustin a Derrick.

Emily entrò con i due cani al seguito e andò a mettersi davanti a Dustin: "Ridammi il mio cavallo".

"No".

Emily socchiuse gli occhi: "Quello stallone è mio".

"Finché non troveremo Frederick, non voglio correre il rischio che tu ti allontani e vada da lui", disse Dustin.

Emily fece un sorrisino: "Non andrò da lui. Dovranno passare ancora dei mesi prima che cominci a soffrire e sta bene dov'è".

"Ciononostante terrai l'altro cavallo".

"No! Quello stallone è mio".

"Tu terrai la giumenta di Jaron".

"Bene, allora io me ne vado", disse e si voltò per uscire.

"Non puoi andartene" disse il Cancelliere, sciocato.

Lei si voltò a guardarlo: "Sì che posso. Da questo momento non faccio più parte della vostra Cavalleria".

"Il rango non è qualcosa che si può lasciare", le disse Dustin.

"Guardami, Cujo", ringhiò e uscì dall'aula.

"È stato molto produttivo", disse Chevalier, aprendo un registro.

"Cambierà idea", disse Dustin, sorridendo.

Kyle sospirò: "Tu non hai idea di quanto faccia lei per quei cavalli che noi non sappiamo come fare".

"Cambierà idea"

Kyle scrollò le spalle: "Ok".

Emily uscì furiosa dalla sala del Consiglio e ignorò le guardie quando cercarono di parlare con lei. Andò nella scuderia e strisciò sotto la porta del box del suo stallone. Una volta dentro cominciò a spazzolarlo ribollendo al pensiero che Dustin cercasse di portarglielo via.

"Hai lasciato la Cavalleria?" Chiese Mark scioccato. Era appena arrivato nella scuderia dopo aver parlato con il Consiglio.

"Sì", rispose seccamente, continuando a spazzolare il cavallo.

"Perché sei così testarda?" Le chiese: "Dacci quelle maledette ceneri e potrai riavere il tuo dannato cavallo e tutto tornerà alla normalità".

"No, e Dustin è fortunato che non faccia lo stesso con lui".

Mark rimase senza fiato: "Emily..."

"Non puoi minacciare il consiglio", ringhiò una delle sue guardie.

"Non hanno il diritto di portarmi via il mio cavallo", sussurrò con la voce rotta.

"Fuori", disse Mark alle sue quattro guardie.

Emily appoggiò la testa contro lo stallone.

"Erano sotto il mio comando quando sono morti", disse Mark, guardandola sopra la parete del box.

"Avrei potuto fermare tutto", sussurrò.

"Ti avevano ordinato di non farlo"

"Giusto e sono morti perché io ho obbedito".

"La vendetta dovrebbe essere mia però. Ero il loro capo".

Emily scosse la testa: "No, è stata colpa mia. Dovevo la mia vita a Jaron eppure l'ho lasciato morire".

"Lui non te ne incolperebbe e se fosse qui, ti direbbe di lasciar andare Frederick".

"Tu vendicati a modo tuo. Io lo farò a modo mio", sussurrò e ricominciò a spazzolare il cavallo.

Mark sospirò: "Si sta facendo buio e la tua cena è pronta".

"Non ho fame", gli disse e cominciò a intrecciare la coda dello stallone.

"Ho una riunione. Le tue guardie sono fuori dalla scuderia".

Emily annuì e continuò a fare la treccia. Dopo aver fatto tutto quello che poteva con il cavallo, strisciò di nuovo sotto la porta del box e uscì nella scuderia, guardandosi attorno. C'erano accese solo poche luci ed era abbastanza buio da lasciare quasi tutta la scuderia in ombra.

"Sei pronta a rientrare?" Le chiese una delle guardie. Emily si voltò quando non riconobbe la sua voce e vide una guardia che non conosceva.

"Chi sei?"

"Sono il Generale Meun, del Clan Samuel. Sono qui a sostituire alcuni dei Cavalieri mentre sono fuori, disse, incrociando le braccia.

Emily diede un'occhiata agli altri tre Cavalieri dietro di lui e poi scrollò le spalle: "No, non sono ancora pronta a rientrare.

"Facciamola finita... sono qui per farmi dire dov'è Frederick".

"Perché dovrei dirtelo?"

"Perché io non sono un tuo amico e tu non mi piaci. Sarò una delle tue guardie per una settimana e ti renderò la vita un inferno in terra".

Emily aggrottò la fronte: "Chevalier sa che sei qui?"

"No, tesoro, mi ha mandato Dustin".

Emily incrociò le braccia e lo affrontò: "Perché ti ha mandato?"

"Perché sono un 'Vecchio'", le disse, facendo un passo avanti.

I Cavalieri lo guardarono nervosamente.

"Nemmeno un 'Vecchio' può controllarmi se non voglio", gli disse, facendo un passo indietro.

Meun sogghignò: "Scommettiamo?"

"C'è qualcun altro oltre a Dustin che sa che sei qui?"

"Il permesso di Dustin è tutto quello che mi serve per riavere l'Anziano Encala", disse, guardandola negli occhi.

Emily voltò la testa: "Smettila".

"Ho anche il permesso di fare tutto quello che serve...".

Lei lo guardò spalancando gli occhi "Che significa?"

"Significa..." sussurrò e gli occhi si fissarono sul suo collo: "Significa che o lasci che ti controlli o ti obbligherò".

Emily respirò forte e si coprì il collo: "Chevalier ha un grado più alto di Dustin e ti posso assicurare che questo non gli piacerà".

"Quando avrò ottenuto quello che mi serve, sarà troppo tardi". Sfuocò da lei e la inchiodò contro il muro.

"Smettila!" urlò mentre le passava il naso lungo collo. Vide i Cavalieri che la guardavano, scioccati, senza sapere che cosa fare. Era affidata a loro ma gli ordini del Generale venivano da Dustin, un consigliere.

***

Kyle rise: "Questa è nuova. Non l'avevo mai sentita prima".

"È vero, lo giuro"E disse un heku spaventato, in basso, nell'aula di tribunale. Era inginocchiato davanti al consiglio e il suo sguardo passava da un consigliere all'altro.

Zohn rise: "Dovremmo lasciarlo andare solo perché è divertente"

"Sì, sì, lasciatemi andare", disse il prigioniero.

"Non siamo così gentili", disse Quinn sorridendo: "Tutti a favore della proscrizione per questo povero sfortunato heku dicano..."

I Consiglieri si voltarono di scatto verso la porta quando sentirono la Aero di Emily che usciva dal garage a tutta velocità.

Tre Cavalieri sfuocarono nella sala del Consiglio.

"Dovevate sorvegliare Emily!" ringhiò Dustin.

"Se n'è andata dopo aver incenerito il Generale", disse uno dei Luogotenenti.

Chevalier rimase senza fiato: "Emily ha incenerito Mark?"

"No, Signore, il generale Meun".

Quinn socchiuse gli occhi: "Del Clan Samuel?"

"Sì, Signore... lui..." il Luogotenente guardò nervosamente Dustin: "Sì è nutrito da lei... e lei lo ha..."

"Cosa?" ringhiò Chevalier alzandosi.

"Gli ho dato io il permesso di controllarla, a ogni costo", disse Dustin con calma.

Zohn si alzò ad affrontarla: "Hai dato a un 'Vecchio' il permesso di controllare Emily, anche se per farlo doveva nutrirsi?"

"Sì".

Chevalier sfuocò su di lui in un istante e lo sbatté per terra, tenendolo per il collo: "Non ne avevi il diritto".

"Lui può ottenere la posizione di Frederick", Dustin ansimò, lottando per respirare.

"Lascialo andare", ringhiò Zohn: "Non ho finito con lui".

Kyle tremava di rabbia e si alzò: "Vado a cercarla".

"Vai", sibilò Chevalier e Kyle scomparve. Qualche secondo dopo sentirono la sua Ferrari che usciva dalla città.

"Che cosa ti ha dato il diritto di agire alle spalle degli Anziani e far aggredire Emily?" gridò Quinn.

"Per impedire una guerra era necessario prendere misure drastiche", disse Dustin, alzandosi lentamente in piedi: "Gli Anziani ora non possono essere incolpati di questa aggressione. Può incolpare me. Se avesse funzionato, non avremmo dovuto entrare in guerra con gli Encala".

"Alcuni di noi hanno voglia di entrare in guerra con loro", gli disse il Capo della Difesa: "Emily ci ha solo dato una buona scusa".

"Non ha il diritto di tenere un Anziano nemico in ostaggio!"

"Non hai il diritto di mandare un heku contro un membro del Consiglio senza l'approvazione degli Anziani", gridò Zohn.

Chevalier strinse i pugni: "Hai passato i limiti per l'ultima volta".

"Ho agito per il bene di questo Consiglio", gridò Dustin.

"Calmatevi tutti", esclamò Quinn ad alta voce, anche se era chiaro che era furioso anche lui.

"Seduti!" disse Zohn e tutti ubbidirono, eccetto Chevalier.

"Derrick, portalo in prigione", sussurrò rabbiosamente Chevalier.

Dustin spalancò gli occhi quando la sala del Consiglio si riempì di guardie e fu trasferito a forza in una cella.

"Verbatim", disse Quinn, fissando le tre guardie.

Quella più alto in grado fece un passo avanti e raccontò al Consiglio tutto quello che era accaduto da quando Mark era uscito fino a quando era arrivato Meun come capo squadra.

"Quindi è riuscito a morderla?" Chiese il Capo di Stato Maggiore.

"Sì Signore", gli rispose la guardia: "Non penso che sia riuscito a indebolirla, però. Credo che lo abbia incenerito nell'attimo in cui ha bucato la pelle".

"Kyle la troverà", disse Zohn a Chevalier.

"Ha paura di tornare. Non solo ha incenerito qualcuno, che era parte dell'accordo per il suo rilascio, ma è anche scappata, infrangendo un'altra delle regole", disse e si sedette, ancora ribollendo di rabbia.

"Non è colpa sua" disse Quinn, fissando le guardie: "Voto perché non ci sia nessuna punizione".

"Sono d'accordo", disse Zohn. "Si stava difendendo da un'aggressione. Anche se preferirei che non fosse scappata, non posso dire di fargliele una colpa".

***

Emily attraversò la città a tutta velocità nella sua filante auto sportiva viola. Le tremavano le mani e lottava per non piangere. Aveva appena infranto due delle regole per il suo rilascio dagli arresti domiciliari e poteva solo immaginare quanto sarebbero stati furiosi i Consiglieri. Si fermò nella zona industriale e appoggiò la fronte al volante, senza sapere che cosa fare. Sapeva che, se fosse tornata, avrebbero cominciato tutti a gridare contro di lei. Sapeva anche che per prima cosa avrebbero controllato la sua casa.

Un grido la fece sobbalzare e alzò gli occhi verso le ombre scure e gli alti edifici. Il grido continuò mentre lei si guardava intorno cercandone la fonte. Quando smise, prese la calibro .357 dal cassetto del cruscotto e scese dall'auto. All'aperto, sentì un rumore di lotta alla sua sinistra.

Spostandosi lentamente in avanti, si accucciò e guardò intorno all'angolo di un magazzino, restando senza fiato. Quattro heku tenevano un mortale immobilizzato al suolo. Tutti e quattro avevano i denti affondati nella sua carne e l'uomo urlava silenziosamente, lottando debolmente per liberarsi, mentre il colore spariva dal suo volto.

"Fermatevi!" gridò e venne avanti.

Tutti e quattro gli heku si spostarono in fretta dal mortale e la affrontarono, acquattandosi leggermente.

"Di che fazione siete?" chiese Emily, facendo un passo avanti. Guardò il mortale che si sforzava di mettersi carponi.

"Non è affar tuo, bellezza. Meglio che torni in macchina e te ne vada, se non vuoi essere la prossima", disse l'heku più alto. Stava sorridendo mentre il sangue gli gocciolava dalle labbra sul pizzetto nero.

Fece un altro passo avanti: "Potrò anche non essere un Giustiziere, ma so per certo che quello che state facendo va contro le leggi degli heku".

"Mm, senti che profumo", disse, inalando profondamente e chiudendo gli occhi.

"Ragazzi, credo che sia la moglie dell'Anziano", disse quello con i capelli rossi, facendo un passo indietro.

"Sono solo voci, messe in giro per farci credere che il nostro consiglio sia più forte di quello che è", disse, facendo passare la lingua sui denti".

"Allora siete Equites". Disse Emily, infilando la pistola dietro, nella cintura dei pantaloni.

Gli occhi dell'heku la squadrarono dalla testa ai piedi: "Guardatela, ragazzi. Questa non uccidetela, ho altri piani per quel corpo".

Quello con i capelli neri sorrise: "Lasciane un po' per noi".

Emily sospirò e scosse la testa: "Che idioti".

"Che ne dici di una sveltina prima che mi nutra, tesoro?" Chiese, inspirando di nuovo.

"Certo, che ne dici di questa, come sveltina?" disse Emily, incenerendoli all'istante. Corse avanti e si inginocchiò accanto all'uomo stordito: "Stai fermo".

Lui cercò debolmente di sottrarsi alle sue mani ed Emily si accorse che perfino le mani erano esangui: "Aiutami".

"Sto cercando di farlo, smettila di lottare con me", disse, alzandosi. Gli prese le mani e tirò forte, riuscendo a metterlo in piedi.

L'uomo si appoggiò a lei che ansimò e puntò le gambe per restare in piedi: "Andiamo a prendere la mia auto".

"Vampiri", ansimò l'uomo, cercando di prendere fiato.

"Lo so, se ne sono andati", genette Emily, camminando lentamente verso la sua Aero. L'uomo si appoggiò contro l'auto viola mentre lei apriva la portiera e poi si lasciò cadere nel sedile del passeggero. Emily chiuse la portiera e si mise alla guida, poi diede un'occhiata al vicolo pieno di cenere e diede gas, dirigendosi verso casa sua.

Gli heku appostati in tutta la città furono in grado di dare a Kyle la posizione dell'auto sportiva viola di Emily, uno dei vantaggi di quel colore così unico. Kyle colse il suo odore nei recessi bui della zona industriale e trovò facilmente il vicolo. Sentì odore di sangue mortale, anche se non era quello di Emily e poi raccolse le ceneri nei sacchetti di pelle, per occuparsene più tardi. Ispezionò l'area per trovare il mortale ferito, ma il suo odore finiva sulla strada.

Emily si fermò davanti alla casa buia e spense il motore. L'uomo si lamentava accanto a lei, continuando a perdere conoscenza. Emily corse ad aprire la porta d'ingresso e poi aprì la portiera della sua Aero.

Si chinò e gli mise il braccio intorno alle spalle: "Devi entrare".

L'uomo mormorò qualcosa di incoerente e lei lo aiutò ad alzarsi. Sostenendolo con difficoltà, lo portò in casa e lo fece sdraiare su uno dei letti della servitù. Gli altri letti erano al piano di sopra ed Emily sapeva che non sarebbe riuscita a farlo arrivare fin là.

Emily si sedette accanto all'uomo e gli prese la mano: "Sei al sicuro, ora".

L'uomo aprì gli occhi a fatica e li richiuse subito

"Ti capisco", sussurrò Emily, e guardò verso la finestra.

Kyle era in piedi accanto al cancello di ferro battuto e guardava la macchina viola. Vide un'ombra passare davanti a una finestra mentre Emily faceva qualcosa in una delle stanze a pianterreno. Chiamò in fretta il Consiglio.

"Sono Zohn".

"Sono Kyle. È a casa sua".

"Sa che sei lì?"

"No", sussurrò Kyle.

"Osservala e basta, mentre decidiamo che cosa fare. Non possiamo rischiare che ti incenerisca".

"Ho trovato quattro set di cenere, lasciate da lei".

Chevalier sospirò: "Chi sono?"

"Non li ho ancora fatti rivivere. Ho sentito odore di sangue fresco di mortale in quella zona, non quello di Emily, ma piuttosto forte intorno alle ceneri".

"Sarò lì tra un'ora",disse Chevalier: "Resta a guardare e facci sapere se se ne va".

"Bene", disse Kyle e chiuse il telefono. Si spostò velocemente più vicino alla casa e tornò nell'ombra accanto all'auto di Emily.

Emily tornò nella stanza con l'uomo ferito e mise un vassoio accanto a lui, poi si sedette sulla sponda del letto e gli prese la mano: "Sei sveglio?"

"Sì", sussurrò lui, anche se non aprì gli occhi.

"Devi prendere queste pillole, fidati di me, ti aiuteranno", disse Emily e prese un bicchiere di succo e alcune pillole di B12.

"No".

"Sì, niente discussioni", gli disse, passando un braccio dietro alle sue spalle. Alla fine riuscì a metterlo seduto e lui prese le pillole senza fare storie. Quando lo rimise giù, guardò i numerosi segni di morsi sul suo corpo.

"Vampiri", mormorò l'uomo.

"Non ci sono vampiri, qui, se al sicuro".

"Scappa, ci uccideranno".

"Lo so. Ci penserò io".

Emily corse su per le scale verso il bagno e portò giù garze e pomata gialla, tenuta lì per le sue ferite. Si sedette e nell'ora successiva, trattò meticolosamente ciascuno dei diciotto segni di morso. Fu sorpresa di vedere delle cicatrici sulla sua schiena, che sembravano lasciate da un coltello e da proiettili.

Quando finì, abbassò le luci nella stanza e gli mise un panno bagnato sugli occhi prima di sedersi e prendergli la mano. L'uomo aveva capelli castani arruffati, naso e mascelle affilati e una cicatrice sulla fronte che sembrava lasciata da una coltellata.

"Chi è?" Chiese Chevalier.

Emily fece un salto e poi lo guardò: "Non arrivarmi alle spalle di nascosto", sussurrò.

"Scusa", disse entrando. Guardò l'uomo: "Chi è?"

Emily guardò Kyle quando entrò dopo Chevalier: "Non lo so, ho colto quattro Equites che si nutrivano da lui in un vicolo".

"Sono stati degli Equites a farlo?" Chiese Kyle, indicando l'uomo.

"Sì", rispose Emily e sistemò il panno sugli occhi dell'uomo.

"Li hai presi tu?" gli chiese Chevalier.

"Sì", rispose Kyle, furioso.

Emily guardò indietro quando l'uomo sussurrò qualcosa.

"Che cosa hai detto?" Gli chiese, chinandosi in avanti.

"Ha detto che deve scappare", le rispose Chevalier quando l'uomo non parlò.

"Sei al sicuro, qui", gli disse Emily, appoggiandogli una mano sul petto. Lo coprì e fece segno a Chevalier e Kyle si seguirla fuori dalla stanza.

"Lo porteremo in ospedale e lo lasceremo lì", le disse Chevalier, dopo aver chiuso la porta.

Emily fece una smorfia: "No, lo curerò io. Se lo portiamo in ospedale, vorranno sapere chi l'ha morso".

"Abbiamo delle storie di copertura, per casi come questi".

"Non importa. Ora ditemi la ragione principale perché siete qui. Forza, cominciate a urlare".

Chevalier si sedette: "Non sei nei guai per essere scappata... o per aver incenerito il Generale".

Emily alzò le sopracciglia, sorpresa: "Davvero?"

"No, Dustin ha superato i limiti. Ha agito senza consultare gli Anziani e questo non è consentito".

"Allora dov'è?"

"In prigione, finché decidiamo che cosa fare".

"Non sono nei guai?" Chiese, senza sapere se poteva fidarsi.

"No, ma la devi smettere di scappare", le disse Kyle, sedendosi anche lui: "Se avessi semplicemente detto al Consiglio che cos'era successo, ti avremmo sostenuto".

"Pensavo che si sarebbero infuriati".

"E allora? Qual è la cosa peggiore che può succedere? Urliamo un po'..."

"Mi rinchiudete in una prigione buia, dove gli heku gridano e fa freddo ed è umido", sussurrò Emily.

"Non siamo stati noi, però. Non è stato il Consiglio", le ricordò Kyle.

"L'ha fatto qualcuno nel Consiglio".

"Non con la nostra approvazione".

"Che cosa farai con lui?" Chiese Chevalier, indicando la porta.

"Appena starà meglio lo riporterò a casa sua", gli rispose.

"Stai attenta a quello che gli dici"

"Certo, non sono stupida".

"Lo so... solo stai attenta... sei troppo fiduciosa".

"Che cosa vuoi che facciamo con Dustin?" Chiese Kyle, cambiando argomento.

"Ha importanza quello che voglio io?" chiese Emily.

"Lo prenderemo in considerazione".

"Niente, allora... purché mi lasci in pace".

"Niente? Dobbiamo tenerlo nel Consiglio?"

Emily sospirò: "Sì".

"Ok, trasmetteremo il tuo parere al Consiglio e lo useremo per prendere una decisione.

"È sveglio", disse Chevalier, dando un'occhiata alla porta.

Emily si alzò e tornò in fretta nella stanza. L'uomo la guardava con occhi opachi e confusi. Si sedette accanto al letto e gli mise un panno bagnato sulla fronte.

"Dove sono?" Chiese l'uomo, chiudendo gli occhi
"A casa mia, sei al sicuro qui".
"Vampiri...".
"Non ci sono vampiri, qui, te lo assicuro".
"Per ora, sono dappertutto".
"Non qui".

L'uomo sospirò e si rimise a dormire.

"Come ti chiami?" Chiese Emily, toccandogli leggermente una guancia.

"Robert", sussurrò un attimo prima di addormentarsi.

Emily gli mise un'alta coperta e poi tornò nell'atrio con gli heku.

"Sta dormendo", disse, chiudendo la porta.

"Normalmente, quando succede una cosa del genere, facciamo venire un medico per controllarli e poi li mandiamo a casa a riposare. Gli diciamo che hanno l'influenza e il fuoco di sant'Antonio", disse Kyle.

"È orribile", disse Emily, turbata.

"Funziona, in effetti non esiste il fuoco di sant'Antonio. Evita agli heku di venire implicati".

"Lo terrò qui finché starà meglio".

Chevalier annuì: "Puoi restare qui stanotte per controllarlo. Manderò qui Silas e Kralen".

"Dobbiamo andare a punire quegli heku", disse Kyle, mostrando i quattro sacchetti di pelle.

"Grazie", mormorò Emily, fissando la porta.

"Dormirà per un po'. Riposati e chiedi a Silas di avvertirti quando si sveglia".

"Per favore, fai portare qui Dain?" chiese Emily, alzandosi.

Chevalier la baciò e poi uscì con Kyle. Emily preparò una cena veloce e poi controllò Robert prima di uscire a parlare con Kralen e Silas.

Dain sibilava piano tra le braccia di Kralen quando lei uscì.

"Che cosa c'è che non va?" chiese, facendo un passo indietro.

"Sente odore di sangue", spiegò Kralen, tenendo più stretto Dain.

Emily gli prese Dain e salì le scale: "Se si sveglia, venite a chiamarmi, ok?"

Silas annuì, guardando la porta.

***

Emily bussò piano ed entrò sorridendo quando Robert la invitò.

"Pensavo che potessi avere fame", gli disse, appoggiando un vassoio.

"Sì, sono affamato, grazie", le rispose l'uomo, prendendo uno dei sandwich al formaggio grigliato.

"Mi dispiace che non sia niente di più elaborato. Preparerò delle bistecche per stasera, però".

"No, va benissimo".

Emily si sedette accanto a lui: "Sei quasi pronto ad andare a casa, penso".

"Da quanto tempo sono qui?" Le chiese, guardando la stanzetta.

"Due settimane".

"Wow, così tanto?"

"Sì".

"Ho veramente apprezzato che mi abbia lasciato restare qui mentre mi rimettevo da quell'attacco di vampiri".

Emily sorrise: "Non esistono i vampiri".

Lui la guardò: "Hai visto i morsi".

"Ho visto qualcosa... non sono sicura che fossero morsi".

"Certo che lo erano".

"I Vampiri sono un mito, non esistono".

"È un modo pericoloso di pensare, se vivi in questa città".

"È la verità".

"Che cosa mi è successo, allora?"

"Non lo so con precisione".

Robert annuì e finì il sandwich.

"Bene, in ogni modo, posso portarti a casa questo pomeriggio".

Robert prese l'altro sandwich e cominciò a mangiare: "Nessun posto dove andare. Camminerò".

"Che cosa vuoi dire?"

"Non ho una casa, vivo per strada".

Emily sospirò: "Che cosa fai per vivere?"

"Una volta ero una guardia del corpo".

"Di qualcuno che conosco?"

"No, politici, il più delle volte".

"È così che ti hanno sparato?" Chiese, cercando di non sembrare troppo curiosa.

"Sì".

"Eri una guardia del corpo, e adesso?"

"Ora sono un cacciatore di vampiri", le disse, appoggiando il bicchiere vuoto.

"Ne vuoi ancora?"

"No, grazie, sto bene così", disse e si girò lentamente per sedersi sulla sponda del letto.

"Oh, ti prendo qualcosa da mettere", disse Emily, correndo di sopra, nella camera di Exavior. Prese un completo dalla cabina armadio e lo portò a Robert.

L'uomo alzò gli abiti e sorrise: "Quant'è alto tuo marito? Accidenti!"

"È piuttosto grosso", disse Emily: "Vieni fuori quando sarai vestito, così potremo parlare.

L'uomo annuì ed Emily chiuse la porta.

"Sta uscendo, allora?", Chiese Kralen dall'atrio.

"Sì, resta nascosto, ok?"

"Ok... cacciatore di vampiri, davvero?"

"Sì, beh...", disse Emily, sedendosi su un divano nell'atrio.

Kralen scomparve proprio mentre Robert apriva la porta e si guardava attorno. "Wow, bella casa".

"Grazie".

"Mi ripeti che cosa fa tuo marito?"

"È un... un militare... un tipo", disse e sorrise quando lo vide che si teneva su i pantaloni: "Ti serve una cintura?"

"Sì, grazie... lui sa che sono qui, vero?"

"Certo", disse Emily e corse su per le scale, tornando con una cintura.

Robert la infilò e continuò a guardarsi attorno: "Sai, non vorrei bisticciare con lui se è così grosso".

"Non preoccuparti di Chev. Abbaia ma non morde", disse Emily, soffocando una risata.

"Buono a sapersi".

"Vuoi qualcosa da bere? Possiamo parlare in biblioteca, dove saremo più comodi".

"Certo, della cola, per favore.

Emily andò in cucina e ne uscì qualche minuto dopo. Gli porse il bicchiere e andarono a sedersi in biblioteca.

"Militare, hai detto?" Chiese, guardando gli scaffali altissimi pieni di libri.

"Un tipo".

"Non ho mai visto un militare con una casa così grande, ecco tutto".

"Parliamo di te, la mia vita è noiosa. Hai detto che sei un cacciatore di vampiri?"

Robert si mise comodo e la fissò: "Sì, ne ho fatto la mia missione".

"Perché?"

"Ragioni personali".

Emily fece una smorfia: "Allora tu dai la caccia ai non-morti, anche se ti attaccano e ti lasciano in un vicolo".

"Non mi avrebbero lasciato lì", disse, bevendo un sorso.

"Eri da solo nel vicolo, quando ti ho trovato.

"Ci stavo pensando e mi domando che cosa li abbia spaventati".

"Non c'era nessuno intorno a te".

"Il che mi ricorda, che ci facevi in un vicolo nel cuore della notte, da sola?"

"Mi piace guidare di notte quando ho bisogno di pensare".

"Non è sicuro. Non dovresti andare in giro da sola".

Emily sorrise: "So badare a me stessa".

"Questa città è infestata dai vampiri. Non puoi difenderti da loro".

"Te l'ho detto, i vampiri non esistono".

"Vivi qui abbastanza a lungo e vedrai".

"Allora non hai un posto dove andare?" Chiese Emily appoggiando il suo bicchiere.

"No, la caccia ai vampiri non è redditizia... me la cavo, comunque. Ogni tanto faccio dei lavoretti per comprarmi da mangiare e vivo sotto il ponte di Clock Street per stare all'asciutto".

"Non hai una famiglia?"

"No".

"Non mi piace che debba vivere sotto un ponte".

L'uomo sorrise: "È solo il mio modo di vivere, in questo momento".

Emily sospirò: "Allora resta qui".

"Non posso trasferirmi da te".

"Perché no? Chev è via per un po' ed io lavoro molto. Saresti qui da solo per la maggior parte del tempo".

Robert la guardo e sospirò: "Non hai il senso del pericolo, vero?"

"Perché lo dici? Mi sembra di sentire mio marito".

"Tiri su uno sconosciuto malridotto e insanguinato, lo porti a casa tua, lo curi fino a quando si rimette, poi gli offri di restare. Non ti sembra una cosa pericolosa?"

"Te l'ho detto... so badare a me stessa".

"Sono quasi tentato di restare qui solo per proteggerti", disse l'uomo ridendo.

"Non mi serve una guardia del corpo".

"Non in questo momento. Sei stata fortunata ed io non ho intenzione di farti del male... ma devi ammetterlo, sei una bella ragazza, e piccolina. Sono sicuro che potresti metterti nei guai senza nemmeno provarci".

Emily arrossì e prese una coperta: "Non hai qualche amico con cui stare?"

"No, nessuno".

"Perché hai smesso di fare la guardia del corpo e ti sei messo a cacciare i vampiri?"

"Ho perso una persona che proteggevo a causa di un vampiro. Non sono più tornato indietro", disse, guardando fuori dalla finestra.

"Oh, mi dispiace"

"Maledetti non-morti. Continuano a sfuggirmi e mi fa incazzare".

"Forse non vale la pena di inseguirli".

"Oh, sì, te lo assicuro".

Emily sorrise e prese il suo bicchiere. Vide un movimento con la coda dell'occhio e urlò quando vide un topo, poi si mise in fretta in piedi sul divano. Kralen e Silas si precipitarono dentro, chini e pronti ad attaccare. Robert si alzò per affrontarli, socchiudendo gli occhi.

"Topo, Silas, prendilo!" urlò Emily e indicò la parete.

Silas camminò per apparire umano e una volta chinato e nascosto, sfuocò e catturò facilmente il topo con le dita. Quando si alzò e uscì dalla stanza, Emily scese dal divano e sorrise a Robert.

"Scusa... questo è Kralen. È un amico di mio marito", disse Emily e Kralen fece un cenno di saluto a Robert.

"Amico o guardia del corpo?" Chiese Robert, squadrando attentamente Silas quando rientrò.

"Perché dici che è una guardia del corpo?" chiese Emily, mettendosi comoda.

"Ho passato abbastanza anni a fare la guardia del corpo per individuarne una da un chilometro. Entrambi questi tipi sono qui per proteggerti, è ovvio", disse Robert, restando in piedi di fronte a Silas e Kralen.

"Sono solo amici. Non mi servono guardie del corpo... siediti per favore".

Robert si sedette, ma tenne d'occhio gli heku: "Sono guardie del corpo, e anche brave, immagino. Sembrano molto protettivi nei tuoi confronti".

Kralen fece un sorrisino e poi lui e Silas uscirono, chiudendo la porta.

"Continui con la storia del militare?" Le chiese l'uomo.

"È vero".

"Le mogli dei militari non hanno bisogno di guardie del corpo e con lo stipendio da militare non si comprano case così".

"Ho detto tipo un militare". Gli ricordò.

"Ah, già. Allora da che cosa ti proteggono?"

"Non ne ho idea. Si limitano a gironzolare qui intorno senza fare niente tutto il giorno".

Sentì Kralen che rideva fuori della porta.

Robert si alzò e si stirò: "Ripeto, apprezzo tutto quello che hai fatto, ma dovrei andare, adesso che sono guarito".

"La mia offerta è ancora valida. Fa freddo fuori e non mi piacerebbe sapere che dormi sotto un ponte".

"Non resterò per approfittare della tua ospitalità".

"Bene, allora ti assumerò".

"Per fare che cosa?"

"Beh... c'è del lavoro da fare in casa".

"Vuoi un tuttofare residente?" Chiese divertito.

"Certo, perché no?"

"Per il vitto e l'alloggio?"

"Sì".

"Lascia che sia anche una delle tue guardie del corpo".

Emily rise: "Non credi che bastino quei due?"

"Chi ti protegge quando dormono... o prendono un giorno libero?"

"Non mi servono nemmeno loro, perché dovrei assumerne un'altra?"

"Bene allora... sarò la tua guardie del corpo per i vampiri".

Emily aggrottò la fronte: "Allora farai dei lavoretti in casa e mi proteggerai dai vampiri?"

"Sì".

"Per il vitto e l'alloggio".

"Giusto".

Emily ci pensò un attimo. Sapeva che Chevalier non sarebbe stato contento di sapere che aveva assunto un tuttofare residente e nemmeno che il tuttofare si ritenesse un cacciatore di vampiri.

"Se è un problema, posso ritornare al mio ponte", le disse Robert.

"Bene, puoi restare nella stessa camera e cominciare lunedì".

Lui la guardò con sospetto: "Questo è l'affare più strano che abbia mai fatto".

"Abituati, non succede mai niente di normale intorno a me", disse Emily, alzandosi. "Devo tornare al lavoro. Starai bene qui da solo?"

"Certo, devo andare a prendere la mia motocicletta e poi tornerò".

"Non starò via molto, non lavorerò per tutto il turno", disse Emily andando alla porta. Kralen e Silas si misero dietro di lei quando aprì la porta. Robert li guardò, scosse la testa e poi chiuse la porta d'ingresso.

Salirono tutti sulla Jeep ed Emily si diresse a palazzo.

Kralen si mise a ridere: "Non riesco a credere che tu abbia appena assunto una guardie del corpo per proteggerti contro i vampiri".

Emily sorrise: "Non potevo lasciarlo andare a dormire sotto un ponte".

"Però..."

"Aiuterà in casa, andrà tutto bene".

"Possiamo farlo noi più in fretta"

"Kralen..."

"E meglio".

"Beh, io non voglio essere presente quando lo dirai al Consiglio". Le disse Silas.

"Non vedo perché dovrei dirlo al Consiglio, purché lo sappia Chev", Gli rispose, svoltando nella stradina che portava a Council City.

"Silas ed io abbiamo parlato... di Frederick", disse Kralen, fissandola.

"Ok... allora?"

"Ti potremmo fornire una facile via di uscita".

"Continua..."-

"Se ci dici dov'è, potremmo dire al Consiglio di averlo trovato per caso. Questo permetterebbe di restituire Frederick senza che tu debba ammettere di averlo consegnato".

Emily sorrise: "Apprezzo il pensiero, ma deve soffrire, prima".

"Lo immaginavo", disse Kralen, scendendo dalla Jeep quando Emily si fermò davanti al palazzo.

"La dobbiamo mettere in garage?" Chiese una delle Guardie di Porta.

"Vado io", disse Silas, salendo davanti.

Emily entrò con Kralen e altri tre Cavalieri si unirono a loro.

"Mamma!" gridò Dain e poi sfuocò da lei, quasi facendola cadere. Kralen la afferrò in tempo e la rimise in piedi.

"Attento, baby", gli disse Emily, prendendolo in braccio.

Lei gli baciò la guancia mentre andavano nel suo ufficio. Lasciò la porta aperta e si sedette con la pila di carte che doveva guardare. Il tempo passato lontano dal suo lavoro di Supervisore del Personale l'aveva fatta restare indietro e si tuffò nelle numerose richieste e reclami lasciati sulla sua scrivania.

"Occupata?" Chiese Chevalier, dalla porta.

Emily sorrise: "Entra".

L'Anziano entrò e si sedette: "Sei in arretrato?"

"Non ne hai idea", disse, firmando un documento prima di cominciare una nuova pila.

"Come sta il mortale?"

"Robert sta bene".
"È andato a casa?"
Emily si strinse nelle spalle: "Beh, in un certo senso".
"In un certo senso?"
"Sì, in un certo senso".
"Definisci un certo senso".
"L'ho assunto, quindi rimane". Disse, gettando una catasta di fogli nel cestino della carta straccia.
Chevalier alzò un sopracciglio: "Vive con te?"
"Come dipendente, sì".
"Non credo che la cosa mi piaccia".
"È solo temporaneo", gli disse: "Sistemerà un po' di cose in casa".
"Ho degli heku che possono farlo più in fretta".
"Lo so, ma è un senzatetto, Chev", disse, alzando gli occhi su di lui.
"Qual è la mia posizione in questa storia?"
"In che senso?"
"Voglio dire... sa di me?"
"Sa che sono sposata, se è quello che intendi dire".
"E gli heku?"
"Ovviamente non sa niente degli heku".
"Le tue guardie?"
Emily sospirò: "Ha capito che sono le mie guardie del corpo dopo che ho visto un topo".
Chevalier sogghignò: "Sa che hai delle guardie del corpo?"
"Sì, una volta era una guardia del corpo e ha capito immediatamente che non erano solo amici".
"Comunque non è sicuro", disse Chevalier: "È rischioso avere un mortale che vive accanto a te. Uno che non sa niente degli heku".
"Beh..."
"Che c'è?"
"Lui è... una specie, beh... di cacciatore di vampiri".
"Em..."
"Così se vedrà un heku aggredirmi, penserà semplicemente che si tratta di vampiri".
"È troppo pericoloso".
"Non posso lasciarlo andare a vivere per strada, Chev".
Lui si chinò sulla scrivania e la baciò: "Hai un cuore talmente tenero".
"Lo dici come se fosse una brutta cosa".
"Non era mia intenzione".
"Questa sistemazione non è permanente".

"Ok, solo, stai attenta".

Emily annuì e Chevalier uscì. Si fermò un po' in là nell'atrio e chiese a Kralen di avvicinarsi a lui.

"Le ha detto della guardia del corpo?" Chiese Kralen, sorridendo.

"No, mi ha detto del suo nuovo tuttofare residente",

"Oh... bene... lui deve anche proteggerla dai vampiri".

Chevalier sospirò: "No, Emily ha dimenticato di dirmelo".

"La sorveglieremo attentamente".

"Lo so... vedete se riuscite a scoprire qualcosa di lui. Non mi fido e oltre a tutto non mi va che viva con lei".

"D'accordo", disse Kralen e fece un piccolo inchino quando arrivò Kyle.

"Em è nel suo ufficio?" Chiese.

"Sì... probabilmente a tentare di trovare qualche altro problema", sospirò Chevalier.

"Cioè?"

"Cioè... ha appena assunto un tuttofare e guardia del corpo contro i vampiri che vive con lei".

"Che cosa ha fatto?"

"Hai capito bene".

Kyle si rivolse a Kralen: "Sul serio?"

Kralen si limitò ad annuire e tornò alla sua postazione.

Robert

"Ci pensiamo noi", disse Silas a Robert quando arrivò per aprire la porta.

"Certo", rispose Robert, ma rimase sulle scale per vedere chi era.

Silas aprì la porta a diversi heku che portavano del materiale per la ristrutturazione di Emily. Silas firmò il blocco prima di chiudere la porta e guardare Robert.

"Niente attacchi di vampiri", disse, entrando in casa.

Robert lo fissò torvo e andò a prendere una trave prima di ritornare al secondo piano. Aprì le persiane e osservò il SUV nero che si allontanava.

"Chi era?" chiese Emily quando entrò Silas, continuando a dipingere la parete in sala da pranzo mentre Kralen dipingeva attentamente il soffitto.

"Altro materiale... Robert è un po' sulle spine, l'hai notato?"

"Sì, beh...", disse, dando un pennello a Silas, che si sedette, cominciando a dipingere lo zoccolo.

Kralen guardò la finestra e fece una smorfia: "Perché sta ancora pattugliando?"

"Sta pattugliando?" chiese Emily, alzando gli occhi.

"Sì, e mi sta facendo impazzire".

"Non fa niente di male se vuole guardarsi attorno".

"Sì, ma obbliga la Cavalleria a ritirarsi nell'ombra e in questo modo non riescono a tenere d'occhio la casa", spiegò Silas: "Se ci fosse un attacco, ci vorrebbe quel secondo in più a reagire, dato che devono nascondersi tra gli alberi".

"Che cosa volete che faccia?" chiese Emily, guardandoli.

"Buttalo fuori a calci", suggerì Kralen.

"Non posso farlo".

"Perché no?"

"Che interesse hai?"

"Nessun interesse. Solo non credo debba restare senza una casa".

"Ha fatto il test antivampiri a tutti noi. Puzzo ancora d' aglio", le disse Kralen, irritato.

"Mi piacerebbe ficcargli quella croce su per..." cominciò Silas.

"Silas!" sussurrò aspra Emily.

"Che diavolo! Ho dovuto cambiarmi la camicia questa mattina quando ha deciso di colpirmi con l'acqua benedetta".

Emily sogghignò "Scusa".

"Che cosa farai se lo scopre?"

"Non lo so, spero che non lo scopra".

"Io non mi fido di lui".
"Si vede".
"E tu?" Le chiese Silas.
"Certo, perché no. Non ha fatto niente che mi spinga a non fidarmi di lui e ci sta aiutando parecchio in casa".
"Sei troppo fiduciosa".
"Dai... dipingi..."
Chevalier aprì la porta ed entrò, poi storse il naso all'odore di vernice fresca. Non entrava in quella casa da quando avevano cominciato a dipingere tre settimane prima, proprio per quel motivo.
"Fermati dove sei!" Disse Robert, correndo giù dalle scale.
Chevalier gli diede un'occhiata: "Scusami?"
"Chi diavolo credi di essere, per entrare qui?" Chiese Robert e si mise tra Chevalier e l'atrio.
"Io vivo qui. Chi diavolo sei tu?"
Robert sorrise: "Ah, devi essere il marito di Emily".
"Già", disse Chevalier, girandogli attorno. Entrò nella sala da pranzo e si sedette accanto a Emily: "Non c'è niente come essere assalito appena entro".
Emily sorrise: "Beh lui è... beh..."
"Fastidioso?" Chiese Kralen.
"Impiccione?" Aggiunse Kralen.
"Io stavo per dire ambizioso", disse loro Emily.
"Un po' troppo ambizioso per quel cosino che è". Disse Chevalier, chiaramente irritato.
"Non è un cosino".
"Sì invece".
"Solo perché tu sei gargantuesco, non significa che lui sia piccolo".
"Gargantuesco?" Chiese Silas, sogghignando.
"Lo so che non vi piace, ma si tiene occupato e ci sta aiutando".
"Sì, facendo cose che potremmo fare noi, più in fretta e meglio", disse Kralen, continuando a dipingere.
"Sii carino", gli disse Emily: "Non fa del male e nessuno e non lo manderò fuori a vivere per strada".
"Penso che avremmo dovuto sbatterlo fuori quando si è innamorato di te". Le disse Silas, appoggiando il pennello.
"E' vero?" Chiese Chevalier.
"No, non è vero", gli disse Emily.
"Oh sì, invece, e di brutto", disse Kralen.
Emily sbuffò: "Crescete, voi due!".
Silas sorrise: "Tu se la mortale più cieca che io abbia mai incontrato".

"Non è vero?"
"Ehi, Emily, sei bollente?" Chiese Kralen, e sorrise.
"No, a dire il vero ho abbastanza freddo".
"Visto?" disse Kralen ridendo.
"Che c'entra il fatto che abbia freddo con questa storia?"
"Basta", disse Chevalier, scuotendo la testa: "Se il mortale si è innamorato di te, però, cambia tutto".
"Non è vero", gli assicurò Emily e si alzò, stiracchiandosi le gambe: "Inoltre non è 'il mortale'. Si chiama Robert e non sta facendo niente di male".
"Em?" la chiamò Robert dall'atrio.
"Fate i bravi", sussurrò lei prima di uscire; "Che c'è?"
"Ho finito con quegli scaffali", le Disse Robert e gi heku smisero di lavorare per ascoltare.
"Oh, bene, è un bel passo avanti".
"Che cosa vuoi che faccia adesso?"
"Perché non ti prendi la serata libera e domani vedi che cosa puoi fare con il bagno?"
"Chi compra una casa senza wc, comunque?" Chiese, divertito.
"Pensavo di aggiungerli dopo".
"Vieni con me". Disse Robert.
"Dove?" sussurrò Chevalier a Kralen.
Kralen gli rispose: "Cerca sempre di convincerla ad andare in motocicletta con lui".
"No, grazie. C'è Chev stasera e penso che starò in casa". Gli disse Emily.
"Conosci qualcuno che sia alto meno di due metri?" Chiese Robert ridendo.
"Sì, tu", disse Emily ed entrò in cucina. Gi heku sentirono Robert che la seguiva.
"È strano come non mangino... mai".
"Sì che mangiano. Credo che non gli piaccia la mia cucina".
"Non è possibile, sei una cuoca incredibile".
"Tu sei solo affamato".
"Non li ho mai visti nemmeno dormire".
"Beh, non è che si accampino sul mio pavimento".
"Perché non esci mai con me di sera?"
"Fa troppo freddo".
Gli heku lo sentirono fare qualche passo avanti: "Non fa così freddo".
Chevalier andò in fretta alla porta e la aprì. Vide Robert, in piedi molto vicino a Emily, spostarsi immediatamente quando entrò lui.
"Ha un buon profumo, Em", disse Chevalier, abbracciandola.

"Allora comincerò domani con quel bagno", disse Robert e uscì in fretta. Qualche minuto dopo sentirono partire la sua motocicletta.
"Ha un buon profumo?" Chiese Emily, servendosi.
Chevalier sogghignò: "Beh... in realtà no".
Emily si sedette a tavola e fu raggiunta dagli heku, incluso Mark, che stava aspettando che Robert se ne andasse prima di entrare.
"Gli piaci proprio", le disse Chevalier.
"Non essere ridicolo".
"Non sono ridicolo. Stai attenta, con lui".
"Credo che non resterà ancora per molto. Abbiamo quasi finito con la casa... eccetto... per quella". Disse Emily, cominciando a mangiare.
"Quella?" Chiese Mark.
"La stanza cerimoniale", gli disse Kralen.
"Ci stiamo lavorando, non ci vorrà ancora molto", le disse Chevalier: "Quando sarà sparita, hai intenzione di vendere questa casa?"
"Non lo so ancora".
"Non abbiamo ancora svuotato la stanza di Exavior", le ricordò Silas.
"Lo so... comincerò io più avanti".
"Perché non lo lasci fare a noi?"
"Ci penserò io, va tutto bene. Non ci può essere molto altro, là dentro, che non abbia già visto".
Mark si alzò di colpo e guardò verso la porta sul retro. Emily alzò gli occhi mentre anche Silas e Kralen si alzavano lentamente, tenendo d'occhio la porta.
"Andate!" sussurrò Chevalier e i tre heku sfuocarono via.
I due cani arrivarono correndo dalla stanza sul davanti e sfrecciarono davanti a Emily ringhiando, diretti alla porta sul retro.
"No!" Gridò Emily, alzandosi per seguire i cani.
Chevalier le avvolse le braccia intorno alla vita: "No, resta qui.
"Che c'è la fuori?" sussurrò.
"Alcuni heku".
"Encala?"
"Probabilmente, sono giorni che tentano di entrare".
Emily lo guardò sorpresa: "E nessuno me l'ha detto?"
"Li abbiamo fermati. C'è metà Cavalleria la fuori nell'oscurità".
"Dovrei mandare via Robert, è pericoloso per lui restare qui".
"Ora ti metti anche a proteggerlo?"
Emily si allontanò da Chevalier e lo guardò: "Ora non rispolverare le tue tendenze alla gelosia".
"Non sono geloso".
"Ci sei vicino".

Chevalier sospirò: "Sto cercando di controllarla".
Emily sorrise e si avvicinò. Lui la tirò a sé e la baciò con passione. Emily gli mise le braccia al collo e intrecciò le dita tra i suoi capelli.

***

"Maledizione, tutte le volte ne mandano di più", disse Mark entrando in cucina con Silas e Kralen.
"Dobbiamo convincerla a restare a palazzo", disse Kralen, col fiato un po' corto.
"Già, ma ci abbiamo già tentato".
"Continuiamo a tentare. Anch'io voglio tornare a palazzo".
Si voltarono tutti quando si aprì la porta d'ingresso.
"Splendido, è tornato", sospirò Silas.
Robert entrò in cucina e si fermò quando vide gli heku intorno a tavolo a chiacchierare. Venne avanti per unirsi a loro: "Avete fatto baruffa?
Mark lo guardò: "Già".
"Dovete essere tutti nuovi come guardie del corpo, quindi vi darò qualche consiglio", disse Robert, mettendosi comodo, dopo essersi guardato attorno.
Kralen alzò un sopracciglio: "Non direi che siamo nuovi del mestiere".
"Sì, beh... continuate a fare errori da reclute".
"Davvero?"
"Sì... prima di tutto, siete troppo affezionati alla vostra protetta", disse loro Robert.
Silas sorrise: "Ok"
"Mai attaccarsi troppo, rallenta i tempi di reazione agli attacchi".
Kralen guardò Mark e sbuffò".
"Ricordate, è una vostra responsabilità, non una vostra amica. Affezionatevi troppo e i vostri riflessi rallenteranno, mandandovi nel panico in caso di attacco".
"Ok", disse Silas.
"Le vostre dimensioni non la proteggeranno. Sapete combattere?" Chiese Robert.
"Sì", rispose Mark, che si stava irritando.
"Avete mai combattuto un vampiro?"
"No".
Robert sospirò: "È importante che sappiate come fare. Temo che i vampiri stiano dando la caccia a Emily".
"Ah sì? Che cosa te lo fa pensare?"

"È solo una sensazione. Ci sono un mucchio di alberi scuri intorno alla casa, un posto perfetto per nascondersi, per i vampiri. Ho un sesto senso per queste cose e quei vampiri attaccheranno".

"Ok", ripeté Silas, abbassando gli occhi.

"Ricordate, il 98% delle volte non succede niente. Dovete concentrarvi sull'altro 2% ed essere sempre pronti", disse loro Robert, chinandosi verso il tavolo.

"Già, con Emily è più facile che i guai siano il 98%", disse Kralen, troppo piano perché Robert sentisse.

Silas sogghignò e Kralen nascose un sorriso.

"Non è divertente. Sono serio", disse Robert, guardandoli storto: "Fareste bene ad ascoltarmi. Ho più esperienza di voi.

"Oh, ci scommetto", rispose Silas.

"Dov'è Emily?" Chiese il mortale, guardando la porta.

"È occupata".

"Con che cosa?"

"Cose".

Robert annuì: "Avete mai dovuto proteggerla contro suo marito?"

"No", ringhiò Mark.

"Vi rendete conto che la maggior parte dei maltrattamenti nei confronti delle donne avviene per mano dei mariti... specialmente quando c'è una forte differenza di età, come tra Emily e suo marito?"

"Lui non la maltratta".

"Tenete gli occhi aperti. Certo, le cose diventano un po' confuse quando è il marito che vi paga lo stipendio. Ecco perché è un bene che ci sia qua io".

"Perché esattamente?" Chiese Kralen.

"Se suo marito sfugge di mano, io sono stato assunto da Emily e non devo nessuna lealtà a lui", spiegò Robert.

"Ok", disse Silas, ancora una volta.

"Ascoltami, mezza cartuccia", sibilò Mark: "Non ci serve il tuo aiuto per proteggere Emily, specialmente da suo marito. Non ci servono i tuoi consigli e, in tutta onestà, non ci servi tu qui... punto".

Robert sogghignò: "Avete paura che invada il vostro territorio. Vedo che siete molto cauti e forse vi spavento anche un po'".

Silas allungò una mano e impedì a Mark di alzarsi: "Proteggiamo Emily da abbastanza tempo da sapere che cosa stiamo facendo e non ci serve l'aiuto di tipi come te".

"Forse allora è quello il problema. La proteggete da troppo tempo. È normale cambiare le guardie del corpo ogni dopo qualche anno, per evitare questo tipo di attaccamento", disse Robert.

"Tu non sai nemmeno di che cosa parli", disse Mark, alzandosi. Aprì la porta e lasciò entrare i due cani, che corsero attraverso la cucina e poi salirono le scale.

"Quelli sono sbagliati, come cani da guardia. Dovreste scegliere pastori tedeschi o rottweiler. I Labrador vanno bene per i bambini, non come protezione. Il Malamute può andar bene, se è addestrato correttamente".

"C'è qualcosa su cui tu non abbia un'opinione da dare?" Chiese Silas.

Robert sorrise: "Non quando si parla di protezione... dovreste farvi furbi, ascoltare e imparare".

"Giusto, come controllare che suo marito non la maltratti".

"Esattamente".

"Perché vengo accusato di maltrattare Em?" Chiese Chevalier dalla soglia.

"Robert, qui, sta correggendo alcuni degli errori da recluta che facciamo, come guardie del corpo", disse Kralen all'Anziano.

"Vedo", disse e si sedette con loro: "Quali sarebbero esattamente questi errori da recluta?"

"Sono troppo affezionati a lei, non è sicuro", gli disse Robert.

Chevalier aggrottò la fronte: "Non le sono più affezionati di te... una cosa, ragazzo, di cui dobbiamo parlare".

Robert socchiuse gli occhi: "Cioè?"

"Voglio dire... stai lontano da mia moglie".

"Io non ho mai toccato tua moglie".

"C'è un'attrazione evidente ed Em ha avuto pessime esperienze con tipi come te".

"Non credo che mi piaccia quello che stai insinuando".

"Non so perché sei qui, o che cosa veda Emily in te per volerti tenere al sicuro, ma tieni giù le mani e ricorda, sei un tuttofare, nient'altro".

"Mi ha ingaggiato anche per proteggerla dai vampiri", gli ricordò Robert.

"Questa è una stupidata. Una cosa del genere non esiste", disse Mark.

"Ve l'ho detto... ho la sensazione che i vampiri le stiano dietro", disse Robert, alzandosi. "Sarà meglio che stiate attenti. Quando attaccheranno, io proteggerò solo Emily, voi dovrete arrangiarvi".

"Chiaro", ringhiò Kralen.

Robert sorrise e uscì dalla stanza. Lo sentirono andare in camera sua e chiudere la porta.

"Che idiota!" sospirò Silas.

"Non mi fido di lui", disse Chevalier.

"Osa chiamarci reclute e cerca di insegnarci a proteggerla", disse Mark con un sorriso di scherno.

"Che cosa avete trovato?"

"Ah, giusto. Dodici Encala che cercavano lentamente di avvicinarsi alla casa", gli disse Mark.

"Pensano che Frederick sia qui", disse Silas.

"Dannazione, vorrei che si decidesse a dircelo", sospirò Chevalier.

"Quello, ritornare a palazzo e liberarsi del perdente".

"Anche quello".

"Perché gli Encala non attaccano in massa?" Chiese Mark: "Questi piccoli attacchi sono inutili. Sanno che controlliamo la casa".

"Non so, ma mi aspetto che la strategia cambi, e in fretta", rispose Chevalier.

"Mettiamo Robert di guardia là fuori", disse Silas con un sogghigno.

"Accidenti, Emily ha cucinato di nuovo gli spaghetti?" chiese Chevalier, guardando verso la cucina.

"No, lo scemo ha sparso aglio in tutta la casa", spiegò Kralen: "Puzza da morire".

"Sì, e continua a sbatterci in faccia una croce e ci spruzza con l'acqua benedetta su base regolare", aggiunse Silas.

"Sarà meglio che non tenti di farlo con me, se vuole tenersi la testa, disse loro Chevalier.

"Per cui sarebbe meglio che lo incoraggiassimo, no?" disse Kralen ridendo.

Chevalier sorrise: "Avete detto che di mestiere fa il cacciatore di vampiri?"

"Sì".

"S.S.V.?"

"No", disse Silas, "Si è offeso quando gli abbiamo chiesto se era membro della S.S.V.".

"In questo momento, dobbiamo liberarci del mortale rompiballe e poi Emily può ritornare a palazzo, dove è più al sicuro", disse loro Mark.

"Cercheremo", disse Kralen: "Ma conosci Emily, se vede che cerchiamo di liberarci di quel cazzone, farà esattamente il contrario".

"Vero", disse Chevalier: "Potremmo semplicemente... sapete..."

"Liberarci di lui durante uno dei suoi giri notturni?" Chiese Silas: "Ci stavo pensando".

"Controllarlo abbastanza a lungo da fargli scrivere un biglietto per Emily, per informarla che se ne va, e poi assicurarci che non torni", disse Kralen, dopo averci riflettuto.

"Vediamo prima se se ne va per conto suo, ma non lo sopporterò ancora per molto", disse Chevalier". Alzò gli occhi quando sentì Emily che cominciava a parlare nel sonno: "Sarà meglio che salga prima che cominci a urlare e il mortale vada a fare l'eroe".

Kralen sorrise e guardò Chevalier uscire dalla cucina.

***

"Dove sono le tue guardie?" Chiese Robert, entrando in cucina. Emily era seduta al tavolo con una tazza di caffè in mano.

"Oh, qui intorno, immagino".

"Sono le guardie del corpo più strane che abbia mai visto", disse, versandosi una tazza di caffè.

"Perché?"

"Infrangono alcuni delle regole cardinali... come ad esempio, non perderti mai di vista".

Emily lo guardò sedersi accanto a lei: "Non ho nemmeno bisogno di guardie del corpo. Sono qui solo per far felice Chevalier".

"Lui deve pensare che c'è un motivo".

"Beh, sì".

"Allora non dovrebbero scomparire".

Emily trasalì quando Mark e un altro Cavaliere entrarono nella stanza.

"Proprio al momento giusto", Disse Robert, irritato, fissandoli: "Non dovreste proprio perderla di vista".

"Basta, Robert", brontolò Emily, finendo il caffè.

"Non credo ci sia bisogno del tuo aiuto, ragazzo", disse Mark, girando una sedia e sedendosi cavalcioni. L'altro Cavaliere si spostò in silenzio contro la parete e rimase immobile.

"Ragazzo? Scommetto che sono più vecchio di te", disse Robert.

"Smettetela", sospirò Emily.

"Dove sono scemo e più scemo?"

"Chi?" Chiese Mark.

"I due tizi che sono sempre qui".

"Kralen e Silas avevano altri impegni, oggi".

"Robert... per favore". Disse Emily.

"Scusa", le disse Robert, con un sogghigno a Mark.

Mark socchiuse gli occhi: "Em, vai a lavorare oggi? Dain ha qualche problema".

Lei alzò gli occhi: "Sì, appena finisco il caffè".

"Dovresti licenziare quel Dain. Sembra causare un mucchio di problemi", disse Robert e andò a prendere altro caffè.

"Lo terrò a mente", disse Emily.

"C'è qualcosa su cui tu non abbia un'opinione da dare?" Chiese Mark, ripetendo la stessa domanda che aveva fatto Silas.
"No", rispose Robert, sedendosi.
"Finirai quella stanza da bagno oggi, allora?" chiese Emily.
"Sì, che cosa vuoi che faccia dopo?"
Emily ci pensò: "Credo che sia tutto".
"Posso cominciare a occuparmi di quella stanza, quella con le antichità e tutta quella roba".
"No, a quella penserò io".
"Potresti sempre andare a cercare un altro lavoro", suggerì Mark.
Robert fece una smorfia: "E poi chi la proteggerebbe dai vampiri?"
L'altro Cavaliere, che era rimasto in silenzio fino a quel momento, fece un mezzo sorriso: "Penso proprio che possiamo pensarci noi".
"Voi tre siete peggio dei bambini", disse Emily e si alzò per sciacquare la tazza: "Io vado, allora, tornerò stasera, in tempo per preparare la cena".
Robert annuì e guardò Emily uscire seguita da Mark e dell'altra guardia. Salirono sulla Jeep e si diressero a Council City.
"È un tale rompiballe", ringhiò Mark.
"Non è vero, è che tu lo provochi", disse Emily.
"No. Deve mettere il naso dappertutto ed è ingiustificabile".
"Non sta facendo niente di male".
"Si sta innamorando di te".
"No, non è vero. Smettila prima di convincere anche Chevalier".
"Non ho bisogno di convincerlo io, se n'è già accorto da solo", le disse Mark.
"Perfetto", sospirò Emily, entrando in Council City. Mise la Jeep in garage e prima di scendere, vide Derrick apparire sulla porta e aspettarla.
Mark sogghignò: "Hanno fatto in fretta".
Dain lo superò di corsa e si buttò su Emily, che lo prese al volo, gli baciò la guancia e poi entrò nel palazzo.
"Che cosa ha fatto la mamma?" Chiese Dain a Derrick.
Emily fece una smorfia. "Già, che cosa ho fatto?"
Derrick scrollò le spalle sorridendo: "Non me lo dicono".
Emily sospirò e si fece forza prima di entrare nella sala del Consiglio, ancora con Dain in braccio. Sbarrò gli occhi quando vide Dustin al suo posto, quindi andò nell'aula, sotto gli Anziani.
"Buongiorno", le disse Quinn sorridendole.
"Dipende dal perché sono qui", gli disse Emily, guardando Chevalier.

Emily guardò Dain quando lo sentì sibilare e poi notò che stava guardando Dustin. Gli sorrise e poi tornò a guardare gli Anziani.

"Non sei nei guai. Siamo solo preoccupati per il tuo ospite", le disse Zohn.

"Robert è innocuo".

"Dichiara di essere un cacciatore di vampiri".

"Sì".

"Ne hai parlato con lui?"

"In effetti no".

"Alla Cavalleria sembra non piacere".

"Lo so".

"È un so-tutto-io e adesso che si è innamorato di Emily, sta diventando peggio".

"Non è innamorato di me", disse sbuffando.

Kyle si acciglò: "Sembra pericoloso".

"Ha finito con la casa, vero?" chiese Chevalier.

"Sì", disse Emily. Sapeva a cosa stava mirando.

"Quindi se ne andrà".

"Non posso buttarlo fuori".

"Perché no?"

"È scortese".

Zohn alzò un sopracciglio: "Vivere alle tue spalle non è scortese?"

"Lui pensa di aiutarmi".

"Come?"

"Proteggendomi dai vampiri", disse Emily con un sospiro.

Kyle soffocò una risata: "Hai le tue guardie del corpo, però".

"Come mai è un problema del Consiglio?" chiese Emily, un po' seccata.

"Perché sta causando problemi in città", disse il Capo della Difesa.

"Che tipo di problemi?"

"Ha affrontato alcune delle nostre guardie. È entrato come una furia in uno dei nostri bar per donatori e chiedere i nomi".

Emily fece una smorfia: "Ah!"

"Inoltre abbiamo la sensazione che l'intera situazione sia pericolosa", le disse Quinn.

"Allora che cosa mi suggerisce di fare il Consiglio?"

"Di dirgli che è ora di andarsene".

"Questo non ci assicurerà che lasci la città".

"No, ma almeno non dovremo preoccuparci per te".

"E tu?" Chiese Emily rivolta a Chevalier.

Lui le sorrise: "Io ho altre preoccupazioni che terremo tra te e me".

"Per quanto tutto questo sembri divertente, Dain ed io dobbiamo andare a lavorare".

"Già", disse Dain sorridendo.

"Ora che la ristrutturazione della casa è finita, ritornerai a vivere a palazzo?" le chiese Quinn.

Emily alzò le spalle: "Non ne sono sicura".

"Molto bene".

Emily uscì dalla sala del Consiglio. Sentì i Consiglieri che cominciavano a parlare tra di loro, sapendo bene qual era l'argomento. Mise a terra Dain e gli prese la mano mentre salivano le scale per andare nel suo ufficio. Dain rimase con lei mentre lei affrontava la montagna di carte, giocando sul pavimento con alcuni dei vecchi camion dei pompieri di Allen.

Alla fine sospirò e guardò il bambino: "Penso di avere finito".

Dain sorrise: "Cavallo!"

"Vuoi andare a cavalcare?"

Dain annuì entusiasticamente.

"Andiamo allora", disse, sollevandolo per le caviglie. Lo portò giù dalle scale a testa in giù, mentre il bambino rideva.

"Dove andiamo?" Chiesero quattro Cavalieri, seguendola. Emily sobbalzò, e si voltò a guardarli:

"Non arrivatemi alle spalle in quel modo!"

"Scusa", disse la guardia più vicina.

"Dain ed io andiamo fuori a cavallo".

"Benissimo, veniamo anche noi".

"Ovvio", disse e si diresse alla scuderia. Sorrise quando vide che non c'era più il lucchetto sulla porta del box del suo stallone. Lo sellò in fretta e montò in sella, tirando su Dain. Quando condusse il cavallo fuori dalla scuderia, vide Kyle che la aspettava.

"Ho pensato che potevamo uscire insieme".

"Niente entourage?"

"Niente entourage".

Emily fischiò per chiamare i cani e mandò il cavallo al piccolo galoppo fuori dalla città, seguita da Kyle. Arrivati sulle colline, si misero comodi a guardare i cani giocare.

"Il Consiglio ha una richiesta da farti", dille Kyle, dandole un'occhiata.

Emily sospirò: "Ti ricordi quando noi due passavamo semplicemente del tempo insieme?"

"Sì".

"Niente richieste del Consiglio, niente secondi fini?"

"Possiamo ancora farlo".

"No, non è possibile. Sei come Chev, troppo occupato per prenderti un giorno di vacanza".

"Mi dispiace, Em. Penso che ci lasciamo coinvolgere talmente dagli affari della fazione che ci dimentichiamo di vivere".

"Prenditi una vacanza, allora".

"Dove dovrei andare?" Chiese Kyle.

Emily ci pensò un attimo: "Potremmo andare in Australia".

"Già, potremmo".

Emily scrollò le spalle: "Che cosa vuole il Consiglio adesso... a parte Frederick, ovvio?"

Kyle sorrise: "Mi faresti veramente guadagnare dei punti con gli Anziani se mi dicessi dov'è".

"È sepolto... va bene?"

"Dove?"

"Che divertimento sarebbe? Inoltre mi è debitore di tanto dolore e sconterà la sua pena".

"Accidenti, se è sepolto... ecco perché non riusciamo a sentirne l'odore".

Emily sorrise: "Lo so".

"Ma Frederick a parte...".

Lei lo guardò: "Che c'è?"

"Vogliamo più informazioni sul tuo ospite".

"Cioè?"

"Qualcosa di più riguardo la sua occupazione di cacciatore di vampiri. Cosa sta cercando di ottenere, quel genere di cose".

Emily lo guardò stupita: "Cacciare i vampiri... vorrebbe dire che ha intenzione di ucciderli... che altro dovreste sapere?"

"Per favore parlane con lui, per favore. Vedi se riesci a scoprire qualcosa di più".

"Davvero? Cos'altro c'è da scoprire, oltre al fatto che sta cercando di uccidere i vampiri?"

"Armi... quanto sa di vero"

"Certo".

"Solo, niente baci", disse Kyle con una risata.

Emily lo guardò minacciosa: "Non è vero che ha una cotta per me".

"Oh, no... è andato ben oltre la semplice cotta".

"Come fai a saperlo? Sei incastrato qui".

"Ero di pattuglia intorno a casa tua, ieri sera. L'ho visto".

Emily fece una smorfia, guardandolo: "Ci stavi spiando?"

"Non lo chiamerei spiare",

"A me sembra proprio di sì", disse lei irritata.

"Dov'è, Em?"
"Mi conosci meglio di così".
"Vero, però spero sempre che lo dica a qualcuno".
"Prima regola di un criminale: non parlare con nessuno". Strinse a sé Dain e guardò i cani che davano la caccia a uno scoiattolo.
Kyle rise: "Adesso ti consideri una criminale?"
"Se fossi un'heku, sarei qui fuori a cavallo?"
"Beh... no".
"Allora sono una criminale. Una criminale con delle attenuanti che mi permettono di restare in libertà".
"Attenuanti? Vuoi dire perché vai a letto con il capo?"
Emily rimase di sasso, poi cominciò a ridere: "No, non puoi aver detto una cosa del genere".
"Devi anche essere brava, la fai sempre franca", disse Kyle, facendo indietreggiare un po' il suo cavallo.
Emily spalancò gli occhi: "Kyle!"
"Solo per dire...".
La mano di Emily scattò verso la borsa della sella, ne tolse un fucile a vernice, e gli sparò alla spalla quando lui si girò per scappare. Emily mandò al galoppo il suo cavallo e riuscì a colpirlo altre sei volte prima di arrivare alla scuderia.
"Problemi?" Chiese Mark quando arrivarono e vide la vernice sulla camicia di Kyle.
"Mi ha accusato di andare a letto con il capo!" esclamò Emily, passando Dain a Mark.
"Mm... non è vero?" Chiese Mark.
Emily smontò da cavallo: "Ci sei solo tu qua dentro, Mark?"
"Sì".
"Bene, ho una domanda per te e Kyle, allora".
Kyle chiuse la porta del box dietro la sua giumenta e appesa la briglia: "Ok, spara".
Emily si appoggiò alla porta della scuderia: "Perché Dustin è tornato nel Consiglio?"
Kyle diede un'occhiata a Mark prima di rispondere: "C'è una legge che consente ai membri del Consiglio di scavalcare gli Anziani se ritengono che gli Anziani stiano prendendo una decisione sbagliata, oppure siano troppo coinvolti per prendere una decisione obiettiva"
"Quindi è libero..."
Mark annuì: "Sì, tecnicamente non ha fatto niente di sbagliato".
"Quindi può fare quello che vuole. Farmi aggredire, portarmi via il cavallo...".
"Praticamente sì", disse Kyle, guardandosi attorno: "Però Chevalier è livido e gli altri due Anziani non sono molto contenti

nemmeno loro. Lo stanno curando attentamente e hanno già riscritto quella legge".

Mark si guardò alle spalle e sussurrò: "Sono quegli heku di Powan. Conoscono la legge dentro e fuori e raramente fanno qualcosa che non sia perfettamente legale".

"Che cosa pensa di me, allora?" Chiese Emily, prendendo in braccio Dain.

Kyle scrollò le spalle: "Non dice niente".

"Mi sembra strano che, per un ghiribizzo, gli Anziani possano liberarsi di un membro del Consiglio... basta dire che è un debole. Eppure non riescono a mettere il guinzaglio a Fido".

"È più complicato che decidere semplicemente che qualcuno è debole. Devono provarlo".

"Dovrei metterlo con Frederick".

"Emily!" esclamò Kyle.

Mark scosse la testa: "Tienilo per te, per favore".

Emily si strinse nelle spalle: "Beh, non è un buon incentivo per restare qui, quando ho una casa tutta per me, senza lupi mannari che ciondolano intorno".

"Noi preferiremmo che tu restassi qui", le ricordò Kyle.

"Vieni a casa mia Kyle, spegni il telefono... siediti e guarda un film o qualcosa".

"Sai che non posso farlo".

"Pensaci", disse e si avviò alla porta: "Di' a Chevalier che torno a casa, per favore".

"No, mamma", disse Dain, abbracciandola: "Anch'io vado".

"Tu non puoi venire, Baby. Tornerò domani mattina", disse, baciandogli la guancia.

"Vieni Screech", disse Mark, prendendo Dain.

"Smettila, Mark!"

L'heku sorrise: "Scusa".

Kyle accompagnò Emily al garage e la guardò con fare interrogativo quando andò oltre la Jeep e si mise il casco.

"Prendi la moto?"

"Sì, sembra che stasera io esca con Robert", disse, mettendosi in sella.

"Stai attenta, Em".

"Il Consiglio ha bisogno di te", disse Emily, sorridendo, prima di mettere in modo la Harley.

Kyle guardò la porta: "Non li ho sentiti chiamare".

"Fidati", disse, uscendo dal garage.

Kyle sentì chiamare il suo nome appena Emily fu uscita e sfuocò nella sala del Consiglio.

Chevalier stava sogghignando, con gli occhi su un registro.

"Mi avete chiamato?" Chiese Kyle, salendo verso il palco del Consiglio.

"Per favore, fai rivivere Dustin", disse Zohn ridacchiando.

***

"Esci veramente con me stasera?" Chiese Robert, sorpreso.

"Certo, mi hai invitato un mucchio di volte. Potrebbe essere divertente", disse Emily, scendendo le scale con i pantaloni e il gilè di pelle nera. Robert sgranò gli occhi e lei sentì Silas che sibilava piano.

"Niente guardie del corpo?"

"Niente guardie del corpo".

Robert sorrise: "Andiamo allora... vado a prendere la mia moto".

"Oh, io non viaggio in coppia, ho la mia".

"Sai andare in moto?"

Emily strinse gli occhi: "Sì".

Robert sorrise e uscì.

Kralen mise una mano sul braccio di Emily: "Devi indossare quella roba?"

Emily aggrottò leggermente la fronte: "La pelle è più sicura in caso di cadute".

"Riesco a vedere il battito, attraverso quei pantaloni", sussurrò furioso.

"Non mi sembra che ti abbia mai dato fastidio, prima".

"È perché non eri con quel romeo da strapazzo!".

"Calmati", gli disse, tirando via il braccio.

"Bella moto", disse Robert, mentre si fermava accanto a lei sul vialetto.

"Andiamo, le mie guardie del corpo stanno guardandoci come se stessi per morire", disse Emily, dando un'occhiata alla porta di casa prima di uscire nella notte.

Robert rivolse un ampio sorriso a Kralen alla finestra e la seguì con la sua Yamaha TW200. Guidarono fianco a fianco per quasi un'ora prima che Robert facesse cenno a Emily di fermarsi. Lei si fermò di fianco alla strada e spense il motore.

"Che c'è?" Chiese, guardandosi attorno.

"Voglio andare a parlare con quel vampiro", le disse e attraversò la strada, andando verso il parco. Emily vide l'ombra scura di qualcuno in piedi tra gli alberi.

"Come fai a sapere che è un vampiro?"

"Lo so e basta, resta qui", disse e cominciò a camminare lungo la strada. Emily scese dalla sua Harley e lo seguì: "Ti ho detto di restare là".

"Non prendo ordini da te", gli ricordò. Quando si avvicinarono, Emily riconobbe una delle Guardie di Città. Aveva un impermeabile nero e li guardò quando si avvicinarono.

Emily cominciò a innervosirsi, ma notò che l'heku non le prestava attenzione.

"Non hai il diritto di stare in questa città e se avessi i miei strumenti, saresti morto", disse Robert all'heku alto.

Emily fece una smorfia: "A me non sembra un vampiro".

L'heku fissò Robert minaccioso: "Non lo sono".

"Voglio sapere dov'è la tua caverna", Disse Robert rabbiosamente.

"Caverna?"

"Sì... dove vivete tu e i tuoi amici vampiri".

Emily sbuffò.

"Stai cominciando a darmi fastidio", disse l'heku, facendo un passo verso Robert. Era quasi trenta centimetri più alto del mortale e aveva trenta chili di muscoli in più.

"Andiamocene, dai", disse Emily, prendendogli il braccio: "Non c'è motivo di molestare quest'uomo".

"Non gli permetterò di fare il prepotente con me", disse Robert, puntando i piedi.

Emily sospirò e sussurrò, più piano che poteva: "Vai".

L'heku fissò ancora una volta Robert e poi scomparve.

"Dov'è andato?" Chiese Robert, guardandosi attorno.

"Non ne ho idea" gli disse Emily, sedendosi a un tavolo da picnic: "Vieni a sederti".

Robert si avvicinò e si sedette, ma continuò a ispezionare gli alberi.

"Che cos'è questa storia? Quel pover'uomo era là tranquillo", chiese Emily.

"È un vampiro".

"Come fai a saperlo?"

"Lo so e basta".

Emily annuì: "Ok, allora... perché ucciderlo? Non ci aveva attaccato".

"Devi ucciderne uno per diventare un vampiro".

Emily rimase senza fiato: "Che cosa?"

Robert sorrise: "Io diventerò un vampiro".

"Sei pazzo".

"No, non è vero. Loro hanno tutto, vivono da soli... cacciano, si nutrono, si riposano, hanno una forza e una velocità sovrumane e non devono ubbidire a nessuno".

Emily alzò un sopracciglio: "Ah?"

"Completamente immuni dalle leggi. Ecco quello che voglio".

"E tu devi ucciderne uno...".

"Per diventarlo, certo", le disse Robert: "Un paletto conficcato precisamente nel cuore o una croce sul petto ed io prenderò il suo posto tra i non morti".

"Ti rendi conto di quanto sembri ridicolo?"

"Sì, però ho ragione".

"Hai detto che un vampiro ha ucciso qualcuno che stavi proteggendo, però".

"Giusto e non ha pagato per quello. Ecco quando mi sono reso conto che è quella la vita che voglio vivere".

"Senza leggi".

"Giusto".

"Così puoi uccidere chiunque tu voglia".

"No, non voglio uccidere nessuno".

"Allora perché farlo?"

"Per il brivido", disse Robert e le sorrise: "Anche tu puoi diventarlo".

"No, non fa per me", disse, guardando gli alberi bui.

"Io ci ripenserei".

Emily lo guardò e vide che la stava fissando: "Sono sposata".

"Il 41% dei matrimoni fallisce".

"Il mio va benissimo, te lo assicuro".

"Non lo sai ancora. Sei troppo giovane perché sia sposata da molto... in più... hai sposato un uomo più vecchio e questo deve far salire il tasso di divorzi".

Emily lo guardò irritata: "Non voglio parlarne".

"Qualcuno deve farlo... il modo in cui ti osserva, ti mette le guardie attorno, è paternalistico e inutile".

"Lui mi ama e ci sono dei buoni motivi per le guardie... io posso anche non essere completamente d'accordo, ma ci sono delle valide ragioni".

"Certo, non si fida di te. Lo hai mai tradito?"

"No!" Gridò Emily.

Robert sorrise: "Chiedevo... mi sembra che ti tratti più come una figlia".

"Sì, beh... a volte lo fa, ma la maggior parte delle volte mi tratta come una moglie".

"Ecco che cosa si ottiene sposando un vecchio".

"Non è vecchio".
"Tu hai... cosa... diciamo sui vent'anni?"
Emily socchiuse gli occhi.
"Io direi che lui è sui 40 forse 45... quindi ha il doppio della tua età".
"Non importa quando si è innamorati".
"Non fraintendermi. Sono a favore della moglie trofeo ma..."
"Ehi! Io non sono una moglie trofeo".
"Certo".
"Mark aveva ragione. Hai troppe opinioni su cose di cui non sai niente".
"Allora vediamo di essere franchi l'uno con l'altra", disse Robert, ignorando il suo commento.
"Dodici anni fa, tu e il tuo bambino di quattro anni siete stati catturati dalla S.S.V., mentre eri incinta, però non vedo bambini...".
Emily lo osservò attentamente.
"So che hai lavorato per la S.S.V., ultimamente, e che sei stata una persona informata dei fatti per l'omicidio di Bruce Isaac".
"Sembri sapere un sacco di cose su di me".
"Ti cercavo, ecco perché sono qui".
Emily si irrigidì: "Che cosa vuoi esattamente?"
"Voglio che mi porti nel covo dei vampiri".
Emily fece una smorfia: "Non esistono i vampiri".
"Continui ad affermarlo?"
"Sì".
"Allora perché lavoravi per la S.S.V.?"
"Mi serviva un lavoro. È impressionante che cosa si riesca a fingere quando si è senza soldi".
Robert socchiuse gi occhi guardandola: "Sospetto che tu non sia mai stata senza soldi per un sol giorno in vita tua. Hai questa grande casa... belle macchine... servitori".
"Non che siano affari tuoi, Robert, ma Chev ed io abbiamo avuto un periodo difficile ed io me ne sono andata".
"Sono stronzate e voglio che tu mi dica dov'è il covo dei vampiri, subito".
Emily si alzò: "Questa conversazione è finita".
Robert saltò in piedi e le afferrò il braccio: "Non te ne andrai finché non mi dirai dov'è quel dannato covo".
"Lasciami andare".
"No! Questa è la prima volta che riesco a farti uscire senza le due dannate guardie e voglio delle risposte".
"Sai una cosa? So dov'è il covo dei vampiri e non te lo dirò".
L'uomo spalancò gli occhi: "Allora sei loro amica?"

"Si può dire di sì".
La mano si strinse intorno al braccio: "Portami da loro".
"No!" Gridò lei, cercando di liberarsi.
Robert la fece piroettare e la strinse a sé mettendole le braccia intorno: "Non te ne andrai finché non me l'avrai detto".
Emily strinse gli occhi dandogli una forte ginocchiata all'inguine. Lui emise un gemito e cadde in ginocchio, tenendosi l'inguine mentre cadeva in avanti. Emily si voltò in fretta e corse verso la sua moto, poi partì a tutta velocità, proprio mentre Robert si rialzava e andava verso la sua.
Continuò a controllare alle sue spalle mentre correva verso Council City. Non era nemmeno vicina alla svolta quando la sua moto cominciò a tossicchiare e poi si spense sul bordo della strada buia.
"No!" Sibilò Emily e cercò di far ripartire il motore. Non successe niente e lei si guardò attorno cercando qualcosa che la aiutasse. Quando sentì una moto che si avvicinava, lasciò la Harley e corse via a piedi.
"Non puoi scappare da me", sentì che urlava Robert dietro di lei. Zigzagò nella zona industriale, chiamando silenziosamente aiuto.
A chilometri di distanza, Chevalier aggrottò la fronte, teso: "Emily è nei guai".
Kyle alzò gli occhi: "Cosa?"
"Ha appena chiesto aiuto".
"Dov'è?"
"Non lo so", disse l'Anziano e scomparve dalla sala del Consiglio, seguito da Kyle e Dustin. Mark, Silas e Kralen li raggiunsero in garage e partirono su macchine diverse per trovarla.
Emily smise di correre un attimo, per vedere se riusciva a riconoscere qualcuno degli edifici intorno a lei. Sentiva ancora Robert dietro di lei e quando capì di essere in una parte della città completamente sconosciuta, ricominciò a correre.
"Sai che ti prenderò e giuro che ti ucciderò se non mi dirai quello che voglio sapere!" gridava Robert furioso.
Gli Equites, su macchine diverse, si sparpagliarono per la città, cercando qualunque traccia di Emily. Kyle fu il primo a trovare l'heku che Robert aveva minacciato e riferì la sua ultima posizione conosciuta.
"Se n'è andata da non più di un'ora", disse Mark dal tavolo da picnic.
Silas si guardò attorno nel parco buio.
Emily emerse su una strada e guardò in entrambe le direzioni. Sentiva una forte fitta al fianco per la rapida corsa e le mancava il fiato. Intravide qualcosa e tirò il fiato. Era l'insegna al neon di un ristorante

cinese ed Emily e corse là, sapendo che condivideva il parcheggio con un bar per donatori, che sperava fosse pieno di heku.

Quando entrò nel parcheggio vuoto, si guardò indietro e vide Robert che correva verso di lei con una pistola in mano.

Riuscì ad arrivare al bar prima dell'uomo infuriato, aprì in fretta la porta e corse verso il retro.

"Per favore, c'è qualche Equites?" Chiese Emily, senza fiato e chinandosi leggermente in avanti.

Un heku che era al bar alzò gli occhi per guardarla: "Niente Equites qui dentro, baby".

Lei si appoggiò al bar: "Chi siete?"

L'heku si alzò e fu raggiunto da altri due: "Siamo Valle, perché?"

"Sei una donatrice?" Chiese uno di loro, facendo un passo avanti. Lei si voltò spalancando gli occhi quando sentì Robert chiedere di lei al barista.

"No", sussurrò, continuando a tenere d'occhio la porta.

"Sei la moglie di Chevalier, vero?"

Emily annuì: "Quell'uomo vuole uccidermi".

"Quale uomo?", chiese, facendo un passo verso la porta per ascoltare.

"Piccolina, lunghi capelli rossi! Devi averla vista! È entrata qui", diceva Robert furioso.

"No, non ho visto nessuno che corrisponda alla tua descrizione", disse il barista: "Ehi, è una pistola quella nella tua giacca?"

"No", mentì Robert: "Mi guarderò intorno".

Emily si rivolse all'heku: "Mi presti il tuo telefono?"

Lui scosse la testa: "No, non mi farò bandire perché hai usato il mio telefono per contattare gli Equites".

"Allora lasciami chiamare Sotomar".

"No, non voglio disturbare il Consiglio".

Emily sospirò e poi si voltò di nuovo quando si aprì la porta.

Entrò Robert e la guardò stringendo gli occhi: "Tu vieni con me".

Emily fece un passo indietro: "No".

"C'è qualche problema, figliolo?" Chiese uno dei Valle e si mise tra Emily e Robert.

"Niente che ti riguardi. Deve venire con me", Disse Robert, girando intorno all'heku. Emily cercò di allontanarsi da lui, che però le afferrò il braccio: "Vieni".

"Lasciami andare!" Gridò Emily, cercando di liberarsi.

"Ti suggerisco di toglierle le mani di dosso", disse il più alto dei Valle, mettendo una mano minacciosa sulla spalla di Robert.

"Non sono affari tuoi!" Gridò Robert.
"Subito!" sibilò l'heku.
"No, lei ha delle informazioni sui vampiri ed io non me ne andrò finché non me le avrà date".
L'heku sogghignò: "Vampiri?"
"Sì, ora vieni", disse, tirando Emily verso la porta.

Con un movimento troppo veloce perché i mortali li vedessero, due degli heku inchiodarono Robert contro il muro, mentre il terzo portava via Emily. Poi si voltò a guardare in faccia il mortale.

"Vediamo di capirci... non esistono i vampiri e non c'è nessun motivo per maltrattare la signora solo perché tu sei troppo stupido per rendertene conto", disse, facendo vedere a Robert che ora aveva lui la pistola.

"Tu sei un vampiro!" Gridò Robert, cercando di liberarsi dai due heku che lo tenevano.

"No", disse l'heku e poi si rivolse a Emily: "La riportiamo a casa".

Lei annuì e lo seguì all'esterno mentre gli altri due heku trascinavano Robert dietro di loro. Quando arrivarono al parcheggio buio, Emily vide una fila di lucenti auto sportive e Chevalier che scendeva dalla sua McLaren. Corse in fretta da lui, abbracciandolo mentre lui la stringeva e guadava i Valle che tenevano fermo Robert.

"Che sta succedendo?" Chiese con un'espressione arrabbiata.

Uno degli heku che tenevano Robert parlò a quello davanti: "Myles, non siamo autorizzati a parlare con gli Equites, e alcuni di loro fanno parte del Consiglio".

L'heku chiamato Myles annuì: "Lascialo andare".

Gli heku liberarono Robert che cadde immediatamente nelle mani di Kyle e Dustin.

"Andiamo", disse il Valle, ritornando nel bar.

Chevalier guardò Emily: "Stai bene?"

Lei annuì: "È pazzo".

"Che cosa che ne facciamo?" Chiese Kyle.

"I Valle ti hanno fatto male?" Le chiese Chevalier.

"No, mi hanno aiutato", sussurrò, nascondendo la testa contro il suo torace.

"Riportatelo a casa di Emily e rinchiudetelo finché mi faccio un'idea di quello che sta succedendo" disse loro Chevalier. Dustin gettò Robert nel bagagliaio della sua auto e poi si mise alla guida, mentre Kyle sedeva accanto a lui.

"Dov'è la tua auto?" Chiese Mark.

"Ero in moto, si è spenta in mezzo al nulla".

"La troveremo", disse Silas, tornando in auto. Kralen fece lo stesso e i due andarono a cercare la Harley.

"Mi stava dando la caccia e voleva spararmi", sussurrò Emily.

Chevalier si agitò: "Ti ha detto perché?"

Lei fece cenno di sì: "Vuole sapere la posizione del covo dei vampiri... è al corrente della mia storia con la S.S.V. e ha cominciato a fare domande sui miei bambini. Quel genere di cose".

"Torniamo a palazzo, sali", disse Chevalier aprendole la portiera. Lei salì sulla McLaren e guardò Dustin e Kyle partire con Robert nel bagagliaio.

Viaggiarono in silenzio e quando le Guardie di Porta aprirono la sua portiera, lei scese e aspettò Chevalier. Lui la raggiunse e lei si afferrò stretta al suo braccio mentre entravano insieme.

"Te la senti di raccontare al Consiglio che cos'è successo?" Le chiese.

"Vuoi che lo faccia?"

"Sarebbe utile".

Emily fece cenno di sì con la testa ed entrarono entrambi dalla porta dietro il palco.

"Oh, bene, l'hai trovata", disse Quinn, sorridendole.

Emily rimase in piedi accanto a Chevalier, lottando contro le lacrime.

"Ti sei fatta male?"

"No", sussurrò.

"Allora perché stai piangendo?"

"Non sto piangendo! Sono furiosa!", gridò mentre tutti la guardavano sbalorditi. "È successo di nuovo e non sono riuscita a fermarlo".

"Em..." disse Chevalier, ma lei cominciò a gridare.

"I dannati mortali non vogliono lasciarmi in pace! Non sono in grado di difendermi. Vi rendete conto di quanto sia frustrante?"

"Beh..."

"No, non lo sapete. Sono una sprovveduta, sono troppo stupida per restare alla larga e mi sono messa di nuovo nei guai. Poi ho dovuto farmi salvare dai Valle... io! Avrei potuto uccidere all'istante quei tre Valle, però hanno dovuto salvarmi loro da quel mortale dal cervello bacato".

"Em, calmati...".

"No! Calmati tu... sono stufa! Stufa di tutte queste stronzate", disse e quando le lacrime cominciarono a scendere, corse fuori dalla stanza.

"Mi sembri calmo", disse Zohn a Chevalier.

Chevalier scrollò le spalle: "Non credo che sia completamente in sé".

"Allora che cos'è successo?"

"Non lo so ancora. L'abbiamo trovata che usciva dal bar per donatori con tre Valle, due dei quali tenevano fermo Robert".

Quinn le guardò sorpreso: "Hanno detto perché?"

"No, si sono rifiutati di parlare con gli Equites. Sono sicuro che se l'avessero fatto avrebbero rischiato di essere banditi".

"Quindi Emily è l'unica che sa che cos'è successo?"

"Beh... e Robert".

"Vedo".

"Il Generale vorrebbe vederla", disse Derrick, entrando nell'aula del tribunale parecchi minuti dopo.

"Fallo entrare", disse Chevalier.

"Abbiamo trovato la sua moto, la stiamo facendo riparare", disse Mark appena entrato.

"Che cos'era successo?"

"Qualcuno ha tagliato il tubo della benzina".

Chevalier ringhiò.

"Vorremmo il permesso di parlare con Robert... Kralen, Silas ed io", disse Mark.

"A me sta bene... attenti però, tutta questa storia ha a che fare con il fatto che Emily sa dov'è quello che lei ha chiamato il covo dei vampiri", gli disse Chevalier.

Mark annuì: "Capito".

"Sai dov'è andata Emily?"

"È in palestra che sta aggredendo un manichino".

Chevalier sembrò sorpreso: "È strano".

"Io non sono abbastanza heku da andare là e rischiare che se la prenda con me".

Zohn rise: "Idem... vai a parlare con Robert, vedi un po' che cosa riesci a scoprire".

Mark annuì e sfuocò fuori dalla sala.

Chevalier sospirò: "Sarà meglio che vada a scoprire che cosa c'è in ballo prima che attacchi qualche heku innocente".

"Certo, terrò Kyle in stand-by", disse il Capo della Difesa, ridendo.

"Dannazione, oltre a tutto fa un male cane", gli disse Chevalier, sparendo dalla stanza.

"Quante volte, è stato incenerito, negli ultimi 20 anni?" Chiese il Capo di Stato Maggiore, senza rivolgersi a nessuno in particolare.

Quinn soffocò una risata: "Un mucchio di volte, è tutto quello che so".

Chevalier andò nella dependance e vide le guardie di Emily fuori dalla palestra.

"Come va?" Chiese a una delle guardie.

"È parecchio infuriata. Io non entrerei se fossi in lei, o almeno terrei vicino il Giustiziere".

"Vi ha detto che cos'è successo?"

"No, Anziano, non ha detto assolutamente niente".

Chevalier aprì la porta in silenzio ed entrò nella palestra. Rimase indietro a osservare Emily.

Era inginocchiata cavalcioni sopra un manichino da addestramento, e gli picchiava i pugni in testa. L'imbottitura stava uscendo da una delle braccia ed Emily era tutta sudata e respirava pesantemente.

Dopo qualche minuto, si chinò in avanti e appoggiò la testa sul manichino per riprendere fiato. Chevalier si avvicinò e si sedette accanto a lei: "Vuoi parlarne?"

Lei alzò gli occhi, molto più calma: "Sono stata aggredita da un altro mortale".

"Che cosa..."

"Com'è che posso distruggere le specie più forte, eppure la specie più debole può prendermi a botte?"

"È così che funziona... in Generale gli uomini mortali sono più forti delle donne mortali".

"Non è giusto", disse Emily con gli occhi ridotti a due fessure.

"No".

Emily sospirò e guardò il manichino: "Mi stava cercando".

Chevalier si appoggiò all'indietro ad ascoltarla.

"Sapeva del tempo che avevo passato con la S.S.V. e presumeva che gli avrei potuto dire dove trovare un vampiro".

"Perché?"

"Vuole diventare un vampiro... e a quanto pare, per diventare un vampiro devi ucciderne uno".

Chevalier annuì: "L'ho già sentito".

"Allora gli ho dato un calcio nelle palle e me ne sono andata, ma la mia moto si è spenta e sono rimasta a piedi. A quel punto, lui aveva una pistola in mano".

"Ti aveva tagliato il tubo della benzina".

Emily lottò contro le lacrime che le salivano agli occhi: "Mentre ero là che scappavo, al buio... ero spaventata e non mi piace".

"È naturale".

"No! Io sono più forte. Non sono nemmeno mortale... però non sono riuscita a obbligarlo a lasciarmi in pace".

"Non c'è niente di sbagliato nell'avere paura".

"Sì, invece".
"Hai fatto la cosa giusta però. Ti sei allontanata e mi hai chiamato".
"Detesto essere salvata dai Valle".
"Lo so",
"Non è la prima volta, oltre a tutto..."
Chevalier si limitò ad annuire.
"Trasformami", disse, guardandolo negli occhi.
"Cosa?" Le chiese, sbalordito.
"Trasformami, poi i mortali non potranno più sopraffarmi".
"Non possiamo trasformarti".
"È una mia scelta, però, forse funzionerebbe, se non fossi obbligata".
"Non possiamo correre il rischio".
"Scommetto che i Valle lo farebbero".
"Ne dubito. Sotomar ha visto le conseguenze del tentativo di trasformarti".
"Credo che tu abbia ragione. Andrò a trovare i Valle, comunque, continuano a salvarmi e mi piacerebbe ringraziarli".
"Puoi telefonare...".
"No, andrò di persona. Mi darà un po' di tempo per pensare e mi piacerebbe concedermi una piccola vacanza".
Chevalier si alzò e le tese la mano per aiutarla ad alzarsi: "Ne parleremo".
Lei si alzò e gli tenne la mano: "Starò via solo pochi giorni".
"Mark è tornato con un rapporto. Andiamo a vedere che cos'ha da dire".
"Ok", disse Emily e lo seguì nel palazzo, seguita dalle sue tre guardie. Andarono sul retro della sala del Consiglio e un servitore andò loro incontro in anticamera con una coppa di frutta e un bicchiere di cola. Emily lo ringraziò ed entrarono. Chevalier ed Emily si sedettero con il consiglio, mentre le sue guardie raggiungevano Mark, giù nell'aula.
"Stai bene?" Le chiese Zohn.
"Sì".
"Molto bene, Mark che cos'hai scoperto?"
Mark era chiaramente infuriato: "Erano quattro anni che cercava Emily. Ha detto che aveva avuto troppi scontri con la S.S.V. perché non avesse a che fare con i vampiri. Il suo scopo è di essere trasformato".
"È uno di quelli che crede che per diventare un vampiro, devi ucciderne uno", aggiunse Chevalier.
"L'ha ammesso", disse loro Mark. "Ha anche detto che aveva cambiato i suoi piani. All'inizio aveva deciso di uccidere Emily perché i vampiri lo cercassero ma poi si è innamorato di lei e ha deciso di far

trasformare anche lei, anche contro la sua volontà. Ha detto che, così, avrebbero potuto stare insieme per sempre".

Emily prese qualche chicco d'uva dalla coppa e si sedette, indifferente.

"Allora, che cosa ne facciamo adesso?" chiese Quinn, rivolto a Chevalier.

"Uccidetelo, non voglio certo trasformarlo".

"Mandatelo dagli Encala", suggerì Emily.

Chevalier rise: "Perfino quello sarebbe un fastidio troppo grosso".

"L'hanno trasferito qui in prigione, nella sezione di Emily".

"Ho una sezione?"

"Non ufficialmente", disse Quinn ridendo.

"Carino", disse lei, irritata.

"Chevalier vota per ucciderlo", disse Quinn, poi rivolto a Zohn: "Il tuo voto?"

"Tu che cosa vuoi?" chiese Zohn a Emily.

"Io voglio andare a far visita ai Valle per qualche giorno", gli rispose lei.

"Perché?" chiese Zohn sorpreso.

"Continuano a salvarmi, vorrei andare a ringraziarli e parlare con Sotomar".

"Ci arriveremo tra un minuto. Che cosa vuoi che facciamo con Robert?"

"Trasformatelo", disse scrollando le spalle.

"Perché vuoi che lo facciamo?" chiese Chevalier.

"Perché lui pensa che la vita di un vampiro sia da nababbi. Niente regole, nessuno da cui prendere ordini o a cui dover riferire. Una vita di libertà completa da leggi e regole".

"Vedo", disse Quinn.

"Comunque non voglio che sia trasformato", disse Chevalier.

"Non voglio avere la responsabilità della sua morte", gli disse.

"Non sarà responsabilità tua ma nostra".

"Lasciatelo andare e ordinategli di lasciare la città".

"Non possiamo farlo, continuerebbe a darti la caccia".

"Allora non mi interessa", disse alzandosi: "Vado a far visita ai Valle".

"Hai intenzione di chiedere loro di trasformarti?" chiese Chevalier.

"Cosa?!" Ringhiò Mark.

Emily sorrise: "Ne dubito"

"Vorresti diventare un heku?" chiese Zohn, sbalordito."

"Non lo so... ma sarebbe carino smetterla di essere presa a botte dai mortali".
"Non è possibile trasformarti, è già stato sperimentato".
"Vedremo", disse, uscendo dalla stanza.
"Mark..."
Mark annuì: "Kralen accompagnala".
Kralen scomparve dalla stanza.

***

"Emily!" disse Kralen sorpreso quando lei cancellò la memoria delle Guardie di Porta di Valle City e guidò indisturbata attraverso la città.
"Che c'è? Non gli ho fatto niente", disse e sorrise quando non risuonò nessun allarme.
"Però... non sapevano che stavi arrivando?"
"No", disse e fermò la Jeep davanti al portone d'ingresso.
Kralen si voltò quando sentì un sibilo e vide le quattro Guardie di Porta del palazzo correre verso la Jeep.
"Hai intenzione di incenerirli?" Chiese Kralen.
"No", gli rispose, e liberò i Valle dal dolore appena furono incoscienti.
Kralen scosse la testa e la seguì dentro il palazzo. "È terrificante con quanta facilità sia riuscita a entrare nel palazzo dei Valle".
Emily scrollò le spalle e si diresse verso la sala del Consiglio, al primo piano del palazzo. Non c'era la Guardia di Porta ed Emily si fermò quando sentì gridare.
"Non mi interessa che cosa pensi!" Gridava William: "Restituite quella proprietà oppure dovrete affrontare un'altra guerra con gli Encala. Questa volta saremo pronti".
"Non restituiremo quella terra", rispose Sotomar con calma. "Rientrava nei nostri diritti fare quell'acquisto".
"Sapevate che eravamo già in trattativa per comprarla noi".
"Sì, certo e noi abbiamo fatto un'offerta più alta".
"Non lo accetteremo passivamente".
Emily spalancò le porte: "Smettila di urlare William".
William si voltò di colpo, con gli occhi furiosi.
"Emily?" Disse Sotomar, sorpreso.
Emily entrò e Kralen la seguì cauto. Salì sul palco del Consiglio e si sedette su una sedia vuota con i Consiglieri, mentre Kralen scuoteva la testa e restava in piedi dietro di lei.
"Possiamo fare qualcosa per te?" Chiese l'Anziano Ryan.

"Non in questo momento. Farò da pacificatore e mi assicurerò che William si comporti bene", rispose e girò la sedia verso l'aula.

"È pericoloso, c'è parecchia rabbia in giro", le disse Sotomar.

Emily sorrise: "La mia specialità".

"Restituiscici il nostro Anziano!" gridò William

"No", rispose semplicemente Emily e si mise comoda. Si tolse le scarpe con un calcio e appoggiò i piedi sul tavolo.

"Non puoi tenerlo".

"Gli Equites sanno che sei qui?" Chiese Sotomar.

"Sì... siamo autorizzati... per favore continua, William e tieni bassa la voce altrimenti ti obbligherò io".

William strinse gli occhi: "Pretendo che la consegniate immediatamente agli Encala".

Kralen ringhiò piano dietro di lei.

"No" gli disse Sotomar: "E non vi restituiremo nemmeno quella terra in Europa. È troppo centrale e non possiamo accettare che abbiate un punto di raccolta così forte per i vostri attacchi".

"È terra nostra, una nostra scoperta. Non avevate nessun diritto".

"Abbiamo gli stessi diritti che avete voi su quella terra".

"Anche se causa una guerra?"

"Sì".

William diede un'occhiata a Emily: "Allora adesso siete schierati con gli Equites?"

"Non credo proprio", disse l'Anziano Ryan, con un sorrisino.

"No, non siamo alleati", gli disse Emily.

"Allora perché sei qui?" chiese William. "Tieni nascosto il nostro Anziano, dici per vendicarti, però sei seduta insieme a quello stesso Consiglio che ha organizzato quegli attacchi"

"Oh, non fraintendermi", disse Emily: "Non sono amica dei Valle. Non mi fido per niente di loro. Siamo ancora nemici".

Sotomar le diede un'occhiata: "Davvero?"

Lei lo fissò: "Sì".

"Non sembra proprio che siate nemici", disse William.

"Questo dimostra quanto sai".

"Hanno più responsabilità loro di Frederick, per la morte dei tuoi Cavalieri".

Emily alzò le spalle: "Può darsi, ma io ho Frederick e finché non riterrò che sia stato punito come si deve, è mio".

"Consegnatemela".

"No".

"Gli Equites non ti avrebbero permesso di venire dai Valle se le fazioni non fossero alleate! È lì seduta con il vostro Consiglio come se ne facesse parte e questo, ripeto, mi dice che siete alleati", ringhiò William.

Emily si allungò in avanti e accese il vivavoce davanti a Sotomar, facendo un numero, poi si rimise seduta.

"Consiglio degli Equites", disse Kyle in tono seccato.

"Kyle... siamo schierati con i Valle?"

"Emily?" chiese Quinn e sentì un tono leggermente divertito nella sua voce: "No...".

"Sono qui per stringere un'alleanza?"

"A essere franchi, non so nemmeno perché tu sia lì". Disse Zohn.

"Che cosa sta succedendo, Em?" chiese Chevalier.

"William sta dando fuori di matto dicendo che siamo alleati", spiegò.

"Perché stai parlando con William?"

"È qui che sta molestando il Consiglio dei Valle, quindi ho deciso di mantenere la pace e ho trovato una sedia vuota accanto a Sotomar".

Ci fu un momento di silenzio, poi Chevalier riprese a parlare: "Stai facendo da mediatore a una riunione tra gli Encala e i Valle?"

"È quello il motivo per cui ci sei andata?"

"No, è solo quello che ho trovato quando sono arrivata".

"Bene... non abbiamo intenzione di schierarci e nemmeno di stringere amicizia con i Valle", disse Chevalier: "Chiamami stasera".

"Certo", disse Emily e riattaccò. Poi si rivolse a William: "Ecco fatto".

"Non ha senso!" come fai a sedere nel Consiglio di un nemico? Dovresti essere nella loro prigione, piuttosto", gridò William.

"Quand'è stata l'ultima volta che quello che faccio ha avuto un senso?" gli gridò Emily in risposta.

"Questo è vero" disse Kralen ridendo.

"Non imprigioneremo la Winchester", disse il Capo della Difesa: "È benvenuta qui, in ogni momento ed è libera di fare quello che vuole mentre è qui".

"Questa si chiama alleanza!" urlò William, esasperato.

"Bene allora. Ammettiamo l'alleanza con Emily, ma non con gli Equites", disse Sotomar.

Emily lo guardò: "Non esagerare".

"E la sua guardia? Quand'è stata l'ultima volta che avete permesso a un Equites di restare sul palco del vostro Consiglio?" Chiese William sibilando piano.

Sotomar diede un'occhiata a Kralen, alle sue spalle: "Non sta facendo niente di male".

Emily si alzò: "Vuoi andare a raggiungere Frederick?"

William fece per sfuocare da lei, ma si trovò immobilizzato a terra da Kralen e dal Capo della Difesa dei Valle.

"Non la toccherai, in questa città", gridò Sotomar: "Portatelo via da qui".

Kralen si alzò quando arrivarono le Guardie Imperiali e scortarono fuori William e tornò a mettersi dietro Emily sul palco del Consiglio.

Sotomar si rivolse a Emily: "A che cosa dobbiamo questa visita?"

"Mi dispiace per quello che è successo. Non sapevo che William fosse qui finché non sono arrivata alla porta".

"Va tutto bene, è stato piuttosto divertente".

"Sono venuta per ringraziarvi. Ancora una volta un Valle mi ha salvato e ho pensato di venire a ringraziarvi di persona".

L'Anziano Ryan sembrò sorpreso: "Chi ti ha salvato?"

Emily alzò le spalle: "Non so chi fossero. Ero inseguita da un cacciatore di vampiri con una pistola e tre Valle lo hanno fermato".

"Non sapevo che qualcuno fosse stato in contatto con te recentemente".

"Aspetta! Non è che ti arrabbierai con loro?"

Sotomar sorrise: "No, è che, normalmente, quando qualcuno entra in contatto con te, lo riferiscono al Consiglio per assicurarsi che tutto si sia svolto correttamente".

Emily ci pensò un attimo e poi chiese: "Perché?"

Kralen fece una risata: "Perché se un Valle fa casino, potresti incenerire questa città".

"È vero?"

Sotomar annuì: "Spiacente ma è così".

"Oh, non mi rendevo conto di causarvi tanti problemi".

"Nessun problema, ci fa piacere quando un Valle può aiutarti".

"Non ricordo i loro nomi, però, non sono nemmeno sicura che me li abbiano detti".

"Uno di loro si chiamava Myles. Si sono rifiutati si parlare perché la maggior parte di quelli che c'erano facevano parte del Consiglio degli Equites".

"Sì, vedo come questo avrebbe potuto causare qualche problema", disse Sotomar. "Contattate Myles del Clan Genova, vicino a Council City. Fategli sapere che Emily si è messa in contatto con il Consiglio per ringraziarlo".

Il Cancelliere dei Valle annuì e sfuocò fuori dalla sala.

"C'era qualcos'altro?" Chiese Sotomar, rivolto a Emily.

"No, è tutto", rispose e si alzò.

"È tardi e piove, perché non ti fermi stanotte?"

"Io non..." fece per dire Kralen, ma Emily lo interruppe.

"Non è una cattiva idea".

"Sì, invece, andiamo", disse Kralen, prendendole la mano.

"Non ho voglia di stare in macchina per altri due giorni. Restiamo qui e rilassiamoci stanotte".

"Dovremo avere l'approvazione del Consiglio".

"No, io non ne ho bisogno".

"Beh, io certamente sì", le disse Kralen.

"Ah" disse Emily e guardo Sotomar: "Penso che dovremmo andarcene".

"Per favore, resta. Contatteremo gli Equites e li informeremo. La pioggia sta aumentando e sarai più comoda qui che in un albergo".

"Credo... se chiamo Chev".

"La tua stanza è pronta e la tua guardia può restare con te".

Emily guardò Kralen, che scrollò le spalle.

"Ok, penso che ci fermeremo".

"Ti mostro la tua stanza", disse il Giustiziere dei Valle. Emily e Kralen lo seguirono fuori dalla sala e nella sua stanza nel palazzo dei Valle. Una volta dentro, si sedette alla finestra a bovindo a guardare la pioggia, mentre Kralen controllava la stanza per scoprire eventuali segni di pericolo o di apparecchiature di sorveglianza.

"La stanza è pulita", disse, andando a mettersi vicino alla porta.

Emily annuì e chiamò Chevalier.

"Ti stai divertendo?", rispose.

"In realtà no. Siamo bloccati qui per la notte."

"Resti nel palazzo dei Valle?"

"Solo stanotte, sta piovendo".

"Dov'è Kralen?"

"Qui, nella mia stanza".

"Fammi parlare con lui".

Emily gli tese il telefono: "Ti vuole Chev".

Kralen prese il telefono: "Sono Kralen".

"Non toglierle gli occhi di dosso, nemmeno per un secondo", sibilò Chevalier.

"No, Signore".

"Controlla il cibo e ricontrolla due volte la Jeep prima di partire".

"Sì, Signore".

"Non mi piace questa storia, ma mi rendo conto che è decisa a fermarsi...".

"È così".

"Un solo capello..."

"Lo so, Signore"

Chevalier emise un basso ringhio e riappese.

Kralen le restituì il telefono.

"È arrabbiato?" Gli chiese, guardandolo negli occhi.
"Sì".
"Forse dovremmo andare in albergo".
"Preferirei restare qui", disse Kralen, tornando alla porta.
"Perché?"
"Sto pensando che gli Encala potrebbero aspettarci. Penso che dovremmo chiamare un elicottero per tornare a casa e lasciare che un Valle riporti la tua Jeep".
"Va tutto...", fu interrotta da un colpetto alla porta.
Kralen aprì la porta e prese il vassoio da un servitore Valle e lo mise sul tavolo, dopo averlo annusato.
Emily arricciò il naso: "Detesto quando annusate il mio cibo".
"Ti assicuro che non è tra la mia attività preferite".
Emily si sedette e guardò il vassoio: "Che cos'è?"
"Sembra un Baeckeoffe".
"Un che?"
"È solo uno stufato francese, dell'Alsazia".
Lei lo guardò: "E tu come fai a saperlo?"
Kralen sorrise: "È da lì che vengo, in origine".
"Davvero?"
"Sì".
"Wow, non lo sapevo, perché non hai nessun accento?"
"Centinaia di anni in America".
"Interessante".
Kralen si limitò a sorridere.
"Quanti anni hai?" Gli chiese, cominciando a mangiare.
"Sono stato trasformato 998 anni fa".
"Celebrerai i 1000 anni?"
"No".
"Perché no?"
"Non c'è motivo di farlo, credo".
Emily scosse la testa e continuò a mangiare: "Perché non hai una ragazza?"
"Come?"
"Una ragazza, sei un dongiovanni. Pensavo che ne avessi almeno una".
"Non sono un dongiovanni".
"Invece sì", gli rispose, bevendo un sorso di vino.
"Che cosa te lo fa pensare?"
"Lo so e basta".
"Ti sbagli".
"Non credo proprio... ti ho visto fare sesso con tre donne heku in una sola volta", disse, ricominciando a mangiare lo stufato.

Kralen rimase senza fiato: "Cosa?"

"Non preoccuparti. Non sono rimasta a guardare e non l'ho detto a nessuno".

"Io... quando?"

"Tanto tempo fa", disse e coprì il vassoio quando ebbe finito. Si sedette e indicò la sedia accanto a lei: "Vieni a parlare".

Kralen sospirò: "Non credo che mi piaccia dove ci sta portando questa conversazione".

"Fifone", disse e sorrise dando un colpetto alla sedia.

Kralen alla fine si decise ad avvicinarsi e si sedette, cauto.

"Allora, nessuna ragazza?"

"No".

"Paura di impegnarti?"

"No".

"Non vuoi la stessa partner sessuale per l'eternità?"

Kralen si agitò nervoso sulla sedia: "Non... è...".

Emily sogghignò vedendo il suo chiaro nervosismo: "Rilassati, non lo dirò a nessuno. Non hai una ragazza perché non riesci a restare monogamo".

"Non è vero!"

"Io penso di sì".

"Tu sottoponi tutte le tue guardie a questo interrogatorio?"

"No, solo tu. Sei l'unico dongiovanni che conosca".

Kralen la guardò socchiudendo gli occhi: "Preferirei che non mi chiamassi così".

"Perché no? Non è una brutta cosa... vuol solo dire che ti piacciono le donne e che tu piaci a loro... comunque penso che tu sia anche un po' sesso dipendente".

"Come ho fatto a guadagnarmi questo titolo?" Chiese Kralen, spalancando gli occhi.

Emily alzò le spalle: "Solo un'impressione".

"C'è qualcosa di cui tu non parleresti?"

"Sì, dell'ubicazione di Frederick".

Kralen fissò il fuoco: "È fuori luogo".

"Come se te ne importasse".

"È così!"

"No, non te ne importa niente! Potrei portarti a letto, se volessi".

"No, non è vero", disse Kralen categorico.

"Oh, scommetto che ci riuscirei".

"Non correrei il rischio di essere bandito, o ucciso, per una notte di sesso".

"Tu sei l'unico in tutta la Cavalleria che è esattamente come me.

"Che cosa vuoi dire?"

Emily alzò le spalle: "Un ribelle... qualcuno mosso dalle passioni".
"Non sono un ribelle".
"Permettimi di non essere d'accordo".
"La ribellione mi farebbe buttare fuori a calci dalla Cavalleria".
"Capisco", disse e si rannicchiò sulla sedia fissando il fuoco.
"Com'è che hai avuto solo due partner?" Chiese Kralen, osservandola.
Emily fece una risatina: "Perché no?"
"Keith ti tradiva".
"Sì".
"Ma tu non l'hai mai fatto?"
"No... e non c'è stato tempo tra Keith e Chev".
"Mi sembra strano che, attraente come sei, tu non abbia avuto possibilità di scelta".
"Sarebbe vero, se fossi attraente".
Kralen sorrise; "Ok".
"Keith mi avrebbe ucciso se l'avessi fatto", sussurrò, guardando le fiamme che danzavano nel camino.
"E forse io sono un ribelle. Tutta questa conversazione farebbe infuriare l'Anziano".
"Non è cattivo come tutti voi pensate".
Kralen soffocò una risata: "È più cattivo di quanto tu possa immaginare".
Rimasero seduti in silenzio per un po'. Emily a chiedersi perché Kralen non aveva una ragazza e Kralen a chiedersi come mai Emily stesse improvvisamente facendo tutte quelle domande personali.
"Penso sia meglio che vada a dormire", disse Emily alzandosi. Kralen la guardò andare verso il guardaroba e cominciare a cercare: "Dannazione!"
"Che cosa c'è che non va?"
"Avevo dimenticato che è stato Exavior a scegliere tutta questa roba".
"Posso farmi dare una t-shirt".
"No, non fa niente", disse e prese una corta camicia da notte nera. Si vestì nella cabina armadio e Kralen si girò mentre lei correva a letto e si copriva: "Sta ancora piovendo?"
"Sì, piuttosto forte".
"A che cosa pensi quando stai lì tutta la notte senza fare nulla?"
"A tutto... e a volte a niente", disse tornando accanto alla porta".
"Pensa a cercare una ragazza".
Kralen sorrise: "Ok"

Emily sbadigliò e si raggomitolò abbracciando un cuscino. Kralen la osservò attentamente per tutta la notte mentre dormiva. Dovette metterle una mano sulla spalla solo una volta per calmarla durante un sogno, ma a parte quello, la osservò dormire e pensò alle sue domande.

Boschi

Kralen guardava fuori dal finestrino della Jeep mentre viaggiavano verso ovest per tornare a Council City. Erano usciti presto dal palazzo perché Emily voleva fare più chilometri possibile. Gli Anziani Valle avevano cercato di convincerla a rimanere un altro giorno ma Emily era ansiosa di tornare.

"Kralen", lo chiamò.

"Sì?"

"Guarda dietro di noi".

Kralen si voltò e guardò dietro la Jeep. Quattro Ferrari nere stavano avvicinandosi a loro: "Dannazione".

"Chi sono?"

"Non lo so, e siamo troppo lontani dai Valle o dagli Equites per ottenere aiuto".

"Non stanno cercando di chiuderci. Ci stanno solo seguendo".

Kralen si voltò, si guardò attorno e poi guardò di nuovo le Ferrari: "Continua ad andare, non so che cosa vogliono".

"Almeno siamo in Jeep. Posso andare in fuoristrada con questa".

"Forse dovremmo farlo", disse Kralen: "Si stanno avvicinando".

Emily guardò nello specchietto retrovisore e vide le Ferrari uscire dalla formazione e avvicinarsi a loro a tutta velocità. Sentì Kralen usare il telefono in vivavoce.

"Sono Kyle".

"Siamo inseguiti da quattro Ferrari".

"Sai chi sono?"

"No, ci hanno seguito per un po' e ora stanno cercando di chiuderci... siamo ancora almeno a 8 ore dalla città".

"Ci mettiamo subito in strada, vedi che cosa puoi fare", disse Kyle, riattaccando.

"Metto la trazione integrale", disse Emily e rallentò un po' per inserire la trazione integrale.

Kralen si tenne alla sbarra quando Emily fece una stretta curva e scese dall'asfalto, dirigendosi verso i pini della vicina Superior National Forest, attraverso un campo paludoso.

"Attenta", sibilò Kralen.

Emily vide oltre venti dune buggy apparire dagli alberi e dirigersi verso di loro: "Che diavolo?!"

"Si aspettavano che andassi in fuoristrada", sibilò Kralen: "Ci siamo cascati... è una trappola".

"Kralen", gridò Emily e inchiodò i freni quando davanti a lei tra gli alberi apparve una fila di uomini.

"Non incenerirli", disse Kralen, stringendo i pugni.

"L'ultima volta che me l'hai detto, siamo stati rapiti", sussurrò lei, guardando gli uomini.

"Non importa, sono mortali, quindi sarebbe inutile".

"Puoi farne fuori così tanti?"

"No, ma posso farne fuori parecchi".

Emily frugò nel cassettino e tolse la Smith & Wesson calibro .357.

"Se arrivano degli heku, non incenerirli. Il rischio non vale la candela", disse Kralen, scendendo dall'auto.

Emily scese dalla Jeep con la pistola in mano. Vide le dune buggy allinearsi dietro di lei, bloccandole la strada.

"Che cosa volete?" Chiese Kralen rabbioso.

"Vogliamo la ragazza", disse uno degli uomini. Era basso e robusto, con i capelli castano scuro, la barba e i baffi. Emily vide che aveva un Taser in mano.

"Kralen", sussurrò, mettendogli una mano sul braccio.

"Lo vedo", gli disse lui.

"Perché mi volete?" Chiese Emily all'uomo.

"Siamo cacciatori di taglie. Sembra che tu sia ricercata per rapimento".

"Gli Encala", sussurrò Kralen.

Emily annuì.

"Non ce l'abbiamo con te", disse l'uomo a Kralen, "Quindi vattene e lasciaci prendere la ragazzina".

"No", gli disse Kralen: "Dovrete affrontare me per prenderla".

"Quanti ce ne sono?" chiese Emily, guardandosi dietro le spalle.

"Cinquanta".

"Quanti riesci a farne fuori?"

"Forse anche tutti, dipende da come combattono".

"E i Taser?"

Kralen sospirò: "Eccetto quelli".

"Consegnacela e nessuno dovrà combattere", disse l'uomo.

Kralen ringhiò e sfuocò in avanti prima che Emily riuscisse a fermando. Lei si girò quando sentì dei passi dietro di lei e puntò la pistola: "State indietro".

"Non puoi sparare a tutti noi", disse una donna dietro di lei, sorridendo e facendo un altro passo avanti".

"Posso far fuori qualcuno di voi", disse Emily, puntando la pistola contro la bionda alta.

"Per la taglia che hai sulla testa, ne varrebbe la pena".

Emily gridò quando sentì delle braccia avvolgersi intorno a lei. Lottò per liberarsi mentre sentiva le grida delle vittime di Kralen.

"Lasciami andare!"

"Niente da fare, tesorino", disse l'uomo che la teneva.

Emily tirò il grilletto e gli sparò in un piede. L'uomo gridò e cadde all'indietro, lontano da lei. Prese ancora la mira e sparò a tre che si avvicinavano prima che la pistola si inceppasse. Girandosi in fretta, corse verso Kralen ma si fermò quando non vide più nessuno lungo gli alberi, dove prima c'era la maggior parte dei mortali.

"Kralen?!" gridò Emily e si voltò per affrontare gli otto mortali rimasti.

"Non hai più la pistola, tanto vale venire con noi", disse una donna sorridendo.

***

Chevalier rallentò con la sua Humvee e guardò attraverso l'Interstatale: "Lo vedi?"

"Sì", rispose Kyle, guardando la staccionata rotta, e seguendo con gli occhi le tracce dei grandi pneumatici da fango che andavano tutte nella stessa direzione.

"Devono essere loro. È qui che Kralen ha detto che erano", disse Kyle, controllando attentamente gli alberi.

"Laggiù", disse Chevalier quando vide la Jeep di Emily circondata da dune buggy.

"Dannazione", sibilò Kyle e poi scese. Si guardò attorno tra gli alberi e poi la chiamò forte.

Silas fermò il Ford e scese, seguito da Mark, che si avvicinò a un gruppo di corpi e si inginocchiò: "Questi sono mortali. Alla maggior parte hanno sparato. Questo ha il naso rotto".

"Non questi mortali", disse Silas, a sud di loro: "Questi sono stati uccisi da un heku".

"Chevalier?" disse Kyle, consegnandogli alcuni fogli che aveva trovato in una delle dune buggy. Aveva le scarpe di Emily appese a una mano: Sono cacciatori di taglie. Gli Encala hanno messo una taglia su Emily".

Chevalier ringhiò e accartocciò i fogli che offrivano due milioni e mezzo di dollari per Emily catturata viva.

"Forse l'hanno presa", sussurrò Kyle.

Chevalier scosse la testa, guardando attentamente tra gli alberi: "No, è spaventata ma non è prigioniera... è più panico che paura".

"Quindi è là nella foresta".

Chevalier annuì.

Mark gridò, da quasi quattrocento metri dentro gli alberi: "Anziano!"

Chevalier, Silas e Kyle sfuocarono da Mark e videro Kralen incosciente ai suoi piedi.
"È vivo?" Chiese Kyle, inginocchiandosi.
"Sì, lo hanno fulminato", disse Mark, indicando un generatore a gas.
"Resta con lui", disse Chevalier mentre lui e Kyle tornavano alla Jeep per seguire le tracce di Emily in profondità nella foresta.
Kyle aprì il telefono e sospirò: "Non c'è segnale".
"Torna sulla strada. Fai venire i Clan Ratliff e Kimber ad aiutarci", ordinò Chevalier, continuando a seguire le tracce di Emily.
Kyle tornò verso l'Interstatale.

***

Emily si arrampicò lentamente sulla collinetta, usando le dita delle mani e dei piedi per aggrapparsi alla superficie quasi liscia. La pistola era infilata nella cintura dei pantaloni, dietro la schiena e si stava spostando disperatamente da dove i mortali l'avevano attaccata. Ora aveva paura anche della polizia. Aveva ucciso parecchie persone per scappare e immaginava che gli Encala non sarebbero stati molto lontani.
Riuscì infine a raggiungere la cima e a riposarsi un attimo prima di continuare a inoltrarsi tra gli alberi. Aveva i piedi insanguinati e doloranti mentre correva attraverso la fitta foresta.
In una piccola radura, si guardò attorno in fretta e prese il cellulare, poi sospirò quando vide che non c'era segnale. Cercò di orientarsi e si diresse a sud. Sapeva che gli Encala la stavano inseguendo e sapeva anche che sarebbero stati un numero tale che non avrebbe potuto incenerirli tutti senza rischiare di perdere conoscenza.

***

"Arriveranno entro un'ora", disse Kyle quando raggiunse Chevalier. Si guardò attorno quando colse non solo il profumo di Emily, ma l'odore tipico del sangue Winchester fresco: "È ferita".
Chevalier annuì e toccò un filo d'erba. Alzò la mano e guardò il sangue sulle dita: "Non troppo gravemente, credo... ma sta sanguinando ancora".
"Sarà presto buio", disse Kyle, guardando il cielo.
"Sento anche odore di pioggia", disse Chevalier e camminò verso una scapata. Guardò le rocce ripide: "Si è arrampicata qui".
Si girarono entrambi quando sentirono dei passi e videro Silas, Mark e Kralen arrivare dietro di loro.

"Che cos'è successo?" chiese Chevalier. Era ovvi che Kralen ce l'aveva con se stesso.

"Le Ferrari hanno cominciato a chiuderci, così Emily ha inserito la trazione integrale e ha lasciato l'asfalto. Avevano delle dune buggy piene di mortali che ci aspettavano e ci hanno preso in trappola", spiegò Kralen: "Sono andato a far fuori il grosso e sono stato colpito con 17 Taser. Tutto quello che ricordo è il suono di spari".

Mark sospirò: "È tutto quello che sa. Devono averlo portato via da lei prima di collegarlo al generatore".

"Anziano...", cominciò a dire Kralen.

"Non è colpa tua", gli disse Chevalier: "Aiutaci solo a cercarla, è ferita".

Mark guardò la parete ripida della collina e toccò un'impronta insanguinata sulle rocce sopra la sua testa: "Sono i piedi, è senza scarpe. Comincerò a incollarle le scarpe ai piedi, a quella ragazza".

Silas non esitò e si arrampicò cautamente sulla collina, seguito dagli altri. Per loro fu facile superare le rocce, poi si guardarono attorno.

"Emily!" gridò Kyle, e aspettò.

"Che vantaggio ha?" Chiese Mark.

"Direi tre ore", gli rispose Kralen, guardandosi attorno: "Qui c'è il suo odore".

Gli heku si misero a correre, seguendo il suo profumo verso sud.

***

Emily si sedette a riposare. I piedi feriti la rallentavano e cominciava a far buio. Cominciò a piovere e le gocce fredde le inzupparono immediatamente i vestiti. Si guardò attorno, avvolgendosi le braccia attorno per tenersi calda.

Decidendo che si era riposata a sufficienza, si alzò e zoppicò verso est. Dopo aver camminato per un'ora, sentì l'odore familiare della decomposizione e si coprì il naso, poi seguì l'odore fino a un alce morto e gonfio sul fondo di una gola.

"Accidenti, è disgustoso", disse Emily, dando un calcio alla pancia dell'alce che si spaccò, mandando interiora marce sul terreno della foresta. Trattenendo il fiato per non vomitare, mise la mano nella pancia dell'alce decomposto e tirò fuori una manciata di melma gelatinosa, puzzolente.

***

"Bleah, è morto qualcosa", disse Kyle, coprendosi il naso.

"Kimber, vai a ovest, Ratliff andrà a est e noi continueremo ad andare a sud", disse Chevalier al grosso gruppo di heku che si era raccolto: "Assicuratevi di tenere ben in vista le vostre cappe. Se non vedrà il verde, potrebbe incenerirvi".

"Andiamo", ordinò il Generale del Clan Kimber e il suo gruppo di 45 heku si diresse a ovest.

"Anziano?" lo chiamò il Generale di Ratliff.

"Vieni a vedere. È piuttosto strano", disse.

Gli heku di Council City lo seguirono verso l'alce morto e in decomposizione.

"Che c'è di strano?" Chiese Dustin, guardando le viscere. Dustin aveva portato il resto della Cavalleria per aiutare a battere le montagne per cercare Emily.

"Non è una rottura spontanea", disse il Generale. "Ritengo che lo stomaco sia stato aperto a forza e, guarda, c'è l'impronta di una mano con il suo sangue su questo albero".

Chevalier si avvicinò alla piccola impronta, La annusò, poi mise la sua mano accanto: "Sta mascherando il suo odore".

Mark sospirò: "Perfetto".

Kyle si guardò attorno nella radura: "Silas, vai a informare il Clan Kimber che Emily sta mascherando il suo odore".

Silas annuì e sfuocò via.

"Quindi è diretta a sud", disse Dustin, guardando tra gli alberi.

"Non necessariamente. Emily è piena di risorse e ha molte capacità di sopravvivenza. Non credo che continuerà in linea retta in una sola direzione", gli disse Kyle.

"Ratliff, via!" disse il Generale e i 31 heku di Ratliff cominciarono a correre verso est attraverso gli alberi.

Dustin si voltò in fretta quando sentì l'ululato di un lupo a sud di loro: "Maledizione".

"Prenderò Silas e Kralen e mi occuperò di quei lupi", disse Kyle: "Puzza di carne in decomposizione, la troveranno prima di noi".

"Andate", ringhiò Chevalier.

Dustin li guardò andare e poi cominciò a muoversi verso sud, seguito dagli altri di Council City.

***

Emily guardò un pino contorto. Afferrò uno dei rami e si sollevò in alto. Era troppo buio e non riusciva più a vedere il terreno. Stava piovendo e l'albero aveva una chioma fitta, quindi decise di arrampicarsi per riposare un po', al riparo dalla pioggia e dal nevischio.

Quando arrivò in alto e trovò un ramo comodo per sedersi, prese il revolver e fece cadere i quattro bossoli sul terreno sotto di lei. Prese altre munizioni dalla tasca e ricaricò il revolver.

Trovò un rametto coperto di aghi di pino e pulì la canna, per vedere se riusciva a capire perché si era inceppata.

Delle voci attirarono la sua attenzione e il cuore cominciò a martellarle in petto. Cercò di vedere e alla fine scorse quattro sagome scure che si muovevano velocemente verso nella sua direzione. Sapeva che erano heku. Nessun mortale avrebbe potuto muoversi così in fretta, specialmente al buio. Si tirò più vicine le ginocchia, pregando silenziosamente che i rami la nascondessero.

"Qui", disse una voce brusca e vide uno degli heku abbassarsi a raccogliere i bossoli. Guardò gli altri: "Siamo sulla pista giusta. Hai ragione, sta mascherando il suo odore con un animale morto".

"Non dovrebbe essere così difficile da seguire, allora", Emily sgranò gli occhi quando sentì la voce di William.

"Anche gli altri sono sulle sue tracce", disse una donna heku accanto a loro.

"Li sento, non si muovono più in fretta di noi, comunque. Ci sono troppi odori qui all'aperto per poter facilmente seguire la sua traccia", disse William. Emily si ritirò verso il tronco, temendo che, se li vedeva lei, anche loro potessero vederla se alzavano gli occhi.

"I dannati lupi sono sulle sue tracce, disse la donna quando risuonò un ululato in lontananza.

"Potrebbero essere quei maledetti Powan, però", ringhiò un altro heku sconosciuto, raggiungendo gli altri Encala.

"Accidenti, dove diavolo è andata?" Sibilò William.

"Dividiamoci, vediamo se riusciamo a trovare di nuovo l'odore di quell'animale morto" disse l'uomo ed Emily sentì i loro passi mentre si allontanavano.

Trovò il coraggio di tornare a respirare normalmente e sbirciò tra i rami sul terreno. Era rimasto indietro un Encala, quello che aveva in mano i bossoli. Emily attese qualche minuto, in modo che gli Encala potessero allontanarsi, poi incenerì in fretta l'heku sotto di lei e si calò giù dall'albero.

Tastando la base dell'albero per trovare il muschio, trovò il nord e partì in silenzio in direzione sud-ovest.

***

"Chevalier!" Gridò Kyle concitato: "C'è della cenere qui".

Chevalier sfuocò al suo fianco, seguito da Dustin, Mark e Silas. Kralen stava ancora inseguendo uno dei lupi per vedere se i predatori indigeni riuscivano a trovarla. L'Anziano si fermò e si chinò sulla cenere. Raccolse i quattro bossoli e se li mise in tasca, poi toccò la cenere e ne portò un pizzico al naso.

"Gli Encala sono qui in giro a cercarla". Ringhiò Chevalier.

Kyle annuì: "Rilevo la loro traccia, verso sud".

"E verso est", disse Mark.

"E anche verso ovest", disse Silas, raggiungendo gli altri accanto all'albero.

"Quindi si sono divisi per trovarla", disse Chevalier, guardando in altro nell'albero. Allungò la mano e afferrò un ramo in alto, tirandosi su facilmente nella chioma fitta: "È stata qui".

"Probabilmente sta cercando un posto sicuro per riposare e togliersi da questa pioggia". Disse Dustin, guardandosi attorno. Forse dovremmo chiamare i Powan.

"Fallo. Ora che ci sono gli Encala, cambia tutto", gli disse Chevalier, controllando la piccola radura.

Dustin sfuocò via per fare la telefonata.

***

Emily si muoveva lentamente, passando da un albero all'altro e controllando attentamente intorno a lei prima di muoversi per assicurarsi di non finire addosso a un Encala. La pioggia aveva smesso ma da nord soffiava un vento freddo e lei stava tremando negli abiti bagnati. Vedeva il suo fiato condensarsi nella notte buia e si concentrò per riuscire a sentire tutto quello che succedeva intorno a lei.

Intravide una massa scura e si avvicinò dopo aver controllato intorno a sé. Un sorriso le sfiorò le labbra quando vide l'apertura di una caverna nascosta dietro i pioppi tremuli e pini. Si sdraiò sulla pancia e strisciò sotto i rami per entrare e finalmente poté sedersi e rilassarsi un po'.

Tirò le braccia dentro la t-shirt bagnata, cercando di scaldarsi un po' e si appoggiò contro la parete fredda della caverna. I suoi occhi si adattarono poco a poco e vide che la caverna continuava dentro la montagna. Sentiva rumore di acqua corrente più in fondo. Sobbalzò quando sentì ululare i lupi e cominciò a chiedersi se ci fossero i Powan con lei sulla montagna.

***

Mark e Silas sfuocarono in fretta tra gli alberi scuri, seguendo un heku che avevano scoperto e che stava scappando da loro. Silas era un po' più veloce di Mark e cominciò lentamente ad accorciare la distanza con l'heku vestito di rosso. I loro movimenti erano silenziosi e nemmeno gli animali si accorgevano del loro passaggio. L'heku zigzagava tra gli altri, cercando di seminare gli Equites.

Gli diedero la caccia per quasi un'ora, guadagnando terreno poco per volta, con la rabbia che li rendeva più veloci. Appena fuori da una radura che portava a un grande lago, Silas riuscì alla fine a placcare l'Encala e cominciarono subito a sfuocare in un combattimento brutale. Mark si unì quasi subito alla lotta e i due Equites riuscirono a sconfiggere l'Encala e a immobilizzarlo per terra.

"Dov'è?" Ringhiò Silas.

L'Encala lo guardò torvo: "Non la troverete. Lei ha il nostro anziano".

La stretta di Mark sul collo si fece più forte: "Diccelo".

L'Encala scosse la testa, senza riuscire a parlare.

Silas guardò verso il lago: "Non l'hanno presa".

"Lo immaginavo", disse Mark e ruppe il collo dell'Encala, poi si alzò e sospirò: "Ci siamo allontanati troppo. Non può essere arrivata così lontano".

"Che ne facciamo di lui?"

Mark guardò l'Encala che stava guarendo: "Uccidilo".

Silas strappò la testa dal corpo, gettando i resti nel lago.

"Dividiamoci e torniamo indietro", gli disse Mark. Tu andrai a nord-est ed io più verso ovest".

"Andiamo", disse Silas, scomparendo dalla radura.

***

Emily si svegliò con un sobbalzo quando sentì dei passi fuori dalla caverna. Stava tremando violentemente e le battevano i denti mentre afferrava la pistola e sbirciava fuori da sotto gli alberi. Vide le zampe dei lupi e tirò un sospiro di sollievo. Scivolando fuori dalla caverna si mise in piedi e osservò i lupi che si avvicinavano.

"Ci sono anche gli Encala qui fuori", disse loro Emily.

Uno dei lupi si acquattò e cominciò a ringhiare piano, con i denti aguzzi che si vedevano alla luce della luna.

Emily fece un passo indietro ansimando, mentre il branco di lupi si avvicinava a lei.

"Quello non è un Powan", sentì dire dietro di lei. Diede un'occhiata e vide un heku sconosciuto tra gli alberi dietro di lei. La luce della luna era abbastanza chiara da far risaltare la cappa rossa in mezzo al verde degli alberi.

Emily alzò il revolver in aria e sparò un colpo, facendo scappare i lupi tra gli alberi. Quando furono spariti, guardò l'heku, che sogghignò:

"Prima di pensare a incenerirmi... pensa a quanto riuscirà a resistere il tuo debole corpo umano con questo freddo. Stai congelandoti a morte. Riesco a sentirne l'odore".

Emily socchiuse gli occhi: "Preferirei morire congelata piuttosto che restituirvi il vostro Anziano".

L'heku fece un passo verso di lei: "Io posso riscaldarti, ragazzina".

Emily sospirò: "Ce l'avete proprio con queste stronzate. Sono stufa delle vostre avance almeno quanto lo sono di essere picchiata".

"Ti piacerebbe".

"No, non credo", disse, incenerendolo. Emily corse in fretta verso i resti e afferrò i suoi vestiti. Scosse via la cenere e si mise la sua camicia, arrotolandosi le maniche e si allacciò la cappa rossa intorno alle spalle.

"Esitò, poi si mise i suoi calzini sui piedi nudi e infilò perfino i pantaloni, anche se si rendeva conto che avrebbe dovuto reggerli con le mani. Alla fine si mise le sue enormi scarpe, allacciandole più strette che poteva, prima di uscire barcollando verso gli alberi. Sapeva che il rumore dello sparo avrebbe attirato gli heku al suo rifugio e doveva allontanarsene il più possibile.

***

Gli Equites si spostavano velocemente tra gli alberi, diretti verso quel singolo sparo, a ovest. Chevalier era in testa, seguito da vicino dai lupi di Powan.

Si fermarono di colpo quando sentirono l'odore dei lupi e videro della cenere sparsa in una radura. I Powan tornarono ad apparire come heku e cominciarono a perlustrare l'area.

"Fallo rivivere", sibilò Chevalier e guardò Kyle che riportava in vita le ceneri. L'heku nudo urlò mentre si riformava e poi si acquattò.

"Dov'è?" Chiese Kyle, mandandolo al suolo con un manrovescio.

Dal suolo della foresta, l'Encala si guardò attorno: "Dove sono i miei vestiti?"

Dustin sorrise: "Presumo li abbia indosso Emily ora".

"Quella puttana!"

Kyle gli diede un calcio, forte, nel fianco e si sentì il rumore delle costole che si rompevano. L'Encala si afferrò il fianco e gemette, mettendosi sulle ginocchia.

"Quanto tempo fa l'hai vista?" Sibilò Chevalier.

"Circa... 30 minuti fa. Stava parlando con i lupi", disse Emily, sogghignando: "Non è troppo sveglia quella".

"Anziano", disse uno dei Powan e Chevalier lo guardò sdraiarsi sullo stomaco ed entrare nella caverna passando sotto gli alberi.

"Che c'è lì?" Chiese Chevalier, avvicinandosi agli alberi.

"Una caverna. È stata qui. Sento il suo odore, ma non c'è traccia di lei adesso".

Chevalier si voltò mentre Kyle slogava entrambe le spalle dell'Encala: "Non ucciderlo".

"Non ne avevo l'intenzione", disse, calcando lo stivale sulla rotula del nemico urlante.

Mark e Silas apparvero dagli alberi: "Che cosa avete scoperto?"

"Gli abbiamo dato la caccia fino a un lago. Non sapeva niente, così lo abbiamo ucciso", disse Silas osservando Kyle che torturava l'Encala nudo.

Mark socchiuse gli occhi: "Dove sono i suoi vestiti?"

"Penso che li abbia addosso Emily", disse Dustin.

"Bene... la aiuteranno a stare calda... ovviamente adesso dovremo seguire l'odore degli Encala".

"Accidenti, non ci avevo pensato", disse Dustin, con una smorfia: "Se ha intenzione di diventare pappa e ciccia con i lupi, finirà per farsi ammazzare".

"Immagino che non lo rifarà", Chevalier: "Ora non si fiderà più di un lupo".

"Capito", disse il Generale Skinner e ordinò ai Powan di non assumere la loro forma illusoria.

Kralen arrivò all'improvviso nella radura: "Il suo colpo di pistola ha spaventato tutti i lupi di questa zona e li ha fatti scappare".

"Adesso siamo sulle tracce di un Encala... e serve a due scopi, se l'hanno catturata, saremo già sulla pista giusta e se non è così, possiamo fermarli prima che la trovino".

"A rapporto", disse il capo dei Ratliff quando il suo Clan entrò nella radura.

"Qualche traccia di Emily?"

"No, anziano. Stanno arrivando i Kimber, però, magari sanno qualcosa loro".

Gli heku di Council City guardarono nella direzione da cui stava arrivando il Clan. Arrivano qualche minuto dopo e il loro capo si avvicinò all'Anziano e gli diede degli abiti: "Li abbiamo trovati a circa un miglio a ovest di qui".

Chevalier guardò i vestiti: "Sono di Em".

"Perché si è spogliata?" Chiese Dustin, sciaccato.

"Sono bagnati e coperti dell'odore di quella carogna. Immagino che ora indossi solo gli abiti dell'Encala... per cambiare il suo odore e per tenersi calda".

"Sta uscendo il sole e questo dovrebbe aiutarla", disse Kyle, guardando l'orizzonte.

***

"Non incenerirci. Ascoltaci prima", disse William, osservando attentamente Emily. Era addossata a un'alta parete verticale di roccia e si capiva che stava facendosi prendere dal panico. Teneva i pantaloni dell'heku stretti in alto sul petto e fissava gli heku.

"Comincia a parlare", sussurrò ai dodici Encala.

"Non siamo stupidi. Sappiamo che puoi farci fuori senza nemmeno pensarci, ma possiamo aiutarti. Possiamo portarti al caldo e farti avere qualcosa da mangiare".

"E poi? Rapirmi e mettermi sotto interrogatorio?"

"Sai che non lo farei. Ero solo arrabbiato quando ti ho minacciato".

"So che lo faresti, invece", gridò Emily: "Vuoi Frederick e non mi interessa che cosa farete a me, deve soffrire prima che io lo lasci andare".

"Non puoi continuare a correre", disse William a bassa voce. "È pericoloso qui fuori. La tua pistola ha solo spaventato i lupi, ma torneranno".

"Posso occuparmi dei lupi".

"Gli Equites non ti stanno nemmeno cercando in questa zona. Sono stati depistati e sono a centinaia di miglia da qui".

"E allora? Posso trovare una strada, una città... potrei addirittura trovare campo per il telefono da qualche parte".

"Non ti faremo del male", disse William, facendo un passo avanti: "Te lo giuro".

"Non mi fido di te, quindi state indietro prima che vi incenerisca tutti", sibilò.

William sospirò: "Non riuscirai a sopravvivere qui all'aperto".

"Sì, invece. Sta sorgendo il sole. Mi sto scaldando mentre parliamo".

"Dov'è l'Encala cui hai preso i vestiti?"

"In cenere".

"Una delle Guardie di Palazzo ringhiò: "Dov'è"

"Non lo so! Non so dove sono o dov'ero quando l'ho fatto".

"Calmati", disse William alla sua guardia e poi si rivolse di nuovo a Emily: "Non sono arrabbiato per quello, non sono arrabbiato per niente. Ti devi fidare di me".

"No".

"Potremmo scambiare un Anziano Valle per Frederick", disse William.
"No, è Frederick quello che voglio".
"Sono i Valle che hanno dato inizio alla guerra".
"Frederick guidava quelli che hanno ucciso i miei amici".
"Per ordine dei Valle".
"No".
"È uno scambio equo, uno degli Anziani dei Valle per Frederick".
"Ho detto no!" Gridò Emily.
"Non c'è nessuno qui ad aiutarti", disse, cominciando a infuriarsi: "Puoi incenerirci, ma poi morirai qui. Sai almeno dove sei?"
"No", sussurrò lei.
"In mezzo al nulla, ecco dove sei. Non c'è una città per chilometri in ogni direzione e stanotte prevedono che nevicherà".
"Non ti credo",
"Dov'è Frederick?" Chiese l'Inquisitore capo Encala, avvicinandosi.
Emily lo guardò stringendo gli occhi: "Non te lo dirò".
"L'Anziano potrà anche non metterti sotto interrogatorio, ma di sicuro lo farò io. Dimmelo o penserai che la stanza di Exavior fosse un gioco da bambini".
"Smettila", gli disse William.
Emily guardò brevemente il cielo. Non riusciva a decidere che cosa fare. Se William aveva ragione circa la sua posizione e che gli Equites non erano nemmeno vicini a lei, era vero che avrebbe potuto facilmente morire lì fuori.
"Ho detto a Chev che Robert è l'ultimo di cui mi sarei fidata", sussurrò.
"Chi è Robert?" Chiese William, alzando le mani lentamente prima di avvicinarsi.
"Vieni con noi, Emi. Va tutto bene, gli Encala ci stanno aiutando", disse Mark, uscendo da dietro un albero.
Emily sorrise e ignorò l'uso del nomignolo che usavano raramente: "Mark"
Lui tese una mano: "Vieni dove fa più caldo".
Emily aggrottò leggermente la fronte, c'era qualcosa di strano: "Stai indietro".
Mark si fermò e le sorrise: "Emily, andiamo a scaldarci. Quinn ha una pizza che ti aspetta".
"Chevalier ti sta aspettando vicino alla Jeep", disse Silas, arrivando nella radura.

"Fermi, non avvicinatevi", disse alle sue guardie. Li osservò, studiò i loro volti. C'era qualcosa di sbagliato e non riusciva a capire che cosa.

"Perché? Perché dobbiamo restare qui quando potremmo andarcene?" Chiese Mark.

"C'è qualcosa che non va".

"Che cosa vuoi dire?"

"Non lo so", sussurrò, fissando le sue due guardie.

"Abbiamo chiamato noi gli Encala. Erano vicino e ci stanno aiutando".

"Mi hanno detto che non eravate nemmeno nelle vicinanze", disse.

"Sai che sono degli idioti, che altro ti posso dire? Andiamo... Alex e Dain ti stanno aspettando". Disse Silas.

Emily lo guardò incerta: "Alex?"

"Sì".

"Non Lexi?"

Silas smise di muoversi e diede un'occhiata a William prima di tornare a Emily: "Siamo solo preoccupati per te, che importanza ha se l'ho chiamata Alex?"

Emily guardò Mark: "Mi dispiace".

"Per che cosa?"

"Non posso fidarmi di voi due... c'è qualcosa di sbagliato... e non posso fidarmi degli Encala. Sono nemici".

"Non è necessario che lo siamo", disse William.

Emily si pulì con la mano il filo di sangue che le scendeva dal naso, e poi pulì la mano sull'erba ai suoi piedi. Camminò verso i quattordici mucchietti di cenere, poi prese tre cappe rosse e se le avvolse attorno, prima di allontanarsi dai resti.

***

L'heku che guidava i Kimber s'inginocchiò accanto a uno dei mucchietti di cenere: "Sono recenti".

"Signore, c'è l'impronta insanguinata di una mano, qui", disse uno di loro, rivolto al suo capo.

L'heku si alzò e si avvicinò, toccandola leggermente. Si portò le dita al naso e inalò, chiuse gli occhi e sussurrò: "È lei".

"Due di queste uniformi sono Equites". Disse una donna heku, voltandosi quando sentì arrivare l'Anziano.

"Ho visto", le disse il capo: "Vedremo che cosa ne pensa l'Anziano".

"Che cosa...", disse Chevalier, fermandosi quando vide le ceneri: "Dannazione".

Mark prese, stupito, uno dei mantelli verdi: "Ci sono degli Equites con loro?"

Kralen afferrò l'altro mantello e la annusò: "Uniformi Equites, ma hanno l'odore degli Encala".

"Dammela", ringhiò Chevalier. Kralen gli porse il mantello verde e Chevalier l'annusò brevemente.

"C'è un'impronta insanguinata, qui", gli disse il capo del Kimber.

Kyle si avvicinò e la toccò piano: "Di solito, dopo, le sanguina il naso".

"Quindi adesso stanno cercando di imbrogliarla... dicendole che gli Encala si sono uniti agli Equites". Ringhiò Mark.

"Ovviamente non gli ha creduto", disse Chevalier: "Resuscitali, così potremo avere qualche risposta".

Kyle cominciò a far rivivere gli Encala, uno per volta. Il quarto che resuscitò urlò rabbiosamente e quando si alzò, tutti gli Equites lo guardarono a bocca aperta.

"Che diavolo!" Gridò Mark quando vide che l'Encala appena riformato era la sua copia esatta.

L'heku sorrise: "La vostra puttanella non durerà ancora molto qua fuori".

"Perché assomigli a me?"

"Prova a immaginarlo", gli rispose l'Encala, stirandosi mentre il dolore cominciava ad attenuarsi.

"Dannazione", disse Kyle, quando vide che un altro degli Encala era uguale a Silas.

"Ehi!" Gridò Silas.

Il Silas Encala sospirò e scrollò le spalle: "Immagino che abbiamo sbagliato qualcosa".

"Che significa?"

"Chi diavolo chiama Lexi un'Alexis?" Chiese divertito.

"Io", ringhiò Silas.

"A quanto pare, accidenti. È la mortale più malfidente che abbia mai incontrato".

Chevalier rimase in piedi davanti a William mentre si riformava: "Hai un mucchio di spiegazioni da dare".

William gemette, mettendosi le mani sulle ginocchia: "Non mi abituerò mai a quel bruciore".

"Spero di no", disse Chevalier: "Che cosa hai fatto?"

William si alzò e si guardò attorno: "Rivogliamo il nostro Anziano e visto che sembra che non vogliate restituircelo, abbiamo deciso di pensarci noi. Ovviamente c'è una consolazione, ora, quando la troverete, non si fiderà nemmeno di voi", disse, sogghignando.

Chevalier ringhiò: "Riportate questi quattordici a palazzo e teneteli lì finché arriverò io".

Apparvero i Powan e portarono via gli Encala da quella zona.

"E ora?" Chiese Kyle, guardando la Valle piena di alberi sotto di loro.

"Non lo so. William aveva ragione. Non si fiderà nemmeno di noi, adesso".

***

Emily seguì il suono della voce di alcuni uomini e alla fine vide il fumo che si alzava dal fuoco di un bivacco. Si chinò e sbirciò da dietro un grosso albero sempreverde, vedendo quattro uomini seduti intorno al fuoco mentre un quinto stava pulendo un cervo, cacciato di frodo. Stavano bevendo e ridendo, felici di essere sfuggiti ai guardacaccia.

Uno degli uomini si mise la mano in tasca e ne tolse il telefono quando lo sentì suonare. Cominciò a parlare con quella che sembrava una moglie o una fidanzata.

Emily tornò dietro l'albero e controllò il proprio cellulare, ma non c'era ancora campo, con la sua compagnia telefonica.

"Stavi spiandoci, bellezza?" sentì dire dietro di sé. Emily sospirò e si voltò a guardare un uomo alto a magro. Era calvo, con una svastica tatuata di lato sulla testa e una cicatrice orribile sul mento.

"No, mi sono persa e avrei bisogno di farmi prestare il vostro telefono", gli disse, facendo un passo indietro.

L'uomo la guardò dalla testa ai piedi e sogghignò: "Dove sono i tuoi vestiti?"

Emily guardò l'uniforme enorme: "Erano bagnati e ho trovato questi".

"Che cosa hai trovato, Barry?" chiese un altro uomo, girando intorno all'albero.

"Una spia".

L'uomo sorrise a Emily: "Interessante".

"Ascoltate, non voglio problemi. Ho solo bisogno di un telefono", disse Emily, assumendo la posizione di attacco che le avevano insegnatogli Encala.

"Sei pronto a sfidarci?" Chiese un terzo uomo, uscendo da dietro l'albero. Questo era più basso, con un grosso collo e le spalle larghe. I capelli castani erano unti e gli arrivavano fino a metà schiena.

"Per favore, lasciatemi usare il telefono", disse Emily, stringendo i pugni.

"Ci hai visto infrangere la legge. Non possiamo lasciarti andare", le disse il primo uomo, facendo un passo avanti.

Emily tolse la pistola dalla tasca e gliela puntò direttamente tra gli occhi: "Non avete scelta, ora dammi il tuo dannato telefono oppure lo prenderò io".

L'uomo sorrise: "Sei piuttosto piccolina per avanzare pretese".

"Potrò anche essere piccola, ma sono armata e incavolata".

L'uomo alzò la testa e cominciò a ridere: "Esuberante, anche".

Emily urlò quando un forte colpo da dietro la fece cadere a terra, mani rudi le strapparono la pistola e le premettero la testa sulla terra: "Ora non sei più così dura, eh, baby?"

"Lasciami andare", sibilò lei, e l'uomo la voltò rudemente e si mise cavalcioni sui suoi fianchi, inchiodandola a terra.

L'uomo le sorrise e cominciò a slacciarle la grande camicia da guardia che indossava: "Penso che tu sia nei guai con la legge... proprio come noi... e non credo che tu possa scappare e chiedere aiuto".

Emily riuscì a liberare un braccio e gli sbatté il palmo della mano sul naso. L'uomo cadde indietro, restando immobile. Emily si rimise in piedi in fretta, mentre gli altri uomini guardavano, troppo sciocccati per muoversi.

Si voltò a fissarli: "Lasciatemi stare".

L'uomo più basso si inginocchiò accanto a quello che Emily aveva colpito e poi alzò gli occhi: "L'ha ucciso".

"Non può essere morto", disse quello più alto e si inginocchiò accanto al morto: "Cazzo, l'ha proprio ucciso".

Emily fece un passo indietro, fissandoli.

L'uomo più alto si alzò e la fissò minaccioso: "Puttana, la pagherai".

"State lontani da me", ringhiò Emily, cominciando ad arretrare.

"No! Hai ucciso Carlos", disse, avanzando verso di lei. Lei cercò di evitarlo, ma l'uomo si gettò su di lei e la afferrò per le spalle: "Hai ammazzato il nostro compagno di caccia, e ora ci ripagherai".

Emily cercò di liberarsi di lui, quando l'uomo le passò la lingua sulla faccia e poi la baciò a forza.

Lei alzò forte il ginocchio, colpendolo all'inguine, mentre gli mordeva il labbro inferiore. Le si riempì la bocca di sangue e l'uomo cadde in ginocchio davanti a lei. Senza aspettare altro, Emily cominciò a correre verso gli alberi.

"Ehi!" Gridò uno degli uomini, correndole dietro. Lei si voltò in tempo per vedere l'uomo robusto che si avvicinava, ma sbatté contro qualcuno e finì a terra.

"No, non scappi", disse, e la tirò in piedi tenendola per un braccio. La tenne stretta mentre la trascinava indietro verso l'accampamento.

"Puttana!" Esclamò l'uomo cui aveva dato la ginocchiata, quando si rimise in piedi.

Emily cercò di nuovo di liberare il braccio da quello che la stava trattenendo, ma non ci riuscì. Lo guardò abbastanza a lungo da vedere che non c'era nessun punto debole esposto, ma sapeva che prima a poi l'avrebbe trovato.

"Riportala al campo", ringhiò ed Emily fu trascinata dentro il loro accampamento.

"Non avete idea di chi avrete contro", disse loro Emily: "Lasciatemi andare... subito".

"No, penso proprio di no", disse, sogghignando. Venendo avanti, cominciò di nuovo a slacciarle la camicia.

Emily cercò di dargli un calcio, ma l'uomo che la tratteneva la tirò indietro e la tenne stretta mentre l'altro le toglieva la camicia, lasciandole solo la canottiera.

"Vorrei proprio sapere di chi sono questi vestiti", disse, e le strappò di mano i pantaloni, che le scivolarono intorno alle caviglie.

"Ecco, così va molto meglio", disse l'uomo che la teneva, e la portò verso un albero. Le tirò dolorosamente indietro le braccia intorno al tronco e gliele legò strette.

"Lasciatemi andare!" Gridò ancora.

"No, voglio guardarti per un po'", disse e mi mise di fronte a lei, guardandole il corpo esposto e allungando la mano per toccarle la pelle nuda della coscia.

Emily gli diede un calcio prendendolo sulla rotula, mandandola fuori posto e spedendolo a terra urlante.

"Basta!" disse l'uomo più alto, premendo il corpo contro il suo e obbligandola ad alzare il volto per guardarlo negli occhi. "Farai meglio a stare attenta, principessa o ti farai uccidere".

La guardò negli occhi e poi mise la bocca sulla sua, mentre lei cercava di spingerlo via. Quando le fece scorrere la lingua sulle labbra, Emily la morse velocemente, e l'uomo si scostò urlando, poi le diede un manrovescio ed Emily scivolò lungo l'albero finché non fu seduta sul suolo della foresta.

"La paaerai...", brontolò, senza riuscire a parlare correttamente-

Emily sputò una boccata di sangue.

***

Sento odore di morte", disse Kyle, guardandosi attorno nella foresta.

"Già, l'ho sentito anch'io... è un mortale", disse Mark e si addentrò negli alberi verso quell'odore.

"Aspetta a chiamare l'Anziano finché non abbiamo scoperto che cos'è", sussurrò Kyle seguendolo.

Dopo qualche minuto Mark trovò il corpo del mortale, si inginocchiò e voltò il viso verso di sé: "Ha il naso rotto".

"È stata Em", disse Kyle e si guardò attorno: "Sento l'odore di altri mortali, ma è passato un po' di tempo".

"Non è morto qui, non c'è sangue sul terreno", disse Mark, alzandosi.

"Qui c'è una pista" e sfuocò attraverso la foresta, seguito da vicino da Mark. Si fermarono appena sentirono l'odore di altri mortali e di un fuoco da campo. Camminarono lentamente in avanti, usando il buio della notte per nascondersi.

Mark sibilò piano quando scorse Emily legata a un albero, un po' discosta dal campo. Indossava solo la canottiera e le mutandine ed era legata e imbavagliata. La testa era girata dalla parte opposta rispetto a loro e sembrava che stesse dormendo appoggiata all'albero, anche se le braccia erano piegate a un angolo innaturale.

Kyle strinse i pugni e si avvicinò per sentire che cosa dicevano gli uomini intorno al fuoco.

"Stai bene, amico?"; disse uno di loro

"Mi ha mossicato aa linua" brontolò.

Un altro rise: "Ti ha morsicato per bene, non riesci nemmeno a parlare.

"Smettila di ridere idiota! Mi ha rotto il ginocchio e mi ha quasi fatto scoppiare le palle", disse un altro irritato.

"Piena di vita, quella. Che ne facciamo?"

"Ci riposiamo e poi ci divertiamo. La uccideremo quando avremo finito", disse, cambiando posizione e gemendo quando mosse il ginocchio. Kyle e Mark videro che aveva la gamba dei pantaloni tirata sopra il ginocchio che si stava gonfiando ed era diventato blu e viola.

"Puoi prenderla tu, amico. Se ti morsicato la lingua, pensa che cosa farebbe al tuo uccello", disse quello più piccolo ridendo, prima di aprire un'altra birra e bere un lungo sorso.

"Oh, lo faoò", mormorò, biascicando e sputando un'altra boccata di sangue.

"Chi diavolo siete?" Chiese l'uomo basso e si alzò quando vide Mark e Kyle entrare nel campo.

"Siamo con lei", disse Mark e andò a slegare Emily dall'albero. Lei sobbalzò quando la toccò e poi guardò Kyle a occhi sbarrati.

Gli uomini si alzarono e affrontarono Kyle: "Non potete prenderla. Ha ucciso il nostro amico e ha aggredito due di noi. È in debito con noi".

Kyle sogghignò: "Vi siete fatti picchiare da una ragazza?"

"Voi le prenderete da noi, adesso. Che ne dite?" disse uno di loro, facendosi avanti. Mark si spostò per mettersi accanto a Kyle dopo aver slegato le mani a Emily e li guardò furioso.

"Orsi?" sussurrò Kyle, squadrando l'uomo più vicino a lui.

"Non ci sono orsi vicino a questo campo", disse l'uomo, sorridendo.

Il combattimento fu breve e, dopo pochi secondi, gli uomini erano accasciati intorno al fuoco mentre Mark e Kyle non avevano un graffio.

"Dov'è andata?" Chiese Kyle, guardando l'albero.

Mark si avvicinò: "L'ho slegata. Non pensavo scappasse".

"Il suo profumo è forte. Le vado dietro, tu vai a prendere gli altri", disse Kyle e corse nella direzione in cui era andata Emily.

Mark si voltò e sfuocò nella direzione opposta, diretto al punto di raccolta, quasi 10 chilometri più a ovest.

"Se sarà necessario, chiameremo i Thukil", stava dicendo Chevalier a Dustin.

"L'abbiamo trovata", disse Mark sfuocando da loro: "Però è scappata".

"Sta bene?"

"L'avevano catturata dei bracconieri, lei... non era più vestita, era imbavagliata e legata a un albero. Dopo averla slegata, abbiamo ucciso gli uomini e quando abbiamo finito e ci siamo girati, lei era sparita", spiegò Mark.

Chevalier ringhiò e scomparve verso est, seguendo l'odore di Mark attraverso gli alberi. Si fermò nel campo dei bracconieri e guardò il mucchio di corpi.

Mark raccolse una pila di vestiti che sembravano un'uniforme Encala e poi corse nella direzione in cui era sparito Kyle mezz'ora prima. Chevalier si guardò attorno velocemente e poi lo seguì, con Dustin, Silas s Kralen subito dietro di lui.

Si fermarono quando videro Kyle e Mark di fronte a una collina. Emily era in piedi, pericolosamente vicino alla ripida scarpata e Chevalier si avvicinò.

Lei guardò giù: "Non avvicinatevi".

"Non lo faremo", disse Chevalier e prese i vestiti da Mark. "Prendi, però", disse gettandole gli abiti dell'Encala. Lei se li mise in fretta, tenendo d'occhio gli heku. Quando si raddrizzò, si arrotolò attentamente la maniche e si strinse al petto i pantaloni.

"Che cosa facciamo, allora?" Chiese Kyle.

"State indietro e lasciatemi pensare", disse, guardando in fretta dietro di sé. C'era un salto di una trentina di metri, che finiva in un fiume basso.

"Se ci spostiamo indietro, ti allontanerai dalla scarpata?" Chiese Mark.

"No", rispose, guardandoli.

"Sappiamo dei sosia degli Encala", disse Mark: "Sarebbe più facile se Silas ed io ce ne andassimo?"

"No".

"Che cosa ti hanno fatto, Em?" chiese Chevalier.

"Quegli uomini?"

"Sì".

"Minacce".

"È tutto?"

"Uno mi ha colpita".

Chevalier annuì: "Che cosa possiamo fare per convincerti ad allontanarti dalla scarpata?"

"Niente... lasciatemi pensare". Disse e guardò di lato. La luna era coperta da spesse nuvole nere e non riusciva a vedere lontano.

"Abbiamo ucciso quegli uomini e gli Encala sono già nella prigione del palazzo", le disse Kyle.

"Andrò in prigione", sussurrò Emily, guardandosi attorno.

"Per che cosa?"

"Ho... ucciso... delle persone", disse con la voce che si incrinava.

"Non andrai in prigione per quello. Non lo saprà mai nessuno".

"Mi prendono sempre".

"Non questa volta, ci siamo liberati di loro".

Emily scosse la testa: "Non posso fidarmi di voi".

"Lo so".

"Ho ripensato a quello che hai detto", disse Kralen, facendo un passettino in avanti.

"Che cosa?" Chiese Emily, facendo ancora un passo verso la scarpata.

"Riguardo a una ragazza fissa... penso che tu abbia ragione. Non voglio un impegno per tutta la vita".

Lei lo guardò attenta: "Davvero?"

Ignorando gli sguardi stupiti degli altri, Kralen sorrise: "No... non ammetto di essere quello che dici tu, ma ammetto che una sola donna per il resto della mia vita... sembra noioso".

Emily corse avanti e si buttò tra le braccia di Kralen. Gli appoggiò la testa sul petto, tremando. Non posso fidarmi degli altri. Non dovresti farlo nemmeno tu".

"Però io mi fido di loro", disse Kralen, tenendola stretta. Guardò Chevalier e ottenne un cenno di approvazione: "Andiamo".

"No", gli disse Emily, cominciando a spingerlo lontano dagli altri: "Fidati di me, state indietro".

"Em..." cominciò a dire, ma lei si voltò a guardare gli altri.

"State indietro".

"Tutti noi possiamo darti delle informazioni personali, Em, per farti capire che siamo veramente noi", le disse Chevalier.

Emily guardò Kralen sussurrando: "Non so che cosa fare".

"Lascia che ti riporti a palazzo", suggerì lui.

Emily guardò gli altri e poi annuì: "Ok"

Kralen la prese in braccio gentilmente e poi sfuocò verso l'interstatale, dove aspettavano la sua Jeep e le auto degli altri heku. Gli altri si tennero a distanza di sicurezza dietro di loro ed Emily gli appoggiò la testa sulla spalla, chiudendo gli occhi mentre correva. Quando cominciò a nevicare, si strinse addosso la cappa rossa.

Si stava addormentando quando Kralen rallentò e lei vide la jeep circondata dalle auto degli Equites. Kralen la mise a terra e lei salì in auto, e alzò al massimo il riscaldamento quando Kralen mise in moto e si avviò verso Council City.

Emily rimase rannicchiata sul fianco e osservò Kralen per un po' prima di parlare: "Grazie".

"Per che cosa?" Le chiese guardandola.

"Per essere venuto a prendermi".

"È il minimo che potessi fare, Em. Ho permesso che ti prendessero".

Emily fece una smorfia: "Non è stata colpa tua".

"È stata colpa mia. Sapevo che avremmo dovuto prendere l'elicottero per tornare a palazzo".

"Già... ed io ho detto di no".

"Avrei dovuto sapere che sarebbero stati pronti, se fossimo andati in fuoristrada".

"Non è colpa tua".

"Quando ho visto tutti quei mortali, avrei semplicemente dovuto portarti via sfuocando e non cercare di combattere".

"Kralen...", sussurrò: "Non è colpa tua".

"Dimmi la verità. Che cosa ti hanno fatto quei buzzurri?"

"Ho detto la verità, uno mi ha dato uno schiaffo, ma è tutto".

"Ti hanno tolto i vestiti".

"Non tutto".

"E?"

"E questo è tutto. Lo so che cosa avevano in mente di fare, non sono stupida, ma non si erano ancora ripresi abbastanza, hanno detto".

Kralen sogghignò: "Li hai conciati per le feste".
"Non volevo ucciderne uno", disse, voltando via la testa.
"Hai dovuto farlo, è stata legittima difesa".
"È stato un omicidio".
"Legittima difesa non vuol dire omicidio. A quel punto si trattava di te o loro".
"Ho ucciso della gente", sussurrò, mordendosi una nocca.
Kralen parcheggiò la jeep nel garage del palazzo e spense il motore. Guardò le porte.
"Ci sono qui i Valle, per qualche motivo".
Emily guardò la porta: "Non voglio vederli".
Kralen scese dall'auto insieme a lei. Emily zoppicò lentamente verso la porta, sempre tenendosi stretti al petto i pantaloni dell'Encala, per non farli cadere.
"Qui, Em", disse Kralen e la prese in braccio. Era evidente che i piedi le facevano male e le scarpe dell'Encala erano troppo grandi per servire a qualcosa. Mentre saliva le scale con lei in braccio, Sotomar e Quinn uscirono dalla sala del Consiglio per salutarli. Emily voltò via la testa, mettendola contro la spalla di Kralen.
"È ferita gravemente?" chiese Quinn, controllandola.
Kralen diede un'occhiata a Sotomar: "Non vuole vedervi".
Sotomar guardò Emily e fece un cenno affermativo, poi sparì nella sala del Consiglio. Quinn seguì Kralen sulle scale mentre la metteva a letto e si inginocchiava per toglierle le scarpe.
Emily alzò gli occhi quando entrò il dott. Cook, che aspettò che Kralen le togliesse i calzini sporchi di sangue: "Sembrano messi male".
"Fammi vedere", disse il medico, inginocchiandosi accanto a Emily. Lei si stese sul letto e gli lasciò fare quello che doveva per i tagli e le contusioni sui piedi.
"Piedi e una guancia ammaccata, qualcos'altro?" le chiese Quinn, sedendosi accanto a lei.
"No, è tutto", rispose sussurrando e guardandosi attorno. I fuochi erano accesi e la camera si stava scaldando velocemente.
"Devo andare a prendere un paio di cose", disse il dott. Cook, sfuocando fuori dalla stanza.
"Em, gli altri vorrebbero entrare", le disse Kralen, alzandosi.
"Come faccio a fidarmi di loro?" Chiese, appoggiandosi sui gomiti.
Quinn la guardò, preoccupato: "Abbiamo messo in prigione gli Encala, anche quelli che assomigliano a Mark e Silas".
"Ce ne potrebbero essere altri".
"Non credo, c'è voluto un bel po' di pianificazione per farlo".
"Come hanno fatto?" Chiese Kralen.

"Hanno trovato dei mortali che assomigliavano a loro e li hanno mandati da un chirurgo plastico... una volta fatto, li hanno trasformati".

"Mio Dio!" ansimò Kralen: "Non ho mai sentito niente del genere".

"Nessuno di noi l'ha mai sentito. I preparativi necessari sono stupefacenti" disse Quinn: "Mi chiedo se non fosse stato programmato già prima della scomparsa di Frederick".

Kralen sospirò: "Diventerà sempre peggio".

"Sì".

Emily sospirò: "Tutto a causa di Frederick".

"È peggio di quello che immagini", le disse Quinn, guardando il medico che rientrava e cominciava a darsi da fare con i suoi piedi.

"Come va?" Chiese Chevalier entrando.

Emily lo guardò e gli studiò attentamente il volto e i movimenti per vedere se poteva fidarsi.

"Tagli, contusioni e devo pulire le ferite. Sono piene di polvere e sassolini", disse, preparando una siringa.

"Vieni qui, Em", disse Kralen, sedendosi accanto a lei. Si chinò verso di lei e se la mise sulle sue ginocchia, intrappolandole le braccia.

"Che..." Fece per dire, poi inspirò bruscamente e gridò quando il medico cominciò a iniettare la lidocaina nei piedi: "No!"

"È quasi fatto", sussurrò Kralen e la tenne stretta mentre si dimenava per liberarsi.

"Per favore, mi fa male", disse Emily piangendo e si appoggiò alla sua spalla.

"Lo so".

Chevalier li osservava attentamente. Sapeva che Emily si fidava solo di Kralen, ma loro vicinanza faceva uscire allo scoperto la sua gelosia. Inoltre notava un comportamento strano in Kralen e non sapeva che cosa pensare.

"Ok, fatto, ora non sentirai più nulla", disse il dott. Cook, cominciando a estrarre con una pinzetta i sassolini e la terra dai tagli.

Kralen allentò la presa, ma continuò a tenerla nel caso ci fosse bisogno di immobilizzarla ancora. Il medico lavorò in fretta e un'ora dopo aveva finito e dava a Emily due pastiglie di antidolorifico.

"Ti suggerisco di non appoggiare il peso suo piedi per un giorno o due e, dopo, pensa a usare le scarpe, per favore", disse uscendo.

"Ecco", disse Kralen, dandole un po' di succo. Lei lo guardò e prese le due pillole, poi scese dalle sue ginocchia e si rimise a letto: "Devi fidarti dell'Anziano".

Emily fissò Chevalier: "Tu ti fidi?"

"Sì".

Kralen, Quinn e Chevalier rimasero con lei finché si addormentò e poi si trasferirono nella sala del Consiglio.

"Come sta?" chiese Zohn quando entrarono. Quinn e Chevalier presero posto sul palco e Kralen si spostò nell'aula.

"Sta dormendo, il medico ha dovuto lavorare un po' sui suoi piedi", spiegò Chevalier, guardando Kralen: "Vuoi fare rapporto?"

Durante l'ora seguente Kralen spiegò tutto quello che era accaduto prima della sua sparizione, fino al loro ritorno a palazzo. Chevalier informò gli altri Anziani della ricerca di Emily e della morte dei bracconieri.

Quinn annuì: "Ok, allora restituiremo William e l'Inquisitore capo e terremo gli altri Encala per processarli".

"Signore?", disse Kralen, rivolto a Chevalier: "Do le dimissioni, e ritornerò immediatamente al mio Clan".

Chevalier lo guardò stupito: "Perché vuoi farlo?"

Entrarono Mark e Silas e si avvicinarono a Kralen.

"È la seconda volta che Emily viene ferita mentre è affidata a me. Ho permesso ai mortali di catturarla, agli Encala di cercare di rapirla e le ho permesso di commettere degli omicidi, una cosa che lei non è in grado di affrontare".

"Niente di questo è colpa tua".

Kralen si tolse il mantello e consegnò a Mark l'insegna del suo grado: "Sì, e tengo troppo a lei per rischiare di nuovo".

"Kralen...", disse Mark, ma l'heku si limitò a inchinarsi al Consiglio e se ne andò.

"Parlate con lui", disse Chevalier a Mark e Silas ed entrambi seguirono Kralen.

"Ha cercato di convincere Emily a prendere un elicottero per tornare a casa", disse Chevalier: "Ha detto che aveva la sensazione che gli Encala potessero attaccarli".

"Lasciami indovinare, Emily lo ha convinto a non farlo", disse Quinn.

"Sì".

"È una delle nostre guardie migliori. L'attacco sarebbe avvenuto comunque, anche se ci fosse stato l'intero Consiglio con lei".

"Lo so, Emily non la prenderà bene, quando scoprirà che se n'è andato".

"E nemmeno che dimettendosi finirà probabilmente in prigione oppure ostracizzato dal suo Clan", sospirò Zohn.

"Forse Mark e Silas riusciranno a convincerlo a restare", disse Dustin.

"Tenterò anch'io", disse Kyle e sparì dalla stanza.

"Sta incolpando se stesso per il dolore fisico ed emotivo che Emily sta patendo e che patirà, non credo che cambierà idea".

"Ma tu lo incolpi di qualcosa?" chiese Zohn.

"No, anzi, è stata la sua acutezza che ha tolto Emily da quella scarpata e l'ha fatta tornare qui".

"È difficile da proteggere e dovrebbe imparare a controllarsi un po', prima di allontanare tutta la Cavalleria", disse Dustin con calma.

Chevalier lo fissò minaccioso: "Stai zitto, Dustin".

"Non è stata colpa sua", disse Zohn al Powan: "Sì, rapire Frederick è stato l'inizio, ma questo attacco non si sarebbe potuto evitare".

Mark tornò davanti al consiglio parecchie ore dopo: Era visibilmente sconvolto: "Se n'è andato".

Kyle entrò dalla porta sul retro e ritornò al suo posto: "Tutti e tre insieme non siamo riusciti a convincerlo a restare. Si da la colpa di tutto questo e del... rituale... che Exavior ha eseguito su di lei".

"C'ero anch'io" Ringhiò Mark: "Non dovrebbe assumersene la colpa".

"Ha detto che non è più degno di essere una delle sue guardie o suo amico", disse loro Kyle: "È partito con il suo pickup per il suo Clan e ha detto che avrebbe suggerito loro di metterlo in prigione".

Chevalier scosse la testa: "Niente di questo era necessario".

Teenager

"Mamma?" Sussurrò Dain, baciandole la fronte.

Emily aprì gli occhi e sorrise, poi lo tirò sotto le coperte per un abbraccio: "Mi sei mancato, baby".

"Bua ai piedi?" Chiese, togliendosi le coperte.

"Già", disse, sedendosi. Guardò Chevalier che era seduto accanto al fuoco.

Lui le sorrise: "Buongiorno".

"Buongiorno", sussurrò, prendendo in braccio Dain. Il bambino le appoggiò la testa sulla spalla e le sorrise.

"Sta arrivando la colazione".

"Ok".

"Stai bene?" Le chiese, osservandola attentamente.

Lei annuì: "Sì, sto bene".

"Ti fidi di me?"

"Sì, se Kralen si fida, allora mi fido anch'io... è solo che... erano esattamente come Mark e Silas".

"Lo so".

"Sarò contenta quando mi libererò di Frederick e tutto questo finirà", disse e si sedette sulla sponda del letto.

"C'è un sistema facile per risolvere il problema".

"Lo so", disse e fece un sorrisino: "Ma merita di soffrire, e soffrirà, prima".

"Mamma... possiamo...", disse Alexis entrando, ma smise di parlare quando vide Chevalier nella stanza: "Non importa".

"Aspetta", disse Emily quando Alexis fece per uscire: "Che c'è?".

Alexis guardò nervosamente Chevalier e poi sua madre: "Niente, ne parleremo più tardi".

Chevalier alzò un sopracciglio: "Parla".

"Stai bene?" Chiese Alexis a sua madre.

"Sì. Vuoi uscire a cavallo, più tardi?"

"Sì", rispose Alexis sorridendo: "Sarà divertente".

"Beh, io voglio sapere che cosa sta succedendo", disse Chevalier.

"Possiamo uscire senza guardie?" Chiese Alexis, fissando Emily.

"Certamente".

"No, non potete", le interruppe Chevalier.

Emily sospirò: "Sì, invece, ne parleremo dopo".

Alexis annuì e prese la mano di Dain: "Andiamo a prendere qualcosa da mangiare".

"Sangue!" Gridò Dain sfuocando fuori dalla stanza.
Alexis sospirò: "Lo detesto quando fa così".
Emily la guardò seguire Dain fuori dalla stanza e poi chiuse la porta.
"Dopo tutto quello che è successo, vuoi uscire da sola?" Le chiese Chevalier, preoccupato.
"Sì, sembra che Alex ed io abbiamo bisogno di una chiacchierata madre/figlia".
"Le guardie possono controllarvi da lontano".
"No, non succederà niente se usciamo per un po' da sole".
"Em..."
"Dov'è l'Inquisitore capo degli Encala?"
"Lui e William saranno rilasciati oggi", disse Chevalier, che non aveva ancora finito la conversazione precedente.
"Allora è ancora qui a palazzo?"
"Sì, stanno entrambi parlando con il Consiglio. Prendi Mark e Silas, non si faranno nemmeno vedere".
"No", rispose e si alzò: "Accidenti!"
Lei si sedette di colpo "I piedi".
"Il dott. Cook aveva detto di non appoggiarli a terra per un po'".
"Devo parlare con quell'Inquisitore capo".
Chevalier annuì: "Ok ti porterò io".
"Ok, ma dammi qualcosa da mettere prima, un vestito, qualcosa di veloce".
Chevalier andò nella sua cabina armadio e ne tolse il vestito estivo che preferiva, verde smeraldo, e glielo porse. Emily si tolse in fretta il resto degli abiti dell'Encala e si mise il vestito. Una volta finito, prese una tazza di caffè da un servitore e Chevalier la prese in braccio per portarla nella sala del Consiglio. Dopo averla appoggiata sulla sua sedia, prese posto anche lui e osservò William e l'Inquisitore capo degli Encala.
"Ho una questione da sistemare con te", disse Emily all'Inquisitore capo.
Lui la guardò torvo "Che cosa?"
"Non... osare... mai più minacciarmi", disse Emily e l'heku cadde in cenere ai piedi del suo Anziano.
"Come osi!" Gridò William.
"No, adesso basta. Tutto quest'incubo è stata colpa tua e lui non aveva il diritto di minacciarmi di mettermi sotto interrogatorio in quella stanza!"
Chevalier ringhiò, accanto a lei.
"Come?" Gridò Kyle alzandosi.
"Restituiscici il nostro Anziano".

"No! E farai meglio a sperare che non dica a Sotomar che hai offerto un Anziano Valle in cambio di Frederick".

William sgranò gli occhi e guardò gli Anziani Equites: "Quello... non... non intendevamo farlo".

"Invece sì".

"Vogliamo solo che ci restituisca Frederick".

"Quando sarò pronta, non un minuto prima".

William la fissò minaccioso: "Non avrai un momento di pace finché non l'avrai restituito".

"Non minacciare mia moglie!" Gridò Chevalier.

"Allora cerca di tenerla sotto controllo", gli disse William.

"Fuori, e porta con te le tue ceneri ", disse Zohn. William raccolse le ceneri del suo Inquisitore capo e si precipitò fuori dal palazzo.

"C'è una soluzione semplice", le disse Dustin, fissandola negli occhi.

"No", gli rispose Emily e si alzò. Le sfuggì un grido quando mise i piedi a terra e poi andò alla porta camminando sugli spigoli dei piedi: "Esco per un po' con Alex".

"Porta con te Mark, per favore", sospirò Chevalier.

"No", gli rispose e uscì.

"Em..." Silas sospirò e la prese in braccio: "Dove stai andando?"

"Scuderia", disse e si tenne a lui mentre la portava dal suo cavallo. Alexis la stava aspettando sulla sua giumenta e aveva legato lo stallone al palo.

"Aspetta un minuto, vengo anch'io", disse Silas, entrando nella scuderia.

"Andiamo da sole, questa volta", disse Emily, sorridendogli: "Torneremo prestissimo".

"Posso restare un po' distante".

"Resta qui... e vai a cercare Kralen. È tutto il giorno che non lo vedo", gli disse e uscì, seguita da Alexis.

"Io non glielo dico", disse Silas, quando Mark uscì dalla scuderia.

"Nemmeno io. Glielo faremo dire dall'Anziano".

Silas annuì: "Non riesco a credere che dopo tutto quello che è successo ieri, sia là fuori da sola.

"L'Anziano ha detto che Alexis aveva bisogno di un discorso tra donne".

"Oh, allora forse è meglio così", disse Silas e sorrise prima di andarsene.

Emily si voltò a guardare la città: "Allora, Alexis, che c'è?"

Alexis tirò il cavallo più vicino a quello di Emily: "Niente guardie attorno?"

Emily guardò la radura: "Sarà meglio, ho detto niente guardie".
"Non deve saperlo nessuno".
"Mi dici che cosa c'è?"
"Quanti anni avevi quando ti sei innamorata la prima volta?"
Emily sorrise appena: "Beh... pensavo di essere innamorata a 14 anni".
"Con quel tizio, Keith?"
"Sì".
"Poi l'hai sposato".
"Già, avevo 17 anni".
"Ma adesso non credi più di averlo amato?"
"Esatto. Lui mi proteggeva dai vampiri, almeno è quello che pensavo allora, e ho frainteso questo senso di protezione per amore".
"Quanti anni aveva lui?"
"Quando ci siamo incontrati 26, quindi 29 quanto ci siamo sposati".
"Che ne pensava tuo papà?"
Emily ci pensò un attimo: "Papà lo detestava".
"Perché?"
"Keith era cattivo, dispotico e subdolo. Credo che mio padre lo avesse capito".
"Vedo", disse Alexis, accarezzando il collo della giumenta.
"Chi è?" chiese Emily, guardando sua figlia.
"Chi è chi?"
"Il ragazzo".
Alexis sorrise impacciata e cominciò ad arrossire: "Non posso dirtelo".
"Gli hai parlato?"
"Sì".
"Spesso?"
Alexis si strinse nelle spalle: "Non lo so".
"Lui sa che ti piace?"
"No!" esclamò Alexis, arrossendo ancora di più.
"Presumo che sia un heku".
"Sì, non conosco nessun umano".
"Vero... quindi direi... parla con lui, cerca di conoscerlo".
"Io lo conosco".
"Veramente bene?"
"Sì, penso di sì".
"Ma lui non sa che ti piace".
"Giusto".
Emily sorrise e guardò di nuovo la città: "Posso sapere il suo nome?"

"No".
"Lo conosco?"
"Sì, ecco perché non puoi sapere chi è".
"Ok", disse Emily, continuando a sorridere. Lo trovava divertente.
"Papà lo ucciderebbe".
Emily tornò seria: "Non so che cosa farebbe Chev. Per ora, teniamolo per noi".
"Buona idea".
Rimasero in silenzio per qualche minuto prima che Alexis sospirasse piano.
"Che c'è?" chiese Emily.
"Beh... è solo che..."
"Che cosa?"
"Io... sono solo... io".
"E che c'è di male in questo?"
"Beh, Allen è il maggiore e Dain è completamente heku. Io non sono né heku né umana"
"Nemmeno io. E non ha importanza".
"Sì, ma tu puoi incenerire... beh... ecco, veramente bene. Io devo guardare gli heku negli occhi per farlo", disse Alexis, visibilmente agitata.
"Che cos'ha a che fare essere in grado di incenerire, col fatto che ti piace questo heku?"
"Beh, è una ficata, mamma. Io non ho niente del genere".
Emily aggrottò la fronte: "Sei una ragazza dolcissima, carina e intelligente, hai tutto per farti amare".
Alexis scrollò le spalle: "Sarebbe bello essere forte come te".
"Io sono tutt'altro che forte".
"Voglio dire a incenerire. Tu potresti spazzare via l'intera città adesso, se volessi".
"Già e allora?"
"Io non ho niente".
"Allora... vediamo... un heku non potrebbe interessarsi a te perché non sei un'heku, però non sei umana e non puoi spazzare via la città... quindi non sei niente di particolare...".
"Sì, le fazioni lottano per averti, tu sei preziosa. Io sono stata rapita una volta ed è stato solo per arrivare a te".
Emily rise: "Allora io sono speciale perché continuano a rapirmi?"
"No, non è proprio così", le disse Alexis, guardandola di nuovo: "Ma almeno tu vali abbastanza da essere rapita.
Emily finalmente capì: "Allora è una delle guardie che ti piace".

"Come fai a saperlo?"
"Perché vorresti che la tua guardia venisse a salvarti".
"Beh..."
"E se tu sapessi incenerire come me... essere pienamente una Winchester, pensi che le altre fazioni potrebbero cercare di rapirti e allora la tua guardia verrebbe a salvarti".
"Lo fai sembrare tanto stupido".
"No, capisco perfettamente... c'è...", Emily controllò ancora in giro: "C'è qualcosa di... affascinante, nell'essere protetti. Dillo a tuo padre e ti attacco al muro".
Alexis sorrise: "Già, è vero".
"Comunque, non credo che farsi rapire sia il modo giusto".
"Almeno potresti insegnarmi a incenerire come te?"
"Perché?"
"È una ficata, mamma, è così potente!"
"Certo, perché no?"
"E... mamma... ci deve essere qualcos'altro oltre ai jeans e alle t-shirt".
"Vorresti vestirti più da ragazza?"
"Sì, tu no?"
"No, io mi vesto esattamente come voglio".
"Oh"
"Devi imparare ad apprezzare di più te stessa. Io non sono così potente e forte... metà di te viene da tuo padre ed è a lui che dovresti cercare di assomigliare".
"Papà?"
Emily annuì: "Sì, è lui quello forte. È un capo, uno che impone rispetto".
"Ma è solo... papà".
"Per noi, sì, ma gli altri... lo riveriscono".
"Già, immagino".
"Scendiamo nella prigione allora, faremo pratica".
"Sì!" Gridò Alexis, partendo al galoppo. Emily rise e la seguì. La Cavalleria stava cambiando di turno quando arrivarono e presero i cavalli da Emily e Alexis.
Quando Silas e altri tre Cavalieri si misero a seguirle, Emily guardò le due guardie di Alexis e vide che sua figlia stava arrossendo. Osservò mentre Alexis entrava e come evitava di guardare l'heku giovane e biondo che camminava dietro di lei.
"Chi è il biondo?" chiese Emily, seguendoli.
"Gabe", le disse Silas.
"Gabe", sussurrò Emily e l'heku si voltò verso di lei.
"Sì, Signora?"

"Ti tengo d'occhio", disse, fissandolo minacciosa.

L'heku sgranò gli occhi e poi corse per riprendere il suo posto dietro ad Alexis.

"Devo occuparmi di lui?" Chiese Mark.

"No, ci penso io" disse Emily, poi sorrise e prese la mano di Alexis: "Ok, niente guardie per un'ora".

"Come? Perché?" Chiese Silas, stupito.

"Em, gli Anziani hanno specificatamente..." cominciò a dire Mark, ma Emily alzò la mano.

"No, staremo da sole per un'ora, accettalo", disse Emily e accompagnò Alexis lungo il corridoio mentre i sei heku la guardavano seccati.

Emily portò Alexis dentro la prigione.

"Signora, non può scendere qui", disse la guardia, mettendosi davanti a lei.

"Sì che posso".

"No, Dustin ha detto che non dovrà più scendere qui e non ci sono eccezioni alla regola per Miss Alexis"

"Parlane con Chev", disse, passando oltre la guardia e tirandosi dietro Alexis.

"Signora, devo insistere, deve ritornare di sopra", disse la guardia, seguendola fino alla cella di Vaughn.

"Bene bene, questa sera avrò addirittura due Winchester" disse Vaughn, con un sorrisetto compiaciuto.

"Nei tuoi sogni", disse Emily, sbuffando. Si sedette di fronte alla cella e si appoggiò alla cella vuota che una volta aveva occupato. Alexis si sedette nervosamente accanto a lei.

"Signora", disse la guardia e si fermò quando Emily alzò gli occhi su di lui.

"Chev... quell'Anziano di cui avete tanta paura... parlane con lui, io sono occupata".

La guardia sospirò e si allontanò.

Emily sorrise: "Ok, adesso guarda Vaughn. Devi permettere alla rabbia e all'odio di crescere, usa tutte quelle emozioni negative e brucialo, prova".

Vaughn voltò loro la schiena: "Non può bruciarmi, io non la guarderò negli occhi".

"Non voglio che la guardi", gli disse Emily.

"Mamma, non ci riesco".

"Concentrati su di lui. È un coglione, concentrati su questo, su quanto lo odii".

Alexis si voltò e studio Vaughn, ricordando tutte le volte che Emily era stata tenuta in ostaggio e torturata da qualcuno degli heku in quella prigione.

"Mentre ti arrabbi, lascia crescere la rabbia, lascia che monti finché non potresti odiarlo di più", sussurrò Emily.

Alexis fece un respiro profondo, continuando a concentrarsi su Vaughn.

***

"Signore, una delle guardie della prigione vuole parlare con lei", disse Derrick, mettendo la testa nella sala del Consiglio. "Ok, fallo entrare".

Una guardia dall'espressione nervosa entrò nell'aula e si avvicinò a Chevalier.

"La... la Signora... Emily ha detto che dovevo parlarne con lei".

Chevalier alzò lo sguardo: "Di che cosa?"

"È nella prigione".

"E allora?"

"Con Miss Alexis".

Chevalier aggrottò leggermente la fronte. "Ha portato Alex nella prigione?"

"Sì, Signore".

"Perché?"

"Stanno... cercando di, beh... di incenerire Vaughn".

Zohn fece una risatina: "Sessione di allenamento?"

"È quello che sembra, Signore".

"Non riesco ancora a capire perché me lo stai dicendo", disse Chevalier.

"L'ufficiale di collegamento tra i Clan ha ordinato di non lasciarla entrata nella prigione, e la Signora ha detto di parlarne con lei".

Chevalier sospirò: "Dustin...".

"Era parte delle condizioni per il suo rilascio", spiegò Dustin.

"Che abbiamo completamente annullato".

"Non quella parte. Non credo che abbia bisogno di passare del tempo in prigione. Fa nascere dei tumulti".

"Lasciala stare", disse Quinn alla guardia, che se ne andò.

"Smettila di impartire ordini concernenti mia moglie senza consultare uno degli Anziani", gli sibilò Chevalier.

"Sì, Anziano", disse Dustin, tornando alla sua pila di carte.

"Non c'è un Clan che si sta lamentando di qualcosa?" gli chiese Zohn.

"Sì, ci stavo giusto andando", rispose, sfuocando fuori dalla sala.

"Finirà per oltrepassare i limiti", sibilò Chevalier.

"L'ha già fatto... due volte", gli ricordò Quinn: "Se non riuscirà a riprendere il controllo di quel Clan, potremo sostenere che non è all'altezza del compito".

"Abbiamo parlato di una sua eventuale proscrizione e del rischio che i Powan si vendichino", disse Zohn, appoggiando un grosso registro.

"Però questa faccenda con Emily va ben oltre i battibecchi che aveva con Damon e con voi due", disse Chevalier, guardando gli altri due Anziani.

"Con loro è sempre stato amore-odio, però", disse Kyle, riflettendo: "Con Dustin, è odio e basta".

"È una lotta di potere tra due membri del consiglio, pura e semplice", aggiunse l'Inquisitore capo.

"Lei non pensa che debba far parte del Consiglio?" chiese Zohn, con un'espressione preoccupata.

"No".

"Te l'ha detto lui?"

"Sì".

"Beh, lei ne fa parte e Dustin farà meglio ad accettarlo. È troppo pericoloso toglierla dal Consiglio", disse Chevalier.

"Sono d'accordo. La sua rimozione non è assolutamente un'opzione". Disse Quinn, alzandosi. "Io me ne vado per circa una settimana".

Zohn annuì: "Parto anch'io tra qualche minuto".

Chevalier sorrise: "Ahhh, essere l'unico al comando della fazione".

Quinn ridacchiò: "Cerca di non far fuori l'intera città!"

Zohn si alzò e raccolse i fogli: "Sono più preoccupato perché resterai da solo con Dustin".

"Sarà vivo quando tornerete, ve lo prometto", disse loro Chevalier, seguendoli fuori dalla sala del Consiglio. Li lasciò al quarto piano, quando i due Anziani andarono sul tetto a prendere l'elicottero e lui scese nella prigione per vedere che cosa stavano facendo Emily e Alexis. Tutte e sei le guardie erano in attesa all'entrata della prigione.

"Sicuro di voler scendere lì?" Chiese Silas con un sorrisino.

"Perché?"

"Stanno cercando di far incenerire un heku a Lexi senza guardarlo negli occhi"-

Chevalier rabbrividì: "Spero di essere al sicuro".

Silas soffocò una risata mentre l'Anziano scendeva nella prigione. Scese un silenzio surreale quando apparve. Tutti i prigionieri avevano troppa paura perfino di parlare quando era intorno, per paura di essere puniti. Girò l'angolo e vide Alexis che fissava la cella di Vaughn con Emily seduta al suo fianco che le teneva la mano.

Emily alzò gli occhi e gli sorrise: "Ci cacciate fuori?"

"No", rispose e guardò Vaughn: "Come sta andando?"

"Da schifo", gridò Alexis: "Non riesco a farlo se non mi guarda negli occhi".

"Forse non hai abbastanza sangue Winchester da riuscire a fare quello che fa la mamma".

"Chev...", disse Emily con un sospiro.

Alexis scoppiò in lacrime e corse fuori dalla prigione.

"Che c'è?" Chiese, guardandola fuggire.

"Vedo che è emotiva come sua madre", disse Vaughn, ridendo.

"Stai zitto, Vaughn", sibilò Emily.

"Imbranata, anche, se non riesce a incenerire un heku".

"Beh, io di certo ci riesco, quindi stai zitto", disse Emily e lasciò che Chevalier la aiutasse ad alzarsi.

Chevalier rise quando Vaughn cadde indietro, soffrendo, per un momento e poi Emily risalì le scale.

"Vuoi che le parli io?" chiese Chevalier quando rientrarono nel palazzo.

"No, lei ed io dobbiamo andare a fare shopping, ecco tutto... io odio i cambiamenti", sospirò Emily e guardò le guardie alle sue spalle.

"Cambiamenti?"

"Sì, sta diventando abbastanza grande da volersi vestire in ghingheri. Non so da chi abbia preso, ma dovrò aiutarla".

"Puoi chiedere al sarto di fare quello che vuoi, non c'è bisogno di andare a fare shopping".

Emily lo guardò: "È più che fare shopping, è una trasformazione completa".

"Anche tu?" Chiese Chevalier sogghignando.

"Temo di sì... niente guardie, anche".

"Aspetta", disse Silas. "Io vengo".

"No, tu non vieni", disse Emily, fissandolo.

"Sì".

Chevalier sorrise guardandoli.

Emily socchiuse gli occhi: "Tu non vieni".

"Sì, invece", disse Silas, incrociando le braccia.

"Che cosa ti fa pensare che cederò e ti lascerò venire?"

"Non hai scelta. Non ti lascio andare un'altra volta senza di me. Pensavo che avrei dovuto accompagnarti quando tu e Miri siete state rapite... ho cercato di venire anch'io quanto tu e Kralen siete partiti per andare dai Valle... questa volta non cedo".

"Beh, posso incenerirti".

"Ma non lo farai".

"Mamma, Silas può venire", disse Alexis, vedendo che erano in una posizione di stallo.

"No", disse Emily e sorrise.

Silas scrollò le spalle: "Io vengo".

"Chev" disse Emily, continuando a fissare la guardia.

"Oh no, non mi coinvolgerete in questa storia". Disse Chevalier, facendo un passo indietro.

"Fifone"

"Quando si parte?" Chiese Silas, facendo un passo verso di lei.

Mark apparve nel corridoio: "Che cosa sta succedendo?"

"No", ripeté Emily, restando ferma sulle sue posizioni.

Mark guardò Chevalier, confuso dalla sua espressione divertita.

"Andiamo a fare shopping", gli disse Silas, senza mai togliere gli occhi da Emily.

"Tu non vieni".

"Oh, sì che vengo".

"Porterò Kralen".

"Vengo io".

"No", disse Emily e prese la mano di Alexis. "Sarà una serata di sole donne, niente heku o uomini".

Mark sorrise: "Penso che tu sia fortunata che venga un solo heku".

"Non verrà nessun heku", gli disse Emily, zoppicando verso il garage, seguita da Silas: "Vattene".

"No", disse Silas, seguendola fuori.

"Diventerà cenere molto presto?" Chiese Mark, guardando Chevalier.

L'Anziano scrollò le spalle: "Non lo so".

"Non le abbiamo detto niente di Kralen", disse Mark quando sentì la Jeep che usciva dal garage.

"Non so come dirglielo. È stato imprigionato".

"L'ho sentito dire".

"Per ora, vediamo se riusciamo a tenerglielo nascosto. I piedi le fanno male da morire e ci guarda ancora come se non si fidasse completamente di noi", disse Chevalier. "Appena lo scoprirà, andrò a cercarlo".

"Sa almeno dov'è il suo Clan?"

"No, non credo, in effetti".

"Può scoprirlo?"

"Solo se chiede a Jerry".

Mark sospirò e fissò le altre guardie: "Gabe... che problema hai con Emily?"

Chevalier si voltò a guardare il giovane heku biondo.
"Non lo so, Generale", disse Gabe: "Mi ha solo improvvisamente detto che mi tiene d'occhio".
"Sei una delle guardie di Alexis?" chiese Chevalier.
"Sì, Anziano".
"Sei mai stato una delle guardie di Emily?"
No, Signore. Non faccio parte della Cavalleria".
Sì, vedo... allora perché Emily ti tiene d'occhio?"
"Non lo so, Signore", rispose nervosamente l'heku.
"Bene, adesso ti terrò d'occhio anch'io", disse Mark: "Torna in caserma fino al ritorno di Alexis".
"Sì, Generale", disse e sfuocò via.
"Wow, credo che Silas sia andato con loro", disse Mark ridendo.
"È strano", disse Chevalier e poi sorrise: "Ora spero sono che non torni sotto forma di cenere, o con un tutù".
"Terremo pronte le macchine fotografiche".
"Parlerò io con Emily quando torna. È strano che abbia detto una cosa del genere a una guardia", disse Chevalier, dirigendosi verso il suo ufficio.

***

Chevalier alzò gli occhi dalla scrivania quando sentì la Jeep di Emily che tornava in garage. Scese le scale e sentì dei mormorii quando arrivò nell'atrio al pianterreno.
Per primo apparve Silas. Indossava un abito di Armani, aveva i capelli corti fissati con il gel in tante piccole ciocche appuntite e occhiali da sole scuri. Mark entrò nel momento in cui Silas si gettava la giacca sulla spalla e camminava verso l'Anziano.

"Pensavo che la trasformazione dovesse riguardare le donne", rise Mark.
"Beh... insomma... mi hanno permesso di accompagnarle", disse Silas sogghignando.
"Non entrano?" chiese Chevalier, guardando la porta.
Silas cominciò a ridere: "Lexi sta ancora cercando di tirare fuori Em dalla jeep. Ha permesso a Lexi di metterla in ghingheri".
"Così brutto, eh?"
"Beh... no... per niente".
"Ma allora..." cominciò a dire Chevalier poi rimase a bocca aperta quando entrò Emily. Era chiaramente imbarazzata per l'abito blu aderente, che le aderiva a tutte le curve, con la scollatura bassa che

mostra il solco tra i seni. Era truccata più del solito, i capelli erano raccolti in cima alla testa e ricadevano in lunghi riccioli.

"Se ridi, che Dio mi aiuti, incenerirò l'intera città", sibilò quando si avvicinò. Si vedeva che i piedi le facevano ancora male. Alexis sorrideva radiosa, con un vestito simile a quello di Emily, anche se non così aderente o così scollato. Aveva tagliato i lunghi capelli neri e ora aveva un caschetto corto e un trucco leggero.

"Stai benissimo, Em", disse Chevalier, sorridendo.

Emily socchiuse gli occhi: "Non... dirlo".

"Che cosa?"

"Non dirlo e basta", ribadì, alzando un po' il vestito per salire le scale.

"È stato divertente", disse Alexis, continuando a sorridere. Si guardò attorno nell'atrio: "Dove sono le mie guardie?"

"Mm", sospirò Mark, guardandosi attorno: "Stanno arrivando".

"Mi piacerebbe che lo facesse anche Emily. Cercare le guardie quando non ci sono", disse Silas, chiamando anche le guardie di Emily.

"Silas... l'uniforme", gli ricordò Mark.

"Ah... giusto", disse e sorrise prima di sfuocare via.

Scomparso

Emily uscì dalla sua camera in jeans e t-shirt, pronta per andare a ferrare alcuni dei cavalli. Vide le guardie e sospirò: "Chi siete?"

"Guardie di Città, Signora", disse quello più alto sorridendole: "Stiamo cercando di entrare nella Cavalleria".

"Vedo... e dov'è la Cavalleria?"

"In palestra".

"Anche Kralen?" Chiese Emily. Per un mese, dopo il tempo passato nella foresta le avevano detto che Kralen era in vacanza e per il mese successivo, che era in missione. Cominciava ad avere la sensazione che le stessero mentendo.

"No, Signora".

"Dov'è allora?"

"In missione".

Emily ci pensò un attimo e scese le scale, seguita dalle quattro Guardie di Città troppo ansiose.

"Dove sta andando?" Le chiese uno di loro.

Lei si voltò: "Non sono affari vostri, sparite".

"Non possiamo, Signora. Se vogliamo entrare in Cavalleria, dobbiamo provare che non riesce a sbarazzarsi di noi".

Gli occhi di Emily divennero due fessure: "Chi l'ha detto?"

Zohn apparve accanto a loro: "C'è qualche problema?"

"Sì", gli rispose Emily: "Il genio qui pensa che farà parte della Cavalleria.

L'Anziano fissò le Guardie di Città: "Ah?"

"Sì, Signore, se riusciamo a proteggerla con successo, possiamo fare un tentativo".

A Zohn si strinse lo stomaco. Quest'informazione non avrebbe mai dovuto arrivare alle orecchie di Emily. La osservò mentre incrociava le braccia e fissava minacciosa le guardie.

"Di chi è stata questa brillante idea?" Chiese a quello più alto in grado. Aveva le insegne di Luogotenente di città.

La guardia scrollò le spalle: "Non saprei".

"E tu pensi che non riuscirei a seminarvi?"

"No!" disse Zohn in fretta: "Non lo pensa assolutamente".

"Sì che lo penso. Come fa un umano a sfuggire a un heku?"

Zohn sospirò: "Voi quattro, a rapporto nella sala del Consiglio, subito".

Le quattro guardie sfuocarono via ed Emily si rivolse a Zohn: "È per questo motivo che ho avuto tante guardie sconosciute, ultimamente?"

"No, penso che stia delirando".

"Niente guardie, oggi. Sono stufa di essere seguita da guardie superansiose, fastidiose e ficcanaso, che mi guardano come se fossi lì lì per essere rapita".

Zohn annuì: "Molto bene".

Lei lo guardò sorpresa: "Sei d'accordo di togliere le guardie?"

"Resterai nei confini del palazzo?"

"Sì".

"Allora sì, sono d'accordo".

"Bene, allora. Starò nel mio ufficio", gli disse e risalì le scale.

"Ricorda per favore che oggi comincia il nuovo Supervisore dello staff".

Emily sospirò: "Ah, giusto, allora starò nel mio ufficio personale oggi".

Zohn la guardò ridiscendere le scale e poi tornò al suo posto. Chevalier stava parlando a bassa voce con Quinn quando si sedette.

"Mi è sembrato che non andasse bene".

"Infatti", gli rispose Zohn, poi fissò le guardie: "Volete spiegarmi perché siete così stupidi?"

Il Luogotenente lo guardò sorpreso: "Signore?"

Chevalier e Quinn guardarono anche loro le Guardie di Città.

"Vi avevano o non vi avevano detto di nascondere a Lady Emily che il requisito per entrare nella Cavalleria era di aver fatto un certo numero di ore di guardia proprio a lei?" chiese Zohn.

Chevalier sospirò: "No! Dimmi che non gliel'hanno raccontato".

"Oh, sì, invece".

"Beh", disse il Luogotenente: "Abbiamo solo...".

"No, niente 'abbiamo solo', niente", ringhiò Zohn: "Hai dichiarato che non c'è modo che Emily possa riuscire a sfuggirvi".

Quinn fece un sorrisetto: "Non è stata una mossa molto furba".

Chevalier sospirò: "Quali erano gli ordini riguardo a sfidare Emily a sfuggirvi?"

Il Comandante di città rispose: "Ci avevano detto di non menzionare il fatto che lei non sarebbe potuta scappare, con noi a farle da guardia"

"Però non può farcela. È ridicolo pensare che possa scappare a un heku", disse al Consiglio il Luogotenente.

Kyle cominciò a ridere: "L'abbiamo già trovata?"

Zohn si strofinò la nuca: "No, ero lì quando è successo. Ho accettato di toglierle le guardie per oggi se rimarrà nel palazzo... spero che questo la ammansisca a sufficienza per restare tranquilla".

"Voi quattro, tornate dal vostro Generale, siete fuori dalla lista per la Cavalleria", disse Chevalier, guardandoli inchinarsi e uscire dalla sala del Consiglio.

"Sono contento di essere uscito. L'ho sentita chiedere di Kralen e ho pensato che fosse meglio intervenire", disse Zohn.

"Jerry, ti ha chiesto qualcosa di lui?" chiese Chevalier, guardando l'Archivista.

"No, Anziano".

"Non parlerà con lui", disse Kyle agli Anziani: "Era un sostenitore di Damon".

"Come?" L'Archivista rimase a bocca aperta: "Era... non credo che dovrebbe continuare a battere su questo tasto...".

"È così", disse Chevalier, sorridendogli: "Mi dispiace ma è così che Emily suddivide i Consiglieri".

"Dopo tutto questo tempo?"

"Sì, se verrà a chiedere a te informazioni su Kralen sarà proprio come ultima risorsa", disse Kyle.

"Come faccio a rimediare?" chiese l'Archivista.

"Non puoi fare niente. Se comincerà a sgelarsi con te, succederà e basta".

"O non succederà mai", disse Dustin.

Kyle alzò le spalle: "O non succederà mai".

"Derrick, fai entrare Mark, per favore", disse Zohn sogghignando.

"Che c'è?" Chiese l'Archivista, fissando l'Anziano sogghignante.

"È solo.... che è così bello non essere più sulla sua lista".

"Come hai fatto a farti cancellare?"

"Non lo so esattamente. Penso di aver fatto appello al suo naturale desiderio di cercare alleati tra quelli che in qualche modo la possono aiutare".

"Come?"

"Come aiutarla nel caso di un'offesa personale", gli disse Quinn.

"Quindi, se la aiuto la prossima volta che viene aggredita, Emily mi toglierà da quella che l'Anziano chiama la sua 'lista'?" Chiese Jerry.

"Forse, non ci sono garanzie... ah, Mark", disse Zohn, alzando gli occhi quando entrò il Generale.

"Sì, Anziano?"

"Le quattro Guardie di Città che sorvegliavano Emily le hanno parlato delle ore di guardia necessarie per entrare in Cavalleria".

Mark sospirò: "Accidenti, stava funzionando così bene".

"Le ho permesso di restare senza guardie, oggi, se rimane entro i confini del palazzo".

"Va bene per oggi... ma come facciamo a restringere l'enorme lista di richieste di arruolamento nella Cavalleria?"

"Torneremo ai colloqui", disse Kyle: "Tu ed io insieme, magari anche con Emily".

"Bene, ma l'altro sistema funzionava meglio. Si capiva subito come interagivano con lei e se lei andava d'accordo con loro".

"Perché dobbiamo farlo, in ogni modo?" Chiese Dustin: "La Cavalleria ha molti compiti, essere la sua guardia personale è il meno importante".

"Il meno importante?" Chiese Mark, irritato.

"Sì, ritengo che sia più importante proteggere il palazzo e non vedo perché debbano essere scelti unicamente in base alle loro reazioni nei suoi confronti".

Chevalier fece un sorrisino compiaciuto e cominciò a guardare una lista di turni.

"Chiunque può essere addestrato a proteggere il palazzo", gli disse Quinn: "Emily invece merita una considerazione diversa".

"Cedendo ai suoi capricci, come il solito".

"Certo. Preferiresti che andasse dai Valle e permettere loro di spazzarci via sistematicamente?"

"No, e non credo che succederebbe. Se smettiamo di cedere a tutte le sue richieste, lei resterà con l'Anziano, è già stato dimostrato".

"Ogni consorte, almeno nei 1900 anni da che io sono nel Consiglio, è stata sorvegliata e protetta", gli disse il Capo delle Finanze: "Uno dei modi più semplici di arrivare a un membro del consiglio è attraverso la sua consorte".

"Non o sapevo", disse Kyle, sorpreso.

"È così che è morta la moglie di Maleth. I Valle hanno cercato di arrivare a lui tramite lei".

Chevalier si irrigidì: "Basta così".

"Sì, Anziano", disse il Capo della Difesa, poi rivolgendosi a Mark: "Abbiamo un'unità a Powan in questo momento. La prossima volta che avremo bisogno di mandare là un altro gruppo di Cavalieri, escogiteremo qualcosa".

Mark annuì: "E per Emily oggi?"

"È nel suo ufficio", disse Zohn: "A fare... qualunque cosa lei faccia là dentro", lasciatela stare finché resta vicino al palazzo.

"Va bene, Anziano", disse e tornò all'addestramento.

***

Emily era seduta da sola nel suo ufficio e guardava i monitor che mostravano le recenti attività della S.S.V. Aveva notato un rapido decremento del loro numero e la maggior parte delle comunicazioni tra le roccaforti della S.S.V. riguardava il reclutamento e la meraviglia per come i soci tornassero in fretta alle loro vite fuori della società.

Per quanto cercasse di concentrarsi, la mente tornava continuamente alla scomparsa di Kralen. Tutti le assicuravano che stava bene, o che era in vacanza, oppure in missione. Nessuno sembrava a suo agio quando ne parlavano e notava occhiate nervose tutte le volte che tirava in ballo l'argomento.

Emily ci pensò un momento e poi chiamò Allen.

"Ciao, mamma". Sembrava contento di sentirla.

"Come va?"

"Bene, Miri ed io stiamo lavorando alla nostra casa".

"Non vivete nel castello?"

"Nooo! Quella è la casa di papà. Noi abbiamo preso una casa in città".

"Vedo... avrei una domanda da farti", disse Emily esitando.

Le sembrava di vedere Allen sorridere: "Che c'è?"

"Hai sentito dov'è andato Kralen?"

"No, non ho sentito niente. È scomparso?"

"Sì, e continuano a ripetermi o che è in vacanza o in missione".

"E tu non gli credi?"

"No".

Allen rifletté un momento: "La mia idea è che è impegnato in una missione importante, magari sotto copertura o come infiltrato in un'altra fazione. In quel caso ci possono volere centinaia di anni per riuscire".

"Cosa?!"

"Non è facile per un'altra fazione pensare che un heku abbia saltato il fosso e si sia unito a loro a causa di problemi con gli Equites. Se Kralen è impegnato in una missione che richiede la fiducia dei Valle o degli Encala, possono volerci secoli".

"Come faccio a scoprirlo?" chiese, sentendo di colpo un vuoto allo stomaco.

"Non saprei. Nessuno che sia al corrente ti dirà niente, potrebbe far saltare la sua copertura".

Emily sospirò: "Sono preoccupata per lui".

"Sarebbe meglio lasciargli fare quello che è andato a fare", gli disse Allen.

"Già, penso che tu abbia ragione".

"Per favore, mamma, non cercare di trovarlo. Se fai saltare la sua copertura potrebbe essere ucciso".

"Stai tranquillo, ti chiamerò più avanti", disse e riattaccò. Si alzò e andò verso le scale quando sentì Alexis che usciva dalla sua aula.

"Aspetta", disse Emily e scese le scale: "Che c'è?"

Alexis la guardò sorridendo: "Ciao mamma. Stiamo andando nel tuo stagno delle sanguisughe per prendere dei campioni d'acqua".

"Puah, perché?"

"Mi serve un vetrino di protozoi freschi".

"Non entrare in acqua" le disse e diede un'occhiata alla guardia dietro di lei, Gabe. L'heku stava ispezionando attentamente l'atrio.

"Assolutamente no, anche se dubito che gli piacerei", disse Alexis, arrossendo quando guardò Gabe.

Emily sorrise e li guardò scendere le scale. Si sedette sul gradino superiore della scala al quarto piano e si guardò attorno, un po' annoiata, continuando a pensare a come scoprire dove si trovava Kralen.

"Lady Emily?" Sentì chiamare alle sue spalle. Emily si alzò e vide il nuovo Supervisore dello staff del palazzo.

"Sì?" Era un po' irritata di essere stata sostituita con un heku dopo aver svolto quel compito per tanto tempo. Gli Anziani le avevano detto che ritenevano poco decoroso per moglie di un Anziano lavorare nel palazzo e tutte le sue argomentazioni non erano riuscite a fargli cambiare idea.

"Dovrei controllare alcune cose. Potrei avere le chiavi del palazzo, per favore?" Chiese gentilmente l'heku.

"Oh, certo. Devo prendere una cosa e te le porterò nel tuo ufficio".

"Molto bene", disse con un inchino e se ne andò.

Emily sorrise. Non ci aveva pensato prima, ma con le chiavi da supervisore, poteva aprire tutte le porte nel palazzo, eccetto gli uffici degli Anziani. Corse giù in fretta al terzo piano e si guardò attorno prima di entrare nell'ufficio dell'Archivista. La stanza era immacolata, con le cartelle impilate in ordine e file di schedari.

***

"Molto bene, prenderemo in considerazione il trasferimento e ti faremo sapere entro una settimana", disse Zohn e fece un cenno all'Archivista.

"Grazie, Anziano", disse l'heku nell'aula e uscì con un inchino.

L'archivista aggrottò appena la fronte: "Scusatemi un attimo".

Camminò con calma uscendo dalla sala del Consiglio. Appena fu lontano dagli occhi dei Consiglieri, apparve quasi istantaneamente davanti alla porta del suo ufficio e rimase fermo un attimo ad ascoltare. Sentì dei passi leggeri e seppe immediatamente chi aveva fatto scattare l'allarme.

"Buon pomeriggio, Emily", disse, entrando.

Emily si voltò di colpo, guardandolo a occhi sbarrati. Era contenta di aver appena chiuso lo schedario prima che entrasse: "Salve".
"Posso aiutarti?"
"Io stavo... stavo controllando se la squadra aveva fatto un buon lavoro con le pulizie".
"Vedo... non dovrebbe essere compito del nuovo Supervisore?" Chiese, sedendosi alla scrivania.
"È stato pulito ieri. Ero ancora in carica io".
"E che cartella desideravi vedere?"
Emily lo guardò un po' sorpresa: "Scusa?"
"Cara, le cartelle sono troppo importanti per non avere un sistema di allarme".
"Oh, no, li ho aperti solo per controllare se c'era polvere".
Jerry sorrise: "Se mi dici che cosa stai cercando, forse potrei dirtelo io".
Emily sospirò e lasciò cadere le spalle: "Volevo la cartella delle Winchester".
"Oh?" disse l'Archivista, mettendosi comodo e unendo la punta delle dita.
"I Valle non possono essere gli unici a tenere d'occhio la mia famiglia".
"No, in effetti no".
"Allora, che cosa hanno gli Equites?"
"Vediamo", disse l'Archivista, alzandosi lentamente. Andò a uno schedario e cominciò a controllare in uno dei cassetti più in alto: "Quale parte della storia delle Winchester ti interessa?"
"Che cosa avete?" Chiese, mettendosi sulle punte dei piedi per cercare di vedere, ma il cassetto era troppo in alto.
"Abbiamo le registrazioni degli Equites che hanno ucciso e quelle degli arresti degli heku imprigionati da loro. Ho le possibili posizioni, elenchi genealogici, posizione delle varie case, tutte le località in cui hanno attaccato nel 1800..."
"Wow... beh...", Emily ci pensò: "E informazioni tipo... personalità, carattere, cose gradite e sgradite..."-
L'heku le sorrise: "No, non ci interessavano abbastanza da registrarli".
"Pensavo che registraste tutto".
"Solo le cose importanti. Che cosa stai cercando?"
Emily scrollò le spalle: "Non lo so, qualcosa di interessante".
"Allora ti suggerirei di contattare Camber. È lui quello cui chiedere".
"Lui è... beh... non mi piace".
"Ha scritto un libro sulle Winchester, forse potrebbe servirti",

"Buona idea. Lo cercherò su Google"
"Scusa?" Chiese, chiudendo il cassetto.
"Non importa, grazie comunque", disse Emily e uscì in fretta dalla stanza. Corse di sopra e diede le chiavi al nuovo Supervisore, poi corse sul tetto e salì sul suo elicottero a pensare.

L'Archivista richiuse a chiavi il suo ufficio e ritornò nella sala del Consiglio.

"Tutto bene?" Chiese Kyle.

"Emily stava frugando tra le mie cartelle" disse, sedendosi.

"Ha detto perché?"

"Sì, ma era una bugia".

"Pensi che stesse cercando Kralen?" Chiese Kyle, guardando gli Anziani.

"Non credo", disse Chevalier: "Penso che lo chiederebbe a me, prima... ovviamente è Emily, quindi chi lo sa".

"Come ha fatto a entrare nel tuo ufficio?" Chiese Dustin.

L'Archivista sorrise: "Non aveva ancora consegnato le chiavi al nuovo Supervisore, ma adesso lo ha fatto".

Dustin fissò gli altri, furioso: "Suppongo che gliela farete passare liscia anche per aver fatto irruzione in uno dei nostri uffici".

Quinn guardò l'Archivista: "Jerry, vuoi sporgere denuncia?"

"No".

"Allora non faremo niente", disse Quinn a Dustin, che sbatté la sedia contro il muro e uscì precipitosamente dalla stanza.

***

Emily si appisolò sull'elicottero, cercando di capire a chi chiedere di Kralen. Prima di addormentarsi aveva deciso che nessuno dei Consiglieri gliel'avrebbe detto e sapeva già che i Cavalieri non avrebbero parlato. Si svegliò quando atterrò l'Equites 2, e tornò dentro.

In cima alle scale dell'ottavo piano sentì sbattere la porta d'ingresso del palazzo e poi qualcuno piangere. Corse giù in fretta dalle scale, saltando i gradini, sapendo che c'era una sola persona, nel palazzo, oltre a lei che poteva piangere.

Incontrò Alexis al quinto piano, mentre correva nella sua stanza. Quando la tredicenne vide la madre, le corse in braccio, piangendo. Le sue due guardie erano con lei, ma non dissero niente.

"Che cos'è successo, Alex?" chiese Emily, abbracciandola.

Alexis stava piangendo troppo forte per rispondere, e si strinse più forte alla mamma.

"Che cos'è successo?" chiese Emily alle guardie.

"Non saprei, Signora. Miss Alexis stava raccogliendo una pianta per un progetto di scienze. Stu ed io stavamo solo chiacchierando, poi lei è corsa qui", disse Gabe.

"Andate nella sala del Consiglio, subito", sibilò Emily. Entrambi si inchinarono leggermente e scomparvero giù dalle scale. Lei aspettò che se ne fossero andati e poi condusse Emily nella propria camera. Si sedettero entrambe ed Emily aspettò che Alexis si fosse calmata prima di prenderle la mano: "Che cos'è successo?"

Tra un singhiozzo e l'altro, Alexis finalmente riuscì a sussurrare: "Lui... lui... ha la ragazza".

Questo portò altri singhiozzi ed Emily la tenne stretta finché il pianto si esaurì: "Mi dispiace, Alex".

"Non ne aveva mai parlato prima", bisbigliò Alexis, prendendo un fazzolettino.

"Alle guardie non piace affezionarsi troppo a noi", disse Emily.

"Alle tue sì".

"Già... non dovrebbero, ma è una vita che mi proteggono".

"Forse... forse la lascerà".

"Tesoro, non puoi contarci".

Alexis si rimise a piangere mentre Emily la teneva abbracciata. Quando si fu calmata, Emily si appoggiò allo schienale e le prese la mano.

"Pensa che io sia una bambina", sussurrò Alexis.

"Lo sei, Alex", disse e poi sospirò quando Alexis la guardò torva: "Hai tredici anni... questi heku pensano che io sia una bambina e sono parecchio più vecchia di te".

"Allora è tutto quello che sarò sempre per lui?"

Emily si strinse nelle spalle: "Non lo so, non c'è modo di saperlo".

"Allen non ha avuto questo problema"

"Allen non è mai stato un bambino. Sembra quasi che sia passato dai cinque anni all'età adulta nel giro di una notte".

"Io posso fare più di quello che può fare un heku, però, posso avere dei bambini..."

"Non lo sappiamo ancora, te l'ho detto", le rispose Emily e poi restò zitta quando Alexis ricominciò a piangere.

"Detesto stare qui". Disse Alexis dopo qualche minuto.

"So che è difficile. Non siamo heku, ma non siamo nemmeno umane".

"Come fai a sopportarlo?"

"Non ho scelta. Amo tuo padre e sopporterei qualunque cosa pur di stare con lui".

"E se io non volessi restare qui?" Chiese Alexis.

"Dove vorresti andare?"

"Sull'Isola, a vivere con Allen".

"Alex... si è appena sposato... forse più avanti".

Emily alzò gli occhi quando bussarono alla porta: "Avanti".

Derrick mise dentro la testa: "Il Consiglio vorrebbe sapere che cosa dovrebbero fare con le due guardie di Miss Alexis".

"Scendo subito", disse Emily, assicurandosi che Derrick chiudesse la porta.

"Non voglio rivedere Gabe".

"Ok, lo farò sostituire".

Alexis annuì: "Vado a studiare".

Emily la guardò uscire. Fece un profondo respiro e scese nella sala del Consiglio. Derrick le aprì la porta e la fece entrare. Emily vide le due guardie di Alexis in piedi con Mark e Silas al loro fianco e tutti la fissarono quando entrò.

"Non hanno voluto dirci che cosa li ha portati qui", le disse Quinn.

Emily fece qualche passo avanti mettendosi accanto a loro. "Mi dispiace. Non avrei dovuto farli venire qui, avrei dovuto vederli in un altro posto. Non è qualcosa che riguardi il Consiglio".

"Beh, oramai sono qui e vorrei sapere che cosa hanno fatto", disse Kyle.

Emily si rivolse a Mark: "Per favore sostituiscili come guardie di Alexis".

"Che cosa hanno fatto?"

"Fallo e basta". Disse, e si voltò per uscire.

"Em..." disse Chevalier: "Che cos'è successo?"

"Niente, ma fatelo, ok?"

"No, voglio sapere che cosa hanno fatto ad Alexis".

"Non le hanno fatto niente", disse Emily, dando un'occhiata alle guardie: "Solo, sostituiteli".

"No, voglio sapere se li devo punire, le disse Mark.

"No, nessuna punizione".

"Allora perché vuoi che li sostituiamo?"

Emily sospirò e si guardò attorno nella sala prima di tornare a Mark: "Quando è stata l'ultima volta che sei stato una ragazzina di tredici anni?"

Mark aggrottò la fronte: "Scusa?"

"Quando?"

"Beh... mai".

"Allora non capiresti... sostituiscili", disse, uscendo.

"Che cavolo di domanda era?" Chiese Mark, guardando Chevalier, che alzò le spalle: "Non ne ho idea. Fallo e basta".

"Bene, voi due, tornate in caserma", disse Mark, seguendo le guardie fuori dalla sala del Consiglio.

Emily si fermò nell'atrio del quinto piano e un sorriso le illuminò il volto quando ebbe un'idea. Corse in fretta sul tetto ed entrò nella sala di controllo, che era aperta. Si sedette alla radio e cominciò a guardare le registrazioni dei voli degli ultimi anni. Rifletté e poi cominciò a guardare quelli di cinque anni prima.

Prese un foglio e scrisse i nomi di otto Clan. Erano gli otto Clan verso dove erano volati gli Equites nel periodo di tempo che stava prendendo in considerazione.

Dopo aver segnato la distanza, piegò il foglio e se lo infilò nella tasca posteriore, poi rientrò per andare a cena.

"Queste saranno le nuove guardie di Lexi", disse Silas quando incontrò Emily sulle scale. Lei guardò i due heku giovani, con il volto fresco e entusiasti di essere assegnati al palazzo.

"No", disse Emily, scendendo le scale: "Andiamo, li sceglierò io".

"Em, che cosa c'è che non va con questi?" Chiese Silas, seguendola.

Emily sorrise alle due guardie: "Niente, assegnateli pure a me... ma per Alexis li sceglierò io".

"Sei sicura?" Chiese Silas, confuso. "Hai lasciato la Cavalleria".

"Prerogative materne", disse, andando verso la caserma.

"Che cosa stai facendo?" Chiese Mark, unendosi a loro.

"Sta andando in caserma e scegliere le guardie di Lexi", gli spiegò Silas.

"Che c'è che non va in Kevin e Lonny?" Chiese Mark mettendole una mano sulla spalla per impedirle di andare avanti.

Emily lo guardò: "È solo che non sono quelli giusti per quel compito, lascia che ti aiuti".

"Non c'è niente che non vada in loro, sono bravi".

"Non ne dubito, però no".

"Em..." disse Chevalier sfuocando accanto a lei: "Che cosa c'è che non va con questi due?"

Emily sbuffò: "Non c'è niente che non va. Metteteli pure a far la guardia a me, ma devo scegliere io le guardie di Alexis.

"Non possono fare la guardia a te, non fanno parte delle Cavalleria", disse Silas sciocato.

"Allora fateli entrare in Cavalleria", disse, continuando ad andare verso la caserma.

"Non puoi entrare lì", disse Mark, mettendosi lei e la porta.

Emily sbuffò di nuovo: "Come se qualcuno osasse aggredirmi con Chev che guarda".

"Vero", disse Chevalier, tenendo d'occhio la porta.

"Non capisco proprio che cosa c'era che non andasse con le ultime quattro guardie", disse Silas irritato.

Emily entrò in caserma e nell'intero edificio scese un silenzio di tomba. Tutti fissarono la mortale accompagnata dai Cavalieri e dall'Anziano. Emily diede un'occhiata veloce e poi sorrise: "Come ti chiami?" Chiese a un heku dall'aspetto anzianotto, con una lunga cicatrice che gli correva lungo il volto, tatuaggi su entrambe le braccia e un'espressione severa.

"Vance", rispose l'heku, che non sembrava molto felice di parlare con lei.

"Perfetto... e tu... come ti chiami?" Chiese a un'altra guardia. Questo aveva lunghi capelli neri e una barba nera che gli nascondeva mezza faccia. Aveva gli occhi scuri, minacciosi e niente collo.

"Hudd", disse, guardando incuriosito l'Anziano.

Emily si rivolse a Mark: "Hudd e Vance, allora".

"Cosa? Come hai fatto a sceglierli?" Chiese Mark, osservandoli.

"L'ho fatto".

"Ci vuole del tempo per scegliere chi è in grado di proteggere voi due".

"Questi due sono perfetti", disse e uscì, prendendo la mano di Chevalier.

"Che cosa stai combinando?" le chiese, seguendolo verso il palazzo.

Emily lo guardò: "Che cosa vuoi dire?"

"Perché scegli tu le guardie di Alexis?"

"Sono la sua mamma, so di che cosa ha bisogno".

"Quindi hai scelto i più cattivi del gruppo. Qualcuno la minaccia?"

"No, Chev, fidati di me per favore".

"Bene, ma Mark dovrà dire se è d'accordo".

Lei ci pensò un attimo e poi annuì: "Ok, ma se questi non vanno bene, sceglierò io anche i prossimi".

"Bene, anche se è un po' strano", le disse sorridendo. Sapeva che niente di quello che faceva Emily aveva completamente senso per lui e che la maggior parte delle sue decisioni erano in contrasto con le tradizioni degli heku.

***

Emily si guardò attorno nella stanza vuota. Si era svegliata abbastanza presto per salutare Chevalier prima che andasse in aula e poi era tornata a letto per un paio d'ore. Si era svegliata con un piano in testa e prese subito il telefono.

"Consiglio dei Valle", rispose una voce che non conosceva.

"Buongiorno", disse Emily, sorridendo, "C'è Sotomar?"

"Sono qui, Emily".

"Avete un libro con la posizione di tutti i Clan Equites?"

Ci fu un momento di silenzio in linea ma Emily ebbe la sensazione che stessero parlando tra di loro. Alla fine Sotomar parlò di nuovo: "No".

Emily sorrise: "Allora lo avete... mi serve un favore".

"Ho appena detto che non lo abbiamo".

"Sì, ma hai dovuto discuterne con il Consiglio prima di rispondere. Ora, non ho intenzione di dire niente agli Equites, ma mi serve un favore".

"Quale sarebbe esattamente questo favore?" Chiese l'Anziano Ryan.

"Se vi dico il nome di otto Clan, potete dirmi dove si trovano?"

"Perché non lo chiedi agli Equites. La posizione dei Clan non è esattamente un segreto per i Consiglieri".

Emily sospirò: "Non posso chiederlo a loro. Ecco perché lo sto chiedendo a te".

"Che cosa stai combinando?" Chiese Sotomar ed Emily notò una lieve esitazione nella sua voce.

"Niente di male! Cavolo, un po' di fiducia. Ho solo bisogno di sapere dove sono".

"Non abbiamo quell'informazione quindi non te lo possiamo dire", disse una voce brusca.

"Chi parla?" Chiese Emily.

"Sono Salazar, l'Inquisitore capo"

"Bene, calmati Salazar".

"Sono calmo", rispose l'heku, anche se la voce sembrava ancora arrabbiata.

"So che tu sai dove sono questi Clan, Sotomar, per favore dimmelo".

"Prima dimmi perché".

Emily rifletté un momento e sospirò: "Bene... cinque anni gli Encala mi hanno rapita mentre ero prigioniera dei Valle...".

"Sì, ce lo ricordiamo".

"Uno degli Encala mi ha liberato e mi ha portato in un Clan Equites".

"Esatto".

"Io voglio sapere qual era quel Clan".

"Perché?"

"Perché sì".
"Sai chi era l'Encala che ti ha liberato?" Chiese Sotomar.
"Sì".
"Allora chiedilo a quell'Encala".
"Non sono esattamente in buoni rapporti con gli Encala, ricordi?"
"Ah, giusto".
"Per favore, Sotomar, solo 8 posizioni".
"Non abbiamo il libro degli Equites".
Emily sbuffò: "Ok, allora sarà così".
Emily riattaccò e andò a fare colazione.
"Mamma?" La chiamò Dain entrando con un bicchierone.
"Buongiorno", gli disse.
"Ti ho porto questo", disse e mise il bicchiere di sangue sul tavolo davanti a lei.
"Portato questo", lo corresse Emily e poi guardò nel bicchiere; "È per me?"
"Uh Uh", disse il bambino con un enorme sorriso.
"Oh, come sei stato carino", disse, prendendolo in braccio e stringendolo.
"Dov'è Valle?"
"Penso che lui ed Encala siano nella scuderia".
"Torno subito", disse Dain e sfuocò fuori dalla stanza.
Emily gli diede un paio di secondi e poi uscì dalla stanza con il bicchiere. Lo tese verso le guardie: "Qualcuno beva questo, ma in fretta, per favore".
La guardia più vicina guardò nel bicchiere: "Perché?"
"È sangue, bevilo!"
"Di chi?"
"Dannazione, sbrigati", disse Emily guardando giù dalle scale.
La guardia scrollò le spalle e scolò il bicchiere, facendo una smorfia al gusto del sangue freddo, non appena spillato. "Ecco".
"Grazie", gli disse e tornò dentro. Qualche secondo dopo essersi seduta Dain tornò con i cani.
"Era buono?" le chiese, guardando il bicchiere vuoto.
"Sì, grazie", disse, scostandogli i capelli dal volto.
"Quando posso andare a scuola?"
Emily scrollò le spalle: "Non lo so, quando vuoi".
Esitava a mandare a scuola Dain. Sia Alexis sia Allen si erano talmente infervorati che la scuola aveva assorbito tutto il loro tempo e avevano cominciato a ignorare o odiare tutto quello che non fosse imparare.
"Adesso", disse, sorridendo.

"Perché non... l'anno prossimo?"

Lui ci pensò e poi sorrise di nuovo. Il suo sorriso era identico a quello di Chevalier. "Il mese prossimo".

"Affare fatto, lasciami ancora un mese".

"Sesame street!" Gridò il ragazzino di cinque anni e scomparve dalla stanza.

Emily uscì dalla stanza e sospirò: "Non mi piace proprio quando fa così".

"Devo andare a prenderlo?" Chiese una delle sue guardie.

"No, quello che voglio... è che qualcuno di voi mi dica dov'è Kralen", disse fissando i quattro Cavalieri.

"È in missione, Signora".

"Dove?"

"È un'informazione riservata"

"Mi state mentendo. Dov'è?"

"È in missione".

Lei si avvicinò: "Lo sai che ho passato un po' di tempo con l'Inquisitore capo Encala?"

"Sì", rispose, guardando nervosamente le altre tre guardie.

"Ho imparato a capire quando qualcuno mi mente".

"Signora..."

"Che c'è?" Chiese Mark, sfuocando su per le scale.

"Spione", sibilò Emily alla guardia e poi si rivolse a Mark: "Dov'è Kralen?"

"È in missione", le rispose Mark e poi allontanò le quattro guardie quando arrivarono Silas e uno dei comandanti della Cavalleria.

"Non ti credo".

"Non so che dirti. È in missione", disse Silas.

Emily scese le scale: "Vado in città... da sola".

"No", borbottò Silas e la seguì.

Lei si girò sulle scale: "Vado da sola".

"No".

"Mark".

"Sono d'accordo con Silas, porta almeno lui".

"No! Vado da sola".

Silas incrociò le braccia: "Io vengo con te".

Emily strinse le mascelle: "Ditemi dov'è Kralen".

"No". Silas raddrizzò le spalle e la fissò.

"Subito".

"No".

"Calmatevi entrambi", disse Mark, mettendo una mano sul braccio di Emily.

Lei si allontanò a forza: "Ditemelo".

"È in missione".
"Smettetela di mentirmi!"
"È in missione", ripeté Silas.
"Dimmelo, o ti servirà Kyle".
"Inceneriscimi pure. Non ti dirò dov'è e non ti permetterò di uscire dal palazzo da sola".
"Che cosa sta succedendo?" Chiese Chevalier, sfuocando sul pianerottolo.
"Dimmelo!" ripeté Emily, avvicinandosi a Silas.
"No".
Emily ringhiò e continuò a scendere le scale.
"Aspetta... come ho fatto ad arrivare qui? Emily che cosa hai fatto?" Chiese Chevalier, seguendola.
"Che cosa hai appena cancellato?" Chiese Mark, seguendo l'Anziano quando si rese conto che non si ricordava di avere salito le scale.
"Lasciatemi sola", sussurrò Emily.
"No! Dimmi che cosa hai cancellato!" disse Silas, raggiungendoli.
Emily si voltò di colpo verso di loro: "Lasciatemi da sola o non sarà solo la memoria!"
Chevalier spalancò gli occhi: "Che cosa sta succedendo?
Kyle apparve accanto agli altri heku: "Em, calmati".
"Smettetela di chiamare rinforzi", urlò Emily e corse fuori dal portone, verso la scuderia.
Silas ordinò alle sue guardie di andare alla scuderia, poi si rivolse a Chevalier: "Che cosa sta succedendo?"
"Non lo so con esattezza, Kyle?" Chiese l'Anziano.
"Stava facendo domande su Kralen. Onestamente non so perché vi abbia cancellato la memoria", disse Kyle, guardando la porta. "Non ha senso".
"Tenetela d'occhio", disse Chevalier, poi tornò nella sala del Consiglio con Kyle.
Mark e Silas scossero la testa e andarono alla scuderia.
"Dov'è?" Chiese Mark al Comandante della Cavalleria che stava aspettando fuori dalle porte.
"È dentro, su, nel fienile".
"A fare che cosa?"
"Non lo so. Voleva restare da sola, quindi ho appostato un heku a ogni porta".

Lord Dexter

"Ha detto niente di lui ultimamente?" Chiese Kyle a Chevalier mentre aspettavano la fine della giornata di udienze.

"Niente e questo francamente mi rende nervoso".

"Se n'è andato da sette mesi. Forse ha rinunciato", disse l'Investigatore Capo.

Chevalier scosse la testa: "Non Emily. Sospetto che stia aspettando per vedere se torna".

"Almeno ha finalmente mandato a scuola quel povero bambino. Correva in giro dappertutto a fare casino", disse Dustin studiando un registro.

Kyle si voltò e lo fissò disgustato: "Se Dain segue le orme di Allen e Alexis, presto la ignorerà completamente e questo per lei è difficile da accettare".

"Sono ragazzi molto intelligenti, che devono essere incoraggiati".

"Lei è la loro madre".

Dustin scrollò le spalle e ignorò Kyle.

Kyle sospirò e si rivolse nuovamente a Chevalier: "Le guardie sono preoccupate, ecco perché l'ho chiesto. Sta evitando di parlare con loro, e perfino Mark e Silas non riescono a tirarla fuori da quella specie di depressione in cui sembra caduta".

"Non ci riesco nemmeno io. Con me non è cambiata, ma ho visto come si comporta con le guardie", disse Chevalier, riflettendo: "Non è scortese, ovviamente, ma non parla con loro e quando cavalca con loro se ne sta in disparte".

"Allora chiama uno psichiatra, non è quello che fanno di solito?" suggerì il Capo della Difesa.

Chevalier lo guardò: "Uno psichiatra?"

"Perché no, falla parlare con uno di loro".

"Ce n'è uno nella fazione?"

"Da qualche parte ci sarà sicuramente", disse Zohn, guardando l'Archivista.

"Vedrò che cosa riesco a trovare", disse Jerry, e uscì dalla sala.

Kyle fece un sorrisino: "Non credo proprio che vorrà parlare con uno psichiatra".

"Lo so", disse Chevalier, sorridendo anche lui.

***

"Restituiscici il nostro Anziano!" Gridò William al telefono.

Emily sospirò: "Non ancora".

"Sono passati sedici mesi, ha sofferto abbastanza".

"Non ancora... ora, ho chiesto cortesemente di parlare con Aaron in privato".

Emily sentì il click che segnalava che era stato spento il vivavoce. "Bene... sono Aaron".

"Qualcuno ci può sentire?"

"No", rispose ed Emily sentì che si stava muovendo.

"Devo sapere la posizione del Clan in cui mi hai portato".

L'heku inspirò bruscamente: "Cosa!"

"Non lo dirò a nessuno, lo giuro. Ho solo bisogno di sapere dov'è".

"Restituiscici Frederick e te lo dirò", sussurrò lui.

"Dimmelo o lo racconterò a William"-

Aaron ringhiò: "Avrei dovuto tenerti qui".

"Sì, forse... ma ho apprezzato che non l'abbia fatto. Non ti ho mai ringraziato, ma ti sono riconoscente",

La voce dell'heku si ammorbidì: "Ti ho portato al Clan Equites di Okanogan, fuori Tonasket, Stato di Washington".

"Grazie".

"Per favore, restituiscilo".

"Ci penserò, visto che mi hai aiutato".

"Stai facendo qualcosa di pericoloso?" Chiese Aaron, continuando a sussurrare.

Emily sospirò: "Non lo so ancora".

"Okanogan è molto vicino al nostro palazzo. C'è qualcosa che posso fare per aiutarti? Di nascosto, ovviamente"

"Sospetto che sia il Clan dove abita una delle mie ex-guardie e voglio parlare con lui, ma non mi faranno entrare".

"Sei un consigliere. Ordinaglielo!"

"Gli heku non mi ascoltano a quel modo. Sospetto che chiamerebbero prima Chev".

"Ti manderò un pacco... per favore tieni segreti sia il contenuto sia il mittente. Ti farà superare le porte, molto probabilmente ti farà finire nella loro prigione, ma comunque all'interno", le assicurò Aaron.

"Grazie", gli disse e riattaccò, poi chiamò una società di noleggio auto e prese degli accordi.

***

Emily appoggiò la testa contro il petto di Chevalier e passò leggermente le dita sul suo torace, guardando il sole del mattino fuori dalla finestra.

"Che programmi hai per oggi?" le chiese Chevalier, scostandole i capelli dalla spalla.

"Niente, credo".

"Sembra divertente".

"Perché non prendi una giornata libera. Facciamo qualcosa assieme", suggerì Emily, guardandolo negli occhi.

"Oggi non posso, magari settimana prossima".

"Non fai una vacanza da secoli".

Chevalier sorrise: "Non è nella mia natura andare in vacanza".

"Beh, però è nella mia natura passare più tempo con te".

"Lo so e mi dispiace... come ho detto, faremo qualcosa settimana prossima".

Emily sospirò: "Ok"

"Perché non ti vesti e ci vediamo da basso?"

"Perché?"

"Fallo e basta", disse sorridendo.

"Ho le guardie attorno, oggi?"

"Ovvio".

"Allora no".

Chevalier ridacchiò: "Em, dai, scendi un minuto... prima di andare a nuotare".

"No", ripeté, sedendosi e avvolgendosi nel lenzuolo.

Chevalier le passò delicatamente le dita sulla schiena e sorrise quando la vide rabbrividire: "Smettila di dirmi di no".

"No", ripeté Emily, andando in bagno. Sentì Chevalier che usciva mentre entrava nella doccia. Sapeva che, presto, avrebbe dovuto andare a cercare Kralen. Sospettava ancora che fosse nel suo Clan e Aaron le aveva fornito un modo facile per entrare.

Il Consiglio la controllava da vicino ultimamente ed Emily supponeva che sapessero che aveva chiamato gli Encala il mese prima e si aspettavano che intendesse liberare Frederick. Decidendo che non aveva voglia di andare a parlare con Chevalier nella sala del Consiglio, si mise il bikini e andò a nuotare.

***

"Verrà qui?" Chiese Kyle.

"Sì, prima di andare a nuotare", gli rispose Chevalier, guardando la donna heku nell'aula: "Quanto tempo è passato da quando esercitava la psichiatria?"

"Solo 30 anni circa, Anziano", gli rispose. La donna era alta più di due metri, aveva capelli corti biondo scuro e tratti spigolosi. Indossava un tailleur azzurro e aveva con sé una vecchia valigetta.

"Non lo farà di sua spontanea volontà".
"Ne sono al corrente. Vedrò che cosa posso fare".
Kyle annuì: "Eccola che arriva".
Il Consiglio ascoltò la conversazione che avveniva fuori dalle porte:
"Ti sta aspettando", disse Derrick a Emily".
"Può continuare ad aspettare. Gli ho già detto di no, vado a nuotare", gli rispose e la sentirono che scendeva le scale, seguita dalle sue guardie del corpo.
Kyle sorrise: "È andata bene".
Chevalier soffocò una risata: "Mi aveva detto di no".
"Inaccettabile", brontolò Dustin, appoggiandosi allo schienale.
"Forse dovremmo andare noi da lei", disse la donna, distogliendo lo sguardo dalla porta per guardare Chevalier.
"Diamole un secondo per arrivare e poi andremo tu ed io", le disse e poi si rivolse a Kyle: "Anche tu".
"Sì, Anziano".
"Perché portiamo con noi il Giustiziere?" Chiese la psichiatra.
"È un buon amico di Emily", spiegò Chevalier. Dopo qualche minuto, i tre heku uscirono per andare in piscina. Passarono davanti alle guardie ed entrarono nella stanza calda e umida. Emily era a metà di una vasca e si fermarono a guardarla per qualche secondo prima che lei li notasse e smettesse di nuotare.
Rimase ferma, tenendosi a galla e li fissò, senza parlare.
"Em...questa è Lori. Vorrebbe parlare con te", disse Chevalier, avvicinandosi al bordo della vasca.
"Di che cosa?"
"Niente di particolare".
Emily socchiuse gli occhi mentre fissava alternativamente Chevalier, Lori e Kyle. Le sembrò che Kyle fosse a disagio e che la donna heku la stesse studiando.
"Sono occupata".
"Per favore, solo qualche minuto".
Emily sospirò e nuotò verso la scaletta. Uscì, si infilò un accappatoio e andò da loro: "Ok"
"Salve, Emily, sono Lori, del Clan Dover.
"Nel New Hampshire?"
"Sì, Bambina".
"Non solo una bambina".
"Scusa, non intendevo mancarti di rispetto", disse la psichiatra, sedendosi su una chaise longue.
"Di che cosa volevi parlare?" Chiese Emily, che era rimasta in piedi e fissava l'heku con sospetto.

Lori sorrise: "Siediti per favore".
"No, credo che resterò in piedi".
"Em... dai siediti", disse Chevalier, dando un colpetto alla sedia accanto a lui.
Emily diede un'occhiata a Kyle e poi si sedette.
"Vi lasceremo da sole", disse Chevalier e lui e Kyle uscirono in fretta dalla piscina.
"Bene, ora siamo sole", disse Lori, sorridendole di nuovo. A Emily sembrava che la stesse trattando come una bambina e si stava irritando.
"Che cosa vuoi?"
"Solo parlare, nient'altro".
"Di che cosa?"
"Beh, tanto per cominciare... come te la passi?"
Emily fece una smorfia: "Perché ti interessa? Non ti conosco nemmeno".
"Voglio solo aiutarti".
"A fare che cosa, esattamente?" Chiese Emily, incrociando le braccia.
"Per favore, chiacchiere da ragazze, nient'altro".
Emily sorrise: "Chev ti ha fatto venire perché io abbia una ragazza con cui parlare?"
"In un certo senso".
"Ok, sto bene, grazie".
"Bene, bene... e come vanno le cose con le tue guardie?"
"Splendidamente".
"Dicono che ultimamente sei stata piuttosto silenziosa con loro".
"Oh?"
"Sì, c'è qualcosa che ti preoccupa?" Chiese Lori, osservando Emily con attenzione.
"Sì".
"Che cosa?"
"Tu, in effetti", disse Emily, alzandosi: "Sei una strizzacervelli?"
"Beh, ho studiato psichiatria".
"Chev pensa che mi serva una strizzacervelli?"
"No, l'Anziano ha pensato che avresti potuto avere bisogno di parlare con qualcuno".
Emily andò verso la porta.
"È preoccupato, per favore, parliamo solo un po'".
Emily ignorò la Psichiatra e si precipitò fuori dalla dependance, seguita da Lori e dai quattro Cavalieri.
"Sono occupati..." fece per dire Derrick, ma si limitò a scuotere la testa quando Emily entrò comunque.

"Hai fatto venire una strizzacervelli!" Gridò a Chevalier. I tre heku sotto processo la guardarono a occhi sbarrati.

Chevalier sospirò; "Sì, è vero".

"Pensi che sia pazza?"

"No, per niente... solo..."

"Solo hai pensato di farmi visitare da una strizzacervelli".

"Em, ultimamente sembravi depressa. Non sapevo che cos'altro fare".

"Depressa?" Chiese, restando sulla difensiva.

"Sì, non parli con le tue guardie, non vai più a cavallo, non cerchi di scappare o di fare scherzi...".

"Non hai il diritto di dirmi che sono depressa".

"È evidente per tutti noi", le disse Zohn.

Emily si voltò a guardarlo: "Allora è stata una decisione del Consiglio?"

"No, è stata una decisione dei tuoi amici", le disse Quinn.

"Cara, per favore", disse Lori dietro di lei, ma Emily la ignorò.

"Siamo solo preoccupati per la tua ossessione con Frederick e poi le domande sulla missione di Kralen", spiegò Kyle.

"Dov'è?" chiese Emily, avvicinandosi a Kyle.

"Te l'abbiamo detto, è in missione".

"Stronzate, dov'è?"

"Se n'è andato", disse Dustin, ignorando le occhiatacce degli altri.

Emily lo fissò: "Come?!"

"Ha lasciato la Cavalleria. Il giorno dopo che sei tornata dopo aver giocato nei boschi".

Il suo cuore si fece pesante e sentì le pareti della stanza chiudersi intorno a lei: "Perché?"

"Immagino che sia troppo difficile occuparsi di te", disse Dustin, chinandosi verso di lei.

"Dustin, smettila", ringhiò Chevalier.

"Lui... se n'è andato, così?"

"Sì".

Di colpo, nell'aula dietro di lei apparvero Mark e Silas, convocati da Kyle.

"Non voleva più essere una delle mie guardie?" Sussurrò, facendo un passo indietro.

"No, Em, non è così", disse Mark, quando lei lo guardò con gli occhi pieni di dolore.

"È dura per noi quando ti fai male mentre sei affidata a noi", le disse Silas, accarezzandole un braccio: "Lui si è assunto la colpa di quello che ti è successo. Non riteneva più di essere in grado di proteggerti".

"Dov'è?"

"Se n'è andato da qui". Le disse Mark.

"Per colpa mia", sussurrò, con gli occhi bassi.

"No, non è colpa tua".

"Forse, qualcosa per calmarti", disse Lori al suo fianco, cominciando a frugare nella sua borsa. Ne tolse una siringa ed Emily cominciò a gridare.

"No".

"Non è niente di forte. Sento il tuo polso, è troppo affrettato. Devi calmarti un po'", disse la Psichiatra, con un sorriso dolce.

Emily arretrò verso la porta, mentre inceneriva Lori.

"Em, calmati", disse Mark deciso. Si era reso conto che le cose stavano precipitando.

"Em", disse Chevalier, cominciando a scendere verso di lei.

Emily si sentì in trappola mentre tutti si avvicinavano a lei. Prese il fretta il telefono e fece un numero: "È ora", sussurrò e poi lo richiuse.

Chevalier smise di muoversi e aggrottò la fronte: "Ora per che cosa?"

Senza dire un'altra parola, Emily si voltò e corse fuori dalla sala del Consiglio.

Kyle sospirò: "Vado a parlare con lei".

"No, resta qui", disse Chevalier: "Più si spaventa, più ne incenerirà".

"Le parleremo noi", disse Chevalier e poi sospirò: "Ovviamente, non capisco proprio le emozioni umane".

"Si calmerà" gli disse Dustin.

Zohn si voltò di colpo verso di lui: "Come hai osato dirle che se n'era andato!"

"Aveva diritto di sapere la verità".

"Non vuoi avere niente a che fare con lei, ma decidi di dirle la verità quando sai che causerà problemi", ringhiò Quinn: "Sparisci dalla mia vista!"

Dustin fece un cenno e sfuocò fuori dalla stanza.

Chevalier rifletté per qualche minuto: "Vado a parlarle. Kyle, fai rivivere Lori e rimandala a casa.

"Sì, Anziano", disse, prendendo lo stiletto dalla tasca.

Chevalier cominciò a salire le scale, senza sapere come scusarsi per aver fatto venire una Psichiatra. Era ancora preoccupato per i suoi incubi su Frederick e come fossero cessate di colpo le domande su Kralen quando la sua personalità era cambiata. Svoltò verso il quinto piano e rimase senza fiato vedendo Mark e Silas a terra che stavano recuperando dalle bruciature dovute all'elettricità e tre mucchietti di cenere accanto a loro.

"Che cos'è successo?" Chiese inginocchiandosi.

"Ha usato il Taser", ringhiò Mark, arrabbiato.

Chevalier si voltò quando sentì la SSC Aero che usciva a tutta velocità dal garage, poi sfuocò nella sala del Consiglio, dopo aver ordinato a Mark e Silas di andare a prendere le loro auto.

"Ha usato il Taser su Mark e Silas e ha incenerito gli altri", disse Chevalier e guardò Kyle: "Li farai rivivere più tardi, prendi la tua auto, andiamo a cercarla".

Quinn si rivolse all'Archivista: "Sei sicuro che non abbia ottenuto da te l'indirizzo del suo Clan di origine?"

"No, Anziano. È stata nel mio ufficio solo quella volta".

"Vado anch'io", disse Zohn, scomparendo dalla sua sedia.

Chevalier salì sulla sua McLaren e uscì dal garage, seguito dagli altri nove heku con altrettante auto. Partirono tutti in direzioni diverse, tenendo gli occhi aperti per trovare la Aero viola. Chevalier si fermò per chiedere ad alcune delle guardie postate nella città mortale se avevano visto Emily e stava andando verso la zona industriale quando suonò il suo telefono.

"Vai".

"Ho trovato la sua Aero tra la Trentacinquesima e Pineview Road. Sarà meglio che venga qui", disse Kyle.

"Arrivo".

Chevalier svoltò di colpo e andò a tutta velocità dov'era Kyle. Si fermò e parcheggiò accanto a tre macchine sportive che circondavano la Aero.

"È qui?" Chevalier, andando da loro.

"No, gli rispose Kyle e indicò un mortale anzianotto. Era basso e grassoccio, con un sorriso gradevole: "Questo tizio ha delle informazioni".

"Beh...", disse l'uomo, guardando l'heku alto: "La signora mi ha contattato il mese scorso, offrendomi 10.000 dollari in contanti se avessi fatto tutto quello che mi chiedeva".

"Che era?" chiese Chevalier, facendo un passo avanti.

"Voleva un'auto parcheggiata qui, qualcosa con i vetri scuri. Le chiavi dovevano essere nel quadro, il serbatoio pieno e ci doveva essere una parrucca bionda sul sedile", disse l'uomo, scrollando le spalle: "Era strano, ma per diecimila dollari...".

"Te l'ha chiesto il mese scorso?"

"Sì, ha detto di aspettare la sua chiamata e di farlo immediatamente".

"Che tipo di auto le hai procurato?" Chiese Kyle, appoggiandosi all'Aero.
"Era una bellezza, una Mercedes CL600".
"Colore?"
"Nero e con i finestrini che lasciano passare solo il 5% della luce".
"Da che parte è andata?" chiese Chevalier con un'occhiata a Zohn.
"Non lo so, non ho guardato... le ho detto che sarei rimasto qui ad assicurarmi che non le rubassero la macchina"
"Riportate indietro la Aero e cancellategli la memoria", sibilò Chevalier e tornò sfuocando alla sua auto.
"Che cosa vu...", fece per chiedere l'uomo, ma Silas lo stava già guardando negli occhi.

***

Emily guidò veloce finché non fu sicura di essere abbastanza lontana da Council City da non poter essere ripresa facilmente. Si sentiva a suo agio con i finestrini scuri e si mise comoda per il viaggio a ovest, verso lo stato di Washington. Controllò di nuovo per assicurarsi che il pacchetto di Aaron fosse sul sedile, poi mise un po' di musica e ignorò il cellulare che suonava.

Guidò tutta la notte, fermandosi solo a fare rifornimento e controllando bene intorno per scoprire eventuali segni di heku. Quando fu abbastanza vicina a Tonasket, Washington, tenne d'occhio la strada per trovare la deviazione che l'avrebbe riportata nella Okanogan National Forest. Quando la trovò, spense le luci e guidò piano per la piccola strada sterrata.

Dopo qualche chilometro, spense il motore e cercò nella scatola che le aveva mandato l'Anziano Encala Aaron. Dentro c'era una veste rossa confezionata sotto vuoto. Il biglietto allegato diceva che sarebbe stato facile per qualunque heku sentire l'odore distintivo di un Encala sulla veste e che molto probabilmente l'avrebbero gettata immediatamente in prigione. La avvertiva anche che il suo profumo Winchester avrebbe cancellato l'odore Encala in un'ora o poco più. Sospirò e aprì la confezione prima di scendere, al buio e infilarsela. Annusò la manica, senza sentire alcun odore.

Sospirando, Emily si tirò il cappuccio sul volto e andò verso l'entrata del Clan Okanogan.

"Alt!" le gridò un heku e vide sei heku Equites bloccare il viale di ingresso.

Emily si fermò, troppo spaventata per parlare. Si trovò di colpo circondata da heku che indossavano la familiare cappa verde.

"Sei un po' piccola per un'heku", disse e storse il naso "Dannati Encala".

Emily non parlò ma fece un passo indietro.

"Dove stai andando?" Chiese uno di loro, ed Emily fece un altro passo indietro, poi si fermò.

"Perché sei qui?" Le chiese un altro.

"Uno di loro toccò la parrucca bionda che sporgeva dal cappuccio: "Gli Encala ci hanno mandato un giocattolo per farci divertire un po'?"

"Inchinatevi davanti a me", sibilò Emily, soffocando una risatina quando una delle guardie se la buttò sulla sua spalla e la portò dentro il clan.

"Puttanella, vediamo se ti piace la nostra prigione", disse e sfuocò per un corridoio buio. Gli altri risero e scherzarono dietro di lui quando la scaraventò in una cella e chiuse la porta.

Emily si rimise lentamente in piedi. Era atterrata contro una sedia di metallo e l'urto le aveva tolto il fiato.

"Vedremo per quanto tempo vorrà tenerla qui Lord Dexter", disse il robusto heku ed Emily sentì che elettrificavano le sbarre prima che se ne andassero, spegnendo la luce, immergendola nel buio più assoluto.

Emily si tolse la parrucca bionda che le scaldava troppo la testa, ma si tenne la veste. Tutto il tempo che aveva passato nelle prigioni degli heku le aveva insegnato che avrebbe avuto presto freddo.

"Sento l'odore di una mortale", sentì dire a qualche cella di distanza da lei. Emily rabbrividì e si allontanò dalle sbarre.

"Anch'io", sibilò un altro.

"Te lo stai immaginando... probabilmente le guardie si sono appena nutrite", disse un altro, divertito.

Ci fu silenzio per un po', poi sentì si un altro sibilo: "No, c'è una mortale qui".

"Già, hai ragione. Sta diventando più forte".

"Strano odore... ah... poterlo assaggiare".

Emily sentì che inalava e poi un sibilo. Si schermò gli occhi quando si accesero le luci e sentì dei passi pesanti che si avvicinavano. Apparve un heku con una splendida veste blu. Aveva il volto severo e si capiva che non avrebbe tollerato la disobbedienza.

"Sono Lord Dexter, tu chi sei?"

Emily alzò le spalle.

L'heku aggrottò leggermente la fronte e inalò: "Quel... profumo...".

Emily si allontanò ancora un po' da lui, appoggiando la schiena contro la parete.

"C'è Emily qui?" Attraverso la prigione risuonò la voce di Kralen, ed Emily inspirò bruscamente.

"No", disse Lord Dexter: "Però... quel profumo...".

Emily controllò gli heku davanti alla sua cella, ma non vide Kralen.

"Tu, Encala... non hai risposto, perché sei qui?" Le chiese una delle guardie, gridando.

Emily sospirò e si tolse il cappuccio: "Sono venuta a cercare Kralen".

"Emily?!" gridò Kralen.

"Oh mio Dio, tiratela fuori da lì", urlò Lord Dexter.

"No!" rispose Emily: "Toccate queste sbarre e vi incenerirò".

Vide gli heku che guardavano in fondo alla fila di celle quando parlò Kralen: "Emily che cosa stai facendo?"

"Avvicinati in modo che possa vederti".

"Non posso... Em..."

"Sei in prigione?" Chiese, sorpresa.

Lord Dexter la guardò: "È ritornato senza onori".

"Liberatelo!" Gridò Emily.

"Non possiamo".

"Devi andartene", le disse Kralen.

"No, non me ne andrò senza di te".

"Ho lasciato la Cavalleria. Non avevano altra scelta che mettermi in prigione".

"È stupido! Ritorna con me".

"No".

Emily si sedette sulla sedia dura e alzò gli occhi quanto tolsero la corrente alle sbarre: "Ultimo avvertimento... toccate quelle sbarre e incenerirò l'intero Clan".

"Contattate Council City", disse Lord Dexter a un altro heku.

"No!" Urlò: "Nessuno chiama il Consiglio... stai camminando sul filo del rasoio e a meno che voglia perdere l'intero Clan, ti suggerisco di stare seduto e non fare niente.

"Lord Dexter", disse piano Kralen: "Sta cominciando a farsi prendere dal panico. Sarebbe meglio fare un passo indietro e lasciarle un momento".

Gli heku si allontanarono tutti dalla cella di Emily, continuando a osservarla.

Emily si guardò attorno, cercando di trovare una via di uscita.

"Emily, ascoltami... è questo il mio posto", le disse Kralen.

"No! Non è vero, tu appartieni alla mia Cavalleria".

"Non riesco a proteggerti".
"Sei un amico".
"Non riesco a proteggerti".
"Sì, invece. Ti rivoglio indietro".
"No".
"Sono un membro del Consiglio, accidenti! Ti ordino di ritornare".
"Ecco il motivo per cui sono in prigione, ci ha già provato il Consiglio".
"Lady Emily, devo insist...".
"Stai zitto!" Gridò lei.
"Non è colpa loro se sono qui"; spiegò Kralen.
"Torna con me, per favore. Sei l'unica guardia con cui possa comunicare. Sei l'unico che non ha troppa paura di Chev per godersi la vita".
Kralen ridacchiò: "Dovrei averne paura".
"Non quando sei con me".
"Devi ritornare a palazzo. Questa prigione non è il tuo posto".
"Nemmeno il tuo! Te lo ripeto chiaramente, non me ne andrò senza di te".
"Bene, allora, ti riporterò indietro e poi tornerò qui".
"No, dannazione, Kralen smettila di fare così".
"Emily, sei stata rapita e hanno eseguito un rituale atroce mentre eri affidata a me".
"Hanno preso anche Mark e Silas... non è stata colpa tua".
"Poi volevo accompagnare te e Miri, ma mi sono tirato indietro quando me l'hai chiesto".
"Era tuo dovere!".
"Per ultimo, quando sei scappata dai cacciatori di taglia, sarei dovuto riuscire a proteggerti".
"Ce n'erano troppi e avevano i Taser", gli disse. Aveva improvvisamente la sensazione di stare perdendolo.
"E per quello, hai dovuto uccidere"
Il cuore di Emily mancò un battito: "Non è stata colpa tua".
"Sì, era mio dovere proteggerti".
"Torna, per favore".
"Non posso".
"Che cosa posso fare per farti cambiare idea?"
"Da chi sei dovuta scappare per venire qui?"
Emily sospirò: "Ho usato il Taser su Mark e Silas e ho incenerito gli altri tre".
Lord Dexter la guardò strabiliato.
"Hai bisogno di qualcuno che ti protegga tuo malgrado".

"Che cosa vuoi dire?"

"Voglio dire... tu vali molto per gli Equites e non lo sai nemmeno. È parecchio difficile a tenerti al sicuro".

"Farò la brava, allora. Non sfuggirò mai da te. Non scapperò mai da sola".

"Em, è troppo tardi. Ho permesso che succedessero troppe cose per poter garantire la tua sicurezza".

"Ti darò Frederick", disse e notò il silenzio che cadde nell'intero blocco di celle.

"Ce l'hai ancora tu?"

"Ovvio".

"È passato un anno, sono solo sorpreso".

"Beh, è così, ma lo darò a te se ritornerai a far parte della Cavalleria e come mia guardia".

"Sei più al sicuro senza di me", le disse Kralen, ma Emily colse la breve esitazione nella sua voce.

"Già, perché guidare per 24 ore, da sola, indossare una veste Encala ed essere gettata in prigione in un Clan è una passeggiata".

Lord Dexter sorrise: "Alcune delle voci su di te sono vere".

"Ad esempio?" Chiese guardandolo.

"Che non hai l'istinto di conservazione".

"Già, è quello che mi dice sempre Chev, ma si sbaglia".

"Ovviamente".

"Kralen, per favore, non è la stessa cosa senza di te... Chev mi ha addirittura procurato una strizzacervelli".

"Davvero?"

"Sì, e poi io l'ho incenerita".

Kralen rise: "Quindi vuoi dire che non è cambiato niente?"

"È cambiato tutto".

"No, non metterò a rischio la tua vita perché mi manca il mio lavoro".

"Bene allora... buona notte", disse e si sedette sul cemento. Si sistemò la veste rossa finché non si sentì un po' più comoda e poi si sdraiò sul freddo pavimento di cemento.

"Che cosa sta facendo?" Chiese Kralen.

"Si... si sta sdraiando", gli rispose Lord Dexter e poi si avvicinò alla cella di Kralen. "Al Consiglio non piacerà questa storia".

"Emily, stai rischiando che questo Clan passi dei grossi guai con il Consiglio, comportandoti così", gridò Kralen.

Emily lo ignorò e tirò le braccia all'interno della veste per stare più calda.

"Forse, se sarà abbastanza scomoda chiederà di uscire", disse Lord Dexter, tornando a guardare nella cella.

"Marcirà lì dentro prima di cedere", disse Kralen e poi sospirò: "Non incenerirà il Clan. Almeno chiamate l'Anziano e fategli sapere che Emily è qui".
"Gli devo chiedere di venire qui?"
"Riferitegli quello che abbiamo detto. Potrebbe decidere di non venire".
Lord Dexter annuì: "Buona ida... ma sei sicuro che non ci attaccherà?"
"No, tranquilli, sembra più dura di quello che è in realtà".
Emily fece un sorrisino e si sistemò per la notte.
"Sta cominciando a nevicare. Farò portare dentro la sua auto e chiamerò l'Anziano".

***

"Anziano?" disse Derrick, dopo aver bussato alla porta del suo ufficio.
"Ha chiamato?" chiese Chevalier aprendo la porta.
"No, c'è Lord Dexter al telefono. Dice che è urgente".
"Bene, trasferisci la chiamata al mio cellulare".
"Sì, Anziano", disse Derrick e sparì. Chevalier salì i due piani di scale per andare in camera sua. Quando entrò, il suo cellulare stava già suonando.
"Chevalier".
"Anziano, sono Lord Dexter del Clan Okanogan... la Signora si è fatta viva qui".
"Emily è nello stato di Washington?"
"Sì, Signore".
"Passamela al telefono".
Lord Dexter si schiarì la gola: "C'è... un piccolo... problema, Signore".
"Come?"
"Quando è arrivata, portava una parrucca bionda e aveva indosso una veste Encala. È stata presa per un'Encala ed è stata messa in prigione".
"Comprensibile, fatela uscire".
"Ha minacciato di incenerire l'intero Clan se qualcuno si avvicina alla sua cella, Signore".
"Quindi sa che Kralen è lì?"
"Sì, Anziano, hanno conversato un po'".
"Kralen ha accettato di tornare?" Chiese Chevalier, speranzoso.
"No, Anziano e lei dice che non se ne andrà senza di lui e si è messa a dormire sul pavimento di cemento della cella".

"Già, ovvio...", sospirò Chevalier. "Parto subito. Arriverò in elicot..."

"Signore, c'è un'allerta bufera, venti forti e pesanti nevicate".

"Dannazione, quand'è previsto che schiarisca?"

"Dovrebbe durare due giorni pieni. Abbiamo portato nel clan la sua Mercedes e abbiamo chiuso tutto in previsione della bufera".

"Fammi parlare con lei, portale il telefono in prigione".

"Ha minacciato di incenerire il Clan se vi avessi avvertito", gli disse Lord Dexter. "C'è di più... si è offerta di consegnare Frederick a Kralen, se tornerà a essere una delle sue guardie".

"Davvero?!"

"Sì, Anziano".

"Wow... accidenti... lasciami parlare con il Consiglio. Di' a Kralen di chiamarci alle 8 domani mattina".

"Sì, Anziano".

"Buttatele in cella una coperta e un cuscino, se vuole fare tanto la testarda".

"Subito".

Chevalier chiuse il telefono e si guardò attorno.

"Torna la mamma?" Chiese Dain, seduto accanto al fuoco.

"Non ancora. Vado a parlare con il Consiglio. Tu resta qui, ok?"

Dain annuì e passò la mano nella folta pelliccia del Malamute mentre Chevalier usciva.

"Convocate il Consiglio", disse e si diresse verso la sala del Consiglio. La maggior parte dei consiglieri era già al suo posto quando arrivò. Mancavano Kyle e Dustin, che seguendo il loro intuito erano andati a controllare Thukil e Powan.

Chevalier si sedette e chiamò Kyle e Dustin in teleconferenza: "È al Clan Okanogan".

"Ci vado subito", gli disse Kyle.

"Lord Dexter ha detto che c'è una bufera di notevoli dimensioni in arrivo... inoltre Emily ha minacciato di incenerire il Clan se lui mi avesse avvertito", spiegò Chevalier.

"Digli di rimandarla a casa, allora".

"Non è così semplice. È in prigione e minaccia di incenerire chiunque tocchi la cella".

"Perché dovrebbe farlo?"

"Perché sta cercando di convincere Kralen a tornare".

"Lascia che tenti... io torno indietro".

"C'è dell'altro", disse Chevalier e guardò gli altri due Anziani: "Si è offerta di consegnare le ceneri di Frederick a Kralen se lui torna".

"Davvero?!" disse Zohn sbalordito.

Quinn scosse la testa: "E lui che cos'ha risposto?"

"Ha detto no, ma ho chiesto che mi chiami tra un paio d'ore per vedere che cosa riusciamo a combinare".

"Perché Emily è in prigione?" Chiese Kyle, un po' confuso.

"Non so come, è arrivata con una parrucca bionda e una veste Encala. L'hanno presa per un Encala e l'hanno gettata lì".

"L'hanno presa per un'Encala? È alta appena un metro e mezzo!"

Chevalier guardò il Capo della Difesa che stava ridacchiando.

"Mi dispiace, Anziano", gli disse, voltando la testa.

"In effetti non hanno avuto scelta, hanno sentito l'odore di un Encala"

"Come diavolo ha fatto a ottenere una veste Encala", disse Kyle, parlando tra sé e sé: "Voglio dire... per avere il loro odore deve essere stata ottenuta di recente".

"Ho quasi paura a chiederlo... comunque, se riusciamo a convincere Kralen a tornare, possiamo mettere fine a questo sequestro", gli disse Chevalier.

"Sicuro che non vuoi che vada là? Posso prendere il fuoristrada", suggerì Kyle.

"No, torna qui. Dobbiamo convincere Kralen a restare e poi, spero, gli consegnerà Frederick".

"Ok, arrivo", disse Kyle e riappese.

"Io sono a un'ora da Powan, posso proseguire?" Chiese Dustin.

"Sì, vai pure", disse Chevalier, riattaccando.

Il Consiglio stava discutendo quando entrò Derrick: "C'è Kralen al telefono".

Quinn annuì: "Esattamente alle otto... trasferiscilo qui".

Zohn accese il vivavoce quando suonò: "Salve, Kralen".

"Mi avete chiesto di chiamare?"

"Sì, sappiamo che Emily è lì e che si è offerta di consegnarti Frederick".

"Sì".

"Hai accettato?"

"No, non sono capace di proteggerla".

Chevalier sospirò: "Mi fido più di te che della maggior parte delle altre guardie".

"È quello che ha detto lei. Però il passato parla da solo. Restituirà Frederick anche senza di me", disse loro Kralen.

"Che cosa ci vuole per convincerti?"

"Non riesco a proteggerla".

"Non ci riesce nessuno", disse Quinn: "Comunque tu sei uno di quelli che ci riesce meglio".

"Ha ragione Quinn, nemmeno io riesco a proteggerla, e sono sposato con lei". Gli disse Chevalier.

"Mark?" chiamò Zohn e attese in silenzio che arrivasse.

"Sì, Anziano?"

"Sei in grado di proteggere completamente Emily?"

Mark fece un sorrisino: "No, mi volete sostituire?"

"No. C'è qualcuno in grado di proteggerla completamente?"

"Non credo... senza offese, Anziano", disse Mark a Chevalier.

Chevalier sorrise: "Nessuna offesa".

"Quel rituale è stato eseguito proprio di fronte a me", ricordò loro Kralen.

"C'ero anch'io", gli rispose Mark.

"Ho cercato di andare con Emily e Miri quando le hanno rapite gli Encala, però mi sono tirato indietro quando me l'ha chiesto".

"Lo facciamo tutti", disse Chevalier.

"Ho permesso che le dessero la caccia e che commettesse degli omicidi".

"No, non è così", disse Mark: "Ora porta qui le tue chiappe prima che venga fin lì a prenderti".

"Bene, in quel caso potrai condividere una cella con Emily", disse Kralen con voce divertita.

Mark rimase senza fiato: "Emily è nella vostra prigione?"

"Te lo spiegheremo dopo", disse Chevalier: "A parte Emily, è tuo dovere proteggere gli Equites e puoi farlo restituendoci immediatamente Frederick".

Rimasero tutti in silenzio mentre parlava Kralen: "Se succederà di nuovo..."

"Succederà", gli disse Zohn.

"Se è ferita mentre è sotto la mia custodia, voglio essere libero di andarmene".

"Succederà di certo", ringhiò Mark: "Si fa sempre male e corre dei rischi inutili. Mi ha steso con il Taser solo per arrivare a te!"

Kralen rise: "Sì, me l'ha detto".

"Appena finisce la bufera di neve, riportala qui", disse Quinn: "Poi ci occuperemo di Frederick e tu potrai avere un incontro con gli Anziani per parlare del resto".

Ci fu un altro silenzio: "Ok".

Mark sorrise: "Ottimo!"

"Solo, voglio che sia chiaro che una volta che vi avrò restituito Frederick, non ci sono garanzie che resterò".

"Ok, ma la prossima volta dovrai dirlo tu a Emily", gli rispose Mark e poi sorrise prima di uscire con un inchino.

"Chiamaci quando sarete per strada". Disse Chevalier: "E tirala fuori da quella cella".

"Sì, Anziano", rispose Kralen riattaccando.

"Allora?" Chiese Lord Dexter guardando Kralen riappendere.

"Torno indietro, per restituire l'Anziano Frederick, poi deciderò", gli disse Kralen.

Lord Dexter sorrise: "Sei troppo bravo per stare nella mia prigione. Torna a Council City, è il tuo posto".

"Tiriamo Emily fuori di prigione, poi partiremo appena finirà di nevicare".

Kralen tornò giù nella prigione. Non si sentiva ancora sicuro di poter essere uno dei protettori di Emily, quando aveva dei dubbi sulle proprie capacità, ma anche gli altri avevano ragione. Si fermò davanti alla cella di Emily e scosse la testa. La coperta e il cuscino che Lord Dexter le aveva fornito erano in un angolo, mentre lei dormiva sul cemento con le braccia all'interno della veste Encala.

"Sei stata liberata", le disse Kralen.

Emily alzò gli occhi: "Sei fuori!"

"Sì, vieni fuori da lì", disse, aprendole la cella.

"Torni con me?"

"Sì".

"Bene, questo posto è orribile", disse, seguendolo di sopra, nella residenza.

"È bello vederti fuori di prigione", disse Lord Dexter sorridendole.

"È così testardo", disse indicando Kralen.

"Sì, è vero... sembra essere una malattia contagiosa, però".

Emily si limitò a sorridere.

"Vieni, ti mostrerò la tua stanza", disse Lord Dexter ed Emily lo seguì, con Kralen dietro di lei.

Aprì la porta ed Emily entrò, poi si spostò di lato in modo che potesse entrare Kralen".

"Vedrò cosa posso fare per trovare del cibo", disse Lord Dexter, chiudendo la pota.

Kralen si sedette: "Staremo qui un paio di giorni, finché il tempo migliora".

Emily annuì e lo guardò dall'altra parte della stanza.

"Che c'è?"

Emily scrollò le spalle.

"Dimmelo"

"Non lo dirai a nessuno?"

Kralen socchiuse gli occhi: "Dipende".

Emily deglutì forte e poi sospirò: "Sono... ecco... in ritardo".

"Per che cosa?" Chiese, stupido.
"Ritardo... ritardo".
"Non ti seguo".
"Per favore, non farmelo dire".
"Oh!" disse Kralen senza fiato, guardandola a occhi sbarrati.
"Puoi annusarmi?"
"È normale", la rassicurò lui-
"Avvicinati", gli chiese e andò verso di lui con il polso in fuori.
"Mi farai bandire subito il primo giorno", le disse e le prese il polso, passando leggermente il naso lungo la vena: "Niente".
Emily sospirò: "Il collo, allora, avvicinati".
"No", le disse, alzandosi.
"Per favore".
"Stai scherzando? Se qualcuno ci vede...".
"Chi vuoi che ci veda? Devo essere sicura".
"Non ci sono dei test per saperlo?"
"Sì, tu, dai, per favore".
Kralen alzò gli occhi al soffitto e sospirò prima di andare da lei, che si scostò i capelli dal collo e piegò la testa.
"Mi farai bandire", disse e si piegò per passare il naso lungo il suo collo.
"Non ci vedrà nessuno".
Kralen si irrigidì ed Emily alzò gli occhi quando sentì la sua voce tirata: "Dannazione, lo sai quant'è appetitoso il tuo odore?"
"Allora?"
"È normale... solo... un po' più forte", disse, passandole di nuovo il naso sul collo.
"Quand'è stata l'ultima volta che hai mangiato?" Gli chiese quando Kralen si appoggiò a lei e lo sentì sibilare piano. Si staccò da lui, che si girò di colpo verso la finestra.
"Mesi".
"Vai. Io starò bene qui mentre tu sei via".
In un istante, Kralen sparì. L'unico segno dei suoi movimenti fu la porta che si chiudeva piano. Emily si sedette sulla sponda del letto e chiamò Chevalier.

***

Kralen fermò il suo pickup alle porte di Council City e fissò Emily: "Basta seminarmi?"
"Giusto"
"Basta fulminarmi?"
"Ok"

"Se sento il bisogno di venire in qualche posto con te?"
"Allora puoi venire, va bene".
"Frederick?"
Emily sorrise: "È tuo".
Kralen annuì e rimise in moto. Le Guardie alle Porte lo salutarono facendolo passare e lui parcheggiò in garage.
Emily guardò le porte del palazzo: "Mi mangeranno?"
Kralen sorrise: "No, il tuo odore è normale".
"Sicuro che non sei tu che ti sei abituato?"
"È normale".
"Controlla di nuovo". Disse, allungando il polso verso di lui.
Kralen si guardò attorno e poi le prese la mano, annusando il polso. Respirò forte e lasciò cadere la mano quando Chevalier apparve di fianco al pickup con Zohn, Kyle, Mark e Silas.
"Che diavolo?!" ringhiò Mark e Chevalier aprì la portiera di Emily.
Lei sorrise e Chevalier la sollevò per farla scendere dal pickup: "Siamo tornati".
Chevalier mise Emily a terra e la spostò dietro di lui, poi si voltò a fissare minaccioso Kralen: "Che cosa stavi facendo?"
Emily lo spinse via e si mise tra i due: "Smettila, gli ho chiesto io di annusarmi il polso".
Kyle si avvicinò a Kralen di qualche passo: "Spiegati".
Emily diede un forte spintone a Kyle, anche se non riuscì a farlo spostare: "Lascialo stare!"
"Stavo solo facendole un favore", disse Kralen, facendo un passo indietro.
"Mi ci sono voluti cinque giorni per farlo tornare e ora voi lo aggredite?" Urlò Emily.
"Che razza di favore era?" Chiese Kyle.
"Smettila Kyle, subito!" disse Emily, tirandolo per un braccio.
"Tutti fuori", ringhiò Chevalier. Tutti eccetto Emily, Kralen e Zohn sfuocarono via rabbiosi.
Emily si avvicinò a Kralen: "Assolutamente ingiustificato".
"Va tutto bene, Emily, sono certo che ha fatto veramente una brutta impressione".
"Non importa com'è sembrato, devono fidarsi di noi".
"Io mi fido", disse Chevalier, calmandosi: "Ora perché non ci spieghi perché lo consideravi un favore?"
Kralen scrollò le spalle: "Me l'ha chiesto lei".
"Perché?" chiese Chevalier, rivolto a Emily.
Emily arrossì e guardò gli altri prima di parlare: "Io... Chev, è privato".

"Tra te e Kralen?"
"No! Tra te e me".
Chevalier diede un'occhiata a Zohn e poi guardò di nuovo Emily: "Va tutto bene... dimmelo".
Lei guardò Kralen e poi sussurrò a Chevalier: "Sono in ritardo".
"Per che cosa?" Chiese lui confuso.
Emily scosse la testa e prese la mano di Kralen: "Andiamo a prendere Frederick".
Chevalier sospirò e alzò le spalle, guardando Zohn, prima di seguirli dentro il palazzo.
Emily si fermò, spalancando gli occhi, quando vide l'intero Consiglio raccolto nell'atrio insieme agli Anziani Encala William e Aaron, con quattro membri del Consiglio Encala. Si voltarono tutti a guardarla e dietro loro, Emily vide che c'erano anche due degli Anziani Valle e quattro membri del loro Consiglio.
"Bentornata", disse Quinn sorridendo.
Emily arrossì: "Perché sono tutti qui?"
"Siamo venuti a riprendere il nostro Anziano" Disse William rabbioso.
"Attento", ringhiò Kralen.
"Non mostrerò a tutti voi dov'è. Potete aspettare qui", gli disse Emily.
"Io vengo", disse William, facendo un passo avanti.
"No, tu no... può venire Aaron".
"Perché non io?"
"Perché l'ho detto io... ora gli Equites possono venire, ma gli Encala e i Valle aspetteranno fuori, eccetto Aaron".
"Non puoi decidere tu come procedere".
"Se rivolete il vostro Anziano, vi suggerisco di farvi indietro". Gli disse Kralen.
Chevalier venne avanti: "Può dettare le sue condizioni, visto che non siamo riusciti a trovarlo per 16 mesi, ne ha tutto il diritto".
William li fissò torvo e poi tornò indietro.
"Fate venire dei rinforzi", sussurrò Kralen. Qualche secondo dopo, dieci Cavalieri si unirono a loro, incluso Silas e Mark, che si misero di fianco a Kralen.
"Pronti?" chiese Emily, guardando Chevalier.
"Sì, è lontano?"
Emily sorrise: "No, è qui nel palazzo".
"Davvero?!" Gridò William.
"Smettila, altrimenti ti incenerisco", disse Emily con una smorfia. Istintivamente, i Cavalieri si avvicinarono a lei mentre Chevalier si metteva al suo fianco.

"Andiamo, allora", disse Quinn, avvicinandosi a lei.

Emily annuì e prese il corridoio, seguita da quasi trenta heku. Si fermò davanti alla porta della stanza dell'Antico e sorrise leggermente prima di aprirla.

"Non dirmi che è qui!" esclamò Chevalier.

"Sapevo che non sareste stati in grado di annusarlo, qui dentro", disse ed entrò. Si avvicinò alla palina che indicava il sito della sepoltura di Damon e cominciò a scavare.

"L'hai sepolto con Damon?" Chiese Kyle, osservandola.

"Sì".

Dopo qualche minuto, Emily tolse dal terreno una piccola borsa rosa legata da un cordoncino. Si alzò e la tenne sollevata: "Ecco Frederick".

Mark scosse la testa: "È sempre stato qui".

"Sì, è vero", disse Emily, inginocchiandosi sulla terra. Aprì attentamente la borsa e lasciò cadere le ceneri per terra.

Kyle si fece avanti: "Em, sarà meglio che tu stia indietro, nel caso sappia che sei stata tu".

Chevalier le prese un braccio e la tirò indietro accanto a lui, mentre i Cavalieri le si mettevano intorno. Kyle interrogò con gli occhi gli anziani e poi tolse lo stiletto dalla tasca. L'urlo cominciò nell'attimo in cui il sangue toccò la cenere ed Emily guardò, sbalordita, Frederick che si riformava.

Fece un passo indietro e Chevalier si mise davanti a lei quando gli occhi furiosi di Frederick si posarono su di lei: "Tu, puttana!"

"Frederick, calmati adesso", disse Aaron, toccandogli un braccio.

"No, non mi calmerò", disse Frederick, e si staccò dall'Anziano: "Devi essere punita".

"Lo sarà, dagli Equites", gli disse Chevalier, chinandosi, pronto a combattere, imitato dai Cavalieri.

"Non basta! Si merita di soffrire oltre la tolleranza umana... deve sentire quello che prova un heku".

"No", gli disse Chevalier: "Ora puoi andare".

"Consegnatemela" sibilò Frederick, facendosi avanti.

"Andiamo", disse Aaron, muovendosi verso la porta.

"Trema, ragazzina", disse, seguendo Aaron fuori dalla stanza. Emily guardò Kyle che risistemava la palina di Damon e si alzava. "È finita", disse.

"No", le disse Mark, "Ti cercherà per vendicarsi".

"Lo incenerirò di nuovo".

"Lascia che ce ne occupiamo noi", disse Silas sorridendo a Kralen: "Noi tre".

Kralen scrollò le spalle: "Vedremo, ho una riunione con gli Anziani".

"Em, Silas ed io vogliamo parlare con te", disse Mark e tutti uscirono dalla stanza dell'Antico.

"Che cos'ho fatto, adesso? A parte.... oh, aspettate... vi ho fulminato", disse, rabbrividendo.

Silas sorrise: "Non è di questo che volevamo parlare... anche se potremmo tirarlo in ballo in seguito".

Kralen rise e uscì con gli Anziani.

Emily seguì in silenzio Mark e Silas nell'ufficio di Mark. Si sedette quando Mark si mise dietro la sua scrivania e poi guardò indietro verso Silas quando chiuse la porta.

"Mi dispiace, ok? Ho già promesso a Kralen che mi comporterò bene", disse Emily.

"Ne discuteremo in un secondo tempo. Quello che vogliamo adesso è scoprire come fare per farti tornare nella Cavalleria", disse Mark, chinandosi in avanti con i gomiti sulla scrivania.

"Perché?"

"Come, perché? Sei una parte importante della Cavalleria e ci manchi".

"Non posso... non riesco a ubbidire a tutti gli ordini e non ce la faccio a rimanere ferma per ore a guardare le manovre".

"Non ce lo aspettiamo da te", disse Silas, appoggiandosi alla scrivania di Mark: "Però, vogliamo un minimo di disciplina quando si tratta dei rapporti tra la Cavalleria e il Consiglio e... beh... le guardie".

"Vi aiuterò con i cavalli, ma non vedo il motivo di chiamarmi Comandante e pretendere di far parte dei ranghi degli heku".

"Ok, allora, te lo dirò chiaramente", disse Mark con un sorrisino: "Ci servi per il morale delle truppe".

"Morale?"

"Sì, le tue piccole... imboscate, la tua personalità, le tue... fiammate..., non solo tengono sul chi vive i Cavalieri, ma gli fanno desiderare di essere lì. È un lavoro duro, senza riconoscimenti e le gratificazioni sono poche. La tua presenza è una di quelle poche".

Emily lo guardò sorpresa: "Stai scherzando?"

Silas rise: "No".

Emily incrociò le braccia: "Che cosa state macchinando?"

"Niente", disse Mark: "Solo perché tu di solito hai una ragione reconditta per tutto, non vuol dire che l'abbiamo anche noi".

"Se Kralen accetta di restare, ci penserò, ma mi serviranno un paio di giorni".

Silas annuì: "D'accordo, ne parleremo sabato".

"Oh, e, Em?" disse Mark.

"Sì", disse Emily guardandolo.
"Prova ancora a fulminarmi... e ti morderò".
Lei inspirò bruscamente: "No".
"Sì".
Silas rise e aprì la porta ma si bloccò di colpo quando si trovò a faccia a faccia con Chevalier.
"Ritardo?" Chiese Chevalier, alzando un sopracciglio.
Emily sospirò: "Sì".
"Vieni", disse, tendendole la mano.
"Se sei in ritardo per qualcosa, possiamo portarti noi", disse Silas, mentre usciva dall'ufficio di Mark.
Chevalier rise: "Non servirebbe".
Silas scrollò le spalle e seguì Emily e Chevalier nella loro stanza. Rimase fuori dalla porta mentre loro entravano.
"In ritardo di quanto?" Le chiese quando furono da soli.
"Una settimana... ma Kralen non ha rilevato niente".
"Fammi sentire", disse e lei gli tese il polso. Lui sorrise, scosse la testa e poi la sollevò per poterla annusare meglio lungo il collo. La rimise a terra dopo averla baciata dolcemente: "Niente".
"Assaggia, allora", disse, con una smorfia.
"Assaggiare?"
"Sì, è più accurato, no?"
"Sì, beh, ma..."
"Non il collo, però", gli disse e gli tese il polso.
"Sicura?"
"Sì".
Con un movimento fluido, la immobilizzò sul letto e le affondò i denti nel collo. Emily fece per protestare, ma si rilassò sotto il suo corpo. Quando finì. Chevalier la baciò sulla bocca e poi rise e le bloccò la mano quando Emily cercò di schiaffeggiarlo.
"Avevo detto il polso", ringhiò.
"Sono tuo marito. Non devo usare il polso", le disse, baciandola ancora".
"Sì, se te le dico io", gridò, cercando di alzarsi, ma Chevalier la tenne inchiodata al letto.
"Ah sì? Devo fare quello che dici tu?"
"Sì".

***

"Allora, come funziona con te, lotta per il potere e sesso?" Chiese Emily guardandolo dal letto.
Chevalier scrollò le spalle e sorrise: "Non ne ho idea".

"Dobbiamo smetterla", gli disse, appoggiandogli la testa sul torace nudo.

"Perché?"

"Continuo a restare incinta".

"Non lo sappiamo ancora. Io non ho rilevato niente".

"Ancora", brontolò Emily.

Chevalier la baciò dolcemente sulla testa: "Sono sicuro che lo sapremo di certo quando tornerò".

"Avevo dimenticato che te ne vai un'altra volta".

"Starò via solo due giorni".

"Splendido, giusto il tempo per essere mangiata".

Chevalier sorrise: "Fai controllare da Mark, ok?"

"Ho tentato, ricordi, e hai quasi fatto a pezzi Kralen"

"Fai controllare a Mark... solo annusare".

"Bene, chi porti con te?" Chiese, sedendosi sulla sponda del letto.

"Kyle, Jerry e Dustin".

Emily lo guardò e sorrise: "Grazie".

Doppelgänger

"Emily?" Sussurrò Zohn, e si chinò a toccarle la spalla. Emily si svegliò di scatto e saltò fuori dal letto.

Si guardò attorno nella stanza buia, poi vide Zohn.

"Mi dispiace di averti svegliato".

Emily si sedette sulla sponda del letto: "Che c'è?"

"Chevalier è scomparso".

"Scomparso?"

"Sì, lui, Kyle, Jerry e Dustin avrebbero dovuto arrivare al Clan di Lake Placid ieri sera e non si sono fatti vivi. Abbiamo cercato di contattare tutti e tre i cellulari, ma non risponde nessuno.

"Hanno preso l'elicottero?"

"No, Dustin guidava la sua auto. Il Clan di Lake Placid li ha cercati per tutta la notte senza trovare tracce".

Emily guardò la stanza, ancora confusa: "Andiamo noi, allora, seguiamo la stessa strada e li troveremo".

"Sono già andati Quinn e la Cavalleria. Non c'è traccia di loro", disse Zohn, guardandola preoccupato.

"Che missione era?" chiese Emily, prendendo in braccio Dain quando il piccolo uscì dalla sua stanza.

"Niente di importante. Il Lord del Clan ha chiesto che qualcuno del Consiglio presenziasse a una cerimonia per il conferimento di una medaglia".

"Dov'è papà?" Chiese Dain.

"È solo via, baby".

"Stiamo ancora cercando e abbiamo mandato qualcuno in ogni fazione, nel caso si tratti di un attacco".

Emily aggrottò la fronte e mise Dain sul pavimento: "Andrò a cercarlo io".

"Ci serve che tu stia qui".

"No! Io posso trovarli".

"Se si tratta di un attacco, abbiamo bisogno che resti qui al palazzo, al sicuro".

"No!"

"È più importante che tu resti al sicuro".

Emily ripiombò sul letto: "Io posso trovarlo".

"Li stiamo cercando", disse Zohn e la guardò un attimo prima di uscire.

Emily riprese in braccio Dain e lo tenne stretto a sé: "Alexis?"

Qualche minuto dopo uscì Alexis, con un libro in mano: "Sì, mamma?"

Emily la guardò con una smorfia. Dall'incidente con Gabe, la sua guardia, aveva cominciato a vestirsi tutta di nero e sembrava sempre depressa.

"Papà è scomparso", disse e sospirò quando vide Alexis alzare le spalle.

"Si farà vivo".

"Alex... è scomparso. Potrebbe essere ferito".

"Sta bene, è un heku", disse, sedendosi accanto al fuoco.

"Bel modo di interessarsi, Alex", ringhiò Emily e andò alla porta. Fu immediatamente bloccata da Silas, Kralen e due altri Cavalieri.

"Non possiamo lasciarti andare, Em" le disse Kralen: "Lo troveremo".

Emily mise Dain a terra: "Ho solo bisogno di parlare con Mark".

"È tutto?"

"È tutto".

"È nel suo ufficio", le disse Silas, spostandosi. Solo Kralen seguì Emily su per le scale e lei sapeva il perché. Aveva promesso di non seminarlo quando aveva accettato di tornare a essere una delle sue guardie.

Emily bussò ed entrò quando Mark la chiamò. Chiuse le porta e lo guardò per qualche secondo.

Mark alzò gli occhi;: "A cosa devo l'onore?"

"Chev... te l'ha detto?"

"Detto che cosa?"

"Che cosa ho bisogno che faccia?"

Mark si appoggiò indietro e incrociò le braccia: "Non so di che stai parlando".

Emily sospirò: "Ho bisogno che mi annusi il polso".

"Perché?" Chiese Mark, sorpreso.

"Fallo e basta, per favore", gli rispose, tendendogli la mano.

"Prima dimmi perché, non è corretto".

"Dai, Mark, è già abbastanza difficile..."

"No, dimmi perché e ti dirò se posso farlo".

"Chev mi ha detto di chiederlo a te".

"L'Anziano non mi ha detto niente".

"Bene, allora lo chiederò di nuovo a Kralen", disse, girandosi verso la porta e trovando Mark già in piedi davanti a lei: "Detesto quando fate così".

"Perché?"

"È scioccante vedere qualcuno apparire all'improvviso".

"Non questo, Em..." disse, sbuffando.

"Oh... bene... non puoi dirlo a nessuno, nemmeno al Consiglio".

"È l'Anziano che l'ha chiesto?"

"Non questa parte, questa è una mia richiesta".

"Dimmi di cosa si tratta e poi deciderò se tenerlo segreto", disse Mark, senza spostarsi dalla porta.

Emily si agitò nervosa e abbassò gli occhi, poi sussurrò: "Ho bisogno di sapere se sono incinta".

"Oh", disse Mark spalancando gli occhi.

Emily gli tese il polso, senza dire un'altra parola. Mark le prese la mano e inalò a fondo, ignorando il modo in cui lo faceva salivare. Chiuse gli occhi e controllò la sete prima di parlare: "È normale".

"Grazie", disse e fece per passargli accanto.

"Da quanto?"

Emily scrollò le spalle: "Solo un piccolo ritardo, ecco tutto... di solito il profumo non comincia così presto, ma Chevalier vuole che controlli tu mentre lui è via, in modo che nessuno cerci di mangiarmi".

Mark fece un sorrisino: "Sarà meglio che non ci provino".

"Ti farò controllare ancora domani", disse e lui si spostò in modo che potesse uscire. Arrossì quando vide Kralen e lui guardò Mark e scrollò le spalle prima di seguirla nella sua camera.

"Che cosa vuoi per colazione?" Chiese Silas, quando la vide ritornare.

"Niente", borbottò aprendo la porta.

Kralen le toccò la spalla: "Non lasceremo che smetta di mangiare mentre l'Anziano è via".

"Via? Scomparso vuoi dire".

"Che cosa vuoi?"

"Caffè" sussurrò, e chiuse la porta. Guardò in camera e vide Dain e Alexis che si fissavano: "Che cosa state facendo?"

Nessuno dei due si mosse, quindi Emily andò a guardare fuori dalla finestra: "Non mi permettono di andare a cercare vostro padre".

Nessuno rispose ed Emily si voltò a guardarli di nuovo. Erano seduti a gambe incrociate, e si guardavano negli occhi. Si avvicinò e notò che respiravano in sincrono.

"Dain!" Disse, correndo avanti. Si inginocchiò e guardò più da vicino. Alexis aveva un'espressione vacua e Dain stava sussurrando troppo piano perché Emily sentisse.

"Dain, smettila!" sibilò Emily e lo tirò per un braccio, la sua espressione non cambiò, ma la sua concentrazione aumentò e tenne gli occhi fissi in quelli di Alexis.

"Silas!" gridò Emily e si alzò quando entrarono le guardie: "Che cosa sta facendo?"

Silas apparve immediatamente alle spalle di Dain e lo rimise in piedi. Dain guardò Silas e poi riportò l'attenzione su Alexis. Kralen si era inginocchiato accanto ad Alexis, che stava ancora guardando nel vuoto.

"Che cosa sta succedendo?" Chiese Emily, avvicinandosi ad Alexis.

"Che cosa le hai detto?" Chiese Silas a Dain, sollevandolo per le spalle.

"Non lo so", rispose il bambino", indifferente.

"Che cosa?" gridò Silas, dandogli uno scrollone.

Dain lo fissò torvo: "Era cattiva".

Kralen prese immediatamente il controllo di Alexis e cominciò a parlarle dolcemente.

"Dain!" Gridò Emily, tirandolo via dalle mani di Silas. "Che cosa hai fatto?"

"Era cattiva", ripeté Dain.

"Mai, non devi mai più rifarlo. Mi senti?"

Dain annuì e guardò Alexis che cominciava a muoversi. Kralen si alzò e aiutò Alexis a rimettersi in piedi.

"Piccolo vampiro!" gridò Alexis, facendo per lanciarsi su Dain. Emily si voltò per bloccare Dain, che però era già sparito.

Silas sospirò: "Vado a prenderlo io", e sfuocò fuori dalla stanza.

"Stai bene?" Chiese Emily ad Alexis, avvicinandosi a lei.

"Odio essere umana!", gridò la teenager, precipitandosi fuori dalla stanza.

Emily guardò Kralen: "Forse stavamo entrambi meglio in prigione".

Kralen sogghignò: "Io certamente sì".

"Ehi", gli disse Emily un po' risentita e l'heku uscì, chiudendo la porta. Emily lo sentì ridere nell'atrio. Si sedete alla finestra e guardò fuori, domandandosi che cosa era successo a Chevalier.

***

"Kyle?" Sussurrò Dustin, scuotendolo mentre Jerry li guardava.

Kyle aprì gli occhi e si sedette in fretta: "Dove siamo?"

Si guardarono attorno nel buco profondo dove si trovavano. Era una stanza cilindrica, di terra e l'unica luce arrivava da quasi venti metri sopra di loro.

"Non lo so", disse Dustin, guardando le pareti.

"Dov'è l'Anziano?"

"Non l'abbiamo ancora visto... tu sei appena arrivato. Io sono qui da tre giorni".

"Qui sotto?"

"Sì".

Kyle sospirò: "Mi stava interrogando un Encala".

"Lo immaginavo", disse Jerry, alzando gli occhi. "Presumo che stiano interrogando anche l'Anziano".

"Che cosa ti stavano chiedendo?"

"Più che altro notizie dei nostri Clan più grandi, forze, numeri, avamposti, roba del genere".

"Niente riguardo a Emily?" Chiese Dustin, sbalordito.

"No, anche se non riesco a non pensare che sia una vendetta per aver sequestrato Frederick".

***

"Em?" disse Kralen, dopo aver bussato alla porta.

"Entra". Kralen entrò e la trovò di nuovo seduta alla finestra. Non mangiava dalla scomparsa di Chevalier e passava la maggior parte del suo tempo seduta alla finestra a guardare fuori. Alexis aveva ripreso la scuola e anche Dain aveva le sue lezioni, con due guardie a sorvegliarlo. Negli ultimi giorni, aveva controllato Alexis quattro volte e aveva tentato due volte con Emily.

"È tornato", le disse Kralen, sorridendo.

Emily si alzò, senza fiato: "Davvero?"

"Sì, è in garage".

Emily gli passò davanti e corse in fretta giù dalle scale, saltando i gradini, a piedi nudi. Le sue quattro guardie la seguirono, anche loro contenti di rivedere sani e salvi i quattro membri del Consiglio. Quando lo vide, Emily corse ad abbracciarlo.

"Non credo, solo heku senza fazione, credo", disse Chevalier a Zohn, che si sorprese che Chevalier non reagisse all'abbraccio di Emily.

"Sono morti?"

"Sì, li abbiamo uccisi tutti", disse Kyle, avviandosi.

Emily guardò Chevalier: "Stai bene?"

"Sono un heku", disse e si staccò da lei seguendo Kyle e Jerry. Dustin li seguì dentro ed Emily lanciò un'occhiata a Kralen, prima di entrare nel palazzo.

Entrarono tutti nella sala del Consiglio e quando Chevalier si sedette e si rivolse a Quinn, Emily si sedette accanto a lui.

"È bello riavervi qui", disse Quinn, sorridendo.

"Erano degli heku senza fazione, non i Ferus, ma senza fazione... volevano informazioni sul palazzo", gli disse Chevalier.

Emily rimase seduta in silenzio osservando Kyle, Jerry e Dustin che sussurravano in un angolo.

"È stato stupido da parte loro pensare di poter ottenere informazioni da voi", disse Zohn.

"Sì, ma ce ne siamo occupati noi. Che cos'è successo qui?" Chiese Chevalier.

"È stato tutto tranquillo, la maggior parte delle nostre risorse erano impegnate a cercare voi quattro".

Emily allungò una mano sotto la scrivania per prendere quella di Chevalier, ma lui la ritrasse e aprì il registro delle attività degli ultimi giorni. Emily aggrottò leggermente la fronte, poi si alzò in silenzio e uscì.

"Dain... ha messo sotto controllo Alexis parecchie volte, ultimamente", gli disse l'Inquisitore capo.

Chevalier scrollò le spalle: "È un heku, è suo diritto farlo".

Quinn rimase sbalordito: "Davvero?"

"Sì... perché J.R. è stato sospeso?"

"È uscito di nuovo di nascosto per incontrare un donatore", gli disse Zohn.

"Uccidetelo, dico io. La sospensione è una punizione troppo blanda".

"L'abbiamo preso in considerazione, ma è molto giovane", disse Quinn.

"Non ha importanza".

Zohn fece per dire qualcosa, poi si fermò. Chevalier di solito dava una seconda chance agli heku giovani prima di bandirli, e questo heku non aveva mai creato problemi in precedenza.

"C'è altro?" chiese Chevalier, alzando gli occhi.

Quinn si schiarì la gola: "Siamo pronti a cominciare il processo Madden".

"Ok, bene, procediamo".

"Non vuoi riposare, prima? Ci potrebbero volere delle settimane".

"No, cominciamo", gli disse Chevalier.

"Non vuoi passare del tempo con la tua famiglia, prima?"

"Ah, giusto, un'oretta più o meno", disse, sfuocando fuori dalla sala.

Emily lo guardò, dal suo posto accanto alla finestra, e appoggiò il libro: "Sono contenta che tu sia tornato".

"Già, lo immagino", disse, sedendosi accanto al fuoco. "Vieni qua, dobbiamo parlare".

"Ok", rispose prendendo una sedia accanto a lui.

"Ho avuto parecchio tempo per pensare negli ultimi giorni e non credo che la nostra sistemazione corrente funzioni".

"Sistemazione?"

"Sì, sequestrando Frederick mi hai dimostrato che non sei pronta per restare libera in mezzo agli heku e penso che sia ora di metterti un freno", le disse e si mise comodo.

Emily si accigliò: "Che cosa vuoi dire?"

"Quello che voglio dire... basta andartene in giro per il palazzo. Se hai bisogno di andare da qualche parte, le tue guardie chiederanno prima il permesso".

"Che cosa?" sussurrò.

"Devi capire che la cattura di Frederick ha messo a dura prova il nostro matrimonio e, ora, io non credo che stia funzionando".

"Non lo sapevo".

"Beh, io sì. Non mi sento più tanto vicino a te e non ritengo di potermi fidare... ci vorrà del tempo perché le cose tornino come prima".

Il modo gelido in cui le parlava le faceva venire i brividi nella schiena: "Chev..."

"Proveremo a cambiare. Vedremo se riuscirò a fidarmi di nuovo di te oppure se sei una mina vagante troppo pericolosa per continuare. Ho corso un rischio enorme, portando un'umana nel palazzo e vedo che probabilmente è stato un errore".

"Non capisco cosa..."

"Alexis dovrà seguire le stesse tue regole".

"Ma..."

"Dain ha il permesso di girare dove vuole. È un heku e sarà trattato come tale", le disse Chevalier, poi si alzò in piedi.

Emily si limitò a guardarlo. Il cuore era sprofondato quando aveva capito come avrebbe potuto perderlo in fretta.

Chevalier aprì la porta e poi si voltò: "Riassetta questa stanza, è un casino".

Emily annuì, poi si guardò attorno nell'enorme stanza e vide solo un paio di scarpe fuori posto. Si alzò e le ritirò prima di ritornare alla finestra a pensare.

***

Dustin e Kyle si spostarono entrambi verso i lati della loro prigione quando Chevalier fu gettato giù in testa a loro. Quando atterrò, incosciente, si inginocchiarono entrambi accanto a lui.

"È bruciato", sussurrò Kyle.

Chevalier cominciò in fretta a guarire e qualche minuto dopo, aprì gli occhi e si sedette.

"Stai bene, Anziano?" Chiese Jerry, sedendosi nel fango accanto a lui.

"Dove siamo?"

"Sul fondo di un pozzo, credo".

Chevalier sospirò: "Hanno rinunciato a torturarmi quando non ho voluto dargli informazioni su Powan".

Kyle annuì: "Anche ha me hanno chiesto di Powan".

"Allora il bersaglio è Powan?" Chiese Dustin.

"Non lo so. Quando hanno finito, mi hanno solo fulminato e mi hanno scaricato qui", disse Chevalier, alzandosi in piedi. Si guardò attorno, nel piccolo pozzo di terra.

"Non c'è modo di uscire, abbiamo tentato".

"Hanno accennato a un riscatto?"

"No, Anziano".

***

Zohn, Quinn e Chevalier erano seduti nella sala riunioni degli Anziani il secondo giorno del processo Madden.

"Siamo solo preoccupati per come la stai trattando", gli disse Zohn. Avevano sentito immediatamente dei suoi nuovi piani per Emily, e avevano anche avuto sentore di altri cambiamenti in serbo per lei. Sapevano che Emily non mangiava e aveva paura di parlare con gli heku.

"Non preoccupatevi per lei, starà bene".

"È solo strano che tu sia così freddo con lei. È successo qualcosa?"

"Vuoi dire, oltre ad aver sequestrato Frederick? Ho avuto quattro giorni da solo per pensare e mi fa ancora arrabbiare".

"Vedo", disse Quinn, mettendosi comodo. "Che altro le hai detto?"

"Niente altro che farle fare qualcosa di più produttivo. Non c'è motivo per cui non possa cucinare da sola e stare dietro ai ragazzi. È là seduta tutto il giorno a non fare nulla, è ora che lavori".

Zohn fece una smorfia: "Allora avremmo dovuto lasciarle continuare a lavorare come Supervisore dello staff".

"No, è una posizione troppo elevata. Deve cominciare dal basso".

"Perché? Pensavo che trovassi fare le pulizie... non consono alla moglie di un Anziano".

"Sì, ma ora mi rendo conto che fare quel lavoro la terrà occupata abbastanza per restare fuori dai guai... ora torniamo o no al processo?" ringhiò Chevalier.

"Sì, d'accordo", disse Zohn e tornarono tutti in aula.

Gli Anziani si unirono agli altri Consiglieri e Madden li guardò furioso dal basso, nell'aula.

***

Mark bussò piano alla porta della camera: "Em?"

"Entra", sussurrò lei. Mark entrò e la vide che piegava della biancheria sul letto.

"Vuoi che controlli?"

"No", disse, senza alzare gli occhi".

"L'ha fatto l'Anziano?"

"No".

"Allora sarà meglio che lo faccia io

"No, non posso rischiare che si arrabbi".

"Penso che sarebbe meglio che qualcuno controllasse... ma non ti obbligherò", disse, uscendo dalla stanza. Chevalier aveva ordinato alle guardie di passare il minor tempo possibile con lei. Riteneva che dovesse essere isolata dalla vita quotidiana degli heku.

Emily lo guardò uscire e poi si alzò per ritirare gli abiti dei ragazzi. Quando finì, aprì la porta.

"Per favore, vai a chiedere se posso andare a preparare il pranzo". Chiese a Silas, senza alzare gli occhi.

L'heku sospirò e poi sfuocò via, tornando qualche secondo dopo: "Possiamo andare".

Emily scese le scale in silenzio. Le guardie heku la osservarono mentre si faceva un po' di caffè e poi si sedeva al tavolo in sala da pranzo a berlo.

"Em", sussurrò Kralen, guardandosi attorno nella stanza prima di curvarsi su di lei: "Il caffè non è cibo".

Emily deglutì forte: "Chevalier ha detto che potrei perdere qualche chilo... quindi sono a dieta".

"Che cosa?!" sussurrò aspramente Kralen. L'avevano vista perdere parecchio peso nell'ultima settimana dal suo ritorno. Si rifiutava di mangiare e gli abiti cominciavano a penderle addosso.

Emily scrollò le spalle: "Immagino che abbia ragione".

Kralen si fece indietro e guardò Silas. Dentro di sé erano entrambi furiosi, ma sapevano che dimostrarlo avrebbe potuto essere rovinoso.

Quando Emily ebbe finito la sua tazza di caffè, ritornarono di sopra. Lei si fermò nell'atrio del quarto piano quando Chevalier uscì dal retro della sala del Consiglio e la guardò.

"Sai, potresti smetterla di vestirti come la comparsa di un film western... hai un aspetto orribile", le disse, entrando nel suo ufficio.

Emily si voltò e salì lentamente le scale. Sentì una forte fitta di dolore allo stomaco e si piegò leggermente in avanti mentre camminava.

"Che cosa c'è che non va?" Chiese Silas, toccandole un braccio.

"Niente", sussurro ed entrò in camera sua, chiudendo la porta. Il dolore divenne più forte e cadde in ginocchio, piegandosi in avanti per alleviarlo. Il suono fece correre Kralen e Silas nella sua stanza.

"Em, parla con me, che cosa ti fa male?" Chiese Kralen, inginocchiato accanto a lei.

Era sudata e le braccia le tremavano per il dolore: "Andate via".

"No, c'è qualcosa che non va", sussurrò Silas e chiuse la porta, lasciando due Cavalieri nell'atrio.

"Andate via per favore", sussurrò. Il panico nella sua voce era evidente.

"Vorrà mandarti il medico", le disse Kralen.

"No... per favore... non ditegli niente", poi si alzò e cadde lentamente sul letto. Silas e Kralen la guardarono finché si addormentò e poi entrambi andarono a parlare con Mark.

"Avanti", disse Mark quando sentì bussare alla porta del suo ufficio. Vide Silas e Kralen entrare e chiudere la porta dietro di loro.

"Vogliamo andare a fare una cavalcata", gli disse Silas.

Mark scrollò le spalle: "Allora andate".

"Vogliamo che venga con noi".

"Sono occupato con...".

"No", disse Kralen, deciso: "Vogliamo che venga con noi".

Mark sospirò: "Ok... andiamo a cavalcare".

Venti minuti dopo, il Generale e i due Capitani erano fuori a cavallo, diretti tra gli alberi.

"Non può continuare a trattarla così", disse Kralen, quando furono ben lontani dal palazzo".

"La ucciderà", aggiunse Silas.

Mark scrollò le spalle: "È nostro dovere eseguire gli ordini dell'Anziano e non è diverso quando riguardano Emily".

"C'è qualcosa di sbagliato. Non l'hai mai trattata male", disse Kralen, fermando il suo cavallo.

"Lo so", gli disse Mark: "Però non era mai arrivata al punto di sequestrare un Anziano nemico".

"È successo 17 mesi fa".

"Me ne rendo conto, ma allora non poteva fare niente, altrimenti avrebbero rischiato di non riavere più Frederick".

"Quindi sei d'accordo con quello che sta succedendo con Emily?" Chiese Kralen, infuriato.

"No, ma non spetta a me discutere gli ordini".

"Sta male", disse Silas, fissando Mark: "Non mangia e ha un qualche tipo di dolore allo stomaco".

"Te l'ha detto lei?"

"No, abbiamo sentito un tonfo e siamo corsi in camera sua. Si comportava in modo strano già sulle scale e quando siamo entrati era in ginocchio ed era evidente che stava soffrendo parecchio".

"Dannazione, dobbiamo avvertire l'Anziano", disse Mark, girando il cavallo.

"Ci ha chiesto di non farlo".

Mark sospirò: "Potrebbe essere incinta".

"Lo so", sussurrò Kralen.

"È ancora peggio, allora. E se c'è qualcosa che va storto?" Chiese Silas.

"Ecco perché dobbiamo avvisare l'Anziano".

"Non possiamo semplicemente far venire il dott. Cook?"

Mark guardò gli alberi, riflettendo: "L'abbiamo già fatto in passato".

"Allora rifacciamolo. Per qualche motivo, Emily non vuole che lui lo sappia".

"Sta solo cercando di mantenere un basso profilo".

"Perché tutte le volte che la vede la insulta", ringhiò Kralen.

"C'è qualcosa di diverso in lui", disse Kralen, sospirando.

"Andiamo a prendere il dott. Cook", disse Mark dopo qualche minuto di silenzio. Partirono tutti al galoppo e si incontrarono con il medico davanti alla porta di Emily.

"Qual è il problema?" chiese il dott. Cook.

"Ha un qualche tipo di..." Silas si fermò quando Chevalier apparve sul pianerottolo con Kyle.

"Perché c'è qui il medico?"

"Volevamo solo che visitasse Emily. Non si sente bene", gli rispose Mark.

"Sta solo cercando di attirare l'attenzione", disse Chevalier, aprendo la porta. Si guardò attorno ma non la vide: "Dov'è?"

"Era qui", disse Mark entrando, poi sentì un rumore in bagno: "È là".

Chevalier sospirò: "Sta solo cercando di attirare l'attenzione... è abituata a essere al centro di tutto. Sono sicuro che non c'è niente che non va".

"Ma...", disse Mark guardandolo.

"Niente ma, guarda..." Chevalier spalancò la porta e gli altri heku rimasero senza fiato. Emily era china sul wc con il sangue sulle mani e schizzi di sangue intorno alla tazza.

Il medico si precipitò al suo fianco e si inginocchiò: "Ti fa male qualcosa?"

"Lasciala stare", ordinò Chevalier e il medico esitò prima di alzarsi.

Emily alzò gli occhi, senza sapere che cosa fare.

"Sta vomitando sangue... devo...".

"Dovete smetterla di darle retta e lasciarla stare", disse Chevalier: "Emily, adesso basta, sono stufo dei tuoi tentativi di attirare l'attenzione".

"È tachicardica e ha la febbre", disse il medico, guardandolo meravigliato.

"Sta fingendo... Emily, fai le valigie, è ora che te ne vada".

Emily si rimise lentamente in piedi e cominciò a lavarsi il sangue dalle mani.

"Non c'è tempo per lavarsi... comunque sei un tale maiale che non cambierebbe niente. Ti ho detto di fare la valigia".

"Dove sta andando?" chiese Zohn, entrando.

"La sto sbattendo fuori. Sono stufo".

Quinn apparve di fianco a Zohn: "Che cosa stai facendo?"

"È mia moglie... o meglio lo era... e ne ho avuto abbastanza dei suoi melodrammi. Frederick è stata l'ultima goccia e non le permetterò di continuare a impestare il palazzo".

Emily passò davanti a loro, leggermente piegata, con un braccio sullo stomaco,

"Non prendere niente di quello che gli Equites o io ti abbiamo dato", disse Chevalier, seguendola in bagno.

Lei guardò Kyle, sorpresa che non la aiutasse. Entrò Jerry e si mise accanto a Kyle, indifferente.

"Questo vuol dire solo quello che hai indosso, non c'è bisogno di fare la valigia". Disse Kyle.

"Dove andrà?" chiese Zohn, quasi troppo sorpreso per parlare.

"Che me ne importa? Che si unisca ai Valle... vediamo quanto melodramma possono sopportare loro" gli disse Chevalier e si sedette sul letto.

"Mamma?" La chiamò Alexis, entrando nella stanza con Dain.

"Stai male?" Chiese Dain.

"Puoi prendere Alexis, ma Dain resta qui", disse Chevalier.

Emily si voltò di colpo e si mise diritta: "No".

Kyle si acquattò leggermente: "Gli heku stanno con i loro simili".

"Potete buttarmi fuori, non mi toglierete i miei figli".

"Calmatevi tutti. Emily, tu non te ne vai". Disse Zohn, guardando Chevalier.

"È mia moglie e ho tutti i diritti di buttarla fuori". Gridò Chevalier.

"E voti degli Anziani sono due a uno, lei resta"

"No", sussurrò Emily: "Non sono più la benvenuta. Me ne vado... ma Dain viene con me".

"Sul mio cadavere", sibilò Jerry e divenne immediatamente cenere.

"Puttana!" ringhiò Chevalier e fece per colpirla, ma Zohn gli fermò il braccio.

"Puoi mandarla via, ma non starò fermo a vedere che la picchi".

"Fuori!" le disse Chevalier.

"Alexis, prendi Dain e vai nella Jeep", disse Emily, andando alla porta.

"L'ha comprata Chevalier quella Jeep, deve restare qui", le disse Kyle.

"No!" gridò Quinn: "Non è giusto".

"Sta troppo male per andarsene", disse il dott. Cook, inquieto.

Chevalier allungò una mano e diede uno spintone a Emily: "Fuori da questo palazzo".

"Non può andarsene!" gridò Quinn.

"Come suo marito, ho il diritto di liberarmi di lei. Non è un bene per gli Equites".

Mark, Silas e Kralen si fecero da parte quando passò Emily. Non sapevano che cosa fare. La persona che proteggevano, la loro amica, stava chiaramente soffrendo, mentre suo marito litigava con gli altri Anziani e lei veniva sbattuta fuori dal palazzo.

"Emily?" disse Chevalier.

Lei si voltò e vide la sua mano tesa.

"L'anello", gli disse.

Emily cercò di sfilare l'anello essenza, ma lo trovò saldamente ancorato al dito: "Non viene via".

"Verrà via e allora lo rivoglio indietro", sibilò.

Lei annuì e scese le scale dietro a Alexis e Dain.

"Prendiamo la Aero", sussurrò quando entrarono in garage.

"Rimani, gli parleremo noi". Le disse Zohn.

"È solo arrabbiato per Frederick. Si calmerà". Aggiunse Quinn.

Emily salì sulla Aero e appoggiò la testa sul volante, mentre metteva in moto.

Il dott. Cook si inginocchiò accanto all'auto: "Per favore, vai direttamente all'ospedale".

"Avresti già dovuto essertene andata", le disse Chevalier, a braccia conserte.

Emily gli diede una rapida occhiata prima di uscire dal garage del palazzo.

Kyle sorrise: "Bene, riportate la Cavalleria sulle strade, al loro posto".

"Sì, Signore", rispose Mark, trattenendo la sua rabbia.

"Andiamo a finire quel processo", disse Chevalier, salendo le scale.

"Fai rivivere Jerry", prima, disse Zohn, chiaramente furioso.

"Non me la sento", gli rispose Kyle, seguendo Chevalier.

"Banditelo, è il mio voto", disse Dustin, sorridendo.

"Sono d'accordo", ringhiò Chevalier: "Banditelo per 300 anni".

"Per che cosa?" chiese Quinn sbalordito.

Chevalier sospirò: "Ci sono state delle cose... dette contro il Consiglio mentre eravamo via... era comunque ora di sostituirlo".

"È il nostro Archivista da 2000 anni. Non possiamo semplicemente bandirlo".

"Mi ha detto che ci si può fidare degli Encala e che aveva preso in considerazione di unirsi a loro".

"Davvero?"

"Sì, banditelo".

Zohn sospirò: "Ok, banditelo".

Quinn ringhiò: "Non è giusto!"

Zohn scrollò le spalle e scomparve nella sala del Consiglio.

***

"Avrebbero potuto almeno avere la decenza di dirci perché siamo quaggiù da due mesi", disse Jerry, guardando in alto.

"Certamente gli Equites ci stanno cercando".

Dustin continuò a disegnare figure nel fango: "Dovrebbero".

"Se riesco a leggere bene Emily, sanno che siamo scomparsi. Sento molta solitudine e odio sentire quanto è impaurita", disse Chevalier.

"E il dolore?" Chiese Kyle.

"Sono sei settimane che non lo sento, quindi, qualunque cosa fosse, non c'è più".

"Pensi che lei..."

Chevalier scrollò le spalle: "Non lo so".

"Lei cosa?" Chiese Dustin.

"Quando siamo partiti, Emily pensava di poter essere incinta".

"Quindi il dolore potrebbe voler dire che l'ha perso?" Chiese Dustin, turbato.

Chevalier annuì: "È quello che sospetto".

"Perché dovrebbe avere paura? Gli Equites si accerterebbero che fosse al sicuro", Chiese Kyle.

"Non lo so".

***

"Oh, scusate", disse Zohn quando aprì la porta della sala riunioni degli Anziani e vide Chevalier, Kyle e Dustin che stavano parlando.

"Beh, se bussassi...", ringhiò Chevalier.

Zohn lo fissò minaccioso: "Sono un Anziano, non devo bussare per entrare nella mia sala riunioni".

"Beh, eravamo occupati, ed è una riunione privata".

Zohn sbatté la porta e andò nell'ufficio di Quinn: "Convoca due membri del Consiglio".

"È ora?", chiese Quinn alzando gli occhi.

"È più che dannatamente ora", disse Zohn furente, sedendosi: "Mi hanno urlato contro per aver aperto la porta della sala riunioni".

"Però... bandirlo", disse Quinn: "È l'Anziano più forte che abbiamo mai avuto".

"Il più forte e ora il più furioso, egoista, irascibile e inaffidabile".

"Sta diventando un problema".

"Non vedo perché abbiamo bandito Jerry per 300 anni, ma abbiamo beccato in flagrante un Equites che passava informazioni ai Valle e l'ha risparmiato e messo in prigione".

"Poi... Emily...", disse Quinn a bassa voce. Non avevano parlato in pubblico di lei da quando Chevalier l'aveva buttata fuori, ma avevano mandato in missione alcuni Cavalieri con il compito di trovarla e accertarsi che fosse al sicuro.

"Mai, in un milioni di anni, avrei pensato che le avrebbe detto quello che detto di lei per poi buttarla fuori".

"È stato orribile e stava così male".

"Spero che sia viva".

"Credi che fosse incinta?"

"Mark ha detto che non aveva rilevato niente", gli ricordò Zohn.

"Era ancora presto".

"Lo so".

"Sono così sconcertato, per quei tre", disse Quinn, riflettendo: "Da quando sono ritornati dopo la loro assenza di quattro giorni, si sono sempre comportati in modo strano".

"Sono d'accordo, però non è abbastanza per sospettare che stiano tramando qualcosa".

"Non ti sembra che Kyle sia restio a incenerire qualcuno?"

"Sì, ma non è qualcosa che faccia piacere a un Giustiziere ", disse Zohn.

"No... ma non si era mai tirato indietro, prima".

"Vero".

"Allora, dobbiamo bandire Chevalier?" chiese Quinn.

"Aspettiamo finché non saremo sicuri".
Quinn annuì.

***

"Come ve la cavate?" Chiese Frederick, guardando nel buco.
"Questo viola talmente tante leggi heku...", ringhiò Chevalier.
"Come ha fatto la tua piccola puttana".
"Questo non ha niente a che fare con lei, e lo sai".
"Sì, invece. Perché pensi che vi tenga qui? I miei piani stanno andando alla perfezione".
"Che piani sarebbero?"
"Liberare gli Equites dalla Winchester, ovviamente".
"Che cosa hai fatto?" Gridò Chevalier.
Frederick sorrise: "Se n'è andata... nessuno riesce a trovarla. È splendido".
Il volto di Chevalier si fece scuro: "Che cosa hai fatto?"
"È ora di tirarvi fuori da quel buco. Vi manderemo giù una corda. Prima il lupo, poi l'Archivista, seguito dal Giustiziere e l'oramai single Anziano", disse loro e scomparve.
Fu calata una corda e Dustin guardò gli altri prima di prenderla. Dieci minuti dopo, gli Equites erano fuori e videro che erano stati in un vecchio pozzo nel palazzo degli Encala. Le guardie li circondarono mentre li scortavano in prigione e li rinchiudevano in celle separate.
"Ci sarà un processo?" Chiese Dustin alla guardia Encala.
"No, l'Anziano Frederick ha solo detto che siete sotto custodia".

***

"Stiamo tentando. Finora... niente", sussurrò Mark, seduto nell'ufficio di Quinn, con Zohn.
"Sono passati cinque mesi. Potrebbe essere dovunque", disse Zohn sospirando.
"Continuiamo a cercarla?"
"Sì, rimpiango di aver permesso che la buttasse fuori... stava male ed è stato orribile e vile".
Mark annuì: "Lo so".
"Riguardo la tua assenza, continueremo con quello che abbiamo già detto a Chevalier. Torna fuori e continua a cercare".
"Sì, Anziano", disse.
"Hai cercato in tutte le case di Kyle?" chiese Zohn, con un sorrisino.
"Perché dovrebbe andare lì?" Chiese Quinn.

"Era andata lì, quando scappava dal'Antico".

"Sì, e lui l'ha trovata. Non ripeterà quell'errore".

"Abbiamo tenuto nota di tutte le case di Exavior?"

"Sì, e le abbiamo già controllate tutte", disse Mark: "La maggior parte adesso appartiene ad altri Equites".

"Oh, non sapevo che ne avesse data via qualcuna".

"Tutte, in effetti, eccetto quella qui vicino".

"Continua a cercarla, allora", sospirò Zohn.

Mark si inchinò e uscì.

"Ora... riguardo a Kyle", disse Quinn, rivolgendosi a Zohn.

"Ha assassinato l'intero Clan mentre avrebbe dovuto solo bandirli".

"Lo so, in diretta violazione di un ordine".

"Ha detto che Chevalier ha annullato il nostro ordine e gli ha chiesto di ucciderli".

"Da quando permettiamo a un Anziano di prevalere sugli altri due?" chiese Quinn, continuando a pensarci.

"Mai, ha passato nuovamente il limite".

"Continua a farlo. È molto strano, per Chevalier".

Zohn sospirò: "Che cosa facciamo, allora".

"Decidiamo prima chi dovrà sostituirlo. Ci servirà probabilmente fare qualcosa anche con Kyle. Non credo che Kyle bandirà Chevalier".

"E Dustin?"

"È sempre stato un idiota ma, tra i tre, è quello che mi preoccupa di meno".

"Potrebbe opporsi, però. Quei tre sono inseparabili e si sostengono a vicenda".

Quinn prese una cartella: "La mia prima scelta, come Anziano, è Li. È nel Consiglio da 2150 anni, come Capo della Difesa".

Zohn annuì: "D'accordo... e Kyle?"

"L'istinto mi dice Mark".

"Non abbiamo mai dovuto sostituire due membri del Consiglio contemporaneamente".

"So che sarà difficile, ma non vedo come potremmo sostituirne solo uno".

"D'accordo... aspettiamo ancora un po', vediamo se Chevalier e Kyle tornano in sé".

**

La guardia Encala aprì per prima la porta della cella di Kyle: "Vai".

"Dove?" Chiese Kyle, uscendo. Fu sorpreso di notare che non c'erano altre guardie.

"Ordini dell'Anziano, siete liberi", disse, aprendo la cella di Dustin.

Dustin uscì e si unì a Kyle: "Così? Siamo liberi?"

La guardia aprì la porta di Jerry, che uscì e attese Chevalier: "Anche il nostro Anziano?"

"Sì, tutti", gli rispose e aprì l'altra cella: "Ora fuori da questo palazzo".

Si scambiarono un'occhiata e poi tutti e quattro sfuocarono fuori dalla città nemica. Una volta abbastanza lontani, rallentarono e poi si fermarono, per decidere che cosa fare.

"Perché diavolo ci hanno semplicemente lasciato andare?" Chiese Kyle, guardando la zona sconosciuta.

"Sospetto che avessero paura a trattenerci ancora. Andava contro troppe leggi", rispose Chevalier.

"E ora?" Chiese Jerry.

"Ora cerchiamo un passaggio per Council City. Non c'è un Clan qui vicino?" rispose Chevalier.

"Sì, quello di Kralen, in effetti... il Clan Okanogan", disse Kyle e sfuocò in avanti, seguito dagli altri. Un'ora dopo, arrivarono alle porte.

"Anziano?" disse la guardia sorpresa, spostandosi.

Senza parlare, Chevalier entrò seguito dagli altri membri del Consiglio.

"Anziano Chevalier, che piacere vederti", disse Lord Dexter, andandogli incontro.

"Ci serve un'auto".

"Subito", disse, poi rimase a bocca aperta vedendo Jerry.

"Che c'è?" Chiese Jerry, stupito.

"Tu... tu sei stato bandito".

"No di certo!"

"Io... io ho visto dove ti hanno seppellito".

L'Archivista emise un basso ringhio.

"Sei... stato sostituito nel Consiglio. Come hai fatto a uscire?"

Chevalier guardò Lord Dexter: "Siamo stati in una prigione Encala per cinque mesi".

"No, no, ti ho visto il mese scorso quando hanno sostituito l'Archivista nel Consiglio".

"Come?" Chiese Kyle: "Siamo appena usciti".

"Vi ho visti lì, tutti, beh.. eccetto Jerry, ovviamente", disse Lord Dexter, confuso.

"Quindi nessuno ci stava cercando?" Chiese Jerry.

"No, perché avrebbero dovuto? Eravate là".

Chevalier sospirò: "Quando ci hai visto esattamente?"

"Il mese scorso, Anziano, e poi ci hanno chiamati per aiutarli a occuparsi di Thukil".

"Che cos'è successo con i Thukil?"

"Quando... beh... quando la Signora... quando lei è sparita... i Thukil hanno sollevato un polverone e il Consiglio ha minacciato di espellerli dagli Equites".

"I Thukil?"

"Sì, Anziano", disse Lord Dexter, scuotendo la testa: "Ma tu eri là".

"Cosa vuol dire quando la Signora è sparita?" chiese Chevalier.

"Lady Emily... è partita con i due figli più piccoli quasi 5 mesi fa e non è più stata vista".

Chevalier guardò gli altri: "Chiama il Consiglio con il tuo cellulare, e usa il vivavoce, in modo che possiamo sentire... chiedi di me".

Lord Dexter esitò un attimo e poi chiamò.

"Consiglio", rispose Zohn brusco.

"Posso parlare con l'Anziano Chevalier?"

"Sono qui", la voce era identica a quella di Chevalier, che guardò gli altri tre, sciocato.

"Mm... non importa", disse Lord Dexter e fece per riattaccare.

"Chi è?" sentirono che urlava Kyle. Il vero Kyle Inspirò bruscamente, guardando Dustin.

Chevalier prese il telefono dalla mano di Lord Dexter e riattaccò: "Hai un elicottero?"

"Sì, Anziano"

"Ci serve un passaggio... atterreremo fuori da Council City ed entreremo di nascosto".

Lord Dexter li condusse all'elicottero. Dustin si mise ai comandi e cominciò i preparativi pre-decollo. Poco dopo erano in volo per Council City.

"Perché diavolo mi hanno bandito?" Chiese Jerry, dopo quasi un'ora di silenzio.

"Non c'è modo di sapere che cosa abbiamo... o meglio... che cosa i nostri... altri hanno fatto", disse Kyle, un po' confuso.

"Emily non risponde", disse Chevalier, chiudendo il cellulare.

"Qualunque cosa sia successa... possiamo rimediare", gli disse Kyle: "Sono sicura che ha avuto paura di qualcosa ed è scappata. La riporteremo indietro".

Chevalier annuì.

"Atterreremo tra venti minuti, dovremo correre per gli ultimi quindici chilometri", disse Dustin, voltandosi.

"Qual è il piano?" Chiese Kyle, guardando Chevalier.

"Prendiamo d'assalto il palazzo e uccidiamo quelli che hanno usurpato il nostro posto nel Consiglio".

"Non fa una grinza".

"Dovremo assicurarci che gli Encala non abbiamo altri Doppelgänger, quando li avremo uccisi", disse Chevalier, guardando fuori dal finestrino.

"Perché pensi che non abbiamo usato quei Doppelgänger quando hanno cercato di catturare Emily, nella foresta?" Chiese Dustin. "Il tempo che ci è voluto per trovare dei sosia di Mark e Silas, e poi la chirurgia plastica..."

"Non lo so, salvo che non volessero rivelare che avevano infranto le leggi e ne avevano tenuti alcuni", suggerì Chevalier.

Dustin fece atterrare l'elicottero accanto all'hangar degli aerei degli Equites e scesero tutti. I quattro heku controllarono in fretta la zona prima di sfuocare verso Council City.

"Anziano", disse la guardia alle porte, anche se sembrava un po' perplesso. Jerry era nascosto dal cappuccio per facilitare il loro ingresso nel palazzo. Temevano che se avessero visto l'Archivista, che era stato bandito, sarebbero stati loro ad essere visti come dei falsi.

Chevalier sorrise ed entrò dalle porte delle città. La gente sbirciava fuori dalle finestre buie e poi sparivano nelle case. Il loro comportamento era anomalo, ma non si dissero niente mentre si avvicinavano.

Derrick aggrottò la fronte quando vide l'Anziano salire le scale: "Oh, Anziano, pensavo fosse già dentro".

"Convoca la Cavalleria", sussurrò Kyle.

"Nel palazzo?" Chiese Derrick, un po' confuso.

"Immediatamente".

Derrick annuì e sfuocò via dall'atrio.

Chevalier ascoltò alla porta e sentì la sua voce che proclamava che chiunque fosse sotto processo doveva essere immediatamente decapitato.

"Attacchiamo al mio tre", sussurrò Chevalier e ottenne dei cenni di assenso dagli altri tre. Jerry si tolse la veste col cappuccio e tutti si chinarono pronti a combattere. Al tre, apparvero istantaneamente nell'aula, di fronte ai loro seggi, pronti alla lotta.

"Che diavolo?!" gridò Quinn, alzandosi. Guardò il Doppelganger di Chevalier.

I falsi Chevalier, Kyle e Dustin sfuocarono verso i loro simili e cominciò il combattimento, ognuno di loro si era scagliato contro quello cui assomigliavano.

Jerry guardò Quinn: "Dov'è il mio?".

Zohn era sciocccato e si alzò lentamente in piedi: "Lui... chi sei?"

L'Archivista salì sul palco del Consiglio: "Siamo stati prigionieri degli Encala per cinque mesi. Dov'è il mio Doppelganger?"

L'avversario di Chevalier sembrava parare ogni colpo e mancare ogni attacco al vero Anziano. Il combattimento era alla pari, troppo veloce perfino per gli occhi degli heku.

Il vero Anziano alla fine riuscì a sentire la carne sotto le mani e gettò il suo Doppelganger contro la parete di pietra, mandandola in pezzi mentre l'imbroglione cadeva a terra. Mentre si avvicinava alla sua controparte, il falso Anziano si lanciò e affondò i denti nel braccio di Chevalier. Quattro mani forti lo staccarono dal suo bersaglio e Chevalier lottò, finché si rese conto che erano Mark e Kralen a trattenerlo.

"Stop!" Gridò Quinn e l'aula cadde in silenzio. La Cavalleria aveva immobilizzato i sette heku e tutti guardavano il consiglio.

Zohn si alzò: "Sarete trattenuti finché non capiremo che cosa sta succedendo".

"Dov'è Emily?" disse il Doppelganger di Chevalier, guardando il Consiglio.

"Stai zitto!" ringhiò Chevalier e cercò di attaccarlo ma fu trattenuto.

"Smettetela", sibilò Quinn: "Basta, finché non riusciamo a sbrogliare la situazione".

Dustin ringhiò e la sua immagine tremolò e divenne un lupo. Dopo qualche secondo, l'illusione svanì e guardò il suo Doppelganger: "Provaci".

Il falso Dustin urlò: "Non sai contro chi ti stai mettendo".

"Lasciatelo andare", disse Quinn alle guardie che trattenevano il vero Dustin, che si voltò di colpo e staccò la testa al suo sosia. Una volta fatto, Dustin si sistemò la camicia e andò accanto al vero Chevalier.

"Facile", disse Zohn, poi si rivolse al falso Kyle: "Incenerisci l'altro Kyle".

"Non devo provare niente", gridò quello all'Anziano.

"Chiedilo a me", sibilò il vero Kyle, fissando il Doppelganger.

"Fallo", ordinò Zohn.

I Cavalieri lasciarono andare Kyle, che mise la mano in tasca e ne tolse lo stiletto.

"No! Questo non prova niente", urlò il falso Kyle, un attimo prima di diventare cenere.

"Vai al tuo posto, Kyle", disse Zohn, guardando Jerry e i due Chevalier identici.

Quinn batté la penna sulla scrivania mentre rifletteva: "Ok, allora... prima di... andarsene... Emily forse non si sentiva bene. Qual era il problema?"

Il Doppelganger sogghignò: "Vomitava sangue".
"Cosa?!" Ringhiò Chevalier.
"Prima di quello", disse Zohn, guardando il vero Chevalier.
Lui sospirò e aggrottò leggermente la fronte: "Era vero, allora?"
"Che cosa era vero?"
"È incinta?"
"Portatelo in prigione", disse Quinn alle guardie che tenevano il Doppelganger di Chevalier.
"Non lo sappiamo", disse Zohn, poi guardò Jerry: "Questo è più difficile".
"È rimasto in prigione con noi, negli ultimi cinque mesi", spiegò Chevalier.
"Allora, chi abbiamo proscritto?" chiese Quinn, con una smorfia.
Il nuovo Archivista si alzò e si inchinò: "Ritorno rispettosamente al mio Clan e restituisco la posizione al suo legittimo proprietario".
Jerry annuì: "Grazie"
"Dov'è?" chiese Chevalier, ancora in piedi nell'aula.
"Non lo sappiamo. Non riusciamo a trovarla", disse Mark, dietro di lui: "Sono mesi che la cerchiamo".
"Perché se n'è andata?"
Mark guardò Zohn.
Zohn si schiarì la gola: "Tu... beh... dannazione. Siamo rimasti qui e abbiamo lasciato che succedesse".
Quinn si guardava le mani, troppo furioso per parlare.
"Ditemelo", sussurrò Chevalier, con la rabbia che cresceva.
"Tu... il tuo Doppelganger... l'ha buttata fuori dal palazzo", sussurrò Zohn, e si sedette.
"Possiamo chiamarla e farla tornare, dirle che non ero io".
"C'è di più", disse l'Investigatore Capo.
Nelle due ore seguenti, Mark e il Consiglio lo misero al corrente di quello che era successo da quando era arrivato il Doppelganger a quando Emily era uscita dal garage. Chevalier si lasciò lentamente sprofondare nella sua sedia e si prese la testa tra le mani, mentre gli raccontavano in dettaglio i maltrattamenti che Emily aveva subito per mano del suo Doppelganger, ogni insulto, ogni commento sarcastico, mentre la sua rabbia cresceva.
"Avremmo dovuto capirlo, quando l'anello non è venuto via", disse Zohn a Quinn.
"Oppure quando ha cercato di picchiarla".
"Fate venire i Powan, i Thukil e il clan Buffalo... la Cavalleria e le guardie di palazzo... trovatela, sibilò Chevalier.
"Dite ai Thukil che avevano ragione. Sono liberi da qualunque sospetto o messa in prova", disse Zohn.

Mark annuì e sfuocò via.

"Non ha chiamato nemmeno una volta?" Chiese Kyle: "Quando se n'è andata, l'altra volta, aveva chiamato".

"Non ci chiamerà", disse Chevalier, ancora troppo scioccato per muoversi: "Quando se n'è andata l'altra volta, è stata una sua scelta... questa volta... non chiamerà".

"Avete chiesto ad Allen?" Chiese Dustin.

Quinn scosse la testa: "Abbiamo fatto almeno una cosa giusta".

"Che cosa?" chiese Chevalier.

"Abbiamo mandato Silas a parlare con Allen. Gli abbiamo proibito di parlare all'altro Chevalier delle telefonate di Emily. Gli abbiamo detto di tenere segreta l'informazione, finché due Anziani non avessero votato il contrario", spiegò Zohn.

"Fate venire immediatamente Allen", sussurrò Chevalier e qualche minuto dopo l'elicottero decollò dal tetto diretto al Clan dell'Isola.

Kyle si alzò lentamente: "Voglio andare anch'io a cercarla".

Quinn annuì: "Puoi andare".

Chevalier si rimise diritto: "È ora che ci occupiamo degli Encala".

"Sono d'accordo, ci vuole un'azione immediata", disse Quinn.

"Avete detto che il mio Doppelganger ha suggerito a Emily di unirsi ai Valle?"

"Sì".

"Li avete contattati?"

"Sì".

"Hanno dichiarato la verità", gli disse l'Inquisitore capo: "Non sanno dov'è e la stanno cercando anche loro".

"Annullate l'ordine di cercare Emily, convocate i Clan dal livello 3 in su... andiamo in guerra", sibilò Chevalier, sfuocando dalla stanza.

Zohn e Quinn fecero entrambi un cenno di assenso.

Chevalier apparve nella sua stanza. I camini erano spenti e le lampade coperte di polvere. La stanza era fredda e buia. Accese le lampade e vide che quasi tutte le lampadine erano fulminate. Sentiva ancora traccia dell'odore del sangue di Emily e quando entrò in bagno, vide che non era stato pulito da che lei se n'era andata.

Si sedette sul letto e fece scorrere le dita su alcuni vestiti che Emily stava piegando. Guardandosi attorno, il cuore si fece pesante e la rabbia aumentò. Apparve istantaneamente nella prigione.

"Dov'è?"

La guardia deglutì forte e sussurrò: "Fila 9, cella 8".

Entrambe le guardie si ritrassero verso la scala, timorose perfino di stare accanto a Chevalier quando il suo volto era scuro come in quel momento.

Quattro ore di tortura dopo, Derrick entrò e si schiarì la voce.

Chevalier lo guardò: "Che c'è?"

"È arrivato Allen, Anziano".

"Riportatelo in cella", disse Chevalier e sfuocò nella sala del Consiglio. Si sedette e vide Allen in piedi nell'aula.

"Sono venuto, come richiesto".

"Tutti e tre gli Anziani ritirano l'ordine precedente".

"Mi hanno informato", disse Allen a Chevalier.

"Dov'è?"

"Non vuole dirmelo".

"Ma ti chiama?"

"Sì, tutte le settimane".

Chevalier sospirò: "È incinta?"

Allen lo guardò sorpreso: "Non me l'ha detto".

"Che cosa dice? Come sta?"

"È stata operata due giorni dopo aver lasciato il palazzo".

"Per che cosa?"

Allen si agitò un po': "Ulcera perforata".

Chevalier si chinò in avanti: "Continua".

"Tutto quello che dice è che stanno bene. Però c'è qualcosa che sta succedendo con Dain che mi preoccupa, e ho cercato di convincerla a lasciarlo vedere da un heku".

"Come?"

"Dice che è cresciuto moltissimo ultimamente e che questo gli causa parecchio dolore. Penso che, quando il dolore è forte, lei debba tenerlo fermo e lui si infurii quando è al culmine".

Chevalier guardò gli altri Anziani: "Che cosa potrebbe essere?"

"Dolori di crescita?" suggerì Zohn.

"La trasformazione da bambino a heku adulto?" aggiunse Quinn.

"Qualunque cosa sia, fa male alla mamma e lei dice che quando il dolore passa, lui dorme per giorni. Quando si sveglia, è più grande", spiegò Allen.

"Progredisce anche intellettualmente?" chiese Chevalier.

"Sì, la mente cresce insieme al corpo".

"In che senso le fa male?"

"Si dibatte, graffia, morde, quel genere di cose".

"Ogni quanto succede?"

"È già successo due volte da quando se n'è andata".

"Hai cercato di rintracciare il suo cellulare?"

Allen annuì: "Sì, ma lei usa internet e fa in modo che il numero appaia in giro per il mondo. Non c'è modo di rintracciarla usando il suo telefono".

"Dobbiamo trovarla, quando chiamerà...".

Allen lo interruppe: "Non posso parlarle di te".

"Perché no?"

"Nell'attimo in cui ti menziono, lei riattacca. Se voglio parlarle per un po', devo tenerti fuori dal discorso".

"Quando chiama?"

"La domenica sera".

Chevalier sospirò: "Quindi chiamerà stasera".

"Sì, normalmente verso le sette". Gli disse Allen.

"Ti ha riferito quello che le avevo detto?"

"No, non vuole parlare di te, in nessun modo".

"Noi andiamo a preparare le truppe", disse Quinn. "Perché tu non aspetti la telefonata?"

Chevalier si sedette accanto ad Allen mentre il resto del consiglio faceva i preparativi. Due ore e mezzo dopo, il telefono di Allen suonò. Come d'accordo, Allen avrebbe usato il vivavoce e Chevalier avrebbe ascoltato in silenzio.

"Mamma?" Chiese Allen.

"Sì, sono io, come stai?" Chiese Emily. Chevalier si sentì sprofondare, sentendo la sua voce. Era proprio la sua, ma stanca e tirata.

"Noi stiamo bene, mamma. Sono più preoccupato per te".

"Stiamo bene, Allen. Sono solo stanca".

"Mi manchi tanto. Per favore, ripensaci e dimmi dove sei".

"No, non ti metterò nella posizione di dover mentire a tuo padre", la voce era incrinata.

"Mi sembri malata. Sei sicura di star bene?"

"Sì, sto bene. È successo ancora ieri sera".

"Con Dain?"

"Sì. Non so che cosa fare. Non posso portarlo in ospedale, ma soffre talmente tanto".

"Si è già svegliato?"

"No, ma quando si sveglierà, sarà alto come me".

Allen sospirò: "Diventerà troppo grosso perché tu riesca a tenerlo".

"Lo è quasi... diventerà alto, come...". Tacque di colpo. Non riusciva a parlare di Chevalier.

"Quanti anni avevo quando ho raggiunto la tua statura?"

"Avevi otto anni, ma non hai mai avuto questi dolori".

"Forse perché lui è completamente heku, come se fossero dolori di crescita", disse Allen, riportando quello che avevano detto gli Anziani.

"Forse, è così forte. Non lo riconosceresti nemmeno", disse Emily. "Giuro che se sbatti le palpebre, lo trovi cresciuto di trenta centimetri.

"Come fai a nutrirlo?"

Ci fu una pausa: "Manchi tanto anche ad Alexis. È stata tutta presa dai suoi studi".

Allen guardò suo padre.

Chevalier sussurrò, troppo piano perché Emily sentisse: "Chiedile se è stata aggredita dagli heku".

"Allora... hai visto qualche heku?"

"No, nemmeno uno".

"Temevo che avrebbero potuto aggredirti".

"Il ranch è sicuro, niente heku qui".

"Allora hai comprato un ranch?" Chiese Allen.

"Come sta Miri?" Chiese Emily, ignorando la sua domanda.

"Mamma...".

"Non farlo, Allen".

Allen sospirò.

"Hai visto i cavalli, a Council City?"

"No, è un po' che non ci vado".

"Mi domandavo se qualcuno se ne occupa".

"Sono sicuro di sì", disse Allen, dando un'occhiata a Chevalier.

"Non ero io, Em", le disse Chevalier. Sospirò quando cadde la linea.

"Voglio partecipare a quest'attacco". Disse Allen a suo padre.

"Molto bene, andiamo", gli rispose Chevalier e uscirono all'esterno, dove duemila heku erano riuniti in file perfette e ascoltavano Zohn che parlava dei piani di attacco.

"Anziani", disse Derrick, sfuocando da loro: "I Valle vogliono partecipare".

"Come diavolo fanno a saperlo?" chiese Quinn.

"Non lo so, Anziano. Hanno chiamato e insistono per venire anche loro".

Zohn si rivolse a Quinn: " Aumenterebbe parecchio il nostro numero".

"Già, e ci farebbe alleare con loro".

"Non abbiamo bisogno del loro aiuto", disse Chevalier: "E certamente non ci serve un'alleanza con loro".

"Hai ragione, sono sicuro che siamo abbastanza forti da prendere facilmente la loro città", disse Zohn.

"Richiamali", disse Chevalier a Mark: "Questa è la nostra guerra... è il nostro Consiglio che è stato sequestrato".

"Di' loro di concentrarsi su Emily", aggiunse Zohn.

"Sì, Anziano", disse Derrick, scomparendo.

"Cominceremo a trasferire le truppe in mattinata. Formate i battaglioni secondo il piano di attacco Omicron", gridò Zohn. Gli heku si divisero in sei gruppi e gli ufficiali superiori cominciarono a ripassare le strategie e le procedure.

"Io mi occupo del battaglione 4", disse Quinn, andando verso il suo gruppo.

"Io prendo il sei", disse Zohn.

"Allen, tu puoi far parte del mio battaglione", disse Chevalier e si spostarono verso il gruppo 1.

Invasione

Chevalier si portò davanti al suo gruppo, con il Comandante di Cavalleria Horace. Allen si mise in fila, in fondo, per ascoltare le istruzioni.

"Ci muoveremo per primi", disse loro Horace: "Ci sono state affidate le porte della città e le ultime poche case, dove alloggiano gli ufficiali superiori delle Guardie di Città. Ci aspettiamo che il Consiglio Encala vada via immediatamente, il nostro obiettivo... è arrivare al palazzo e prenderne il controllo".

"Prenderemo il primo elicottero e controlleremo l'area di atterraggio, mentre tutti si trasferiranno nello stato di Washington" spiegò Horace. "Dovremmo avere 2000 soldati sul posto entro domani sera. Altri 1500 si uniranno a loro nel punto di raccolta. Correranno tutti insieme gli ultimi quaranta chilometri fino alla città principale degli Encala".

Chevalier li osservava attentamente. La mente era concentrata completamente sull'annichilimento di quelli che l'avevano tenuto prigioniero. Qualunque pensiero riguardo a Emily era stato messo da parte, accuratamente nascosto dietro i sentimenti di risentimento verso la fazione nemica.

Horace camminava lungo la prima linea: "Poiché siamo il battaglione numero 1, ci occuperemo di spazzar via le Guardie alle Porte. Poi il nostro obiettivo sarà di accertarsi chi sarà rimasto indietro, del loro Consiglio, chi guida le forze di difesa e la penetrazione iniziale nel palazzo".

"Quando saremo entrati, vi dividerete in squadre e occuperete i piani che vi sono già stati assegnati. Questi piani saranno responsabilità vostra e vi assicurerete che siano ripuliti da ogni essere vivente. Le Guardie di Palazzo devono essere imprigionate. Tutti gli altri devono essere uccisi immediatamente".

Horace diede un'occhiata a Chevalier e poi riportò l'attenzione sul suo gruppo, quando l'Anziano non ebbe nulla da aggiungere: "L'Anziano avrà la responsabilità di occuparsi degli Ufficiali Superiori, e degli eventuali membri del Consiglio rimasti. Non devono essere toccati. Lasciate che pensi l'Anziano a interrogarli. Quando il vostro piano è sicuro e tutti gli Encala sono stati uccisi, manderete un membro della vostra squadra a notificarmelo".

Kralen apparve davanti alla prima fila e cominciò a distribuire delle fasce da braccio. Ogni battaglione ricevette un diverso colore.

"Comandante?" Chiamò una delle guardie.

"Sì, Dale ?"

"Che cosa dobbiamo fare se troviamo la Signora?"

Horace si rivolse a Chevalier: "Si sospetta che gli Encala abbiano catturato Emily?"

Chevalier scosse leggermente la testa e fissò la guardia: "Non riteniamo che l'abbiamo gli Encala ma se la trovate, tenetela dov'è e chiamatemi".

"Sì, Anziano", rispose la guardia, tornando in formazione.

Mentre cadeva la notte, i comandanti della Cavalleria continuarono a dare istruzioni e a rispondere alle domande. Zohn e Quinn dovevano rimanere con il Consiglio, nel palazzo, finché fosse finito l'attacco. Solo Chevalier si sarebbe unito agli heku per combattere. Kyle era ancora via, a cercare Emily e Mark stava tornando dall'Ohio per unirsi ai combattimenti, ma sarebbe arrivato solo più tardi quella notte. Silas stava dando le istruzioni al battaglione di Mark.

Quando si avvicinò l'alba, l'atmosfera sul prato cambiò. Gli Equites erano pronti alla battaglia e cresceva l'eccitazione. Quattro elicotteri Chinook Ch-47 atterrarono sul prato ovest e spensero i motori. I massicci elicotteri neri erano stati svuotati e potevano portare ciascuno 100 heku. I piloti, copiloti e tecnici di bordo si avvicinarono per parlare con Chevalier.

"Ordini, Anziano?" Chiese il primo pilota, quando si furono riuniti.

"Trasferiteli in fretta. Atterrate esattamente dove è indicato sulla cartina e poi venite immediatamente a prelevare altre truppe. Abbiamo duemila unità che devono arrivare sul posto entro domani sera", disse Chevalier.

"Sì, Anziano", rispose e si inchinò prima di tornare al suo elicottero

Mark trovò Chevalier tra le migliaia di heku: "Anziano, un momento per favore".

Chevalier seguì il Generale, allontanandosi un po' dalle truppe: "L'hai trovata?"

"No, Signore, ma ho trovato le ceneri di un heku".

"Dove?"

"Fuori Dayton, nell'Ohio. Non lo abbiamo ancora fatto rivivere perché Kyle è via", disse Mark: "Ho effettuato un controllo, ci sono sedici ranch equini entro cento miglia da Dayton. Nove sono di proprietà della stessa famiglia da molto tempo. Ne rimangono sette che sono stati comprati negli ultimi vent'anni".

"Qualcuno l'anno scorso?" Chiese Chevalier.

"No, Anziano, ma non so se l'aveva già prima di andarsene... forse un'altra delle sue case segrete".

"Vero".

"Sarebbe utile sapere quanti soldi aveva, in modo da fissare un limite per il valore della proprietà".

Arrivò Zohn e si unì a loro.

"Vediamo quanti soldi ha usato", disse Chevalier, prendendo il telefono.

Zohn si rivolse a Mark: "Non mi limiterei ai ranch equini. Una volta aveva le mucche, ma mi sembra di ricordare che avesse un'avversione per le pecore".

"Buona idea", disse Mark e guardò Chevalier.

"Ha prelevato 534.000 dollari dal conto. Guarda se trovi una proprietà di quel valore".

"Potrebbe non funzionare" disse Zohn: "Tu... o.... lui... gli avete detto che rivolevate tutto quello che tu o gli Equites le avevano dato".

"Sì, e allora?"

"Allora... le erano rimasti 34.000 dollari dalla vendita del ranch nel Montana, dopo aver pagato i debiti, e 500.000 dollari dall'assicurazione di Keith. Ha prelevato dal conto quello che era suo e ha lasciato tutto quello che ci avevi messo tu".

"Aveva anche tutto quello che le aveva lasciato Exavior", aggiunse Allen.

"No, si rifiutava di usare quei soldi. Il libretto di banca è ancora nella cassaforte in camera", gli disse Zohn. "Ha esattamente 534.000 dollari".

Chevalier sospirò: "Accidenti, hai ragione... quindi non c'è modo di dire quanto ha speso per il ranch e quanto ha lasciato per le spese vive".

"Non possiamo nemmeno usare il conto per rintracciare dove ha fatto gli acquisti".

"Lo sapevo. Emily sa benissimo che sarebbe facile rintracciarlo".

"Lasciami parlare con il Capo delle Finanze e vedere se può aiutarmi a capire dove sono stati spostati i 500 bigliettoni, e poi vedere se riusciamo ad accedere a quel conto", disse Mark e poi sussurrò: "Vuoi che mi inserisca nei suoi conti?"

Chevalier rifletté un momento: "Sì, se ci riesci. Fatti aiutare da Allen, se serve".

Mark annuì e poi si tornò al battaglione numero due: "Lo farò appena ritorniamo".

Chevalier fu il primo ad arrampicarsi nel Chinook da trasporto e una volta che il battaglione fu caricato, decollarono per il viaggio di tre ore. Gli elicotteri atterrarono senza incidenti in un grande campo e poco dopo, l'area fu piena di heku ansiosi, che controllavano i dintorni per assicurarsi che il campo di atterraggio fosse sicuro.

La sera seguente, 3500 Equites erano pronti a percorrere i quaranta chilometri che li separavano da Encala City. Chevalier e Horace fecero strada con il loro battaglione, incluso Allen. Quando arrivarono, iniziò subito il combattimento con le Guardie alle Porte, mentre suonava l'allarme in città. Ci vollero solo 10 minuti perché l'elicottero degli Encala decollasse dal tetto, portando fuori pericolo il Consiglio Encala.

Chevalier rimase accanto ad Allen mentre si aprivano la strada a graffi e morsi attraverso il nemico, combattendo con il loro battaglione per arrivare al palazzo. Il sangue inzuppava le strade Encala e le case, già incendiate una volta, bruciavano di nuovo e il fumo riempiva il cielo, nascondendo il sole. Chevalier sentì Horace gridare al suo battaglione di lasciare il combattimento e dirigersi al palazzo, la strada era libera.

Chevalier e Allen corsero a fianco a fianco verso il massiccio edificio di pietra, uccidendo tutti quelli che incontravano. Erano entrambi coperti di sangue e stavano guarendo dalle ferite quando l'intero battaglione arrivò al portone del palazzo. Cominciarono a scalare le pareti dell'edificio, perché le porte e le finestre erano coperte da sbarre di ferro. Arrivati al tetto, si raggrupparono e si guardarono attorno. Restava un elicottero Blackhawk e la porta verso il palazzo era leggermente aperta.

"Questo bidone finirà nel lago". Disse una delle guardie, mettendosi ai comandi. Decollò, continuando a sorridere mentre gli altri osservavano la porta.

"Sarà una trappola?" Chiese Horace a Chevalier.

"Sì... chi è tanto stupido da lasciare senza protezione una porta, durante un attacco?"

"Squadra quattro, entrate", ordinò Horace. Lui e l'Anziano guardarono dieci heku che si avvicinavano attentamente alla porta e quando uno la aprì, gli altri nove si precipitarono dentro. Ne uscirono poco dopo.

"Niente, Signore", disse il primo.

"Dentro", ringhiò Chevalier e il battaglione uno sfuocò dentro il palazzo nemico. L'Anziano osservò le squadre che si distribuivano per tutto il palazzo, uccidendo i servitori e cercando qualcuno del Consiglio e gli ufficiali superiori. Chevalier aspettò notizie del battaglione che stava occupando il palazzo, fermo, all'ultimo piano.

"Signore", disse Horace, sfuocando verso Chevalier. "Tutti e tre gli Anziani sono andati via e non è rimasto indietro nessuno del Consiglio... abbiamo due Generali e quattro Capitani confinati al quarto piano".

Chevalier annuì e scese le scale. La sua aura era minacciosa e irradiava cattiveria pura. C'erano corpi di servitori per tutto il palazzo e Chevalier diede, noncurante, un forte calcio a una delle teste gettandola contro la parete e sorridendo al rumore nauseante che fece spaccandosi e imbrattando il pavimento.

"Il piano due è libero", disse una delle guardie a Chevalier e Horace, poi tornò precipitosamente giù al suo piano.

Prima che Chevalier arrivasse dai comandanti dei nemici al quarto piano, tutti gli altri piani avevano già fatto rapporto, eccetto quelli che stavano svuotando la prigione degli Encala. I comandanti erano inginocchiati accanto alle truppe Equites appostate al quarto piano.

Chevalier andò dal primo e gli diede immediatamente una ginocchiata sul mento, rompendogli la mascella: "Dov'è andato il vostro Consiglio?".

Quello accanto ringhiò: "Non lo sappiamo".

Chevalier scrollò le spalle: "Ok, allora tu per primo".

L'Anziano si piegò e sbatté forte il pugno dentro il petto del nemico. L'heku cominciò a gridare mentre Chevalier gli estraeva il cuore che batteva ancora e lo gettava sul pavimento, dibattendosi mentre il sangue si raccoglieva intorno a lui.

"Non lo sappiamo", gridò uno dei Capitani, cercando di alzarsi, ma fu spinto con violenza sulle ginocchia.

"Abbiamo occupato il vostro palazzo, la vostra città è in rovine... se vuoi salvarti la vita ti suggerisco di cominciare a dirci dove potrebbe essere il vostro Consiglio", sibilò Chevalier.

"Non ci dicono dove stanno andando... ci hanno solo detto di tenere il palazzo".

"Che buon lavoro avete fatto!", disse Chevalier con un sogghigno e poi ordinò alle guardie: "Dissanguatelo".

"Come? No!" Gridò l'heku mentre quattro paia di denti affondavano nella sua carne dura.

Chevalier si accucciò accanto a uno dei Capitani: "Sei silenzioso".

"Niente che possa dire cambierà il fatto che stai per uccidermi", disse, scuro in volto.

"Ah, giusto", disse Chevalier, alzandosi. Andò dall'ultimo Generale e abbassò lo sguardo si di lui: "Suppongo che nemmeno tu ci sarai di molto aiuto, vero?"

"Non sappiamo dov'è il Consiglio".

"Lo immaginavo. Solo è divertente torturarvi", rispose con un sorriso. L'heku dissanguato fu lasciato andare dagli Equites e cominciò ad ansimare e a guardarsi intorno, famelico. La pelle stava diventando grigia e il corpo cominciava a tremare per la sete.

"Andate a cercarmi un po' di sangue", disse Chevalier e una delle guardie si allontanò sfuocando.

Chevalier staccò le teste del rimanente generale e dei due Capitani, lasciando solo il Generale morente, il Capitano dissanguato e un ultimo Capitano Encala che lo guardava a occhi sbarrati. Gli Encala conoscevano il carattere e la rabbia furiosa di Chevalier, ma nessuno ne era stato testimone, negli ultimi vent'anni. Non lo consideravano più un tiranno crudele e un guerriero senza pietà, ma questi Encala si rendevano conto che, senza Emily, Chevalier era tornato quello di sempre.

"Uccidimi e facciamola finita", ringhiò il Capitano.

"Oh, non sarebbe divertente", gli disse Chevalier. Si avvicinò e guardò l'heku che si ritraeva. Prima che il nemico potesse reagire Chevalier si era chinato e gli aveva staccato un braccio. L'heku cominciò a gridare.

"Il sangue, Anziano", disse una delle guardie. Chevalier prese la sacca di sangue e guardò il Capitano dissanguato: "Sete?"

L'heku grigiastro sibilò e si mise in posizione d'attacco.

Chevalier sorrise malizioso: "Vieni a prenderlo".

L'heku si lanciò contro Chevalier e sbatté contro il muro di pietra quando l'anziano fece abilmente un passo di lato, continuando a tenere alzata la sacca, perché l'heku la vedesse: "Mi hai mancato... pensavo che avessi sete".

"Basta, non c'è motivo di torturarlo", disse il Capitano.

"Oh, sì che c'è... sono stato tenuto prigioniero cinque mesi da voi. Qualcuno deve pagare".

"Non puoi ritenerci responsabili per quello che i nostri Anziani ci hanno ordinato di fare".

"Sì che posso", gli disse Chevalier e si spostò di nuovo quando l'heku grigiastro si lanciò ancora verso la sacca di sangue.

Il Generale heku senza più il cuore emise un lamento gutturale e Chevalier lo guardò: "Hai detto qualcosa, parla, ragazzo".

"Uccidilo e falla finita", gridò il Capitano.

"No", gli disse l'Anziano, poi si rivolse alle sue guardie: "Chiunque tenga la sala del Consiglio... diteglì di cominciare a farla a pezzi".

"Sì, Anziano", rispose uno degli Equites e si inchinò prima di sparire.

Si cominciò immediatamente a sentire forti tonfi provenire dalla sala del Consiglio e Chevalier sorrise al Capitano.

"È disgustoso", gridò l'Encala.

"Lo immagino... comunque non avreste mai dovuto permettere al nemico di entrare nel vostro palazzo".

"Anziano", disse Silas salendo le scale: "Abbiamo scoperto come togliere le sbarre di sicurezza al palazzo e la città è quasi sgombra. I battaglioni tre, quattro e cinque aspettano fuori di poter entrare".

"Aprite tutto, fateli entrare a liberarsi di un po' di frustrazioni... distruggete questo edificio", ordinò Chevalier.

Silas sorrise, si inchinò e poi scomparve.

"Mi sto annoiando", disse Chevalier e staccò la testa al Capitano famelico.

"Uccidimi! Falla finita!", sibilò l'ultimo Capitano rimasto. Il sangue aveva smesso di uscire dal braccio mancante e la pelle aveva già ricoperto quell'area.

"No, tu sarai il mio nuovo giocattolo", disse Chevalier e rivolto a una delle guardie: "Assicurati che sia portato, illeso, a Council City e messo in prigione".

"Sì, Anziano", rispose la guardia e portò via il Capitano.

Chevalier guardò il Generale che stava soffrendo. La pelle era ricresciuta sul torace ma il dolore sul volto era intenso mentre il corpo si sforzava di vivere senza il cuore: "Tu... penso che ti lascerò qui così".

La schiena del Generale si inarcò quando il dolore aumentò.

"Anziano, in città abbiamo finito", disse il Capitano Thukil Darren, arrivando: "Le case sono in rovina o stanno bruciando. Pensiamo che siano sfuggiti solo circa 400 heku, il resto è stato ucciso".

Chevalier sorrise: "Avvisate i Valle e il nostro Consiglio che abbiamo occupato Encala City e che il suo palazzo è ora sotto il nostro controllo. Assicuratevi che i Valle sappiano che non tollereremo nemmeno loro entro le mura della città, in questo momento".

"Sì, Anziano", disse Darren, scomparendo per fare le chiamate.

"E ora, Anziano?" Chiese Horace: "Non abbiamo mai occupato un palazzo, prima d'ora".

"Ora lo teniamo. Gli Encala invieranno richieste di aiuto e i Clan cominceranno ad arrivare... noi li terremo fuori".

"Sì, Anziano", rispose, andando ad allertare le truppe.

***

Chevalier era seduto al posto dell'Anziano Encala William, nella sala del Consiglio. Aveva i piedi appoggiati su quello che restava del tavolo e ascoltava quello che succedeva intorno a lui, cercando di capire da dove stava arrivando il nuovo attacco degli Encala.

"Papà?" disse Allen, avvicinandosi.

Chevalier guardò suo figlio.

"È quasi ora della chiamata della mamma".

Lui annuì: "Ascolterò ancora"

"Lo immaginavo, ecco perché sono qui", disse Allen, spazzando via i detriti da un'altra sedia prima di sedersi. Qualche minuto dopo suonò il telefono: "Ciao mamma".

"Ciao, come stai?"
"Sto bene. Sono qui, annoiato, sull'Isola, ecco tutto".
"A me sembra piacevole. Io sono stata così occupata"
"A fare che cosa?"
"Un po' di tutto. Mi sto preparando per una vendita di cavalli ed è quasi ora di raccogliere il fieno".
"Sembra divertente. Come sta Dain?"
"Sta bene. È piuttosto fiero di sé perché è più alto di me", rispose, sembrando divertita.
"Ci scommetto... e Alex?"
"Sta studiando. Ho dovuto assumere un tutore. Ho cercato di farle frequentare una normale scuola, ma non ha funzionato".
"Sapevo che non avrebbe funzionato".
Ci fu una breve pausa.
"Allora... non c'è niente di nuovo?" chiese Emily.
"Veramente no", disse Allen, sorridendo a Chevalier: "Solo roba da heku".
"Ok, ok, stai studiando ancora?"
"No, papà mi ha permesso di fare un tentativo con lo staff di guardia del Clan dell'Isola".
"Ehi, stai attento. Io non mi fido di loro".
"Lo so, ma vorrei che lo facessi".
"Beh, stai attento con loro. Preferirei che non ti unissi allo staff di guardia... non potresti fare qualcos'altro?"
Allen sorrise: "Immagino di sì, ma non ho voglia".
"Allora unisciti ai Thukil e vai in Cavalleria, piuttosto".
"Mamma... a me e a Miri il Clan dell'Isola piace e voglio far parte delle guardie di papà".
"Mi piacerebbe avere i miei cani. Sai se se ne sono presi cura?" chiese Emily.
Allen sospirò: "Sono stati..."
"Cosa?"
"Il falso papà... li ha fatti uccidere".
"Cosa?!" disse Emily, senza fiato.
"Mi dispiace. Non l'ho scoperto finché non era successo, altrimenti li avrei presi io".
"Smettila con quella stronzata del falso papà. Non ho proprio voglia di sentirla".
"Ok", sussurrò. Sapeva che se avesse insistito, lei avrebbe riattaccato: "C'è un modo per incontrarci, solo tu ed io?"
"Stavo cercando di scoprire il modo migliore per farlo. Mi manchi tanto".
"Dimmelo e non lo dirò a papà".

"Te l'ho detto, non farò niente che ti obblighi a scegliere tra me e lui. Ci penserò e troverò una soluzione".

"Almeno usiamo una webcam domenica prossima, mi piacerebbe vederti".

Ci fu una breve pausa e quando parlò, Emily stava ridendo piano: "Vuoi solo verificare se ho qualche ferita, vero?".

"No, non ferite... o... voglio solo vederti", le disse Allen.

"Bene, la settimana prossima useremo una webcam".

Allen sorrise: "Non vedo l'ora".

"Sarà meglio che vada: "Dain si sta lamentando che ha sete, accidenti, beve un sacco".

"Allora come fai a nutrirlo?"

"Alexis vuole parlare con te. Non posso ancora fidarmi di lei, ma so quanto le manchi".

"Mamma, ho ancora una domanda".

"Ok", chiese, incerta.

"Corre la voce, tra gli Equites, che tu fossi incinta quando sei andata via".

"So che sta ascoltando", disse Emily, con la voce improvvisamente rabbiosa: "Allora, Chevalier, fatti i fottuti affari tuoi".

Allen guardò suo padre quando Emily riattaccò.

"Quando torni sull'Isola?"

"Questa sera".

"Fammi sapere se chiama".

"Sì...", Allen smise di parlare quando suonò di nuovo il telefono. Rispose in vivavoce: "Mamma?"

"No", rispose Alexis

"Alex. Per favore dimmi dove siete", disse Allen sciocato.

"Non posso", disse sussurrando ancora più piano. "Non voglio tradire la mamma... ma qui ci sono dei problemi".

"Problemi a causa degli heku?"

"Mortali, per lo più. Non so che cosa sta succedendo, ma la mamma continua a essere aggredita dai mortali".

"Per lo più?"

"Sì, per lo più".

"Quindi ci sono stati anche attacchi di heku?" Chiese Allen.

"È irritante come i mortali continuino a cercarla e finiscano per passare i limiti", sussurrò Alexis.

Allen sospirò: "Sospettiamo che anche i mortali siano attratti dal profumo Winchester. Solo che non lo sanno"

"È stata aggredita violentemente ieri sera. Uno dei braccianti del ranch l'ha attaccata con un coltello... se Tucker e Pelton non si fossero fatti vivi, non so che cosa sarebbe successo".

"Chi sono Tucker e Pelton?"

Alex rimase zitta qualche secondo: "Non te lo posso dire".

"Mamma ha un fidanzato?"

"No, stai scherzando? I suoi dipendenti hanno una paura matta di lei. Loro due sono solo aiutanti che sono anche buoni amici".

Allen scrollò le spalle: "Che cosa vuoi che faccia? Non vi posso aiutare se non so dove siete".

"Alexis?" disse Chevalier.

"Oh mio Dio, Papà?"

"Puoi parlare tu alla mamma? Deve capire che cos'è un Doppelganger.

"Non posso. Si chiude a riccio se qualcuno parla di te".

"Per favore, tenta. Non ero io... le cose che si sono state dette e che lei pensa abbia detto io, niente di quello veniva da me".

"Lo so e tenterò... ma è piuttosto cattiva".

"Cattiva?" chiese Chevalier.

"Sì, va fuori dai gangheri in un attimo. È severa con i dipendenti e li punisce per un nonnulla. Hanno tutti paura di lei e c'è un continuo ricambio di personale. Gli unici che sono rimasti con noi per tutti i quattro i mesi sono Pelton e Tucker".

"Allora cerca di non correre rischi".

"Dain è grosso, papà... come... grosso da far paura e segue la mamma dappertutto, non lascia avvicinare nessuno. E' sconvolto perché durante l'aggressione, ieri sera, era in casa con me e non con lei. Sospetto che adesso non perderà mai di vista la mamma", spiegò Alexis.

"Come si comporta Dain con lei? Lei lo irrita, lo fa arrabbiare?" Chiese Allen.

"No, Dain la adora".

"Per favore, Alex, dove siete?"

"Sta arrivando", sussurrò Alexis e riattaccò.

"Io torno sull'Isola", disse Allen quando Chevalier si sedette e a riflettere. Suo padre si limitò ad annuire e Allen uscì.

Ritorno Alla Normalità

Chevalier teneva stretta la mano della donna e affondò i denti nel suo polso. Lei ansimò quando sentì il dolore dei denti e poi cominciò a rilassarsi. Quando finì, Chevalier le gettò 100 dollari sul tavolo e uscì senza una parola.

"Accidenti, quello fa male quando morde", si lamentò quando Chevalier fu fuori dalla stanza, ma lui la sentì e sogghignò.

Tornò alla Humvee e si allontanò in fretta dalla casa dei donatori. Non gli importava di averle fatto male, non cercava nemmeno più di mordere piano o almeno di essere educato. Nei due mesi che erano passati da quando la città degli Encala era passata sotto il suo controllo, tutto il suo atteggiamento era cambiato. Non si preoccupava di essere cortese e gioiva nel vedere gli heku che si facevano piccoli quando si avvicinava o che correvano per allontanarsi da lui quando gli passava accanto.

L'intera Cavalleria era impegnata a passare al pettine la nazione, cercando disperatamente di trovare Emily per calmare l'Anziano. Bandiva gli heku per una minima infrazione e uccideva anche chi solo tentava di discutere con lui. Le guardie erano ligie e ubbidienti e facevano tutto il possibile per accontentarlo.

Encala City era ancora sotto il controllo degli Equites. Perfino i Valle avevano chiesto che fosse restituita agli Encala ma Chevalier li aveva rabbiosamente informati che avrebbe occupato il palazzo per i cinque mesi che era durato il suo sequestro. L'intera fazione degli Encala era in rovina. I Clan che erano rimasti non tentavano nemmeno di riprendersi la loro città ma rimanevano nascosti nei loro complessi, sperando che gli Encala avrebbero un giorno potuto riprendersi Encala City.

Chevalier parcheggiò la Humvee davanti al portone del palazzo degli Encala. Le quattro guardie alla porta si inchinarono quando lo videro e lui entrò nel palazzo, ignorando le macerie e il fumo che usciva ancora dal settimo piano.

Si fermò quando sentì una donna gridare e alzò gli occhi proprio quando una donna corse fuori dall'atrio del secondo piano e scese precipitosamente le scale. Gli sfrecciò accanto afferrandosi il collo e due delle guardie Encala apparvero ridendo. Chevalier si avvicinò: "Vi state nutrendo senza permesso?"

"No, Anziano!" rispose uno di loro: "È solo che non pensava che le avrebbe fatto male".

Chevalier annuì: "Quindi era una donatrice esclusiva degli Encala?"

"Sì, Anziano", rispose la guardia sorridendo.

Chevalier riprese a salire le scale ed entrò nella sala del Consiglio, dove aveva passato gli ultimi due mesi, sovraintendendo gli attacchi e rispondendo alle richieste dei Consiglio degli Encala e dei Valle.

***

Chevalier alzò gli occhi quando Kyle entrò e si sedette accanto a lui: "Abbiamo una buona pista".

"Oh?"

"C'è un ranch equino fuori Richmond, nel Kentucky. È stato comprato otto mesi fa da una donna single. Ho parlato con alcune persone a Richmond e nessuno l'ha vista. Dicono che si tiene sulle sue e uno dei braccianti si occupa di fare la spesa".

Chevalier rifletté prima di parlare: "Voglio venire anch'io questa volta. Le coincidenze sono troppe".

Kyle annuì: "Lo immaginavo, l'elicottero sta aspettando".

Il volo verso Richmond nel Kentucky durò quasi tutta la giornata, arrivarono che il sole stava tramontando. Quattro Cavalieri li stavano aspettando sulla pista di atterraggio, inclusi Silas e Mark. Chevalier scese e si guardò attorno.

"Aspetteremo finché farà buio, poi correremo fino alla casa. Evitate il contatto con chiunque, anche Dain e Alexis. Non voglio contatti. Voglio sono una ricognizione per accertarci che il ranch sia quello", ordinò l'Anziano.

Silas li condusse verso una grande fattoria. Gli heku rimasero dietro gli alberi e osservarono la casa mentre diventava buio. Si accesero le luci e vedere le ombre delle persone che si muovevano all'interno.

Chevalier fu il primo a muoversi e sfuocò verso la casa, stando attendo che non ci fosse nessuno intorno a lui. Arrivò alla finestra della sala da pranzo e guardò il mortale seduto a tavola, che leggeva il giornale.

Kyle apparve di fianco a lui e si accucciò: "Niente?"

"Non ancora", sussurrò Chevalier, osservando attentamente.

"Hai visto che è uscito quel nuovo film sui cavalli?" gridò l'uomo verso la cucina.

"Sì, ma sono troppo occupata", rispose una donna, uscendo dalla cucina. Era di mezz'età, coi capelli corti e occhi castani. Si sedette accanto all'uomo e prese un pezzo di giornale.

Chevalier sospirò: "Non credo che sia il suo ranch".

"Non sento il suo odore, qui".

Kyle sospirò: "Hai ragione".

Gli heku sfuocarono rapidamente verso l'elicottero e salirono. A metà del volo verso Encala City, il cellulare di Chevalier suonò.

"Sono Chevalier", ringhiò.

"Papà, sono io".

"Ha chiamato?"

"Sì, e ha accettato di incontrarmi".

Chevalier Inspirò bruscamente : "Dove e quando?"

"Mi ha comprato un biglietto aereo per Denver. Parto in mattinata".

"Portaci a Denver", ordinò Chevalier e il pilota cambiò immediatamente rotta.

"A che ora devi incontrarti con lei?"

"L'aereo atterra alle 8 del mattino. Ha detto che manderà qualcuno a prendermi".

"Ci saremo anche noi, vi seguiremo".

"Lo immaginavo", disse Allen. "State attenti, però, non sta facendo solo finta di essere arrabbiata".

"Lo so, ma deve capire che non ero io".

"Mi terrò in contatto. Lasciami solo con lei per ventiquattro ore prima di arrivare".

"Bene", disse Chevalier, riattaccando. Poi si rivolse agli altri heku: "Ha accettato di incontrarsi con Allen a Denver domani mattina".

Kyle scosse la testa: "Sa che saremo lì anche noi. È troppo intelligente per renderci le cose così facili".

"A meno che abbia un disperato bisogno di un contatto", suggerì Mark: "Sono passati 7 mesi".

"Sono d'accordo con Allen di lasciargli ventiquattro ore prima di farci vivi", disse loro Chevalier.

Rimasero tutti in silenzio finché l'elicottero atterrò a Denver, alle quattro del mattino. C'era un SUV che li aspettava. Salirono tutti e si diressero all'aeroporto internazionale di Denver. Si sparpagliarono in modo da coprire tutte le entrate prima delle sette del mattino. Ogni quarto d'ora facevano rapporto e quando, alle 10 nessuno aveva ancora visto Emily o Allen, si riunirono di fronte all'aeroporto.

"Deve essere successo qualcosa", disse Kyle, chiamando il cellulare di Allen. Sospirò e tenne alzato il suo telefono in modo che sentissero tutti: "Il numero chiamato non è più in servizio, se pensate di...". Kyle riappese.

"Dannazione, Em!" ringhiò Chevalier: "Vai a mettere sotto controllo uno degli impiegati... scopri dov'è".

Silas scomparve dentro l'aeroporto. Lo videro tornare dopo un po', evidentemente scocciato.

"Quella donna... giuro...", ringhiò Silas.

"Che cosa hai scoperto?" Chiese Kyle.

"C'era una prenotazione per Allen Winchester su un volo per Denver. La prenotazione è stata cambiata questa mattina, diventando una prenotazione di gruppo, spiegò Silas: "Il gruppo familiare comprendeva Mark Jones, Silas Jones, Kralen Jones, Allen Jones... e dodici altri... credo che abbiate capito come stanno le cose. Ciascuno di quei biglietti aveva un itinerario folle con almeno 5 soste".

"Bene, chi ha fatto il check-in per il volo?"

Silas sospirò: "Tutti quanti".

Kyle ringhiò: "Quindi Allen potrebbe essere in almeno 60 posti diversi".

"Giusto e ogni stato degli Stati Uniti continentali ha almeno una delle soste o una destinazione finale", spiegò Silas.

Mark scrollò le spalle: "Quindi dovremo aspettare che torni e chiedergli dov'è".

"Non è assolutamente pensabile che Emily lo renda così facile". Disse Chevalier, guardandosi attorno: "Torniamo indietro. Vedremo che cosa possiamo ottenere da Allen quando torna".

Gli heku tornarono al loro elicottero e si rimisero di nuovo in viaggio per Encala City. Il viaggio fu silenzioso finché il pilota annunciò che mancavano cinque minuti all'atterraggio. Fece scendere dolcemente l'elicottero sul tetto del palazzo e Chevalier ritornò al posto che aveva scelto, nella sala del Consiglio.

"Signore?" disse Kralen, entrando nell'aula.

"Che c'è?"

"C'è Sotomar con quattro Guardie Imperiali. Vorrebbe parlare con lei".

"Certo, perché no. Di' a Kyle di venire anche lui".

Kralen annuì e uscì. Kyle entrò qualche secondo dopo e stava sedendosi accanto a Chevalier quando entrò Sotomar.

"A che cosa dobbiamo questa visita?" chiese Chevalier, chiaramente irritato.

"Per quanto tempo occuperai questo palazzo?" Chiese Sotomar. Il suo tono non era né accusatorio né arrabbiato. Si tratteneva, alla luce del recente sfoggio di crudeltà di Chevalier.

Chevalier scrollò le spalle: "Mi mancano ancora tre mesi... gli ho detto che l'avrei tenuto per tutto il tempo in cui hanno trattenuto il mio Consiglio".

"È veramente per questo o è per quello che è successo a Emily?"

"Non pronunciare nemmeno il suo nome", sibilò Chevalier, e un'ombra scura gli scese sul volto.

Kyle si intromise in fretta: "Tutto questo non ha niente a che fare con Emily. Quattro Consiglieri degli Equites sono stati imprigionati qui senza ragione".

"Capito", disse Sotomar: "Volevamo anche farvi sapere che ... la stiamo cercando..., finora senza molta fortuna".

"Apprezziamo l'aggiornamento", disse Kyle e si sedette.

Sotomar si agitò un po', nervoso, sbirciando le sue Guardie Imperiali.

"Che c'è ancora?" Chiese Kyle.

"Che piani avete con gli Encala?" Secondo il nostro ultimo conteggio sono ridotti al 19,4% di quanti erano 10 anni fa. Abbiamo avuto 12 richieste di adesione ai Valle di altrettanti Clan. Sono in rovina... non si è mai arrivati fino a questo punto.

"Perché vi interessa?", chiese Chevalier.

"Beh... Emily ha ridotto il loro numero in seguito all'attacco dell'Antico, poi il nostro attacco qualche anno fa li ha danneggiati ulteriormente... ora però, sono stati in sostanza spazzati via. Il Consiglio degli Encala è riunito in una qualche località remota e cerca di trovare quello che resta della loro fazione morente" disse Sotomar.

"Ripeto, non mi interessa".

"È che... sì, siamo sempre stati in guerra... le tre fazioni, però mai, nella nostra storia una è arrivata così vicina a essere completamente cancellata", disse Sotomar: "Vi chiediamo di fermarvi... potete tenere questo palazzo per altri tre mesi ma dopo, vi preghiamo, lasciateli in pace in modo che possano riprendersi".

"Siete così contrari ad avere solo due fazioni?" Chiese Kyle.

"Sì... non è mai successo prima".

Chevalier sibilò: "C'è una prima volta per tutto. Ora sparite dalla mia vista prima che i Valle diventino il nostro prossimo bersaglio".

Sotomar rimase a bocca aperta e poi sospirò, uscendo.

Chevalier si mise comodo e sul suo volto apparve un sorriso cattivo: "Te lo immagini un mondo solo con heku Equites?"

Kyle scrollò le spalle: "Oltre al fatto che sarebbe molto noioso, sì".

"Vero... con chi potremmo combattere se ci fossero solo Equites?"

"Tra di noi, immagino".

"Penso che dovremo lasciare che crescano di nuovo, altrimenti non avremo più giocattoli".

Kyle rise: "Vero. Quando dovrebbe tornare Allen?"

"Lunedì prossimo, a meno che sia cambiato anche quello".

"Bisogna riconoscerglielo, è sveglia".

"Troppo sveglia per il suo bene", la voce di Chevalier si ammorbidì un po' prima di ricominciare a parlare: "È la fuori, da sola".

"Lo so".

"Posso solo immaginare quanto mi odii".

Kyle fece un cenno affermativo con la testa.

"E se non riuscissimo più a trovarla?"

"Francamente credo che la troveremo... anche se cosa farà quando la troveremo... non lo so".

"Il legame non si è spezzato".

"Ci stavo pensando".

"Deve vederlo anche lei e capire che non ero io. Se fossi stato io, sarebbe riuscita a togliersi l'anello quando il doppelganger glielo ha chiesto".

"Potrebbe anche non vederla a quel modo".

"Già, ma questo mi dice anche che mi ama ancora ed è perfino peggio".

Kyle annuì: "Sì, è peggio perché significa più sofferenza per lei".

"Non sono ancora sazio, andiamo a nutrirci ancora", disse Chevalier, alzandosi.

"Ok, mi sembra una buona idea", gli disse Kyle, anche se dentro di sé rabbrividiva. Il modo brutale in cui Chevalier aggrediva i suoi donatori mortali e il dolore che causava rendevano difficile accompagnarlo.

***

"Dov'è Allen?" ringhiò Chevalier.

"Kralen mi ha informato che sono a 10 minuti da qui", gli rispose Kyle, sedendosi accanto all'Anziano nella sala del Consiglio Encala.

Furono minuti di tensione prima che Allen entrasse nell'aula con una borsa sulla spalla. Guardò la distruzione assoluta della stanza e poi si avvicinò a suo padre.

"Dov'eri?", sibilò Chevalier.

Allen sospirò: "Papà, calmati, ok? Non ho idea di dov'ero".

"Come fai a non saperlo?" Chiese Kyle.

"Perché sono sceso da un aereo a Cincinnati e sono stato scortato da un cowboy su un piccolo aereo con i finestrini oscurati", spiegò Allen: "Quando siamo atterrati sono stato bendato e abbiamo viaggiato per otto ore fino al ranch equino che la mamma gestisce".

"Non l'ha comprato?"

"No, il proprietario le ha assegnato la gestione e lei dice che è meglio così, perché può mettere più soldi in banca".

"Come fai a non sapere dov'eri?!" gridò Chevalier.

"Come avrei potuto? Le targhe erano coperte, non c'era posta, niente elenchi del telefono, niente! Non avevo modo di sapere dove fossi".

Kyle annuì: "Come sta?"

Allen fissò suo padre: "Irascibile, pallida, troppo magra e ha ancora dolori allo stomaco".

"Pensavo si fosse fatta operare".

"Sì, e ora non vomita più sangue, ma il dolore persiste".

"Da che cosa è causato?"

"Dice che è un'ulcera, causata dallo stress".

"Le hai parlato?" chiese Chevalier.

"Io ho parlato, ma lei non ha ascoltato".

"E Dain?"

Allen scosse la testa: "Non l'ho riconosciuto. All'inizio pensavo fosse un bracciante. È un ragazzone e non hai idea di quanto sia protettivo nei confronti della mamma. Non mi ha nemmeno permesso di rimanere solo con lei, i primi giorni".

"È violento?"

"Verso gli altri, sì".

"Come fa a nutrirlo?"

Allen mosse nervosamente i piedi: "Non ha voluto dirmelo... ma ho notato che porta degli spessi bracciali di cuoio".

"Lo sta nutrendo lei?!" Gridò Chevalier, alzandosi di scatto.

"È quello che sospetto... dove altro potrebbe trovare del sangue?"

"La ucciderà... non può avere autocontrollo".

"Lo so e gliel'ho detto, ma lei ha negato di nutrirlo".

Chevalier si sedette e sbatté il pugno sul tavolo, mandando a pezzi l'ultima parte intatta: "Devo sapere dov'è!"

"C'è dell'altro".

Kyle alzò gli occhi: "Cosa?"

"Dain ha avuto uno dei suoi... episodi, mentre ero là. Papà è terribile, persino io avevo paura ad avvicinarmi. Mamma è corsa al suo fianco ed è saltata sul letto per tenerlo fermo".

"Riesce a contenerlo?"

"No, ed è questo il problema. Lui l'ha gettata contro il muro, mentre era arrabbiato e nel panico... e lei si è rimessa in piedi ed è tornata da lui".

Chevalier lo fissò: "Continua".

"Morde, da calci, picchia e graffia. Io sono riuscito a tenerlo fermo, ma mi ci è voluta tutta la mia forza e prima che si calmasse, ero pieno di tagli. Il dolore era lancinante e poi, di colpo, si è addormentato.

Quando si è svegliato due giorni dopo, giuro che era 10 centimetri più alto e aveva messo su dieci chili", spiegò Allen.

"Ti è sembrato che lui la maltrattasse?"

"È difficile da dire. Porta sempre le maniche lunghe e quei dannati bracciali di cuoio, tutto quello che ti posso dire, è che è pallida e debole. Non mangia quasi niente ed è in piedi dall'alba fino a dopo mezzanotte. I braccianti hanno troppa paura per chiederle di riposarsi. Sono terrorizzati, lei da in escandescenze in un attimo".

"Non ha detto niente quando le hai riferito che non ero io?" Chevalier, con la voce un po' più dolce.

"No, si è alzata e ha cominciato a lavare i piatti".

"Che cosa ha intenzione di fare con Dain?"

"Niente, suppongo. Tiene lontana Alexis durante le crisi e poi sta seduta accanto a lui quando dorme. Piange tanto, normalmente nella doccia e gestisce quel ranch con un pugno d'acciaio. Porta sempre il cinturone, con la calibro 45 da un lato e il Taser dall'altro. Controlla costantemente i dintorni, cercando gli heku", disse Allen.

"Se ha un Taser, vuol dire che si aspetta che la aggrediscano gli heku", disse Kyle, guardando l'Anziano.

"Sospetto... che abbia dovuto usarlo", disse Allen.

"È stata aggredita dagli heku?"

"Non ha voluto dirmelo ma quando gliel'ho chiesto, ha cambiato atteggiamento".

"Hai detto che è dimagrita?"

"Sì, troppo".

"Pallida?"

"Un altro motivo, per cui sospetto che Dain si nutra da lei".

Chevalier sospirò e si prese la testa tra le mani.

"È triste e sola. Il bracciante, Tucker... sembra che lei gli piaccia veramente e cerca spesso di avvicinarsi, ma lei praticamente lo snobba. È una brava persona e si rende conto che mamma ha dei problemi con gli uomini, che arrivano a frotte e poi la aggrediscono", Allen si fermò quando sentì Chevalier ringhiare.

"È l'altro bracciante, Pelton?" Chiese Kyle.

Allen scrollò le spalle: "Credo sia più interessato a Tucker".

"Dicci tutto quello che sai sul posto, tutto quello che ti viene in mente", disse Kyle, prendendo carta e penna.

"È al sud. Ha fatto caldo, tutti i giorni, e c'era molta umidità. Era molto verde, con colline basse e Tucker parla con un accento del sud".

Kyle prese nota, per passare le informazioni a quelli che la stavano cercando: "Qualcos'altro?"

"Il ranch è pieno di cipressi. È tutto quello che so".

"Che cavalli aveva?"

"Alleva principalmente Missouri Fox Trotter, ma ci sono anche altre razze. Prende anche mustang feriti e li cura fino alla guarigione", spiegò Allen. "Ha ricevuto una consegna di mustang dallo Wyoming mentre ero là".

"Sei riuscito a leggere l'insegna sul van?"

"Era dello Stato del Wyoming. Ho cercato di parlare con il tizio delle consegne, ma si è chiuso a riccio e se n'è andato senza dire una parola".

"Kyle...".

"Subito", disse Kyle, sfuocando fuori dalla stanza.

"Devo rientrare. Miri mi sta aspettando", disse Allen a suo padre. "Ho dato di nascosto un cellulare ad Alexis, da usare in caso di emergenza. La mamma non sa che ce l'ha".

Chevalier annuì: "Buona idea".

"Allora vado".

"Vai e se ti viene in mente qualcos'altro, fammelo sapere".

Allen uscì e andò a prendere l'elicottero per tornare al Clan dell'Isola.

La settimana seguente fu tranquilla. I Valle aspettavano per vedere se gli Equites si sarebbero fatti indietro e gli Encala avevano ancora troppa paura per tornare nella loro città. Chevalier rimaneva nel palazzo degli Encala, salvo che fosse necessaria la sua presenza a Council City e la Cavalleria continuava a seguire le piste dei vari Clan che riferivano di possibili avvistamenti di Emily.

Kyle tornò dallo Wyoming dopo sei giorni e si sedette accanto a Chevalier.

"Che cosa hai scoperto?"

"Lo Stato del Wyoming ha consegnato cavalli a 37 ranch in tutti gli Stati Uniti, questo mese. Ho la lista completa, insieme ai numeri di telefono e i nomi dei contatti".

"Fammi vedere", disse Chevalier, prendendo la lista: La controllò in fretta: "Non c'è il suo nome, e nemmeno Pelton o Tucker. Ovviamente, conoscendo Emily, avrà un nome falso".

"Lo so, quindi voglio riunire la Cavalleria e mandarli in ognuno di questi ranch. Ci vorrà più tempo, ma voglio mandarne la metà in ogni posto".

"Perché così tanti?"

"Nel caso decida di incenerirli quando li vede. Sarà più facile trovare un gruppo numeroso e ci sono più possibilità che qualcuno riesca a scappare".

"Ok" disse Chevalier.

"Non voglio usare i Clan. Siamo così vicini a trovarla che voglio usare solo la Cavalleria", suggerì Kyle. So che ci vorranno dei mesi, ma se ci muoviamo troppo in fretta o coinvolgiamo troppi heku, potremmo lasciarci sfuggire qualcosa".

Chevalier annuì: "D'accordo".

Kyle annuì e scomparve per mettersi in contatto con la Cavalleria.

***

"Sono usciti tutti?" chiese Chevalier, guardandosi alle spalle.

"Sì, Anziani, tutti gli Equites sono presenti".

"Restituite agli Encala la loro città", disse l'Anziano, salendo in elicottero. I cinque mesi erano passati ed era ora di restituire la città agli Encala. Si era vendicato per la sua prigionia ed era pronto ad allontanarsi dalle rovine, che erano tutto quello che restava della città.

Oramai tutti consideravano Chevalier un tiranno ed era temuto anche da quelli che gli erano stati più vicini. Ogni minima infrazione era punita severamente e gli altri due Anziani lo sostenevano e lasciavano a lui il compito di punire.

Quando Chevalier arrivò a Council City, andò immediatamente nella sala del Consiglio e si sedette ad aspettare notizie dagli Encala. Era tornato solo da qualche giorno quando Mark tornò con un aggiornamento.

"Fallo entrare", disse Zohn a Derrick, quando lo informarono che Mark stava aspettando.

Mark entrò, e si vide subito che era nervoso: "C'è stato... un problema... con la lista delle consegne dei mustang".

"Che tipo di problema?" ringhiò Chevalier.

"La lista che hanno dato a Kyle era del mese precedente", disse Kyle, facendo un passo indietro quando Chevalier sibilò.

"Quindi abbiamo controllato i ranch sbagliati per tre mesi?!" gridò Kyle.

"Sì, Giustiziere", rispose Mark, dirigendo la sua attenzione su Kyle: "Ho la nuova lista, però e abbiamo già cominciato i controlli. Ci sono 33 ranch che hanno ricevuto i mustang e solo due erano anche nella lista precedente".

"Voglio il mortale che ha fatto quell'errore", ordinò Chevalier.

Mark lo guardò negli occhi: "Silas l'ha ucciso, Signore, quando ha scoperto che stavamo controllando i ranch sbagliati".

Kyle fece un cenno: "Ricominciate, allora".

"Sì, Signore", disse Mark, scomparendo dalla stanza.

Chevalier si rivolse a Zohn: "Sono pronto per Lon".

"Porta qui Lon", ordinò il Cancelliere a Derrick. L'heku grigio e consumato fu portato davanti a loro e costretto sulle ginocchia.

"Accuse?" chiese Zohn.

"Il Cancelliere sfogliò alcuni documenti: "Lon ha 599 anni ed è sempre stato un Equites. È stato sorpreso in città mentre pagava una stanza d'albergo a un Encala sfollato. È in prigione da 4 mesi".

"Non è stata una mossa intelligente, vero?" chiese Chevalier.

"Lo conoscevo ancora prima di essere trasformato... era un buon amico", disse Lon a bassa voce.

"Che cosa ti da il diritto di tradire la tua fazione?"

"No, non ho tradito gli Equites. L'ho solo mandato in un albergo in modo da poter cercare di fare un accordo con il Consiglio, in modo che potesse unirsi agli Equites".

"Dov'è l'Encala", chiese Quinn.

"Deceduto", gli disse Zohn.

Chevalier sogghignò: "Ah sì, giusto, l'ho ucciso io".

L'heku si rivolse a Quinn, evitando di guardare direttamente Chevalier: "Stavo cercando di aiutarlo a unirsi agli Equites, lo giuro. Voleva lasciare gli Encala".

"Resta comunque il fatto che fraternizzavi con un Encala".

"Sarebbe stato un ottimo acquisto per gli Equites. Era disposto a darci informazioni sugli Encala", spiegò Lon.

"Quindi, oltre a tutto, era un traditore", disse Chevalier, alzando un sopracciglio: "Non credo che l'avrei voluto con noi".

"Ok, comunque non cambia il fatto che hai aiutato un Encala", gli ricordò Zohn.

"L'ho fatto per il bene della fazione!"

"Qualcuno ritiene che non sia colpevole di tradimento?" Chiese Quinn, guardando il Consiglio: "Suggerisco la prigione".

"Uccidetelo", disse Chevalier, indifferente. Era la sua risposta nella maggior parte dei processi.

Zohn fece un sorrisino storto: "Prigione per 100 anni".

Derrick portò via Lon, che urlava.

Kyle guardò Chevalier e sorrise malizioso: "È arrivata".

Chevalier lo guardò: "L'hanno già montata?"

"Sì, pronta all'uso".

"Andiamo, allora", disse l'Anziano e si alzò. "So già chi la proverà per primo".

Chevalier e Kyle uscirono dalla sala del Consiglio e Zohn chiese all'Inquisitore capo: "Che cos'è arrivato?"

"Quella vasca", rispose l'Inquisitore capo: "Durante uno dei nostri interrogatori, l'Anziano ha accennato a una vasca. Qualcosa come... che sarebbe stato comodo poter affogare un heku".

Quinn rabbrividì: "Non ne ho mai sentito parlare".

"Non l'ha mai sentito nessuno. Penso che l'Anziano l'abbia appena inventato".

Zohn fece un sorrisino: "Sono contento che sia dalla mia parte".

Quinn rise e uscì dalla sala del Consiglio.

Chevalier e Kyle entrarono nella stanza degli interrogatori e guardare la vasca piena d'acqua. Era alta novanta centimetri, e la base era un metro e venti per un metro e venti. La vasca era avvolta da pesanti catene.

"Poliammide, come specificato?"

"Sì, un heku potrebbe riuscire a spaccarla, ma se applichiamo degli elettrodi all'esterno, sarà fulminato se tocca le pareti", spiegò Kyle, accucciandosi per guardare dentro.

Chevalier ordinò, rivolto verso la porta: "Portate qui il mio doppelganger".

Meno di un minuto dopo, il sosia di Chevalier fu portato dentro da due guardie.

Chevalier sorrise minaccioso: "Mettetelo nell'acqua"

"Cosa?!" gridò l'heku, ribellandosi. Dopo una breve lotta, le guardie riuscirono a farlo entrare nella vasca trasparente e chiusero il coperchio con le catene.

Chevalier si sedette, mentre Kyle si inginocchiava accanto a lui e guardarono l'heku dentro la vasca. All'inizio, si era guardato attorno con calma, ma quando l'aria finì, cominciò a spaventarsi e ad agitarsi. Chevalier si concentrò sui suoi occhi, impauriti, sciocati, terrorizzati. Passarono i minuti e i due heku guardarono il prigioniero che soffriva senza emettere un suono. I suoi movimenti scomposti erano sempre più frenetici.

"Interessante", disse Kyle, alzandosi.

"È un buon acquisto", disse Chevalier, continuando a guardare gli occhi dell'heku.

Il doppelganger rimase in silenzio dentro la vasca piena d'acqua, dopo qualche minuto senz'aria, ma poi il suo corpo cominciò velocemente a guarire e ricominciò di nuovo a dibattersi.

"Questa non me la aspettavo", disse Kyle ridendo.

Chevalier sorrise: "È perfino meglio, se guariscono e poi annegano, ancora e ancora".

Cominciando a farsi prendere dal panico, la mitica creatura sbatté i pugni contro le pareti della vasca, e l'elettricità si diffuse nella vasca. Agitò le membra di scatto e poi rimase in silenzio.

Chevalier e Kyle spostarono lo sguardo quando si aprì la porta della stanza degli interrogatori ed entrarono Zohn e Quinn, che si abbassarono leggermente per guardare dentro la vasca.

"Come va?" chiese Quinn, appoggiandosi contro la parete.

"Piuttosto interessante, in effetti", gli rispose Kyle. "Continua a guarire e poi la tortura riprende, tutto senza dover muovere un dito".

"È piuttosto... beh... impressionante", disse Zohn, osservando il doppelganger che si dibatteva.

"In effetti siamo venuti perché è arrivato un rapporto dalla Cavalleria", disse Quinn, continuando a guardare la vasca.

"Ok", Chevalier alla fine distolse gli occhi dalla vasca, guardando Quinn.

"Hanno solo detto che finora non hanno avuto fortuna. Non c'è segno né di lei né dei ragazzi".

"Lo immaginavo".

"Non ci renderà facili le cose", disse Kyle, alzandosi e andando a sedersi sul rack. "Non ho dubbi che possa scomparire definitivamente".

"Abbiamo un vantaggio, però, adesso, Alexis". Disse Quinn riflettendo.

"Non andrà contro il volere di Emily".

"Però, se riusciamo a farle capire quant'è importante che ci faccia sapere dove sono".

"Continuo a non credere che ce lo dica".

Zohn si alzò: "Magari potremmo convincerla a vedere ancora Allen e lui potrebbe ottenere altre informazioni".

"C'è voluto quasi un anno per vederlo la prima volta", disse Chevalier: "Cercheremo ancora, ma ritengo che non lo lascerà tornare tanto presto".

Mentre gli Equites non prestavano attenzione al doppelganger, lui aveva sbattuto di nuovo i pugni contro il lato della vasca e l'intera prigione era piombata nel buio quando si era bruciato un fusibile. Qualche secondo dopo, il generatore di backup era entrato in funzione e si erano accese le luci di emergenza.

Chevalier sorrise e guardò la vasca. Il doppelganger stava galleggiando inanimato: "Bello".

"Qualche problema?" disse Kyle ad alta voce, rivolto alla porta.

"No, Signore", riferì la guardia.

Quinn rise: "Sembra che al tuo nuovo giocattolo serva una fonte di energia tutta per sé".

"Ne vale la pena", disse Chevalier. Si inginocchiò accanto alla vasca quando il doppelganger guarì a sufficienza da ricominciare a muoversi. La creatura inorridita guardò gli heku, urlando in silenzio.

La Ricerca

"Ok, il prossimo ranch è nella Kisatchie National Forest, in Louisiana, appena fuori Winnfield", spiegò Mark alla Cavalleria. "Hanno consegnato tre mustang feriti a questo ranch, ma l'autista ha detto di non aver visto nessun altro, oltre ai braccianti quel giorno".

"Siamo al numero 28, vero?" Chiese Kralen.

"Sì", sospirò Silas: "Ci ucciderà se non la troviamo".

Mark si schiarì la gola: "Sono passati quattro mesi da quando abbiamo ricevuto questa lista, ma abbiamo quasi finito".

"Sì, e quella precedente ha proprio dato un buon risultato", disse un Cavaliere.

"Ascolta e stai zitto", ringhiò Kralen.

Mark continuò: "Come la volta scorsa... restate tra gli alberi finché abbiamo capito che cosa succede, poi Clark andrà avanti, come lupo. Le altre volte ha fatto uscire i mortali con un fucile in mano e ci ha permesso di dare una bella occhiata".

Uno dei Powan annuì: "Ok".

Il SUV si fermò a Winnfield, in Louisiana e gli heku scesero. Mark, Silas, Kralen e quindici Cavalieri guardarono le colline.

"Silas, fai strada". Disse Mark e tutti sfuocarono dietro di lui. Quando apparvero le staccionate bianche del Coventry Equestrian Ranch, gli heku rallentarono e si nascosero tra gli alberi. Mancavano ancora due ore al crepuscolo e dovevano tenerlo in vista.

"Odio quell'odore", disse uno dei Cavalieri, coprendosi il naso contro l'aroma della carne alla griglia.

"Dovrebbe essere facile, se sono tutti fuori", disse Mark: "Il fumo viene da dietro la casa, andiamo a dare un'occhiata".

Gli heku si spostarono cauti tra gli alberi finché videro il cortile posteriore, dove cinque uomini stavano facendo un barbecue. Uno era di fronte alla griglia mentre gli altri quattro erano seduti al tavolo. Tre stavano bevendo birra mentre l'altro chiacchierava con loro.

Mark sospirò. Non c'era segno di Emily, Alexis o Dain e gli uomini stavano parlando di football, il che non li aiutava per niente.

Il Generale segnalò a Kralen di spostarsi verso la casa, per vedere se riusciva a captare l'odore di Emily, e Kralen si abbassò e si spostò di albero in albero, avvicinandosi lentamente all'edificio.

"Fermo", sussurrò Mark, quando uno degli uomini si alzò da tavola. Era più alto degli altri, oltre un metro e ottanta, era muscoloso, aveva le spalle larghe e lunghi capelli neri legati dietro in un codino basso. Riuscirono a tuffarsi dietro a un albero per evitare il suo sguardo. Kralen si immobilizzò. Era lontano dagli altri e aveva visto l'uomo robusto voltarsi a guardare gli alberi dove si stavano nascondendo gli heku. L'uomo strinse i pugni, guardando fisso verso di loro.

"Rimettiti giù, Toro, non c'è motivo di arruffare le piume", disse uno degli altri e rise prima di finire la sua birra. Si alzò e andò verso un contenitore refrigerato a prenderne un'altra. Tornando al tavolo da picnic, diede un colpetto sulla spalla all'uomo: "Siediti".

L'uomo annuì, ma gli heku lo sentirono inalare di nuovo prima di voltarsi e sedersi con gli altri. Kralen fece un profondo respiro e continuò a spostarsi verso la casa.

"Arretrate", sussurrò Mark e poi si fermò quando l'uomo si voltò e guardò di nuovo tra gli alberi.

"Merda!" Sta arrivando", gridò l'uomo davanti alla griglia. Gli altri cominciarono in fretta e furia a raccogliere la birra e il cibo e li nascosero nel contenitore, che un uomo gettò tra gli alberi, dove atterrò a qualche passo da Silas.

"Via! Via!" Gridò, spingendo via gli uomini dal cortile. Gli heku videro i quattro uomini correre verso la scuderia. Il quinto stava ancora guardando gli alberi, con il respiro lento e controllato, e ispezionava l'area con attenzione.

Mark spalancò la bocca quando Emily apparve davanti alla casa e andò dall'uomo robusto.

"Ciao, baby", disse, abbracciandolo.

Dain non la guardò: "Sento un odore...".

Emily guardò tra gli alberi: "Che odore?"

"Non lo so?"

"Sono loro?"

"No, è diverso".

Emily fece un passo verso gli alberi permettendo agli heku di vederla meglio. A parte essere magra e pallida, e avere il gesso sull'avambraccio sinistro, sembrava stesse bene. Notarono anche, come aveva riferito Allen, che portava la calibro 45 su un fianco e il Taser sull'altro.

"Entra, allora", disse Emily e poi si voltò quando Dain non si mosse: "Dain! Entra".

"No, non conosco questo odore e non ti lascio da sola là fuori", ringhiò. Ora che sapevano chi era, gli heku vedevano le somiglianze tra lui e l'Anziano. I capelli neri come la notte e gli occhi scuri minacciosi erano familiari. Non si mossero, timorosi perfino di respirare mentre Emily guardava ancora tra gli alberi dove si stavano nascondendo.

Emily si voltò e prese la mano di Dain: "Entriamo, dai. Sono sicura che non è niente".

Dain annuì: "Ok, mamma".

"Signora", disse l'uomo del barbecue, arrivando dal cortile posteriore.

Emily si voltò: "Che c'è?"

"La zampa di quel mustang è peggiorata. Si sta gonfiando ancora".

Lei lo fissò torva: "Se tutti voi non vi foste presi una vacanza, te ne saresti accorto prima che peggiorasse!".

"Era... io... mi scusi, Signora. Non succederà più".

"Puoi stare sicuro che non succederà più. Non potete fare il barbecue durante le ore di lavoro, intesi?"

"Sì, Signora", disse, abbassando gli occhi.

"Vai a sistemare quella zampa, subito!"

L'uomo corse via, chiaramente terrorizzato da quella donna minuta.

Kralen si spostò adagio dietro a una catasta di legno accanto alla casa. Dovette aspettare che sia Emily sia Dain rivolgessero la loro attenzione al bracciante, in modo da non far scoprire i suoi movimenti.

Emily sorrise a Dain: "Vieni, entriamo".

Dain le sorrise e la seguì in casa.

"Squadra 4, andate a prendere l'Anziano", sussurrò Mark: "Tutti gli altri, immobili finché decido che cosa fare".

Quattro degli heku si allontanarono in fretta dall'area.

"Puoi sentire che cosa dicono?" Chiese Mark a Kralen, che annuì.

"Che cosa sta succedendo?"

"Si stanno preparando a uscire", sussurrò Kralen.

"Chi c'è dentro?"

"Li sento tutti e tre".

"Circondate la casa. Entro io, prima che escano", disse Mark e poi fece un sorrisino: "Spero che l'Anziano porti Kyle".

Kralen sorrise e osservò la porta d'ingresso mentre Mark si avvicinava. Lo vide fare un profondo respiro e poi bussare.

"Vado io", gridò Alexis dall'interno. Aprì la porta e spalancò gli occhi: "Mamma!"

Alexis corse via dalla porta e Mark entrò nella grande casa di legno che serviva come residenza principale del ranch. Vide che Alexis era cresciuta di una decina di centimetri e assomigliava sempre di più a Emily, anche se ora era un po' più alta di sua madre. I capelli neri erano tagliati corti e aveva anche lei gli occhi neri, intensi, di Chevalier.

"Perché stai urlando, Alex?" Chiese Emily asciugandosi le mani con una salvietta. Il cuore di Mark mancò un battito quando lei si voltò, lo vide e restò immobile.

Dain apparve dietro di lei e fissò Mark, poi si chinò istintivamente e sibilò.

"Dain, torna in cucina", sussurrò Emily.

"Non ti lascio da sola con lui". Ringhiò Dain. Il ragazzino heku era trenta centimetri più alto di sua madre e la sua figura massiccia sembrava minacciosa dietro di lei.

Mark tese le mani: "Non sono qui per farti del male. Voglio solo parlare".

"Dain, ho detto di stare indietro", ringhiò Emily. Dain fissò Mark minaccioso e poi si spostò lentamente in cucina: "Sta arrivando?"

Mark annuì: "Sì".

"Alexis!" gridò Emily.

La quattordicenne corse da sua madre e guardò attentamente Mark: "Sì"

"Tieni gli occhi fissi su di lui, se si muove di un millimetro, inceneriscilo", disse Emily fissando sua figlia.

Alexis annuì: "Ok"

Mark sorrise appena: "Vorrei che mi ascoltassi".

Emily lo guardò: "Se ti muovi...".

"Non mi muoverò, promesso".

Emily salì le scale e Mark sentì che si muoveva in fretta.

"Che sta succedendo?" Chiese un uomo, arrivando dietro ad Alexis. Guardò Mark e sorrise: "Posso fare qualcosa?"

"No, sono solo un amico di Emily", gli rispose Mark.

"Oh, bene, sono lieto di conoscerla", disse, venendo avanti con la mano tesa.

Mark gli strinse la mano e lo guardò bene. Non avrebbe potuto competere con un heku, era poco più di un metro e settanta ed era allampanato.

"Mi chiamo Tucker, e tu?"

"Sono Mark", rispose l'heku, restando dov'era.

"Dov'è la tua mamma, Alex?" Chiese Tucker, voltandosi a guardarla.

"Di sopra", gli rispose, senza togliere gli occhi da Mark.

Tucker salì di sopra e Mark sentì che lui ed Emily parlavano.

"Stai partendo?" Chiese Tucker.

"Sì, me ne vado. I ragazzi ed io ce ne andiamo immediatamente, disse Emily e Mark sospirò.

"Come? Perché?"

"Perché sì"

"È a causa del tipo di sotto?"

"Sì", gli rispose Emily. Scese dalle scale con una grossa valigia in mano. Tucker ne portava altre due.

"Em...", disse Mark, ma Emily lo fissò furiosa e lui smise di parlare.

"Dain!" Gridò Emily.

"Sì, mamma?" Chiese, uscendo dalla cucina.

"Vai a prendere il mio pickup e portalo qui davanti".

Dain annuì e prese tutte e tre le valigie in una volta. Uscì dalla porta d'ingresso e Mark notò che sapeva di dover mantenere un passo mortale davanti a Tucker. Mark sentì la Cavalleria che immobilizzava Dain e lo tirava più in fondo tra gli alberi anche se né Emily né Tucker potevano sentirlo.

"Non andartene, Emily", disse Tucker e Mark notò il modo in cui la guardava e come il cuore cominciava ad affrettare il ritmo al pensiero che se ne stesse andando.

"Non ho scelta, Tucker, devo andarmene", disse, entrando in cucina.

Mark fece per seguirla, ma Alexis sussurrò: "Non farmelo fare, Mark, io ti voglio bene".

"Ascoltami, Alex", sussurrò Mark. Sapeva che Alexis era in grado di sentirlo meglio di Emily e abbassò la voce in modo che sentisse solo lei: "Non è stato il tuo papà a fare quelle cose alla tua mamma. Non è stato lui a cacciarla via e la sta cercando disperatamente da oltre un anno".

Alexis continuò a fissarlo e rispose sussurrando, troppo piano per le orecchie mortali di Emily: "Non lo vuole più".

"L'anello è ancora sul suo dito, quindi lo ama ancora".

"Non importa quello che prova. Lo so che lo ama. La sento piangere per lui notte dopo notte. Però non lo rivuole nella sua vita".

"Non è stato lui".

"Non è più stata la stessa. È infelice, irascibile, triste. Rivedere papà peggiorerebbe le cose".

"No, non sarà così se lo ascolterà e capirà che non è stato tuo padre a insultarla e a cacciarla via dal palazzo".

"Lo so", sussurrò Alexis.

"Allora aiutaci a convincerla".

"No, lei si fida di me e di Dain. Se perdiamo la sua fiducia ci rimanderà a Council City e resterà sola".

Mark sospirò e alzò gli occhi quando Emily arrivò in anticamera: "Dov'è Dain?"

"Non lo so, mamma", le disse Alexis, anche se Mark era sicuro che lo sapesse.

Emily fischiò: "Devia!"

Mark vide un Border collie correre in anticamera, scodinzolando e guardando Emily impaziente.

"Vai sul pickup", gli ordinò e il cane passò di corsa davanti a Mark e uscì.

"Em, per favore, parla con me", disse Mark, suadente.

"Non c'è niente che tu possa dire che mi fermi".

"Sai che in tutta questo storia, la Cavalleria era dalla tua parte".

Lei si fermò e lo guardò: "Lo so".

"Allora parla con noi".

"Noi?" ansimò, guardando fuori dalla finestra: "Quanti heku ci sono?"

Fece un passo indietro quando Kralen entrò dietro a Mark: "Me lo devi, Emily".

"Non ti devo niente, io sono stata ai patti, finché non sono stata buttata fuori a calci".

Kralen trasalì: "Tutto quello che ti chiedo è di ascoltarci".

"Quanti Cavalieri ci sono là fuori?"

"Che Cavalieri?" Chiese Tucker, tornando in anticamera. Guardò fuori dalla finestra e sorrise: "Mi piacerebbe vedere la Cavalleria, ma siete ben lontani da qualunque base militare, qui".

Emily sospirò: "Tucker, ho bisogno che tu torni nel tuo capanno".

"E lasciarti da solo con questi tipi? Neanche per sogno". Disse Tucker, e si voltò a guardare gli heku a braccia conserte.

"Non le faremo del male", gli disse Kralen.

"Non importa, io non me ne vado".

Emily sospirò: "Alex, vai a vedere perché Dain non ha ancora portato qui il pickup".

Alexis annuì e uscì, passando cautamente intorno a Mark e Kralen.

Un sorriso sfiorò le labbra di Mark quando sentì Silas: "Ssst, Lexi, sono io".

"Silas? Scoprimi gli occhi, che cosa stai facendo?" Sussurrò Alexis.

"Non posso scoprirti gli occhi ma per favore fidati di me", disse Silas e Mark lo sentì spostarsi indietro tra gli alberi con lei.

"Tucker, non sto scherzando, porta le tue chiappe fuori di qui!" Gli gridò Emily.

Tucker la affrontò: "Sono questi tipi la ragione per cui ti guardi sempre alle spalle? La ragione perché hai paura di aprire la porta o rispondere al telefono?"

"No", rispose Emily a bassa voce.

"Sono la ragione per cui non esci con nessuno? La ragione per cui non ti fidi di anima viva?"

"Vai via, Tucker".

"Dannazione, Emily, smettila... non mi interessa quanto sia grossa la tua pistola o quanto sembri cattivo il tuo Taser, sei alta appena un metro e mezzo e non pesi niente. Non puoi continuare a far finta di essere una dura", disse Tucker, frustrato: "Non puoi nemmeno usare entrambe le braccia, adesso".

Mark osservò attentamente Tucker.

Emily lo fissò minacciosa: "Se non vuoi trovarti disoccupato, ti suggerisco di sloggiare immediatamente".

Tucker lanciò un urlo, sbuffò e poi uscì.

Emily fissò Mark e Kralen: "Non muovete un muscolo".

"Ok" rispose Mark.

Emily andò alla finestra e guardò fuori prima di ritornare da loro: "Dove diavolo sono i miei figli?"

"Non gli abbiamo fatto niente. Sono solo fuori con la Cavalleria, in modo che noi possiamo parlare".

Emily deglutì forte: "Non c'è niente che possiate dire che mi faccia restare finché... arriva... lui...".

Si voltò quando sentì dei passi dietro di lei e vide Silas che entrava dal retro: "Fermo!"

Silas si fermò e la guardò: "Che c'è?"

"Mi state circondando, e non mi piace", disse e sentirono il suo cuore che accelerava.

"Em, calmati", le disse Mark: "Abbiamo chiamato Silas in modo da poterti parlare di quello che sta succedendo".

"Non sta succedendo niente! Io vivo qui, lavoro qui, la mia vita è normale... e sicuramente non ho nessuna voglia di tornare in quel palazzo per essere insultata e umiliata". Disse, salendo un gradino.

"Ascoltaci... dacci 10 minuti per spiegarti che cos'è successo", le chiese Kralen.

"È il tempo che ci vuole perché arrivi l'intero Consiglio?"

"No, Chevalier è per strada, ma ci vorrà qualche ora prima che arrivi", disse Mark: "Te lo giuro, non sto mentendo".

"Noi ti abbiamo sostenuto", le disse Kralen, "Anche contro l'Anziano... ora ti chiediamo di fidarti di noi".

Emily guardò Silas: "Dov'è il mio bambino?"

"Bambino? Intendi quell'enorme heku di sette anni?"

"Dov'è?" urlò.

"È fuori con la Cavalleria. Sta bene, Em", disse Silas, entrando in soggiorno: "Sediamoci e parliamo".

Kralen si schiarì la voce: "Ce n'è... ce n'è un altro qui in casa?"

Emily socchiuse gli occhi: "Un altro cosa?"

"Bambino".

"No", gli rispose. Aveva dimenticato che, quando era partita, pensava ancora di poter essere incinta.

"Sediamoci", disse Mark raggiungendo Silas nel soggiorno.

Kralen le sorrise e si unì a loro.

Emily andò lentamente nel soggiorno e si sedette su una poltrona davanti agli heku. Si mise una coperta sulle gambe e sospirò: "Avete 10 minuti e poi me ne vado".

Mark sorrise: "Grazie".

"Hai mai sentito parlare dei Doppelgänger?"

"Gemelli cattivi... sì".

"È quello che era... non era Chevalier, era un sosia. I Doppelgänger erano creature di cui gli heku si sono disfatti migliaia di anni fa ma è evidente gli Encala hanno deciso di tenerne qualcuno".

"Già", disse Emily, sbuffando.

"Per tutto quel tempo, Chevalier, Kyle, Dustin e Jerry sono stati tenuti prigionieri degli Encala".

"Bella storia".

Mark sorrise: "Posso farti vedere le fotografie... gli Encala sono in rovina. Gli Equites hanno distrutto la loro città e hanno occupato il loro palazzo per cinque mesi... solo allora Chevalier ha ritenuto di essersi vendicato per il suo sequestro e gliel'ha ridata".

"Che cosa posso fare per farti rimanere qui abbastanza a lungo da parlare con l'Anziano?" Chiese Silas.

La voce di Emily si incrinò: "Non posso vederlo".

Kralen sospirò: "Non dovrei dirlo... ma è cambiato da quando te ne sei andata".

"Cambiato?"

"Sì, è diventato un tiranno. È cattivo, maligno e non gli importa di nessuno. Uccide per un nonnulla e la gente in città ha paura di lui".

Emily scrollò le spalle: "Quello che fa non mi riguarda più".

"Volevo solo che capissi quanto gli manchi, come l'ha reso folle non sapere dove fossi e come stessi".

"Sa che sono viva", gli disse Emily: "Sa benissimo che non sono riuscita a togliermi questo dannato anello".

Mark si preoccupò quando sentì odore di sudore e si rese conto che Emily si era zittita di colpo. Lei si alzò lentamente e anche se cercava di non farlo vedere, era leggermente piegata in avanti.

"Em, che cosa c'è che non va?" Chiese Silas, prendendole il braccio, poi ansimò e ricadde sul divano quando una fitta di bruciore gli attraversò il petto.

"Non toccarmi!" sussurrò e andò in cucina. Gli heku sentirono il rumore di un flacone di pillole e di Emily che riempiva bicchiere al lavandino per prenderle. La ascoltarono restare in cucina per quasi venti minuti prima di tornare indietro e sedersi: "Avete ancora cinque minuti".

"Stai bene?"

"Mettiamo in chiaro le cose: La mia salute e il mio benessere non sono problemi degli heku... se è per quello, gli heku come specie, in generale, non sono problemi miei. Non mi interessa che Chevalier stia... imperversando. Non mi importa che gli Encala siano in rovine o che sia tornata una creatura mitica".

"Non è vero che lo pensi", sussurrò Mark.

"Sì, invece... ora, io vado a prendere i ragazzi e voi ve ne andate", disse, alzandosi.

"Dimmi che cosa c'è che non va", le chiese Silas.

"Non c'è niente che non vada in me", disse e si diresse alla porta. La aprì e il border collie entrò scodinzolando agli heku.

"Dannazione, Devia, vai sul pickup", gridò Emily il Border collie si girò di colpo e corse verso un vecchio pickup Chevy parcheggiato davanti alla scuderia.

Gli heku la seguirono fuori. Era buio ormai e lei si guardò intorno nel cortile deserto prima di urlare: "Se i miei ragazzi non saranno qui tra cinque secondi, incenerirò chiunque ci sia tra quegli alberi".

"Em", disse Kyle dietro di lei.

Le caddero le spalle e continuò a guardare gli alberi: "Avevi detto che era lontano qualche ora".

"Non sono con Chevalier. Ero con i Thukil quando ho sentito che ti avevano trovato".

Emily vide Alexis e Dain che camminavano verso di lei dagli alberi. Il volto di Dain diventò furioso e sfuocò di fianco a lei, guardando Kyle: "L'hai toccata?"

"Chi diavolo sei tu?" Ringhiò Kyle, chinandosi, pronto a combattere.

"Smettetela!" gridò Emily e tese una mano per fermare Dain: "Non toccare mio figlio o che Dio mi aiuti, disperderò le tue ceneri".

Kyle spalancò gli occhi: "Dain?"

"Dain, Alex, salite sul pickup", disse Emily e si allontanò lentamente da Kyle.

"Em... ascoltami, è importante", disse, facendo un passo avanti.

"No, ho ascoltato questi tre per dieci minuti, il tempo promesso. Non mi hanno fatto cambiare idea. Ora, se scoprirò che mi state seguendo, lo rimpiangerete, è una promessa".

"Mamma", disse Dain. Aveva la voce rotta ed era evidente che stava soffrendo.

Emily spalancò gli occhi e corse da lui: "Non adesso, Dain, per favore".

Dain gemette e cadde sulla ghiaia, contorcendosi per il dolore.
Emily si inginocchiò accanto a lui e gli prese la mano: "Sono qui, baby".
Kralen si avvicinò in fretta e cominciò a mettere le mani sotto il giovane heku: "Lascia che lo porti dentro".
"Stai lontano da lui!" Gridò Emily e Kralen sfuocò indietro, accanto a Mark, quando sentì cominciare il bruciore nel petto: "Alex!"
"Sono qui, mamma". Insieme riuscirono a rimettere in piedi Dain. Lui si appoggiò a sua madre che lo portò dentro a fatica, mentre gli heku guardavano impotenti. Quando Alexis chiuse la porta dietro sua madre, si voltò a guardare gli heku.
"Lexi, possiamo aiutarla", disse Silas, facendo un passo avanti".
"Può farcela da sola, restate indietro", ringhiò Alexis.
"Allen ci ha raccontato quello che succede a Dain", spiegò Mark: "Possiamo evitare che faccia male alla tua mamma. Non gli faremo niente, te lo giuro".
"La mamma mi ha insegnato a incenerire gli heku senza guardarli negli occhi", disse Alexis, chiudendo gli occhi: "Vuoi che ve lo mostri?"
Mark sospirò: "No, non voglio".
Alexis fissò Kyle: "Non muoverti".
"Non mi muoverò", sussurrò lui.
Risuonò un forte tonfo, dopo un ruggito profondo di Dain. Gli heku erano tesi, avrebbero voluto aiutare, ma erano bloccati dalla teenager.
"Ha bisogno del nostro aiuto", disse Kyle ad Alexis: "Ascolta, la ucciderà".
"Dain non farà male alla mamma".
"Non intenzionalmente. Lo hai visto, è enorme in confronto a lei e quando un heku sente dolore, non pensa razionalmente. Le farà male".
"La mamma ha detto di restare qui ed è quello che faremo", disse Alexis, incrociandole braccia.
Lo stallo continuò durante la notte, con Alexis che rimaneva ferma davanti alla porta e gli heku che aspettavano davanti a lei. Silas tentò una volta di passare dal retro e Alexis chiamò forte Emily. Quando cominciò il bruciore, Silas tornò in fretta con gli altri. Si voltarono tutti quando un Chevy Tahoe nero si fermò di fianco alla casa.
Alexis ansimò quando uscì Chevalier, seguito dal Capo della Difesa.
"Mamma, è arrivato papà", gridò Alexis.
"Alex, che cosa sta succedendo?" chiese Chevalier, andando verso di lei. Trattenne il fiato e si fermò quando una breve fitta di bruciore gli attraversò il petto.

"Stai indietro, ordini della mamma", disse Alexis.

"Dain sta soffrendo", gli disse Mark. Come fosse un segnale, si sentì un altro forte tonfo e Dain urlò di dolore.

Chevalier fece per muoversi, ma Alexis si mise di fronte a lui: "Stanne fuori".

"È anche mio figlio", sibilò Chevalier.

"La mamma ha detto di tenervi fuori tutti... abbiamo fatto un sacco di pratica e penso che riuscirei a incenerirvi tutti in una volta, quindi state attenti", gridò Alexis.

"Può usare solo un braccio, Lexi", disse Silas: "Lascia che l'Anziano la aiuti".

"No!" Gridò: "State indietro".

"Alex, che cosa succede?" Chiese Pelton, correndo da lei. Il bracciante era più alto di Tucker e più robusto, con i capelli e il pizzetto biondi.

"È Dain", sussurrò Alexis.

Pelton guardò gli heku: "Posso aiutarvi, gente?"

"Siamo amici di Emily", disse Mark con un sorriso. Non poteva spiegargli perché erano tutti lì fuori mentre Emily lottava per tenere fermo Dain, da sola. Dain ruggì dentro la casa e Pelton guardò la finestra del piano di sopra.

"Dannazione!" Gridò e corse in casa.

"Ecco, adesso ha un aiuto", disse Alexis, sorridendo compiaciuta.

Gli heku sentirono quello che successe in casa quando entrò Pelton: "Tienigli le gambe", disse Emily.

"L'ho preso", le disse Pelton e da fuori sentirono la tensione nella sua voce: "Dobbiamo chiamare un'ambulanza".

"Non possiamo!" Gridò Emily: "Starà bene, solo, tienilo fermo".

"Ti ha fatto molto male?"

"Sto bene".

"Non è quello che ho chiesto... ti ha fatto molto male?"

Sentirono Emily che si sforzava di tenere fermo Dain.

Passarono le ore e Alexis teneva a bada gli heku. Alla fine le cose si calmarono e Dain smise di urlare per il dolore. Emily e Pelton cominciarono a bisbigliare nella camera al piano di sopra.

"È bello vedere che aiuti la mamma", disse piano Chevalier ad Alexis.

La ragazza scrollò le spalle. "Qualcuno deve farlo".

"Vi ho cercato".

"Lo so".

"Lexi", la chiamò Silas, dietro di lei. Nell'attimo in cui lei si girò, le agganciò gli occhi e riuscì a controllarla e gli heku si precipitarono in casa.

Emily si voltò di colpo quando si aprì la porta e trattenne il fiato quando vide Chevalier in piedi dentro la stanza.

"Chi diavolo siete, per entrare qua dentro?" Chiese Pelton e si mise tra Emily e Chevalier.

"Sono suo marito", ringhiò e andò a sedersi sul letto accanto a Dain.

"Lascialo stare!" sussurrò brusca Emily.

"Sembra che stia bene, ma sento odore di sangue", disse Kyle, guardando Emily.

"Senti odore di sangue?" Chiese Pelton, scettico.

Kyle sospirò: "Mark...".

Mark sfuocò dal mortale e gli agganciò immediatamente lo sguardo.

"Lascialo stare", gridò Emily, tentando, senza riuscirci, di spostare Mark.

"Em, lascia stare Mark... Pelton non deve sapere...", le disse Chevalier.

Lei si voltò e lo fissò minacciosa: "Fuori dalla mia casa!"

"Non me ne andrò finché non mi avrai ascoltato".

"No, ho sentito abbastanza, fuori".

"Da dove viene il sangue?"

"Forse dal mio grasso sedere", ringhiò e cominciò a spingere fuori gli heku.

"Non ero io!"

"Sicuro come l'oro che sembravi tu, adesso fuori".

"Non finché avrò potuto dimostrarti che non ho detto quelle cose".

Emily lo fissò minaccioso: "Incenerimento dell'intera casa in tre..."

Mark ordinò alla Cavalleria di uscire dalla casa e portare Pelton con loro.

"Due...",

"Anziano, andiamo", disse Kyle.

"Uno..." ringhiò Emily e vide Kyle e Chevalier sparire dalla stanza.

Emily andò a chiudere la porta e poi tornò accanto al letto di Dain, si sedette accanto a lui e gli prese la mano: "Va tutto bene, baby. Li terrò lontani da te".

Gli heku circondarono la casa mentre Pelton fu spedito nel suo capanno a dormire. Alexis rimase sulla porta a fissarli furiosa e quando sorse il sole, si voltò verso la casa, sentendo Emily che scendeva dalla scala.

"Per favore, lascia entrare almeno me", le chiese: "È anche mio figlio e sono preoccupato per lui".

Alexis si fece fa parte: "Se ti incenerisce, io non pulisco".

Chevalier sorrise: "D'accordo".

Chevalier diede una breve occhiata a Kyle e poi entrò in casa. Con le tracce di sangue sulla sua camicia, era facile trovare Emily e Chevalier entrò in cucina dove lei stava facendo il caffè. Vide il suo riflesso sul vetro e si girò per affrontarlo.

"Mi sei mancata", le sussurrò.

Lei rimase ferma a guardarlo.

"Lo so che non ti fidi e non posso darti torto, ma non posso andarmene finché non saprai la verità".

Emily continuò a rimanere in silenzio.

Chevalier sospirò: "Kyle, Jerry, Dustin ed io stavamo andando a una cerimonia in un Clan quando abbiamo avuto un incidente d'auto. Quando mi sono svegliato, ero in una stanza degli interrogatori degli Encala. Ci sono stato per giorni, poi mi hanno stordito e mi hanno gettato in un pozzo vuoto con gli altri tre".

La guardò e poi continuò, quando lei rimase zitta. "Siamo stati prigionieri per cinque mesi, finché, un giorno, ci hanno liberati... liberati senza darci una ragione. Quando siamo tornati, abbiamo scoperto che cosa ti era successo e abbiamo cominciato immediatamente a cercarti. Ho distrutto gli Encala, fino a un estremo che gli heku non avevano mai visto prima.

Emily si voltò e prese una tazza di caffè prima di appoggiarsi al ripiano e osservarlo.

"Ti abbiamo cercato dappertutto. Il mio doppelganger è stato tenuto in vita per poterti provare che tutto questo è vero".

Rimasero in silenzio studiandosi l'un l'altro prima che Emily ricominciasse a parlare: "Devo tornare da Dain".

"È anche mio figlio e sono preoccupato per lui", le disse Chevalier.

Lei deglutì forte: "Non so che cosa fare per aiutarlo".

"Potrebbe avere bisogno degli heku".

"No, ha bisogno di me, ecco tutto".

"Per favore, lasciamelo vedere".

Emily annuì e portò di sopra Chevalier, nella stanza di Dain che dormiva sodo, respirando appena, completamente immobile.

Emily si sedette sul suo letto e gli prese la grande mano.

"Mio Dio, quanto è cresciuto!" disse Chevalier, sedendosi dall'altra parte del letto.

"Papà?" sussurrò Dain, senza aprire gli occhi.
"Sono qui", disse, guardando l'heku bambino.
"Salva la mamma", la voce era bassa e confusa.
"Sono qui, baby, va tutto bene", disse, baciandogli dolcemente la fronte.

Dain si sistemò nel letto e sprofondò nel sonno. Emily si portò la mano alle labbra e la baciò.

"Non riesco a credere a quant'è cresciuto", sussurrò Chevalier, osservando suo figlio.

"Lo so".

"Come fai a nutrirlo? Em?"

"Sapevo che sarebbe diventato grande, però... lo sei anche tu".

"Em...".

"È ben nutrito, non preoccuparti".

Chevalier sospirò: "Non mi preoccupa che abbia fame. Come lo stai nutrendo?"

"Trovo dei modi".

"Voglio che lo veda il dott. Cook".

Emily scosse la testa: "Non può aiutarlo. Dain è il primo della sua specie e nessuno può aiutarlo".

"Non puoi portarlo da un medico e nessun heku riesce a gestire il dolore", sussurrò Chevalier: "Il dott. Cook è la scelta migliore per mettere fine a tutto questo".

"Non posso ritornare là".

"Allora lascia che lo porti a palazzo, almeno per un paio di giorni".

Emily scosse di nuovo la testa: "No, non potete separarci".

"Em, sta soffrendo e potrebbe peggiorare. Dobbiamo farlo vedere a qualcuno".

"Allora porta qui il dott. Cook".

"Ci sono troppi mortali qui intorno. Qualcuno ci noterebbe".

"Tucker e Pelton sono gli unici che entrano in casa ed io mi fido di loro".

"Em...".

"Se dici che non dovrei, puoi anche andartene", sussurrò: "Sono stati loro che mi hanno aiutato, l'anno scorso e non ce l'avrei fatta senza di loro".

Emily Inspirò bruscamente quando Chevalier apparve in ginocchio di fianco al letto, accanto a lei. Le prese la mano e la guardò negli occhi: "Non posso vivere senza di te, e te lo leggo negli occhi, anch'io ti manco".

"Certo che mi manchi", gli disse: "Quello che non mi manca sono i commenti grossolani, o le stronzate sulla 'semplice umana'".

"Non ero io".

"L'ho sentito troppe volte da te".

"Allora non farlo per me, fallo per Dain. È ancora giovane ed è troppo grosso perché tu riesca a tenerlo. Ti farà male, e se peggiora?"

"Mamma", disse Alexis dalla porta.

Emily alzò gli occhi.

"Mamma, papà ha ragione. Ho tanta paura che Dain ti faccia male".

"Posso occuparmene".

"A fatica, Em", disse Chevalier: "Non ti dico di tornare con me. Non ti dico di tornare a palazzo per restarci... almeno però lascia che il dott. Cook visiti Dain. E se dovesse morire?"

Emily guardò suo figlio e il cuore le mancò un battito. Sapeva che avevano ragione. Era diventato troppo grosso e troppo forte perché lei riuscisse a tenerlo sotto controllo, perfino Pelton faceva fatica.

"Non resterò", sussurrò.

"Ssssì!" Gridò Alexis e corse giù dalle scale.

"Non sei obbligata. Non ti assegnerò nemmeno delle guardie e non metterò le tue cose in camera nostra".

"Camera mia. Prenderò una camera negli alloggi della servitù".

"Se è quello che vuoi".

"Sì", disse e si chinò su Dain: "Baby?"

Dain sospirò nel sonno".

"Stiamo tornando a Council City, solo per un po'. Non ti lascerò, te lo prometto".

Kyle apparve sulla soglia ed Emily lo guardò mentre parlava: "Che cosa vuoi che faccia con Pelton?"

"Cancella tutta la giornata dalla mente di Pelton e Tucker. Di' loro che me ne sono andata... ecco tutto", disse Emily, alzandosi: "Non posso comunque tornare qui".

"Fai atterrare l'elicottero in un campo incolto", disse Chevalier a Kyle. "Lo porterò fuori io".

Kyle annuì sorridendo a Emily prima di sfuocare via.

Chevalier mise una mano sulle sue: "So quant'è difficile per te. Sei una madre eccezionale, hai fatto tantissimo per lui".

Gli voltò la schiena e scese le scale.

"Ho sentito che torni" disse Kralen sorridendole.

"Non in permanenza. Ho solo bisogno di aiuto con Dain e poi me ne andrò di nuovo".

"Dove?" Chiese Mark, camminando accanto a lei verso il campo.

"Da qualche altra parte. Ho fatto alcuni errori... la prossima volta gli heku non mi troveranno".

Silas si voltò e sibilò verso gli alberi e prima che Emily potesse guardare, i Cavalieri erano sfuocati via dal campo ed erano spariti nei boschi dietro la casa.

"Che cosa..." Fece per dire, ma Mark le mise una mano sulla bocca.

"Ssst, c'è qualcuno laggiù", le sussurrò.

Chevalier apparve sulla soglia e guardò verso il bosco. Emily guardò gli alberi quando sentì il rumore di heku che lottavano. Mark la lasciò andare e scomparve anche lui nel bosco.

L'elicottero atterrò dietro di lei, ma lei lo ignorò e continuò ad ascoltare il rumore crescente di lotta arrivare dagli alberi. Chevalier e Kyle portarono Dain fuori di casa e lo caricarono sull'elicottero, seguiti da Alexis. Emily chiamò il cane, che saltò sull'elicottero, felice di essere con lei.

"Andiamo, ci raggiungeranno", disse Chevalier e le tese una mano.

Anche con un solo braccio sano, Emily riuscì a salire da sola sul Blackhawk, rifiutando il suo aiuto e poi si trovò a respirare a fatica quando si alzò in volo, portandola via da una casa che aveva cominciato a odiare, verso una casa che cercava di dimenticare da un anno.

Chevalier la guardò: "Ti hanno trovato anche gli Encala".

"Oh" disse, guardando giù verso il ranch.

Kyle annuì: "Sì, un gruppo di ricognitori... la Cavalleria sta già tornando a Council City".

Chevalier e Kyle si scambiarono un'occhiata, entrambi sorpresi che il pensiero che gli Encala l'avessero trovata non sembrasse preoccuparla.

Emily guardò fuori dal finestrino e i suoi occhi si riempirono di lacrime. Gli insulti e le umiliazioni la subissarono e non c'era niente che la spaventasse di più che tornare a palazzo. Il viaggio le sembrò spaventosamente breve e fu sorpresa quando il pilota atterrò dolcemente sul tetto, guardò fuori dal finestrino quando si formò la solita fila di Guardie di Palazzo, fino al palazzo.

"Il dott. Cook ci sta aspettando nella nostra stanza", disse Chevalier, saltando fuori. Lei scese da sola ignorando le espressioni scioccate delle guardie quando la videro.

"Emily!" Gridò Quinn, correndo da lei. La sollevò abbracciandola stretta e poi la rimise a terra: "Come sono contento che sia tornata".

"Non sono tornata", gli disse, seguendo all'interno Chevalier.

"Mio Dio, Emily!" ansimò Zohn, quando la vide scendere le scale.

"Non resterò", gli disse, camminandogli davanti freddamente.

Emily si fermò quando vide Dustin in piedi vicino alle scale, e lo fissò. L'heku fece un breve cenno con la testa e lei si affrettò a passargli davanti entrando nella stanza con Dain e Chevalier.

"Sono contento di rivederti, cara", disse il dott. Cook con un sorriso: "Ero così preoccupata quando te ne sei andata e stavi così male".

"Aiutalo, così possiamo andarcene", disse, sedendosi accanto a Dain.

Mentre il dott. Cook visitava il ragazzo, Chevalier informò Quinn e Zohn di quello che era successo al ranch.

Dustin entrò nella stanza e guardò Dain: "Non l'avrei mai riconosciuto".

Emily annuì, senza rispondere. Si stava concentrando sul medico e sentiva l'Antico odio per il Powan tornare a sommergerla.

"Come è stato nutrito?" Chiese il dott. Cook, guardandola.

"Perché?"

"Devo accertarmi se la causa non sono influenze esterne, forse del sangue cattivo o..."

Emily si fece forza, poi si tolse une dei pesanti bracciali di cuoio, rivelando i segni dei morsi: "Lo nutro io".

Il dott. Cook spostò velocemente lo sguardo su Dain e cominciò ad auscultargli il cuore.

"Em, non puoi alimentare un heku adulto", le disse Chevalier, toccandole una spalla.

"Certo che posso, e l'ho fatto", gli rispose secca, scostandogli la mano.

"Non è ancora cresciuto del tutto. So che è grosso, ma crescerà ancora".

"Non sono problemi tuoi".

"Invece sì. Mi preoccupo per te".

Lei non rispose. Le sembrava di avere un nodo in gola.

Il dott. Cook alzò gli occhi: "Ogni quanto ha questi attacchi?"

"All'inizio passavano dei mesi, ora, più o meno ogni settimana".

"E quando si sveglia è più alto?"

"Più alto, più pesante, anche intellettualmente più avanzato", gli spiegò.

"Detesto doverli chiamare dolori di crescita, ma è quello che sono, anche se decisamente forti. Vorrei provare con degli antidolorifici quando avrà il prossimo attacco. Spero che abbia in sé abbastanza sangue mortale da attutire il dolore", disse il medico.

Emily scosse la testa: "No, non resteremo così a lungo".

"Emily?" disse Chevalier dietro di lei. Emily si voltò e rimase senza fiato quando vide due identici Chevalier: "Era questo che cercavo di dirti".

Il doppelganger la guardò, sprezzate: "Scappa, principessa".

Emily si limitò a voltargli la schiena e si sedette accanto a suo figlio, prendendogli la mano.

"Quanto tempo ha dormito questa volta?" Chiese il dott. Cook.

"Circa dodici ore".

"Puoi aspettare finché si sveglia? Resta almeno finché posso esaminarlo ancora".

Emily annuì: "Sì, immagino di sì".

Il dott. Cook si voltò a guardare lei: "Adesso voglio parlare di te".

"Di che cosa?"

"Stavi vomitando sangue".

"Avevo un'ulcera perforata. Un intervento chirurgico l'ha sistemata".

"Solo il sangue però, non il dolore".

Emily scrollò le spalle: "Ho delle pillole che mi aiutano".

"E il tuo peso?"

Emily lo guardò seccata: "Come?"

"Hai perso un mucchio di chili. Sembri malata e pallida".

"Oh, grazie, fai schifo anche tu".

Il dott. Cook sorrise: "Voglio solo assicurarmi che tu stia bene".

"Sto bene".

"Il tuo medico ti ha detto come far passare il mal di stomaco?"

"Sì, eliminare lo stress... ecco la sua soluzione".

Il medico rise: "Vedo... quindi è solo peggiorato".

"Direi di sì. Comunque sto bene, sistema Dain così posso andarmene".

"Emily, hai visto il doppelganger. Niente di quello veniva da Chevalier", le disse Quinn.

Emily si rivolse a Zohn: "Grazie per avergli impedito di picchiarmi".

Zohn fece un piccolo cenno con la testa: "Ci vergogniamo per tutto il resto. L'abbiamo visto succedere e avevamo fatto dei piani in segreto per fermarlo, ma siamo arrivati troppo tardi".

"Come hai fatto a romperti il polso?" Chiese il medico.

Emily si guardò il gesso e poi alzò gli occhi: "Sono stata aggredita".

Ignorò il sibilo dietro di lei.

"Un mortale?"

"Sì".

"Come l'hai fermato?"

"L'ha fermato Tucker. Ci teneva d'occhio".

Il dott. Cook le sorrise: "Sono contento che fosse là".

"Mamma", gridò Allen, correndo nella stanza. La sollevò dal letto e la fece girare per aria: "Sei tornata!"
Emily sorrise e gli mise le braccia al collo: "Mi sei mancato".
"Anche tu. Non andartene mai più".
La rimise a terra, sorridendole.
"Non rimarrò, Allen".
Cambiò espressione e guardò Chevalier prima di parlare: "Ma hai visto il doppelganger. Hai visto chi è stato".
Lei scrollò le spalle e gli prese la mano: "Un doppelganger... e tutti gli altri l'hanno semplicemente lasciato che succedesse. Sono più al sicuro fuori dal palazzo e ho ricevuto un'offerta di lavoro che ho proprio intenzione di accettare".
Zohn si voltò di colpo e si precipitò fuori dalla stanza.
"Vieni a vivere con Miri e me, allora".
Emily fece una risatina: "No, nessun sposo novello ha bisogno di avere la mamma intorno".
"Il castello, allora. Resta dove ti posso vedere tutti i giorni, ti aiuterò con Dain... e Grayson era professore alla Duke. Può insegnare ad Alex e Dain".
Emily scosse la testa e si allungò per baciargli la guancia: "No, sto bene per conto mio, con loro".
Allen guardò suo fratello: "È enorme, mamma".
Emily guardò Dain e sorrise: "È un bravo ragazzo. Non vuole fare del male a nessuno".
"Perché c'è un cane in giro nel pa...", cominciò a dire l'Inquisitore capo, poi si fermò quando entrò: "Oh mio Dio, è Emily!"
Lei sorrise: "Ciao Richard".
Le rivolse un ampio sorriso: "Che bello riaverti a casa".
"Non resterò, però", gli disse e poi si sedette accanto a Dain: "Appena si sveglia ce ne andremo".
"Ehi, mamma, posso andare a nuotare?" Chiese Alexis. Emily vide che si era già messa il costume.
"No, Alexis, resta dove ti posso vedere".
"Allora vieni anche tu. Ti lamentavi che non ci fosse una piscina in città".
Emily fece un sorrisino: "Non so..."
"Vai a nuotare, Em, faremo liberare la dependance", le disse Chevalier.
"Non ho più nemmeno un costume da bagno", disse, scostando i capelli dalla fronte di Dain.
Chevalier andò al cassettone e ne tolse un bikini: "Questo, intendi dire?"

"C'è l'intero Consiglio a controllare Dain. Vai a nuotare, prenditi una pausa", disse Kyle, porgendole un asciugamano.

Guardò Alexis: "Mi piacerebbe veramente nuotare".

"Dai mamma, vieni. Sarà divertente".

Emily fece un sospiro e pi prese il bikini da Chevalier: "Un solo commento sul mio aspetto...".

"Non mi permetterei", disse Chevalier con una smorfia, offeso.

Emily andò in bagno e Alexis la attese impaziente, con gli heku. Quando Emily uscì Chevalier voltò la testa, mentre la rabbia gli oscurava il volto. Quinn inspirò forte. Era troppo magra, le costole bucavano la pelle pallida, piena di lividi. C'erano lividi di vari colori su tutto il torace, alcuni vecchi di un mese, altri del giorno prima. Emily prese la mano di Alexis e uscì, presumendo che il silenzio degli heku significasse che non volevano dire nulla che la facesse arrabbiare.

Quando fu uscita, il medico si rivolse a Chevalier: "Ti rendi conto che troppi ematomi possono causare problemi al fegato?"

Chevalier chiuse gli occhi e poi li riaprì lentamente: "Quelli erano pugni e manate".

"Sospetto sia stato Dain, mentre si dibatteva.

"È così magra", sussurrò Quinn.

"Ha avuto due anni pieni di stress. Causa ulcere, poco appetito e perdita di peso, immagino che sia più malata di quanto crede", disse il medico, poi guardò nuovamente Dain: "Ha detto se era incinta?"

"No ha solo detto a Kralen che non c'erano bambini in casa", disse Kyle.

"Che ne pensate di Tucker e Pelton?" chiese Chevalier.

Kyle guardò la porta: "Brave persone. Tenevano molto a Emily e la proteggevano".

"Tenevano?"

"Ok, va bene, Tucker è innamorato di lei, ma è un'emozione mortale comune, con lei".

"E Pelton?"

"È più come un fratello. Le vuole bene e l'ha aiutata molto quest'anno".

"Niente attrazione?" Chiese Chevalier, sorpreso.

Mark scosse la testa: "No, Allen aveva ragione. Pelton è più interessato a Tucker".

"Sono contento che ci fossero loro".

"Sì, beh, Mark ed io stavamo pensato di fare loro una proposta".

Chevalier guardò Kyle: "Davvero?"

Kyle annuì: "Hanno quel tipo di istinto che non puoi insegnare. Sono entrambi protettivi e rigorosi".

"Emily ti ucciderebbe".

"Se non è nei dintorni, non lo saprà".

Quinn guardò Kyle: "Pensi che sarebbero interessati?"

Kyle sorrise. "So che Tucker sarebbe interessato. Conosco il tipo... ne ho trovati tre durante la mia vita che pensavo avessero le qualità per essere un heku e ciascuno di loro ha accettato ed è diventato un capo. Non sono così sicuro di Pelton".

Il border collie di Emily corse nella stanza e si sedette ai piedi del letto. Guardò Dain e cominciò a scodinzolare.

"Come si chiama?" Chiese Quinn.

"Devia", rispose Kyle sorridendo.

"Mi chiedo chi gli abbia dato quel nome".

"Non lo so, Emily potrebbe averlo trovato su Internet, oppure potrebbe averlo suggerito Alexis".

"Alexis parla il nativo?"

Kyle annuì: "Sì sia lei sia Allen lo parlano fluentemente".

"Sembra strano, chiamare un cane Solitario", disse il medico.

"Io credo che lo abbia chiamato così Alexis ed Emily non sa che cosa vuol dire". Disse Chevalier.

"Mi preoccupa la sua salute", disse il medico, guardando l'Anziano.

"Sono preoccupato anch'io, ma non ci permetterà di visitarla".

"Sappiamo chi è il suo medico?"

Kyle si guardò attorno poi aprì la borsetta di Emily. Ne tolse il flacone di pillole e lo gettò al medico, che memorizzò in fretta le informazioni e poi lo restituì a Kyle che lo rimise in borsa.

"Mi metterò in contatto con lui", disse il medico, sfuocando via.

"Non riesco ancora a credere come sia cresciuto", disse Kyle, guardando l'enorme ragazzino di sette anni.

"Lo so, molto più in fretta di Allen", disse Chevalier.

"Quando si sveglierà, spariranno ancora".

Chevalier annuì.

"Speravo che vedere il tuo doppelganger sarebbe servito".

"Lo speravo anch'io".

***

Alexis nuotò verso Emily, che stava galleggiando sulla schiena, lasciando che l'acqua le passasse sopra.

"Bello, vero?" Chiese Alexis.

Emily annuì: "Molto".

"Lo sai che sei coperta di lividi?"

"L'avevo dimenticato. Nessuna meraviglia che gli heku fossero tanto silenziosi", disse, sogghignando.

"È stato Dain?"

"Alcuni sono di Rod".

"Quel tizio... era viscido, fin dall'inizio".

"Lo so, non l'avevo assunto io comunque".

"Tucker era furioso", disse Alexis, girandosi per galleggiare accanto a sua madre.

"Lo so".

"Tu gli piaci".

"So anche quello".

"Mamma?"

"Sì?"

"Io voglio restare qui".

Emily si mise in piedi, galleggiando e la guardò: "Davvero?"

"Sì, mi manca papà e i miei insegnanti".

"Non siamo al sicuro qui".

"Sì, invece. Hai visto quel tizio che sembrava papà. Papà e sempre lo stesso che ho da quattordici anni. Non era lui".

Emily cominciò a sentirsi soffocare: "Vuoi veramente restare qui?"

Alexis annuì: "Da morire, questa è casa mia. Il mio posto è qui".

"Ne... parleremo con il tuo papà quando torneremo dentro".

"Resta con me".

"No, so che questa è casa tua, ma so per certo che non è mio posto".

"Non puoi restare in un posto, nel mondo dei mortali. Ti dovrai spostare per l'eternità".

"Invece di avere paura qui?"

Alexis scrollò le spalle: "Ti piaceva stare qui. Un piccolo incidente e vai via per sempre? Pensa alla quantità di belle giornate, invece di pensare a quelle brutte".

"Alex...".

"Ricorda anche com'eri nervosa al ranch. Essere aggredita dalle ombre, doversi sempre guardare alle spalle, dover sempre controllare che non ci sia nessuno".

"Capirai quando sarai più grande", le disse Emily, nuotando verso la scaletta. Uscì dall'acqua tiepida e si mise un morbido accappatoio rosa.

Alexis la seguì e prese un accappatoio dallo scaffale: "Capisco già molto più di quello che credi".

Emily si avviò alla porta con Alexis: "Non è così facile tornare come se niente fosse dopo essere stata via un anno".

"Perché?"

"Non lo so... non è facile... e non riesco a dimenticare che durante tutto quel disastro col tuo papà..."

"Il suo doppelganger".

"Come vuoi... non posso dimenticare che gli heku hanno lasciato che succedesse".

"L'ho visto succedere anch'io. Erano troppo sciocchi per reagire. Papà non pensa quelle cose di te. Ti adora. Non capivano che cosa stesse succedendo".

"Non è vero che mi adora", disse Emily, guardando nervosamente le Guardie di Porta quando le sorrisero, aprendo le porte del palazzo per loro.

"Oh, sì, invece! Perché pensi che abbiano tutti così paura di lui? È pazzo, senza di te".

"Questo è un po' esagerato, Alex".

"No, mamma..." Alexis ed Emily si fermarono entrambe quando sentirono urlare dall'interno della sala del Consiglio.

"Tantissimi!" gridava William. "Pretendiamo un'azione immediata da parte di questo Consiglio per riparare i danni fatti senza giustificazione alla nostra città".

"Senza giustificazione?" Ringhiò Zohn: "Avete tenuto prigionieri quattro membri del nostro consiglio, sostituendoli con dei Doppelgänger, che sedevano nel nostro consiglio e hanno assalito dei membri di questa fazione".

"Nessuno si è fatto male. È stato innocuo".

"È stato deleterio", gridò Quinn.

Emily si diresse alla porta.

"Mamma...", sospirò Alexis.

"Signora, non sono sicuro che sia il caso di entrare", disse Derrick, bloccando la porta.

"Ho una questione da sistemare con loro", disse e fissò Derrick finché lui sospirò e aprì la porta.

Gli Encala non si girarono quando entrò, ma gli Equites la guardarono a occhi sgranati.

Gli occhi di Emily ridussero a due fessure mentre fissava gli Encala. William e Frederick caddero in ginocchio, afferrandosi il petto bruciante.

"Em..." disse Kyle.

William cadde in avanti, ansimando per respirare, mentre Frederick gemette e cadde al suolo, dibattendosi.

Emily si concentrò, non voleva incenerirli. Voleva che sentissero dolore, il dolore che sentiva lei da un anno. Mentre l'odore di carne bruciata riempì la sala del Consiglio, e la pelle degli Encala cominciò ad arrossarsi e poi a coprirsi di vesciche.

"Lasciatela fare", disse Chevalier al Consiglio quando Kyle e Dustin si alzarono per fermarla.

"Mamma", disse dolcemente Alexis, mettendole una mano sulla spalla.

Emily la guardò e liberò dal dolore gli Encala che rimasero sdraiati in silenzio mentre la loro pelle cominciava a guarire.

Quando Frederick riuscì a mettersi carponi, Emily fece un balzo in avanti e gli diede un calcio nelle costole, facendolo cadere su un fianco. Era troppo debole per la bruciatura per difendersi e si tenne le costole ammaccate mentre guarivano. William alzò gli occhi proprio mentre Emily gli sbatteva il gesso sul volto.

Frederick si lanciò su di lei, ma fu bloccato immediatamente dall'Inquisitore capo e dal Capo di Stato Maggiore. William si alzò più lentamente, quando Dustin e l'Investigatore Capo gli presero le braccia per tenerlo lontano da Emily.

Chevalier mise dolcemente un braccio sulle spalle di Emily quando lei fece per tornare dagli Encala.

"Prendiamoci un momento e calmiamoci", disse Quinn a bassa voce.

"Non potevate lasciarmi in pace, vero?" chiese Emily, lottando contro le lacrime: "Mi avete strappato dalla mia casa e dalla mia famiglia".

"Mi hai tenuto in ostaggio per 16 mesi!" gridò Frederick.

La voce di Emily era bassa e piena di dolore: "Tu hai ucciso i miei amici e ora hai rovinato la mia vita, spezzato la mia famiglia e mi hai reso un'estranea per gli Equites".

"Te lo sei meritato", sibilò Frederick.

"Basta, Frederick", gli disse William, guardando Emily: "Dovevamo difenderci, non volevi smetterla".

"Io ho smesso. Ho restituito Frederick e me ne sono lavata le mani di voi... però voi mi avete attaccato ancora".

"Hai meritato tutto il dolore e l'umiliazione".

"Bene, avete vinto. Ora sembra che dovrò vivere senza mia figlia e presto anche mio figlio vorrà restare con suo padre. Spero che siate contenti, sono sola, adesso", disse e Chevalier la lasciò andare quando lei lo spinse via e si diresse alla porta.

"Contento che tu sia sola? No!" ringhiò Frederick. "Non sarò contento finché non sarai morta!" Senza fermarsi, Emily lasciò l'aula e andò al piano di sopra a controllare Dain. I consiglieri lasciarono andare gli Encala e ritornarono al loro posto.

"Avreste potuto informarci che era tornata". Ringhiò William.

"Non è tornata. È qui solo per sistemare alcune cose e poi se ne andrà".

Frederick sogghignò: "Quindi non la riprenderete?"

Chevalier sibilò: "No, a causa vostra non vuole tornare a Council City".

"Bene, fuori dal controllo degli Equites, sarà più facile fargliela pagare per quello che mi ha fatto".

"Toccala e finirò di sterminare la tua fazione", disse Chevalier, alzandosi. La sua sola presenza fece fare un passo indietro a Frederick e l'ombra scura sul volto di Chevalier zittì l'intero Consiglio.

"Andiamocene", disse William, camminando all'indietro verso la porta, troppo spaventato per girare le spalle al sinistro Anziano Equites.

Frederick si voltò in fretta e si precipitò fuori dalla sala del Consiglio, seguito da William.

Chevalier si sedette e parlò con la voce infuriata: "Quando se ne andrà da qui, la manderemo in mezzo ai lupi".

"Sì, è vero" disse Zohn: "Ma cosa possiamo fare?"

I Consiglieri si alzarono di colpo quando la porta della sala del Consiglio si spalancò sbattendo contro la parete di pietra. Dain sfuocò dentro la sala, e fissò suo padre: "Dov'è mia madre?"

Quelli che non avevano ancora visto Dain furono sbalorditi dalla sua stazza e lo guardarono impressionati.

"Non è successo niente", disse Chevalier, andando da suo figlio. Era quindici centimetri più alto di Dain, aveva le spalle più larghe e nell'insieme era più robusto ma Dain era comunque massiccio in confronto alla maggior parte degli heku.

"Dov'è?" Chiese Dain, facendo un passo verso suo padre e stringendo i pugni.

"È qui da qualche parte nel palazzo, con Alex".

"Sarà meglio che sia così", disse, sfuocando fuori dalla sala.

Chevalier sospirò e guardò i Consiglieri: "È otto centimetri più alto di prima di addormentarsi".

Kyle annuì: "Sì... e scommetto che ha anche messo su cinque chili di muscoli".

"Chevalier è decisamente grande, anche per gli standard degli heku", disse Zohn, "È ragionevole pensare che anche Dain sarà un heku molto grosso".

"Sì, ma sette anni... ha davanti a sé un mucchio di anni di crescita", disse il Capo di Stato Maggiore.

"Forse, Allen ha smesso di crescere a nove anni, quindi anche Dain dovrebbe fermarsi intorno a quell'età", ricordò loro Kyle.

"L'ha nutrito lei", sussurrò Chevalier, tornando al suo posto.

"Da sola?" disse il Capo della Difesa, senza fiato.

"Sì, penso sia per quello che è così pallida".

"Non è possibile per una mortale sostentare un heku adulto", disse l'Investigatore Capo, scuotendo la testa: "La ucciderà".

"In che altro modo poteva nutrirlo? Non è che avrebbe potuto andare a comprarne un po' in un grande magazzino", disse Kyle, leggermente irritato.

"Papà?" disse piano Alexis e i Consiglieri guardarono in basso verso di lei quando entrò nell'aula.

"Dain ha trovato la mamma?" chiese Chevalier.

Alexis annuì.

"Sta preparandosi a partire, allora?"

"Sì... ma..."

"Che cosa c'è che non va?

Alexis guardò la porta alle sue spalle e poi suo padre: "Io vorrei restare qui".

"Lo sa la mamma?"

"Sì, le ho detto che sarei rimasta, se per te va bene".

Chevalier sorrise: "Sei più che benvenuta se vuoi restare".

"Però la mamma resterebbe da sola con Dain".

"Non è tua la responsabilità di proteggere tua madre e tuo fratello", le disse Chevalier: "Fai quello che è meglio per te ed io mi occuperò del resto".

Alexis sorrise: "Grazie. Appena avrà finito di nutrire Dain, se ne andrà".

"Lo sta nutrendo adesso?"

"Sì".

Prima ancora che avesse finito di parlare, Chevalier e Kyle erano spariti dalla sala del Consiglio.

"Ahi, questo non le piacerà", disse Alexis, correndo fuori dalla stanza.

"No, credo proprio di no", sospirò Zohn.

Chevalier e Kyle apparvero nella stanza e si fermarono. Emily era stesa sul letto con il braccio destro teso e Dain era seduto accanto a lei con i denti affondati nel polso. Emily aveva gli occhi chiusi e lui stava bevendo lentamente, assaporando il suo sangue mentre beveva.

"Basta!" ringhiò Chevalier e tirò via Dain da Emily.

Lei sbatté le palpebre un paio di volte, poi si sedette e si afferrò il polso: "Lascialo stare!"

"Non puoi nutrirlo tu", sibilò Kyle, mettendosi tra Chevalier ed Emily.

"Sì che posso. L'ho fatto per un anno".

"Ti ucciderà", ringhiò Chevalier.

"Io non le farò del male", gli rispose Dain rabbiosamente.

"Non sei abbastanza grande da capire quando devi smettere".

"Quando comincio a sentirmi ansiosa e sudata, gli dico di fermarsi", disse Emily irritata: "Per noi funziona".

"Quell'ansia è il sintomo che ha bevuto troppo!" gridò Kyle.

"Che cosa avrei dovuto fare?" Urlò Emily: "Cercare un bar per donatori? Andare a rubare da una banca del sangue? Questo è quello che facciamo e non deve per forza piacervi. Appena riavrò il mio pickup ce ne andremo".

"Che cosa dovresti fare? Restare con gli heku, dove possiamo aiutarlo", disse Chevalier con calma. Lasciò andare la mano di Dain e passò davanti a Kyle per parlare con Emily: "Non andartene".

Emily alzò gli occhi: "Ho... tentato... una volta. Gli ho trovato un donatore. Non ha voluto bere".

"Era disgustoso", Disse Dain, spostandosi dall'altra parte di Emily.

"Ovvio che non volesse berlo, Em. Ti abbiamo detto com'è succulento il tuo sangue. È come dare solo torte a un bambino per un anno e poi aspettarsi che mangi le cipolle", spiegò Chevalier.

Emily lottò contro le lacrime: "Ho fatto quello che potevo per nutrirlo...".

"Hai fatto un lavoro incredibile, ma sta diventando troppo grosso. Adesso hai bisogno dell'aiuto degli heku".

Emily guardò negli occhi Chevalier: "Tu vuoi che lo lasci qui?"

"No!" disse Dain, sconvolto: "Io non la lascio".

"No, io voglio che tu resti qui con noi". Le disse Chevalier.

"Andiamo, Dain. Andiamo a cercarti qualcosa da bere", disse Kyle, andando alla porta.

Dain guardò Emily, che gli fece segno di uscire. Esitò un momento e poi seguì Kyle fuori dalla porta, chiudendola dietro di sé.

"Em..." sussurrò Chevalier, avvicinandosi a lei.

Lei alzò la testa e il suo cuore mancò un battito.

"Io ti amo", le disse: "E non voglio vivere ancora senza di te".

"Non posso", disse e un attimo dopo Chevalier la sollevò e mise la bocca sulla sua. Emily cercò di spingerlo via, ma lui la teneva stretta, premendo più forte le labbra. Emily emise un gemito, poi gli mise le braccia al collo, appoggiandosi a lui.

***

Emily appoggiò la testa sul petto nudo di Chevalier per nascondere le lacrime che le scendevano sulle guance.

"Che cosa c'è che non va?", le sussurrò, scostandole i capelli dalla guancia.

"Non avrei dovuto farlo", disse, chiudendo gli occhi.

"Non è esattamente quello che avevo in programma anch'io, ma non è una brutta cosa, no?"

Emily si strinse nelle spalle: "Renderà ancora più difficile andarsene. Mi manchi tanto".

"Allora non andartene".

Lei girò la testa e appoggiò la fronte su di lui: "Sai quant'è difficile, svegliarsi ogni mattina e sapere che sarai sola?"

Chevalier sospirò: "Io non posso nemmeno dormire, e dimenticare per un po' che sono solo".

"Hanno visto tutti", sussurrò.

Chevalier le passò leggermente le dita sulla schiena: "Visto cosa?"

"Gli insulti, il modo in cui mi trattava. Come mi ha buttato fuori e non mi ha lasciato nemmeno prendere la jeep o i vestiti".

"Sanno che non ero io".

"Non ha importanza, l'umiliazione è ancora nella loro mente".

"A loro non importa. Vogliono che tu torni".

Lei lo guardò negli occhi: "Non vogliono me, rivogliono te... e a quanto pare, questo coinvolge anche me".

Chevalier la guardò perplesso: "Che cosa significa?"

Lei incrociò le braccia, appoggiandole sul suo petto: "Ho sentito dire che sei diventato un Anziano rompipalle".

"Davvero?" Chiese Chevalier divertito.

"Si dice in giro che tu sia diventato un tantino oppressivo e crudele".

"Non più del solito".

"Non è quello che ho sentito".

"Da chi?" Le chiese sorridendo.

Emily scrollò le spalle: "In giro".

"Quindi i tuoi braccianti chiacchieravano di come sono cattivo?"

"Forse".

"Ammetto che sono stato di cattivo umore".

"Cattivo umore?"

"Bene... forse un po' insensibile".

"Che ne dici di senza cuore e disumano?"

"Adesso esageri... inoltre... un uccellino mi ha detto che tu sei un tantino autoritaria".

"Io?"

"È quello che ho sentito".

"Non è vero", disse, appoggiando ancora la testa sul suo petto. Chiuse gli occhi e ascoltò il suono del suo cuore.

"Rimani".

Emily sospirò: "Alexis vuole restare".

"Le ho detto che può farlo".
"Dain sta diventando difficile da gestire".
"No, Em", disse Chevalier e lei alzò la testa per guardarlo: "Io voglio che tu resti con me, non voglio che resti per i ragazzi... voglio che resti per te stessa".
"È stato un anno lungo", gli disse, con occhi pieni di lacrime.
"Sì, è vero".
"Sono così stanca", sussurrò.
"Lo so".
"Dain è ... è così grosso".
"Vero".
"Non posso restare qui".
"Ti aiuteremo a riabituarti".
"Non voglio lasciarti".
Chevalier le sollevò il mento in modo che lo guardasse: "Allora non farlo".
"Se non me ne vado, gli Encala vi attaccheranno".
Chevalier sogghignò: "Non possono. Non ne sono rimasti abbastanza".
"Adesso, dagli cento anni...".
"Saremo sempre più forti noi. Cresceremo anche noi con loro".
"Le cose non saranno più le stesse".
"Dai tempo al tempo".
"Posso fare una doccia?"
Chevalier sospirò: "Certo".
Emily si sedette e si avvolse in una delle coperte quando si alzò e andò in bagno.
Chevalier ordinò il pranzo e poi sentì bussare alla porta. Si mise i pantaloni e aprì la porta. Un servitore stava davanti a lui, impaurito.
"An... Anziano".
"Che c'è?"
"Non... non c'è cibo... nel palazzo".
"Smettila di tremare. Non ti ucciderò", ringhiò Chevalier e si infuriò quando l'heku si spaventò ancora di più.
"Pp...pp...p... pizza... il Giustiziere ha ordinato... pizza", balbettò.
"Per l'amor del cielo, calmati e vai a fare la spesa", gli disse l'Anziano, e chiuse la porta, scuotendo la testa.
Chevalier aspettò che finisse la doccia, pensando ai modi per tenerla nel palazzo. Sapeva che non era il momento giusto per convincerla. Era vicina a cedere, ma la sua testardaggine le impediva di impegnarsi.

Quando sentì chiudere l'acqua, smise di riflettere. Sentiva Emily che si stava vestendo e si chiese quanto ci sarebbe voluto perché si sentisse di nuovo a suo agio con lui attorno e quanto tempo sarebbe occorso perché si innamorasse di nuovo degli heku e del palazzo, come in passato.

Emily uscì dal bagno mentre si finiva di farsi la treccia e avvolgeva un elastico in fondo.

"Sta arrivando la pizza", le disse, alzandosi lentamente.

"Non ho fame", gli rispose, cominciando a frugare in borsa.

Chevalier la spinse gentilmente contro la parete, appoggiandosi a lei, con le mani sul muro dietro di lei. La guardò negli occhi: "Hai bisogno di qualcuno che si occupi di te".

Emily fece una smorfia: "Io sono..."

Chevalier la fece smettere di parlare con un bacio e poi sussurrò: "Io mi prenderò cura di te".

"C'è..." ricominciò a dire, ma le labbra di Chevalier la zittirono di nuovo.

"Smettila di parlare e ascolta". Le sussurrò.

"C'è...".

"Basta".

"Ma...".

"Zitta", ripeté e poi la baciò ancora prima di guardarla negli occhi: "Non sei più sola... starai qui e lascerai che mi prenda cura di te".

"Cheval...".

"Smettila di discutere".

"Ma..."

"Non ti ascolterò. Hai bisogno di qualcuno che si occupi di te, davvero, e lo farò io. Farai quello che ti dico... e mi ascolterai e seguirai i consigli del medico".

"Ma...", Chevalier le appoggiò la bocca sulla sua e poi abbassò gli occhi.

"Mangerai, dormirai, ti piacerà restare qui... non ti preoccuperai per i soldi... o i ragazzi...".

Emily aggrottò la fronte e lui la baciò prima che potesse parlare.

"Per una volta nella tua vita, ti rilasserai e lascerai che ci pensi io... lascerai che mi prenda cura di me come ho sempre cercato di fare".

"Chevalier...", il suo bacio dolce la zittì, e poi la guardò ancora negli occhi.

"Mi prenderò curo di te e tu me lo permetterai.

Emily non riusciva a respirare. La sua vicinanza e le sue parole la stavano consumando e stava lottando contro la sensazione che le davano, che fosse la cosa giusta da fare, di come le sue promesse suonavano perfette. Il peso dell'anno passato, di Dain, di come nutrirlo, gestire un ranch, le aggressioni dei mortali e la paura degli heku, sembrarono scorrere via e si sentì protetta dal suo corpo, vedendo l'amore con cui la guardava.

"Giusto?" Sussurrò, continuando a baciarla.

Emily annuì, senza riuscire a parlare.

"Mi permetterai di prendermi cura di te?"

Emily annuì ancora.

"E di proteggerti?"

Emily sbatté le palpebre per trattenere le lacrime e annuì.

Chevalier sorrise, baciandola un'altra volta: "Bene... adesso è ora di mangiare la pizza".

Emily gli mise le braccia intorno al collo e mise le labbra sulle sue, avvolgendo le gambe intorno alla sua vita.

Chevalier si tirò indietro e sorrise: "Per quanto mi piaccia... devi mangiare".

"Ok", sussurrò Emily, mordendogli piano il collo e una infilando mano tra i suoi capelli.

"O..."

"Mm?" Sospirò, facendo scorrere le labbra lungo la mascella, fino alla bocca di Chevalier.

***

Chevalier appoggiò dolcemente Emily sul tappeto di fronte al camino e le sorrise: "Non è quello che c'era nel mio programma su come prendermi cura di te".

Emily sorrise: "Oh... ti sei preso ottima cura di me".

Chevalier si allungò e la baciò piano, prima di sedersi accanto a lei: "Sì, beh, quel povero heku davanti alla porta ha ancora la pizza in mano e, per qualche motivo, pensa che io lo ucciderò".

Emily lo guardò aggrottando la fronte: "Sei proprio stato cattivo, vero?"

"Non credo, non più del normale", le disse, alzandosi. Andò verso il letto, prese una coperta e gliela porse, poi infilò i pantaloni e andò a prendere la pizza.

Il servitore heku tremava di paura e tese la scatola all'Anziano senza guardarlo negli occhi. Chevalier lo fissò irritato e gli strappò la scatola di mano, sibilando leggermente mentre il servitore sfuocava lontano. Lo faceva infuriare che un Equites si facesse piccolo per la paura davanti a lui.

Chevalier si calmò subito quando vide Emily appoggiata su un gomito che guardava il fuoco. Si sedette e aprì la scatola: "La cena è servita".

Emily guardò la pizza: "Non ho proprio fame".

"Dobbiamo ripetere tutto da capo?" Le chiese.

Emily allungò una mano e afferrò una fetta di pizza, poi rotolò sulla schiena e cominciò a mangiare.

"Avremo qualche problema con Dain", disse Chevalier, sedendosi accanto a lei.

"Perché?" Gli chiese, continuando a mangiare.

"Lui... beh... ha sentito... qualcosa e ha pensato che ti stessi facendo male. Kyle ha dovuto bloccarlo nella sala giochi".

"Ha sentito?" Chiese Emily preoccupata.

Chevalier si strinse nelle spalle: "Qualcosa".

Emily si sedette: "Oh, mio Dio, gli heku ci sentono quando... noi...".

Chevalier sorrise e poi mentì: "No, calmati e mangia... lui stava cercando di sentire quello che succedeva, ecco tutto".

Lei lo osservò per qualche secondo e poi si stese dopo aver preso un'altra fetta di pizza.

"Sto solo dicendo che, per un po', dovrà controllarlo. I suoi istinti gli diranno di tenere gli heku lontani da te... tutti gli heku, ma dovrà imparare che alcuni possono avvicinarti".

"È un bravo ragazzo", gli disse.

"Lo so e sono dannatamente fiero di come sia protettivo nei tuoi riguardi... però non può esserlo nei miei confronti".

"Gli parlerò io".

"Non funzionerà: È un predatore e noi proteggiamo quello che è nostro".

Emily sospirò: "Detesto quando ne parli come se fosse un lupo. È ancora un ragazzino".

Chevalier le tolse la coperta e fece scorrere la mano lungo i lividi sull'addome: "È stato Dain?"

"No", sussurrò e rimise nella scatola quello che restava della pizza.

"Che cos'è successo?"

"Ho avuto dei problemi con un bracciante".

"Parlamene".

Emily lo fisso: "Continuava a chiedermi di uscire con lui e si infuriava sempre di più quando rifiutavo... così... lui... ha deciso di smettere di aspettare, immagino".

"Dov'è?"

"In effetti non lo so. Tucker è intervenuto e l'ha trascinato via. Non l'ho più visto da allora... ma a quanto pare gli piacevano i pugni nello stomaco", disse, rabbrividendo al ricordo.

Chevalier lottò per riprendere il controllo, attingendo a migliaia di anni di esperienza per contenere le rabbia che minacciava di esplodere.

Qualche secondo dopo riuscì a parlare di nuovo: "E il polso?"

"Mi ha rotto il polso quando mi ha afferrato".

"Per quanto dovrà restare ingessato?"

"Posso toglierlo quando voglio".

Chevalier sorrise: "Smettila di dirmi bugie. Non sei l'unica che può imparare da un Inquisitore.

"Altre quattro settimane", sospirò.

Chevalier divenne di colpo serio: "Eri incinta?"

"No".

"Solo un ritardo?"

"Lo stress ha fatto fermare tutto".

"Come?"

"Non in modo permanente, anche se non mi sarebbe dispiaciuto. Appena ho ottenuto il lavoro al ranch e mi sono sistemata, è tornato tutto alla normalità".

"E le pillole?"

"Mi aiutano quando comincia il dolore".

"Quindi sono antidolorifici"

"No, si tratta di PPI".

"Che cosa sono?"

Emily scrollò le spalle: "Non lo so, ma mandano via il dolore".

"Bene... adesso parliamo di quanto pesi".

Emily trattenne il fiato e si sedette: "Perché?"

"Sei troppo magra".

"Sto bene".

"Quanto?"

"Non ti dirò quanto peso".

"Pensavo che mi avresti permesso di prendermi cura di te", le ricordò.

"Non c'è nessun motivo di sapere quanto peso".

"Sì, in quel modo sapremo quanto sei sottopeso".

Emily arrossì e si voltò verso il fuoco: "Smettila di parlare del mio peso".

Chevalier le prese la mano e poi fece passare delicatamente il pollice lungo le punture all'interno del polso: "Ogni quanto lo nutrivi?"

"Ogni lunedì".

"Lo nutrivi tutte le settimane?"

"Sì".

"Perché?"

Emily scrollò le spalle: "Non lo so... il lunedì gli chiedevo se aveva fame e lui rispondeva sempre di sì".

Chevalier sospirò: "Em... gli heku hanno sempre sete... sempre. Non rifiutiamo mai un'offerta di nutrirci. È l'esperienza che ci insegna che non è necessario che ci nutriamo costantemente".

"Adesso me lo dici", borbottò lei, tornando a guardare il fuoco.

Chevalier le sorrise: "Gli insegneremo insieme".

"Non voglio le guardie".

"Francamente non mi interessa".

Lei lo guardò a occhi sgranati: "Come?"

"Hai sentito quello che ha detto Frederick. Non ti lascerò senza guardie del corpo... e mi occuperò io personalmente dei turni".

"Che vuol dire?"

"Vuole dire, basta Guardie di Città e ci sarà sempre un ufficiale superiore".

Emily socchiuse gli occhi: "Mi stai già confinando?"

"No, puoi andare dove vuoi. Loro saranno lì solo in caso di attacchi".

"Quindi, oltre e obbligarmi a mangiare e alle guardie, che cos'altro dovrò aspettarmi?"

"Vedremo a mano a mano. Vestiti e andiamo a parlare con Dain", le disse, aiutandola ad alzarsi. Emily sparì in bagno con un semplice abitino verde scuro e poi uscì e fissò Chevalier.

"Sarà meglio che tu sia gentile con lui".

Chevalier sorrise e guardò il vestito, che mostrava qualche curva: "Sarò gentile... prima però, ti pesi".

"No!" Gridò Emily, facendo un passo indietro.

"Sei troppo magra e dobbiamo tener d'occhio il tuo peso".

"Non toccarmi", sibilò, fermandosi quando fu contro il muro.

Chevalier sfuocò in bagno. Fu tanto veloce che non lo vide andar via e le sembrò che la bilancia fosse semplicemente comparsa nelle sue mani.

"Io non salirò su quella cosa", gridò.

Chevalier salì sulla bilancia e controllò i numeri.

"Bene, tu puoi pesarti tutte le volte che vuoi".

"Non c'è niente che mi importi di meno del mio peso", disse Chevalier, andando verso di lei.

Emily spalancò gli occhi: "Non toccarmi!".

Lui la sollevò e la gettò su una spalla: "Smettila di agitarti".

"Basta!", gridò, colpendogli la schiena.

Si dimenò per scendere quando Chevalier salì sulla bilancia.

"Chevalier, guarda che ti incenerisco!" Gridò.

"No, non lo farai", le rispose e poi la fece scendere: "Em hai perso dieci chili".

Lei lo fissò furiosa: "Ti odio".

"No, non è vero. Ora andiamo a vedere Dain".

Chevalier cercò di prenderle la mano, la lei la tirò via e si precipitò fuori dalla stanza quando lui rise. Ignorò Kralen e le altre tre guardie quando si misero a seguirla mentre correva giù dalle scale fino alla sala giochi.

"Lascialo andare!" gridò, spingendo via Kyle dall'enorme ragazzino.

"Ti ha fatto male?" Ringhiò Dain, guardando suo padre. Aveva i pugni stretti ed era chiaramente pronto ad attaccare.

"Stai attento, ragazzo", sibilò Chevalier, chinandosi leggermente in avanti.

Dain imitò la sua posizione: "Quando lei urla di lasciarla stare, tu lo fai, oppure dovrai vedertela con me".

"Non sei più tu il suo protettore e prima lo capirai, più facile sarò la tua vita qui", sibilò Chevalier.

"Smettetela", gridò Emily mettendosi in mezzo, con la schiena verso Dain e le mani contro Chevalier: "È solo un ragazzino".

"Em, lascia che ci pensi Chevalier", le disse Kyle, tirandola dolcemente per un braccio.

"Non toccarla!" gridò Dain, sfuocando contro Kyle. Cominciarono immediatamente a lottare e Kralen si affrettò a togliere Emily di mezzo.

"Non fargli male", gridò cercando di liberarsi da Kralen.

La lotta durò pochi secondi, poi Kyle immobilizzò Dain contro il pavimento con la mano intorno al collo: "Non osare mai più attaccarmi, ragazzo".

Kyle si alzò e rimise in piedi Dain, in faccia a suo padre.

"Vediamo di chiarire le cose", gli disse Chevalier, stringendo i pugni: "Io sono il primo e più importante protettore di tua madre, tu, figliolo, sei solo... un ragazzo".

Dain sibilò.

"Smettila!" gridò Chevalier e Dain spalancò gli occhi: "Non ti dovrai mai mettere tra me e tua madre. Non dovrai mai metterti in mezzo con il Consiglio o la Cavalleria, per tutto quello che la riguarda. Capito?"

"Chevalier...", sussurrò Emily, facendo un passo avanti.

Dain fissò torvo Chevalier e poi annuì.

"Ho una nuova missione personale ed è quella di prendermi cura di tua madre, come non mi ha mai permesso di farlo prima... se interferisci, ti farò rinchiudere", gli disse Chevalier.

"No!" gridò Emily.

"Capisco", disse Dain, fissando Chevalier con una smorfia sul volto: "Ma ascoltami... se le farai del male, staccherò la tua brutta testa dal corpo prima che ti renda conto di quello che sta succedendo".

"Dain!" mormorò Emily, senza fiato. Non lo aveva mai sentito minacciare nessuno prima.

Chevalier sorrise. "Questo è il mio ragazzo".

"Lascialo andare", disse Emily.

Kyle lasciò andare Dain e lei corse da lui, abbracciandolo.

"Sto bene, mamma", le disse Dain, continuando a fissare suo padre.

Emily si voltò di colpo e cercò di schiaffeggiare Chevalier, che le afferrò la mano: "Se mi colpisci, ti farai male".

Dain si mise diritto e si sistemò la camicia: "Perché stavi urlando? Che cosa ti ha fatto?"

Chevalier fece per discutere, ma Emily si intromise: "Mi ha pesato".

"Hai urlato perché ti stava pesando?"

Emily lo guardò con la faccia scura: "Sì".

Dain la guardò sorpreso: "È tutto?"

"Sì".

"Ti ha fatto male?"

"Beh... no".

Chevalier rise e Kyle sogghignò prima di uscire dalla stanza.

"Probabilmente è preoccupato perché sei troppo magra", le disse Dain.

"Stai zitto, Dain", ringhiò e uscì dalla stanza. Kralen e le guardie si misero di nuovo dietro di lei mentre scendeva dalle scale, per andare nella scuderia. Si fermò davanti al portone di ingresso quando una delle Guardie di Porta la guardò spalancando gli occhi.

"Lady Emily!" Esclamò.

"Che c'è?"

"Sono sorpreso di rivederla".

Kralen sorrise "Abbiamo tenuto segreto il tuo ritorno finché non fossimo stati sicuri che saresti rimasta".

"Sì, già, non so nemmeno se resterò qui", gli disse Emily, andando verso la scuderia.

"Una cosa, Em", disse Kralen, mentre si avvicinavano alla porta.

"Che c'è, Kralen?"

"Noi, intendo dire tutti i cavalieri... abbiamo passato l'anno scorso a cercarti".

"Ok".

"Giusto perché tu sappia..."

Emily si accigliò ed entrò nella scuderia. Si guardò attorno spalancando gli occhi, i box maltenuti, le lampadine bruciate, la polvere che copriva tutte le superfici. Notò che i cavalli avevano tutti cibo e acqua freschi, ma dall'odore sembrava che la paglia non fosse stata cambiata da un pezzo.

"Chi sei?" Chiese un heku dall'aspetto malevolo dal fondo della scuderia. La fissò torvo venendo avanti.

"Attento", gli disse Kralen e l'heku si fermò.

"Mi dispiace, Signore", disse, guardando Emily: "Sono il responsabile della scuderia e tu non sei autorizzata a entrare".

Emily fece un cenno con la testa, si voltò e uscì immediatamente. Quando le guardie uscirono, sobbalzò, sentendo la porta sbattere alle sue spalle.

Emily sentì un basso mormorio alle sue spalle e capì che Kralen stava informando qualcuno del breve incidente nella scuderia. Alzò gli occhi quando sentì il rumore familiare del motore e vide Mark arrivare alla guida del suo vecchio pickup Chevy, rimorchiando la sua Aero.

Si fermò davanti al palazzo, scese e andò da lei: "Quel pickup ha bisogno di un bel po' di lavoro".

"No, va bene, grazie", disse e andò a sganciare la Aero.

"Lascia che ci pensi io", disse uno dei Cavalieri, infilandosi sotto per rimuovere il cavo di traino.

"Che ha fatto?" ringhiò Mark. Emily si voltò e vide lui e Kralen, un po' in là, che sussurravano.

Li ignorò e salì sul pickup per portarlo in garage, poi lo parcheggiò accanto alla nuova McLaren di Chevalier e si guardò attorno. La Humvee di Chevalier sembrava più nuova e ritenne che lo fosse anche la Mclaren. Non c'erano il suo Ram 3500 e la sua Rubicon, e i loro posti erano vuoti. Un Cavaliere portò l'Aero in garage e la parcheggiò accanto al pickup.

"Em... per la tua Jeep..." cominciò a dire Mark, ma lei lo interruppe.

"Va tutto bene", disse, tornando nel palazzo.

"No, non è come...".

"Mark, sul serio... non lo voglio sapere".

Mark sospirò: "Le scuderie, allora, noi eravamo tutti...".

"Me l'ha spiegato Kralen", gli disse, salendole scale. Dain le andò incontro al terzo piano e guardò sospettoso le guardie dietro di lei.

"Stai bene, mamma?" chiese, ringhiando piano verso Mark.

Mark fece per andare da lui, ma Emily prese la mano di Dain e lo condusse di sopra: "Vieni, prepariamoci per andare a letto".

Il Generale rimase in silenzio e decise di parlarne più tardi all'Anziano. Emily fece per entrare nella stanza di Chevalier, poi vide che la porta della stanza di Kyle era aperta. Sbirciò dentro e vide che era stata abbandonata. C'era un letto nudo contro una parete e i cassettoni erano spariti tutti.

"Si è trasferito con il resto del Consiglio", spiegò Kralen. "La stanza era destinata alle guardie degli Anziani, ma in effetti non è più usata da nessuno.

Emily annuì e controllò il bagno, che era buio e polveroso: "Dain?"

"Sì, mamma", Chiese, entrando nel bagno buio.

"Prendi le mie borse, resterò qui".

Lui annuì e sfuocò fuori dalla stanza.

"Em, perché vuoi restare qui? Non è nemmeno stata pulita", Chiese Mark.

"Ha un letto e un bagno che funziona".

"Anche la stanza dell'Anziano".

"Non ho il permesso di restare qui? Posso trovare un'altra stanza".

"Certo che puoi restare. Lascia che faccia venire una squadra per pulirla in fretta, però".

"No, va tutto bene".

"È piena di polvere e ragnatele".

"Va bene, non è il caso di disturbare nessuno", gli disse e prese la sua borsa da Dain.

"Accendo il fuoco", disse Dain e si mise al lavoro sul camino, spento da tanto tempo.

Emily accese le luci ma la maggior parte delle lampadine erano bruciate. Funzionava solo una lampada e usò quella luce per frugare nella sua borsa, mentre le guardie prendevano posizione fuori dalla sua porta e la chiudevano.

Quando Dain accese il fuoco fu più facile vederci e la stanza cominciò a scaldarsi: "Vuoi che prenda qualcosa da mangiare?"

"No, baby, sto bene così. Voglio sono andare a letto".

Emily si cambiò in fretta in bagno. Non c'erano luci funzionanti, ma ritenne che fosse comunque meglio di una stanza nei quartieri della servitù, senza bagno. Dain la aspettava sul letto, con il border collie. Sorrise e si sedette, si guardò attorno ancora una volta e poi si sdraiò.

"Vado a cercare delle coperte", disse Dain, alzandosi.

"No, non farlo. Sto bene".

"Si gela, qui".

"Il fuoco la scalderà, non voglio disturbare nessuno".

"Li ho sentiti parlare, mamma. I servitori sono contenti che tu sia tornata e farebbero qualunque cosa per te". Le studiò il volto: "Ti fa male?"

"Un po', passerà".

Dain prese la borsa e tolse il flacone delle pillole: "Prendine una".

"No, davvero, sto bene", gli disse e chiuse gli occhi. Dain si appoggiò alla testata del letto e guardò il fuoco mentre Emily e il border collie si addormentavano.

***

Chevalier vide le guardie di Emily. Erano ancora in postazione fuori dalla camera vuota: "E' la dentro?"
"Sì, Anziano".
Sospirò: "Perché?"
"Non lo so, Signore. Ha solo detto che era meglio degli alloggi della servitù, perché c'era il bagno".
"E sporca e buia, però".
"Non ha voluto che la facessi pulire".
"Accidenti, Em", sospirò Chevalier: "Dovrei andare a prenderle un'altra coperta, credo".
"Non ne ha nemmeno una. Non ha permesso a Dain di andare a cercarne una".
"Perché... "
"Perché non voleva disturbare nessuno", spiegò Kralen.
Mark apparve accanto a loro: "Gli hai già parlato delle scuderie?"
"Cosa succede alle scuderie?" Chiese Chevalier.
"Mortimer è stata piuttosto brusco con lei", disse Kralen. "Oltre a tutto non avevo idea di come fossero conciate. Non pulisce i box da chissà quanto, non fa manutenzione nell'edificio, ci sono ragnatele, polvere e lampadine bruciate dappertutto".
"Licenzialo", disse Chevalier e aprì la porta della camera dove dormiva Emily. Le guardie sfuocarono dentro quando sentirono un sibilo, e videro Dain acquattato, di fronte a Chevalier.
"Non farlo", sussurrò Mark.
"Sta dormendo", sibilò piano Dain.
"Indietro", ordinò Chevalier.
"No, lasciala stare, ha avuto una brutta giornata e sta soffrendo".
Chevalier si mise diritto: "Per che cosa?"
"Vattene e basta", disse Dain. Il border collie alzò la testa e balzò giù dal letto, pronto ad aggredire gli heku. Aveva il pelo irto e ringhiava.
Emily si svegliò quando sentì le voci e notò che lo stomaco le faceva male. Si mosse e le fitte peggiorarono. Si raggomitolò e gemette: "Dain".
Dain si voltò di colpo e si mise in ginocchio: "Mamma".

"Prendile", sussurrò e gli heku sentirono il cuore che accelerava e videro che stava sudando.

Dain afferrò la sua borsa e frugò cercando le pillole. Chevalier cercò di avvicinarsi, ma il Border collie si spostò con lui e cercò di mordergli le ginocchia.

Chevalier ringhiò: "Portate via questo dannato cane".

Silas apparve con una fune e tirò fuori il cane dalla stanza mentre Dain porgeva a Emily una delle sue pillole, che lei inghiottì senz'acqua. Era chinata in avanti, si teneva lo stomaco e Dain le mise un braccio intorno.

Chevalier ordinò alle guardie di uscire, poi si sedette accanto a lei: "Em?"

Dain alzò gli occhi, mentre teneva Emily che tremava per il dolore: "Non parlare con lei".

"Adesso basta, altrimenti ti farò portare via".

"Provaci".

Chevalier si alzò ma Emily sussurrò: "Non..."

"Em, che cosa posso fare?" Sussurrò, scostandole dolcemente i capelli dal volto.

"Ha preso la sua pillola. Ora ha solo bisogno di dormire", gli disse Dain, con la voce piena di rabbia.

Cadde il silenzio e mezz'ora dopo Emily si addormentò.

Chevalier si alzò e indicò la porta: "Fuori!"

Si alzò anche Dain: "No".

L'Anziano trascinò fuori Dain dalla porta e le guardie heku si spostarono quando passarono. Kralen richiuse la porta in silenzio quando Chevalier e Dain si misero uno di fronte all'altro, acquattandosi.

"Te l'ho detto, ragazzo, non devi ostacolare nessuno, in questo palazzo, specialmente me", disse Chevalier deciso.

"So quello che hai detto, ma non sei il mio capo e lascerai stare la mamma quando sta male", urlò Dain.

Chevalier spinse violentemente dai contro il muro di pietra con la mano intorno al collo: "Farai quello che ti ordino".

Kyle apparve nell'atrio e andò in fretta accanto a Dain.

"Non permetterò che tu le faccia male", disse Dain con voce strozzata, continuando a fissare suo padre minacciosamente.

Chevalier sbatté la testa di Dain contro le pietre. "Non sei più responsabile per Emily. Mi hai capito?"

Chevalier fece un passo indietro e Kyle bloccò Dain mentre l'Anziano entrava a controllare Emily. Qualche minuto dopo il dott. Cook passò davanti a loro ed entrò in camera. Dain cercò di liberarsi dalla presa di Kyle.

"Lasciami andare", ringhiò.

"No, almeno finché non avrai imparato qual è il tuo posto", gli rispose Kyle.

Chevalier alzò gli occhi quando entrò il dott. Cook: "Sta piuttosto male".

Il medico si sedette accanto al letto e le sentì la fronte: "Ha la febbre. Ha preso la pastiglia?"

"Sì, circa mezz'ora fa".

"Ha cenato?" Chiese auscultandole il cuore.

"No".

"Si è innervosita?"

Chevalier sospirò: "Sta dormendo qui dentro..."

Il medico si guardò attorno nella stanza vuota: "Se ha preso la pillola non c'è molto che possiamo fare. Assicurati che non beva caffè domani mattina e cerca di farle mangiare qualcosa".

"È tutto?"

"Sì, mi dispiace".

Chevalier guardò il medico uscire e si sdraiò accanto a Emily. La abbracciò e cadde immediatamente nei suoi sogni.

"Emmmily", la voce chiara risuonò nella scuderia buia. Emily si guardò alle spalle e continuò a correre, passando davanti a file e file di cavalli imbizzarriti che scalciavano contro i box e nitrivano forte.

"Continua a correre o ti prenderà" disse Exavior mentre passava. Sogghignò quando lei gli chiese di aiutarla, e mise avanti le mani: "Non posso aiutarti, tu mi hai ucciso".

Si voltò, continuando a correre disperatamente per cercare una via di uscita dall'enorme scuderia. Quando girò un angolo, si fermò di colpo quando di fronte a lei apparve una fila di lupi grigi. Erano acquattati e ringhiavano mentre avanzavano lentamente verso di lei con i denti che brillavano nella notte.

Emily si guardò indietro e sentì qualcuno alle sue spalle. Si voltò e trattenne il fiato quando Chevalier le sorrise.

"Aiutami", sussurrò, mettendosi dietro a lui.

"Perché dovrei? Sei solo una grassa, pigra mortale buona a niente. Spero che Dustin ti dissangui", disse Chevalier, cominciando a ridere.

Emily si voltò verso i lupi, e adesso erano heku. Dustin, Kyle, Damon, il Luogotenente Encala Andrew e il Capitano Thukil Darren sorridevano tutti crudelmente e si avvicinavano a lei.

"Fate in fretta, detesto sentirla piagnucolare", disse Chevalier, scomparendo nella scuderia.

"Dallo a me", disse Silas, accanto a lei. Vide che aveva in mano lo stiletto di Kyle. Emily pensò che la avrebbe protetta e invece Silas le affondò lo stiletto nello stomaco.

Chevalier Inspirò bruscamente quando sentì il dolore dello stiletto nel suo stomaco e il dolore bruciante della lama che penetrava.

"Emily, svegliati", sentiva una voce venire da lontano, ma il dolore stava aumentando. Silas fece un passo indietro e passò la lingua sulla lama coperta di sangue.

"Mm, non male, fatevi avanti", disse, arretrando di un passo indietro. Gli heku si trasformarono di nuovo in lupi e si lanciarono addosso a lei.

"Forza, Em, svegliati", diceva la voce dolce.

"Non riesco a svegliarmi", gridò mentre Damon cominciava a masticarle lo stomaco. Il dolore era intenso e tutto il corpo tremava mentre i lupi le divoravano la carne.

Chevalier apparve accanto a lei e si sedette a osservare i lupi: "Sbrigatevi, sta continuando a lamentarsi".

Kyle alzò gli occhi: "Accidenti, Anziano, lasciacela godere".

"Ok", ringhiò: "Immagino che dovremo ascoltarla".

"Smettetela", gridò Dain e corse dove stavano mangiando gli heku.

"Dain...", sussurrò Emily, nonostante il dolore.

Il giovane heku si sedette accanto a suo padre: "Mi avevi promesso che avrei potuto averne un po'".

"Em...", sentiva la voce gentile e cercò di avvicinarsi, ma il dolore le impediva di allontanarsi dagli heku.

"Che cos'è questo odore?" Chiese Tucker. Emily alzò gli occhi e ansimò. Era anche lui un heku e la guardava con gli occhi affamati, da predatore.

"Cara, svegliati", sentiva la voce del dott. Cook echeggiare nelle scuderie.

"Aiutami", sussurrò, sperando che il medico riuscisse a sentirla.

"Posso assaggiare anch'io?" Chiese Tucker, avvicinandosi al banchetto degli heku.

"Certo", disse Damon, spostandosi. I denti di Tucker che affondavano nello stomaco rinnovarono il dolore e lei gridò piano.

"Perché non si sveglia?" Chiese Chevalier. Emily lo guardò, stava parlando con il muro della scuderia.

La voce del dott. Cook risuonò ancora nelle scuderie: "È bloccata nel suo sogno... Emily, dai, svegliati".

"Accidenti, se avessi saputo che era così buona l'avrei uccisa io al ranch", disse Tucker, sogghignando, i suoi canini erano più lunghi di quelli degli altri e avevano delle punte d'argento da dove gocciolava il suo sangue.

"Emily, ascoltami", disse Chevalier. Lo guardò e vide che non stava più sorridendo, la sua voce era seria: "Svegliati, è solo un sogno".

Sentì un ringhio infuriato di Dain, ma quando guardò, vide che stava ancora banchettando con il suo stomaco, rendendo il dolore più intenso.

"Portatelo fuori da qui". Disse Chevalier, continuando a parlare con il muro.

"Togliele le mani di dosso", ringhiò Dain.

"Kyle!" Chiamò Chevalier.

"Dannazione", sibilò Kyle.

"No!", gridò Dain.

Emily ansimò. Di colpo si trovò in piedi di fronte al Consiglio degli Encala, continuando a tenersi lo stomaco mentre il sangue gocciolava dai segni di puntura.

"Ti condanniamo a morte", disse Frederick, sorridendo.

"Sì, ma come?" chiese William.

"Sta già morendo, non vedete?" disse loro Frederick, e si gettò su di lei.

Emily urlò e si sedette di colpo. Ebbe appena il tempo di vedere la vecchia camera di Kyle, prima di piegarsi in due. Il dolore continuava a tormentarla.

"Em, prendi questa" disse Chevalier, porgendolo una pillola. Emily la prese in fretta e la mandò giù senz'acqua, poi rimase china in avanti per alleviare un po' il dolore allo stomaco.

"Bevi", disse il medico, porgendole un bicchiere di latte.

Non aveva la forza di ribellarsi, quindi prese il bicchiere di latte e lo beve. Detestava il modo in cui il medico e Chevalier la osservavano mentre aspettava che il farmaco facesse effetto, così nascose il volto tra le braccia, dondolando piano.

Quando il dolore cominciò ad attutirsi, guardò Chevalier: "Dov'è Dain?"

"È con Kyle... Em, succede spesso?"

"No, non spesso", disse e si sedette per stirarsi.

Il medico si sedette accanto a lei: "Più di una volta la settimana?"

"Caffè, per favore", disse, scendendo lentamente dal letto.

"Annulla l'ordine", disse Chevalier rivolto la porta.

"Come? Perché?"

"Il caffè peggiora l'ulcera", le disse il dott. Cook.

"Il mio medico ha detto che il caffè va bene".

Il dott. Cook le rivolse un sorrisino: "Ho parlato con il tuo medico. Ti aveva detto niente caffè".

Emily fissò minacciosa il medico, poi prese i vestiti ed entrò in bagno, sbattendo la porta.

Chevalier scosse la testa e ordinò dei pancake. Accompagnò fuori il medico quando sentirono la doccia e poi andò da Kyle, che stava ancora trattenendo Dain.

Dain fissò suo padre: "Mi ha chiamato".

"Sì, nel sonno", gli disse Chevalier: "Stava sognando quando ti ha chiamato... ti ripeto, non sei più responsabile per tua madre".

"Sì, invece!" Gridò Dain: "Sei stato lontano per un anno dopo averla buttata fuori a calci da casa sua".

"Sai benissimo che non sono stato io".

"Non ti ho nemmeno visto cercare la mamma. Hai mandato in giro la Cavalleria mentre tu te ne stavi nel palazzo degli Encala, senza fare niente per trovarla", ringhiò Dain.

Le braccia di Kyle si strinsero intorno a lui: "Stai attento a quello che dici, ragazzo".

"No, deve sentirlo ed io non ho tanta paura di lui da non dirglielo in faccia". Disse Dain, fissando suo padre.

"Finché non avrai capito come funziona una fazione, non hai il diritto di parlare con me in quel modo", gli disse Chevalier.

"Lascialo andare!" Gridò Alexis, correndo da Kyle e aggrappandosi alle sue braccia.

"Alex, smettila", le disse Kyle.

"No, lascialo andare".

"Alex...", disse Chevalier, staccandola da Kyle.

"No, la mamma non ti permetterebbe di trattarlo così".

"Non gli abbiamo fatto niente", le disse Chevalier: "Ha solo esagerato e... Alex, no!"

Kyle si voltò di colpo quando si rese conto che, mentre la guardava, lei si stava concentrando per incenerirlo.

"Alex", disse Allen, salendo le scale.

"Allen, digli di lasciarlo andare".

"No, Alex, devi lasciarglielo fare", disse Allen, prendendole la mano.

"Non capisci. Lui si prende cura della mamma. Lei ha bisogno di lui".

"No, sono io che mi prendo cura di tua madre", le disse Chevalier.

"Tu non c'eri! Tu non hai visto che cosa ha passato la mamma quando l'hai cacciata via. Non hai visto me e Allen, da soli in una stanza d'albergo mentre la mamma era in sala operatoria... non c'eri quando gli Encala ci hanno attaccato e Dain me li toglieva di dosso in modo che io potessi incenerirli...".

"Aspetta", disse Chevalier, a occhi sgranati: "Gli Encala hanno attaccato te e Dain?"

"Sì, cercavano la mamma", disse Alexis: "Tu non c'eri quando gli uomini hanno cominciato ad aggredire la mamma... non sono stupida, so che cosa volevano, e Dain, Pelton e Tucker l'hanno tenuta al sicuro. Non puoi aspettarti che lui smetta all'improvviso solo perché hai deciso di tornare".

"Alexis", sussurrò Allen e cominciò a tirarla giù per le scale,

"Tu puoi anche aver occupato il palazzo degli Encala... ma la mamma, Dain ed io li abbiamo combattuti, un attacco dopo l'altro... Non ha l'ulcera! Lei...".

"Allen, aspetta", disse Chevalier e scese le scale per raggiungerli: "Continua, Alexis".

Lei smise di parlare e diede un'occhiata a Dain quando gridò: "Alex, smettila".

Il dott. Cook prese il telefono e compose in fretta il numero del medico in Louisiana, entrando nell'alloggio di un servitore per parlare tranquillamente.

"Continua a parlare", disse Chevalier a sua figlia.

Alexis guardò Dain e sospirò; "Niente, andiamo, Allen".

"No, che cosa volevi dire?" Le Chiese Allen.

Alexis tese la mano a Dain: "Tutto quello che voglio dire è.... la mamma, Dain ed io ce la siamo cavati da soli. Non abbiamo bisogno degli Equites".

Kyle lasciò andare Dain quando vide che cercava di andare da sua sorella e Dain si avvicinò e le prese la mano.

"Buongiorno, Anziano", disse Miri, avvicinandosi ad Allen.

Chevalier la ignorò e osservò attentamente Dain mentre lui e Alexis scendevano le scale, con Allen e Miri dietro di loro.

Il medico uscì e sospirò: "Il suo medico in Louisiana non vuole dirmi di che cosa parlava Alexis, ma lo sa. Si attiene al principio di riservatezza tra medico e paziente".

Chevalier tornò in camera quando sentì chiudersi la doccia, si sedette e aspettò Emily, che uscì in jeans e t-short, facendosi una treccia.

"Dobbiamo parlare", disse dolcemente Chevalier.

Lei finì di legarsi i capelli: "Di che cosa?"

"Gli attacchi degli Encala mentre eri via".

Emily sospirò: "Ce ne siamo occupati noi".

Chevalier batté sul letto accanto a lui: "Siediti per favore".

Emily esitò e poi si sedette.

"Quante volte vi hanno attaccato?"

"È tutto ok, ci abbiamo pensato noi".

"Dimmelo".

Lei abbassò gli occhi: "Ci sono stati otto attacchi".

"Quanti heku per volta?"

"La volta peggiore erano 83".
"Li hai inceneriti?"
"Sì".
"Dove sono le ceneri?"
"Dain le ha sepolte tra gli alberi vicino al ranch".
"Perché non me l'hai detto?"
Lei alzò gli occhi: "Perché non aveva importanza. Le aggressioni da parte degli heku erano parte della mia vita prima e se tornerò al mondo mortale, è normale pensare che ci saranno ancora".
"Però..."
"Che cosa, Chevalier? Hai praticamente spazzato via gli Encala. A che servirebbe cercare vendetta anche per quello?"
"Che cosa hanno fatto gli Encala per causarti i dolori allo stomaco?"
"Sono ulcere", gli disse.
"Emily?" disse Zohn dietro di lei e lei si voltò a guardarlo: "Provaci ancora, per favore".
"Mi hai promesso che avrei potuto prendermi cura di te", le ricordò Chevalier.
"Le pillole per l'ulcera aiutano, comunque".
"Non del tutto, altrimenti non avresti avuto l'attacco di ieri sera".
Emily fissò Zohn: "Va bene, ok... non ho l'ulcera"
"Che cos'hai?"
"Non so che cos'è", disse loro. "Quando le pillole per l'ulcera hanno funzionato, non ho più fatto gli esami che mi aveva ordinato il medico per scoprire che cosa avevano causato gli Encala".
Zohn avvicinò una sedia.
"Non interrogatemi, per favore", sussurrò e guardò verso la finestra quando gli occhi si riempirono di lacrime.
"Abbiamo bisogno di sapere che cosa hanno fatto", le disse Chevalier, prendendole la mano: "Ho fatto venire Zohn per rendere le cose più facili per te, mentire non ti aiuterà".
"Non importa" disse a entrambi: "Degli attacchi ci siamo occupati io e i ragazzi. Dirvelo vi farà solo andar fuori di testa, e il danno è già stato fatto. Spero che questa faccenda di non invecchiare sistemi tutto e il dolore smetta".
Chevalier le sfiorò una mano: "Che cosa ti hanno fatto?"
"Era un veleno?" Chiese il medico, ed Emily lo guardò senza rispondere.
Zohn sospirò: "Sì".
Emily lo guardò: "Per favore, Zohn, no".
"Con che cosa ti hanno avvelenato?" Chiese Chevalier e lei abbassò gli occhi guardandosi le mani.

Emily si alzò e si guardò attorno.
"Per favore, diccelo".
"Ho bisogno... puoi chiedere al sovraintendente se posso cavalcare il mio cavallo?"
Chevalier cercò di prenderle la mano: "Perché non ce lo vuoi dire?"
"Non posso affrontarlo... non posso affrontare la rabbia", sussurrò e frugò nella valigia finché trovò i guanti di pelle: "Ce l'ho fatta da sola, a proteggere me stessa e i ragazzi dagli Encala".
"Non ci arrabbieremo. Mi aiuterà solo a curarti", le disse il medico.
"Per favore", sussurrò e capirono che stava per farsi prendere dal panico.
"Ho licenziato il sovraintendente, fai quello che vuoi nella scuderia", le disse Chevalier.
Lei annuì e uscì in fretta.
"A me piacerebbe saperlo", gli disse Zohn.
"Sì, bene, sarà più facile senza Emily intorno", disse Chevalier, poi chiese ad Allen di portare lì Alexis.
Miri e Alexis apparvero qualche minuto dopo.
"Mi dispiace, Anziano. Allen stava trattenendo Dain, quindi l'ho portata io", disse Miri, inchinandosi.
"Siediti, Alexis", disse Chevalier, tirando una sedia vicino a lui.
"Che c'è?" Chiese Alexis, sedendosi, dopo aver dato un'occhiata al medico e a Zohn.
"Fuori", disse Chevalier a Miri, che uscì chiudendo la porta.
"Che c'è, papà?" Chiese Alexis, irritata.
Chevalier si sedette accanto a lei e quando lei lo guardò, la mise immediatamente sotto controllo. Zohn e il dott. Cook si sedettero ad ascoltare.
"Mi senti?" le chiese Chevalier, con la voce dolce e tranquilla.
"Sì", rispose Alexis a bassa voce.
"Parlami dell'attacco degli Encala che ha causato i dolori di stomaco di Emily".
Lei sospirò: "Stavamo sistemando il tavolo della cucina, la mamma ed io".
Gli heku la osservarono irrigidirsi ed esitare.
"Cerano solo due Encala", sussurrò, cominciando ad avere paura: "Avevano controllato i braccianti, due di loro... era troppo e Dain stava dormendo. Aveva avuto un attacco la sera prima... noi stavamo verniciando... il tavolo... la mamma mi ha detto di scappare, ma io ho guardato dagli alberi".
Chevalier parlò piano: "È finita, Alexis, non ci sono Encala qui".

Lei si calmò un po': "La mamma ha cercato di difendersi. Aveva incenerito gli Encala, ma i mortali continuavano a tornare. I loro occhi erano... vuoti. Non sapevano che cosa stavano facendo. Lei ha lottato, ma era stanca... era rimasta sveglia per Dain. Hanno visto che c'era il solvente per vernici...".

"Va tutto bene, Alex, non sono qui", le disse quando sentì il cuore che martellava.

"Volevo aiutarla, ma erano mortali. Erano forti e l'hanno tenuta ferma mentre guardavo...".

"Ssst, Alex, va tutto bene", sussurrò di nuovo quando gli occhi le si riempirono di lacrime.

"L'hanno tenuta ferma e gliel'hanno fatto bere", sussurrò, poi rimase in silenzio mentre le immagini passavano e ripassavano davanti ai suoi occhi.

"Le hanno fatto bere il solvente per vernici?" Chiese Chevalier.

"Sì... poi è arrivato Tucker... era furioso... aveva una pistola e ha sparato ai due. C'era tanto sangue e la mamma stava vomitando e tremando. Sembrava vernice e il sangue... era dappertutto", sussurrò Alexis. "Ho dovuto... ho dovuto chiamare un'ambulanza, la mamma stava sanguinando e soffriva tanto".

Chevalier non riusciva a parlare. Era sotto shock.

Alexis continuò in fretta: "Tucker e Pelton hanno nascosto in fretta i corpi tra gli alberi, poi Tucker ha preso la mamma e hanno aspettato l'ambulanza. A quel punto lei non riusciva più a respirare e lui le ha fatto la respirazione bocca a bocca finché è arrivata l'ambulanza. Lui è andato con lei, ma noi non potevamo... ha detto ai braccianti che arrivavano di tenerci lontani dagli alberi".

Chevalier fece un respiro profondo e continuò a tenerla sottocontrollo: "Dove sono i corpi?"

"Dain si è svegliato mentre la mamma era in Cura Intensiva", sussurrò Alexis: "Ha portato i corpi in fondo al bosco. Non so che cosa ne ha fatto. È arrivata la polizia e ha fatto delle domande ai braccianti, ma loro non avevano visto niente. Dain... Dain ha messo sotto controllo i poliziotti e ha detto loro che Tucker e Pelton non erano coinvolti.

Chevalier si concentrò sui suoi occhi: "Alex, tu non ricorderai di averci parlato... non ci hai detto niente di quello che hanno fatto gli Encala".

"Ok", rispose lei, come in sogno.

Chevalier interruppe il contatto e guardò Zohn, che si alzò: "Alex, che cosa hanno fatto gli Encala alla tua mamma?"

Lei fece una smorfia: "Non ve lo dirò".

"Abbiamo bisogno di saperlo".

"No".

"Sappiamo già che è stato un veleno, la tua mamma se l'è lasciato sfuggire. Dobbiamo solo sapere di che tipo".

Alexis strinse i denti: "No".

Lui annuì: "Va bene, torna dai tuoi fratelli".

Alexis lo guardò e poi tornò in fretta nella sala giochi, dove la stavano aspettando Allen e Dain.

Il dott. Cook era visibilmente sconvolto: "Dovrò fare delle ricerche per capire con che cosa abbiamo a che fare".

"Subito", sibilò Chevalier, poi guardò Zohn quando il medico fu uscito.

"Non ho mai sentito niente del genere", sussurrò Zohn: "Immagino pensassero che l'avrebbe uccisa".

"Andrò a parlare con gli Encala", ringhiò Chevalier, andando alla porta. Si fermò e si girò quando Zohn parlò di nuovo.

"Non puoi prenderti cura di Emily se sei lontano. Nessuno può nemmeno lontanamente fare quello che fai tu per lei".

"Devono essere puniti".

"Prenditi cura di lei, prima, e poi parleremo con gli Encala, e decideremo fin a dove vogliamo arrivare".

Chevalier annuì, poi gettò una sedia contro la parete di pietra, fracassandola. Si prese qualche minuto per calmarsi, poi scese nella sala giochi. Sentiva Allen e Alexis che parlavano con Dain, cercando di calmarlo, mentre Kyle li osservava. Spostarono tutti l'attenzione su di lui quando entrò.

L'Anziano si sedette accanto a Dain: "La tua mamma ci ha detto che cosa hanno fatto gli Encala e che cosa le hanno fatto bere".

Alexis guardò Dain, sciccata.

"Che cosa hai fatto con i corpi?"

Dain guardò suo padre negli occhi: "Li ho fatti a pezzi e poi li ho sepolti".

"Dove?"

"Fuori, tra gli alberi, a circa tre chilometri a sud del ranch".

"Ok, ci penso io", disse Kyle, scomparendo dalla stanza.

Chevalier si sedette e osservò i ragazzi che parlavano dell'ultimo anno, notando che né Alexis né Dain parlavano degli attacchi degli Encala.

"Anziano?" disse il dott. Cook dalla porta. Chevalier lo seguì nell'atrio.

"Allora, con che cosa abbiamo a che fare?"

"Con un avvelenamento da idrocarburi, l'ingrediente pericoloso nel solvente per vernici", spiegò il medico. "Avrebbe fatto gonfiare subito la gola, ecco perché Tucker ha dovuto immetterle a forza l'aria nei polmoni. Per il resto, le ha bruciato l'esofago e ha distrutto il rivestimento dello stomaco, e questo tipo di danni causa forti dolori".

"Per quanto tempo?"

"Indefinitamente, però... Emily ha ragione, il suo sangue heku la fa guarire quando altri non potrebbero, la teniamo sotto PPI, che bloccano la secrezione degli acidi e la terremo sotto osservazione. Dovrà mangiare pochi cibi acidi e questo include il suo adorato caffè e la cola".

"Ok, informa i cuochi di quello che può e non può mangiare. Se ordina qualcosa che non è nella lista approvata, devono contattare me, io sceglierò qualcos'altro e gliene parlerò io".

"La parte più difficile", disse il medico: "Sarà di farla riposare a sufficienza. Lo stress rende le cose molto, molto peggiori. In questo momento dovrebbe stare a letto in un ambiente tranquillo".

"Non lo farà".

"Lo so, ma almeno dovremmo limitare gli sforzi fisici e cercare di alleggerire lo stress".

Chevalier sospirò: "Più facile a dirsi che a farsi. Farò quello che posso, ma non voglio farla innervosire troppo".

"A cominciare da ora".

"È fuori a cavalcare, credo".

"Non è quello che ho sentito io", disse il dott. Cook e cominciò a scendere le scale.

"Mark...", chiamò Chevalier ed entrambi andarono nella scuderia. Le guardie di Emily erano fuori e le porte erano chiuse. Tutti i cavalli erano nel corral, a brucare.

"Anziano", disse Silas, con un inchino

Chevalier guardò le porte: "Perché siete fuori e non all'interno a sorvegliare?"

"Emily ci ha chiesto un po' di tempo da sola nella scuderia. Abbiamo stazionato degli heku anche alle porte sul retro", spiegò Silas.

"Sembra che sia pulendo".

"Già, ovvio", disse Chevalier: "Prendete nota, nuovi ordini. Non deve fare sforzi fisici finché il medico non le darà il permesso".

Silas annuì: "Sì, Anziano, dobbiamo entrare a parlarle?"

"No, ci pensiamo noi", gli disse Chevalier e lui e Mark entrarono. Emily era fradicia di sudore e stava spalando il letame da uno dei box. Ne aveva finiti solo quattro, ma ora erano pulitissimi, la paglia era fresca e mangiatoia e abbeveratoio erano stati tirati a lucido e riempiti.

Mark aprì la porta della scuderia e chiamò tutti i Cavalieri.

Emily lo guardò: "Che ci fai qui?"

"Chiamo la Cavalleria. Questo posto è disgustoso e ci vorrà un po' a pulirlo".

"Sì... ecco perché sto pulendolo. Non ho bisogno di aiuto".

"Sì invece", disse Chevalier, togliendole il forcone dalle mani: "Niente lavoro fisico finché non lo dirà il medico".

"Come? Perché?"

"Per il danno causato dal solvente", le disse.

Emily rimase senza fiato: "Cosa?"

"Lo sappiamo. Tu puoi dirigere i lavori, ma non devi alzare un dito".

"Non so chi te l'abbia detto, ma non è vero", gli disse, cercando di riprendere il forcone.

"Dobbiamo ripassare tutto un'altra volta? Il fatto di darmi retta?" Le chiese, tenendo il forcone più in alto.

Emily si voltò quanto tutti i 57 Cavalieri cominciarono a pulire i box.

Sospirò: "Posso lavorare".

"No, non puoi".

Emily incrociò le braccia: "Come hai osato controllare Alexis".

Chevalier sorrise: "Dovevo sapere con che cosa avevamo a che fare".

"Lady Emily?" La chiamò una delle Guardie di Città. Lo vide in piedi fuori dalla scuderia che guardava nervosamente Chevalier. Notò che gli tremavano le mani.

"Sì?"

"C'è un visitatore per lei alla fattoria".

"Ok, ci vado".

Emily si avviò, poi si voltò quando sentì qualcuno dietro di lei. Sospirò vedendo Kralen, Mark e Chevalier. Sapendo di non poter vincere, entrò nel tunnel e poco dopo arrivò alla fattoria. Non era ancora stata nel nuovo edificio costruito dopo che la S.S.V. aveva distrutto il precedente. Era più grande e le piacquero i colori più vivaci con cui era dipinta.

La guardia le aprì la porta ed Emily vide Tucker che aspettava sul portico. Corse avanti e lo abbracciò.

"Sei difficile da rintracciare", le disse, staccandosi da lei. Guardò i tre heku e poi Emily, che sorrise: "Non sapevo che mi stessi cercando".

"Certo che ti cercavo. Sei sparita una notte e non mi è piaciuto... volevo assicurarmi che quei tipi non ti avessero trovato un'altra volta".

"Sto bene, sono solo ritornata da mio marito, ecco tutto", gli disse, voltandosi a guardare Chevalier.

"Alcuni tipi grossi sono venuti al ranch a cercarti", le disse Tucker: "Gli ho detto che ti eri trasferita in Texas".

Emily sorrise: "Grazie".

Tucker si voltò verso la porta, poi sospirò e la guardò di nuovo: "Non posso lasciarti da sola...".

"Va tutto bene", gli disse Chevalier: "La proteggeremo noi".

"Già, beh, dove eravate quando tutti quei tizi grossi le davano fastidio?" Chiese, incrociando le braccia.

"È difficile da spiegare".

"Dov'è Pelton?", Chiese Emily, vedendo, fuori dalla finestra, il pickup polveroso di Tucker.

"Se n'è andato lo stesso giorno in sei partita tu. Da quello che ho sentito sta lavorando in un ranch nel Wyoming e non gli interessava seguirmi per tutto il paese per cercarti", spiegò Tucker.

Mark sorrise: "Beh, è strano, ma stavo venendo a cercarti io".

Tucker si fece teso: "Per che cosa?"

"Volevo solo parlarti... farti un'offerta".

Emily rimase senza fiato: "Che offerta?"

"Sì, che offerta?" Chiese Tucker, incrociando le braccia.

Mark sorrise a Kralen e poi tornò al mortale: "L'offerta di diventare uno di noi".

"No", esclamò Emily.

"Volete che diventi un militare?" Chiese Tucker, confuso.

"No, tu non vuoi", disse Emily, e aprì la porta: "Ti scriverò, Tucker".

"No, voglio sentirla", disse, rivolto a Mark.

Mark guardò nervosamente Emily e poi l'uomo: "Non siamo militari... noi siamo... heku".

"Che diavolo è un heku?"

"Non farlo", disse Emily e si mise davanti a Tucker: "Mark, smettila o ti riduco in cenere".

"Cenere?" Chiese Tucker. La sua confusione ora era totale.

"Em, lascia almeno che gli facciano la proposta", suggerì Chevalier.

"No, non è giusto".

"Non capisco", disse loro Tucker.

"Non farlo, non capisci", gli disse Emily, "Vogliono ucciderti".

"Em...", sussurrò Chevalier: "Per favore...".

Tucker socchiuse gli occhi e il dito si contrasse sulla pistola al suo fianco.

"No, non vogliamo ucciderti", gli disse Mark, sorridendo; "Vogliamo renderti immortale".

"Sono vampiri", gli disse Emily, avvicinandosi a lui: "Vogliono trasformarti in uno di loro".

Tucker sorrise: "Vampiri?"

"Il mito dei vampiri ha avuto origine dalla nostra specie", spiegò Mark: "Però non siamo vampiri".

"Bevono il sangue", disse Emily.

"Em, smettila", le disse Chevalier.

"Davvero?" Chiese Tucker.

Kralen accennò un sorriso: "Beh... sì".

"C'è di più, però", gli disse Mark: "Noi tre, gli heku in questa stanza, abbiamo migliaia di anni e facciamo parte di una specie che ha una struttura militaristica. Passiamo il nostro tempo a proteggerci da altri come noi che consideriamo nemici".

"Ti manderanno un paletto nel cuore", gridò Emily.

Tucker continuò a guardare Mark. "Voi ragazzoni siete... com'era?"

"Heku", gli disse Mark. "Chevalier, il marito di Emily, è un Anziano. E' uno di quelli più alti in grado della nostra fazione".

"Quante fazioni ci sono?"

"Ti daremo il resto delle informazioni quando avrai deciso di unirti a noi".

"Voi siete tutti grandi e grossi".

"Fa parte dell'essere heku".

"Tucker, ascoltami", disse Emily, prendendogli la mano: "Non farlo".

"Perché no?" Le chiese: "Non ho niente, niente famiglia, nessun vero amico. Sai che quando te ne sei andata il proprietario ha deciso di vendere il ranch a un imbecille di New York?"

"Qual è il problema, Em?" Chiese Mark: "Non ti è importato quando il dott. Edwards è diventato un heku".

Emily rimase senza fiato e Chevalier ringhiò: "Mark...".

Mark sbarrò gli occhi e rimase zitto.

Lei si rivolse a Chevalier: "Avete... avete trasformato il dott. Edwards? Quando?"

"È venuto da noi circa tempo fa. È sugli ottanta e voleva unirsi al Clan dell'Isola... e adesso vive là".

"L'avete trasformato?"

"Sì, su sua richiesta".

"Se lo state offrendo a Tucker solo perché pensate che mi serva un'altra guardia, allora vedrete!" gridò Emily.

"Allora Emily non è un'heku?" Chiese Tucker.

"No... e la sua storia arriverà dopo la tua trasformazione", gli disse Mark.

"Non sarà una delle tue guardie, Emily. Diventerà un membro del Clan dell'Isola", spiegò Chevalier.

"Così, che cosa succede?" Chiese Tucker: "Mi unisco a voi, mi trasferisco su quest'Isola e non muoio più?"

"Berrai il sangue, Tucker", disse Emily, infuriandosi quando vide che stava seriamente prendendo in considerazione l'offerta: "Non ne sai nemmeno la metà".

"Se deciderà per la trasformazione", spiegò Mark: "Gli diremo il resto e potrà ancora tirarsi indietro".

Le si riempirono gli occhi di lacrime: "Io non voglio saperne niente!"

Gli heku la guardarono entrare nella fattoria e poi sentirono sbattere la porta dei tunnel.

"Se non è un heku, perché vive qui?"

"È mia moglie", gli disse Chevalier.

"Allora dov'eri quando è stata aggredita?"

"La stavo cercando... era scomparsa".

"Heku... allora qui tipi grossi che continuavano ad attaccarla?"

"Sono nostri nemici", gli spiegò Mark.

"Sono più vecchio di tutti voi e parecchio più piccolo".

Mark sorrise: "Cambierà".

"Non ho una famiglia e in questo momento nemmeno un lavoro. Speravo di trovare Emily per vedere se avrebbe comprato il ranch come aveva sempre voluto... per lavorare per lei", disse Tucker riflettendo.

"Non diventerai vecchio, né morirai di vecchiaia... il Clan dell'Isola si prenderà cura di te, niente più preoccupazione per i soldi e poi potrai tentare di unirti allo staff di guardia", gli disse Mark. "Sia Kyle sia io abbiamo individuato in te delle qualità che non si possono insegnare, qualcosa di innato che potrebbe andare a beneficio del Clan di Chevalier".

"Perché Emily è così contraria?"

"Ha avuto un'esperienza traumatica con gli heku quando era bambina. Ha fatto sì che abbia una forte avversione all'idea di trasformare qualcuno".

"Ma vive con gli heku".

"Sì, vive con noi e ci vuole bene, solo non vuole diventare una di noi".

"Diventerò automaticamente un membro del Clan dell'Isola?" Chiese Tucker.

"No, sarai trasformato come membro in prova", gli disse Chevalier: "Dopo cinquant'anni diventerai un membro effettivo".

"In prova?"

"Sì, ma ci vuole parecchio per essere buttati fuori".

"Che cosa succede se dico di sì?"

"Mark ed io cominceremo la procedura. Faremo gli esami medici e poi decideremo una data per la trasformazione. Una volta trasformato, ti assegneremo un mentore sull'Isola che risponderà a tutte le tue domande e ti aiuterà a integrarti", spiegò Chevalier.

Tucker sospirò: "Non voglio sconvolgere Emily".

"Le passerà", gli disse Mark: "Quando vedrà che sei contento".

Mark guardò il retro della fattoria e sussurrò: "Anziano, c'è un problema con Dain".

Chevalier e Mark scomparvero e Tucker rimase senza fiato.

Kralen sorrise: "Facciamo una chiacchierata... siediti".

Dain

"Fai qualcosa", gridò Chevalier al medico.

"Non c'è niente da fare, il danno è fatto", disse e si allontanò dall'Anziano furioso.

Chevalier guardò Emily, che tremava per il dolore allo stomaco e ricordò che erano stati gli Encala a causarlo. L'unico suono che le sfuggiva dalle labbra era un gemito quando si raggomitolava in posizione fetale.

Il dott. Cook guardò nervosamente la porta: "Sta facendo un bel casino".

Chevalier guardò anche lui verso la porta: "Lo so, ma non entrerà".

"Se è in grado di confortarla, forse dovremmo farlo entrare".

"Non possiamo. Sono passati due mesi dal suo ritorno e ritiene ancora di doverla proteggere lui. Non cederò".

Chevalier mise un panno bagnato sulla testa di Emily quando il dolore la fece sudare. La osservava attentamente, giurando in segreto di farla pagare gli Encala per la sua sofferenza.

"È qui", sussurrò il dott. Cook".

"Fatelo entrare".

Il dott. Edwards entrò esitante. Non era molto tempo che era un heku ed era nervoso all'idea di avvicinarsi al profumo Winchester, ma era stato chiamato dal consiglio per vedere se era in grado di aiutare il dott. Cook, per il dolore di Emily.

"Sono contento di vederti", disse il dott. Cook, stringendogli la mano: "Prenditi un po' di tempo per acclimatarti completamente, anche se normalmente non c'è sangue".

Il dott. Edwards annuì: "Era veramente solvente per vernici?"

"Sì, non sappiamo quanto tempo l'ha tenuto giù o quello che le hanno fatto al pronto soccorso. Si appellano al segreto medico/paziente"

"Vedo... che cosa avete fatto?"

"È in cura con i PPI. Le abbiamo tolto il caffè e i cibi acidi e abbiamo cercato di obbligarla a prendersela comoda ma..."

Il dott. Edwards sorrise: "Lo so".

Emily alzò gli occhi e sorrise debolmente: "Dott. Edwards?"

Lui si avvicinò e si sedette accanto al suo letto, poi le prese la mano: "Mia cara, come ti senti?"

"Sta passando, adesso", disse, chiudendo gli occhi. Il dolore si stava lentamente attenuando, fece un respiro profondo e si guardò attorno: "Perché sono qui?"

Chevalier guardò la sua camera: "Penso che sia ora che ti ritorno qui e la smetta di vivere nell'alloggio delle guardie degli Anziani".

Emily si sedette lentamente con l'aiuto del dott. Edwards e poi sospirò: "Dov'è Dain?"

"Fatelo entrare", disse Chevalier, rivolto alla porta. Si spalancò e il massiccio heku di sette anni entrò furiosamente.

"Non puoi rinchiudermi!" Ringhiò verso suo padre.

"Dain, siediti", gli disse Emily, battendo sul letto.

Dain fissò torvo Chevalier e poi si sedette accanto a lei: "Stai bene?"

Lei gli mise le braccia intorno e appoggiò la testa contro il suo collo: "Sto bene, baby. Devi smetterla di ribellarti agli heku, mi fa star male".

Dain la guardò sorpreso: "Davvero?"

"Sì, il tuo papà sta solo cercando di aiutarmi e due mesi fa gli ho promesso che glielo avrei permesso".

"Mamma..."

"È difficile per me, Dain, quando ti scagli contro di loro".

"Io non mi fido di loro", le disse, guardandola negli occhi".

"Lo so".

"Ti hanno abbandonata per un anno".

"Non l'abbiamo abbandonata, spiegò Chevalier: "Abbiamo cercato di trovarla".

"È quello che dici tu", ringhiò Dain.

Emily gli accarezzò dolcemente il volto. "Io mi fido".

"Mamma, tu ti fidi di tutti".

Chevalier rise: "Di questo heku, però, sono 22 anni che si fida".

Dain si limitò a fissarlo torvo finché Emily gli voltò il viso perché la guardasse: "Fidati di tuo padre, Dain".

Emily studio il conflitto nei suoi occhi e gli baciò la guancia.

"Anziano, sono pronti" disse Mark, entrando nella stanza.

Chevalier annuì: Chiamate l'elicottero. Sarò lì tra qualche minuto".

"Stai partendo?" Chiese Emily.

"Andiamo a parlare con gli Encala di quello che ti hanno fatto".

"Chevalier, è finita. Non causare altri problemi per quello".

"È mio diritto cercare vendetta".

Emily sospirò, irritata di aver accettato di lasciargli fare quello che riteneva necessario: "Prendi la Cavalleria?"

"Sì, tutti".

Emily fece un sorrisino: "Sarete più di loro".

"Già è vero", disse Mark ridendo.

"I Valle sanno che sono tornata?"

Chevalier annuì: "Sì, ti stavano cercando anche loro, quindi li abbiamo avvertiti".

"Cara", disse il dott. Cook facendosi avanti: "Io devo tornare al Clan Pason e ti lascerò nelle capaci mani del dott. Edwards".

Emily lo guardò stupita: "Te ne vai?"

"Sì, si avvicina il momento di ritirarmi e voglio passare gli ultimi anni con il mio Clan".

Gli occhi di Emily si riempirono di lacrime: "Andrai sotto terra?"

L'heku sorrise dolcemente: "Non è quello che pensi, bambina, lo aspetto con impazienza".

"Lo fai perché ti ho reso la vita difficile?"

Il medico cominciò a ridere: "Mi hai tenuto sul chi vive, ma no, sono solo stanco".

Emily fece per alzarsi, ma Chevalier la tenne ferma a letto: "Non andartene, non ritirarti".

"È stato un piacere essere il tuo medico. È stato bello passare i miei ultimi anni facendo quello che amo, il medico".

"Non ti incenerirò più, lo giuro".

Si chinò e le baciò la fronte: "Ascolta il dott. Edwards. Ti conosce perfino meglio di me ed è impaziente di diventare il tuo medico personale".

"Non ritirarti", sussurrò Emily, sentendo lo stomaco che cominciava a contrarsi.

"Sono stanco e, come Leonid, è una mia decisione. Nessuno mi sta obbligando e lo sto aspettando con gioia", le disse il dott. Cook, andando alla porta. "Sarà interessante rivederti tra trecento anni".

Chevalier fece un cenno di saluto e il dott. Cook si inchinò leggermente e uscì. Emily cercò ancora di alzarsi, ma questa volta Dain le mise una mano sulla gamba e la tenne ferma. Guardò Chevalier: "Non permettergli ..."

Chevalier le prese la mano: "È una sua scelta, Em. Non agitarti... potrebbe farti tornare il dolore".

Il dott. Edwards sorrise: "L'idea del ritiro mi sembra così estranea".

Chevalier rise: "Aspetta qualche migliaio di anni e ne capirai il richiamo".

"Emily?" disse il medico, facendo una smorfia. Il suo battito stava accelerando e gli occhi mostravano il terrore che provava all'idea del ritiro degli heku.

"Em, calmati", le disse Chevalier, prendendole la mano.

Lei si mise la mano sullo stomaco e annuì, quando sentì il dolore che ricominciava.

Chevalier si alzò e la fissò: "Tornerò tra qualche giorno. Quinn si prenderà cura di te".

Dain ringhiò: "Non è necessario".

"Tu... tu non stargli tra i piedi", disse Chevalier, stringendo i pugni.

"Allora digli di stare lontano dalla mia mamma. Posso prendermi cura io di lei".

"Per favore, non litigate", disse Emily e prese la mano di Dain: "Mi fido anche di Quinn".

Quinn sorrise dalla porta: "Staremo bene, vai pure".

Chevalier diede ancora un'occhiata a Dain e poi uscì con Kyle e Mark,

Quinn chiuse la porta della camera e Dain guardò Emily: "Stai bene?"

"Sto bene. Per favore, però, smettila di litigare con tuo padre".

"È così esasperante".

Emily sorrise: "Proprio così".

"Dobbiamo proprio restare qui?"

"Dove vorresti andare?"

Dain sorrise: "Sull'Isola, con Allen e Miri".

"Non vedo perché no", gli disse Emily e si alzò per prendere le chiavi: "Sono sicuro che il pickup ce la farà".

"Dov'è il tuo Dodge?" Chiese Dain, andando verso la porta.

"In effetti non lo so, ma quel vecchio pickup andrà bene".

Dain sospirò: "Alexis dice che non possiamo".

"Perché mai?"

"Dice che c'è una cerimonia di trasformazione".

Emily sospirò e rimise a posto le chiavi.

"Oh, è Tucker".

"Come?" Chiese Emily, sconvolta e fece un passo verso Dain.

"Tucker, lo stanno trasformando. Penso che anche Kralen e Silas siano sull'Isola per partecipare".

Emily si lasciò cadere sul letto: "Lo stanno facendo?"

Dain si sedette accanto a lei: "È stata una sua decisione".

"Però..."

Dain sorrise e le prese la mano: "È ok, mamma, starà bene".

Si staccò da lui ed entrò in bagno, chiudendo a chiave la porta. Proprio mentre usciva dalla doccia sentì un forte trambusto in camera. Si mise in fretta un accappatoio e corse fuori a vedere che cosa succedeva.

Dain si stava contorcendo sul letto per il dolore mentre quattro Guardie di Palazzo lo tenevano fermo. Arcuò la schiena di colpo e urlò, riempiendo il palazzo di lamenti agghiaccianti.

"Dain!" gridò Emily, correndo verso il letto.

"Lascia che ci pensino loro", disse Quinn, fermandola con una mano sul braccio.

"Lasciami andare".

"No, ti farebbe male. Lascia che le guardie lo tengano fermo in modo che non si faccia male".

Emily smise di cercare di liberarsi e guardò quanto forza serviva agli heku per tenere fermo Dain. Le faceva male vedere che il cuore mentre il dolore non cessava. Dain continuava a perdere e riprendere conoscenza. Chiamarono il dott. Edwards, ma nessuna quantità di antidolorifici sembrava far diminuire il dolore straziante.

Per ore, gli abitanti del palazzo rimase in silenzio mentre gli urli di Dain riempivano i corridoi. Emily si rifiutava di lasciare la stanza ma Quinn le impedì di avvicinarsi al letto. Otto ore dopo, il corpo di Dain rimase immobile sul letto e le guardie di allontanarono.

Emily fece per avvicinarsi, ma Quinn le prese il braccio: "Aspetta".

Lei lo guardò senza capire e cercò di liberarsi: "Lasciami andare".

Quinn guardò il medico ed Emily capì che stavano parlando, ma non riusciva a capire di che cosa. Guardò Dain steso immobile sul letto.

"Quinn, lasciami andare", ripeté e cominciò a tirargli via le dita.

Quinn guardò l'heku immobile e chiuse gli occhi prima di guardare Emily: "Non ce l'ha fatta".

Emily aggrottò la fronte: "Cosa?"

"Mi dispiace, Emily", sussurrò il dott. Edwards, coprendo il corpo di Dain con un leggero lenzuolo.

"Aspetta!" urlò Emily: "No, non è morto".

"Em..." disse Quinn e tutte le Guardie di Palazzo uscirono dalla stanza.

"No, non è morto", ripeté e strappò via il braccio dalla mano di Quinn.

Emily andò lentamente verso il letto e la stanza rimase in silenzio mentre la guardavano. Abbassò il lenzuolo fino al petto di Dain e si sedette accanto a lui, gli prese la mano e gli accarezzò il volto: "Baby?"

"Mamma?" La chiamò Alexis dalla porta.

"Sta solo dormendo", sussurrò Emily, senza distogliere gli occhi da Dain.

"Mamma... non credo che sia così", disse Alexis, sedendosi sul bordo del letto accanto a suo fratello: "C'è qualcosa che non va. È solo..."

"Emily, abbiamo fatto tutto quello che potevamo", le disse il dott. Edwards rispettosamente.

"No, gli heku non muoiono".

"No, non spesso", le rispose il medico.

"Lo sposteremo nel...." Fece per dire Quinn, ma smise di parlare quando sentì il bruciore al petto. Ansimò e fece un passo indietro.

"Fuori", sussurrò Emily. L'Anziano guardò gli altri heku nella stanza e vide che erano scossi anche loro. Aveva mandato una fitta di bruciore a ciascuno di loro.

"Em...", ricominciò Quinn, ma il bruciore riprese e lui si spostò verso la porta: "Tutti fuori".

"Mamma?" Sussurrò Alexis.

"Vai fuori", disse Emily a denti stretti. La ragazza annuì e seguì gli heku fuori dalla porta.

"Fate ritornare Chevalier", ordinò Quinn e si sedette fuori dalla stanza.

Una delle guardie chinò la testa e scese lentamente le scale.

Alexis cadde in ginocchio, guardando la porta e sussurrando piano: "Dain".

Quinn strinse Alexis tra le braccia e guardò Dustin quando arrivò nell'atrio dicendo . "Che cosa facciamo".

"Forse dovrei andare a parlare con lei", suggerì il medico.

"Tenta", gli disse piano Quinn.

Il dott. Edwards bussò piano e poi aprì la porta. Inspirò bruscamente e cadde all'indietro, tenendosi il petto e la porta sbatté dietro di lui. Dustin e Quinn lo guardarono a occhi sbarrati mentre si rimetteva lentamente in piedi.

"Non entrate", disse loro, con la voce ancora scossa.

Emily scostò delicatamente i capelli dagli occhi di Dain e gli sistemò le coperte. "Va tutto bene, baby. Non lascerò che ti portino via".

Lo osservò per alcune ore, bruciando chiunque tentasse di toccare la porta della camera. Teneva la mano di Dain e aspettava che si svegliasse. Quando cadde la notte, cominciò a sentire freddo e attizzò il fuoco.

Decidendo di riposarsi un po', prese una coperta e un cuscino e si preparò un letto davanti alla porta. Le permetteva di controllare Dain ma anche di accorgersi immediatamente se qualcuno avesse tentato di entrare.

"Sta dormendo", disse una delle Guardie di Palazzo, ascoltando alla porta.

"Sembra che sia vicina alla porta, però", gli disse Quinn: "Abbiamo trovato Chevalier?"

"Sì, sta tornando, anche se non sa ancora perché".

"Per ora, lasciatela stare, finché arriverà Chevalier".

"Sì, Anziano", disse il Generale e continuò a controllare l'atrio. Quinn guardò la porta per alcuni minuti e poi decise di tornare nella sala del Consiglio.

"È vero allora?" Chiese il Capo della Difesa quando Quinn si sedette.

Quinn annuì: "Sì, il ragazzo ha avuto un altro attacco e non ce l'ha fatta".

"Dici che dovremmo evacuare il palazzo?"

"No, Emily non farà male a nessuno, salvo che tenti di aprire la porta della camera".

"Che cos'è successo?"

"In effetti non lo so. Stava avendo un altro attacco e... all'improvviso... il suo cuore si è fermato".

"Quando ritornerà Chevalier?" Chiese il Cancelliere, chinandosi sui gomiti.

"Sta tornando da Encala City. Non dovrebbe volerci molto".

"Lo sa?"

"No".

"E la ragazza?"

"Alexis è in camera mia, sta riposando", spiegò Quinn: "Dobbiamo trovare Zohn e farlo tornare. Il funerale potrebbe diventare più di quanto le nostre guardie sono in grado di gestire".

"Sono d'accordo" disse il Capo della Difesa: "Suggerisco di far venire i Thukil e Powan e mettere in preallarme Banks, casomai servisse".

"Ok, procedi", disse Quinn e ordinò alle Guardie di Palazzo di radunarsi sul prato del palazzo per un briefing.

Il Capo di Stato Maggiore guardò di colpo verso il soffitto: "Sì è alzata".

Quinn annuì: "Sì, la sento, tienila d'occhio mentre io parlo con le guardie".

"Sì, Anziano", disse e sfuocò nell'atrio davanti alla stanza di Emily.

Quinn sentiva il peso di quello che stava per fare, ma andò a guardare in volto le centinaia di Guardie di Palazzo e di Città, che si erano radunate.

"Fece un profondo respiro: "Il Consiglio è dispiaciuto di informarvi che il ragazzo heku, Dain, è deceduto. Sospettiamo che la notizia viaggerà in fretta e porterà Equites da tutto il globo. Fino a ulteriore avviso, dovrete tutti pattugliare la città per verificare che vada tutto bene. Nessuno deve entrare nel palazzo. È una situazione che dobbiamo affrontare noi e non possiamo farlo se ci sono altri heku intorno.

Ci fu un mormorio di voci tra lo staff di guardia.

***

"Vuoi fare un gioco?" Chiese Emily sedendosi sul letto accanto a Dain. Quando non rispose, lei scosse la testa: "Giusto, riposa un po'.

"Mamma?" La chiamò Allen attraverso la porta.

Emily sorrise: "È arrivato tuo fratello".

"Mamma, posso entrare?"

"Scommetto che pensa anche lui che tu sia morto", disse, guardando verso la porta.

"Mamma?"

No, non puoi entrare", gli disse, con la voce appena sufficiente per farsi sentire dagli heku nell'atrio.

"Voglio solo parlarti".

"No".

Emily si alzò e andò a guardare fuori dalla finestra: "Non so come possano pensare che sei morto. Quante volte ci sei già passato e non sei morto?"

Vide le truppe raccolte sul prato e si chiese brevemente che cosa stavano facendo, prima di tornare da Dain: "Riesco a vedere che sei cresciuto. Quando mi hanno detto la prima volta che eri morto, i tuoi piedi non erano così vicini alla fine del letto".

"Mamma, lasciamelo almeno vedere prima che torni papà", le disse Allen. "Voglio vederlo anch'io".

"No", disse Emily e si sedette ancora accanto a Dain. Gli mise un'altra coperta quando sentì com'era freddo.

"Non credo nemmeno io che sia morto", disse Allen, attraverso la porta. "Voglio solo vedere se posso aiutarti a dimostrarlo".

Emily sorrise: "Inquisitore capo degli Encala... Allen".

Allen sospirò e guardò Dustin: "Ci ho provato".

Dustin si appoggiò alla parete: "Qualcuno di voi ha pensato che potrebbe non essere morto? Emily ha detto che è cresciuto".

"Io ero là, l'odore della morte è inconfondibile", disse il Generale delle guardie.

"Io entro", disse Allen: "Non credo che mi brucerà".

"La cenere è tua", disse Dustin, osservando Allen aprire la porta, ansimare e fare uno scatto indietro e cadere sul pavimento quando la porta di richiuse. Allen rimase a terra a riprendere fiato.

"Potrei sbagliarmi, però" sussurrò, alzandosi lentamente.

Il suono dell'Equites 1 che atterrava fece tremare l'edificio e il Generale chiamò le truppe per andargli incontro sul tetto.

"È papà?" Chiese Allen, mentre passavano le truppe.

"No, è l'Anziano Zohn", spiegò Dustin. "Tuo padre non ha preso un elicottero".

"Che cosa c'è di così importante da essere richiamato?" chiese Zohn avvicinandosi a Dustin.

Allen abbassò gli occhi: "Dain ha avuto un altro attacco e non ce l'ha fatta".

Zohn rimase senza fiato: "È morto?"

"Sì", rispose Dustin rispettosamente: "Emily non lascia entrare nessuno. Dice che è ancora vivo".

"Dov'è Chevalier?" Chiese Zohn, guardando la porta.

"Dovrebbe arrivare a minuti. Non lo sa ancora".

Zohn bussò alla porta: "Emily?"

"Non entrerei, se fossi in lei", gli disse il Generale.

"Perché no?" Chiese Zohn, proprio mentre il bruciore cominciava profondo nel suo petto. Ansimò e si allontanò dalla porta.

"Ecco perché".

"Quanto tempo è passato?"

"Dodici ore", gli rispose Dustin.

"Restate qui", ordinò e andò ad aiutare Quinn con i preparativi per la città.

Emily sorrise: "Pensavano che avrei fatto entrare Zohn. Mi domando chi abbia avuto quella brillante idea".

Guardò Dain e gli prese la mano. Non capiva come facessero a insistere che era morto. Si vedeva che era cresciuto. Era ancora pallido ma si cominciava a vedere una traccia di colore. Anche se aveva visto poche volte delle persone appena morte, pensava che sembrasse che stava solo dormendo.

"Mi domando quanto sei alto adesso...", disse e si alzò per guardarlo: "Se dovessi tirare a indovinare, sei quasi alto come tuo padre adesso. Hai mai notato come sia più grosso della maggior parte degli heku? Scommetto che lo sarai anche tu".

Emily andò alla finestra e si sedette a guardare quello che succedeva sul prato: "Sta succedendo qualcosa là fuori. Sembra che Quinn e Zohn abbiano fatto uscire tutte le guardie".

"Emily, per favore, posso entrare un momento?" Chiese il dott. Edwards dall'atrio.

"Oh, il tuo papà è a casa". Disse Emily a Dain quando vide la lunga fila di SUV neri che tornavano.

***

"Che cosa sta succedendo?" Chiese Chevalier, avvicinandosi a Quinn e Zohn. Erano ancora fuori con lo staff di guardia.

"Mark?" Gridò Quinn.

"Sì, Anziano?" Chiese Mark avvicinandosi.

"Preparati a raddoppiare le guardie nelle strade della città".

"Subito".

"Vieni, Chevalier", disse Zohn andando verso il palazzo.

Chevalier guardò le forze riunite e poi seguì dentro Quinn e Zohn. Quando arrivarono nella sala riunioni privata degli Anziani, si sedette, guardandoli incuriosito. Quinn e Zohn erano chiaramente sconvolti ed esitavano a dirgli qualcosa.

"Che c'è?" Chiese, un po' irritato dal loro silenzio.

Quinn sospirò: "Dain ha avuto un attacco mentre eri via".

"Ok".

Zohn abbassò la voce: "Non ce l'ha fatta".

"Sono così dispiaciuto, Chevalier", disse Quinn.

"Che vuol dire che non ce l'ha fatta?" Chiese Chevalier, perplesso.

"C'era il medico, ma non è riuscito a salvare il ragazzo".

Chevalier si alzò di colpo: "È morto?"

"Abbiamo fatto quello che potevamo", gli disse Zohn. Chevalier sfuocò fuori dalla stanza con gli Anziani subito dietro di lui.

"Anziano... non...", disse la guardia quando Chevalier fece per entrare.

"Perché no?" Ringhiò.

"La Signora la brucerà. Non permette a nessuno di entrare".

Chevalier guardò Zohn.

"Ci ha buttato fuori e non permette a nessuno di entrare. Giura che non è morto".

Chevalier bussò leggermente alla porta. Fece un passo indietro quando cominciò il bruciore, afferrandosi la camicia.

"Non ha lasciato entrare nemmeno me", disse Allen quando Chevalier li raggiunse.

"Emily?" Disse Chevalier, tornando alla porta.

"Vai via", urlò lei dalla stanza.

"È anche mio figlio. Voglio vederlo".

"No".

"Emily...".

"Non è morto".

"Lasciami guardare. Non lo porterò via, lo giuro".

"Bene", disse Emily e si alzò per impedire a Chevalier di arrivare al letto. Lui entrò e . sentì chiudere piano la porta. Sentì immediatamente l'odore della morte e guardò suo figlio. Aveva ragione, era cresciuto, ma l'odore inconfondibile della morte era forte.

"Puoi guardare, ma non puoi toccarlo. Sta dormendo e ha bisogno di riposare", gli disse Emily, acquattandosi leggermente. Quel piccolo gesto da heku sorprese Chevalier che dovette lottare contro il proprio istinto di imitare la sua postura. Era profondamente radicato nella natura degli heku, attaccare immediatamente chiunque si mettesse in posizione di difesa. Quando Emily aveva cominciato a imitare alcune delle posture degli heku, avevano dovuto imparare in fretta a non reagire.

Chevalier osservò Dain cercando di decidere come comportarsi e alleviare lo stress per Emily.

Emily sorrise: "È cresciuto un sacco".

"Sì, è vero", disse Chevalier e tirò una sedia accanto al letto. Si sedette e osservò suo figlio.

"Spero che abbia finito di crescere. Penso che oramai sia alto come te".

Chevalier si limitò ad annuire.

"Quando si sveglia, andremo sull'Isola per un po'. Vuole andare a trovare Allen".

"Non andrà sull'Isola".

Emily lo guardò turbata: "Non è morto".

"Immagino che non potesse più sopportarlo".

"Se vuoi continuare a parlare di lui come se fosse morto, puoi uscire", sussurrò e andò a guardare fuori dalla finestra.

"È morto. So che è difficile per te ma devi capire che non si poteva fare niente per impedirlo".

"No, non capisci. Sta dormendo profondamente, non è morto. Non è la prima volta che ci passiamo".

"Sento odore di morte".

"Allora procurati un po' di mentolo e falla finita".

"Per favore..."

"Che cosa sta succedendo là fuori?" Gli chiese, continuando a guardare le Guardie di Palazzo e di Città fuori sul prato.

"Si stanno preparando per il pellegrinaggio di massa in città".

"Perché?"

"Per il funerale".

Emily si voltò di colpo: "Fuori!"

Chevalier si alzò: "Odio farti questo, ma, per la tua stessa salute, hai dieci minuti prima che lo portiamo via".

Lei lo fissò minacciosa: "Sul mio cadavere!"

"Dieci minuti", disse, uscendo. Appena si chiuse la porta, Emily sdraiò nel letto accanto a Dain.

"Dain, forza, Baby. Ti devi svegliare", gli disse, scuotendogli leggermente le spalle.

Dain sospirò piano e lei guardò la porta prima di tornare a lui.

"Dain, ascoltami", sussurrò: "Devi aprire gli occhi".

Di colpo, Dain aprì gli occhi e la guardò. Dal suo petto eruppe un basso ringhio, mentre Emily cercava di allontanarsi in fretta da lui. Dain strinse i pugni e gli occhi si fecero cupi, mentre i muscoli si irrigidivano.

"Chevalier...", sussurrò Emily, che non sapeva che cosa fare.

Chevalier apparve di colpo nella stanza proprio mentre Dain si lanciava su Emily. Chevalier sbatté a mezz'aria contro il ragazzo ed entrambi finirono in bagno, sfondando la porta, mentre le Guardie di Città portavano via in fretta Emily dalla sua camera.

Quando il generale la rimise in piedi delicatamente nella sala del Consiglio, lei si voltò verso la porta, a occhi sgranati.

"Che cosa sta succedendo?" Chiese Dustin, alzandosi.

"Non lo so esattamente, Signore", disse il Generale facendo un piccolo inchino.

"Mi stava attaccando", sussurrò Emily, con gli occhi fissi sulla porta.

"Chi?" Chiese Dustin.

"Dain".

"È vivo?"

Emily fece cenno di sì: "Ve l'avevo detto... ma perché voleva aggredirmi?"

Dustin sfuocò fuori dalla stanza. Emily si voltò a guardare l'Inquisitore capo: "Dov'è andato?"

"Ad aiutare".

"Chevalier ha bisogno di aiuto con Dain?"

"No, Bambina, Dustin è andata a mettersi tra di loro".

Emily fece per andare alla porta ma il Generale le prese un braccio: "I nostri ordini sono di tenerti qui".

"Ditemi che cosa sta succedendo".

Lui diede prima un'occhiata al Consiglio: "Sembra che Dain stia avendo dei problemi a controllare la sete, con te intorno".

"Non è mai successo prima".

"Adesso ne sapremo di più, sta arrivando l'Anziano", disse il Generale e le lasciò andare il braccio.

Emily guardò il palco del consiglio quando Chevalier entrò e si sedette al suo posto con loro. Trovò strano che si sedesse con il Consiglio invece di scendere nell'aula a parlare con lei. Mentre guardava i seggi, sentì che cominciava a irritarsi. Irritazione per essere trattata come un heku che si presentasse davanti al Consiglio per avere udienza e non come la moglie di un Anziano che si considerava alla pari con suo marito.

"Che cosa sta succedendo?" Chiese Emily.

Chevalier guardò Dustin quando entrò, poi si rivolse a Emily: "Penso che la trasformazione di Dain in un heku adulto sia completa".

"Che cosa te lo fa dire?"

"È morto... che è quello che in effetti facciamo noi, quando veniamo trasformati. La sua sete è più forte e i suoi sensi sono più acuti".

"Perché mi ha aggredito?"

"Ci vorrà tempo prima che si riabitui a te", disse Dustin, quando Chevalier si limitò a guardarsi le mani.

"Non aveva mai avuto problemi prima".

"Non era completamente cresciuto, prima".

Emily fece una smorfia: "Non capisco".

"Quando qualcuno viene trasformato", le spiegò l'Investigatore Capo: "Il procedimento non è completo finché il cuore non si ferma e poi riprende a battere. La trasformazione di Dain in vero heku adulto non c'è stata finché il suo cuore non ha smesso di battere".

"Avevate detto tutti che era un vero heku fin dalla sua nascita, però".

"Lo era... ma a quanto parte, mancava ancora qualcosa", le disse Chevalier.

Emily rimase in silenzio ripensando a quello che le avevano detto. Non aveva senso che fosse nato completamente heku ma che non fosse diventato completamente heku finché il suo cuore non si era fermato.

"Ci scusiamo per averti detto che era morto", le disse Quinn. Emily alzò di colpo gli occhi. Non l'aveva visto entrare.

Scrollò le spalle e si avviò alla porta ma la trovò bloccata da Chevalier: "Lascialo stare per ora".

"No, voglio vederlo", gli disse, cercando di girargli attorno.

"No, Em. Lascia che le guardie lo nutrano prima di farlo avvicinare a te".

Emily diede un'occhiata ai Consiglieri e poi sussurrò a Chevalier: "Torna al suo seggio di Anziano e lascia in pace la mia famiglia".

Chevalier fece un passo indietro, sorpreso: "Che vuol dire?"

"Vuol dire... niente", gli rispose Emily, poi si voltò e uscì dalla sala del Consiglio. Scese in garage, ignorando le guardie dietro di lei e salì sul suo vecchio pickup Chevy.

"Dove stiamo andando?" Chiese una guardia, salendo accanto a lei.

"Noi... non andiamo da nessuno parte. Fuori", gli disse Emily, girando la chiave.

"Secondo l'Anziano...".

"Non me ne frega niente di quali sono gli ordini dell'Anziano. Scendi!".

L'heku guardò le altre tre guardie: "Dovrai incenerirmi per farmi scendere da questo pickup".

"Bene", ringhiò e poi uscì dal garage con un mucchietto di cenere sul sedile accanto a lei.

Mentre guidava, fece un sorrisino. Si rendeva conto che gli Equites l'avrebbero considerato scappare ma, per lei, era solo sottrarsi allo stretto controllo del Consiglio. Le serviva tempo per schiarirsi le idee e capire che cosa stava succedendo con Chevalier.

Aveva capito subito, quando era diventato un Anziano, che lei e i ragazzi sarebbero sempre venuti dopo gli Equites e le sue responsabilità di Anziano. Lo sapeva già quando lo aveva sposato, ma allora era solo un Clan, e non l'intera fazione.

La mente era lontana quando si fermò davanti al cancello di ferro battuto della vecchia casa di Exavior e si fermò davanti alle porte. La vista di una nuova costruzione la distolse dai suoi pensieri, scese dal vecchio pickup e si avvicinò. Dove c'era un prato, ora c'era un enorme garage, dipinto in modo da imitare gli esterni scuri della casa.

Scosse la testa e aprì la porta laterale, sorpresa che non fosse chiusa a chiave. Quando accese le luci le mancò il fiato. Il garage era pieno di auto, tutto, da un vecchio Modello T e un'elegante convertibile. Parcheggiati accanto alle porte, c'erano il suo Dodge Ram 3500 blu e la sua Rubicon verde. Si avvicinò e passò la mano sulla Rubicon lucente prima di aprire la porta del garage.

Dopo aver portato dentro il vecchio Chevy, chiuse le porte e poi rise vedendo il vecchio pickup grigio e sporco parcheggiato accanto alle costose auto sportive. Vide la sua Harley in un angolo, si avvicinò e si mise seduta. Ferma sulla confortevole sella, controllò la motocicletta e vide che era pulita e in condizioni perfette.

"Ehi! Chi sei?" Gridò un heku dalla porta.

Emily sobbalzò al suono improvviso della voce e scese dalla moto: "Come?"

"Non hai diritto di entrare qui", disse l'heku, camminando furioso verso di lei. Aveva un'espressione minacciosa ed Emily fu lieta di vedere che non era grosso, almeno per gli standard degli heku. I lunghi capelli biondi erano unti e tirati indietro in una lunga treccia.

"Sì, invece, è casa mia", disse, squadrando le spalle.

"Ne dubito. Ora fuori prima che chiami la polizia", le disse, fermandosi a un metro da lei.

"Ti suggerisco di chiamare il Consiglio, prima di far intervenire la polizia", disse, passandogli davanti.

L'heku si fermò di colpo: "Sei... sei Lady Emily?"

Lei lo ignorò e uscì dal garage, sbattendo la porta. Sentì l'heku che la seguiva, non più arrabbiato né baldanzoso. Ora sembrava insicuro mentre la seguiva in casa.

"A questo punto penso che dovrei chiederti chi diavolo sei tu?" Gli chiese incrociando le braccia e voltandosi ad affrontarlo.

"Green, Signora"; rispose con un inchino. "Il mio compito è di sorvegliare la casa e la proprietà".

"Lo era. Ora fuori dalla mia proprietà", sibilò, entrando in casa. Fu sorpresa quando lui non la seguì dentro, poi chiuse la porta a chiave e si guardò attorno. Non era cambiato molto da quando era partita, anche se apprezzava il fatto che casa fosse stata tenuta pulita e in ordine. Sentiva odore di vernice fresca e si chiese quanto avevano cambiato da quando se n'era andata.

Emily appoggiò le chiavi su un tavolino di legno accanto alla porta e si tolse le scarpe. Il pavimento di legno era freddo e si avvicinò al termostato per accendere il riscaldamento. Dopo aver guardato la cucina vuota, si diresse verso il passaggio segreto per vedere se si erano occupati della stanza cerimoniale. La pesante porta di pietra era stata sostituita da una porta di legno, molto più leggera e quando sbirciò dentro, fu piacevolmente sorpresa di vedere le pareti completamente bianche rivestite di scaffali. Gli Equites avevano trasformato la vecchia stanza delle cerimonie in un grande ripostiglio.

L'entrata si stava già scaldando quando arrivò e si diresse al secondo piano, dove c'erano le camere. Aprì lentamente la porta della stanza di Exavior e fu sorpresa di vedere che non era stata toccata. Le scatole vuote che aveva accatastato nella stanza era ancora lì e la polvere copriva tutte le superfici.

Emily spense il telefono quando suonò, poi prese una scatola e si sedette davanti alla vasta collezione di DVD di Exavior. Quando aprì le porte, si rese conto che erano alloggiati in un armadio antico. Fece scorrere le mani sul legno meravigliandosi per la perizia che aveva richiesto per scolpire gli orsi delicatamente incisi lungo i bordi esterni delle porte.

Riuscì a stivare tutta la collezione in tre scatole e le chiuse con il nastro adesivo, scrivendo sopra il nome di Kralen, poi le impilò in un angolo e cominciò con la prima serie di cassetti.

**

Derrick si fece da parte per lasciare entrare Green nella sala del Consiglio., Tutti i seggi erano occupati e l'heku cominciò ad avere paura quando tredici paia di occhi si puntarono su di lui. Si tolse in fretta il cappellino da baseball rosso e cominciò a torcersi le mani.

"C'è qualche problema?"

"No... beh... forse. Non lo so, potrebbe esserci, immagino", balbettò Green.

Dustin sospirò: "Allora c'è un problema o no?"

"Dipende, immagino... beh, in effetti no".

Chevalier ringhiò: "C'è qualche problema con la casa?"

"Effettivamente no", borbottò Green: "Ma sono stato licenziato".

"Emily è arrivata a casa sua e ti ha licenziato?"

"Sì, Anziano".

"E tu l'hai ritenuto abbastanza importante da riferirlo al Consiglio?" Chiese Quinn, confuso.

"Sì, Anziano".

"Perché?"

"Beh, era sconvolta".

Chevalier annuì: "Quindi sei venuto per avere la punizione?"

"Sì, Anziano".

"Torna pure a casa tua. Non c'è bisogno di nessuna punizione".

Green guardò un attimo Chevalier e poi scomparve immediatamente".

"Dovrebbe essere punito solo per quella dimostrazione di esitazione", sospirò Dustin.

"Sono sicuro che Emily l'ha spaventato", disse Kyle ridendo.

"Beh il fatto di essere arrabbiata con l'Anziano non le da il diritto di prendersela con un povero heku che non se l'aspettava. Stava solo facendo il suo lavoro e probabilmente è stato aggredito verbalmente per nulla".

"Aspetta... perché ritieni che sia arrabbiata con me?" Disse Chevalier, fissando Dustin.

"È così".

"Perché?"

"Se devo tirare a indovinare... è perché quando sei tornato per darle notizie di Dain, l'hai fatto dal tuo seggio di Anziano".

Chevalier aggrottò un momento la fronte, ripensandoci.

"Anziano... davvero?" Chiese Kyle e poi si appoggiò allo schienale quando Chevalier non rispose.

"Ci vorrà del tempo perché ci riabituiamo ad averla qui", spiegò Quinn: "Può essere stato uno scivolone, ma sono sicuro che non è stato intenzionale".

"Accidenti", sussurrò Chevalier: "Non ci ho nemmeno pensato. Non mi meraviglia che sia infuriata".

"Non può aspettarsi che tu ritorni automaticamente al tuo ruolo di marito, dopo un anno", disse Dustin, cominciando a sfogliare un elenco di Clan.

"Sono tutti un po' sulle spine con il suo ritorno", disse il Capo della Difesa: "Le cose sono state frenetiche per un anno mentre la cercavamo e quando è tornata e abbiamo saputo le conseguenze delle azioni degli Encala, le cose sono peggiorate. Sospetto che Chevalier fosse semplicemente in 'modalità Anziano' e non è facile uscirne".

"Sono sicuro che si sente ancora a disagio con noi", disse Zohn: "È stata sola per un anno e adesso l'abbiamo costretta nuovamente a mettersi sotto la nostra protezione".

"È chiaro a tutti che le cose non sono come prima che se ne andasse", aggiunse l'Inquisitore capo.

"Allora che cosa devo fare?" chiese Chevalier, guardando la fila di heku.

"Il tempo sistemerà tutto", gli disse Quinn: "Penso che col tempo, le cose torneranno alla normalità e riprenderà a sentirsi a suo agio qui".

"Deve sentirsi un outsider", disse Dustin, poi tacque in fretta dopo un'occhiataccia di Kyle.

"Forse dovresti corteggiarla di nuovo", suggerì il Capo delle Finanze.

Chevalier fece un sorrisino: "Non è stato esattamente facile, la prima volta".

"I mortali escono assieme, l'hai fatto?

"No, in effetti no".

Kyle sogghignò: "Puoi sempre darle un colpo in testa e trascinarla nel Colorado contro la sua volontà".

Chevalier rise: "Non tentarmi... una volta ha funzionato".

"Ci vorrà solo un po' di tempo, dobbiamo avere pazienza e capire le sue necessità", disse Quinn: "Non è proprio da heku capire i sentimenti ma, nel suo caso, hanno un enorme significato per questa fazione".

"I suoi rapporti con il Consiglio sono così stretti che forse non è solo l'Anziano che la deve corteggiare", disse Dustin.

"Fare cosa?"

"Non nel senso letterale del termine... ma invece di trattarla come facevamo prima, forse dovremmo usare i guanti di velluto e cercare di farci accettare".

"Come, esattamente?" chiese Zohn, interessato.

"Beh, non lo so. Una cosa potrebbe essere non obbligarla ad accettare le guardie, o a rispettare le regole".

Il Capo della Difesa annuì: "Quindi la lasciamo reinserirsi nella fazione poco per volta. Finché non è a suo agio con noi, la trattiamo più come un'ospite?"

"Dovremmo ricordarci che non ha sposato il Consiglio", ricordò loro Kyle. "Quando ha sposato Chevalier, lui era il Giustiziere, un capo Clan. Viveva nel suo Clan e lei passava parecchio tempo con lui e non doveva battersi per passare un po' di tempo da soli".

"Non ha bisogno di lottare per passare del tempo da sola con me", disse Chevalier, un po' seccato.

"Ah sì?" Chiese Kyle, fissandolo negli occhi.

"Ti ha mai chiesto di non partecipare a un processo e tu hai risposto di no?" chiese Zohn.

Chevalier sospirò e annuì: "Sì, piuttosto spesso, in effetti".

"Sull'Isola, quello non era un grosso problema". Disse Kyle.

***

Emily finì di caricare il cassone del pickup con tutto quello che voleva buttar via tra le cose di Exavior. Avrebbe portato qualcosa a Council City, ma il resto doveva finire in discarica. Chiuse il nuovo garage e guidò nell'oscurità verso Council City.

Fermò il pickup davanti agli alloggi della Cavalleria e spense le luci, poi guardò l'edificio buio e si chiese se c'era qualcuno dentro. Sapeva che Kralen e Silas avevano degli alloggi nel palazzo, ma che passavano la maggior parte del loro tempo libero nella caserma della Cavalleria.

Scese e afferrò le tre scatole per Kralen, insieme a una scatola di oggetti vari che pensava potessero piacere ai Cavalieri. Non vedeva niente, con le scatole in mano e camminò attentamente verso la porta, usando il piede per bussare, poi aspettò qualche secondo che si aprisse.

"Mm... posso aiutarti?" Chiese un heku sconosciuto.

Emily sorrise, anche se non avrebbero potuto vederla dietro la pila di scatole. Abbassò la voce per rispondere: "Consegna per Kralen Jones".

"Capitano?" Chiamò esitante l'heku.

"Che cos'è tutta quella roba?" Chiese Kralen, cercando di sbirciare sopra le scatole per vedere chi le portava.

"Porno", disse Emily, cominciando a ridere.

"Uffa, Emily", ringhiò e le prese le scatole: "Non dovresti sollevare pesi".

Emily si stiracchiò le braccia ed entrò: La caserma era troppo buia per vedere molto, ma dal rumore si capiva che era piena.

"Che cosa c'è nelle scatole?" Chiese Kralen, appoggiandole a terra.

"Te l'ho detto, porno".

Kralen sogghignò: "Mi hai portato quattro scatole di porno?"

No, ovviamente no", rispose e alzò la scatola sopra: "Solo tre di queste contengono porno".

Kralen scosse la testa: "Hai svuotato quella stanza, vero?"

"Questa scatola", disse Emily sedendosi sul letto più vicino con la scatola in grembo: "Contiene aggeggi da combattimento, che pensavo potesse piacervi".

"Aggeggi da combattimento?" Chiese uno dei Powan, guardando nella scatola.

"Sì, servitevi", disse, cercando di infilarsi un paio di tirapugni di ottone con le punte, che ovviamente non le andavano bene.

"Carini, fammeli provare", disse un'altra guardia ed Emily glieli passò mentre le guardie frugavano nella scatola.

"Che cosa c'è in quelle?" Chiese Silas, indicando le scatole per Kralen.

Emily sorrise. "Te l'ho detto, porno".

"Non esiste che tu abbia portato tre scatole di porno al Capitano", disse uno dei comandanti.

"Aprile", gli suggerì, prendendo un'arma che non capiva. Fece scorrere le dita lungo le aguzze punte bianche, tagliandosi leggermente un dito: "Ahi".

"Dammelo, prima di ucciderti", disse Kralen, prendendole l'arma. La guardò e sorrise: "È un leiomano, è tanto che non ne vedevo uno".

"Ne avevo uno circa 500 anni fa, fatto di veri denti di squalo", disse Silas e aprì la prima delle tre scatole: "Ok, così sono film porno".

"Te l'avevo detto". Disse Emily, guardando nella scatola e arrossendo.

"Questa roba non è male, c'è parecchia roba antica", disse una delle guardie, provando un tirapugni di ottone: "Sembra che la maggior parte sia stata usata".

"Che cos'altro hai trovato nella stanza? Le Chiese Kralen, lanciando il leiomano contro il muro, dove si incastrò.

Quando Emily non rispose, la guardò e fece un passo verso di lei: "Em?"

Tutti gli altri si voltarono a guardarla. Aveva un'espressione assente e un filo di sangue che le colava dal naso.

"Emily?" la chiamò Silas, andando in fretta da lei.

Lei lo guardò e gli occhi erano diventati rosso sangue. Mentre le guardie la guardavano sbalordite, cadde indietro sul letto.

"Fate venire Chevalier e il medico", ordinò Silas, togliendo le scatole dal letto.

"Em?" la chiamò Kralen prendendole una mano: "Puoi guardarmi?"

Il respiro di Emily rallentò mentre si rilassava e si addormentava profondamente.

"Che cos'è successo?" Chiese dott. Edwards sfuocando nella stanza e sedendosi sul letto.

"Non lo so. Stava parlando e, all'improvviso, ha cominciato a sanguinare dal naso ed è caduta all'indietro", gli rispose uno dei Cavalieri. Si spostarono tutti quando entrò Chevalier.

"Che cosa sta succedendo?" Chiese, senza vedere Emily.

"Lei è... svenuta", disse Kralen, spostandosi in modo che l'Anziano potesse arrivare al letto.

Chevalier si sedette: "Ha incenerito qualcuno?"

"Non credo. Stava solo parlando con noi", gli disse Kralen.

"Cercate attorno, controllate se ci sono ceneri".

"Sì, Anziano", disse Silas e i Cavalieri si sparpagliarono per Council City.

"La pressione è piuttosto bassa", disse il medico, guardando Chevalier. "Mi sembra come quella volta che era incinta e l'abbiamo portata in volo a Bangor".

"Sì, ma quella volta aveva interrotto una trasformazione" disse Chevalier e le prese la mano. "Non ci sono state trasformazioni qui, oggi".

Il dott. Edwards le alzò le palpebre e sospirò: "Secondo quanto mi ha riferito il dott. Cook, dovremmo semplicemente lasciarla dormire".

Chevalier annuì e la sollevò: "Dobbiamo scoprire chi ha incenerito".

Kyle apparve in caserma: "Ho sentito quello che è successo. Hanno trovato qualcosa?"

"Ancora niente", disse il medico e seguì Chevalier nel palazzo. Arrivò in camera mentre Chevalier metteva Emily sul letto e la copriva.

Chevalier aspettò con Emily mentre la Cavalleria frugava Council City. Quattro ore dopo, Mark entrò nella stanza.

"Che cosa avete trovato?"

"Niente, non ci sono ceneri in tutta la città o nei boschi", gli disse Mark.

L'Anziano sospirò: "Allora che cosa l'ha causato?"

Mark scrollò le spalle: "Ho parlato con ogni membro della Cavalleria e nessuno ha visto niente. Emily ha portato quattro scatole dalla vecchia casa di Exavior e le stavano guardando quando lei ha smesso di parlare".

"Bene, forse quando si sveglierà lo saprà lei".

"Forse, comunque le assegnerò solo ufficiali superiori come guardie, non si sa mai", disse Mark, poi sorrise: "Ha incenerito Tate quando è andata via".

"Perché?"

"Gli ha detto di scendere dal suo pickup, lui le ha risposto che avrebbe dovuto incenerirlo".

"Dagli una licenza. Non molti sarebbero rimasti".

"Sì, Anziano", disse Mark, spostandosi fuori dalla camera. Chiuse la porta proprio mentre Silas e Kralen arrivavano a prendere posizione nell'atrio.

La mattina seguente abbastanza presto Chevalier stava chiudendo le tende per impedire al sole di entrare quando sentì Emily che si muoveva. Si precipitò accanto al letto.

"Em?" Sussurrò prendendole la mano.

Lei aprì gli occhi e lo guardò: "Buongiorno".

"Anche a te, come ti senti?"

"Bene, perché?" Chiese, stiracchiandosi.

"Qual è l'ultima cosa che ti ricordi?"

Emily fece una smorfia: "Ora che ci penso, ero nella caserma".

"Hai incenerito qualcuno?"

"Solo Tate".

"Niente, dopo essere entrata in caserma?" Chiese Chevalier, ordinando silenziosamente la colazione.

"Ricordo che ero nella caserma. Stavamo guardando delle scatole di roba che ho portato dalla casa di Exavior. Come sono finita qui?"

"Sei svenuta".

Emily sospirò: "Detesto quando succede".

Chevalier sorrise: "Ci stiamo quasi facendo l'abitudine".

Emily lo colpì sul braccio: "Non sono tanto male".

Chevalier ridivenne subito serio: "Non ricordi niente? Assolutamente niente?"

"Niente", gli disse, scendendo dal letto.

"Hai mal di testa?" Le chiese, seguendola in bagno.

"No".

"Stordimento?"

"No"

"Nausea?"

Lei si voltò, sulla porta del bagno: "No, non c'è niente che non vada".

"Qualche fastidio?"

"Solo tu", gli disse e chiuse la porta.

Chevalier sorrise quando sentì che chiudeva a chiave ed andò a parlare con il medico.

Quando Emily uscì dalla doccia, si infilò un paio di jeans e una t-shirt e si spazzolò in fretta i capelli. Fece per uscire dalla porta e si scontrò con Chevalier che era in piedi nell'atrio a parlare con le guardie.

Lui si voltò e le sorrise: "Qualche problema a camminare?"

"Beh, non stare così vicino alle porte" gli rispose, passandogli davanti.

"Ne parleremo ancora quando avrai finito", le disse Chevalier. Le tre guardie heku la seguirono giù dalle scale.

Si girò e li guardò seccata: "Finite la vostra conversazione. Non vado da nessuna parte".

Mark sorrise e incrociò le braccia: "Se non vai da nessuna parte, perché stai cercando di liberarti di noi?"

"Non è vero, sei solo paranoico".

"Noi veniamo con te", disse Kralen.

"Per l'amor del cielo, finite di parlare con Chevalier. Tornerò subito".

Chevalier sospirò: "Ok, restate qui per ora".

I tre Cavalieri ricominciarono a parlare con Chevalier ed Emily scese. Fu sorpresa che la lasciassero andare senza guardie e il suo programma passò dal fare colazione al renderla illegale. Camminò più in fretta, al pensiero che era da sola e avrebbe potuto bere di nascosto una tazza di caffè senza che i cuochi heku informassero Chevalier.

Appena vide che i cuochi erano già usciti, prese la caffettiera e andò a prendere la sua tazza mentre il caffè scendeva. Inalò e sorrise al profumo di caffè e se ne versò una tazza appena pronto.

Appoggiandosi al ripiano, chiuse gli occhi e inalò a fondo. Mentre si stava portando alla bocca la tazza, sentì che gliela strappavano di mano e si voltò a guardare l'immagine sfuocata.

"Ti rendi conto che possiamo sentire l'odore del caffè da un chilometro di distanza?" Le disse Dustin, ancora con la tazza in mano.

"A te non importa un fico secco di me. Lasciami bere il mio caffè".

"No, farà tornare il dolore. Non te l'ho preso per cattiveria".

"Allora ridammelo".

"No", rispose e gettò il caffè nel lavandino: "Non puoi berlo di nascosto".

Emily lo guardò uscire dalla cucina e poi urlò verso la porta: "Ego contemnovos!"

Kyle guardò Dustin stupito quando tornò nella sala del Consiglio: "Che cosa hai fatto a Em?"

Dustin si sedette con gli altri Consiglieri: "Le ho portato via il caffè".

"Interessante, ha imparato a dire ti odio in nativo", disse il Capo della Difesa, divertito.

"Sì, beh, ha proprio voglia di bere il caffè", disse Dustin, aprendo il registro dei turni.

Quinn entrò e si sedette: "Contro chi sta gridando Emily, adesso?"

"Sarei io, Anziano", disse Dustin senza alzare gli occhi dal registro.

"Interessante".

Dopo aver cercato per tutta la cucina, Emily uscì infuriata e andò verso le scale.

"Problemi, Em?" Chiese Mark e sorrise quando lei arrivò al quinto piano.

"Sì, Dustin è un idiota".

"L'ho già sentito".

"Mi ha preso il caffè".

"Ah, ecco perché non ci volevi intorno", disse Mark, che aveva finalmente capito.

Visita

Emily allungò una mano e prese una chiave inglese, le guardie la osservavano nervosamente mentre lavorava al vecchio Chevy pickup. Da sotto il veicolo spuntavano le gambe e i piedi. Si erano offerti di cambiare loro l'olio ma Emily aveva insistito per farlo da sola. Si avvicina il terzo mese da che era tornata con gli heku e per il momento si sentiva ancora un'ospite indesiderata e aveva giurato di non aumentare assolutamente il carico di lavoro degli heku del palazzo.

Sapeva che se la Cavalleria non fosse stata assente, non sarebbe riuscita a farlo. Per il momento era sorvegliata da quattro superansiose Guardie di Città, che sospettava che stessero cercando di ottenere un posto nella Cavalleria, anche se l'avevano negato.

"Lady Emily?" La chiamò uno di loro, abbassandosi per guardare sotto il pickup.

"Che c'è?" Non alzò lo sguardo quando il suo volto giovane apparve accanto al vecchio Chevy arrugginito.

"Ho appena controllato con il mio Generale e non dovrebbe lavorare".

Emily sorrise: "Sono sdraiata, che altro volete?"

"Io... beh non credo che sia quello che intendeva. Era piuttosto deciso che non lavorasse al suo pickup".

"Davvero?"

"Sì, Signora".

"Ho quasi finito. Perché non rientri e non controlli che nessuno abbia fatto irruzione mentre eravamo qui fuori?"

L'heku si alzò: "Sospetta un'irruzione?"

Emily sogghignò: "Sì".

Il sorriso di Emily si fece più ampio quando sentì i quattro correre fuori dal garage. Si chiese quanto ci sarebbe voluto per controllare la vecchia casa di Exavior e ritornare. Aveva quasi finito di cambiare l'olio, però e le guardie un po' troppo ambiziose le diedero un'idea.

"La casa è pulita", le disse uno di loro, subito dopo che Emily vide le sue scarpe riapparire in garage. Fece scorrere il carrellino uscendo da sotto il pickup e guardò in alto.

"Bene, ho finito".

Uno di loro la aiutò ad alzarsi ed Emily sospirò quando un altro prese la scatola degli attrezzi e sfuocò a ritirarla prima che lei potesse fermarlo.

Scosse la testa e tornò in casa. Stava diventando buio e voleva andarsene presto. Dopo una breve doccia scese le scale verso le guardie che fissarono stupiti il suo completo di pelle nera.

"Usciamo?" Chiese uno di loro.

"No", rispose sorridendo ed entrò in cucina. Puntuale, suonò il telefono. Guardò lo schermo vuoto e poi spinse un tasto: "Pronto?"

Emily ascoltò il silenzio per qualche secondo: "Sì, ce ne sono qui quattro".

Cominciò a ritirare i piatti puliti mentre parlava con il nulla: "Non vorrei venire, però ho delle cose da finire qui in casa e rimarrò, qui, lo prometto".

Le guardie rimasero indietro accanto al muro e la osservarono. Cercavano di ascoltare la conversazione, ma ritennero che avesse abbassato troppo l'audio perché potessero sentire.

"Lo prometto! Sì. Le manderò lì subito", e fece finta di riattaccare, poi si rivolse alle guardie: "C'è un problema con gli Encala e il Consiglio ha bisogno che aspettiate nell'anticamera del Consiglio finché vi chiamano".

Il più vicino si innervosì: "Andiamo".

"Hanno detto che posso restare qui, se prometto di non uscire", gli disse Emily.

"Non possiamo...".

"Andate. Il Consiglio non deve aspettare".

La guardia annuì e i quattro sfuocarono fuori dalla casa. Emily sorrise e si infilò il telefono nella tasca della giacca di pelle nera, poi andò in garage. La Harley partì subito ed Emily raccolse i capelli sotto il casco e uscì nella notte.

Arrivata sull'Interstatale, si allontanò da Council City, diretta a una cittadina lontana una settantina di chilometri, dove sapeva che c'era un delizioso bar aperto ventiquattro ore il giorno, che faceva uno dei suoi caffelatte preferiti.

***

"Non sono d'accordo, ritengo che si meriti una punizione più dura", disse Chevalier, guardando l'heku tremante inginocchiato davanti al Consiglio.

"Sono d'accordo", disse e ringhiò quando gli occhi del prigioniero smisero di guardare il Consiglio per un momento. Il prigioniero sentì il ringhio e riportò immediatamente l'attenzione sugli Anziani.

"È il primo reato", disse Quinn e guardò Zohn: "Merita 800 anni?"

Zohn scrollò le spalle: "Primo reato o no, è stato stupido e imprudente da parte sua".

Il Capo della Difesa voltò per un attimo la testa verso l'anticamera e poi tornò al processo: "Un primo reato, ma veramente grave".

"Solo per l'estrema stupidità, io voto per 800 anni", disse il Capo di Stato Maggiore.

Quinn socchiuse gli occhi guardando l'heku terrorizzato. Il modo in cui si ritraeva e continuava ad agitarsi lo irritava e cominciava a essere d'accordo con la punizione più dura: "C'è qualcosa che non va in te?"

"No... no, Signore", sussurrò, deglutendo forte. Gli occhi dardeggiavano nervosamente tra i Consiglieri e faceva respiri corti e affrettati.

"Stai fermo, allora".

Il prigioniero si irrigidì per qualche secondo, poi ansimò e si voltò a guardare Derrick, in piedi dietro di lui.

Quinn sospirò: "Forse è meglio la morte. Non sono sicuro che sia completamente sano di mente".

"Lo sono, lo sono, lo giuro!", gridò, spostandosi un po' di lato.

"Allora stai fermo!", gridò Zohn.

L'heku annuì e rimase fermo per non più di dieci secondi prima di guardare di nuovo Derrick, che scosse la testa e gli diede una ginocchiata sul collo.

"L'Anziano ha detto di restare fermo", ringhiò Derrick.

"Quanti anni hai?" Gli Chiese Dustin.

"È... beh... forse intorno... no, aspettate... è più..."

Dustin sospirò: "Dimmi la tua età. Non è una domanda difficile".

"84 credo... no, aspettate... 82".

"Uccidetelo e toglietemelo da sotto gli occhi", sibilò Chevalier.

"Sono d'accordo", disse Zohn.

Quinn sogghignò: "Kyle?"

In un istante, Kyle staccò la testa dell'heku e fece un passo indietro.

"Ora, chi diavolo c'è in anticamere da un'ora?" Chiese il Cancelliere, girando la sedia.

Derrick sfuocò verso sul retro e aprì la porta dell'anticamera, con l'intero Consiglio che guardava.

"C'è qualche motivo per cui siete lì in piedi in anticamera?" Chiese Zohn irritato.

"Sì, Signore. Seguiamo le istruzioni", disse la guardia più alta, con un piccolo inchino.

"Di chi?"

"Abbiamo ricevuto una telefonata dal Consiglio che richiedeva che aspettassimo qui perché gli Encala stavano dando fastidio", disse l'heku, leggermente sorpreso.

"Avete ricevuto una telefonata da noi?" Chiese Dustin.

"Beh... quasi. In effetti Lady Emily ci ha riferito il messaggio".

Chevalier scosse la testa: "Avete effettivamente sentito qualcuno al telefono?"

"No, Signore".

Quinn sospirò: "Dustin, prendi qualche guardia e vai a cercarla".

Dustin annuì e sfuocò via.

***

Emily sospirò quando la Mustang che stava seguendo cominciò a rallentare. Non c'era stato traffico per chilometri e non aveva prestato attenzione finché dovette rallentare per non urtare il paraurti dell'auto. Si voltò e vide altre quattro auto che la circondavano. Era talmente concentrata a pensare a Dain che non le aveva viste arrivare.

Rallentando, si spostò sul bordo della strada e si fermò. Prima che qualcuno scendesse dalle auto, si era tolto il casco ed era seduta di traverso sul sellino. Non ebbe molto tempo per chiedersi chi le stesse dando fastidio quando vide l'Inquisitore capo Encala scendere dalla prima auto.

Lui la guardò mentre le auto si svuotavano. Di colpo ci furono otto Encala accanto a lei sull'interstatale buia e vuota.

"E adesso che c'è?" Chiese, appoggiano il casco sul sedile accanto a lei.

"Volevamo solo parlare", disse l'Inquisitore capo, senza avvicinarsi.

"Volevate sentire il bruciore? Oppure preferite che vi incenerisca prima che abbiate la possibilità di fare un passo?"

L'heku sorrise: "Parlare... ecco tutto".

"Mi hai minacciato di portarmi nella tua stanza delle torture", gli ricordò.

"Avevi il mio Anziano".

Emily guardò gli heku immobili. "Ok, cominciate a parlare. Sono occupata".

"Stiamo solo aspettando che arrivi un'altra auto. Non ci vorrà molto".

Emily guardò la strada giusto in tempo per vedere un'auto sportiva color argento avvicinarsi. La vide rallentare e fermarsi dietro la fila di auto nere. Le guardie Encala salutarono William quando scese dall'auto e si avvicinò a lei sorridendo.

"Fermati lì", disse Emily e William ubbidì.
"Voglio solo parlare".
"Puoi parlare da lì. Non mi fido di te".
"Ci ha sorpreso vederti fuori da sola così tardi".
Emily socchiuse gli occhi: "Siete venuti a parlarmi del fatto che semino le mie guardie?"
"No, siamo venuti a parlarti di Chevalier".
Emily sorrise: "Avete paura di lui".
"È difficile non avere paura. Gli Encala non hanno nessuna possibilità di riorganizzarsi se non la smette di attaccare i nostri Clan", spiegò William.
"Perché dovrebbe importarmene?"
"Una volta ti importava".
"Già... beh, sono cambiate un sacco di cose".
"Restano meno di mille Encala", disse William, avvicinandosi: "I vostri Thukil hanno spazzato via uno dei nostri Clan più grandi la scorsa settimana".
"Ripeto... perché dovrebbe importarmi?"
"Lo sta facendo per vendicarsi di quello che ti ha fatto Frederick".
"Lo so".
William sospirò: "Abbiamo bisogno che tu lo fermi".
"Se anche volessi aiutarvi, Chevalier pensa con la sua testa e fa quello che vuole".
"Ti correggo... farebbe qualsiasi cosa per te".
Emily rise: "Devi aver capito male. Lui non mi ascolta".
"Consentimi di dissentire", disse William, appoggiandosi a una delle auto nere: "Crediamo che se tu glielo chiedessi, per conto nostro, potrebbe fermare gli attacchi".
"Mi avete minacciato, avete fatto a pezzi la mia famiglia, mi avete estraniato dai miei amici e mi avete causato un dolore continuo... che cosa speri di ottenere parlandomi?" chiese Emily.
"L'attacco di quel Clan non era stato autorizzato dal consiglio degli Encala. Non puoi incolparci per quello".
"Stronzate!", Gridò Emily: "Tutto quello che è successo negli ultimi 18 mesi è stato fatto dal tuo Consiglio!".
"Non avevano il permesso di avvelenarti".
"È il meno, al confronto di avermi sbattuto fuori da casa mia". La sua voce si abbassò mentre lo guardava negli occhi.
"Per favore, Emily", disse William: "Gli heku non hanno mai avuto solo due fazioni. Per come stanno ora le cose, ci vorranno migliaia di anni per ricostruire la nostra fazione".

"Forse avreste dovuto pensarci prima di decidere di fare casino con la mia famiglia".

"Sono d'accordo che la cosa è sfuggita di mano, ma devi ammettere che hai cominciato tu la schermaglia".

"Io?" Io non ho cercato di occupare la vostra città".

"Noi non abbiamo sequestrato il vostro Anziano".

"Avete rapito me abbastanza volte".

"Aiutaci, Emily, per favore, ti prego".

"Le cose non sono ancora le stesse tra me e gli Equites. Siamo come estranei e tutto questo l'avete causato voi".

"Perché sei qui fuori da sola stasera?" Chiese William, facendo un piccolo passo avanti.

"Se vuoi saperlo... ero diretta a Junction per prendere un caffè".

"Pensavo che ti fosse proibito".

Emily socchiuse gli occhi: "Stai fuori dai miei affari".

"Andate", ordinò William e due degli Encala salirono in auto e sgommarono via.

"Ok, questo è un inizio, ora perché non ve ne andate tutti?"

"Non abbiamo finito di parlare. Devo riuscire a farti capire perché è meglio se Chevalier lascia in pace gli Encala".

Emily scrollò le spalle: "Avete ancora l'errata impressione che io potrei fermarlo se volessi".

"Tu puoi. Stai male e soffri per la maggior parte del tempo. Farebbe qualunque cosa per alleviare il tuo stress".

William si voltò quando arrivò un'altra auto sportiva color argento. Gli Anziani Frederick e Aaron scesero e si misero accanto a William.

"Tre di voi non avranno un impatto migliore di uno solo", disse, osservando attentamente Frederick.

"Dovevamo tentare", disse William.

Emily osservò il modo in cui la guardava Frederick e poté sentire la rabbia che irradiava da lui: "Fidarmi di voi, tornare a essere vostra amica? Frederick mi ucciderebbe adesso se non ci foste voi".

"Non lo farebbe", disse Aaron.

Frederick ringhiò piano.

"Allora smettila di ringhiarmi contro", gridò Emily: "Hai meritato ogni grammo di dolore che ti ho causato e lo rifarei, se potessi".

L'Anziano Encala divenne teso: "Non parlarmi in questo modo".

"Io qui ho finito", disse, prendendo il casco.

"Per favore, non abbiamo finito", disse William, prendendo le chiavi della motocicletta.

"Stai esagerando, William. Sai perfettamente che posso incenerirvi tutti e otto senza nemmeno pensarci".

"Sì, me ne rendo conto. So anche che hai un debole nascosto per noi. L'hai sempre avuto".

"Avevo... tempo passato. Se n'è andato quando mi avete buttato fuori da casa mia e mi avete obbligato a bere del veleno".

"Ripeto, ci dispiace per gli atti non autorizzati di quel Clan", le disse Aaron: "Ce ne siamo occupati e non ti infastidiranno più".

"Sì, lo ho inceneriti" ricordò loro Emily.

"Alcuni... il resto del Clan è stato ucciso".

Emily sospirò e guardò gli alberi scuri mentre gli Anziani Encala parlavano tra di loro. Si chiese se chiamare Chevalier avrebbe funzionato ma lui non aveva più colto le sue emozioni o sensazioni da quando aveva lasciato gli Equites per il mondo dei mortali.

Dopo quello che le sembrò un'eternità, gli Anziani riportarono l'attenzione su Emily: "Siamo giunti a una decisione".

"Sì, riguardo a che cosa?" Chiese, irritata perché l'avevano fatto restare lì al freddo. La giacca di pelle non era di molto aiuto contro l'aria fredda della notte.

"Vogliamo fare ammenda".

Emily sorrise: "A me?"

"Sì".

"Come?"

"Dillo tu".

Emily si voltò quando arrivò un'altra auto. Vide che era quella che William aveva mandato via prima. I due heku scesero ed Emily vide che uno dei due aveva una grande tazza di caffè in mano, proprio quello del piccolo bar dove stava andando.

Scosse la testa e sorrise: "È un inizio".

Gli heku si fecero avanti esitanti e le diedero la tazza. Lei avvolse le mani fredde intorno alla tazza calda e inalò il profumo.

"Dovrebbe scaldarti", disse Aaron, sorridendo.

Emily tolse il tappino dal coperchio e stava portandosi la tazza alle labbra quando le fu strappata di mano. Si voltò di colpo, appena in tempo per vedere Dustin che versava il caffè sul bordo della strada.

"Dustin!" gridò.

Dustin rimase in piedi mentre gli Encala si acquattavano. Emily si voltò di colpo e vide le cappe verdi quando dodici guardie di Council City circondarono il piccolo gruppo di Encala.

"Che cosa sta succedendo qui?" Chiese Dustin, avvicinandosi a Emily.

"Non sono affari tuoi, Benji. Perché non porti via le tue guardie?" Ringhiò Emily.

Lui non tolse gli occhi dagli Encala: "Non avete il diritto di infastidirla".

"Volevamo solo parlare. Non c'è nessuna legge che lo vieti", gli disse Aaron.

"Avete fatto abbastanza danni a Emily e agli Equites, se è per quello. Vi suggerisco di lasciarla in pace o dovremo intervenire".

Emily fu turbata nel vedere gli Encala che indietreggiavano davanti a Dustin. Capì finalmente quanto erano terrorizzati dagli Equites e da Chevalier.

"Non intendevamo farle del male", disse William, facendo un passo indietro: "Volevamo solo parlarle".

"Sospetto che quando l'Anziano saprà che avete parlato con Emily da sola si metterà in contatto con voi", disse Dustin e fece un cenno a una delle guardie. La Guardia di Città più alta in grado tornò alla sua auto e prese un cellulare.

"Per favore, non diciamolo a Chevalier, per ora", disse Emily e vide la guardia che si allontanava.

"Non sta informando l'Anziano... per il momento". Le disse Dustin.

"È solo..."

"Il fatto che tu lo chiami Chevalier è una dimostrazione del danno che hanno fatto gli Encala".

"Che significa?"

"Non solo gli Encala ti hanno scacciato dal palazzo, ma non ti senti più a tuo agio con noi e a volte sembri un'estranea".

Emily aggrottò la fronte ma guardò William quando parlò: "Possiamo aiutare. Per favore lascia che rimediamo".

"Avete fatto abbastanza", disse Dustin aprendo la portiera della sua auto: "Perché non mi permetti di accompagnarti a casa?"

"Prenderò io la moto, Signora", disse una delle guardie accanto a lei. Emily vide William che gli porgeva le chiavi.

"Per favore, resta", disse Aaron: "Aiutaci a trovare una soluzione".

Emily spostò lo sguardo dall'auto di Dustin agli Encala spaventati: "Ci devo pensare, ok?"

"Per favore, facci sapere", disse William.

Emily esitò un attimo poi salì sull'auto di Dustin, che disse qualcosa alle guardie di Council City prima di mettersi alla guida e partire.

"Stai bene?" Le chiese dopo qualche minuto di silenzio imbarazzato.

"Sì".

"Eri uscita per incontrarti con loro?"

"No".

"Ti hanno...", le sue mani strinsero forte il volante: "Toccata?"

"No, solo parlato".

Dustin annuì: "Sono sicuro che il Consiglio vorrà essere informato".

Emily non rispose, ma guardò fuori dal finestrino mentre Dustin guidava veloce verso Council City. Non rallentò entrando in città e si fermò davanti al portone di ingresso del palazzo. Emily esitò e poi lo seguì dentro.

Derrick sorrise: "Bene, l'Anziano è appena tornato".

Emily sospirò, sapendo bene a quale Anziano si riferiva e guardò Dustin che spariva per entrare da dietro. Derrick le tenne aperta la porta e lei entrò. Di fianco al consiglio c'erano le Guardie di Città che aveva imbrogliato per uscire da sola.

Si spostò nell'aula delle udienze e alzò gli occhi.

"Ti sei fatta male?" chiese Zohn un po' freddamente.

"No".

"Era in compagnia degli Anziani Encala, del loro Inquisitore capo e di alcune delle loro guardie", disse loro Dustin.

Emily sospiro: "Basta, Snoopy".

"Interessante", disse Quinn e poi le chiese: "Eri uscita per incontrarti con loro?"

"No".

"Dove li hai incontrati, allora?"

"Fuori, sull'interstatale".

"Ma non era programmato?"

"No".

"Che cosa volevano?" chiese Zohn.

Emily incrociò le braccia: "Non credo che quello di cui abbiamo parlato sia affare del consiglio".

"Oh, io credo di sì".

"No. Gli Encala mi hanno chiesto un favore e se decido di accettare la loro proposta, non lo chiederò a voi prima", disse Emily, socchiudendo gli occhi.

Chevalier ringhiò piano.

"Allora capirai perché le tue guardie d'ora in poi saranno solo gli alti ranghi della Cavalleria", le disse Quinn.

"Certamente", gli rispose e finalmente rischiò un'occhiata a Chevalier. La stava osservando, ma dalla sua espressione non riusciva a capire se era arrabbiato.

"Presumo che avrai sentito parlare del serial killer che chiamano 'Spezzacuori'?" chiese il Capo della Difesa.

Emily sorrise: "Sì, perché, è un heku?"

"No di certo!"

"Allora perché dovrebbe importarmi?"

"Tutte le sue vittime sono state trovare entro trenta chilometri da questa città".

"Lo sapevo".

"Allora capirai perché servono le guardie".

"No, non è così. Lasciate che vi dimostri qualcosa", disse Emily, avviandosi alla porta.

"Dove stai andando"ì?" Le chiese Quinn. Quando si voltò a guardarlo, si accorso che Chevalier non era più al suo posto.

"Uscirò questa notte, senza guardie e... contro tutte le previsioni... tornerò domani mattina", gli disse, aprendo la porta.

"Emily?" la chiamò Zohn e poi si alzò quando la vide immobilizzarsi sulla soglia. Videro Derrick che sfuocava verso di lei e la prendeva in braccio quando cadde sulle ginocchia. Chevalier apparve accanto a lei e Derrick gliela consegnò. Lui guardò il viso pallido e vide il lento rivolo di sangue che appariva dal suo naso.

"Dannazione", ringhiò e poi chiamò il dott. Edwards. Stava mettendola a letto quando apparve il medico.

"Che cos'è successo?" Chiese, cominciando immediatamente ad auscultarle il cuore.

Chevalier le sollevò delicatamente le palpebre e sospirò vedendo il colore scarlatto: "Era nella sala del Consiglio quando è caduta in ginocchio".

Guardò in silenzio il medico che controllava Emily: Dopo un'ora, si rivolse all'Anziano: "Non trovo niente, salvo che troviamo delle ceneri".

"Mark" Chiamò Chevalier, poi quando entrò: "Manda fuori di nuovo la Cavalleria, cercate delle ceneri".

"Subito, Anziano", rispose e scomparve.

Il dott. Edwards sospirò, osservando Emily: "Non ha senso. Abbiamo controllato tutte le stanze cerimoniali?"

"L'abbiamo fatto l'ultima volta, nessuno stava facendo trasformazioni, quella volta", disse Chevalier e ordinò di attizzare i fuochi.

"I Clan vicini? Magari anche non Equites?"

Chevalier sogghignò: "L'unico Clan vicino era Encala... me ne sono occupato qualche mese fa".

"Vorrei restare qui", disse il dott. Edwards: "Vorrei esserci quando si sveglia. Ci sono dei test che voglio fare immediatamente".

"Test?

"Sì, solo per controllare alcune cose. Sospetto che ci sia qualcosa di più grave che sta succedendo, non sono solo svenimenti sporadici".

"Come?"

"Non lo so ancora. So solo che non può essere una cosa salutare, qualunque cosa sia".

Chevalier annuì: "Non accetterà mai di sottoporsi a dei test, lo sai".

"Fortunatamente quelli cui penso non sono invasivi e piuttosto facile da fare".

"Buona fortuna, allora.

Memoria

Il dott. Edwards, Chevalier e Dain controllarono Emily per due giorni. Lei cominciò a muoversi mentre sorgeva il sole del secondo giorno e tutti la osservarono, ansiosi si sapere che cosa era successo.

Emily sospirò e si girò, stringendo il cuscino.

"Em?" disse Chevalier, sedendosi sul letto.

Lei si voltò a guardarlo: "Sì?"

"Hai intenzione di alzarti?"

Lei fece una smorfia vedendo il medico: "Come mai sei qui?"

"Qual è l'ultima cosa che ricordi?" Le chiese Chevalier, cercando di distogliere la sua attenzione dal medico, che la stava chiaramente osservando con attenzione.

Lei guardò prima Dain e poi Chevalier: "Ero nella sala del Consiglio... o meglio stavo uscendo. Dannazione, sono svenuta di nuovo?"

"Sì. Hai incenerito qualcuno?"

"No".

"Sicura?"

"Beh, se l'ho fatto non era intenzionale".

"Che cosa volevano gli Encala?"

"Roba personale".

"Ne hai incenerito qualcuno?"

"No, anche se avrei dovuto"

"Perché?"

"Perché sono degli idioti".

"Non hai voluto dirlo al consiglio... ora ci sono solo io. Che cosa volevano?"

"Non ha importanza. Non è qualcosa che ho intenzione di fare". Emily alzò gli occhi e vide che il dott. Edwards la stava osservando.

"Vattene".

"Solo un sorriso?"

"Perché diavolo dovrei sorriderti?"

Dain fece un passo avanti: "Ti ha detto di andartene".

Il dott. Edwards guardò l'heku massiccio e fece un passo indietro: "Volevo solo controllare una cosa".

Emily saltò giù dal letto quando Dain si lanciò verso il medico. Quando i piedi colpirono il pavimento, incespicò e urtò contro la sponda del letto: "Smettila!"

"Dain, esci" ringhiò Chevalier. Apparvero immediatamente i quattro heku che sorvegliavano la porta e trascinarono fuori il ragazzo.

"Non fategli male!" gridò Emily.

"Sei caduta... un momento fa?" Le chiese il dott. Edwards.
"No".
"Mi sembra che abbia incespicato. Ti girava la testa?"
Emily sospirò: "Vai via".
"Ti girava la testa?" Chiese Chevalier, osservandola con attenzione.
"No, ok, sono goffa e ho perso l'equilibrio".
"Puoi fare solo una cosa? Per favore..." La pregò il dott. Edwards.
"Che cosa?"
Lui si avvicinò: "Spingimi indietro... una mano su ogni spalla".
"Vuoi che ti spinga?"
"Sì".
Lei scrollò le spalle e fece come le aveva chiesto. Lui non si spostò di un millimetro, mentre lei spingeva con tutte le sue forze: "Ecco, contento?"
"Sì, molto", disse sorridendole.
Emily scosse la testa e andò in bagno a farsi una doccia.
"Che cosa stavi cercando di capire?" Chiese Chevalier al medico.
"È più debole sul lato sinistro", disse il dott. Edwards, con la voce incrinata.
"Che vuol dire..."
"Vuol dire che penso che abbia avuto un ictus. Qualunque cosa le stia succedendo quando sviene è più di una sincope... o uno svenimento".
"Allora sistemalo".
"Non posso sistemarlo. Comunque il suo corpo guarisce, quindi potrebbe riprendersi, se la cosa non si ripete".
"Che cosa facciamo?"
"Osserviamola attentamente. Assicuriamoci che non perda la memoria o che non cominci a perdere sensibilità da un lato".
Chevalier annuì: "La controlleremo. Dobbiamo tenerla a riposo?"
Il dott. Edwards scosse la testa: "No, per niente. La farebbe incavolare e peggiorerebbe le cose. Suggerisco di allertare le sue guardie, perché controllino segni di giramenti di testa, perdita di memoria o di un ulteriore indebolimento, ma per il resto non fate trasparire che c'è qualcosa che non va".
"D'accordo".
"Sto uscendo nuda", disse Emily attraverso la porta: Il dott. Edwards rise e scomparve dalla stanza.

"Ok, puoi uscire", disse Chevalier, guardando la porta. Emily uscì dal bagno completamente vestita: "Nuda, eh?"

"Dovevo farlo sparire", disse, sedendosi per farsi una treccia.

"Ti sta chiamando la Cavalleria, qualcosa riguardo un cavallo ammalato". Le disse Chevalier appena il dott. Edwards ebbe riferito a Mark quello che doveva dire ai Cavalieri.

Lei si voltò subito a guardarlo: "Che cosa c'è che non va?"

Chevalier scrollò le spalle: "Silas non l'ha detto. Ha solo chiesto se potevi scendere".

"Vai pure nella sala del Consiglio, io scendo".

"Che cosa ti fa pensare che debba presenziare a un processo?"

"Sei sulle spine, vicino alla porta. Questo significa che dovresti essere da qualche altra parte".

Chevalier sorrise: "Ci vediamo dopo".

Emily gli fece un cenno e finì di pettinarsi, prese i guanti di pelle e scese le scale con le sue quattro guardie al seguito.

"Quattro, a quanto ho sentito", disse Kralen, appoggiandosi al muro della scuderia.

"Sì, mi domando perché lo chiamino 'Spezzacuori'", disse Silas, poi, quando entrò Emily: "Era ora che ti svegliassi".

"Oh, ah ah... allora, qual è il malato?" Chiese, allungando la mano per accarezzare il suo stallone sul naso.

"La giumenta di Horace, non so che cos'abbia". Disse Kralen, andando verso il box. Aprì la porta ed Emily rimase un po' indietro a osservarla. La giumenta stava tremando ed era malferma sulle zampe.

"Quando è cominciato?" chiese Emily, facendo scorrere le mani lungo il petto del cavallo.

"Un paio d'ore fa", disse Mark, entrando.

"Dov'è stato Horace, oggi?"

"Su, dopo lo stagno delle sanguisughe. È rimasto stazionato là per qualche ora, questa mattina".

Emily annuì e fischiò: "Devia".

Quando arrivò il cane, Emily mise una briglia al suo stallone e lo condusse fuori dalla scuderia. Quando montò, Mark, Silas e Kralen erano già in sella e pronti a seguirla.

Emily scosse a testa e chiamò il Border collie mentre si dirigeva fuori dalla città. Gli heku parlavano del serial killer mentre Emily rifletteva sulle possibili cause dell'irrequietezza e del tremore del cavallo di Horace. Fu solo quando arrivarono a un piccolo campo poco lontano dallo stagno che Emily smontò e si chinò a raccogliere un piccolo fiore bianco.

"Che cos'hai trovato?" Le Chiese Mark, guardando attentamente il fiore che aveva in mano.

"Cicuta, accidenti. Quel cavallo deve essere più scemo di una biglia", disse e tornò al suo cavallo.

"La cicuta è pericolosa?"

"Si contiene neurotossine. Spero che non ne abbia mangiata troppa. Prendilo", disse, passando il fiore a Mark: "Assicurati che le tue guardie non permettano ai loro cavalli di restare fermi a masticare questa roba".

Mark lo prese e lo guardò attentamente: "Ok, lo farò".

Emily guardò i colori cangianti autunnali degli alberi vicini e chiuse e aprì un paio di volte la mano sinistra. Le sembrava rigida e sentiva un leggero formicolio".

"Stai bene?" le Chiese Kralen, avvicinando la sua giumenta.

"Certo, sto solo guardando".

"Ti sei fatta male la mano?"

"No, l'ho solo piegata male".

"Quando tornerai ufficialmente a far parte della Cavalleria?" Le Chiese Silas. Mark li guardò e si avvicinò.

Emily sorrise: "Mai, ve l'ho detto... non è roba per me".

"Rimane comunque un membro della Cavalleria", disse Mark poi le rivolse un grande sorriso quando lei lo guardò.

"Non è vero".

"Non puoi dimetterti dalla Cavalleria o dallo staff di guardia. È contro le tradizioni degli heku".

"Invece io posso e l'ho fatto".

"Non puoi... non è mai successo", disse Mark, partendo al galoppo.

Emily lo imitò, raggiungendolo e superandolo facilmente. Erano appena usciti dalle porte della città quando sentì urlare e fermò il cavallo. Si guardò alle spalle e vide che tre heku erano rimasti indietro e stavano guardando in una strada buia.

"Che succede?" Chiese Emily, avvicinandosi.

"Le Guardie di Città stanno combattendo tra di loro", sussurrò Silas, guardando verso il rumore e vedendo quindici heku impegnati in una lotta sanguinosa.

"Fermali".

"Lasciali finire, salvo che sfugga di mano, allora li fermeremo", le disse Mark, tenendo attentamente d'occhio il combattimento.

Emily sospirò: "Non possiamo lasciare che si ammazzino l'un l'altro".

"Certo che possiamo. Si sentiranno meglio una volta che sarà scorso un po' di sangue", disse Kralen ridendo.

"Lady Emily?" sentì chiamare dietro di lei. Si voltò e vide una delle guardie della prigione.

"E adesso che cosa ho fatto?" Gli chiese con una smorfia.

L'heku fece un sorrisino: "Non mi ha mandato il consiglio. Abbiamo un prigioniero che chiede di lei e l'Anziano Chevalier ha detto che potevamo riferirglielo".

"Che prigioniero?"

"Alec, Signora".

"Io... non so", disse, sentendo il cuore che accelerava improvvisamente.

Mark avvicinò il suo cavallo e le mise una mano sulla spalla. "Se vuoi parlare con lui verremo con te".

"L'Anziano ha detto che poteva farlo, quindi è ok", disse la guardia, fissandola.

Silas sibilò alla guardia, che spalancò gli occhi e sfuocò via, tornando alla sua postazione.

Emily sospirò: "Mi domando che cosa voglia".

"Perché non andiamo a scoprirlo?" Chiese Kralen. "Se la situazione diventa difficile, ce ne andremo e lui potrà tornare in cella, che è il suo posto".

"Lui mi odia", sussurrò Emily, fissando il suo cavallo che stava brucando l'erba alta lungo la strada cittadina.

"Alec è troppo inesperto dello stile di vita degli heku. È solo confuso".

"Ha preferito Exavior a me".

"Non lo dico per scusarlo, ma è difficile rompere il legame con il proprio creatore", le disse Silas.

Emily annuì: "Sì, me l'hanno già detto".

"Portate Alec nella sala riunioni", disse Mark e poi guardò Emily: "Ci saremo anche noi".

Emily fece un profondo respiro e mandò il cavallo al piccolo galoppo mentre tornavano verso il palazzo. Le Guardie di Città avevano smesso di lottare e sembrava che sulla città fosse caduto un silenzio improvviso.

Alcuni Cavalieri presero i loro cavalli e i quattro si diressero in silenzio verso la sala riunioni.

Emily si fermò fuori dalla porta e fece un profondo respiro prima di rivolgersi a Mark: "Lasciami entrare da sola".

Lui la guardò preoccupato: "Sei sicura?"

"Sì", sussurrò ed entrò, chiudendosi la porta alle spalle.

Alex si agitò nervoso quando Emily si sedette di fronte a lui, mettendo le mani sul tavolo: "Mi hai fatto chiamare?"

Alec annuì: "Come stai, Emi?"

"Sto bene, grazie".

Rimasero seduti in silenzio per qualche minuto prima che Emily ricominciasse a parlare: "Ti serve qualcosa?"

"Sì... ho fatto un errore. Ora me ne rendo conto e volevo scusarmi".

"Ok".

"Non voglio passare la mia nuova vita in prigione".

"Quindi ti stai scusando per uscire dalla prigione, oppure per chiedere perdono per aver tradito la tua famiglia?".

"Abbiamo entrambi voltato le spalle alla nostra famiglia, non credi?"

"No, in effetti no".

"Sì, invece, quando hai scelto gli Equites invece di scegliere me".

Emily lottò per frenare le lacrime: "Volevi che abbandonassi mio marito e i miei figli per andare a vivere con qualcuno che mi aveva torturato".

"Non avrei permesso che succedesse ancora", le disse Alec.

"Non avresti avuto scelta".

Alec sospirò: "Non voglio ritornare su questo argomento, Emi. Voglio sapere cosa fare per uscire dalla tua prigione".

"La mia prigione?"

"Sì, credo di essere qui perché hanno paura che ti faccia del male".

"Sei qui perché hai ripreso dove aveva smesso Exavior. Hai guidato la fazione dei Ferus, hai istigato gli attacchi contro gli Equites e i Valle e non hai voluto fermarti... lascia perdere Alec".

Alec sussurrò brusco: "Non essere arrogante... sei tu quella che vive con le stesse creature che hanno ucciso tua madre. Dici che a tuo padre piacerebbe, Emi? Era determinato a tenerti al sicuro da loro e appena è morto, tu ti sei unita a loro".

Emily socchiuse gli occhi: "Quelli erano Encala".

"Stessa specie... pensi che gli Equites non abbiamo mai aggredito tua madre? Era terrorizzata dagli heku e ora tu li proteggi".

"Non puoi fare di tutta l'erba un fascio, Alec. Sai bene che gli Equites non mi trattano male e..."

"Sì, invece! Tu sei troppo stupida per accorgertene. Non sei mai stata molto sveglia, Emi". Disse Alec, e si appoggiò alla sedia con un sospiro.

"Se mio padre fosse vivo, mi sosterrebbe e tu lo sai bene. Puoi insultarmi quanto vuoi, ma non cambierà il fatto che gli Equites sono la mia famiglia, adesso. Ti avevo offerto di venire da noi, ma tu hai insistito per restare con Exavior".

"Allen non sarebbe stato d'accordo con te!", ringhiò Alec: "Tu puoi anche non ricordarti quanto odiava gli heku, ma io lo ricordo di sicuro..."

"Già, ma ti sei unito a loro".

"Questa è un'altra storia. Non ero io quello che lui cercava di proteggere ma tu".

"Che cosa stai cercando esattamente di ottenere, Alec?" chiese Emily. Alec capì che Emily si stava infuriando.

"Voglio che tolga la testa dalla sabbia e ti unisca a me in un Clan senza fazione".

"E che cosa ti fa pensare che lo farei?"

"È quello il tuo posto", disse sorridendo. "Non è un segreto che tu e gli Equites non siete più molto intimi".

"Non è vero".

"Ah sì? Allora perché ti prepari i pasti da sola?"

"Non c'è motivo farlo fare ad altro, quando posso pensarci da sola".

"Dov'è la tua Rubicon?"

"In magazzino... che cosa ha a che fare con questa storia?"

Alec sorrise: "Ti prepari i pasti perché non vuoi disturbare gli Equites. Guidi quel vecchio rottame di pickup perché l'hai comprato tu e la Rubicon l'avevano comprata gli Equites. Non ti senti più la benvenuta e hai paura che se dai fastidio ti caccino via a calci... un'altra volta... e la prossima volta potrebbero non venire a cercarti".

"Non mi hanno cacciato via loro, è stato...".

"Non l'hanno fermato... no?"

"No, e non li biasimo", gli disse Emily.

"Non l'hanno fermato perché Chevalier è l'unico heku che ti tiene qui. Il resto ti lascerebbe andare senza nemmeno pensarci".

Emily tamburellò le dita sul tavolo, troppo arrabbiata per parlare.

"Ho anche sentito che Chevalier non si è mosso per cercarti, non una sola volta. Ha mandato fuori la Cavalleria, segretamente sperando che non tornassi. Ha fatto finta, per accontentare le altre fazioni, per far credere che fossi ancora di proprietà degli Equites".

Emily si alzò di colpo e andò alla porta. Alec allungò una mano e le afferrò strettamente il polso: "Smettila di fare errori, Emi. Smettila di fare finta che gli Equites siano la tua famiglia... cerca di vederli per quello che sono. Sono io tutto quello che ti resta al mondo".

"Lasciami andare", sussurrò, continuando a fissare la porta.

"Fammi uscire di qui e vieni con me".

Emily scosse la testa e ignorò il dolore al polso quando lui lo strinse ancora: "No".

"Forse sei tu che devi imparare il significato della parola Proditor", sibilò Alec.

Emily si voltò a guardarlo: "Non so nemmeno che cosa significa quella parola".

"Tuo figlio una volta ha tentato di marchiare Damon con la parola Proditor... di marchiarlo come traditore. Tu, Emi sei la vera traditrice ed è solo questione di tempo prima che tutti se ne accorgano", disse Alec, con un sorriso cattivo: "Non sei abbastanza leale per restare con gli Equites... ti rivolterai contro di loro, come hai fatto con la tua famiglia e quando lo farai, ti daranno la caccia".

Quando la sala riunioni si riempì di colpo di Consiglieri, Alec lasciò andare il polso di Emily e fu immobilizzato contro il muro. Emily corse in garage e un momento dopo era sul suo pickup, diretta fuori dalla città.

Mentre guidava a forte velocità sull'interstatale, gli occhi si riempirono di lacrime, ripensando alle parole di Alec. Sua padre aveva odiato gli heku, l'aveva messa in guardia contro di loro e sapeva perfino che avevano ucciso sua madre. Sapeva che sarebbe stato sconvolto all'idea che lei avrebbe finito per amare quella specie, addirittura sposando uno di loro. Alec era tutto quello che restava della sua famiglia prima di Chevalier, e le si era rivoltato contro.

Emily si fermò sul bordo dell'Interstatale quando cominciò a piovere forte e non riuscì a fermare le lacrime. Appoggiò la testa al volante, avvolgendosi le braccia attorno intorno al corpo. Risuonavano i tuoni e i lampi illuminavano il cielo. La pioggia continuò a battere sul vecchio pickup ed Emily sfruttò quella solitudine per riflettere su quello che le aveva detto Alec.

Emily sobbalzo quando qualcuno aprì di colpo la portiera e si sedette accanto a lei. Guardò stupita la figura con una veste grigia e poi sorrise quando Sotomar lasciò cadere il cappuccio e la guardò.

"Che combinazione incontrarti qui", le disse, porgendole un fazzolettino.

Emily si asciugò gli occhi e annuì: "Giornata lunga".

"Lo immagino".

"Che cosa ci fai così lontano da casa?"

"Siamo venuti a prendere Larry e Cody. È il turno dei Valle", spiegò, guardando fuori mentre la pioggia veniva più forte: "Posso chiederti perché sei qui fuori, sotto la pioggia, da sola?"

"Sto pensando".

"Hai bisogno di parlare?"

"Si tratta di Alec".

Sotomar annuì: "È libero?"

"No".

"Quindi ti ha chiesto di liberarlo?"
Emily annuì, senza parlare.
"Quando hai rifiutato... si è arrabbiato".
"Sì".
"E la sola arma che ha è di rivangare quando sei rimasta con gli Equites invece di unirti a lui e a Exavior con i Ferus".
"Sei bravo", gli disse Emily, accennando un sorriso.
"C'è tensione tra te e il Consiglio degli Equites. Immagino che pensasse che era un buon momento per sfruttare le tue debolezze", disse Sotomar, fissandola negli occhi.
"Debolezze?"
"Insicurezza... tu continui a non ritenerti degna di vivere con gli heku e temi di essere espulsa in qualsiasi momento".
Emily non riuscì a rispondere. Tutto quello che le stava dicendo era vero.
"Bene, per quanto mi piacerebbe che ti unissi ai Valle, non riesco proprio a vedere gli Equites che rinunciano a te tanto presto".
"Non possono, diventerei un pericolo per loro".
"Non è questo il motivo e mi piacerebbe che lo capissi. Perché ti senti ancora una outsider, dopo quattro mesi?"
Emily scrollò le spalle e guardò la pioggia battente.
"Sai quanto ti hanno cercato?"
"Sì".
"Ti hanno detto come si è comportato Chevalier mentre tu non c'eri?
"Sì".
"Non è quello che succede quando perdi un'arma, è quello che succede quando perdi un membro della famiglia".
Emily scrollò ancora le spalle.
"Alec era leale solo a Exavior, ma questo non deve riflettersi su di te".
"Mio padre... odiava gli heku".
"Sì, immagino di sì", disse Sotomar.
"Vivo proprio con quella specie che odiava, la specie che ha ucciso mia madre e mio fratello. Una specie che ha riempito la mia vita di terrore".
"Non condannerei l'intera specie per il comportamento di un Antico Encala".
"Papà non aveva capito".
"No".
"Non so come inserirmi".
"Il Consiglio si comporta in modo strano con te?"
"Beh... no".

"Le guardie?"

"No".

"Quindi sei tu che sei cambiata. Io credo che per gli Equites sia come se tu non fossi mai andata via".

"Cosa devo fare?", gli chiese.

Sotomar sorrise, porgendole un altro fazzolettino: "Si dice che il tempo guarisca tutte le ferite".

"Non so che cosa fare".

"Lascia che ti porti a casa. Sono sicuro che sono preoccupati per te", le disse Sotomar, scendendo dal pickup. Emily si spostò sul sedile del passeggero e poco dopo stavano tornando a Council City.

Le Guardie alle Porte lasciarono entrare il pickup con riluttanza e Sotomar entrò in garage. Emily vide un grande Tahoe nero parcheggiato davanti al palazzo e le guardie Equites che stavano consegnando gli ex capi della S.S.V. ai Valle.

Quando Emily e Sotomar apparvero nell'atrio, Larry stava passando accompagnato da quattro guardie e fissò i suoi occhi furiosi su Emily.

"Marcirai all'inferno per questo", gridò.

Kyle girò l'angolo e sorrise a Larry: "Sono sicuro che ci arriverai prima tu".

Larry cercò di liberarsi, ma fu trascinato verso il Tahoe in attesa. Emily si voltò quando apparve Alec, scortato dalle guardie imperiali Valle.

"Che cosa sta succedendo?" Chiese, vedendo che Alec la guardava con odio.

"Lo terranno i Valle per conto nostro", spiegò Kyle: "Sarà messo agli arresti domiciliari, non in prigione".

Emily fece un cenno affermativo, mentre gli occhi si riempivano di lacrime. Capiva le ragioni che avevano per mandarlo via, ma le sembrava comunque di condannare suo zio a una vita di solitudine.

"Allen, Elizabeth e Jess sarebbero così delusi da te", disse Alec e fu spinto in fretta fuori dal palazzo.

"Bambina, è solo arrabbiato", disse Sotomar, accarezzandole un braccio: "Non saremo cattivi con lui. Starà comodo e tra qualche centinaio di anni, potrebbe scegliere di restare con i Valle e ricominciare da capo".

Emily annuì e andò in camera sua.

Malattia

"Da quanto va avanti?" Chiese il dott. Edwards, entrando in camera di corsa.

"È cominciato venti minuti fa, ma la pillola non funziona", disse Kyle, mostrando il flacone al medico.

"Quante?"

"Gliene ho date due".

Emily tremava, cercando di respirare nonostante le fitte lancinanti allo stomaco.

"Ora possiamo solo aspettare... che cos'ha mangiato a pranzo?" Chiese il dott. Edwards, appoggiando il flacone sul tavolo.

"Non ha voluto mangiare niente", disse Mark, che era accanto al camino.

"Che cosa c'è che non va?"

"Lo fa sempre, quando l'Anziano è assente".

Il medico annuì: "Ok, aspettiamo che passi".

Kyle lanciò un'occhiata alla porta quando sentì un forte tonfo e poi sorrise al medico: "È deciso a entrare".

"Già".

"Quanto tempo possono durare questi dolori?" Sussurrò Mark.

Il dott. Edwards sospirò: "Non lo so. Emily guarisce più in fretta di un mortale, ma ci sono stati dei danni molto estesi"

"Ma sono già cinque mesi che è tornata".

"Se dovessi tirare a indovinare, direi che ci vorrà più di un anno prima che passino del tutto.

"Vorrei mettere le mani su quegli Encala"

"Non è quello che sta facendo l'Anziano?"

Mark sogghignò: "Sì, ha scopeto un Clan vicino a St. Louis, che si vantava che non saremmo mai riusciti a penetrare le loro difese".

"Beh, sono stati stupidi", disse il dott. Edwards e poi sorrise quando Emily alzò gli occhi: "Sta attenuandosi?"

Lui annuì e si mise lentamente a sedere.

***

Silas alzò quattro dita e Chevalier annuì. Il buio della notte nascondeva la loro posizione mentre circondavano velocemente le spesse mura di cemento del Clan Encala.

Chevalier fece un cenno a Kralen, che a sua volta passò il messaggio alla Cavalleria che circondava il complesso. L'Anziano vide Kralen che appariva accanto al muro di cemento e alzava una mano. La abbassò lentamente chiudendo il pugno e all'interno del muro di cemento risuonò una sirena quando otto Cavalieri scalarono l'alto muro e si calavano nel complesso silenzioso.

Silas e Kralen fecero fuori in fretta le quattro Guardie di Porta e il resto della Cavalleria entrò dalle porte principali, dopo aver messo fuori uso i generatori principali del Clan. Chevalier entrò per ultimo e osservò la Cavalleria distruggere le case.

Andò avanti tra le case finché arrivò in centro, di fronte alla residenza principale. Tutti i 54 Cavalieri si unirono a lui dopo aver ucciso i membri del Clan. Chevalier avanzò e aprì il portone, al suono delle urla che provenivano dall'interno.

"C'è qualcuno in casa?" Gridò Kralen e poi sorrise e salì le scale, seguito dalla sua squadra di quindici heku.

Silas condusse la sua squadra nel sotterraneo e la squadra di Chevalier cominciò a sparpagliarsi al pianterreno, cercando il Signore del Clan Draw. Uccideva ogni heku che incontrava, e il conto totale dei morti era arrivato a 152 quando trovarono il Signore del Clan.

"Per favore... che cosa ho fatto per meritarmi tutto questo?" Chiese. Era in ginocchio davanti a Kralen e guardava terrorizzato Chevalier.

"Sei un Encala, e questo è sufficiente", disse Chevalier, avvicinandosi a lui.

"Signore!" Gridò Silas, entrando di corsa.

Chevalier si voltò, con le mani sul collo di Lord Draw. "Che c'è?"

"Non lo uccida, aspetti. C'è qualcosa che deve vedere, prima", disse Silas, uscendo.

Tenetelo", ordinò Chevalier alle guardie e seguì Silas, con Kralen dietro di lui.

"Stavamo distruggendo l'aula delle udienze, Rilen ha gettato una sedia contro la parete, e ha scoperto una stanza segreta", spiegò Silas, entrando nell'aula.

"Che c'era dentro?" Chiese Kralen, scavalcandole macerie.

"Venite a vedere", disse Silas, passando da un grosso buco nel muro. Chevalier lo seguì e si guardò attorno velocemente nella stanza segreta. Era chiaramente la sede del Consiglio di guerra, con un grande tavolo e un pannello pieno di cartine e fotografie.

La rabbia di Chevalier cominciò a crescere quando vide la cartina della Louisiana con la posizione del ranch dove aveva lavorato Emily. C'erano fotografie di Emily attaccate intorno alla cartina, tutte prese mentre lavorava nel ranch.

"So che gli Encala hanno detto di aver distrutto il Clan che aveva avvelenato Em", disse Silas, porgendogli una pila di carte: "Ma ne dubito fortemente".

Chevalier sfogliò le carte e la sua espressione si incupì. Cominciò a leggere a voce alta.

'Quella dannata Winchester ha una guardia del corpo heku con lei. Gli Equites hanno mentito quando hanno detto che era sparita da sola. La guardia è molto protettiva, ma abbiamo notato che ha la pessima abitudine di sparire per alcuni giorni ogni pochi mesi".

Kralen raccolse un album di fotografie e le sfogliò mentre ascoltava Chevalier.

"Guardia del corpo heku?" Chiese uno dei Cavalieri, rivolto a Chevalier.

"Dain, credo".

L'heku annuì: "Beh, era una specie di guardia del corpo heku".

"Il veleno non ha funzionato. È stata in ospedale per un po' ma è sopravvissuta e ora è tornata a casa e la sua guardia la sorveglia ancora più attentamente. Sua figlia le sta vicino e abbiamo notato che non se ve va in giro come invece faceva sempre sua madre. Spero che il veleno abbia causato un danno permanente e che potremo presto onorare gli Encala rivendicando della sua morte".

Kralen spalancò gli occhi: "Mio Dio è stato questo Clan!"

Chevalier annuì: "Così sembra, gi altri documenti sono programmi, registrazioni, note e preparativi per celebrare la sua morte".

Silas afferrò una scatola da un angolo: "Raccoglierò tutto. Riportiamo il Capo del Clan a palazzo".

Chevalier ringhiò: "Procedete".

Kralen lo seguì fuori mentre Silas e la sua squadra raccoglievano tutte le prove che poterono trovare.

Chevalier si mise davanti al Capo del Clan Draw e lo guardò minaccioso: "Abbiamo trovato il tuo Consiglio di guerra e ora... pagherai per quello che avete fatto a Emily".

Lui alzò gli occhi sull'Anziano nemico: "No... non siamo stati noi".

Chevalier gli diede una ginocchiata sulla mascella, fratturandola: "Smettila di mentirmi. Abbiamo trovato le cartine e le fotografie. Secondo quello che avete registrato... avete avvelenato Emily e stavate programmando una cerimonia per festeggiare la sua morte".

Il capo del Clan sputò sangue e denti sul pavimento: "Ci è stato ordinato di farlo, dal Consiglio".

"Ancora meglio", disse Kralen, trascinandolo verso l'elicottero. Quando Silas finì di caricare dodici scatole nell'elicottero, si diressero a

Council City, ansiosi di trovarsi in una stanza degli interrogatori con il Capo del Clan.

Le Guardie di Palazzo si misero in fila per salutare l'elicottero e Quinn andò incontro a Chevalier: "Ne hai riportato uno?" Chiese Quinn quando la Cavalleria trascinò fuori l'Encala dall'elicottero.

Chevalier sogghignò: "È il suo Clan che ha avvelenato Emily".

"Wow... non vorrei essere nei suoi panni!", Disse Quinn, poi sospirò: "Parlando di veleni...".

"È stato brutto?" Chiese Chevalier, andando verso il palazzo.

"Questo attacco è durato parecchio... ed è stato seguito da un altro svenimento. Sta ancora dormendo", spiegò Quinn, seguendolo dentro: "Abbiamo cercato, ancora una volta, senza però trovare ceneri".

Kyle alzò gli occhi dal letto quando entrò Chevalier, che si sedette accanto a Emily, controllandola in fretta: "Che cosa stava facendo quando è successo?"

"Si era appena ripresa dal mal di stomaco, quindi era seduta a letto", spiegò Kyle.

Chevalier fece un sorriso cattivo: "Ho catturato il Signore del can che l'ha avvelenata".

"Davvero?"

"Sì... abbiamo trovato per caso una stanza con le fotografie di Emily quando era via, cartine con la posizione del ranch e il diario di uno di quelli che l'hanno avvelenata. In qualche modo doveva esserle sfuggito".

"Bello, è ancora vivo?"

"Sì, ma presto desidererà di non esserlo".

"Proverai ancora quella nuova vasca?"

"Ci sto pensando", disse Chevalier, alzandosi: "Fammi sapere quando si sveglia".

Kyle annuì e vide Chevalier sparire dalla stanza. Quando arrivò nella stanza degli interrogatori, Mark, Silas e Kralen avevano messo il Signore del clan sulla sedia di legno e le punte erano penetrate due centimetri nella sua carne. Il sangue stava sgorgando e si raccoglieva sul pavimento sotto di lui.

"Ha parlato?" Chiese Chevalier e si sedette sul rack.

"Non ancora, ma parlerà", disse Mark, mentre girava indietro la manovella, togliendo le punte dalla carne.

"Non parlerò", disse il prigioniero con un lamento.

"Certo che lo farai", gi disse Chevalier, poi si rivolse a Silas: "Mettilo nella vasca, è affascinante guardare".

"Vieni, Cameron", stanza degli interrogatori, slegando l'Encala.

"Aspetta? Che cos'è?" urlò il prigioniero, cercando di ribellarsi. Kralen gli prese l'altro braccio e le inserirono nella vasca. Dopo aver chiuso i lucchetti e dato corrente, si sedettero a guardare.

"Mm... sembra calmo", disse Mark, curvandosi per vedere meglio.

"Aspetta...", sussurrò Chevalier e poi sorrise quando l'heku cominciò a restare senz'aria: "Ora viene il bello".

Quando l'heku cominciò ad agitarsi, colpì le pareti e l'elettricità inondò la vasca piena d'acqua.

"Carino", disse Kralen, spalancando gli occhi.

"Dopo questo parlerà" gli assicurò Chevalier.

"Quando abbiamo installato questa vasca?" Chiese Mark, stupito dai movimenti violenti dell'heku quando aveva finito l'aria.

"L'ho ordinata circa un anno fa. L'ho usata solo un paio di volte, però", spiegò Chevalier: "È piuttosto efficace e... divertente".

"Mi ricordi di non farla mai incazzare", disse Kralen ridendo.

Chevalier era troppo affascinato per rispondere. L'istinto del predatore di causare dolore era al massimo e respirava lentamente mentre l'heku nella vasca cominciava ad avere le convulsioni, mentre ogni cellula del suo corpo gli inviava ondate di dolore, lottando per ottenere ossigeno.

Quando l'Encala perse i sensi, Silas guardò l'Anziano: "Lo tiriamo fuori?"

"Certo, possiamo sempre rianimarlo e ripetere il tutto, se non parla", disse Chevalier, e le guardie tirarono fuori il corpo esanime dalla vasca. Lo lasciarono cadere sul pavimento e l'heku ricominciò lentamente a respirare.

Quando fu guarito a sufficienza da cominciare a lamentarsi, Mark gli diede un colpetto con la punta del suo stivale da cowboy: "Pronto a parlare?"

L'heku annuì lentamente e tossì sputando acqua.

"Bene, cominciamo... di chi è stata la brillante idea di avvelenare mia moglie?" Chiese Chevalier, osservandolo attentamente.

"Mi ucciderà..."

"Ti uccideremo noi", rispose Kralen.

"Puoi scegliere, però", gli disse Chevalier: "Puoi restare qui e diventare il mio giocattolo... oppure parli subito e noi ti uccidiamo in fretta".

L'Encala si sforzò di mettersi carponi, continuando a tossire. Gli Equites rimasero a guardarlo finché riuscì a sussurrare: "L'Anziano Frederick".

"Allora è stata un'idea di Frederick?"

L'heku annuì: "Sì, il resto del Consiglio non ne sa niente".

"Mm, interessante, quindi Frederick ha agito alle spalle del consiglio per torturare Emily?" Chiese Mark, appoggiandosi al muro.
"Sì".
"Di certo gli altri Anziani lo sapevano".
"No... ci ha proibito di informarli. L'Anziano Frederick ha detto che avrebbero cercato di fermarlo".
"Quindi gli Encala sono abituati ad ascoltare un solo Anziano, mentre di solito è la maggioranza che decide?"
"Frederick... è... può essere molto brutale".
Chevalier sorrise: "Non quanto me".
"Ora lo sai... hai promesso di mettere fine a tutto questo", disse, alzando gli occhi verso Chevalier.
"Ho mentito", gli rispose Chevalier, e andò verso le scale, quando Kyle lo informò che Emily si stava svegliando.
Il dott. Edwards andò incontro a Chevalier fuori dalla stanza: "Si sveglierà presto".
"Fate venire qui Mark", disse, prima di entrare nella stanza.
Kyle alzò gli occhi: "Che cosa ha detto?"
"Ha incolpato Frederick ma ha cercato di non coinvolgere l'intero consiglio Encala".
Kyle scrollò le spalle: "Penso che potrebbe essere vero".
Emily sospirò e si girò sul fianco e poi li guardò: "Cos'è quella espressione?"
"Che espressione?" Chiese Chevalier, sedendosi.
"Tutti e due... sembra che sia appena morto qualcuno".
Kyle sorrise: "Se la smettessi di svenire, potremmo sembrare un po' più allegri".
"Accidenti, ancora?"
"Sì", disse Chevalier, facendo segno a Kyle di uscire. Kyle annuì e sfuocò fuori dalla stanza: "Che cos'è successo?"
"In effetti non lo ricordo", gli disse, appoggiandosi su un gomito: "Avevo mal di stomaco e poi mi sono svegliata con davanti la tua faccia triste".
"Mm, bene... avanti", disse Chevalier, voltandosi verso la porta quando entrò Mark.
"Mi ha fatto chiamare, Anziano?"
"Trovato qualcosa?"
"Niente, ancora una volta niente".
"Ci deve essere qualcosa".
"Abbiamo cercato delle ceneri, dei corpi, niente".
"Continuate a cercare".
"Sì, Anziano", disse Mark, uscendo in fretta.

"Sii gentile. Lui non ha fatto niente", disse Emily. Rotolò fuori dal letto, incespicò un po' e poi andò a farsi una doccia.

Chevalier stava riflettendo quando il palazzo entrò in allarme.

Emily uscì dal bagno: "Che cosa sta succedendo?"

"Non lo so".

"Vai a vedere, allora?"

"No con questo tipo di allarme, restiamo tutti dove siamo".

"Come fai a sapere che tipo di allarme è?" Chiese, entrando nella cabina armadio per vestirsi.

"Lo hanno annunciato", spiegò

Proprio mentre Emily usciva dalla cabina, si spalancò la porta e apparve Kralen: "Ora".

Chevalier annuì e scomparve dalla stanza.

"Che cosa sta succedendo?" Chiese Emily.

"Devi venire anche tu, Comandante", le disse Kralen e poi scomparve.

Emily fece per discutere, poi decise di seguirli. A metà delle scale, cessò l'allarme e vide Silas fermo al quarto piano che la aspettava.

"Che succede?" Chiese, quando fu vicina.

"C'è un briefing", le disse Silas, aprendo le porte della sala del Consiglio.

Emily entrò e rimase insieme alla Cavalleria, di fronte al Consiglio. Mark era davanti a tutti e quando la porta si chiuse cominciò: "Abbiamo appena trovato Wilson, fuori, a ovest della città. È stato assassinato".

L'Investigatore Capo si alzò: "Ho ispezionato la zona e ci sono sottili indizi che puntano sugli Encala. Però non sappiamo perché l'abbiano ucciso".

Emily ascoltava attentamente, sentendo l'ira che cresceva.

"Potrebbe essere una vendetta per i nostri attacchi", suggerì Zohn.

"Non avrebbero corso quel rischio", disse Quinn: "C'è qualcos'altro in ballo e voglio scoprirlo".

"Fai uscire la Cavalleria tra gli alberi, cercate delle prove", disse Zohn.

"Io andrò a parlare con gli Encala". Disse Kyle, alzandosi.

"Verrò anch'io", gli disse Emily.

"Tu ci servi qui", le disse Mark: La sua giumenta non ci permette di avvicinarci. È ombrosa e scappa se vede qualcuno".

Emily sospirò, guardando Kyle: "Bene, ma di' agli Encala da parte mia... che l'accordo è saltato".

Kyle guardò gli anziani e poi annuì: "Ok, lo riferirò".

"Verrò anch'io", disse Dustin, e uscirono entrambi.

Emily seguì la Cavalleria. Avevano già preparato il suo cavallo e lei prese un lazo dalla parete prima di seguire Mark dove avevano trovato il corpo di Wilson. Era poco a est dello stagno delle sanguisughe e l'erba era ancora macchiata di rosso. Emily si guardò attorno nella radura, ignorando il sangue e concentrandosi sulla giumenta di Wilson, in mezzo agli alberi. Aveva le orecchie tirate indietro contro la testa e balzò via quando Silas entrò nella radura.

"Fermati", sussurrò Emily, prendendo il lazo.

"Tu...", Emily aggrottò la fronte e indicò l'heku accanto a lei. Aveva il suo nome sulla punta della lingua e lo studiò mentre aspettava che le venisse in mente.

"Kralen", disse, fissandola.

"Sì, Kralen, sfuoca dietro di lei e guarda se riesci a spaventarla in modo da mandarla verso di me".

"Hai dimenticato il mio nome?"

"No, vai".

Kralen diede un'occhiata a Mark e poi scomparve. Emily fece avanzare lentamente il suo cavallo.

"Accidenti", gridò quando la giumenta corse nella direzione opposta a quella voluta. Emily fece partire al galoppo il suo stallone e rincorse la giumenta. Il suo cavallo raggiunse in fretta la giumenta spaventata ed Emily la prese al lazo, facendola rallentare. Quando la giumenta si avvicinò a lei, allungò la mano per accarezzarla e poi tirò indietro di colpo la mano.

Si tolse il guanto e si guardò la mano. Le sembrava che non fosse attaccata al braccio e quando cercò di afferrare la corda non successe niente.

"Qualcosa non va?" disse Mark dietro di lei.

"No", disse Emily rimettendosi il guanto.

"Resteremo qui e passeremo al setaccio la zona. Vuoi restare qui o tornare indietro?"

"Rimarrò qui, un altro paio di occhi non faranno male".

"Ok, ti metteremo in squadra con Silas e Kralen".

"Fai riportare questo cavallo nella scuderia. Ritiratela nel suo box e mettetele un cappuccio in testa finché si calma".

Mark annuì e arrivò uno dei Cavalieri a prendere la giumenta da Emily. Proseguirono ed Emily cominciò a spostarsi con i due Capitani mentre controllavano scrupolosamente la zona assegnata. C'era tensione nell'aria mentre cercavano di scoprire un motivo per spiegare la morte di Wilson. Niente faceva infuriare di più la Cavalleria quando qualcuno di loro moriva in servizio.

Prima che scendesse la notte, l'Investigatore Capo venne a parlare con Silas e Kralen mentre Emily continuava a cercare a terra.

"Rientriamo, Em", le disse Kralen.
"Che cosa hanno scoperto?"
"Sono stati gli Encala. Appena tornano Kyle e Dustin, Chevalier vuole fargli una visitina".

Emily annuì e tornò al suo stallone. Appena fu in sella, aspettò gli altri e poi cavalcarono in silenzio verso la città. Nessuno parlò mentre ritiravano i cavalli per la notte. Quando Emily chiuse il box del suo stallone, vide Silas e Kralen che la aspettavano.

"Sei sicura di stare bene?" Le chiese Kralen.
"Sto bene, perché?"
"Hai dimenticato il mio nome e non usi il braccio sinistro".
"Non ho dimenticato il tuo nome e non c'è niente che non vada in me".
"Vedremo", disse Silas e si appoggiò alla parete: "Usciamo stasera, è un po' che non lo facciamo.
"Non andrete dagli Encala con Chevalier?" Chiese Emily, sedendosi su una balla di fieno.
"No, Kralen ed io resteremo qui".
"Per essere sicuri che non ci vada io?"
"Esatto".
"Mi sembra strano. Perché non usare le Guardie di Città come babysitter, così voi potete andare a prendervela con gli Encala?"
"Perché scappi troppo facilmente dalle Guardie di Città".
Emily sorrise: "Scommetto che potrei scappare anche da voi".
Kralen rise: "Non puoi liberarti di me, l'hai promesso".
"Vero, però posso liberarmi di Silas".
"Ehi, voi due..." disse Silas, incrociando le braccia: "Cerchiamo di evitarlo, ok?"
"Non importa, non devo andare da nessuna parte".
"Ok, adesso vediamo di chiarire le cose", disse Kralen: "Dicci perché ti comporti come se non fossi a casa tua".
"Non so che cosa vuoi dire".
"Sì, lo sai. Eri sicura di te e disinvolta. Ora sei silenziosa e sostenuta".
"Non è vero".
"Allora permetti ai cuochi di cucinare".
"Sono perfettamente in grado di cucinare per me stessa".
Silas scrollò le spalle: "Prima di andartene, permettevi ai cuochi di fare il loro lavoro".
"Vuoi dire prima che mi cacciassero fuori a calci?" Chiese Emily.
"Permettevi al sarto di fare il suo lavoro, ai cuochi e agli addetti alle pulizie di fare il loro lavoro".

"Sì, beh, forse non voglio dipendere più da nessuno. Ho imparato una cosa mentre ero via... si può dipendere solo da se stessi".

Kralen fece una smorfia: "Non è un bel modo di vivere".

"È così che sono sopravvissuta un anno".

"Non sono sicuro che si possa chiamarlo sopravvivere".

"Lo era".

"È finita, però. Devi superare quello che è successo e continuare la tua vita. Smettila di andartene in giro come se fossi un'estranea e come se da un momento all'altro dovessimo abbandonarti e lasciarti sola". Le disse Kralen.

Emily aggrottò leggermente la fronte.

"È finita, è tutto quello che stiamo dicendo. Se devi passare l'eternità con noi, dovrai imparare a fidarti di nuovo", le disse Silas.

"Smettila di comportarti come una martire..." cominciò a dire Kralen.

Emily si alzò: "Non sono obbligata a starvi a sentire. Ho fatto del mio meglio".

"Non stiamo dicendo il contrario... ma ora è arrivato il momento di lasciarci fare. Non sei più da sola", disse Silas, mettendole una mano sul braccio.

Emily si voltò di colpo e uscì dalla scuderia. Ignorò Silas e Kralen che la seguivano in silenzio. Ciascuno di loro si chiedeva se non avesse esagerato e che cosa sarebbe successo se avesse informato Chevalier. Emily salì le scale ed entrò nel suo ufficio, sbattendo la porta dietro di sé.

"Zoppica", disse Kralen, prendendo la sua posizione fuori dell'ufficio.

"L'ho visto", disse Silas. "Resta qui, vado a fare rapporto al dott. Edwards".

Silas chiamò il medico, e chiese a Quinn e Zohn di incontrarsi con loro nella sala riunioni principale. Quando arrivò, gli altri lo stavano già aspettando.

Il dott. Edwards si sedette al tavolo: "C'è qualche problema?"

"Sì. Ci avevi chiesto di controllare Emily per vedere se c'era qualche segno di problemi, e oggi li ha mostrati", spigò Silas, sedendosi accanto a Quinn.

"Ad esempio?"

"Ha dimenticato il nome di Kralen e zoppica leggermente. Abbiamo anche notato che non usa il braccio sinistro.

Il dott. Edwards si preoccupò: "Non è un buon segno, sono tutti indici di un ictus, dobbiamo riuscire a farle una TAC per capire di che tipo di ictus si tratta".

"Non accetterà mai di fare una TAC", disse Quinn.

"Possiamo comprare l'apparecchiatura?" Chiese Zohn: "Magari la farà più volentieri se viene fatta qui".

"Non sono d'accordo", gli disse Quinn: "È più facile che vada di nascosto a farne una".

"Vero. È venuta parecchie volte a vedermi di nascosto", Disse il dott. Edwards: "Sarebbe un bene riuscire a capire la vastità del danno, però... quanto è effettivamente più debole sul lato sinistro".

"Suggerimenti?"

"Lo ho già chiesto una volta di spingermi, non sono sicuro che lo rifarà".

Zohn si rivolse a Silas: "Pensi di poterla far infuriare a sufficienza per farti dare uno spintone?".

"Sono quasi sicuro di sì, è già irritata con Kralen e me".

"Per che cosa?"

"Niente di importante, stavamo solo parlando".

"Immobilizzate Dain". Gli disse Quinn: "Non importa per che cosa. Sicuramente interverrà".

"Detesto farla arrabbiare così presto dopo il risveglio", disse il dott. Edwards, "Limitatevi a osservarla, per capire quanto è più debole nel lato sinistro".

"Quando dovrebbe tornare l'Anziano?" Chiese Silas a Zohn.

"Sperava di stare via solo un paio di giorni. Voleva solo spaventare i Consiglio degli Encala".

"Tenetela tranquilla per ora, ma cercate di vedere se usa la mano sinistra per fare qualcosa, per capire se funziona correttamente", suggerì il dott. Edwards.

"Ok, d'accordo", disse Silas, poi tornò a mettersi davanti alla porta dell'ufficio con Kralen e lo mise al corrente di quello che era stato deciso, aspettando che Emily uscisse.

***

"Buongiorno, disse Chevalier, sorridendole. Era seduto sulla sponda del letto a guardarla dormire.

Emily scese dal letto e si arrampicò in braccio a lui, poi gli mise le braccia al collo: "Sono contenta che sia tornato".

Le baciò la cima della testa: "Sono riuscito a tornare prima".

Emily alzò gli occhi: "Che cos'è successo?"

"Niente, in effetti. Gli Encala, ovviamente, hanno negato e ci hanno chiesto di lasciare che si riorganizzino".

"Kyle gli ha trasmesso il mio messaggio?"

"Sì e mi è sembrato che scatenasse un'ondata di panico per tutto il Consiglio. "Mi vuoi dire di che cosa si trattava?"

Emily sospirò: "Volevano che ti chiedessi di smetterla".
"Interessante".
"Hanno l'errata impressione che potrei influenzarti in qualche modo".
"Se fosse per te, li lasceresti in pace?"
"Ci ho pensato e sono divisa".
"Ok, raccontami".
"Beh, hanno ucciso Wilson, e questo non mi fa felice. D'altra parte ci sono sempre state tre fazioni. E se due fazioni mandano all'aria l'equilibrio dei poteri o qualcosa del genere?"
"È quello che preoccupa anche noi. Ecco perché ci sarà una riunione di tutti gli anziani la settimana prossima".
Emily lo guardò sorpresa: "Tutti e nove?"
"Sì"
"Anche Frederick?"
"Sì, e vorremmo che ci fossi anche tu, come moderatore".
"Ok".
"E, Em?" Le disse, guardandola negli occhi: "Ci servirebbe che non incenerissi subito Frederick".
Emily sorrise: "Sono così prevedibile?"
"Sì".
Emily si allungò a prendere una coperta che mise addosso a entrambi, mentre Chevalier studiava attentamente ogni suo movimento.
"Ho appena parlato con Silas e il dott. Edwards.
"Mi osservano come se fossi una lebbrosa".
"Sono preoccupati e voglio che tu sia sincera con me".
"Riguardo a che cosa?"
"Hai problemi con la memoria?"
"Non credi che, se li avessi, sarei l'ultima a saperlo?"
Chevalier rise: "Già immagino di sì. Hanno detto che hai dimenticato il nome di Kralen".
"Sì, è vero, per un secondo".
"E la mano sinistra?"
Emily sospirò: "Non sta funzionando proprio bene, in questo momento".
"Quant'è brutto?"
"Effettivamente è migliorata negli ultimi due giorni".
"Fammi vedere", le disse e si spostò dalle ginocchia al letto: "Afferrami le mani".
"Stai facendo il lavoro sporco del dott. Edwards?"
"No, voglio saperlo".
"Bene", disse Emily e gli prese le mani nelle sue.
"Stringi".

Emily strinse le mani più forte che poteva, ma si rendeva conto di non riuscire a fare molta pressione con la sinistra.

"Mm", sospirò Chevalier e poi le guardò le mani: "La tua parte sinistra è piuttosto debole".

"Lo so, ma sta migliorando".

"Vorrei solo riuscire a capire che cosa sta succedendo", disse Chevalier, chiaramente frustrato.

"Chi lo sa. So che tutti qui intorno pensano che stia incenerendo qualcuno in segreto, ma non è vero".

"Io non lo penso"

"Be, forse tu no, ma gli altri sì. Poi, metà del personale si comporta come se dovessi crollare da un momento all'altro".

Chevalier rise: "In effetti è quello che continui a fare".

"Già, è imbarazzante", si lamentò Emily.

"Perché non vai a raggiungere la Cavalleria? Stanno facendo le manovre in acqua, oggi".

"Mi sono dimessa dalla Cavalleria, non se lo ricorda nessuno?" Gli chiese, scendendo dal letto.

"Non ci si può dimettere dalla Cavalleria", le ricordò, sorridendo.

"Io sì".

"No, non è permesso".

"Bene, allora andrò... ma non in uniforme e non Comandante. Andrò ad assicurarmi che non maltrattino i loro cavalli", gli disse, sparendo in bagno per prepararsi. Quando uscì Chevalier se n'era già andato e c'era la colazione sul tavolo. Mangiò in fretta e poi andò in piscina per vedere che cosa stava facendo la Cavalleria.

"Dove sono le tue guardie?" Chiese la guardia alla porta.

Emily si guardò alle spalle: "Non si era accorta di non averle: "In effetti non ne ho idea".

"Le hai seminate?"

Lei lo fissò scocciata: "No".

"Aspetta finché le trovo, allora".

"No, sto comunque andando a raggiungere la Cavalleria".

"Però..."

"Non mi attaccheranno tra qui e la piscina", gli disse e uscì dal palazzo.

A metà strada verso la dependance, sentì una voce timorosa dietro di lei: "Lady Emily?"

Sospirò e si voltò a guardare un heku che sembrava farsi piccolo per la paura: "Sì?"

"Per favore, posso parlarle, solo per un momento?"

"Certo, perché no? Solo, non aggredirmi, non sono dell'umore giusto", gli disse, incrociando le braccia.

"La prego", sussurrò, guardandosi attorno: "Per favore, chieda al suo consiglio di lasciare in pace gli Encala in modo che possano riorganizzarsi".

"Sei un Encala?"

"Sì, Signora".

"Ti ha mandato il consiglio degli Encala?"

"No, Signora. Ero un membro di un Clan che è stato distrutto mentre io non c'ero. Gli Encala sono in rovina, ti prego, fai fermare il massacro". Sussurrò, continuando a guardarsi attorno.

"Se sei un Encala, come hai fatto ad arrivare qui?" Chiese sospettosa.

L'heku sospirò: "Mi ci sono voluti giorni per entrare. Ho dovuto aspettare che le guardie alle porte fossero occupate".

"Beh... io non posso influenzare il Consiglio. Se stanno sterminando gli Encala, sono sicuro che se lo sono meritato".

"Lei può influenzarli, però. È risaputo che non sta bene e che il Consiglio farebbe di tutto per farla stare meglio".

"Che cosa vuol dire che non sto bene. Io sto bene".

"Davvero? Zoppica un po'".

"Mi sono fatta male un piede".

"Se lo dice lei".

Gli occhi si Emily si ridussero due fessure: "Ok, allora le spie vi hanno raccontato delle cose... questo comunque non vuol dire che io possa influenzare il Consiglio".

"La prego almeno di chiederglielo".

"Non sono sicura di volere che si fermino".

L'heku rimase senza fiato: "Signora, lei è amica degli Encala. Perché non vuole aiutarci?"

"Gli Encala hanno appena ucciso uno dei miei Cavalieri".

"Era necessario".

"Perché?" Urlò: "Non venire a chiedere il mio aiuto per poi cercare di giustificare l'uccisione di un mio amico".

"Ssst, per favore", sussurrò e si ritrasse verso l'ombra di un pino.

"Non c'era nessun motivo per ucciderlo. Non stava facendo nient'altro che controllare quella zona. Non stava aggredendo nessuno".

"Chiedo scusa".

"L'hai ucciso tu?" Chiese Emily, facendo un passo verso l'heku tremante.

"No!" sussurrò lui. "Non l'avrei mai fatto. Non ci sarei riuscito. La vostra Cavalleria è troppo forte e ben addestrata per uno come me".

"Sai che non te ne andrai da qui, vero?"

"Sì, lo so che sarei stato ucciso per essere venuto qua".

"Allora perché farlo? Sai che non fermerò gli attacchi del Consiglio degli Equites". Gli chiese.

"Dovevo tentare. Gli Encala stanno disintegrandosi ed è mio dovere fare quello che posso per renderli di nuovo forti" le disse.

"Ti rendi conto che me l'ha già chiesto il consiglio Encala e ho rifiutato?"

"Sì".

"Allora perché dovrei farlo per te?"

"Perché ti sto pregando. Faccio appello alla tua natura gentile e all'amicizia che una volta provavi per noi".

Emily sospirò: "Non chiederò al Consiglio degli Equites di lasciar stare gli Encala finché non dimostreranno di essere cambiati".

"Siamo cambiati!"

"No!" Gridò Emily: "Uccidere Wilson mi dimostra che non siete cambiati".

L'heku che un attimo prima cercava di farsi piccolo si raddrizzò e squadrò le spalle: "Basta... farai quello che ti chiedo o la pagherai".

Emily spalancò gli occhi: "Cosa?!"

L'heku fece un passo minaccioso verso di lei: "Mi ci è voluto un mese per trovarti senza una guardia... ora farai quello che ti dico o la farò finita immediatamente".

"Credi?" Gli chiese e strinse gli occhi. L'Encala cadde in ginocchio, afferrandosi il petto. Quando il dolore smise, cadde in avanti, ansimando per riprendere fiato.

"Non venire a casa mia a minacciarmi. Ne ho avuto abbastanza di tutta la vostra fazione", sussurrò. L'heku ricominciò a lamentarsi quando il dolore ricominciò e lei lo tenne così finché perse conoscenza. Correndo in fretta verso la scuderia, prese il Taser dal magazzino e ritornò a guardarlo guarire.

"Non rifarlo o la pagherai"; ringhiò quando ebbe riprese fiato.

"Non credo", disse Emily: "Ora verrai con me tranquillamente altrimenti ti incenerirò".

"Non puoi dirmi quello che devo fare".

Emily gli puntò addosso il Taser: "Penso di sì". Lui sibilò e si mise in piedi.

"Comincia a camminare", gli disse, indicandogli di dirigersi verso la dependance, dove la Cavalleria si stava addestrando in acqua.

"Tu non sai con che cosa hai a che fare", disse l'Encala e poi esitò prima di fare quello che lei gli aveva chiesto.

"Sono sicura di sì. Ho a che fare con un pezzo di merda Encala che è pronto a mentire e ingannare per porre rimedio alla stupidità del suo Consiglio".

"Non parlare in quel modo del mio Consiglio!" gridò voltandosi e acquattandosi.

"Bene, ho finito con te", disse e poi sorrise: "Mark!"

Di colpo, fu circondata dall'intera Cavalleria e Mark apparve accanto all'Encala: "Che cosa hai trovato?".

L'Encala si voltò di colpo, chiudendo i pugni.

"Il tonto, qui, è venuto a chiedermi di smetterla di prendermela con la sua fazione", disse Emily, abbassando il Taser: "Ho immaginato che aveste bisogno di un nuovo giocattolo".

"Ogni contatto con un Encala deve essere riferito al Consiglio", le disse Mark, poi si rivolse all'Encala: "Andiamo a dirglielo".

L'heku ringhiò e poi si mosse con la Cavalleria. Silas e Kralen fecero per seguirli, poi tornarono indietro da Emily.

"Devi venire anche tu", le disse Silas.

"No".

"Lo hai incontrato per prima. Il Consiglio vorrà un rapporto", le disse Kralen.

"Il consiglio può immaginarselo da solo. Io vado a nuotare", disse Emily, avviandosi. Si fermò quando sentì una mano sulla spalla.

"Seriamente, Emily, devono parlare con te", disse Silas.

"E comunque, dove sono le tue guardie?"

"Non ne avevo".

"Allora avresti dovuto chiamarci".

Emily accennò un sorriso: "E quello che ha detto la Guardia di Porta, così gli ho assicurato che non sarei stata aggredita tra il palazzo e la piscina".

"Già, e com'è andata, invece?"

"Beh, non sono stata aggredita".

"Ci sei andata abbastanza vicino".

Emily guardò le porte e poi sussurrò: "Per favore, non fatemi parlare con il Consiglio".

"Che cosa c'è che non va?" Chiese Kralen, osservandola con attenzione.

"Io... io... è solo che non voglio farlo".

"Ok... ok... andrò io a parlare per te", disse Silas: "Kralen può restare con te mentre scopriamo chi era di turno come tua guardia".

Emily annuì e poi andò verso la piscina, seguita da Kralen. Entrarono entrambi nella stanza umida ed Emily si sedette su una sedia a sdraio. Kralen esitò un attimo e poi si sedette accanto a lei.

"Non nuoti?" Le chiese.

"No, volevo solo evitare di affrontare il Consiglio".

"Qual è esattamente il motivo?"

Emily alzò gli occhi: "Hanno lasciato che accadesse".

"Ti rendi conto di quanto sono rammaricati, per questo?"
"No".
"Specialmente Zohn e Quinn".
"Solo... è difficile fidarsi di loro, ecco tutto".
"Stanno facendo veramente tutto il possibile per farti sentire di nuovo la benvenuta".
"Non posso permettermi di essere ancora così legata al Consiglio", spiegò Emily: "Ha reso l'anno in cui sono stata via molto più duro".
"Come?"
"Non devi dirlo a nessuno".
"Ok"
"Sono al sicuro qui... o almeno lo ero", cominciò a dire e poi interruppe Kralen quando lui fece per discutere: "Quando ero per conto mio, non ero solo da sola, ero un bersaglio e lo sapevo. Quando gli Encala hanno cominciato ad attaccarmi, mi sono resa conto di com'è pericolosa la mia vita".
"C'è un motivo per cui ti proteggiamo. Sappiamo già quanto sia pericoloso solo essere te".
"Già... ci sono voluti mesi prima di riuscire solo a respirare. Mesi prima di smettere di controllare e ricontrollare ogni ombra e poter rispondere al telefono senza timore".
Kralen annuì: "Quindi, se ti sentirai nuovamente a tuo agio qui, sotto la nostra protezione, la prossima volta che sarai da sola dovrai rifare tutto da capo".
"Esatto... se mantengo le distanze, non sarà così difficile".
"Perché ci deve per forza essere una prossima volta?"
"Perché dovrei pensare che non ci sarà?" Gli chiese, fissandolo negli occhi.
"Il Consiglio non ci cascherà un'altra volta".
"Non quello, ma ci sono sempre altri metodi. La prossima volta che sarò da sola, non avrò nemmeno i miei figli con me".
"C'è qualcosa che posso fare per convincerti a cambiare modo di vedere?"
"No, in effetti no".
Kralen guardò la porta: "Il Consiglio ha chiesto ancora di te".
Emily piegò le ginocchia e se le tirò contro il petto: "Non importa".
Emily vedeva che le sue labbra si stavano muovendo in fretta, ma non sentiva quello che stava dicendo.
Alla fine Kralen tornò a guardarla: "L'Encala ti ha toccato?"
"No".
"Che cosa ha detto?"

"Faceva il timoroso e mi ha pregato di chiedere al consiglio di lasciare in pace gli Encala. Poi, quando ho rifiutato, ha cercato di intimidirmi".

"Ha detto come ha fatto a entrare?"

"Ha aspettato che le Guardie alle Porte fossero occupate".

Kralen si voltò verso la porta ed Emily sorrise.

Lui la guardò: "Che c'è da ridere?"

"Il Consiglio, che ti usa per ottenere informazioni da me perché mi rifiuto di andarci".

"Sarebbe molto più efficiente andare a dirglielo direttamente".

"Non voglio".

Kralen sospirò: "Che cosa vuoi, esattamente?"

"Andiamo a fare un giro".

"Dove?" Chiese Kralen, alzandosi.

"Tu ed io... fuori, da soli".

"Perché?"

"Smettila di essere paranoico, andiamo", disse dirigendosi verso il garage. Prima di arrivare, Silas e Mark si unirono a loro.

"Andiamo da qualche parte?" Chiese Mark.

"Kralen ed io andiamo fuori", gli disse Emily, mettendosi alla guida del suo vecchio e malandato pickup Chevy.

"Non portiamo anche Silas e Mark?" Chiese Kralen, guardando dentro il finestrino del passeggero.

"No, sali".

Kralen diede un'occhiata interrogativa a Mark e quando lui annuì, salì. Emily sorrise e guidò fuori da Council City.

"Ti piace farli impazzire, vero?" disse Kralen, allacciandosi la cintura di sicurezza.

"Sì, sono le piccole gioie...."

"Sei così femmina".

"Come?" Chiese, sbirciando il suo volto.

"Stavi dicendo come ti sentivi a tuo agio sotto la nostra protezione, però cerchi in tutti in modi di evadere", le disse sorridendo.

"Questo viaggio è una necessità".

"Oh? Dove stiamo andando?" Le chiese quando raggiunsero l'interstatale.

"Via".

"Così?"

"Non te lo voglio dire. Non escluderei che il Consiglio abbia messo una cimice sul mio pickup".

Kralen sorrise: "È bello sapere che non sei paranoica, o roba del genere".

"Non sono paranoica".

"Ok".

Kralen sobbalzò e guardò fuori dal finestrino.

"Che c'è?" Gli chiese Emily, voltandosi a guardarlo.

"Niente".

"Allora smettila di essere nervoso, non stiamo infrangendo alcuna legge".

"Io sì".

"Come?"

"Secondo gli ordini dell'Anziano, non devi avere meno di tre guardie con te, sempre".

"Bene... è una bella sensazione fare i cattivi".

"Sono sicuro di sì... ma tu non sarai bandita per quello".

"Non sarai bandito solo perché sei venuto con me a prendere un caffè".

Kralen la fissò.

Emily sospirò: "Ecco, adesso l'ho detto... andiamo a prendere un caffè".

"Quindi sono due le regole che sto infrangendo".

"Non lo saprà nessuno".

"Perché stiamo usando questo rottame?" Chiese Kralen quando il pickup ebbe un ritorno di fiamma.

"Non c'è niente che non vada in questo pickup".

"Hai chiesto a uno dei meccanici di dargli un'occhiata? Non mi sembra che il rumore sia giusto".

"No, ho cambiato l'olio qualche settimana fa e va tutto bene".

Rimasero in silenzio per il resto del viaggio finché Emily si fermò accanto a un piccolo bar: "Sento il profumo da qui".

Kralen si mise a ridere: "Non mi ero reso conto che assapori anche tu".

"Oh... lo faccio", disse Emily e scese dal pickup. Afferrò la borsa ed entrarono.

Aspettarono in coda ed Emily si stava eccitando all'idea di assaggiare la sua bevanda preferita.

"Sì?" Chiese il teenager dietro il bancone.

"Prendo un doppio espresso semidec, montata doppia, magro, da portar via".

"Che lingua è?" Chiese Kralen, con un'espressione interrogativa.

"E per il vergine?" Chiese il ragazzo, guardando con irritazione Kralen.

"Il che cosa?" Chiese Kralen.

"Lo stesso", disse Emily al ragazzo pagando. Tirò Kralen per il braccio finché smise di fissare minaccioso il piccoletto dietro il banco e si sedettero ad aspettare le bevande.

"Io quello non lo bevo", le disse Kralen.

"Non pensavo lo bevessi. Ne berrò uno qui e l'altro è per la strada".

"Perché sembra che abbia ordinato due treni con una doppia sella?"

"Due cosa?" Chiese Emily prendendo i caffè dal cameriere.

"Non importa", disse Kralen, guardandola: "Lo vuoi veramente fare".

"Fare cosa?", Chiese, soffiando su un caffè per raffreddarlo.

"Bere caffè... sai che cosa ti farà".

"Oh, ma ne varrà la pena", disse, togliendo il coperchio. Mentre portava il bicchiere alla bocca, se lo sentì strappare di mano: "Ehi!".

Kralen le sorrise quando lo guardò, ma non era lui ad avere il suo caffè.

"Perché?" Chiese Dustin dalla porta.

Emily lo guardò furiosa: "Ridammi il mio caffè".

"Sai che non possiamo lasciartelo fare".

Emily fissò Kralen: "L'hai chiamato tu?"

"No".

"Allora come ha fatto a saperlo?"

"L'ho sospettato quando sei uscita". Disse Dustin, versando la bevanda nella pattumiera.

"Non costringermi a incenerirti", sussurrò Emily.

Dustin sorrise e alzò le chiavi del pickup: "Sali, ti riaccompagno a casa".

"No".

Kralen sospirò: "Em, sono abbastanza nei guai senza che tu resti qui".

"Ripetimi perché è nei guai", chiese Emily a Dustin.

"Non solo è uscito con sìte senza un numero sufficiente di guardie, ma ti ha permesso di prendere una cosa espressamente proibita dagli Anziani", spiegò Dustin.

"Non può essere nei guai per questo. Se non fosse venuto, sarei andata da sola".

"Comunque...", Dustin le tenne aperta la portiera. Emily si decise alla fine di uscire con Kralen, dando un'ultima occhiata al caffè che era rimasto sul tavolo. La maggior parte del viaggio trascorse in silenzio, finché Dustin le disse: "Trovo difficile credere che non ti sia resa conto che portando con te un Cavaliere, lo avresti fatto punire".

Emily si chinò in avanti dal sedile posteriore e sussurrò piano nell'orecchio di Kralen: "Prendi il volante".

"Che cosa?" chiese Dustin, mentre diventava cenere. Kralen afferrò in fretta il volante e si fermò sul bordo della strada.

"Dannazione, Emily. Stai cercando sul serio di farmi bandire?" Chiese, raccogliendo le ceneri di Dustin in un bicchiere di plastica.

"No, ma deve darsi una calmata. Tu non hai fatto niente di male", gli disse, arrampicandosi sul sedile anteriore del pickup.

Kralen scivolò al posto di guida e partì per Council City: "Bene, il consiglio vorrà sapere perché stiamo tornando con una mucchietto di cenere al posto del loro Ufficiale di collegamento, non credi?"

"Possono tirare a indovinare da soli. Io con loro non ne parlerò".

"Devi farlo!"

"No".

Kralen ringhiò e le mani si strinsero sul volante. Emily si mise comoda e il resto del viaggio passò in silenzio.

Entrarono nel palazzo insieme, ma quando Kralen si fermò al quarto piano, Emily si girò e tornò giù nel suo ufficio. Lui sospirò ed entrò nella sala del Consiglio quando Derrick gli diede l'ok.

"Ci devi dare un mucchio di spiegazioni", ringhiò Zohn.

"Immagino di sì... per prima cosa, però, dobbiamo far rivivere Dustin".

Kyle sospirò: "Portalo qui".

Kralen salì e mise il grande bicchiere di plastica pieno di cenere davanti a Kyle. Qualche minuto dopo Dustin era seduto al suo posto, furioso per essere stato incenerito ancora una volta.

"Che cosa ti ha fatto credere di poter uscire con Emily?" Chiese il Capo della Difesa a Kralen.

"Conosco quell'espressione. Se avessi insistito per portare altre guardie, sarebbe andata da sola", spiegò Kralen.

Chevalier annuì: "Conosco anch'io quell'espressione".

"Molto bene... e ci rendiamo conto che Mark sapeva che eri andato con lei", disse il Capo di Stato Maggiore: "Però c'è una regola precisa, che Emily non deve bere caffè...".

Kralen sospirò: "Per quello potete punirmi. È un'adulta e credevo che non le servisse altro che un piccolo promemoria di quello che le avrebbe causato".

"Quindi hai ritenuto di poter fare quello che volevi, in contrasto con gli ordini del consiglio?"

"Più esattamente... è un'adulta e ripeto, se avessi cercato di fermarla, mi avrebbe semplicemente incenerito e l'avrebbe fatto comunque. Ho visto l'ufficiale di collegamento tra i Clan che ci sorpassava sull'interstatale e sapevo che sarebbe intervenuto".

"Fate venire qua Emily" disse a voce alta l'Investigatore Capo.

Kralen lo fissò: "Non verrà davanti al Consiglio".

"Perché no?"

"Non si sente a suo agio in questo palazzo e ho avuto l'impressione che sia a causa del Consiglio, almeno in parte".

"Spiegati", ringhiò Dustin.

"Non intendevo offendere, Signore. So solo quello che ho visto. Emily si sente ancora un'outsider indesiderata. Tutte le volte che si menziona il Consiglio si chiude a riccio e comincia ad agitarsi.

"L'ho notato anch'io", disse Chevalier: "Vedi se vuole venire, adesso".

Derrick ritornò qualche minuto dopo: "Lei...".

"Sta arrivando?" Chiese Zohn.

"No, Signore. Mi ha chiesto di riferirvi che nevicherà all'inferno prima che si presenti davanti al Consiglio, per qualunque cosa". Disse Derrick, poi fece un passo indietro. Non sapeva se riferire il messaggio avrebbe potuto metterlo nei guai.

Quinn si mise comodo: "Vedo".

"Non è accettabile", disse il Capo della Difesa: "Valla a prendere".

"È nel suo ufficio, Signore", spiegò Derrick: "Gli ordini dell'Anziano Chevalier sono che noi non dobbiamo entrare".

"Diciamo che non possiamo entrare", lo corresse Kyle: "Abbiamo reso quella stanza a prova di heku".

"Dovrà uscire prima o poi. Portala qui quando esce", disse Dustin.

"A forza?" Chiese Kralen, preoccupato.

"Sì".

"No", disse Chevalier, poi fissò Dustin: "Stiamo cercando di ricostruire un rapporto con lei, come fazione. Trascinarla qui a forza non ci aiuterà di certo".

"Sono d'accordo", disse Zohn: "Possiamo punire Kralen senza che lei sia qui".

"Bene", sibilò Dustin e poi si rivolse a Kralen: "Io suggerisco cinque anni in prigione e la rimozione del suo rango".

"Mi sembra un po' troppo per un caffè", disse Zohn.

"Ha infranto un ordine, non importa quanto fosse poco importante", ringhiò Dustin, fissando Kralen, che rimaneva davanti al Consiglio, sicuro di sé.

Chevalier rifletté un momento: "Che abbia o no infranto un ordine, se lo puniamo, Emily lo considererà un affronto personale".

"Vero", disse Quinn: "Ricostruire la fiducia in noi si è dimostrato più difficile di quanto ci aspettassimo e questo lo ritarderebbe ancora".

Zohn fece un cenno a Kralen: "Siamo d'accordo tutti e tre. In futuro, però, cerca di evitare di minare le nostre decisioni riguardo alla salute di Emily, per favore".

Kralen annuì: "Sì, Signore".

"Non potete lasciarlo semplicemente andar via". Gridò Dustin.

"Puoi andare", disse Chevalier a Kralen, che salutò e scomparve, per mettersi davanti alla porta di Emily.

Gabe

Un'heku solitaria entrò nella sala del Consiglio fermandosi di fronte al Consiglio degli Equites. Non aveva la cappa verde ma indossava abiti civili come una regolare residente di Council City.

"Che cosa ti porta qui, oggi, Andrea?" Le chiese Quinn. L'heku non si agitava nervosamente né si ritraeva timidamente davanti agli occhi minacciosi del Consiglio, ma rimaneva fieramente in piedi e si rivolgeva a loro tranquilla.

"Ho chiesto udienza per qualcosa in cui mi sono imbattuta ieri sera nella città dei mortali", disse Andrea. Aveva i capelli castani lunghi fino alla spalla, con le punte all'insù, indicativi del periodo in cui era stata trasformata in heku, negli anni cinquanta.

"Cosa potrebbe essere?"

"Presumo siate al corrente che hanno trovato un altro corpo, un'altra vittima del serial killer che chiamano 'Spezzacuori'?"

"Sì, certo".

"Sono capitata sulla scena del crimine... il parco dove hanno trovato il corpo. La polizia mortale aveva appena lasciato la zona. Mi sono incuriosita e sono andata a vedere la sagoma di gesso sul marciapiede e ho trovato l'odore degli heku che stava svanendo", spiegò.

Quinn la guardò preoccupata: "Ne sei certa?"

"Sì, Anziano. Vorrei poter indicare la fazione, ma non ho mai incontrato un Encala o un Valle. Non era l'odore di un Equites".

"È una notizie inquietante".

"I notiziari non dicono molto del serial killer, ma non ho sentito odore di sangue nella zona".

"Niente del tutto? Oppure solo attenuato?" chiese Zohn.

"Assolutamente niente, Anziano".

"Eri da sola?"

"Sì, Anziano".

"Accompagna l'Investigatore Capo sulla scena", le disse Chevalier.

La donna fece un cenno si saluto e uscì dalla stanza con l'Investigatore Capo.

"È tutta un'altra faccenda, se il serial killer è un heku", disse Kyle, rivolto agli Anziani.

"Sì, certo, specialmente se non è un Equites", confermò Zohn.

"Dobbiamo tenere Emily e Alexis lontane dalla città mortale", disse Dustin: "Non è sicura, specialmente se è un heku".

"Vero", disse Chevalier: "Le ho parlato, però e non è più scappata da quando era uscita di nascosto con Kralen per prendere un caffè, quattro mesi fa".

"Allertate la Cavalleria che lo 'Spezzacuori' potrebbe essere un heku. Aumentate il livello di sicurezza per Emily. Ho visto che a volte ha solo due guardie". Disse il Capo della Difesa.

"Che cos'è successo alla regola delle quattro guardie?" Chevalier Zohn perplesso.

Kyle sospirò: "Stiamo usando sempre di più la Cavalleria per le scaramucce con gli Encala e spesso rimane solo con le Guardie di Città. Possono anche essere molto efficienti nella protezione palazzo, ma a volte sono negligenti quando sono assegnate a Emily".

Chevalier socchiuse gli occhi: "Rimedia immediatamente".

"Sì, Anziano", disse Kyle, sparendo dalla stanza.

Zohn si rivolse a Chevalier: "A chi tocca?"

"Penso tocchi a Richard ", gli disse Chevalier e guardò l'Inquisitore capo, che si alzò: "Vedrò quello che posso fare... non mi sembra che questo piano stia funzionando".

"Io non ho proprio avuto successo", disse il Capo di Stato Maggiore: "Sta diventando sospettosa".

Chevalier sorrise: "Ve l'avevo detto che si sarebbe insospettita se tutti voi aveste tentato di interagire con lei al di fuori della norma".

"Non c'era una norma. Parlavamo con lei solo quando veniva davanti al Consiglio", disse Richard: "Però sono sette mesi che non entra qui".

"Da quando l'ha affrontata il Consiglio Encala", disse il Capo di Stato Maggiore.

Quinn rifletté un momento: "Perché non ci dici chi di noi è sulla lista dei 'Seguaci di Damon'? Potremmo partiremo da lì".

"Oh, no, non rivelerò quella lista", disse Chevalier ridendo: "È meglio se facciamo tutti un passo indietro... verrà lei quando si sentirà più a suo agio".

L'Inquisitore capo si rimise seduto: "Molto bene".

"Anziano?" disse Derrick, entrando nella sala.

Chevalier sospirò: "Che cos'ha combinato adesso?"

Derrick accennò un sorriso: "Le sue guardie mi hanno informato che in questo momento sta litigando con Dain nel suo ufficio".

"Da sola?", disse Chevalier spaventato.

"Sì Anziano. Non riescono a entrare".

"Andiamo a vedere che cosa sta succedendo", disse Zohn, alzandosi.

Chevalier sogghignò: "Andate voi. Avvisatemi se è un'emergenza".

"Non è la mia famiglia", rispose Zohn ridendo e aspettò Chevalier, che alla fine si decise ad alzarsi, poi insieme scesero le scale per andare all'ufficio di Emily, al terzo piano.

Silas li vide arrivare: "L'ha trascinato nel suo ufficio tirandolo per un orecchio".

"Per quale motivo?" Chiese Chevalier, avvicinandosi per ascoltare alla porta.

"Non lo sappiamo, gli rispose Kralen, voltandosi verso la porta. Gli heku sentivano Emily che gridava.

"Mai! Mi hai capito?"

"Sì, mamma... ma..." bisbigliava Dain.

"No! Niente ma... e ora stai in piedi diritto!"

"Mamma..."

"No! E non osare acquattarti davanti a me!"

"Mi dispiace".

"Via quei pugni... immediatamente!"

"Ma..."

"Subito!", ringhiò lei: "La prossima volta che mi mostrerai i denti e ti acquatterai, prenderai una sculacciata, capito?"

Chevalier trasalì e fissò seccato Kralen quando si mise a ridere.

"Sì, mamma", sussurrò Dain.

"Hai otto anni!"

"Lo so".

Chevalier sospirò e bussò alla porta, pronto a difendere suo figlio: "Em? Posso entrare?"

"C'è di mezzo anche tuo padre?" gridò a Dain e Chevalier rabbrividì.

"No".

"È vero?"

"No, mamma, lui non c'entra... io stavo solo...".

"Basta, non voglio sentire niente. Non uscirai più dal palazzo senza il mio permesso, capito?"

"Mamma...".

"Ho chiesto... hai capito?" Disse Emily, a denti stretti.

"Sì, mamma", sussurrò Dain.

"Chi te l'ha dato?"

"È... non importa, lo restituirò".

"Chi?"

Chevalier bussò di nuovo: "Em... lasciami entrare".

"Rispondimi!"

"Non è come pensi, però", spiegò Dain.

"È quello che ti ho chiesto?"

"Beh... no".

"Allora, chi te l'ha dato?"
"Dato che cosa?" Sussurrò Chevalier alle guardie.
Kralen scrollò le spalle: "Non saprei".
"Dain! Sto aspettando", disse Emily, chiaramente furiosa.
Dain sospirò: "È stato Stuart".
"Lo Stuart della Cavalleria?"
"Sì... ma mamma, gliel'ho chiesto io".
"Stuart!" Gridò Emily: "Nel mio ufficio, subito".
Chevalier spalancò gli occhi e si voltò quando il Cavaliere arrivò camminando tranquillamente dalle scale e fece un inchino agli heku davanti alla porta di Emily.
"Che cosa hai dato a Dain?" Gli sussurrò Zohn.
"Solo una copia del manuale delle guardie di Council City, Signore. Me l'ha chiesto lui", spiegò Stuart.
Chevalier lo guardò sussurrando; "Sei in vacanza. Vai nel tuo Clan per una settimana".
"Signore?" Chiese Stuart, confuso.
Zohn sogghignò: "Fidati... vattene immediatamente da Council City".
Il Cavaliere annuì, ancora confuso, e scomparve dal palazzo.
Kralen e Silas fecero un balzo indietro quando la porta dell'ufficio si spalancò di colpo. Emily si precipitò fuori e chiese a Silas: "Dov'è Stuart?"
"È in licenza, questa settimana", disse Silas, facendo un passo indietro. Gli heku guardarono nel suo ufficio e videro Dain in un angolo, che li fissava a occhi sbarrati.
"Mark!" gridò Emily e tornò nel suo ufficio, sbattendo la porta.
Mark apparve di colpo, sorpreso nel vedere gli heku riuniti fuori dalla porta di Emily.
Silas sorrise: "Vuoi essere sepolto nel Clan Hall oppure qui a Council City?"
"Sto per morire?" Sussurrò Mark. Era chiaro dalle espressioni sui volti degli heku che qualcosa non andava.
"Se credi per un attimo che permetterò che succeda, ti sbagli di grosso!" urlava Emily dall'interno del suo ufficio.
Mark fece una smorfia e guardò la porta: "Chi c'è là dentro con lei?"
"Dain", sussurrò Kralen.
"In effetti è furiosa con Stuart, ma abbiamo deciso di salvargli la vita e mandarlo in licenza per una settimana", gli sussurrò Zohn.
"Allora?!" gridò Emily.
"Mamma, ascolt...", fece per dire Dain.
"No, ascoltami tu! Dove diavolo è Mark?"

Mark accennò un sorriso: "Io mi dimetto".
"Non puoi dimetterti, entra", gli disse Zohn ridacchiando.
"Da quanto ho sentito, i Ferus stavano cercando degli ufficiali... forse mi prenderanno".
"Neanche per idea... sono sicuro che io sarei il prossimo in lista e non sono dell'umore", gli disse Chevalier e poi bussò alla porta di Emily.
"Sono Mark".
"Porta qui le tue chiappe", gridò Emily e Dain aprì la porta. L'enorme ragazzino di 8 anni cercò di uscire dall'ufficio, ma Emily si avvicinò e lo tirò indietro prendendolo per il colletto. Mark guardò ancora una volta gli Anziani e poi entrò nell'ufficio, ed Emily chiuse la porta sbattendola.
"C'è Chevalier là fuori?" Chiese secca a Mark?" Zohn vide Chevalier che scompariva dall'atrio. Sorrise e sussurrò attraverso la porta.
"No... non è lì adesso", le disse Mark.
Emily si avvicinò a Mark: "Stai cercando di farmi incazzare?"
"Beh...no", rispose Mark, facendo un passo indietro. Finì con la schiena contro la parete e spalancò gli occhi. Non succedeva spesso di vedere Emily così furiosa e aspettava in silenzio che cominciasse il bruciore.
"Che cosa ti fa pensare che io permetterei al mio bambino di otto anni di far parte dello staff di guardia?" Urlò.
"Non sapevo che...".
"Non mentirmi! Uno dei tuoi Cavalieri ha dato un manuale a mio figlio... perché l'avrebbero fatto se non per reclutarlo?"
"Mamma... l'ho chiesto io..." cercò di dire Dain, ma un'occhiataccia di Emily lo fermò.
"Em... calmati", disse Mark: "Nessuno sta cercando di far entrare Dain nel corpo di guardia".
"Sì, invece! È successa la stessa cosa con Allen... comincia con un'occhiata al manuale e finisce per essere bandito dalla città".
"Per quanto ne so, Dain non ha mai espresso interesse nel corpo di guardia".
In un attimo Emily fu addosso all'enorme Generale: "Dovrete passare sul mio cadavere, prima che mio figlio diventi una guardia".
"Non l'abbiamo mai nemmeno preso in considerazione".
Emily gli diede uno spintone, più forte che poteva, senza riuscire a spostarlo: "Non cercare di sfidarmi!".
"Parlerò con Stuart...".
"Mamma, ho chiesto io il manuale a Stuart", disse Dain, facendo un passo indietro quando Emily si voltò a guardarlo.
"Perché?"

"Ero solo curioso di vedere come si addestravano le tue guardie... ecco tutto".

"Tu cosa?" Chiese Mark, accigliandosi.

"Volevo assicurarmi che la mia mamma fosse ben protetta", spiegò Dain.

Fu il turno di Mark di fare un passo verso il ragazzo: "Tu metti in dubbio la nostra capacitò di proteggere tua madre?"

"Sì, è così".

Emily si mise tra i due, finalmente più calma: "Calmati, Mark".

Mark puntò un dito a qualche centimetro dalla faccia di Dain: "Tu sei un bambino e non sai niente!".

Dain spinse di lato Emily e poi diede uno spintone a Mark.

"Basta!" Urlò Emily quando i due cominciarono immediatamente a lottare. Fu gettata contro la scrivania da uno di loro quando cercò di mettersi in mezzo. Ansimò e corse verso la porta quando Mark sbatté Dain contro la sua scrivania, mandando computer e pezzi di legno in giro per tutta la stanza.

Appena si aprì la porta, Mark e Dain volarono fuori dal suo ufficio e Mark inchiodò Dain contro la parete di fronte, lasciando una lunga crepa nel marmo.

"Non osare attaccarmi!" ringhiò Mark, rinforzando la stretta intorno alla gola di Dain.

"Lascialo andare", gridò Emily, cercando di tirare via Mark.

Chevalier apparve sul pianerottolo e trascinò via Emily dal Generale: "Lascialo fare, Em".

"No! Farà male a Dain".

"Sì, vero... ma guarirà e imparerà". Le spiegò Chevalier.

"Se oserai ancora anche solo a lanciarmi un'occhiata storta, la tua testa finirà dentro il muro... mi hai capito?" Chiese Mark, sbattendo la testa di Dain contro la parete.

"Ho capito", ringhiò Dain. Mark lo lasciò andare e fece un passo indietro.

"Te l'ho detto, Dain. Non devi immischiarti con nessuno in questo palazzo", gli disse Chevalier. Lasciò andare Emily che corse da Dain per assicurarsi che non fosse ferito.

"Sta bene", disse Mark a Emily.

Emily si avvicinò a lui e lo schiaffeggiò: "Tieni le mani lontano da mio figlio".

"Nostro figlio ed io affermo che il ragazzo se l'è meritato", le disse Chevalier.

Emily guardò Dain: "Vai nel pickup".

Dain annuì e scomparve. Emily si voltò e cominciò a scender le scale.

"Dove stai andando?" Chiese Silas, seguendola. Inspirò bruscamente e fece un passo indietro quando sentì cominciare il bruciore. Emily sparì giù dalle scale. Lui si voltò per spiegare a Mark e Chevalier perché si era tirato indietro, ma capì dalla loro espressione che avevano sentito anche loro il bruciore.

"Lasciate che si sfoghi", disse loro Chevalier: "Personalmente non me la sento di immischiarmi con lei quando è di questo umore. Kyle è via per tre giorni e non ho voglia di passare il tempo fumando".

"Sono d'accordo", disse Mark, raddrizzandosi l'uniforme e salendo nel suo ufficio".

***

"Vorrei proprio che tu ne stessi fuori, mamma, posso cavarmela da solo", disse Dain a Emily.

"Non lascerò che facciano i bulli con te, solo perché sono grossi", gli disse.

"Io posso sopportarlo, però".

"Sì... ma non sei obbligato".

Appena prima delle porte della città, Emily pestò sul freno e aprì la portiera.

"È Alexis quella?" Ringhiò Dain, aprendo la sua portiera.

Accanto alle porte, Gabe, la vecchia guardia di Alexis, guardò il pickup e si allontanò di un passo da Alexis. Stava parlando con Alexis, appoggiato al muro accanto a lei e le stava scostando teneramente i capelli dalla guancia.

Emily scese dal pickup quando Dain sfuocò verso la guardia e lo sbatté contro il muro.

"Dain, sali sul pickup", gridò Emily. Dain ringhiò una volta e poi tornò lentamente indietro.

"Mamma, non è come sembra", le disse Alexis ma Emily notò il rossore sulle sue guance.

"Stavamo solo parlando", le disse Gabe.

"Io non vengo con te", gridò Alexis.

"Gabe, sali sul pickup". Disse Emily e tornò al vecchio Chevy.

"Come?" Chiese l'heku sciocato.

"Mamma, no!" gridò Alexis.

Emily si voltò verso la guardia: "Sono un membro del Consiglio e ti suggerisco di entrare in quel dannato pickup".

"Non andare, Gabe", lo pregò Alexis.

"Devo...", le disse Gabe e si avvicinò al Chevy. Salì accanto a Emily, che si mise alla guida, mentre Dain saliva dietro. Alexis urlò dietro sua madre, vedendola uscire da Council City.

Dain ringhiava piano da dietro e Gabe guardava fuori dal finestrino, troppo terrorizzato per parlare.

"Sei di nuovo una delle guardie di Alexis?" Gli chiese Emily, fermandosi in un piccolo parco e scendendo: "Vieni, andiamo a parlare laggiù".

Dain e Gabe scesero dal pickup, entrambi troppo spaventati per sfidare Emily. Camminarono un po' e si sedettero a un tavolo da picnic.

"Perché siamo qui, mamma?" Chiese Dain, ispezionando velocemente la zona.

"Siediti, Gabe", disse Emily, indicando il tavolo da picnic. Lui ubbidì, sena fiatare.

Dain sorrise all'espressione terrorizzata di Gabe, mentre si sedeva accanto alla mortale grande la metà di lui. L'heku dall'aspetto giovane era quasi dieci centimetri meno di Dain, ma aveva la spalle più larghe e la sua uniforme aderiva ai muscoli potenti. Aveva corti capelli castani appuntiti col gel e occhi scuri.

Emily sospirò: "A questo punto mi sento confusa. Gli heku, almeno la maggior parte di quelli che ho incontrato... sono intelligenti e prendono decisioni sagge".

Gabe non rispose. Si limitava a guardarla.

Emily lo fissò: "Quindi sei solo tu che sei stupido?"

"Signora?"

Dain sorrise.

"Stupido... non sei intelligente come gli altri?"

"Non capisco, Signora".

"Quanti anni hai, Gabe?"

"1188, Signora".

"Ok... bene, sei abbastanza vecchio da essere più sveglio di così".

"Mi dispiace, Signora, non capisco che cosa voglia dire".

"Alexis...".

"È un'amica".

"No, non è vero. Non avrò migliaia di anni, ma riesco a riconoscere un'attrazione lontano un chilometro".

"Solo amici"

"Vedi Dain?" Chiese Emily, indicando suo figlio.

"Sì", disse Gabe, deglutendo forte.

"È un filino più alto di te, vero?"

"Sì".

"Mai incontrato il suo papà?" Chiese Emily, voltandosi a guardando minacciosa.

"Sì, Signora".

"Quell'heku gentile e paziente... quello con una tolleranza e una cordialità infinite. Quello che non farebbe male a una mosca e cerca di essere cortese con tutte le creature... è il papà di cui stiamo parlando, giusto?" Chiese Emily.

"Mm... Signora?" Gabe non sapeva che cosa dire.

"Già... non è lo stesso papà di cui sto parlando nemmeno io. Quindi hai conosciuto l'Anziano, vero?"

"Sì".

"Potrebbe staccarti una mano, se volesse?"

"Sono sicuro di sì".

"La testa?"

Gabe annuì, troppo spaventato per continuare a parlare.

"Potrebbe farti bandire con una parola?"

Lui annuì di nuovo.

"Uccidere?"

Gabe lanciò nervosamente un'occhiata a Dain.

"Però tu hai deciso di toccare la sua unica figlia?" Chiese Emily, guardandolo: "Se hai paura di me adesso... non ce la farai mai con l'Anziano".

"Amici..." sussurrò.

"Quanti anni ha Alexis?"

"Lei... lei ha 15 anni".

Emily sogghignò: "E tu, nella tua infinita saggezza, hai creduto che l'Anziano ti avrebbe permesso di avere un appuntamento con la sua bambina di 15 anni?"

"No, Signora... non un appuntamento... siamo solo amici".

"Sei andato a letto con lei?"

Gabe rimase senza fiato: "No!"

"Bene, questo potrà permetterti di rimanere in vita, per ora", disse Emily guardando il sole che stava tramontando dietro gli alberi. Tamburellò con le dita su una gamba mentre rifletteva.

"Siamo solo amici, lo giuro".

Dain mise una mano minacciosa sulla spalla dell'heku: "L'hai toccata".

"Aveva... aveva solo i capelli in faccia".

"Comunque l'hai toccata", gli disse Emily. "Gabe... Gabe... Gabe, mai sentito che cosa fa Chevalier a quelli che toccano me?"

Gabe annuì.

"L'hai mai visto?"

"Sì".

"Hai mai visto quello che fa a chi tocca sua figlia?"

"No, Signora", la sua voce si sentiva appena.

"È perché nessuno è stato tanto stupido da farlo", esclamò Emily.

"Lo... lo dirà all'Anziano?"

"Non lo so ancora. Se volessi che tu fossi bandito, lo farei io".

L'heku rimase a bocca aperta e guardò Dain, che gli sorrise.

***

"Silas!" Gridò Alexis, correndo verso di lui nella scuderia.

Silas sfuocò da lei: "Lexi, Che cosa c'è che non va?"

Alexis si guardò attorno e poi lo tirò in fondo alla scuderia: "La mamma sta per uccidere Gabe".

"Il nostro Gabe? Perché?"

"Lui...lei... lo sta facendo e basta. Sono partiti due ore fa con il pickup e non è ancora tornata".

Silas le mise una mano sulla spalla: "Adesso calmati e dimmi che cos'è successo".

Mark e Kralen entrarono nella scuderia e Alexis restò immobile, a occhi sbarrati.

"Che sta succedendo?" Chiese Kralen. Guardò Alexis, era chiaro che aveva pianto.

"Sto ancora cercando di capirlo, qualcosa su Emily che uccide Gabe".

"Gabe? La tua vecchia guardia?" Chiese Mark.

Alexis annuì, senza parlare.

"È un po' che ce l'aveva con lui, ma nessuno sa il perché", disse Mark guardandosi attorno: "Forse dovremmo parlarne con il Consiglio".

"No!" Esclamò Alexis e poi abbassò la voce: "No, non glielo possiamo dire".

"Dillo a noi, Lexi, perché Emily sta inseguendo Gabe?" Chiese dolcemente Silas.

"Non lo sta inseguendo. Ha ordinato a Gabe di salire sul suo pickup e poi se n'è andata".

Mark si scurì in volto: "Quanto tempo fa?"

"Due ore fa", disse Alexis, cominciando a torcersi le mani.

Silas le toccò un braccio: "Dicci che cos'è successo, in modo da poter sistemare le cose".

Alexis diede un'occhiata a Kralen e Mark. Entrambi erano impressionati da quanto assomigliasse a Emily ma con gli occhi neri ammalianti di Chevalier e i suoi capelli scuri.

"Gabe... stavamo parlando", sussurrò Alexis.

"Continua", la spronò Kralen.

"Beh... stava scostando una ciocca di capelli dalla mia faccia e la mamma ha reagito in modo esagerato e..."

"Aspetta... spostato o amorevolmente scostato?" Chiese Kralen, accigliato.

"Spostato! Kralen, non siamo tutti dei pervertiti!".

"Perché dovrebbe essere roba da pervertiti?"

"Stai zitto...", ringhiò Alexis. "Allora è andata via con lui e Dain".

Silas accennò un sorriso: "Se ti chiedo l'argomento della conversazione, insulterai anche me?"

"No", disse Alexis, sbuffando: "Stavamo solo parlando, del più e del meno".

"Ti ha toccato?" Le Chiese Mark.

"Beh... probabilmente... credo".

"Allora sei dannatamente fortunata che non fosse l'Anziano", sussurrò bruscamente Mark.

"Non ha fatto niente di male".

"Aspetta", disse Kralen, riflettendo: "Quando tua madre ha licenziato Gabe... era perché tu avevi preso una cotta per lui?"

Alexis arrossì, senza parlare, e abbassò gli occhi.

Silas annuì: "Allora, avevi una cotta per lui e la tua mamma l'ha rimpiazzato... accidenti, mi domandavo che cosa avesse fatto. Lui non lo sapeva nemmeno".

"Lo so", gli disse Alexis: "Aveva una ragazza, allora".

"Giusto... si chiamava... Heidi?"

Alexis annuì e alzò gli occhi quando Mark si portò il cellulare all'orecchio. Aspettarono qualche secondo, finché lo chiuse: "È subentrata la segreteria".

"Dobbiamo dirlo all'Anziano", disse Silas.

"No!" esclamò Alexis: "Papà lo ucciderà".

"E' una cosa grossa, Lexi. Non possiamo lasciar correre".

"La mamma si sta occupando di lui... ma ho paura che lo incenerirà e poi lo nasconderà come ha fatto con Frederick".

"Potrebbe farlo, dipende dal suo umore".

"Arrabbiata, ecco che cos'era, si capiva".

"Sì, sarebbe stata arrabbiata", disse Mark: "O meglio furiosa".

"Vedi! Lo ucciderà", disse Alexis con gli occhi pieni di lacrime.

"Calmati adesso, ok? Andremo a cercarli... ma il Consiglio comincerà a fare domande", le disse Kralen.

"Dannazione, corriamo il rischio di passare un mucchio di guai per non averlo detto all'Anziano", sospirò Mark: "Kralen sta già camminando sul filo del rasoio a causa della gita-caffè"

"Per favore, Mark", disse Alexis, toccandogli un braccio: "Lei lo ucciderà, ma se papà lo scopre... prima lo torturerà".

"Silas, vai avanti... Kralen ed io verremo insieme. Vediamo se riusciamo a trovarla e a capire che cosa sta succedendo", disse Mark. Corsero tutti in garage e Kralen rise mentre si allacciava la cintura.

Mark lo guardò: "Che c'è?"

"Hai un debole per Em e Alexis".

"Allora?"

"Allora... tutto quello che devono fare è sbattere le ciglia e tu cedi".

"Non è vero", borbottl Mark, uscendo dalla città.

***

Emily rabbrividì nella notte buia: "Se è come dici tu".

"Sì, lo giuro, siamo solo amici!" Spiegò Gabe.

"Ma hai lasciato la tua ragazza?"

"Sì, mentre eravate via. Non è stato a causa di Alexis.

"È stato per qualcun'altra?"

"No".

Emily sospirò: "Sai che ho passato del tempo con l'Inquisitore capo Encala e ho imparato un po' di trucchi".

"No... non lo sapevo".

"Già, l'ho fatto. Ora comincia a dirmi la verità. Abbiamo sprecato tre ore, qui fuori mentre continuavi a mentirmi e la cosa non mi rende felice".

Gabe abbassò gli occhi: "Non volevo che succedesse".

"Ha quindici anni, Gabe".

"Lo so, me ne rendo conto, ok?"

"Ecco qual è il vero problema... a me in effetti non importa se ha un boyfriend a quindici anni. Credo però che li avrà Chevalier".

Gabe annuì.

"Non so se riesci veramente a capire come potrebbe reagire".

"Sì, Signora, lo capisco. Siamo solo amici. Non posso farci niente se diventa qualcosa di più".

"Sì che puoi, Gabe... e se hai cara la vita, magari potresti ripensarci".

Gabe si guardò attorno lentamente: "Deve capire che, prima o poi lei troverà qualcuno".

"Non è irragionevole, quindi penso che lo sappia. Solo non credo che sarebbe d'accordo con l'età".

"Lei si è sposata a diciassette anni".

"Accidenti, tutti sanno tutto di me?"

"Probabilmente", disse Gabe, con un sorrisino.

"Mamma, sta per piovere", disse Dain, tornando al tavolo da picnic. Stava ispezionando la zona e aveva colto l'odore della pioggia.

Gabe si alzò: "Apprezzo l'avvertimento, ma preferirei che non dicesse nulla all'Anziano".

Emily annuì: "Certo, salvo che sfugga di mano e allora avrai addosso il Consiglio e l'intera Cavalleria".

Gabe spalancò gli occhi, poi tornò al pickup. Dain lo seguì sogghignando mentre Emily si guardava attorno e poi si metteva alla guida.

Emily accese il riscaldamento al massimo quando salirono e ripresero la strada per Council City. Con le nuvole nere della tempesta in arrivo, la notte era nera come la pece e non ci volle molto prima che i lampi solcassero il cielo e il vecchio pickup fosse bombardato dalla grandine.

Gabe si voltò a guardare Dain che era sul sedile posteriore: "Allora è vero che ti sei nutrito dalla tua mamma per un anno?"

Dain strinse gli occhi mentre Emily esclamava: "Cosa?!"

"Ero solo curioso".

Dain ringhiò piano prima di rispondere: "Non sono affari tuoi".

"Non potete aspettarvi di essere famosi come voi due, senza che ci siano voci e congetture. Volevo solo sapere se era vero. Se è così... chapeau!"

Emily lo fissò: "Fatti gli affari tuoi".

"Bene", disse Gabe continuando a guardare Dain sul sedile posteriore".

"Che c'è?" Chiese Dain, che si stava irritando.

"Come mai tu sei completamente heku e Alexis no?"

"Non lo sa nessuno".

"Mi fa piacere, non fraintendermi... le donne heku non sono fatte come tua sorella".

"Che diavolo!" esclamò Emily, guardandolo minacciosa.

L'heku scrollò le spalle: "Hai qualche tratto mortale?"

"Sì", rispose Dain.

"Come?"

"Come il desiderio improvviso di staccarti un braccio".

All'improvviso, i pickup sbatté contro un albero. La forza dell'impatto fece volare sia Gabe sia Dain attraverso il parabrezza, e si accasciarono nel fango. Ci fu un silenzio inquietante nella notte, mentre i due heku guarivano, ma dal pickup non arrivava alcun suono.

Gabe fu il primo a guarire a sufficienza per alzarsi e andò incespicando verso il mezzo, mentre il vapore usciva dal motore. Strappò via la portiera e studiò Emily, senza sapere che cosa fare. Lei era chinata in avanti, ancora con la cintura allacciata e l'airbag si era sgonfiato davanti a lei. Aveva il collo e il petto coperti di sangue, ma si sentiva che stava ancora respirando.

Dain spinse via rudemente Gabe e si chinò sul pickup: "Mamma?"

"Mi serve un'ambulanza al chilometro 513 della strada provinciale 22", disse Gabe al cellulare.

"Mamma, riesci a sentirmi?" La chiamò Dain e le prese la mano. Era completamente inerte nella sua.

"Sta arrivando un'ambulanza", disse Gabe, poi inalò a fondo e dalle labbra gli sfuggì un sibilo.

Dain si voltò verso di lui, acquattandosi e gli occhi ferini di Gabe si posarono sul giovane heku mentre l'odore del sangue riempiva l'aria e i suoi istinti primitivi venivano a galla.

"Stai indietro", gridò Dain.

Gabe inalò ancora e mostrò minacciosamente i denti un momento prima che Silas lo placcasse e cominciassero a lottare nei boschi fangosi.

"Che cos'è successo?" Chiese Mark e spostò Dain in modo da poter controllare Emily.

"Abbiamo avuto un incidente", disse Dain. L'odore del sangue stava diventando più forte e cominciò a tremare.

"Oh no, tu no" ringhiò Kralen e tirò Dain tra gli alberi.

"Em?" La chiamò Mark, toccandole una guancia. Alzò gli occhi quando sentì le sirene e ordinò a tutti gli heku di ritirarsi in mezzo agli alberi. Guardò in silenzio da dietro un albero mentre gli infermieri mettevano cautamente Emily su una tavola e poi la legavano prima di metterla nell'ambulanza.

La polizia arrivò poco dopo l'ambulanza e cominciarono a ispezionare il pickup cercando di capire cos'era successo. Quando l'ambulanza partì per l'ospedale, Mark ordinò a Kralen di riportare Gabe e Dain a Council City, mentre lui e Silas tornavano sfuocando alla loro auto, lontana poco più di un chilometro e partivano a tutta velocità verso l'ospedale.

Arrivarono al parcheggio nel pronto soccorso proprio mentre Chevalier e Quinn scendevano dall'auto.

"Che cos'è successo?" Chiese Quinn, quando Chevalier scomparve dentro l'ospedale.

"Non lo sappiamo esattamente. Dain ha solo detto che hanno avuto un incidente. Sembra che Emily abbia colpito un albero, ma non capisco come. Era completamente fuori strada", spiegò Mark: "Quando siamo arrivati, Gabe stava per aggredirla. C'era un mucchio di sangue".

"Andiamo a vedere che cosa hanno scoperto", gli disse Quinn.

I tre heku entrarono nel Pronto Soccorso e attesero mentre Chevalier parlava con l'infermiera. Dopo aver discusso con lei qualche minuto, Quinn gli prese un braccio: "Vieni, aspettiamo qui fuori".

Chevalier fissò minaccioso la piccola infermiera e poi andò a sedersi nella sala d'attesa, infuriato. Qualche ora più tardi, una giovane dottoressa andò a parlare con loro. Indossava pantaloni e casacca coperti di sangue e sembrava esausta e preoccupata.

"Chi è il marito di Emily?" Chiese ai quattro heku.

"Io", disse Chevalier, alzandosi.

La dottoressa gli strinse la mano prima di parlare: "Sono la dott.ssa Webb... si sieda".

Si sedette dopo Chevalier e poi si chinò in avanti, con i gomiti sulle ginocchia: "Sarò breve. Sua moglie è ancora incosciente, ma non è a causa dell'incidente".

"Perché allora?"

"Le abbiamo fatto una TAC e una Risonanza Magnetica e abbiamo trovato segni di precedenti ictus, ma anche di uno nuovo. Sospetto che abbia auto un ictus mentre guidava e abbia perso conoscenza.

Quinn diede un'occhiata nervosa a Kralen.

"Quindi non si è ferita durante l'incidente?" Chiese Chevalier.

"Da quello che possiamo vedere, no,. Aveva un'epistassi e del sangue nelle orecchie, ma non siamo riusciti a scoprirne la causa. Gli ictus non provocano questi sintomi. La mia maggiore preoccupazione è come sia possibile che una persona giovane come Emily abbia avuto tutti quegli ictus".

"Ha un problema di ipertensione", disse il dott. Edwards, entrando nel Pronto Soccorso.

"Lei è?"

"Sono il dott. Edwards, il medico personale di Emily".

La dott.ssa Webb gli strinse la mano e attese che si sedesse: "Sospettiamo che siano solo TIA, ma non lo sapremo finché si sveglierà e non avrà recuperato per un po' di giorni".

"Avete fatto una TAC?" Chiese il dott. Edwards.

"Sì, sta avendo degli attacchi ischemici. Ne ho visto chiaramente sei precedenti e uno nuovo".

"Che tipo di antiaggreganti le state dando?"

"Abbiamo cominciato con Il Clopidogrel, aspirina a Dipiridamolo, ma quando tornerà a casa toglieremo l'aspirina".

Il dott. Edwards annuì: "Possiamo portarla a casa, allora?"

"Preferirei aspettare che si svegli e poter valutare eventuali danni cerebrali".

"Non può farlo il dott. Edwards?", Le chiese Chevalier.

"Sì, ma non mi sentirei a mio agio a mandarla a casa incosciente. Aspettiamo almeno finché si sveglia".

La dott.ssa Webb si alzò e lasciò gli heku nella sala d'attesa. Tutti guadarono il dott. Edwards quando parlò troppo piano perché sentissero i mortali.

"Bene, adesso so che tipo di ictus sta avendo e posso prendere delle misure preventive", disse.

"Come?" Chiese Chevalier.

"I medicinali che ha menzionato... continueremo a darglieli, ma vi devo avvisare, sono anticoagulanti. Se Emily fosse morsa, potrebbe sanguinare a morte".

Chevalier sibilò piano.

"Non so se i farmaci funzioneranno. Ho mentito al medico circa l'ipertensione, ma è la scusa migliore che ho trovato per qualcuno dell'età apparente di Emily.

"Che altro possiamo fare?" chiese Quinn.

"È tutto, finché non scopriamo che cosa li causa".

"Potrebbe essere causato dalla sua età?" Chiese Chevalier, quasi parlando tra sé e sé.

"Lei non invecchia", disse il dott. Edwards.

"E se qualche parte di Emily stese invecchiando? Avrebbe 46 anni, adesso".

"Sarebbe comunque troppo giovane per avere degli ictus".

"Chi c'era in macchina con lei quando è successo?" Chiese Chevalier, rivolto a Mark.

"Dain e Gabe", rispose Mark sospirando. Doveva dire la verità all'Anziano.

"Gabe, perché?"

"Penso che dovrebbe parlarne con Emily".

"Ma lo sai?"

"Sì, Signore".

"Allora parla".

Mark fissò il pavimento per un secondo prima di rivolgersi all'Anziano: "Emily ha scoperto Gabe e Alexis che parlavano. Da quello che dice Alexis, Gabe le ha scostato i capelli dal volto, toccandola e..."

"Cosa?!" sussurrò brusco Chevalier.

"Emily ha ordinato a Gabe di salire sul suo pickup e se n'è andata con lui e Dain".

"Sei sicuro che abbia toccato mia figlia?":

"Sì, Anziano".

"Mettetelo in prigione finché arrivo io".

Mark fece un cenno a Kralen che scomparve dalla sala d'attesa.

"Il suo vecchio pickup è fuori uso?"

"Immagino di sì".
"Bene, era inaffidabile e aveva bisogno di un mucchio di riparazioni".
"Riportate il suo pickup e la sua Jeep nel garage del palazzo". Disse Chevalier a Mark.

***

"Tiratelo fuori di prigione", gridò Alexis, precipitandosi nella sala del Consiglio.
Le sopracciglia di Zohn schizzarono in alto: "Di chi stai parlando... scusa urlando?"
"Gabe", rispose e poi mise le braccia in conserte, il che la rese ancora più simile a Emily.
"Vedo... bene... finché non sarà interrogato, resterà dov'è".
"Tiratelo fuori subito, altrimenti incenerirò l'intero Consiglio".
"Sappiamo che non puoi farlo, Alex. Tuo padre sta tornando dall'ospedale in questo momento, con Emily. Puoi discuterne con lui".
Alexis ispezionò attentamente i Consiglieri e quando nessuno la guardò negli occhi, lanciò un urlo e corse fuori.
"Siamo fortunati che non abbia le capacità di Emily", disse Dustin dopo aver sentito la porta sbattere.
Kyle entrò dalla porta sul retro e si sedette: "Perché Alexis sta cercando di fissarmi negli occhi?"
Zohn sorrise: "Per incenerirti, senza dubbio".
"Che cosa le ho fatto?"
"Sta cercando di incenerire il Consiglio così che rilasciamo Gabe".
"Buona fortuna, sta aspettando nella stanza degli interrogatori che arrivi Chevalier" disse Kyle.
"Ok, ma non dirglielo. Non so se si è resa conto che sarà interrogato in quel modo".
"Io non glielo dico di certo", disse Kyle e cominciò a controllare una pila di moduli sulla scrivania davanti a sé. Era così concentrato sulle carte che non sentì quando lo chiamarono.
"Giustiziere ?", disse Zohn un po' più forte.
"Oh, scusa.... sì Anziano?"
"Sembra che Alex abbia trovato qualcuno che l'ha guardata negli occhi".
Kyle sospirò: "Dove?"
"Le guardie della prigione, entrambe".
"Ok, vado subito", disse e scomparve. Quando riapparve in prigione, l'intero sotterraneo divenne silenzioso. Vide due mucchietti di

cenere accanto alla porta ma passò oltre, seguendo il profumo di Alexis. La trovò che camminava su e giù per le file di celle: "Che cosa stai facendo, Alex?"

"Dov'è?" Gli chiese.

Kyle si assicurò di non guardarla direttamente: "Sta aspettando l'Anziano".

"Papà lo ucciderà. Noi ce ne andiamo da qui".

"No, torna di sopra. Non hai gli stessi privilegi di tua madre e non puoi restare qui".

"Prova a obbligarmi!"

Kyle scrollò le spalle e se la buttò sulla spalla. Alexis scalciò e urlò mentre la portava sulle scale e usciva dalla prigione. Apparvero due nuove guardie per sostituire i mucchietti di cenere.

"Che c'è adesso?" Chiese Chevalier, dal primo piano. Stava entrando con Emily quando avevano sentito Alexis urlare con Kyle.

"Sta cercando di scappare con Gabe", gli disse Kyle, rimettendola a terra. Schivò facilmente lo schiaffo che Alexis cercò di dargli.

"Alexis, di sopra, immediatamente!" urlò Chevalier.

Alexis fissò minacciosa Kyle e seguì Emily ai piani di sopra. Kyle sorrise all'Anziano e poi tornò giù a far rivivere le guardie. Mark, Kralen e due altri Cavalieri erano già in attesa fuori dalla porta della camera.

"Bentornata", le disse Mark sorridendo.

"Il mio pickup è veramente andato?" chiese Emily. Parlava lentamente, farfugliando un po'.

"Sì, mi dispiace".

Annuì ed entrò in camera, zoppicando in modo evidente.

"Sta bene?" Sussurrò Kralen a Chevalier.

"Non lo sappiamo. Fate attenzione, però, a volte si fa fatica a capirla e si sta innervosendo per la debolezza della sua parte sinistra".

Kralen annuì e Chevalier entrò in camera con Emily e Alexis. Mark allungò una mano e chiuse la porta dietro di loro.

Emily andò a sedersi accanto al camino acceso e poi guardò Chevalier e Alexis che si stavano affrontando in silenzio.

"Sedetevi, tutti e due", sussurrò, pronunciando attentamente le parole per evitare eventuali confusioni dovute alla difficoltà di parlare.

Chevalier indicò una sedia e Alexis si lasciò cadere, continuando a fissare torva suo padre. Chevalier si sedette accanto a Emily.

"Che cosa sta succedendo?" chiese Emily.

"Papà ha messo Gabe in prigione".

Emily guardò Chevalier, che accennò di sì: "Finché potrò parlare con lui".

"Parlare o interrogare?" Chiese secca Alexis.
"Farò quello che devo per scoprire le sue intenzioni".
"Le sue intenzioni erano di essere mio amico".
"Solo amico?"
"Sì".
"Si vede che stai mentendo, Alexis", ringhiò Chevalier.
"Bene... allora e se anche fosse il mio ragazzo?"
"È così?"
"E allora? Hai permesso ad Allen e Miri di stare insieme alla mia età".
"È diverso", sostenne Chevalier: "Lui è maturato in fretta ed era già un adulto a 14 anni".
"Quindi mi stai punendo perché sono più umana che heku?"
"No, non è una punizione, ma alla tua età non sono sicuro che tu sia pronta per un ragazzo".
"È la mia vita! Tu non c'entri!"
"Sono tuo padre, e questo mi da il diritto di entrarci".
"Lascialo andare",disse Alexis, a denti stretti.
"Alex, per favore, calmati", sussurrò Emily, poi, guardando Chevalier: "Per favore potresti non interrogarlo?"
"Ha toccato mia figlia!"
"Le ha solo scostato i capelli dal viso, ecco tutto".
Chevalier strinse gli occhi: "È tutto, Alex?"
"Quasi"
"Che cosa vuoi dire con quasi?"
"Papà, io lo amo", disse Alexis, guardandosi le mani.
Emily si mosse e mise la mano sulla gamba di Chevalier quando cercò di alzarsi: "Chevalier, calmati".
Lui fissò sua figlia: "Fin dove sei arrivata con lui?"
"Non dirlo in quel modo! Ci siamo baciati... ecco tutto".
"Ti ha baciato?"
"Io lo amo!"
"Alexis, vai", disse Emily, prendendo la mano di Chevalier.
"Ti odio!" gridò Alexis a Chevalier prima di precipitarsi fuori dalla stanza sbattendo la porta.
"Non posso mettermi a litigare con te. Devi calmarti", disse Emily.
Chevalier la guardò e gli fece male il cuore. Le parole biascicate erano la prova che c'era qualcosa di grave che non andava in lei e, finora, nessuno aveva capito che cosa fosse. Fece un respiro profondo, calmandosi e poi le prese la mano: "È troppo giovane".
"Sì. Gridare però non servirà. Sappiamo entrambi che Allen era già un adulto alla sua età, ma lei non la vede in quel modo".

"L'ha baciata".

"Ho sentito. Fai un favore e tutti noi e non interrogarlo. Mandalo via in missione, ma non fargli del male, o Alexis potrebbe odiarti per sempre".

Chevalier annuì: "Forse è la soluzione migliore".

"È un'adolescente. Niente di quello che potrai dire sarà giusto, niente di quello che potrai fare sarà sufficiente, ma siamo entrambi d'accordo che stare con Gabe è una cattiva idea", disse Emily, poi si mise una coperta sulle gambe.

"Me lo diresti se sapessi che cosa ti sta succedendo, vero?" Chiese Chevalier. Temeva che sapesse che cosa le causava gli ictus ma che stesse in qualche modo ancora proteggendo gli heku.

"Te lo direi... e non lo so".

Si chinò e la baciò: "Sembri stanca. Perché non ti sdrai ed io andrò a prendere accordi per mandare Gabe in missione".

La sollevò e la appoggiò delicatamente a letto. Emily si stava tirando su le coperte quando Chevalier uscì.

"Portate Gabe nella sala del Consiglio, immediatamente", sussurrò Chevalier: "Silas, tieni lontana Alexis".

Silas sfuocò via mentre Kralen passava gli ordini alle guardie della prigione.

Chevalier entrò nella sala del Consiglio e si mise al suo porto. "Come sta?" Gli chiese Zohn.

"Parla a fatica, è debole sul lato sinistro e la vista non è granché", spiegò: "Qualunque cosa sia, ci vorrà un bel po' per guarire".

"Sospetti che sappia che cosa sta succedendo?"

"No, quest'ultimo ictus l'ha spaventata perché ha avuto un incidente mentre c'era Dain con lei".

"Che cosa ci facciamo qui?" Quinn chiese a Chevalier, mentre le guardie obbligavano Gabe a inginocchiarsi davanti al consiglio.

"Ci stiamo occupandoci di questo inutile heku", gli rispose Chevalier.

Kyle lo guardò: "Tu, ragazzo, sei accusato di aver infranto gli ordini dell'Anziano di stare lontano da Alexis... come ti dichiari?"

"Non è così", disse Gabe, osservando attentamente Kyle.

"Sei innamorato della figlia dell'Anziano?" Chiese Dustin, chinandosi leggermente in avanti.

"Beh... no".

Gli occhi di Chevalier erano due fessure: "Allora perché i baci?"

"Lei... beh, lei mi piace abbastanza".

"Abbastanza?"

"Quanti anni hai?" chiese Quinn.

"1188".

"Quindi sei abbastanza grande da sapere che non era il caso".

"Lei dice di amarlo", disse Chevalier agli altri Anziani: "Mi sembra che lui se ne stia approfittando".

"No", disse Gabe disperatamente, cercando di salvarsi la vita: "Non sapevo che mi amasse... lo giuro".

"Fin dove è arrivata questa attrazione?" "Chiese il Capo della Difesa.

"Solo baci".

"Banditelo", disse Chevalier, dategli 600 anni per imparare a non fare lo stupido con la mia famiglia.

"Chevalier", disse Kyle: "Questo complicherà seriamente i rapporti con Alexis".

"Francamente me ne infischio".

Quinn sospirò e guardò l'heku: "Il mio voto è rimozione del rango e ritorno al suo Clan senza onori".

"Se Alexis assomiglia anche solo un po' a sua madre, andrà a cercarlo", disse l'Investigatore Capo.

"Tocca a te, Anziano", disse Dustin, guardando Zohn.

Zohn rifletté per un momento prima di parlare: "Anche se sono d'accordo con Quinn che il bando è una punizione eccessiva per questo crimine... mi rendo anche conto che questa situazione potrebbe ritardare la capacità di Emily di guarire da qualunque cosa stia succedendo. Per alleviare lo stress, voto per il bando".

A un suo cenno, Kyle scese nell'aula. Gabe cercò di fuggire dalla sala del Consiglio proprio mentre una goccia del sangue di Kyle gli cadeva sul braccio, trasformandolo istantaneamente in cenere. Kyle si inginocchiò e raccolse le ceneri un sacchetto di pelle e lo stava riponendo nel suo mantello quando la porta si spalancò ed entrò Alexis.

"Dov'è?" Gridò. Controllò il Consiglio e poi guardò Kyle, l'unico nell'aula: "L'hai fatto?"

Kyle distolse attentamente gli occhi e guardò Chevalier.

"Gabe è stato mandato in missione", le disse Chevalier.

Alexis lo fissò: "L'avete bandito, vero?"

"È in missione, e ci starà per parecchio", disse Zohn.

"Alex, dov'è Silas?" Chiese Chevalier.

"Dov'è Gabe?"

"Te l'abbiamo detto".

"Non mentirmi!" Gridò Alexis e poi si rivolse a Kyle: "Se non volete che gli Equites si trovino senza un Giustiziere, vi suggerisco di riportarlo in vita".

"Kyle vai", sussurrò Zohn, e Kyle scomparve dall'aula.

"Codardo!" gli gridò dietro Alexis.

"Alexis, non puoi stare con un heku, per ora". Le disse Chevalier.

"Perché no?"

"Sono tutti troppo vecchi. Tu hai solo 15 anni".

"Già... e quanti anni hai tu?

I Consiglieri guardarono tutti Chevalier. Anche se sapevano che era un 'Vecchio', nessuno gli aveva mai chiesto quanti anni avesse: "Questo non ha imp...".

"Quanti?" Gli chiese ancora Alexis, facendo un passo avanti.

"Alex?" Disse piano Emily, arrivando dietro di lei.

I Consiglieri la fissarono sbalorditi. Zoppicò venendo avanti per prendere il braccio di Alexis e le sue parole erano meno chiare di quanto avessero immaginato, il braccio sinistro le pendeva inerte al fianco. Arrivò Dain e le mise una mano sulla schiena per sostenerla.

"Mamma, hanno bandito Gabe", le disse Alexis, cominciando a piangere.

Quando Emily rispose, le parole erano formate attentamente, nel tentativo di parlare in modo chiaro: "Hanno fatto quello che ritenevano giusto".

"Io lo amo", sussurrò Alexis, con gli occhi pieni di dolore.

"Lo so".

La quindicenne si rivolse ai Consiglieri: "Vi odio tutti".

"Vieni", disse Emily e condusse Alexis fuori dalla sala del Consiglio.

Zohn sospirò: "Non mi ero reso conto di quanto stesse male".

"Può guarire, però, vero?" Chiese l'Inquisitore capo.

"Presumo di sì", gli rispose Chevalier: "Ma prima dobbiamo fermarlo, qualunque cosa sia".

Kyle ritornò dalla porta sul retro e si sedette: "Ho fatto rivivere Silas.

Chevalier annuì: "Fate una ricerca sistematica, trovate ogni Clan ogni fazione e ottenete le date delle trasformazioni dell'ultimo anno".

Quinn lo guardò: "Pensavo che nessuno fosse così vicino da influire".

"Non lo sappiamo con sicurezza... sospetto che quando hanno eseguito il rituale su di lei, l'abbiano resa più sensibile e quindi forse l'effetto di prossimità è maggiore".

Kyle sparì con il Capo della Difesa. Dopo un'ora di delibere del Consiglio riguardo a un processo imminente, le porte si aprirono di nuovo e questa volta entrò Emily seguita a breve distanza da Dain.

Quinn sorrise: "Salve, cara".

Emily zoppicò fino al Consiglio e parlò a voce bassa: "Suggerisco che sia proibito ad Alex di entrare qui finché non si sarà calmata".

"Non è un cattivo suggerimento", disse l'Inquisitore capo: "È doveroso proteggere il Consiglio finché Alex non sarà più una minaccia".

"Grazie, Emily", le disse Zohn: "Daremo subito l'ordine".

"Inoltre... ho una domanda", sussurrò, lottando per parlare chiaramente.

"Che cosa, Em?" Chiese Chevalier.

Lei sospirò: "Voglio sapere dal Consiglio che cosa farà per controllare Chevalier quando morirò".

"Cosa?!" disse Chevalier esterrefatto.

"No so che cosa vuoi dire, esattamente", disse Zohn, con la voce che era poco più di un sussurro.

Emily guardò Chevalier, poi si rivolse a Zohn: "Penso che la domanda sia chiara".

"Che cosa c'è che non mi stai dicendo?"

"Che penso di stare morendo. Voglio assicurarmi che tu non finisca per farti uccidere a causa della tua rabbia".

"Tu non stai morendo... guarirai".

Emily scrollò le spalle: "Forse. Voglio una promessa dal Consiglio che né a Chevalier né a Kyle sarà permesso di scatenarsi, se muoio".

Quinn aggrottò la fronte: "Se dovesse succedere, non sono sicuro che il Consiglio potrebbe fermarli".

"Voi potreste fermarli, lo so. Voglio una promessa", disse, alzando gli occhi su di loro.

"Non te lo possiamo promettere", le disse il Capo di Stato Maggiore.

Chevalier cominciò a spaventarsi. Per la prima volta da che erano cominciati gli ictus, si chiedeva se non fosse qualcosa da cui Emily non poteva guarire: "Emily... c'è qualcosa che non ci stai dicendo?"

"Non so che cosa li sta causando. So solo che non lo faccio di proposito e non posso fermarli. Mio padre è morto per un ictus. Conosco i segni e sto avviandomi su quella strada".

"Tu non stai morendo!" Ringhiò Chevalier.

"Non puoi promettermelo?" Chiese Emily, fissando Quinn.

"Non posso".

Le sfuggì una lacrima: "Sto morendo. Lo sento. Mi lascerò indietro dei figli che hanno bisogno di un padre e l'unico modo che conosco di proteggerli è di impedirgli di scatenarsi e andare a fare una carneficina".

Zohn degluti a fatica. La lentezza e lo sforzo nel parlare diventarono più evidenti mentre proclamama la sua morte imminente: "Non te lo possiamo promettere".

"Anche Kyle avrà bisogno di essere protetto, da se stesso".

"Em..." sussurrò Kyle.

"Non mi rattrista morire", sussurrò Emily guardando Chevalier: "Mi hai regalato una vita meravigliosa, dei figli, amici, una famiglia. Non avrei potuto chiedere di più. Ho solo paura di come reagirai quando morirò".

"Tu non stai morendo", le disse Chevalier.

Emily guardò Quinn e Zohn: "È la vostra ultima parola, allora? Non esaudirete questa sola richiesta?"

"Emily, non possono impedirci di vendicarci, se morirai", le disse Kyle.

"Non possiamo, per favore, non chiedercelo", sussurrò Zohn.

Emily si voltò e zoppicò lentamente fuori dalla sala.

Dain sibilò stringendo i pugni: "Non potete esaudire quel suo unico desiderio, solo per farla stare più tranquilla?"

"No, non possiamo, gli disse Quinn.

"Non sta morendo... non lo permetterò. Però potreste alleggerire il suo stress, mentendole e dicendole che papà e Kyle saranno tenuti al sicuro!"

"No, non le mentiremo".

"Fatelo!" Gridò Dain.

"Dain, no", disse Chevalier: "Non sta morendo e non ci arrenderemo all'idea che sia così".

Dain si voltò di colpo quando sentì la Rubicon di Emily che usciva dal garage.

"Lasciala andare a pensare", disse Zohn: "Per adesso, lasciatela stare.

**

"Signore", disse una delle Guardie Imperiali: "La Winchester è qui e vuole parlare con lei".

"Emily è qui, adesso?" Chiese Sotomar sorpreso.

"Sì, Signore".

"Falla entrare", disse e poi sorrise. I Valle erano sempre contenti quando Emily veniva a trovarli. Avevano sentito che era malata e volevano vedere personalmente quando fosse grave.

Emily entrò lentamente, zoppicando. Era stanca per il lungo viaggio e con metà del suo corpo non completamente sotto controllo, qualunque attività era spossante.

Sotomar la guardò, troppo sbalordito per parlare. Fu subito chiaro agli heku che era molto debole sul lato sinistro, inoltre era pallida e tirata.

"Emily..." sussurrò l'Anziano Ryan.

Emily si fermò davanti a loro e guardò il Consiglio nemico. Formò le parole attentamente nella mente e parlò lentamente in modo che capissero: "Ho una richiesta per il Consiglio dei Valle".

La parole distorte e biascicate scioccarono il consiglio e ci volle un momento prima che qualcuno di loro parlasse.

"Che cosa chiedi?" disse l'Anziano Randall.

Emily deglutì: "Voglio che mi promettiate, come Consiglio, che quando morirò Chevalier e Kyle saranno imprigionati finché non torneranno a pensare chiaramente e a essere padroni di sé".

"Stai morendo?" disse Sotomar, con la voce strozzata.

Emily annuì: "Sì, credo di sì".

"Ma tu puoi guarire".

"Qualunque cosa mi stia succedendo, non si ferma. Non riesco a guarire e sono così stanca".

"Ma..."

"Non ho paura della morte. Gli Equites mi hanno regalato una vita meravigliosa... ma ho paura di come reagiranno Chevalier e Kyle quando arriverà l'ora e ho bisogno che mi aiutiate a proteggerli".

"Tu non puoi morire", disse Sotomar, faticando a parlare.

"Invece sì, ne sono certa. Per favore, promettetemelo... esaudite questa preghiera".

L'Anziano Ryan fece un profondo respiro per calmarsi: "Non possiamo imprigionare dei membri del Consiglio degli Equites".

"Per me... dimenticate le fazioni... dimenticate il rango e i Consigli. Aiutatemi per favore", disse lentamente Emily.

"Se tu dovessi morire", disse Sotomar scegliendo attentamente le parole: "Non spetterebbe a noi negargli la vendetta. È il nostro modo di fare".

"Non vi chiedo di impedirgli di cercare vendetta... vi chiedo solo di fermarli abbastanza a lungo perché ritornino a pensare chiaramente. Lascerò i miei figli senza una madre. Non posso rischiare di lasciarli anche senza un padre".

"Questa intera conversazione è irrilevante", disse l'Inquisitore capo: "Tu non stai morendo... sei immortale".

Emily scosse la testa: "No, non immortale. Non invecchio e basta... sto morendo e ho bisogno che qualcuno mi rassicuri che i miei figli non rimarranno da soli".

L'Investigatore Capo e il Capo di Stato Maggiore apparvero di fianco a Emily quando ondeggiò un po'.

"Per favore, riposati qui", disse dolcemente Sotomar: "Ne discuteremo quando ti sentirai meglio.

Emily accettò, guidare fino alla città dei Valle era stato estenuante e non voleva altro che dormire.

Mentre due Guardie Imperiali la accompagnavano nella sua camera. Sotomar chiamò il Consiglio degli Equites.

"Sono Zohn".

"Sono Sotomar, posso parlare con Chevalier?"

"È occupato, che cosa posso fare per te?"

"Ho veramente bisogno di parlare con lui personalmente".

Zohn sospirò: "È fuori a cercare Emily".

"È qui", gli disse Sotomar.

Si sentirono dei sussurri dagli Equites ma erano troppo bassi perché i Valle capissero che cosa stavano dicendo. Ci vollero un paio di minuti prima che Zohn parlasse ancora: "Lo richiamerò e gli dirò di metterti in contatto".

"Bene", disse Sotomar, riattaccando. Lasciò in silenzio la sala del Consiglio, entrò piano nella camera di Emily e la guardò dormire. Osservò come dormiva in silenzio e come sembrava in pace. Il suo cuore si fece pesante, ripensando al suo appello disperato di salvare suo marito e il suo amico, e si chiese se il loro mondo avrebbe mai potuto, in futuro, essere ancora così interconnesso con un altro mortale.

Tre ore dopo, ritornò nella sala del Consiglio quando lo avvisarono che Chevalier era al telefono.

"È ancora lì?" Gli chiese Chevalier.

"Sì, sta dormendo. Sembra che guidare fin qui l'abbia esaurita", spiegò Sotomar. Sapeva quando si sarebbe infuriato l'Anziano nemico sapendo che l'aveva guardata dormire. Ma il suo istinto gli diceva che le stava succedendo qualcosa di grave.

"Posso venire a prenderla".

"Lasciala dormire un po'. È ben protetta qui".

"Molto bene".

"Ti faremo chiamare quando si sveglia".

"Ve l'ha chiesto, allora?" Chiese Chevalier.

Sotomar sospirò: "Sì".

"Mi chiedo se andrà dagli Encala, adesso".

"È quello che dubito, visto che ci siamo rifiutati di aiutarla".

"Non possiamo lasciarla andare là. Frederick è ancora infuriato con lei e non so come reagirebbero a una sua visita inaspettata".

Sotomar ci pensò un momento: "Forse dovremmo andarci noi, al suo posto".

"I Valle?"

"No, tu ed io".

"È più facile che siano loro a rompere con le tradizioni per aiutarla, però", disse Chevalier. "Se andiamo noi per primi, potrebbe essere ancora più facile per loro decidere".

Sotomar sorrise: "Vero... accetterebbero di aiutarla solo per farci arrabbiare".

"Vorrei venire a prendere Emily... e porterò qualcuno per riportare qui la sua Jeep".

"Perché non le permetti di restare qui per un po'?" Suggerì Sotomar. "Vi darebbe del tempo per approfondire le indagini su quello che sta succedendo e anche per affrontare il nuovo problema di Alexis".

Chevalier rise: "Accidenti, la notizia è circolata in fretta".

"Eh, sì, le voci girano".

"Ditele di chiamarmi quando si sveglia, allora... le suggerirò di prendersi una vacanza".

"Ok", promise Sotomar e riattaccò.

Salute

"Stai barando!" gridò Emily, cominciando a ridere.

"No... solo perché stai perdendo non significa che io stia barando", disse il Generale delle Guardie Imperiali. Diede un'occhiata nervosa a Dain e poi riportò l'attenzione sulla TV.

Gli Equites avevano ottenuto qualche informazione sui movimenti del serial killer chiamato 'Spezzacuori' e stavano ancora facendo ricerche in ogni Clan in un raggio di 12 ore di viaggio da Council City. Nel mese che Emily aveva passato con i Valle, le sue condizioni erano migliorate e la sua parlata stava tornando chiara. Dain aveva insistito per restare con lei nel palazzo nemico ed era stato portato lì in elicottero nella seconda settimana del suo soggiorno.

"Accidenti... questo vuol dire quattro su cinque per te", disse Emily, appoggiando il controller.

Il Generale sorrise: "Già".

Emily alzò gli occhi quando sentì una voce familiare: "Pronta, Lady Emily?"

Lei sospirò: "Dobbiamo proprio farlo, oggi?"

"Sì, l'ha ordinato l'Anziano Sotomar".

"Mi piacerebbe sapere da quando ho cominciato a prendere ordini da Sotomar", brontolò Emily e si alzò per uscire. Mentre seguiva il fisioterapista fuori dalla sala giochi, si vedeva che la zoppia era notevolmente migliorata. Dain la seguiva da vicino e scrutava ogni heku che le si avvicinava.

Le Guardie Imperiali sorrisero e si inchinarono quando Emily passò davanti a loro, ignorando i ringhi del giovane heku che era più grosso della maggior parte di loro.

Entrarono in una stanza che i Valle avevano allestito specialmente per lei ed Emily si sedette a un tavolo davanti al fisioterapista.

"Ok, oggi lavoreremo ancora sul mangiare", disse l'heku, mettendo sul tavolo un piatto e una forchetta.

"Per me non ha senso", disse Emily, prendendo la forchetta con la mano destra: "Io non mangio con la sinistra".

"Non importa, non stiamo allenando la tua mano sinistra a tenere e usare la forchetta... la stiamo semplicemente allenando a fare quello che le diciamo".

"Capito", disse Emily e poi alzò gli occhi quando entrò Sotomar.

"Come va?"

"Splendido, ora riesco a mangiare l'aria con la mano sinistra", disse sorridendo.

"Chevalier ti ha detto quando tornerà a trovarti?"
"Spera di venire stasera".
Il fisioterapista si schiarì la gola e fissò l'Anziano.
"Oh... già... continuate pure", disse Sotomar e uscì.
Dopo un'ora di esercizi di precisione con la mano sinistra, il fisioterapista spostò la sedia e le prese la mano nelle sue.
Dain ringhiò quando il Valle la toccò e Emily alzò gli occhi: "Smettila".
"Non c'è bisogno che ti tocchi!", ringhiò Dain.
"Lasciagli fare il suo lavoro".
"Ti controllo", disse Dain al Valle.
Il fisioterapista cominciò a massaggiare la mano indebolita, alternando esercizi di sequenza di spostamenti alla stimolazione sensoriale del braccio sinistro.
"Tutto a posto?" Chiese Emily, quando finì.
"Non ancora, è arrivato il tuo apparecchio TENS", le disse e prese dal tavolo un scatoletta nera dalla quale uscivano lunghi cavi che attaccò al suo braccio con dei piccoli dischi bianchi.
"Questo che cosa fa?" Chiese, e poi sgranò gli occhi quando sentì dei piccoli impulsi elettrici attraversarle il braccio.
"Praticamente stiamo cercando di risvegliare il tuo braccio".
"A te che cosa farebbe?"
Il fisioterapista rise: "Un disastro, immagino... lo lasceremo per trenta minuti e poi torneremo in acqua".
Emily guardò la grande vasca piena d'acqua "Seriamente?"
"Sì, la zoppia è migliorata parecchio e sono sicuro che potremmo eliminarla del tutto".
Emily leggeva il suo libro, ignorando il piccolo scontro silenzioso tra Dain e il Valle mentre il Tens le inviava impulsi elettrici nel braccio. Solo dopo averlo spento notò i due heku che si fissavano.
"Volete smetterla, voi due?" Chiese e il fisioterapista si voltò a guardarla.
"Scusa... però non posso cedere davanti a lui", le spiegò togliendole gli elettrodi.
"Dain... adesso basta", gli disse Emily.
"Mamma..."
"No! Mi sta aiutando... quindi lascialo in pace".
Dain strinse gli occhi, ma annuì in silenzio.
Dopo qualche minuto, Emily si era messa un costume intero e camminava lentamente attraverso la vasca, mentre il fisioterapista la osservava.

"Stai facendo progressi", commentò: "Assicurati di alzare la gamba sinistra come la destra quando cammini, però, stai ancora risparmiando il tuo lato sinistro".
"Non è che lo risparmi.... è che non funziona".
"Funziona, ma tu eviti di usarlo appena puoi".
Quando finì con la vasca, Emily era esausta e pronta a fare un sonnellino. Dain la aiutò a uscire dalla vasca e la avvolse in un asciugamano.
"Abbiamo finito, allora?" Chiese, asciugandosi nello spogliatoio.
"Sì, però farò qualcosa per incoraggiarti a usare di più il tuo lato sinistro", le disse il fisioterapista.
Emily uscì completamente vestita: "Che cosa vuoi dire?"
L'heku le mostrò una spessa cintura: "Ti legherò il braccio destro".
Emily sgranò gli occhi: "Cosa?"
"Legandoti il braccio destro ti obbligherò a usare la tua parte sinistra".
"No".
"Sì", rispose lui alzando le sopracciglia.
"No, non intendo che non funzionerebbe... voglio dire che non lo farò".
"So che cosa volevi dire... e sì, lo farai".
"Non lo...", smise di parlare quando il fisioterapista apparve di colpo davanti a lei e vide che il suo braccio destro era già legato a un fianco: "Accidenti, hai fatto alla svelta!".
"Vediamo come funziona... credo sia arrivato tuo marito".
Emily annuì: "Mi libererò di quest'affare".
"Non ce la farai senza aiuto", disse e poi sorrise quando la vide uscire, sforzandosi di togliere la cinghia che le legava il braccio al fianco.
"Toglimela", disse Emily a una delle Guardie Imperiali che la seguivano verso la sala del Consiglio.
"Spiacente, Signora, per ordini dell'Anziano non possiamo toglierla", le rispose quello più vicino a lei.
"Dain..."
Ci fu un piccolo trambusto quando Dain tentò di avvicinarsi a lei e due delle Guardie Imperiali lo bloccarono.
"Fermo!" Gridò Emily a Dain: "Va tutto bene, Baby. Me la toglierò da sola... non rischiare di far cominciare una guerra".
Dain ringhiò alle guardie e loro lo lasciarono andare, continuando a seguire Emily mentre lei andava verso la sala del Consiglio, sempre cercando di liberare il braccio.
Emily era così concentrata a cercare di liberare il braccio che non si era nemmeno accorta di essere arrivata nella sala del Consiglio.

"Qualche problema?" Chiese Chevalier, divertito.

Lei alzò gli occhi e gli sorrise, poi andò in fretta tra le sue braccia. Lei le baciò la testa ed Emily si scostò, voltandogli la schiena: "Allenta questa cosa".

Chevalier rise: "Sono sicuro che te l'hanno messa per un buon motivo".

"No... i Valle mi stanno tenendo legata".

"Non direi proprio", disse l'Anziano Ryan, sperando che Chevalier non le credesse.

Chevalier alzò la testa e rise: "È bello riaverti, Emily".

"No, davvero, toglimela" gli disse, tirando la cinghia.

"Em... qualunque cosa stiano facendo, funziona. La zoppia è migliorata, parli in modo quasi perfettamente chiaro. Non te la toglierò, se ti sta aiutando".

"Però mi fa male".

Dain ringhiò e Chevalier lo fissò minaccioso prima di tornare a guardare Emily: "Non ti fa male, quindi lasciala stare".

Emily si girò quando si aprì la porta e Alexis corse da lei abbracciandola.

"Oh, mi sei mancata, Alex", disse e la abbracciò con il solo braccio sinistro.

"Stai bene?" Chiese Alexis, guardandola da capo a piedi.

"Sto bene"

"Bene, allora io sono venuta a parlare con il Consiglio dei Valle", disse Alexis.

"Davvero?" Chiese Chevalier, sorpreso.

Alexis guardò Sotomar: "Voglio restare qui".

"Puoi restare con la tua mamma, se vuoi".

"No, in permanenza, voglio unirmi ai Valle".

Chevalier rimase senza fiato: "Tu che cosa?"

Gi Anziani Valle guardarono nervosamente Chevalier.

"Ne ho avuto abbastanza degli Equites... e voglio restare con voi". Ripeté Alexis.

"Questo... è... c'è qualche problema, bambina?" Riuscì finalmente a chiedere Sotomar.

"Sì, li odio".

"Alexis..." ringhiò Chevalier.

"Se direte di no... so perfettamente che gli Encala mi accetteranno".

"Non è... così facile cambiare fazione", disse l'Anziano Ryan, dopo una'occhiatina a Chevalier.

"Allora cominciate la procedura, altrimenti andrò dagli Encala".

"Alexis, stai passando i limiti", disse Chevalier, prendendole rudemente un braccio.

Alexis cercò di liberarsi dalla presa di suo padre, senza riuscirci: "Sì o no? Devo saperlo subito".

"Alex, ora non è il momento", le disse Emily.

"Io li odio, mamma", disse Alexis a sua madre, con gli occhi piedi di lacrime: "Hanno ucciso Gabe".

Emily le mise attorno l'unico braccio disponibile e la lasciò piangere sulla sua spalla. Capiva, da come Chevalier stava guardando Sotomar che stavano avendo una conversazione, ma parlavano troppo piano perché lei sentisse e sospettava che fosse troppo piano perfino per Alexis.

Alla fine, Emily si scostò da Alexis e la guardò negli occhi: "Verrò a casa, ok? Parleremo là".

Alexis annuì e poi fissò minacciosa sua padre prima di seguire Dain.

"Mi rattrista vederti andare via".

"Apprezzo tutto quello che avete fatto, ma sembra che a casa abbiano bisogno di me".

"Non hai mai avuto episodi di svenimento qui, però, forse è qualcosa nel palazzo degli Equites".

"Ne dubito. Ho vissuto tanto a lungo lì che sarebbe comparso prima".

"Molto bene", disse Sotomar sorridendo: "Sarai più che benvenuta se decidessi di tornare, in caso di bisogno".

"Mi terrò in contatto", gli disse Alexis, poi prese la mano di Dain e uscirono dalla sala del Consiglio.

Emily li guardò uscire e poi sorrise a Chevalier: "Potremmo sempre lasciarli qui entrambi".

"Non tentarmi", le rispose e uscirono assieme.

***

"Come sta?" chiese Quinn quando Chevalier si sedette.

"È migliorata parecchio. Il loro fisioterapista ha fatto meraviglie".

Zohn sorrise: "Buono a sapersi".

"Alexis, però, ha chiesto a Sotomar se poteva unirsi ai Valle".

"Davvero?" Chiese Quinn, scioccato.

"Sì, Emily ed io gliene parleremo stasera, dopo che avrà passato un po' di tempo in piscina".

"Qualunque altro Equites sarebbe stato immediatamente bandito". Borbottò Dustin.

Chevalier lo fissò: "Lei non è ufficialmente un'Equites".

"Beh, che cosa ha fatto esattamente Emily per diventarlo, allora?".

"Praticamente si è dichiarata un'Equites e ha dimostrato lealtà alla fazione".

"Quindi permetteremo ad Alexis di andarsene e unirsi ai Valle, per un capriccio?"

"Stai zitto, Dustin", ringhiò Chevalier, poi tornò a guardare Quinn.

Zohn alzò gli occhi quando sentì Emily scendere le scale: "Derrick, fai entrare Emily, per favore".

Qualche minuto dopo, Derrick entrò nella sala del Consiglio: "Mi dispiace, Signore, ha detto di no".

"Sta ancora evitando il Consiglio?" Chiese Zohn a Chevalier.

"Da quello che ho sentito, sì".

"Beh, io però vorrei vedere i suoi progressi", disse Quinn e si alzò per uscire.

"Vengo anch'io", disse Kyle.

"Io pure". Disse Richard, l'Inquisitore capo.

"Limitatevi ad andare tre per volta, altrimenti potrebbe interpretarlo come coalizzarci contro di lei", disse loro Chevalier.

"Fai entrare Dain, allora", ordinò Zohn. Gli altri uscirono per andare a trovare Emily mentre il resto del Consiglio aspettava Dain.

Il ragazzo entrò, squadrando sospettosamente il Consiglio, poi venne avanti e si mise di fronte a loro. "Mi avete chiamato?"

"Sì, eravamo curiosi di sapere com'era andata con i Valle". Chiese Zohn.

"Bene".

"È tutto?"

"È andata bene".

Chevalier sorrise: "Che cosa ti ha detto esattamente Emily riguardo il dare informazioni al Consiglio in merito al suo soggiorno?"

Dain rise e in quel momento, sembrò esattamente identico a Chevalier: "Non dovrei dirvi niente".

"Ti rendi conto che, come tuo padre, posso annullare quell'ordine?"

"La mamma ha un grado più alto del tuo".

"Interessante", disse Dustin.

Chevalier girò la sedia verso di lui: "Esci".

"Sì, Anziano", disse Dustin, sfuocando fuori dalla stanza, furioso.

"C'è qualcuno che ha un grado superiore a tua madre?" Chiese al ragazzo il Capo di Stato Maggiore.

"No".
"Che cosa ti ha detto?" Chiese Zohn rivolto a Chevalier.
"Non molto, ha passato la maggior parte del viaggio cercando di togliersi le cinghie che le ha messo il fisioterapista. Pr il resto ha dormito".
"Cinghie?"
"Sì, è una cintura che le tiene fermo il braccio destro sul fianco, in modo da obbligarla a usare il braccio sinistro. È allacciata dove non riesce ad arrivare, senza aiuto".
Zohn sogghignò: "Oh, scommetto che le piace proprio".
"Effettivamente è stato bello vederla cercare di liberarsi, sembrava di vedere la vecchia Emily".
"Dobbiamo chiamare un fisioterapista, allora? Qualcuno che le faccia continuare la terapia?" Chiese il Capo della Difesa.
"L'ho già chiamato", gli assicurò Chevalier, poi si rivolse a Dain: "Sapevi che tua sorella stava cercando di unirsi ai Valle?"
Dain scrollò le spalle: "Sospettavo che potesse farlo".
"Tutto a causa di Gabe?"
"Lei dichiara di amarlo".
"E?"
"Lui era un coglione", disse francamente Dain.
"Pensi che lui la amasse?" Chiese Chevalier ridendo.
"No, non credo".
"Hai discusso ancora con la mamma circa il far parte dello staff di guardia?"
"No, non credo stia abbastanza bene".
"Sembra stia meglio, però", disse Chevalier.
"Lei ritiene ancora di star morendo".
"Perché?
"Si aspetta che gli svenimenti ritornino e pensa spesso alla morte di suo padre e a quanto possono diventare umilianti gli ictus".
"Umilianti?" chiese Zohn, stupito.
"Sì, verso la fine, la mamma doveva fare tutto per lui, lo nutriva, gli faceva il bagno... lui dipendeva completamente da lei e la mamma ha detto spesso che preferirebbe morire che vivere in quel modo".
"Quindi crede che le succederà?" Chiese Chevalier.
"Sì".
"Hai ragione, sembra tornata normale", disse Kyle, sedendosi.
"Ha detto che avresti voluto questa", disse Quinn, porgendo a Chevalier la cintura di contenimento che le aveva messo il fisioterapista.
"Gliel'hai tolta tu?" gli chiese Chevalier.
"No, era lì accanto alla piscina... perché?"
"La aiutava, non avrebbe dovuto toglierla".

"Già, ovvio", sospirò Quinn e guardò Dain.

"Dov'è adesso?"

"Sta facendo un po' di vasche".

Chevalier si alzò e prese la cintura: "Vado a vedere se riesco a fargliela rimettere".

Kyle ridacchiò: "Cercherò di non farti aspettare troppo prima di farti rivivere".

"Lo apprezzo molto", disse e uscì dalla sala del Consiglio, seguito da Dain. Si fermò davanti alla porta della piscina per parlare con Silas e Kralen, le uniche due guardie con lei in quel momento.

"Non gliel'abbiamo tolta noi", disse Silas quando vide la cintura.

"Sai chi è stato?" Chiese Chevalier.

"Qualcuno in prigione, è tutto quello che sappiamo".

"Quando gliel'avrò rimessa, tenetela fuori dalla prigione e allertate il palazzo che nessuno gliela deve togliere".

Kralen sorrise: "Cercherà di rimettergliela?"

"Cercherò... perché sento odore di sangue?" Chiese Chevalier e si precipitò dentro. Si tuffò in fretta quando vide Emily a faccia in giù nell'acqua, che stava diventando rosa intorno a lei.

Kralen chiamò Mark e saltò in acqua dietro a Silas. Chevalier la voltò in fretta nell'acqua e la tenne sollevata mentre Silas controllava se respirava.

"Portatela sul cemento", disse Kralen. Chevalier la appoggiò sul cemento proprio mentre arrivava Mark con il dott. Edwards. Dopo qualche rude colpo sulla schiena, Emily ricominciò a respirare da sola.

"Che cos'è successo?" Chiese il dott. Edwards, sollevandole le palpebre.

"Stava solo nuotando e abbiamo sentito odore di sangue", spiegò Kralen.

Il dott. Edwards la osservò un momento e poi la sollevò: "Non credo che l'acqua abbia fatto molti danni. Dovete averla presa proprio mentre perdeva conoscenza".

"È successo di nuovo, allora?" Chiese Chevalier, osservando Emily tra le braccia del medico.

"Sembra di sì... quando siete ritornati?"

"Solo quattro ore fa... quindi la causa è qualcosa nel palazzo".

"Non necessariamente. Non ci sono molte cause ambientali per gli ictus... in effetti non riesco a pensare a nemmeno una. Potrebbe essere una coincidenza".

Il medico si avviò all'interno con Emily mentre gli altri lo seguivano. Quando arrivarono nella stanza dell'Anziano, si era già riunito quasi tutto il Consiglio. La appoggiarono sul letto e uscirono tutti in modo che Chevalier potesse toglierle il costume bagnato.

"Potete entrare", disse Chevalier quando l'ebbe messa a letto.

Il dott. Edwards fece un esame completo e poi guardò Chevalier: "Anziano... è la solita cosa. Ha avuto un ictus, ma la pressione è buona. Non capisco che cosa sta succedendo".

"La trasformazione più vicina che abbiamo trovato è a oltre sei ore da qui", spiegò Mark. "Ne hanno trasformato solo 1 negli ultimi quattro mesi".

"Forse dovremmo portarla via da qui, nel caso ci fosse qualcosa", disse Chevalier, parlando tra sé e sé".

"Aspettiamo di vedere come sta quando si sveglia", suggerì il dott. Edwards.

"Dovreste semplicemente lasciare che io e la mamma ci uniamo ai Valle". Disse Alexis dalla porta.

Silas la fece uscire in fretta dalla stanza quando Chevalier si voltò per sgridarla.

Chevalier si sedette sul bordo del letto a guardare Emily: "Questo la riporterà indietro, indietro ai movimenti lenti e alla difficoltà di parola".

"Forse, gli ictus hanno effetti diversi sulle persone", il dott. Edwards: "Se è stato abbastanza piccolo potremmo non notare niente".

Chevalier piegò leggermente di lato la testa quando sentì convocare una riunione di emergenza del Consiglio.

"Vai, la controllerò io", il dott. Edwards e Chevalier uscì. Fu il primo ad arrivare, ma presto ci furono tutti.

"Perché siamo stati convocati?" chiese Zohn, ma non lo sapeva nessuno dei Consiglieri.

"Beh..." cominciò a dire Quinn, ma smise di parlare quando il palazzo entrò in stato di allarme: "Oh... bene, credo che lo sapremo abbastanza presto".

Kyle guardò Chevalier: "Allora è vero.... è successo di nuovo?"

Chevalier annuì.

"Dannazione".

"Se non riusciremo a fermarli, la porterò via per un po'".

"Parlando di portare via Emily", disse Zohn: "Ci sono due trasformazioni la prossima settimana, che abbiamo rimandato troppo a lungo".

Chevalier annuì: "Io avevo in programma di visitare il Clan in quei giorni. Emily voleva andare a trovare Allen".

"Solo... niente yacht", disse Kyle sorridendo.

"Nemmeno per sogno".

"Oh, bene, arriva Mark con un rapporto", disse il il Capo di Stato Maggiore, mentre entravano Mark Silas e Kralen.

"Qual è il problema?" Chiese Chevalier. Era evidente che Mark era furioso.

"Abbiamo trovato Vic... è morto e la puzza degli Encala era tutto intorno", ringhiò Mark.

"Come?!" gridò Chevalier, alzandosi: "Sei sicuro?"

"Sì, era il Cavaliere assegnato alla sezione A3, tra gli alberi e quando non è arrivato per il cambio di turno... siamo usciti e l'abbiamo trovato".

Gli occhi di Quinn erano furiosi: "Dico di andare a far loro una visitina".

Si alzò anche Zohn: "Al diavolo le tradizioni, dico che gli Anziani vadano con la Cavalleria e si occupino di questa faccenda, una volta per tutte".

Mark annuì e scomparve dalla stanza.

"Kyle, vieni con noi", disse Zohn, uscendo dalla sala del Consiglio.

"Ed Emily?" Chiese Dustin.

"C'è il dott. Edwards e sa che cosa deve fare", disse Chevalier, un attimo prima di scomparire. Nemmeno un'ora dopo, gli elicotteri partivano dal prato anteriore, con a bordo gli Anziani e la Cavalleria.

Il Capo di Stato Maggiore sospirò: "Questa storia mi innervosisce".

"Sembra un po' pericoloso che tutti e tre gli Anziani vadano da un nemico", concordò Dustin: "Comunque la decisione spetta a loro e sono sicuro che la loro presenza colpirà di più gli Encala, se sono tutti assieme".

"Sarà meglio che la smettano in fretta, altrimenti resteranno solo due fazioni", disse il Capo della Difesa.

"Forse non sarebbe poi una brutta cosa", aggiunse Dustin.

Encala

"Non sappiamo assolutamente di che cosa state parlando e non resteremo qui fermi a essere insultati!" Gridò l'Anziano Encala Aaron.

"Non fate finta di non capire", disse Chevalier, con la voce controllata e calma: "C'era la vostra puzza tutto intorno".

"Non abbiamo più soldati... non abbiamo le risorse per attaccare gli Equites", disse William con tutta la calma che riuscì a raccogliere: "Saremmo stupidi ad attaccarvi, con la poca gente che abbiamo".

"Beh... gli Encala non sono mai stati famosi per la loro intelligenza", disse Kyle e sorrise quando il Consiglio Encala lo fissò furioso.

"Dov'è Frederick?" chiese Quinn, osservando attentamente i volti.

"Fuori", disse Aaron.

"A creare problemi, senza dubbi".

"No, è andato a visitare il suo Clan".

Zohn socchiuse gli occhi: "Smettetela di mentire".

"Bene", ringhiò William: "Non abbiamo idea di dove sia. Non riusciamo a metterci in contatto con lui da quasi due settimane".

Chevalier sogghignò: "Ha abbandonato la nave? Dovreste controllare dai Valle".

"Non serve... erano troppo occupati a occuparsi della vostra responsabilità per occuparsi di Frederick".

"Che vuol dire?"

"Vuol dire che state perdendo il vostro tocco. Emily si sta indebolendo, sotto la vostra protezione e sappiamo bene che quando era dai Valle aveva cominciato a recuperare", disse William.

"Che se sai della malattia di Emily?" Chiese Kyle, facendo un passo avanti.

"Niente, ve lo assicuro".

"Allora non vi darà fastidio se ci guardiamo attorno", disse Mark, e fece segno a dodici Cavalieri di cominciare a perquisire il palazzo degli Encala.

"Non avete il diritto di farlo!" Urlò l'Inquisitore capo.

"Ci fermerete voi?" Chiese Chevalier con calma.

Aaron lo guardò furioso: "Sai che non possiamo fermarti".

Zohn sorrise: "Vero... sarebbe già tanto se riusciste a rubare la caramella a un bambino, in questo momento".

"Fuori dal nostro palazzo", gridò il Capo della Difesa.

Chevalier incrociò le braccia: "No".

Mark camminò lungo il palco del Consiglio e guardò la struttura di legno del tavolo che stavano ricostruendo. Sorrise e diede uno strattone a una colonna di supporto e l'intera struttura cadde al suono con un forte tonfo.

"Oh... scusate", disse ridendo mentre tornava dagli anziani.

"È così che sarà d'ora in poi?" Chiese William. "Saremo obbligati a sopportare di essere tormentati e umiliati per mano degli Equites?"

"Non direi d'ora in poi... per un po', comunque", gli disse Chevalier: "Inoltre non direi nemmeno che non ci sia stata provocazione, quindi vi suggerisco di sopportare finché smetteremo di trovarlo divertente".

William fissò Chevalier negli occhi: "Emily non lo vorrebbe... ci considera ancora amici".

"Hai ragione, è così... ma ultimamente, ci lascia fare quello che riteniamo necessario".

"Sta bene?"

"Non è un problema vostro", gli disse Chevalier: "Saremo fuori dal vostro palazzo in rovina appena saremo certi che Frederick non sia qui".

"Guardate dove volete, non c'è".

"Mentre aspettiamo, vi dispiace dirci perché avete ucciso due membri della Cavalleria mentre non facevano altro che controllare un'area intorno alla città?"

"Non ne so niente".

"Certo che no", borbottò Quinn.

Silas tornò nella sala del Consiglio con Kralen: "Signore, non c'è segno di Frederick".

Chevalier guardò William: "Se lo troviamo per primi, è nostro".

"Con quale autorità?"

"È sospettato di aggressione ingiustificata alla Cavalleria di Council City".

"Non potete provare che sia stato Frederick a uccidere le vostre guardie", disse Aaron.

"C'era la puzza degli Encala tutto intorno. Se non è stato Frederick, magari dovremo punire l'intero Consiglio", disse Zohn, appoggiandosi a una delle pareti danneggiate della sala del Consiglio.

"Faremo un'indagine e puniremo quelli che sono stati là", disse William: "Se non c'è altro, vi chiedo cortesemente di andare al diavolo".

Chevalier sogghignò quando William si precipitò fuori dalla sala del Consiglio.

"Le nostre guardie vi accompagneranno all'uscita", disse Aaron, e seguì William fuori dalla stanza.

"Abbiamo finito qui, credo", disse Zohn. Mark annuì e ordinò ai Cavalieri di ritornare agli elicotteri. Ci vollero pochi minuti per radunarsi e quando lo fecero, ciascuno di loro aveva un piccolo trofeo da riportare a casa dal palazzo degli Encala.

Gli Anziani uscirono assieme e Quinn si fermò davanti a un grande buco nella parete di pietra. Lo attraversò e poi tornò nell'atrio: "C'è qualcosa qui che non tu abbia distrutto?"

Chevalier sorrise: "No".

"Torniamo a casa, ho sete", disse loro Zohn. Fu il primo a salire sull'elicottero.

***

"Che cosa vuol dire che se n'è andata?" Ringhiò Chevalier, con i pugni stretti.

"Ascolta", disse Dustin: "Non siamo stati negligenti...".

"Allora come ha fatto ad andarsene, mentre era affidata a voi?"

"Beh..."

"Dov'è il dott. Edwards?" Chiese Quinn con calma.

"Lei... Emily gli ha ordinato di andarsene".

"E voi l'avete permesso?"

"Beh... sì".

"Chi c'era di guardia?" Chiese Chevalier, avvicinandosi di un passo al Consiglio.

"C'è stato... beh, c'è stata un po' di confusione su chi doveva sorvegliarla".

"Come?!" ruggì Mark.

"Trovatela!" ordinò Chevalier alla Cavalleria.

"Da quanto se n'è andata?" Chiese Mark a Dustin, che rispose sospirando: "Due giorni".

Mark scomparve senza un'altra parola.

"Io mi aspetto che siate in grado di sostituirci in nostra assenza", disse Quinn al Consiglio: "Abbiamo ritenuto necessario affrontare tutti e tre assieme gli Encala, per gli attacchi alle nostre guardie... torniamo e le cose sono andate in malora".

"Una mortale mancante non è come se avessimo trascurato tutto", disse il Capo della Difesa.

"Una mortale mancante?" Chiese Zohn. "Quali sono stati gli effetti dell'ultimo ictus?"

"Beh... non lo sappiamo... esattamente", disse Dustin.

"Quindi in questo momento potrebbe essere in giro a incenerire Clan Equites?"

"Ne dubito".

Le mani di Chevalier sbatterono sul tavolo di fronte a Dustin: "Se è ferita... che il cielo mi aiuti...".

***

Emily fu sorpresa della mancanza di guardie intorno alle porte della città principale degli Encala. Guidò piano la Aero per la città bruciata, osservando gli scuri che venivano chiusi e le porte sbattute mentre passava. Arrivata alle porte del palazzo, si fermò e spense il motore.

Facendo un profondo respiro, scese dall'auto viola e guardò le finestre rotte lungo la facciata del palazzo, una volta maestoso. Scavalcò i detriti dell'arco di pietra che una volta incorniciava il portone ed entrò nel palazzo silenzioso.

"William?" Chiamò. Sentì un lieve rumore di fianco a lei e si girò in fretta, ma non vide nessuno.

Salendo lentamente le scale, spinse da parte la porta fracassata della sala del Consiglio ed entrò. I nove Consiglieri Encala la guardarono, sbalorditi.

"Emily?" Sussurrò l'Inquisitore capo.

"Dov'è William?" Chiese-

"Non c'è".

"Aaron?"

"Sono qui", disse l'Anziano Aaron entrando dall'entrata sul retro e sedendosi al suo posto. Sospirò: "Non puoi stare qui".

"È stato Chevalier?" disse, guardando la sala distrutta.

"Ha cominciato lui, sì".

Emily si rannuvolò: "Non me n'ero resa conto".

"Devi andartene", disse Aaron, guardando nervosamente gli altri Consiglieri.

"Perché?"

"Se Chevalier ti trova qui, ci punirà".

Emily guardò attentamente la sala e andò verso una delle pareti. Allungò la mano e toccò un punto lucente sulla superficie delle rocce scure, rendendosi conto che era sangue.

"Per favore... devi andartene", disse Aaron.

"Dov'è Frederick?" Chiese, rivolta ad Aaron.

"Non lo sappiamo".

"Ce l'hai tu?" Chiese l'Investigatore Capo.

"Non questa volta", rispose e raccolse uno stendardo strappato dal pavimento. Lo voltò e lo appoggiò di traverso su una parte del tavolo rotto.

"Emily... non stiamo scherzando... devi andartene", le disse Aaron.

"No, voglio sapere che cosa hanno fatto gli Equites a questo posto", disse, uscendo dalla sala del Consiglio. Aaron apparve al suo fianco e le toccò un braccio.

"Devi andare. Non possiamo sopportare altra rabbia dagli Equites".

"Me ne occuperò io, ok?" disse, andando verso la stanza che gli Encala le avevano riservato. Aprì la porta ed entrò. Alla stanza non era stato fatto alcun danno. Il suo libro preferito era ancora aperto dove l'aveva lasciato, accanto al camino spento. Abiti puliti erano appesi nel guardaroba e c'era un vassoio vuoto sul tavolino.

Prese la sua spazzola e si guardò attorno.

"È l'unica stanza che Chevalier non ha hanno distrutto", disse Aaron, entrando dietro di lei.

"Non gli ho chiesto di farlo", sussurrò e rimise la spazzola sul tavolino.

"Lo sappiamo".

Emily si sedette sul letto e passò la mano sulla trapunta: "Non so che cosa fare".

Aaron ordinò agli altri heku di uscire e poi si sedette accanto a lei: "Non credo ci sia qualcosa che puoi fare".

"Questo è perché sono stata via un anno o perché avete sequestrato i membri del Consiglio?"

"Entrambe le cose".

Emily guardò Aaron: "Dove sono le guardie?"

"O sono morti o si nascondono".

"Servitori?"

"La stessa cosa... anche se ce ne sono a sufficienza per occuparsi di quello che resta del Consiglio".

"Credi che Frederick sia morto?"

"No, francamente non so che cosa stia facendo".

Aaron guardò di colpo verso la porta.

"Che c'è?" chiese Emily.

"Sta suonando il tuo telefono, in auto".

"Lo puoi sentire da qui?"

Aaron sorrise: "Sì".

"Quanti Encala restano?"

"È difficile da dire... una minima parte di quelli che eravamo, comunque. Alcuni si stanno ancora nascondendo, quindi è difficile conoscere il numero esatto".

Emily annuì e si mise in grembo un cuscino: "Qualcuno si è unito agli Equites o ai Valle?"

"Gli Equites non li accettano. I pochi che hanno fatto istanza per unirsi agli Equites sono stati uccisi".

"Posso chiedere a Chevalier di smetterla".

"Potrebbe peggiorare le cose... come il fatto che tu sia qui".

"Lui non sa che sono qui".

"Lo immaginavo", disse Aaron, prendendole dolcemente una mano; "Stai bene?"

"Sto morendo".

"Ma sei immortale".

Emily scosse la testa: "No... non invecchio, ma sono tutt'altro che immortale".

"Sembra che tu stai bene, comunque".

"Continuo ad avere degli ictus... e dall'ultimo... mi sento sull'orlo di qualcosa".

"Che cosa vuoi dire?" Chiese, guardandola attentamente.

"Non so come descriverlo, è come se da un momento all'altro, io possa perdermi".

"Lascia chi ti porti a casa".

"No... va bene. Tornerò in auto e non preoccuparti, non dirò agli Equites dove sono stata".

"Lo sapranno".

Emily guardò Aaron con gli occhi pieni di dolore: "Quando morirò, Chevalier ucciderà tutti".

"Pensi che se la prenderà con gli Encala?"

"È quello che temo".

"Ma noi non abbiamo niente a che fare con la tua malattia, però".

"Lo so, ma ho lo stesso paura per voi".

Aaron le sorrise: "Continuo a non credere che tu stia morendo".

"Ho chiesto sia agli Equites sia ai Valle di imprigionare Chevalier e Kyle quando morirò... ma entrambi hanno risposto di no".

"Capisco che potrebbe essere un problema".

Emily gli strinse più forte il braccio: "Non potete farlo voi, per me?"

"Non abbiamo più abbastanza gente per riuscirci... gli Equites verrebbero a cercarli e non possiamo tenerli fuori. Hai più possibilità con i Valle".

La porta della camera di Emily si spalancò di colpo ed entrò, Frederick, con gli occhi piedi d'ira: "Che cosa ci fai qui?"

"Frederick!" esclamò Aaron: "Dove sei stato? Ti cercavamo".

"Perché lei è qui e non in prigione?"

"Perché non è una prigioniera.

Frederick apparve dietro a Emily e se la buttò immediatamente sulla spalla: "Sono contento che sia qui... sarà più facile di quanto pensassi".

Quando Frederick andò verso le scale con Emily, Aaron gridò: "No! Lasciala andare".

Aaron apparve in fondo alle scale: "Frederick! Che cosa stai facendo? Non possiamo farle del male o ci uccideranno tutti".

Frederick non rispose, ma le mise una mano sulla schiena, assicurandosi che non potesse liberarsi. Quando Frederick continuò a scendere le scale, Aaron ordinò di evacuare il palazzo e la città. Poi si rese conto di dove stava andando Frederick e gli bloccò la porta: "Non puoi portarla in una stanza cerimoniale".

"Mi fermerai tu?"

"Sì".

Frederick ringhiò e gettò Emily sul pavimento, facendola restare senza fiato. Emily alzò gli occhi quando i due heku cominciarono a lottare. Stava rimettendosi in piedi quando vide il corpo senza vita di Aaron gettato contro la parete di pietra e sentì il suono degli elicotteri che lasciavano il palazzo.

**

Mark e Kralen apparvero nella sala del Consiglio. Erano entrambi furiosi e ansiosi di parlare con Chevalier.

"Siamo occupati, non può aspettare?" Chiese Zohn.

"No, Signore", rispose Kralen poi si rivolse a Chevalier: "Sono gli Encala... gli attacchi a Emily... il serial killer "Spezzacuori"... è tutto collegato".

"Come?" Chiese Chevalier.

Continuò Mark: "I notiziari hanno appena annunciato che il nome "Spezzacuori" deriva dal metodo usato dal killer. Morde le sue vittime numerose volte e manda un paletto nel loro cuore".

"Hanno trovato 12 corpi, 11 dei quali sono stati uccisi negli stessi giorni in cui Emily è svenuta", disse Kralen. "Il dodicesimo è stato ucciso quando Emily era con i Valle".

Chevalier annuì: "Trasformano un mortale, sapendo che morirà... solo per torturare Emily. Dannazione! Avrei dovuto pensarci quando non abbiamo trovato ceneri".

"Deve essere un attacco degli Encala... gli ictus... sono causati dalla sua capacità di interferire con il processo, più e più volte", ringhiò Mark.

"Gli Encala non sanno dove sia Frederick. Quasi certamente è lui la causa di tutto. Deve essere lui", disse Quinn, stringendo gli occhi.

"Dobbiamo trovarla e portarla via da qui", disse Chevalier. Può guarire se possiamo portarla dove lui non la può trovare".

"Allen sta già cercando di rintracciare il suo telefono", disse Kralen, facendo velocemente il numero.

"Ne ho avuto abbastanza degli Encala... è ora di farla finita".

"Scopriamo prima se è solo Frederick", disse Zohn: "Onestamente, non sappiamo quali sarebbero le ripercussioni a lunga scadenza di avere solo due fazioni".

"Dannazione!" Gridò Kralen: "Allen ha rintracciato il suo telefono... è a Encala City".

***

"Non fatelo!" Gridò Emily quando entrarono i tredici heku. Frederick stava alzando il cappuccio della sua veste nera e uno degli heku in blu teneva fermo un uomo spaventato.

Emily cercò di liberarsi dalle cinghie, cercando disperatamente di uscire dalla stanza cerimoniale prima di uccidere il mortale, temeva di avere un altro ictus se li avesse inceneriti.

Quando il mortale fu costretto a sdraiarsi sul pavimento di terra della stanza, Frederick lo controllò abbastanza a lungo da calmarlo e gli heku in blu si spostarono verso le pareti.

"Per favore, Frederick... non farlo", lo implorò Emily.

"Mortale, sai dove ti trovi?" Chiese uno degli heku.

"Sì", rispose. Aveva la voce bassa e monocorde. Emily ansimò quando si rese conto che Frederick aveva controllato il mortale perché accettasse la cerimonia.

"Sai quello che sta per succedere?"

"Sì", la voce era ossessivamente fuori posto.

"Lo fai di tua spontanea volontà e senza coercizione?"

"Fermatevi!" Gridò Emily.

"Sì".

Emily cominciò a farsi prendere dal panico quando gli heku avanzarono e si curvarono per nutrirsi dal mortale. Non c'era niente che potesse fare, non avrebbe potuto in nessun modo impedirsi di ucciderlo quando la cerimonia fosse finita. Sentiva il sangue che le scorreva sulle mani mentre si dibatteva per liberarsi dalle strette cinghie.

Il mortale urlò quando tredici serie di denti affondarono nella sua carne morbida e gli heku cominciarono a bere. Il controllo di Frederick si era esaurito e ora era cosciente della sua morte imminente.

I suoi urli risuonavano nel palazzo vuoto quando Frederick si aprì il polso e il mortale cominciò a bere.

"Frederick, fermati", gridò ancora. Faceva fatica a respirare e il tempo per salvare l'uomo stava per finire.

Frederick si alzò e cominciò a scrivere le antiche rune nella terra mentre il sangue del mortale cominciava a riempire i solchi. Emily alzò gli occhi quando le rune sul soffitto cominciarono a brillare di luce blu e poi urlò ancora una volta prima che Frederick conficcasse il paletto nel cuore del mortale.

Il corpo si Emily si rilassò e cadde sulla terra con il sangue che si raccoglieva intorno alla sua testa.

Frederick sorrise, guardandola: "L'unica cosa peggiore della morte... è guardare qualcuno che ami morire lentamente, mentre tu non puoi fare niente".

"Non è ancora morta", disse uno degli heku, controllandole il polso.

"No", disse Frederick: "Non ho ancora finito di torturare Chevalier".

"Che ne facciamo del corpo del mortale?"

"Lascialo qui... e lascia qui anche lei", disse, toccandola con la punta del piede: "Non può andare da nessuna parte".

"Se la lasciamo qui, sapranno che siamo stati noi".

"Non possono prendermi... non avrà importanza".

Gli heku annuirono e uscirono tutti dalla stanza cerimoniale.

**

Chevalier passò dalle porte spezzate del palazzo Encala e sentì immediatamente l'odore del sangue Winchester.

Mark era immediatamente dietro di lui ed esclamò: "Dov'è?"

Gli heku ascoltarono attentamente senza sentire alcun rumore in tutto il palazzo. Sapevano che anche la città era stata abbandonata. Silas apparve accanto all'heku insanguinato sul pavimento accanto alla scala principale e si chinò: "Signore, è Aaron".

"Emily è qui, da qualche parte". Ringhiò Chevalier e la Cavalleria si sparpagliò per perlustrare il palazzo.

Il primo a trovare la stanza cerimoniale fu un Powan. Chiamò in fretta gli altri e si inginocchiò accanto a Emily, cercando di sentirle il polso.

"È viva", disse a Chevalier quando arrivò.

Chevalier la prese delicatamente in braccio mentre Mark strappava le cinghie dai suoi polsi.

"È morto", disse Kralen, dopo aver controllato il mortale.

Mark la esaminò: "A parte i tagli sui polsi, non credo che l'abbiano picchiata".

Silas apparve con dodici membri della Cavalleria: "Il palazzo è vuoto".

"La sua stanza è intatta?" Gli chiese Chevalier.

"Sì, come l'abbiamo lasciata noi".

"Non voglio viaggiare mentre è incosciente. Portiamola lì".

Mark annuì e ordinò di seppellire il mortale prima di seguire Chevalier sulle scale.

Per due giorni, i ventiquattro Cavalieri, insieme a Chevalier, andarono in ogni angolo del palazzo, distruggendo tutto quello che potevano e assicurandosi di lasciare lo stemma degli Equites su tutte le superfici.

Verso il crepuscolo del terzo giorno, Mark chiamò Chevalier nella stanza di Emily quando vide che cominciava a svegliarsi. Chevalier apparve con la camicia strappata e sangue sulle braccia.

Mark fece un sorrisino: "Vada a farsi una doccia, aspetto io qui".

Chevalier si guardò: "Ah, giusto... ho trovato un prigioniero Valle vivo".

"Lo immaginavo", disse Mark ridendo mentre Chevalier andava a cercare una doccia.

Quando Emily aprì lentamente gli occhi, Mark si sedette sul letto accanto a lei e le toccò una spalla: "Em?"

Lei lo guardò, poi si guardò intorno: "Perché avete cambiato la mia camera?"

"Siamo nel palazzo degli Encala", le spiegò: "Non ti sembra familiare?"

Emily scosse la testa: "Perché siamo qui?"

"Ti ricordi il rituale di trasformazione?"

Emily ansimò e poi sussurrò: "Sì".

"Va tutto bene... siamo qui con te adesso e gli Encala se ne sono andati".

Chevalier entrò e si sedette sul letto: "Come ti senti?"

"Non lo so", rispose lei, ispezionando la stanza.

"Hai mal di testa?"

"Solo un po'".

Chevalier socchiuse gli occhi, studiandole il viso: "Sai dove sei?"

"Sì", rispose e poi guardò Mark: "Come l'hai chiamato?"

"Palazzo Encala", le ripeté Mark.

"Ah, giusto, ecco dove sono".

Chevalier la aiutò a sedersi e lei si tirò le coperte sulle spalle "Si gela qui dentro".

"Ora che sei sveglia, possiamo tornare a Council City".

Emily annuì e si alzò lentamente. Mentre andava verso la porta, gli heku notarono che aveva ricominciato a zoppicare e che sembrava instabile sui piedi. La seguirono verso l'entrata e poi fuori, nella notte.

Emily guardò attentamente il parcheggio buio: "Dov'è la mia Jeep?"

Chevalier e Mark guardarono entrambi la Aero viola, parcheggiata proprio di fronte a lei.

Dopo una breve conversazione in toni troppo bassi perché Emily sentisse, Mark rispose: "L'abbiamo fatta riportare a Council City. Perché non torni in elicottero con noi?"

Emily annuì, ignorando i due Cavalieri che se ne andavano con l'auto viola, davanti a lei. Seguì gli altri sull'elicottero e poi rabbrividì quando l'elicottero partì. Kralen si tolse immediatamente il mantello e glielo mise sulle spalle.

Il volo fu tranquillo, con gli heku che pensavano a quanti danni avevano potuto fare due rituali di trasformazione in quattro giorni. Una fila di Guardie di Palazzo andò loro incontro sul tetto. Emily li guardò timorosa e si aggrappò al braccio di Chevalier mentre entravano nel palazzo.

Il dott. Edwards sorrise, avvicinandosi alla loro camera contemporaneamente a loro: "Come stai, cara?"

Emily sorrise: "Sono solo stanca".

"Posso darti un'occhiata?"

Quando Chevalier le fece cenno di sì, Emily seguì il medico in camera.

"Come sta?" chiese Zohn, salendo le scale.

"C'è il dott. Edwards adesso con lei... la sua memoria sembra funzionare a sprazzi", spiegò Chevalier.

Kyle si unì a Chevalier e a Mark mentre aspettavano che il medico finisse con Emily. Un'ora dopo, lui uscì e si chiuse la porta alle spalle.

"Avete ragione circa la memoria", spiegò: "Non ho visto danni fisici, oltre ai tagli e ai lividi sui polsi. Ha sicuramente avuto un altro ictus e preferirei che non rimanesse da sola".

"Quant'è grave la perdita di memoria?" Chiese Kyle.

"Va a casaccio. In questo momento sembra che il grosso funzioni, ma mancano alcune cose. Ad esempio... non ricorda il nome del suo cane, ma ricorda che è un Border collie".

Chevalier guardò la porta: "Quindi posso portarla via finché troviamo Frederick?"

"Sarebbe meglio tenerla in un ambiente familiare e con gente che conosce attorno. Non lasciarla uscire da sola, altrimenti potrebbe andare in giro e perdersi".

"Abbastanza facile", sussurrò Mark.

"Cercate di non farla innervosire, per i problemi di memoria. Se non fa niente di male, lasciatele credere quello che vuole".

Chevalier si rivolse a Mark: "Fai circolare la voce".

Mark annuì.

"Lei... è... cambiata, direi", continuò il medico.

"Che significa?"

"Significa che sembra più tranquilla e riservata, più disponibile agli esami medici, cose del genere. Non si è per niente ribellata quando le ho chiesto di guardarle negli occhi o prenderle la pressione".

"Tornerà normale, allora?"

"Sì, quando guarirà le cose torneranno normali. In questo momento abbiamo a che fare con un TIA, una specie di mini ictus. Assomigliano agli ictus, ma i sintomi generalmente spariscono, anche in un essere completamente umano.

"Bene, quindi dobbiamo proteggere l'area da Frederick e tenerla tranquilla", disse Kyle, controllando l'area intorno alla porta.

Il dott. Edwards si rivolse a Mark: "Assicuratevi che le guardie stiano attente ai segnali che i sintomi stiamo peggiorando. Gli ictus possono ripetersi, anche se spero che interrompendo i rituali di trasformazione, lei non ne abbia più".

Mark annuì e sparì.

Emily uscì dalla stanza, sorrise a Chevalier e gli prese il braccio: "Devo parlare con te".

Chevalier la riaccompagnò in camera: "Che c'è?"

Emily si sedette accanto al fuoco ruggente: "Voglio parlarti degli Encala".

"Ok", rispose Chevalier sedendosi accanto a lei.

"William e Aaron sono miei amici, disse, fissando il fuoco.

Chevalier era sul punto di dirle che Aaron era morto, ma cambiò idea: "Lo so".

"Non voglio che vengano puniti per quello che ha fatto Frederick".

"Hanno preso delle pessime decisioni, come fazione e mi sto stancando dei loro giochetti".

"Da quello che posso capire, è stato Frederick".

Chevalier allungò la mano per prendere la sua: "Se vuoi che ci tiriamo indietro, lo faremo".

Emily lo fissò negli occhi: "È quello che voglio".

"Allora vieni a parlare con il Consiglio. Di' a tutti quello che è successo".

Emily intrecciò le dita con le sue: "Non voglio venire davanti al Consiglio".

"Non ti obbligherò".
"Puoi raccontare tu quello che è successo".
"Ok, devi dirlo tu a me, prima".
Emily scrollò le spalle: "Ho parlato con Aaron per un po', poi Frederick mi ha buttato sulla spalla e mi ha portato... lo sai".
"Sì. Ti avevano chiesto loro di andare là?"
"No, erano molto sorpresi".
Chevalier rise: "Immagino avessero paura di quello che avrebbero fatto gli Equites".
"Chev?"
"Sì?" Era un quasi sollevato che fosse tornata al suo nomignolo. Non l'aveva più usato da quando il suo Doppelganger l'aveva cacciata dal palazzo.
"Non andare a lavorare oggi... puoi restare qui?"
Chevalier sorrise: "Certo che posso restare. Che cosa vuoi fare?"
"Ordinare una pizza e restare qui a vedere un film?"
"Sembra perfetto", le rispose. Si voltò verso il fuoco quando sentì annunciare che il Consiglio degli Encala aveva chiesto udienza. Disse silenziosamente agli altri che non sarebbe sceso e ordinò la pizza favorita di Emily.
Kyle sentì Chevalier e si rivolse a Derrick: "Falli entrare".
Derrick tornò pochi minuti dopo con William e sei membri del Consiglio Encala.
"Che cosa possiamo fare per te?" chiese Zohn.
William era furioso: "Perché avete ucciso Aaron?"
"Non siamo stati noi"; Gli rispose Kyle: "Abbiamo trovato il corpo di Aaron quando siamo andati a recuperare Emily dalla vostra stanza cerimoniale".
William aggrottò la fronte e si voltò verso l'Inquisitore capo, che fece un cenno affermativo.
"Sapete chi è stato?" Chiese William al Consiglio Equites.
"È stato Frederick".
William sospirò: "Non ci eravamo resi conto che fosse fuori controllo".
"Sì e farà meglio a sperare che gli Equites non lo trovino".
"Come sta Emily?" Chiese, guardando i Consiglieri.
"È sopravvissuta", disse Kyle, che non voleva fornire troppe informazioni.
William abbassò gli occhi: "Ci occuperemo di Frederick e vi porteremo le prove, se servirà a ricucire i rapporti tra le nostre fazioni".
Quinn si alzò in piedi, furioso: "L'unico motivo per cui non vi faccio a pezzi in questo momento è perché Emily ci ha chiesto di lasciarvi stare".

"Non siamo stati noi!"

"Frederick è un membro del vostro Consiglio".

"Che sarà bandito appena lo rivedremo".

"Non abbiamo dimenticato che sei stato tu che hai riportato i Doppelgänger tra di noi".

"È stato..."

"Frederick, lo sappiamo".

"Ripeto, non potete incolpare l'intera fazione degli Encala per le azioni di un Anziano fuori controllo".

Zohn socchiuse gli occhi: "Che cosa abbiamo accettato di fare, esattamente?"

"L'Anziano Chevalier ha promesso a Emily che non puniremo gli Encala", gli rispose il Cancelliere.

"Metteteli in prigione".

"Cosa?!" ruggì William.

"Non potete imprigionarci! Siamo il governo degli Encala", gridò il Capo della Difesa Encala.

"Potete governare dalla nostra prigione", disse Zohn, guardando la Cavalleria che portava via gli Encala.

Kyle sogghignò: "Dettagli tecnici".

"Facciamo in modo che Emily non possa scendere in prigione", disse Dustin.

"D'accordo, allertate le guardie", disse Zohn a Kyle.

Kyle annuì e cominciò a bisbigliare le istruzioni alle guardie del carcere

"L'Anziano scenderà per il prossimo processo?" Chiese l'Investigatore Capo.

"No, però sta ascoltando e ci comunicherà il suo verdetto quando servirà", disse Quinn.

Confusione

"Lascerai che vengano con te?" Chiese Mark, quando uscì vestita da jogging. Era tornata da sole due settimana dal palazzo degli Encala, ma camminava meglio e non c'erano stati altri ictus.

"Sì".

"Tutti e quattro?"

Emily sorrise: "Sì, le guardie possono venire a fare jogging con me, se vogliono".

"Grazie", le rispose Mark e sorrise: "Non distanziarli".

Emily guardò i quattro Cavalieri: "Non lo so... sono piuttosto piccoli".

"Piccoli?" Chiese il più grosso, ridendo.

"Non gli sfuggirò... promesso".

"Ok, mi fiderò di te, è tutto quello che abbiamo in questo momento", disse Mark. Squadrò i Cavalieri che le aveva assegnato, nervoso all'idea che fossero tutti dei novellini e che non fossero mai stati assegnati a Emily in precedenza, senza almeno un cavaliere esperto con loro.

"Perché?"

"Il resto deve andare in missione".

Emily fissò le sue guardie: "Voi non volete andare?"

Parlò ancora quello più alto: "Abbiamo dei doveri qui".

"Quindi dovete farmi da babysitter invece di andare a fare una carneficina, non deve essere divertente".

L'heku sorrise: "Che cosa ti fa pensare che stiano andando a fare una carneficina?"

Emily si mise le mani sui fianchi e guardò Mark: "Riesco a capirlo solo guardandolo. O sta andando ad ammazzare qualcuno, o almeno a strapazzarlo".

"Non è vero che riesci a capirmi così bene", le disse Mark.

"Ah sì? Allora che cosa stai andando a fare?"

"Roba da heku, confidenziale".

"Ammazzare"

"No, ora goditi la tua corsa e non seminare le guardie".

Emily scrollò le spalle e scese le scale, con le quattro guardie al seguito. Mentre attraversava di corsa il prato davanti il palazzo, gli elicotteri decollarono dal tetto. Accese il suo iPod e si diresse verso le porte della città.

Cercò di ignorare gli heku che sbirciavano mentre passava, come le tendine si spostassero leggermente di lato o le porte si aprissero solo di qualche centimetro. Le cose migliorarono quando uscì dalle porte e cominciò a correre lungo il lato della strada.

Emily era sprofondata nei suoi pensieri e quando una delle guardie comparve davanti a lei e la fermò, lei finì contro la sua schiena cadendo.

"Che c'è?" Borbottò, alzandosi lentamente. Si tolse gli auricolari e sbirciò intorno alla fila delle quattro guardie che le bloccavano la visuale.

"Rendi le cose più facili, figliolo, consegnacela", disse Frederick al Cavaliere con il grado più alto.

Emily sospirò e cercò di andare davanti a loro, che la bloccarono.

"Non hai niente da fare qui", gli disse il Comandante della Cavalleria.

Emily riusciva appena a intravedere Frederick tra le guardie e vide che sorrideva: "Non potrete proteggerla per sempre... e poi sarà mia".

In un istante, Frederick scomparve e i quattro Cavalieri gli corsero dietro. Emily non aveva nemmeno visto che direzione avevano preso, ma sulla strada non c'erano più. Senza sapere che cosa fare, tornò verso la città. Riusciva a vedere le Guardie alle Porte quando la colpì un forte mal di testa e dovette sostenersi contro un albero.

***

Kyle sorrise all'heku nell'aula. "Non vedo perché dovrebbe interessarci".

"Dovrebbe, perché io ero il primo in lizza per diventare Anziano", gli rispose l'heku. La sua camicia bianca era sudicia e grigiastra e la cappa rossa era lisa.

"Chi lo dice?" chiese Quinn.

"È risaputo che appena Frederick ritornerà, sarà bandito e io avrei dovuto prendere il suo posto".

Chevalier scrollò le spalle: "Non ha molta importanza adesso. Sono stufo degli Encala e sono pronto a farla finita con l'intera fazione".

"È importante, invece", gridò: "Non ci sono mai state solo due fazioni. Le conseguenze potrebbero essere astronomiche".

"Stai esagerando un po', non credi?"

"Non possiamo saperlo".

Kyle guardò Chevalier: "Qual è il tuo voto? Siamo ancora pari".

"Non vedo perché dovremmo tenere in vita un Encala", disse Zohn a Chevalier.

"Però in effetti non lo sappiamo.... che cosa succederebbe all'equilibrio dei poteri con solo due fazioni".

Chevalier si chinò in avanti e guardò il fiero Encala: "Mm... vediamo".

"Ti prego, pensa bene a quello che stai facendo", gli disse l'Encala.

"Potrei aspettare e vedere... ho promesso a Emily che non vi avrei punito".

"Ci hai già punito! Aaron era uno dei migliori Anziani che avessimo mai avuto".

"Non l'ho ucciso io, te l'abbiamo detto".

"Fareste meglio a smetterla di ritenere responsabili gli Encala per tutto quello che ha fatto Frederick e aiutarci a dargli la caccia".

"Davvero?" Chiese Chevalier, leggermente divertito.

"Sì, è fuori controllo. L'Anziano William ve l'ha detto".

"Posso fare entrambe le cose. Non mi serve l'aiuto degli Encala per liberarmi di Freddy".

L'Encala sospirò: "Emily è nostra amica... lo è da molto tempo. Non avremmo permesso che succedesse niente del genere se l'avessimo saputo".

L'espressione di Chevalier divenne furiosa: "Non hai diritto di parlare di lei".

I Consiglieri si voltarono verso il seggio di Kyle quando scomparve dalla stanza.

"Che fortuna... in questo momento non possiamo bandirti", gli disse Chevalier: "Faresti meglio a tenere a freno la lingua e a non parlare di Emily".

L'Encala abbassò la voce: "È una nostra amica".

Quinn sbatté i pugni sul tavolo: "Toglietemelo dagli occhi".

Apparve Derrick e portò fuori l'Encala dall'aula.

Zohn sospirò: "Dovremo decidere molto presto se vogliamo eliminare completamente gli Encala oppure solo ridurre il loro numero".

"Prenderò presto una decisione", gli disse Chevalier: "Ho promesso a Emily che non li avrei puniti, però e non vorrei infrangere la promessa".

"Emily sa che sono in prigione?" Chiese il Capo della Difesa.

Zohn sogghignò: "Non è così coraggioso".

"Glielo dirò... quando si sentirà meglio", disse Chevalier ridendo.

"Allora sta migliorando?" Chiese il Cancelliere.

"Sì, diventa un po' più forte ogni giorno"

"Forse Frederick ha rinunciato".

Chevalier strinse le spalle: "Lo spero, ma il medico ha detto che ci possono essere degli ictus residui, che non possono né essere previsti né prevenuti".

"Comunque per ora non ce ne sono stati?"

"No".

Derrick esitò sulla soglia e poi si avvicinò a Chevalier: "Il Giustiziere richiede la sua presenza nella casa di Luke e Tracy, in città".

"Ha detto perché?"

"Ha solo chiesto che ci vada discretamente".

Chevalier annuì e seguì Derrick fuori dalla sala del Consiglio. Quando l'Anziano arrivò, si era già raccolta una piccola folla e Kyle la stava trattenendo lontano dalla casa.

"Che cosa succede?" Chiese Chevalier, guardando gli heku che si erano radunati.

"Lo giuro... non l'abbiamo toccata!" disse Luke, disperato.

Kyle sospirò e si voltò a guardarlo: "Te l'ho detto... non sei nei guai".

Chevalier vide Luke e Tracy, che abitavano nella casa che aveva davanti. Erano entrambi terrorizzati e sembrava stessero aspettando che Kyle li aggredisse da un momento all'altro.

"C'è bisogno di un pubblico?" Ringhiò Chevalier. Gli heku nella zona sparirono tutti e Chevalier sorrise: "Ecco fatto... ora, che cosa sta succedendo?"

Kyle indicò la porta della casa: "Entra".

Chevalier fece una smorfia e salì i due gradini, aprì la porta ed entrò nella casa calda, poi sospirò quando vide Emily rannicchiata in una sedia a dondolo accanto al caminetto.

"Em?" Disse, avvicinandosi a lei.

Emily si tirò una coperta sulle spalle e lo guardo sorridendo: "Sei a casa".

Chevalier annuì e avvicinò una sedia: "Ti sei fatta male?"

"No, perché?"

Chevalier guardò la casetta, con le sue pareti di legno e l'arredamento un po' antiquato, dai caldi colori sul beige: "Chiedevo solo... allora da quanto sei qui?"

Emily scrollò le spalle e guardò il caminetto spento: "Sono arrivata a casa pochi minuti fa".

"Dove sono le tue guardie?"

"Sono corse dietro a Frederick", gli rispose, cominciando a dondolarsi leggermente.

"Hai incontrato Frederick oggi?"

Emily annuì.

"Ti ha aggredito?"

"No".
"E le guardie gli sono corse dietro?"
"Sì".
"E ti hanno lasciato da sola?"
"Sì, ma io sono tornata subito a casa".
Chevalier si voltò quando entrarono Kyle e il dott. Edwards. Chevalier fece loro segno di sedersi.
Emily sorrise a Kyle quando si sedette.
"Allora che cosa succede?" Chiese Kyle.
"Mi sto solo rilassando", gli rispose Emily.
Lui annuì, mentre Chevalier lo informava velocemente.
"Allora, se dobbiamo stare al gioco, come facciamo a riportarla a palazzo?" Sussurrò Kyle".
"Non lo so... qualche idea?"
"Beh... dobbiamo sbrigarci, qualunque cosa decidiamo di fare. Non riesco a convincere Luke e Tracy che non saranno banditi".
"È solo entrata qui, no?"
Kyle accennò di sì: "Em?"
Lei lo guardò e Kyle fu immediatamente in grado di controllarla.
Chevalier li osservò attentamente mentre Kyle le diceva di ritornare nella sua stanza nel palazzo. Emily si alzò, quasi in sogno, e uscì dalla casa, seguita da Chevalier e Kyle.
Arrivata nel palazzo, salì nella sua camera. Kyle le mormorò di sdraiarsi e quando fu addormentata, Kyle e Chevalier ritornarono nella sala del Consiglio, dove incontrarono il dott. Edwards.
"Ci ha già raccontato", disse Zohn a Chevalier.
"È successo di nuovo, vero?" Chiese Chevalier al medico, che annuì: "Sì, credo di sì".
"Le sue guardie sono corse dietro a Frederick".
"Sono tornate?" Chiese Quinn.
"No, a quanto mi risulta".
"Mark tornerò presto", disse Kyle: "Direi di assegnarle di nuovo ufficiali superiori e di assicurarsi che non la lascino sola, anche se dovesse apparire Frederick".
Chevalier annuì: "D'accordo... anche se ne resta solo uno, almeno per evitarle di entrare nelle case degli heku. Non sarebbe difficile trovarne qualcuno che reagisca male".
"È stata fortunata a trovare Luke e Tracy", disse Dustin: "Sono sempre stati grandi sostenitori dei mortali".
"Quindi è semplicemente entrata in casa loro?" Chiese Quinn.
Sì, pensava fosse casa sua", spiegò Kyle.
"Come può essere?" Chiese Zohn: "Era mai stata a casa loro, prima?"

"Non che io sappia", disse Chevalier, guardando il dott. Edwards.

"Il cervello umano funziona in quel modo. La confusione è uno dei principali sintomi degli ictus".

"Guarirà?"

"Dovrebbe".

"Dov'è adesso?"

"Kyle l'ha controllata e l'ha messa a letto. Non sapevamo come stare al gioco e riportarla comunque qui".

"L'hai controllata?" Chiese Dustin, sorpreso.

Kyle annuì: "Sì, non so se l'ha permesso lei o se è solo debole".

Il Capo della Difesa piegò leggermente la testa da un lato e poi riferì agli Anziani: "Le quattro guardie di Emily sono tornate... o tre di loro, dovrei dire".

Quinn aggrottò la fronte guardò la porta: "Fateli entrare".

Derrick aprì la porta e i tre Cavalieri entrarono. Le loro camicie erano strappate e insanguinate e sembravano tutti e tre stanchi e esausti.

"Che cos'è successo?" Chiese Kyle.

Il Comandante si fece avanti: "È apparso Frederick appena fuori dalle porte della città. L'abbiamo seguito e siamo caduti in un'imboscata negli alberi a nord, c'erano oltre venti Encala".

Chevalier ringhiò piano.

"Hanno ucciso Caleb, ma siamo riusciti a scappare, dopo aver lottato", disse, abbassando la testa.

Zohn li guardò minaccioso: "È inaccettabile che siate cascati in una trappola così evidente".

"Noi..."

"No!" Urlò Quinn: "Non ci sono scuse. Non è possibile che la nostra élite cada nelle mani di un nemico in quel modo. A rapporto da Mark, appena torna".

I tre annuirono e uscirono dalla sala del Consiglio.

"Se la Signora fosse stata con loro", sussurrò Richard, l'Inquisitore capo.

Chevalier annuì, chiaramente infuriato: "È ora di fermare Frederick".

"Non servirà, se continuiamo a fare la figura degli idioti e la nostra cosiddetta élite fa il suo gioco". Disse Kyle rabbiosamente.

"Come facciamo a prenderlo, però?" Chiese Dustin: "Ovviamente sta giocando con noi".

Quinn accennò un sorriso: "Vuole Emily... diamogliela".

Chevalier lo guardò sconvolto: "Scusa?"

"No... ascoltami. Se usassimo Alexis come esca per farlo venire allo scoperto?"

"C'è una differenza rilevante di profumo tra loro due".

"Non sarà così se chiediamo l'aiuto dei Valle".

Zohn sospirò: "Vuol dire andare in cerca di guai".

"Porterebbe Frederick allo scoperto, dove possiamo catturarlo", disse Quinn.

"Non voglio rischiare la vita di Alexis, comunque".

Dustin sorrise: "Se usassimo uno dei nostri heku più piccoli... che avesse il profumo di Emily?"

Chevalier ringhiò: "No".

"Pensaci, Chevalier", disse Quinn: "L'abbiamo già fatto in passato... diamo... vediamo... a... Mariah il profumo di Emily".

"Mariah è minuscola in confronto al resto di noi", disse Kyle riflettendoci.

"No", ripeté Chevalier.

"Mettete la Cavalleria sulle sue tracce", disse Zohn: "Fate venire Powan se è necessario. Vediamo se riusciamo a trovarlo noi per primi".

***

"Em, sdraiati", sussurrò Chevalier, tirandola di nuovo nel letto caldo.

"Devo dar da mangiare alle mucche", gli rispose, cercando di allontanare le sue mani.

"Sono le quattro del mattino".

"E allora?" Gli chiese, guardandolo.

"Ci ha già pensato Kyle".

"Oh...", disse Emily guardandosi attorno.

"Torna a letto", le disse ancora e questa volta riuscì a farla tornare sotto le coperte.

"Chev?"

"Sì".

"Se quella mucca partorisce, devo essere là".

"La sta sorvegliando Silas... ce lo farà sapere".

Lei annuì e si accoccolò contro di lui: "Ok, buona notte".

Chevalier le baciò la testa e vide i suoi pensieri turbinosi diventare sogni confusi e irrealistici. Si domandava ancora quando avrebbe cominciato a guarire dagli ultimi piccoli ictus che aveva avuto da quando era entrata nella casa degli heku in città. Le stavano causando problemi di memoria e ora la sorvegliavano costantemente, giorno e notte, non era mai sola.

Quello che preoccupava di più Chevalier era il cambiamento di personalità. Era più appiccicosa, molto più tranquilla e docile. Non mostrava quasi mai segni di irritazione e anche in quel caso era diversa e più controllata. La voce restava dolce e timida e parlava praticamente solo con gli amici più cari.

Nessuno se la sentiva di dirle che non era più al ranch e ognuna delle sue guardie stava al gioco, attenti a non farle scoprire la verità. Dovevano trovare soluzioni uniche e inventive per tenerla calma e senza stress quando lei voleva prendersi cura delle sue mucche e dei suoi cavalli.

Chevalier uscì dalla sua trance quando sentì che Emily cominciava a svegliarsi. Aveva dormito altre quattro ore, quindi la lasciò fare quando si alzò e si vestì.

"Stai uscendo?" Chiese Chevalier, vedendola infilare i capelli in un vecchio cappello da cowboy nero.

"Sì, voglio andare a vedere che cosa sta spaventando le mucche", gli disse lo baciò prima di uscire.

Chevalier attese finché sentì Mark e Silas raggiungerla a cavallo, poi andò nella sala del Consiglio per le udienze del giorno.

Si sedette e cominciò a sfogliare l'agenda.

"Dove sta andando, oggi?" Chiese Kyle.

"Fuori per vedere chi spaventa le mucche", disse Chevalier, con un lieve sorriso: "Ci togliamo dai piedi Kaela?"

"Ci vorranno alcuni giorni", disse Quinn.

"Faremo una pausa a metà processo, vediamo di liberarcene".

"Occupiamoci di Suzanne, prima. È un caso facile".

Zohn si voltò verso la porta: "Derrick, portala dentro".

Dustin si rivolse agli altri: "Non ci occupiamo del clamoroso mancato rispetto delle regole di ieri sera da parte degli ufficiali superiori della Cavalleria?"

Zohn ringhiò piano: "Di che regole si tratta?"

Chevalier alzò gli occhi, temeva di sapere di cosa si trattasse.

"Non possiamo accettare che gli ordini degli Anziani vengano ignorati, per lasciargli fare quello che ritengono giusto".

"Le hanno dato un caffè, Dustin. Non direi proprio che sia un'infrazione da proscrizione", disse Quinn, scocciato.

"Comunque... gli ordini degli Anziani erano che Emily non doveva averlo".

"Sono settimane che non ha attacchi di mal di stomaco", gli ricordò Chevalier: "I nuovi ordini erano di cercare di tenerla tranquilla ed evitare ogni stress, ed è esattamente quello che hanno fatto".

"Io comunque ritengo che sia motivo di punizione".

"Non sono d'accordo"

"Idem", disse Zohn.

"Tre contro", disse Quinn a Dustin, che si girò furioso a osservare la prigioniera obbligata a inginocchiarsi.

Il Cancelliere si alzò e lesse da una cartella: "Suzanne, sei accusata di tradimento, era prigioniera degli Encala, accusata di vivere con uno di loro. Come ti dichiari?"

"Non colpevole", rispose a occhi bassi.

"La Cavalleria ti ha trovato nella prigione del palazzo degli Encala?" Chiese Kyle.

"Sì... ma..."

"Sei o non sei finita là perché in quel momento vivevi con un Encala?"

"Io lo amo", disse l'heku annuendo.

"Lo amavi, l'ho già ucciso", disse Chevalier, con un sorrisino: "È stato un incidente".

Zohn sogghignò: "In che Clan è successo?"

"Nessun Clan. Vivevano a Cincinnati in un appartamento, vivevano come mortali", spiegò il Cancelliere.

"Come facciamo a saperlo?" Chiese Quinn.

Chevalier guardò la prigioniera: "Ho trovato lei e il suo amante imprigionati e ho cercato le registrazioni per scoprire il perché".

"Che cosa ti ha fatto pensare che l'avremmo tollerato?" Le Chiese Kyle.

Quando parlò, nei suoi occhi si vedeva solo un enorme dolore: "Non possiamo scegliere di chi ci innamoriamo. Speravamo che le fazioni ci avrebbero lasciato in pace, se fossimo rimasti lontani dai Clan".

Quinn sorrise: "Vedo".

La prigioniera fissò Chevalier: "Pensavamo che tra tutti, almeno lei avrebbe capito e avrebbe simpatizzato con il nostro amore".

Chevalier sembrò sbalordito: "Io? Perché?"

"Nemmeno lei ha sposato qualcuno all'interno della fazione".

"Io non ho sposato un'heku".

"Comunque... è la stessa cosa. Non ha sposato un'appartenente alla stessa fazione e noi dovremmo avere lo stesso suo diritto di continuare a restare sposati".

"Eccetto un paio di cose", disse Chevalier: "Primo... non ho sposato qualcuno che apparteneva a un'altra fazione. Secondo... ho ucciso tuo marito, quindi la questione è irrilevante".

L'heku lo guardò con odio: "Non ne aveva il diritto".

"Oh, sì che l'aveva", le rispose Zohn.

"Non puoi paragonare lo sposare una mortale senza fazione, che non sa nemmeno che esistono le fazioni... allo sposare un nemico", le spiegò Quinn.

"Sì, ma io non ho nemmeno dovuto uccidere il con iuge di Gage per sposarlo", rispose rabbiosamente Suzanne.

Chevalier la fissò minaccioso: "Io voto per la morte".
Zohn annuì: "Kyle...".
Kyle apparve all'istante alle spalle della prigioniera e le staccò la testa dalle spalle. Alzò gli occhi quando la porta si aprì senza che fosse stato annunciato qualcuno e vide Emily che entrava camminando all'indietro, poi chiudeva piano la porta e ascoltava alla fessura tra i due battenti.

Il Consiglio la guardò in silenzio, domandandosi che cosa stesse facendo. Dopo quasi un minuto, Emily aprì la porta appena un po' e sbirciò fuori nell'atrio.

Alla fine, Chevalier si schiarì la gola per attirare la sua attenzione. Emily emise un gridolino e si girò in fretta, spalancando gli occhi quando vide il Consiglio che la osservava.

"C'è qualche problema?" Chiese Chevalier, scendendo nell'aula verso di lei.

"Mm... no", gli rispose, sembrando incerta.

Kyle si spostò per impedirle la visuale dell'heku decapitata e sorrise quando lei lo guardò.

"Ti sei fatto male?" Gli chiese.

Kyle scosse la testa: "No".

"Sei coperto di sangue".

Lui si guardò la camicia: "Ho avuto sangue da naso".

Chevalier le prese gentilmente il braccio: "Andiamo, Em".

"Aspetta", sussurrò e poi guardò il Consiglio, prima di girarsi verso Chevalier: "Stanno succedendo cose strane là fuori".

"Come?"

"Come... la gente scompare".

"Dove sono le tue guardie?"

"Vedi... sono scomparse", gli disse, prendendogli la mano. Si pulì una goccia di sangue sotto il naso e poi guardò la porta.

"Vedo... beh..." Ci pensò un attimo: "Forse sono solo corsi via".

"No, non credo".

Quinn si accigliò: "Scomparsi o inceneriti?"

Emily alzò gli occhi: "Beh... c'era della cenere sul pavimento".

Dustin si affrettò a chiamare le Guardie di Palazzo.

Zohn lo fulminò con lo sguardo quando l'aula si riempì di guardie pronte al combattimento.

Emily ansimò e si strinse a Chevalier.

"Fuori", ordinò Chevalier. Senza una parola gli heku liberarono l'aula ed Emily finalmente si guardò attorno.

"Era necessario?" Urlò Quinn a Dustin.

"Sì, se sta incenerendo gli heku!".

"Non sono stata io", disse Emily a Chevalier.

"Kyle...", sussurrò Chevalier. Lo guardò quando non si mosse al suo ordine di andare a cercare le guardie: "Che c'è?"

"Il corpo", sussurrò Kyle, troppo piano perché Emily sentisse. Si spostò leggermente per bloccare meglio la visuale di Emily.

"Oh, già", disse Chevalier e condusse Emily verso la porta: "Andiamo a controllare i cavalli".

Mark e Silas raggiunsero Chevalier davanti al portone e andarono tutti verso la scuderia, in modo che Kyle potesse trovare le sue guardie. Gli heku si guardarono sconvolti quando Kyle annunciò che non solo le guardie ma anche la maggior parte dello staff del quinto piano era stato incenerito.

Mark si mosse a disagio: "Em?"

"Sì?" gli rispose, uscendo da uno dei box.

"Le tue guardie... non so... ti hanno spaventato in qualche modo o sono state scortesi?"

"No".

"Eri arrabbiata con loro?"

"No", rispose, sedendosi su una balla di fieno ad accarezzare Devia.

Appena Kyle annunciò che erano stati fatti rivivere tutti, Chevalier si rivolse a Emily: "Pronta a tornare dentro?"

Lei annuì: "Vado a preparare la cena. Vanno bene le bistecche?"

Mark annuì: "Direi di sì. Lasceremo che l'An... mm... Chevalier torni alla sua riunione e Silas ed io verremo con te".

Emily aggrottò leggermente la fronte e guardò gli heku.

"Che cosa c'è che non va?" Chiese Chevalier.

"Voi non mangiate, vero?"

"No".

"L'avevo dimenticato".

Chevalier sorrise: "Va tutto bene, ti tornerà in mente tutto".

"Penso che andrò a sdraiami", gli disse ed entrò, seguita da Mark e Silas. Chevalier li lasciò al quarto piano ed Emily continuò a salire fino al settimo piano e prese un corridoio buio.

"Dove stiamo andando?" Le chiese Silas quando la vide aprire porte a caso.

"La mia stanza" sussurrò, e Mark si preoccupò quando sentì le parole biascicate. Tese una mano e la sostenne quando Emily cominciò a ondeggiare e poi si appoggiò alla parete.

Silas la prese in braccio: "Te la mostrerò io".

Emily annuì e appoggiò la testa sulla sua spalla, facendo aumentare la preoccupazione di Mark, che ordinò al medico di aspettarli nella sua stanza. Il dott. Edwards arrivò mentre Silas appoggiava Emily sul letto.

"Che cosa c'è che non va?" Chiese il dott. Edwards, sedendosi sul letto accanto a lei.

"Devo solo fare un sonnellino", gli rispose Emily. Le parole erano lente e difficili da capire.

"Guardami", sussurrò. Mark fu sconvolto e chiamò immediatamente Chevalier quando guardò oltre il medico e vide che il lato sinistro del volto di Emily si era afflosciato. Emily cadde in silenzio sul letto e il sangue cominciò a scenderle dal naso e dalle orecchie.

"Che..." Chevalier aveva cominciato a chiedere, poi corse da Emily appena la vide.

Il dott. Edwards guardò Mark: "Frederick deve essere nei dintorni".

Mark annuì e uscì dalla stanza sfuocando.

"Non possiamo spostarla", disse il dott. Edwards quando Chevalier sollevò Emily.

"Sì che possiamo e lo farò subito", disse, chiamando Alexis e Dain.

"Voglio venire anch'io", disse Kyle, entrando nella stanza."

"Partiamo tra cinque minuti".

Kyle annuì e scomparve. Chevalier lo sentì chiamare i membri della Cavalleria che sarebbero andati con loro. Sapeva che non era il caso di chiedere all'Anziano dove sarebbero andati, era troppo pericoloso annunciarlo.

Quando Chevalier portò Emily in garage e la mise sull'Humvee, c'era un SUV nero parcheggiato in garage e diversi Cavalieri li stavano aspettando, mentre Kyle sedeva pazientemente al volante.

Alexis e Dain salirono sulla Humvee e Chevalier allacciò la cintura di Emily, abbassando lo schienale. Ci vollero meno di cinque minuti prima che tutti fossero pronti, poi uscirono dal garage, diretti a ovest.

**

"Libero" disse Kralen, entrando nell'ufficio di Chevalier. Chevalier guardò fuori dalla finestra, verso gli alberi coperti di neve fuori dalla sua residenza in Colorado e annuì.

"Voglio controlli regolari all'esterno, coprite un raggio di due chilometri".

"Sì, Signore, i cani dovrebbero arrivare dal Clan dell'Isola tra due ore".

"Quando arrivano, fate un pattugliamento regolare anche con loro".

"Sì, Anziano", disse Kralen e scomparve quando suonò il telefono di Chevalier.

Chevalier aveva appena riattaccato dopo la sua telefonata con il Consiglio quando qualcuno bussò: "Avanti".

Entrò Dain: "Alexis ed io siamo tornati dal supermercato. Il dott. Edwards ha detto che la mamma non vuole mangiare, comunque".

"Vedrò che cosa posso fare", disse Chevalier e lo seguì di fuori. Emily era nella stessa stanza dove si era ripresa dalla caduta di cavallo, 23 anni prima. Non alzò gli occhi e non reagì quando Chevalier e Dain entrarono. Era accasciata su una poltrona reclinabile e fissava la parete con uno sguardo vuoto.

Chevalier si inginocchiò accanto a lei: "Em?"

Lei continuò a non reagire.

"Em, devi mangiare",

Le prese la mano e intrecciò le dita con le sue, ma la mano di Emily nella sua era senza vita.

Sospirò e guardò il dott. Edwards: "Qualcosa?"

"No, non reagisce a niente, nemmeno al dolore".

Chevalier fece una smorfia: "Le hai fatto male?"

"No, non in quel senso, Anziano", gli spiegò il medico: "È uno stimolo medico per cercare di innescare un qualche tipo di reazione".

"Che cosa le hai fatto?"

"Le ho semplicemente punto le dita con un ago, niente di pericoloso".

"Non hai ottenuto niente?" Chiese Chevalier, tornando a guardarla.

"No, Anziano".

"Forza, Emily, guarisci", sussurrò, guardando i suoi occhi immobili.

Alexis piangeva piano in un angolo della stanza. Dain andò da lei e la abbracciò e la ragazza continuò a piangere contro il suo petto.

Dain guardò suo padre: "È così che era suo padre?"

Chevalier annuì, senza riuscire a parlare.

"Se riusciamo a tenere lontano Frederick... potrebbe riuscire a guarire", disse il dott. Edwards, osservandola.

"Morirà di fame?" Chiese Dain.

"No, se non comincerà a mangiare per domani, la nutriremo per endovena".

Chevalier la studiò, cercando disperatamente un modo per farla uscire dal suo stato catatonico. Sembra illesa, anche se il suo volto era senza espressione ed era anormale vederla seduta così immobile e tranquilla. La osservò per ore, aspettando che il suo sangue heku riparasse i danni al cervello. Quando cadde la notte, non era cambiato ancora nulla e Chevalier la mise a letto dolcemente, attizzando il fuoco prima di uscire, mentre Mark e Kralen prendevano il suo posto per sorvegliarla mentre dormiva.

Chevalier uscì nella notte nevosa e si incontrò con uno dei Generali del Clan dell'Isola.

"Abbiamo sei heku con i cani qui fuori, attenti a eventuali segni di heku", riferì il Generale.

"Non mi interessa di che fazione sono... se sono heku distruggeteli".

"Sì, Anziano", disse inchinandosi prima di andarsene.

"Papà?" Lo chiamò timidamente Alexis, avvicinandosi.

Lui si voltò a guardare sua figlia.

"Allen e Miri hanno appena preso il gatto delle nevi", gli disse: "Dovrebbero arrivare fra un'ora circa".

"Ok", sussurrò Chevalier, osservandola. Capiva che Alexis stava lottando per trattenere le lacrime e la abbracciò stretta, sentendo le sue lacrime che gli bagnavano la camicia.

"Io... io non voglio unirmi ai Valle". Singhiozzò la ragazzina.

"Lo so".

"Ho paura", disse ancora, con il volto appoggiato a lui.

Chevalier accennò un sorriso, ricordando quando Emily gli aveva detto esattamente la stessa cosa. Si chinò e le baciò dolcemente la testa: "Non aver paura, guarirà".

"E se non fosse così?"

"L'abbiamo portata lontano dagli attacchi... guarirà".

"Io non posso vivere senza di lei".

Il cuore di Chevalier gli martellò nel petto all'idea che Emily morisse. Riuscì finalmente a sorridere e a tenere calma ma voce: "Dalle tempo, Alex, starà bene".

"Ma il nonno...".

"Il papà di Emily non era mezzo heku".

Alexis alla fine si scostò da lui e lo guardò con gli occhi rossi e gonfi: "Lo prometti?"

Chevalier annuì: "Dalle solo un po' di tempo".

"Alex?" la chiamò Dain, dietro di loro.

Alexis si girò e guardò il fratello minore, che le sorrise: "Ho trovato la stanza degli interrogatori di papà".

Alexis sorrise e lo seguì verso la porta.

"Aspettate...", disse Chevalier e li richiamò entrambi piegando un dito; "Che cosa avete intenzione di fare, esattamente?"

"Solo darle un'occhiata", gli rispose Alexis.

"Non potete trovare qualcos'altro di più produttivo da fare?"

"Perché?" Chiese Dain.

"Non credo che a Em piacerebbe sapervi là dentro".
Alexis sbuffò: "Staremo attenti".
"Se vi fate male, io negherò di aver saputo che eravate là", disse e li guardò correre via.

Dain condusse Alexis attraverso il labirinto di corridoi e arrivò alla libreria. La spostò facilmente, mettendo in mostra una porta. Alexis entrò per prima e spalancò gli occhi davanti agli strumenti di tortura nella grande stanza.

"Carino, eh?" Disse Dain, entrando. Aprì immediatamente la vergine di Norimberga e guardò dentro.

Alexis arricciò il naso quando ne uscì un po' di odore e poi si arrampicò su tavolo di stiramento per raggiungere qualcosa in alto sulla parete.

Chevalier ascoltò brevemente i commenti di Dain e Alexis e poi tornò nella stanza di Emily. Il dott. Edwards era seduto sulla sedia a dondolo accanto al letto, mentre Mark e Silas osservavano dalla porta.

"È irritante che le leggende non siano vere", disse il dott. Edwards dopo qualche minuto di silenzio.

"Come?" Chiese Chevalier, sedendosi sulla sponda del letto.

"Secondo le leggende sui vampiri, il tuo sangue avrebbe il potere di guarirla".

Chevalier ignorò il commento offensivo e si concentrò su Emily. cercava qualche segno di movimento, una qualunque forma di comunicazione e non alzò gli occhi finché arrivarono Allen e Miri, più di un'ora dopo.

"Si è svegliata?" Chiese Allen, avvicinandosi al letto.

"No", gli rispose Chevalier, scostandole una ciocca di capelli dalla guancia.

"Da quanto non reagisce?"

"Due giorni".

"Dovremo metterle una flebo", sussurrò il dott. Edwards e guardò Emily, per vedere se reagiva

Chevalier attese qualche secondo perché Emily rispondesse prima di parlare: "Procedi, non credo che si lamenterà".

Mortem Obire

"Em?" La chiamò Chevalier, prendendole la mano e cercando un segno di risposta. Si guardò attorno nella stanza vuota, poi sospirò, tornando a guardarla. Era il nono giorno del suo soggiorno in Colorado, ma non era cambiato niente e il medico sospettava che avesse avuto un altro ictus durante la notte.

"Emily, se riesci a sentirmi... dammi un segno... un segno qualunque", le disse, accarezzandole la guancia pallida e reprimendo la furia che sentiva nei confronti di Frederick. Sapeva che presto si sarebbe vendicato ma per il momento doveva prendersi cura di lei.

Chevalier guardò la porta quando sentì bussare: "Avanti".

Allen entrò con una tazza di caffè caldo. C'era una scia di vapore dietro di lui mentre avanzava: "Il dott. Edwards pensava che magari un odore familiare potrebbe ottenere una reazione".

Chevalier annuì e guardò il suo figlio maggiore avvicinarsi al letto e inginocchiarsi accanto: "Mamma? Ti ho portato del caffè".

Aspettarono insieme, ma Emily non si mosse.

Allen sospirò e tentò di nuovo: "Sarà meglio che ti sbrighi, sta arrivando Dustin e non te lo lascerà bere".

Chevalier sorrise. Se qualcosa poteva far reagire Emily era il pensiero di Dustin che le toglieva il caffè. Le strinse dolcemente la mano, sperando che lei avrebbe restituito il gesto, ma non successe niente.

Allen appoggiò la tazza accanto sul comodino e guardò suo padre: "Dovevo tentare".

Chevalier annuì: "Lo so... sta ancora guarendo".

Allen spalancò gli occhi quando vide l'angolo della bocca di Emily muoversi di qualche millimetro: "Mamma?"

"Emily, mi senti", Chiese Chevalier, guardando la bocca che accennava un sorriso.

"È il mio papà", sussurrò Emily e l'anello essenza le cadde dal dito, rotolando sul pavimento.

Chevalier si alzò: "Emily, no!"

Allen non riusciva respirare, mentre l'odore della morte riempiva la camera. Si alzò lentamente e guardò Emily che si rilassava nel letto mentre gli occhi si aprivano lentamente e fissavano il soffitto, senza vita.

Gli heku nella casa sfuocarono di colpo nella stanza quando l'odore si sparse nella casa e poi rimasero di ghiaccio vedendo Emily.

"No", sussurrò Mark.

"Emily! Svegliati!" ringhiò Chevalier, prendendola per le spalle e scuotendola.

"Che cosa sta succedendo?" urlò Alexis, entrando. Dain si voltò e le mise un braccio sulle spalle.

Kyle apparve accanto a letto, con le mani strette a pugno e guardò Chevalier che cercava di svegliarla.

"Emily!" Ruggì Chevalier.

Il dott. Edwards gli mise una mano sulla spalla: "È morta".

"No", sibilò Kyle.

Il dott. Edwards fece un passo indietro quando Chevalier si alzò e sul suo volto scese un'ombra.

"Sistemalo!" Disse al medico, che guardò il corpo di Emily: "È troppo tardi, troppi ictus...".

Alexis cercò di liberarsi dalla stretta di Dain: "Mamma, no! Non puoi farmi questo".

"Alex...", sussurrò Allen, prendendo sua sorella dalle braccia di Dain. Lei nascose il volto sul suo petto e cominciò a piangere, mentre Allen fissava Emily, troppo inebetito per muoversi.

Dain si avvicinò al letto, inginocchiandosi: "Mamma?"

Tutti la guardarono, come a obbligarla ad aprire gli occhi e rispondere.

"Mamma... tu non puoi morire", sussurrò Dain, prendendole la mano.

Kyle fece qualche passo indietro e i suoi occhi divennero neri mentre osservava il corpo senza vita sul letto. Sentiva già la rabbia che cresceva, fuori controllo e sentiva il bisogno di uccidere, di infliggere dolore e cercare vendetta per la morte di un'amica adorata.

Prima che gli heku potessero capire che cosa stava succedendo, Chevalier scomparve dalla stanza con una velocità che solo un 'Vecchio' poteva avere. Si sentì un forte tonfo nella casa e Kyle sfuocò dietro a lui.

Mark si avvicinò al letto e si sedette, senza riuscire a credere che fosse veramente successo. Le prese la mano: "Em?"

"Non può essere morta", sussurrò Kralen.

"Non è morta", ringhiò Silas, avvicinandosi al letto: "Emily... dai... guardami".

Allen portò Alexis fuori dalla stanza, seguito subito dopo da Dain. Mark uscì dalla stanza poco dopo, tenendola teneramente in braccio. Era confuso e aveva un'espressione sconvolta, non sapeva esattamente che cosa doveva fare.

Chevalier apparve di fronte a lui e prese Emily dalle sue braccia. La tenne stretta a sé e la baciò dolcemente sussurrando: "Guarisci, Emily... forza".

Silas e Kralen scomparvero quando sentirono Kyle prendere uno dei gatti delle nevi. Qualche secondo dopo i tre heku tornavano verso il mondo civile con la voglia di sangue negli occhi.

Il dott. Edwards uscì dalla stanza di Emily guardando Chevalier che sembrava inebetito e incerto e il medico lo condusse gentilmente nel garage.

Mark li seguì e salì sul gatto delle nevi quando Chevalier si mise sul sedile posteriore, sempre con Emily stretta in braccio. Appena furono sicuri che i ragazzi li stessero seguendo, cominciarono la lunga discesa dalla montagna verso le auto che li aspettavano.

***

Zohn sospirò e guardò giù verso Sotomar, in piedi nell'aula con quattro Guardie Imperiali: "Non abbiamo idea di che cosa stia parlando".

"Sì invece!" Gridò: "Non potete eliminare una fazione, decidendo per l'intera specie".

"Possiamo e lo stiamo facendo".

"Sono tutti morti, allora?"

"No, non ancora", gli disse Quinn: "Sospetto però che appena Emily starà meglio e Chevalier tornerà, lui si occuperà di loro".

"No!" Esclamò ancora Sotomar: "Non potete uccidere gli ultimi Encala".

Quinn stava per urlare, ma smise e fece una smorfia quando il familiare odore di morte riempì il palazzo: "Che cosa diavolo..."

L'Investigatore Capo storse il naso: "È morto qualcuno nel palazzo?"

Le porte della sala del Consiglio si spalancarono violentemente uscendo dai cardini quando Chevalier entrò, con Emily ancora tra le braccia.

"No!" Esclamò Quinn, alzandosi.

Zohn era troppo sciocato per parlare e non poté fare altro che guardare Sotomar quando l'Anziano nemico si avvicinò a Chevalier.

"Cosa...no!" Ansimò Sotomar.

Dustin ordinò sottovoce di evacuare immediatamente la città e il palazzo.

Chevalier alzò gli occhi piedi di odio sul Consiglio e tutti capirono immediatamente che era fuori controllo. Sotomar fece subito un passo indietro per evitare di diventare il bersaglio della furia di Chevalier e arretrò lentamente verso le ombre. Chevalier si voltò e uscì dalla sala del Consiglio, salendo le scale. Appoggiò delicatamente Emily sul suo letto e la coprì, poi ordinò di accendere il fuoco. Quando si voltò, c'era l'intero Consiglio nella stanza.

Zohn si sedette accanto al letto di Emily e le prese la mano fredda: "Bambina..."

Quinn sentiva la rabbia andare fuori controllo e fece un passo indietro, senza sapere dove andare per ottenere la vendetta di cui aveva bisogno.

"Nessuno deve toccarla finché si sveglia", ringhiò Chevalier e poi scomparve dalla stanza. Il Consiglio lo sentì convocare la Cavalleria e fare i preparativi per catturare Frederick.

"Chiamate Storm e Anna", sussurrò il Capo della Difesa.

"No!" gridò Alexis, correndo nella stanza. Si mise tra il Consiglio e il letto di Emily e li fissò. Nessuno la guardò negli occhi: "Nessuno la toccherà finché si sveglia".

"Non credo che si sveglierà", sussurrò il dott. Edwards.

Alexis lo fissò minacciosa: "Avete detto alla mamma che Dain era morto e non era vero! Non la toccherete".

"Dain è un heku..."

"No!" ripeté Alexis e Dain apparve accanto a lei, acquattandosi, con i pugni stretti.

Il dott. Edwards fece un passo indietro, temendo che la rabbia del giovane heku potesse esplodere.

"Nessuno la toccherà", ripeté Dain.

I Consiglieri uscirono dalla stanza di Emily e si incontrarono nella sala conferenze. Chiusero la porta e Derrick rimase di guardia mentre tenevano una riunione segreta.

"Può ancora sopravvivere?" Chiese il Capo di Stato Maggiore.

"Non lo so... questa non è una malattia..." disse Quinn, con gli occhi pieni di dolore.

"Lei lo sapeva", disse Zohn, guardandosi attorno: "Ce l'ha detto e non le abbiamo creduto e non ci siamo preparati per le conseguenze".

"Appena uscirà la notizia, le cose diventeranno veramente difficili", disse l'Ufficiale di collegamento tra le Fazioni: "Dovremo far venire altre guardie e prepararci a un pellegrinaggio".

"Quanto dobbiamo aspettare per fare i preparativi per il funerale?" Chiese il Cancelliere.

Quinn scosse la testa: "Non può essere morta".

"Dobbiamo decidere che cosa fare con l'Anziano e il Giustiziere ", disse Dustin a bassa voce "Non sono più padroni di se stessi e sono un pericolo per sé e tutti gli heku".

"Ci aveva avvertito che sarebbe successo", disse l'Archivista e poi si mise la testa tra le mani.

"Dobbiamo imprigionare Chevalier e Kyle, allora?", Chiese il Capo di Stato Maggiore.

"Io personalmente non cercherei di farlo", disse Dustin.

"No, non lo faremo", disse loro Zohn: "È un loro diritto cercare vendetta, se è quello che vogliono".

"Come proteggeremo la città?"

"Lasciandoli stare", disse Quinn: "Lasceremo che sfoghino la loro aggressività fuori di qui e organizzeremo noi il funerale".

Il Cancelliere sospirò: "Ho convocato Storm e Anna. Dovrebbe arrivare nelle prossime ore per... prepararla".

Quinn fece una smorfia e scomparve dalla stanza. Quando la porta sbatté, Zohn si rivolse agli altri: "State fuori dai piedi di chiunque fosse coinvolto con Emily... questo non vuol dire solo Chevalier e Kyle, ma anche l'intera Cavalleria e la maggior parte dello staff del palazzo".

"E i ragazzi?" Chiese Dustin.

"Dain sarà il nostro problema più grosso. Evitate di guardare Alexis negli occhi e speriamo che Allen abbia un minimo di controllo su di loro".

Dustin annuì: "Convocherò i Powan... sospetto che i Thukil non saranno molto di aiuto".

Zohn sospirò: "No... vero. Puoi chiamarli, comunque, potranno assistere Chevalier come lui riterrà giusto".

"Abbiamo detto a Emily che Dain era morto e non era vero", disse il Capo della Difesa, quasi parlando tra sé e sé: "Forse dovremmo lasciarle un po' di tempo per guarire".

"Dain è completamente heku, però, Emily lo è solo al 51%".

"Sufficiente perché guarisca e non invecchi", gli ricordò il Capo delle Finanze.

"Aspettiamo tre giorni, allora", disse Zohn: "Dopo dovremo seppellirla".

Il Consiglio si aggiornò su quella nota. Molti di loro volevano uscire dalla città e tornare alla sicurezza dei loro Clan.

**

"Dov'è?" Ringhiò Chevalier facendo un passo minaccioso verso gli altri Anziani.

"Chevalier... dobbiamo seppellirla", gli disse Zohn.

Quinn sospirò e guardò l'Anziano: "L'abbiamo lasciata guarire per tre giorni... è morta".

"Ho detto che nessuno deve toccarla!" Gridò Chevalier.

"Ci devi ascoltare", disse Zohn: "È morta. Anna e Storm l'hanno preparata per la sepoltura. Abbiamo triplicato le guardie in città. Migliaia di heku da tutto il mondo sono venuti a vedere il suo funerale".

"Non può essere morta", sussurrò.

Quinn gli mise una mano sulla spalla: "È così. Ora dobbiamo affrontare quello che verrà dopo e sarebbe utile che tu fossi qui".

Chevalier si sedette nella sala riunioni e si guardò le mani impastate di sangue. Non si era seduto da quando aveva deposto Emily sul suo letto e da allora aveva continuato a uccidere Encala ignari. Aveva la camicia strappata e incrostata di sangue, ma non avevano ancora catturato Frederick.

"Il funerale sarà stasera", gli disse Quinn: "Abbiamo deciso di seppellirla accanto a Maleth e Jaron".

Chevalier non riusciva a parlare. Fino a quel momento, aveva veramente creduto che Emily si sarebbe ripresa. Mentre i secondi ticchettavano, la sua rabbia aumentava e un vuoto mai sentito prima gli riempiva il cuore.

"Ci devi essere", sussurrò Zohn.

Chevalier annuì lentamente.

"Ci siamo occupati di tutto, ma i ragazzi hanno bisogno di te, specialmente Alexis".

"Dov'è?" Chiese Chevalier, alzando finalmente gli occhi sui suoi colleghi Anziani.

"È nella sua camera con Dain. Nessuno può avvicinarsi a lei".

Quinn sospirò: "Cominciamo a scegliere chi potrà partecipare al funerale. Non possiamo ospitare tutti, ma ce ne sono alcuni che lei... che lei vorrebbe ci fossero".

Quinn faceva fatica a parlare, dovendo reprimere la rabbia. Sapeva di doverla tenere sotto controllo finché Chevalier non fosse un po' più padrone di sé. C'erano cose da fare che non potevano aspettare nessuno.

Chevalier annuì e si alzò lentamente, uscendo dalla sala riunioni.

Zohn e Quinn si diressero alla scuderia, dove la Cavalleria di Council City e di Thukil aspettavano istruzioni.

Zohn si avvicinò a Mark e deglutì prima di parlare: "Noi... faremo entrare solo 100 heku nel cimitero".

Erano tutti in silenzio e lo guardavano. La maggior parte di loro era ancora sotto shock per la morte di un'amica preziosa e del loro Comandante. Ciascuno di loro era ansioso di uscire a cercare Frederick e fargli pagare quello che gli aveva sottratto.

"Ce ne sono alcuni che potranno venire immediatamente", disse Quinn and Zohn non riuscì più a parlare.

"Ovviamente Lord e Lady Thukil potranno venire, insieme al Generale Skinner".

Ci fu una pausa mentre Quinn si ricomponeva: "Lord Dexter, Lord e Lady Bradford del Clan Hall e Lord Taylor del Clan Michael e crediamo che anche Lord Clark dovrebbe partecipare".

Zohn si limitò ad annuire e poi seguì Derrick fuori dalla scuderia quando lo chiamò.

Quinn rifletté un momento: "La nostra cavalleria e quella di Thukil hanno avuto i loro ordini. Powan e Banks sono d'accordo di pattugliare la città e assicurarsi che nessuno entri senza approvazione. Per ora, tenere gli occhi aperti ed io andrò a scegliere gli altri che potranno partecipare".

Quando i cavalieri si allontanarono, in silenzio solenne, Zohn tornò: "Il Consiglio dei Valle è arrivato e chiede il permesso di partecipare".

Quinn sospirò: "Che cosa gli hai risposto?"

"Gli ho detto che avremmo permesso a Sotomar e Ryan di partecipare, è tutto".

Quinn accennò un sorriso: "Li ha sempre considerati amici".

"Vogliono anche aiutarci a cercare Frederick".

"No, questa è una cosa che dobbiamo fare noi".

"Gliel'ho detto e sono d'accordo di tornare alla loro città dopo il funerale".

Una delle guardie della prigione chiamò Zohn dalle porte della scuderia: "Anziano?"

"Sì?"

"L'Anziano Encala William chiede di parlare immediatamente con lei".

"Vuole dirci dove trovare Frederick?"

"No, Anziano. Vuole partecipare alla cerimonia".

Quinn strinse gli occhi: "No".

"Ha detto che non potete negarglielo, che lui e... Lady Emily... erano amici e che vuole esserci".

"Se si facesse vedere", disse Zohn: "Non ho dubbi che sarebbe morto prima di mettere un piede vicino al feretro".

La guardia della prigione annuì e tornò nel palazzo. Nelle ore seguenti, Quinn e Zohn vagliarono le richieste dei dignitari dei Clan che volevano partecipare al funerale. Decisero in base agli incontri che i dignitari avevano avuto con Emily e in poco tempo riempirono tutti i posti nel cimitero.

Dustin entrò nella scuderia con le loro vesti verdi: "Anziani è ora di riunirci".

Indossarono entrambi le vesti cerimoniali e seguirono il Consiglio nel cimitero. Lord e Lady Thukil erano già seduti e Lady Thukil singhiozzava senza lacrime in un fazzolettino mentre Lord Thukil ispezionava attentamente la zona.

C'erano cinque sedie davanti a tutte le altre e i Consiglieri si sedettero immediatamente dietro. Quando apparvero Chevalier, Kyle, Allen, Alexis e Dain, gli heku lì riuniti si alzarono in piedi e abbassarono la testa in segno di rispetto. Alexis si teneva forte al braccio di Chevalier e aveva gli occhi rossi e gonfi per il tanto piangere.

I cinque si sedettero di fronte alla tomba già pronta senza dire una parola. Zohn si alzò e fece segno che portassero Emily. Notò Sotomar e Ryan in piedi di lato, che guardavano la cerimonia, ciascuno di loro con un'espressione di incredulità e di angoscia sul volto.

In distanza si sentì una tromba solitaria, che suonava la marcia funebre di Chopin mentre le cavallerie di Thukil e Council City formavano un corridoio dalle porte del palazzo fino all'ingresso del cimitero.

Mark fu il primo a uscire dal palazzo in alta uniforme. Dietro di lui Silas e Kralen portavano il feretro marrone, incrostato d'oro. Il dolore nei loro occhi era evidente mentre camminavano lentamente oltre la fila di Cavalieri. Ognuno di loro, a turno, si inchinò leggermente davanti al loro Comandante mentre passava.

Alexis cominciò a piangere più forte quando il feretro fu appoggiato sopra la tomba, e Kralen le mise un braccio intorno alle spalle. Mark, Silas e Kralen si voltarono e fecero un inchino a Chevalier e poi occuparono i loro posti a sinistra della folla.

Quinn fece un profondo respiro e si alzò lentamente. Si avvicinò al feretro e cominciò a parlare appena fu in grado di controllare la voce: "Grazie a tutti di essere venuti".

Attese un secondo per riprendere il controllo: "Cosa si può dire quando un amico scompare? Che cosa si può fare quando si perde qualcuno cui si tiene intensamente?"

"Questa mortale è entrata nelle nostre vite 23 anni fa e si è fatta dolcemente strada nei nostri cuori. Ha salvato la fazione, ha salvato la nostra specie e ha cambiato il nostro modo di vedere i mortali con cui condividiamo l'esistenza".

"Emily lascia dietro di sé un lascito che resterà per sempre nelle nostre menti e nei nostri cuori. Nessuno prima di lei ha mai riunito le tre fazioni in un'amicizia che nessuno aveva mai nemmeno immaginato. Anche quando è finita, Emily ha continuato a sentire quell'amicizia, mostrando a tutti il suo spirito gentile e il suo cuore amorevole".

"Ha incarnato la fedeltà assoluta agli Equites e sarà sepolta tra i nostri morti più prestigiosi... per non essere mai dimenticata".

Alexis si alzò lentamente, con gli occhi fissi sul feretro: "Fermatevi, lei non è morta".

Allen si alzò e la tirò a sé: "Alex...".

"No!" Gridò, allontanandosi da lui: "Non potete seppellirla. Si sveglierà impaurita e avrà freddo... lei ha sempre freddo".

"Alex, vieni", disse Allen cercando gentilmente di farla sedere.

"Tu mi hai detto che sarebbe stata bene!" Gridò Alexis a suo padre: "Hai detto che sarebbe guarita!"

Chevalier non riusciva a pensare. Le parole della figlia gli scavavano nell'anima e la sua rabbia cominciò a crescere al di là del suo controllo.

Silas venne avanti e prese Alexis dalle braccia di suo fratello. La abbracciò e lei pianse contro il suo petto mentre Chevalier guardava in silenzio la piccola bara.

"Emily...", cominciò Quinn, ma dovette fermarsi quando gli si chiuse la gola e il cuore si fece pesante.

Sotomar si fece avanti in silenzio e mise le mani sulle spalle di Quinn. Quando nessuno si avvicinò per fermarlo, recitò l'Antico incantesimo della sepoltura, con la voce che si alzava potente sopra il cimitero della fazione nemica. Quando finì di recitare gli antichi versi, tornò indietro accanto al suo collega Valle e abbassò gli occhi.

Chevalier si alzò lentamente mentre calavano la bara nel terreno. Silas prese in braccio Alexis quando cercò di lanciarsi sul feretro e la portò nel palazzo. Allen guardò con il fiato sospeso mentre seppellivano per sempre sua madre nella terra fredda.

Mark fece un solo passo avanti, ma sentì la mano di Kralen sulla spalla. Non sapeva dove stava andando o che cosa stava facendo, ma sentiva il bisogno di fermare il funerale, di riportarla indietro in qualche modo e sistemare quello che aveva causato Frederick.

Quinn si abbassò e raccolse una manciata di terra nella sua mano forte e la gettò sulla bara, sussurrando un addio: "Te desidero".

Zohn si fece avanti e ripeté il suo gesto, seguito dagli altri Consiglieri. Chevalier non riusciva a muoversi. Non riusciva a costringere il suo corpo ad andare avanti e coprirla con la terra. Le parole di Alexis, che Emily era nella terra fredda gli risuonavano in testa e il suo cuore divenne duro e freddo.

Senza una parola, Chevalier scomparve dal cimitero. I suoi movimenti furono percepiti solo da Sotomar, l'unico altro 'Vecchio' al funerale. Sotomar lo lasciò andare e poi se ne andò in silenzio con Ryan, quando Kyle seguì Chevalier.

Eridità

Passarono quattro giorni dal funerale prima che il Consiglio si riunisse di nuovo. Non si sapeva niente di Chevalier e la maggior parte della città era ancora in lutto per la morte di Emily. Allen era tornato al Clan dell'Isola il giorno dopo, mentre Alexis e Dain aspettavano in silenzio nelle loro stanze che tornasse Chevalier.

Zohn si sedette e guardò brevemente la sedia vuota di Chevalier prima di rivolgersi al Consiglio: "Doppiamo recuperare parecchio tempo, quindi cominciamo subito".

Quinn si schiarì la voce prima di parlare: "Ci sono alcune cose di cui ci dobbiamo occupare prima che Chevalier e Kyle ritornino".

"Quali?" Chiese Dustin. Era l'unico Consigliere che era pronto a ricominciare le attività di tutti i giorni.

"Come... dobbiamo prepararci al fatto che Alexis diventerà il prossimo bersaglio dei Valle e degli Encala".

"Se sono rimasti degli Encala", disse il Capo della Difesa.

Quinn annuì: "Rimane un bersaglio. Mi rendo conto che ci sono solo circa duecento Encala ancora in vita... forse meno ma le fazioni vogliono comunque una Winchester e Alexis è tutto quello che resta".

"Tutto quello che resterà per sempre", disse Zohn: "Lei non può avere figli".

"Anche Dain", aggiunse Quinn. "Si fanno congetture su cosa succederebbe se Dain dovesse generare un figlio. Temiamo che i Valle vogliano tentare".

"E Allen?" Chiese il Capo della Difesa.

"Può proteggersi da solo e lasceremo che ci pensi il Clan dell'Isola. Per ora concentriamoci sui due più giovani".

"Abbiamo notizie... di lui?" Chiese il Capo della Difesa.

Zohn si guardò le mani: "No, non sentiamo né Chevalier né di Kyle dal funerale".

"Rapporti sugli Encala?" Chiese Dustin.

"L'unica cosa che abbiamo sentito è che quelli che sono rimasti si nascondono per paura di essere torturati brutalmente e poi uccisi".

"Frederick?

"Nessuna traccia, anche se i Thukil e la nostra Cavalleria lo stanno cercando".

"E se lo trovano?"

"Deve essere tenuto per Chevalier", disse Zohn.

"Ovvio", disse Dustin, mettendosi comodo. "Raddoppiamo le guardie ad Alexis e Dain, quattro Cavalieri per tutto il tempo".

"La Cavalleria è occupata... e risente ancora gli effetti di aver perso un Comandante e la loro protetta".

"Non è stata colpa loro".

"È stata solo colpa di Frederick", disse secco Quinn: "Ciononostante, la ritengono una questione personale".

Zohn sospirò: "Ovviamente assegneremo la Cavalleria ad Alexis quando avranno finito di aiutare Chevalier... ma finora, lei è là seduta in camera sua con solo suo fratello minore ad aiutarla".

"Le passerà", disse Dustin.

"Sparisci dalla mia vista", gli disse Quinn, fissandolo minaccioso.

Dustin annuì e sfuocò fuori dalla stanza.

"Non mangia, non dorme e non lascia entrare nessuno nella sua stanza", riferì il Capo della Difesa.

Quinn accennò un sorriso: "Mi sembra familiare".

"Emily e Alexis erano uniche, quella bambina ora è sola", sussurrò Zohn.

"E Dain, allora?" Chiese l'Ufficiale di collegamento tra le Fazioni.

"Speriamo sia abbastanza forte da proteggersi, ma è giovane e inesperto", gli rispose il Capo di Stato Maggiore.

"Che ne pensi della possibilità che Dain generi una Winchester? Chiese il Cancelliere a Zohn.

Zohn scrollò le spalle: "Presumo sia possibile, ma potremmo non scoprirlo mai. Un'altra ipotesi è che se Alexis dovesse trasformare una mortale... potrebbe passarle i suoi poteri, come quello che ha fatto l'Antico che ha dato origine ai Powan, trasferendo loro le sue abilità".

"Altri Antichi, però, non hanno trasferito le loro abilità", disse Quinn.

"Vero".

Nel palazzo risuonarono improvvisamente i sussurri. Chevalier e Kyle erano appena ritornati con Frederick e quelli che li avevano visti parlavano della rabbia immensa dell'Anziano e di Kyle.

Quinn guardò Zohn: "Fai evacuare nuovamente il palazzo".

Zohn annuì e si rivolse al consiglio: "Tornate nei vostri Clan. Vi richiameremo appena le cose saranno più tranquille".

"Dovremmo far evacuare anche gli Anziani", disse il Capo della Difesa.

"No", gli disse Zohn: "Noi siamo al sicuro".

Il Consiglio smobilitò in fretta e ogni consigliere si diresse al suo Clan, mentre l'intero palazzo si svuotava. Anche la maggior parte degli heku della città fece lo stesso e sulla grande città cadde un silenzio inquietante. Quando dal sotterraneo cominciarono a provenire le urla. Zohn guardò Quinn.

"Continuo a ruipetermi che se lo merita", sussurrò Quinn.

Zohn fece un cenno affermativo e poi guardò la porta dell'aula quando si aprì. Entrò Dain e chiuse la porta dietro di sé.

"Sì, ragazzo?" Chiese Quinn.

"È tornato papà?"

"Sì".

"Chi c'è con lui?"

Zohn sospirò: "Hanno trovato Frederick".

Dain sorrise con cattiveria e scomparve dalla stanza. Le guardie della prigione chiesero all'Anziano se dovevano permettergli di entrare e a Dain fu concesso il diritto di aiutare a vendicare la morte di sua madre.

Quinn si voltò di colpo quando si aprirono le porte sul retro: "Il palazzo è stato evacuato... oh...".

Entrò Alexis, ancora con gli occhi rossi, e venne avanti timorosa, chiudendo la porta.

Zohn le sorrise dolcemente: "Stai bene, Alexis?"

Lei annuì, incerta.

"C'è qualche problema?"

Alexis scosse la testa.

Quinn le tese la mano; "Vieni... siediti con noi per un po'".

Alexis esitò un attimo prima di prendergli la mano, poi Quinn la aiutò a sedersi accanto a lui. Sobbalzò e alzò gli occhi quando nuove urla riempirono il palazzo.

Zohn guardò la porta e poi Alexis: "Sono le urla che ti disturbano?"

Lei scrollò le spalle.

"Hai paura?"

Quando Alexis annuì, le si riempirono gli occhi di lacrime.

"La sua rabbia non si estenderà a te, Bambina".

"È...", sussurrò e poi abbassò gli occhi.

"Diccelo, magari possiamo aiutarti".

"Nessuno mi può aiutare".

Quinn le prese gentilmente la mano: "Non sei sola".

Solo il pensiero portò una nuova ondata di lacrime mentre il vuoto nel cuore di Alexis si faceva più grande e non c'era niente che fermasse il dolore.

Zohn la osservò per qualche momento prima di parlare: "Non intendeva mentirti".

Alexis non alzò gli occhi dalle mani: "Mi aveva promesso che sarebbe guarita".

"È quello che pensava... lo pensavamo tutti".

"Io non ci riesco", disse tra i singhiozzi.
"A fare che cosa?"
"Non posso vivere senza la mamma".
"So che sarà difficile, ma siamo qui tutti, per te".
"Lei era così forte, io non sono come lei".

Zohn guardò brevemente Quinn prima di parlare: "Tu sei più forte di quanto immagini. Hai sia il sangue di Chevalier sia quello di Emily, quindi probabilmente sei più forte di entrambi".

"No", sussurrò: "Non è vero. Io ho paura di essere da sola, di essere torturata e rapita come la mamma. Io non posso fare quello che faceva lei, non posso prendere il suo posto".

"Nessuno ti chiede di farlo".

Alexis annuì e alzò lo sguardo: "So quello che succederà, ora sono l'ultima Winchester, ma io non sono la mamma e non posso vivere con tutto quel dolore e quella sofferenza".

Quinn annuì: "Vedo quali sono le tue paure e non sono sicuro che dovresti preoccuparti. Sai che cosa ha detto la tua mamma al Consiglio?"

"No".

"Ci ha detto che le abbiamo dato una vita meravigliosa e non poteva chiedere di più".

"Allora?"

"Questo mi dice che anche se ha dovuto sopportare tanto dolore e avversità... non sono state niente in confronto alla vita felice che ha avuto con gli heku".

Zohn annuì e poi sorrise dolcemente: "Mi ha... mi ha sempre meravigliato quanto riuscisse a riprendersi. Era come se non permettesse a niente di distruggere il suo spirito".

Quinn si guardò attorno: "Quando pensavo che ne avesse avuto abbastanza, faceva qualcosa... qualcosa che solo Emily poteva fare".

"Come quella volta che ha messo un cavallo malato nell'ufficio di Dustin... c'era... c'era vomito su tutta la sua scrivania".

Quinn sorrise: "O come quella volta che ha sostituito di nascosto le vesti del Consiglio con delle vesti rosa".

Alexis cominciò a ridere tra le lacrime: "Dovreste vedere che cosa aveva in programma che non è riuscita a portare a termine".

"Oh... che cosa?" Chiese Zohn.

"Diciamo solo che c'è ancora un ordine per 64 casse di lampadine che dovrebbero essere consegnate nelle prossime settimane".

"Mio Dio, a cosa servivano?" Chiese Quinn.

Alexis rifletté per un po' prima di parlare: "Non me l'ha mai voluto dire".

"Tua madre ti ha preparato la strada in modo che tu potessi avere una vita molto migliore della sua... e da come ne parlava, la sua è stata piuttosto bella".

"Lo so", disse Alexis, guardando la porta quando cominciò una nuova serie di urli.

"Ti piacerebbe se ti portassimo via da tutto questo rumore?"

"No... è solo... evidentemente non solo completamente heku".

"Che cosa te lo fa pensare?" Chiese Zohn.

Alexis gli sorrise: "Non mi da fastidio il rumore... sono solo contenta di non aiutarli".

Quinn annuì e poi sorrise ad Alexis: "Dicci a che cosa pensava servisse la stanza dell'Antico".

Alexis cominciò a ridere: "Non l'ha mai detto nemmeno a me".

"Accidenti".

Gli urli si fermarono di colpo e la ragazzina guardò le porte: "Forse ha finito".

"Temo di no", disse Zohn: "Sta aspettando che Frederick riprenda conoscenza".

"Mi piacerebbe avere l'udito degli heku".

"A volte io vorrei non averlo, non c'è mai silenzio".

"Vero", disse Alexis e poi si alzò: "Ora avrò più guardie, vero?"

"Sì".

Lei ci pensò un momento e poi andò verso le scale.

"Lei potrà non essere completamente heku, ma io sì e mi piacerebbe vedere che cosa sta facendo a Frederick", disse Zohn, andando verso la porta. Le guardie della prigione si inchinarono quando arrivò e Zohn notò che non si sentiva un solo suono provenire dai prigionieri.

La quantità di sangue che copriva ogni superficie della stanza degli interrogatori stupì Zohn. Entrò in silenzio nella stanza e si appoggiò alla parete accanto a Dain e Mark, mentre Chevalier e Kyle cominciavano metodicamente a scorticare Frederick, mentre i suoi urli risuonavano nel palazzo. Piccoli lembi di pelle cadevano al suolo e Dain fece un passo indietro per evitarli.

Mark controllava quando l'Anziano nemico perdeva conoscenza e avvisava Chevalier e Kyle, che si fermavano e aspettavano che riprendesse completamente conoscenza prima di continuare. Zohn non l'aveva mai visto fare prima ed era ammutolito dalla pura brutalità di quel comportamento. Dovette lottare contro i suoi istinti di unirsi a loro per infliggere ancora più dolore, ma capiva che era una sua responsabilità restare lucido per il bene della fazione, nel caso fosse stato necessario prendere delle decisioni.

Dopo qualche ora, quando la novità della tortura si esaurì, Frederick su appeso ai ferri e lasciato guarire.

"È tutto tranquillo", disse Chevalier, osservando Frederick.

"Abbiamo evacuato il palazzo", gli spiegò Zohn.

"Dov'è Alex?" Gli chiese Dain.

"Sta bene... è tornata di sopra".

"Le hai detto che non poteva scendere qui?"

"No. Non aveva voglia di unirsi a voi".

Dain scrollò le spalle e poi si rivolse a suo padre: "E ora?"

"Ora daremo inizio a un'eternità di sofferenza", gli rispose, continuando a osservare Frederick.

Zohn fece una smorfia: "Che cosa hai in mente?"

Chevalier tolse Frederick dai ferri e l'Encala lo guardò a occhi sbarrati.

"Kyle... lo stiletto", sussurrò Chevalier, afferrando la spalla di Frederick.

Senza una parola, Kyle si tolse lo stiletto dalla tasca, tendendolo davanti a sé.

"Toccalo", ringhiò Chevalier.

Zohn trattenne il fiato e Frederick cercò di scostarsi: "No".

"Chevalier", sussurrò Zohn.

"Fallo", gli ordinò Chevalier.

"Chevalier... non è giusto".

"Ho detto di toccarlo".

Frederick guardò lo stiletto e scosse la testa: "No, non lo farò".

Quinn apparve nella stanza e si mise di fianco a Frederick: "Chevalier, dobbiamo rispettare le tradizioni".

"Toccalo", ripeté a denti stretti.

Kyle fece un passo avanti e Frederick si ritrasse contro la parete di roccia: "L'Anziano ha detto di toccarlo".

Zohn tese le mani: "Per favore, Anziano... non possiamo obbligarlo a toccare lo stiletto degli Equites".

"Perché?" Chiese Dain stupito.

"Causa un'eternità di dolore, fame e tormento", spiegò Zohn. "Non è mai stato fatto a nessuno perché una volta fatto non si può tornare indietro".

Con una velocità possibile solo a un 'Vecchio', Chevalier prese lo stiletto da Kyle e lo affondò nel petto di Frederick, mandandoglielo in profondità nel cuore. Gli heku lo videro muoversi solo quando fece un passo indietro.

Kyle strappò fuori lo stiletto da petto di Frederick e l'Encala emise un urlo inumano e cadde sulle ginocchia. Un forte odore di bruciato riempì la stanza degli interrogatori e Zohn e Quinn si spostarono contro la parete. Quattro minuti dopo gli urli di Frederick si fermarono e lui cadde in cenere ai piedi di Chevalier.

"Questo è..." cominciò a dire Quinn, senza riuscire a proseguire.

"Nessuno lo deve sapere", sussurrò Zohn.

Dain ringhiò: "Così non smetterà mai di soffrire?"

"Mai", disse Kyle, pulendo lo stiletto nella camicia di Frederick.

Chevalier guardò la cenere: "Sarà sempre solo una frazione del dolore che ha causato".

"Dobbiamo seppellirlo immediatamente", disse Zohn, facendosi avanti.

"No", ringhiò Chevalier: "Si merita la punizione preferita da Emily..."

"Hai intenzione di disperderlo?"

Chevalier annuì e allungò la mano per prendere una manciata di ceneri.

"Soffrirà già in eterno", disse Quinn: "Che altro puoi fargli?"

"Vedremo", gli rispose Chevalier, salendo le scale. Uscì nella notte silenziosa e gettò le ceneri di Frederick nella forte brezza. Quando si voltò, Kyle gli consegnò un sacchetto di pelle con il resto delle ceneri di Frederick.

Chevalier prese il sacchetto e se lo mise in tasca. Quando tornarono nel palazzo, Alexis era ai piedi della lunga scalinata e li guardava. Evitò di guardare suo padre, si voltò di colpo e salì la scala.

Chevalier la guardò andarsene e sentì il dolore consueto.

"Le passerà", gli disse dolcemente Zohn: "Ci vorrà un po' di tempo".

"Vuoi che vada a parlarle io?" Chiese Quinn.

"No", gli rispose Chevalier, salendo anche lui: "Sono pronto a fare il mio rapporto al Consiglio".

Dain sfuocò sulle scale dietro ad Alexis mentre gli heku entravano nella sala del Consiglio. La sala era buia e vuota, ma gli Anziani si sedettero ai loro posti mentre la Cavalleria si univa a loro nell'aula.

Zohn sospirò prima di parlare: "Molto bene... quanti Encala rimangono?"

Chevalier accennò un sorriso: "Dall'ultimo conteggio meno di quaranta, includendo quelli nella nostra prigione".

"Abbiamo perso qualcuno?"

"No".

***

"Non hai il permesso di scendere qui", disse la guardia della prigione ad Alexis, quando scese alla scala.

"Lo permettevate alla mamma".

"Tu non sei Emily".

"Bene... se vuoi affrontare mio padre, vai a fare la spia", gli rispose e gli passò davanti per andare nell'ultima fila di celle. Le guardie parlarono velocemente tra di loro e decisero che non avevano voglia di rivolgersi a Chevalier, per nessun motivo.

Quando Alexis trovò la cella di William, si sedette davanti alla porta e si appoggiò alla parete.

William alzò gli occhi piedi di dolore su di lei.

"La mamma non avrebbe voluto che tu fossi qui", disse Alexis.

"Lo so".

"Hanno ucciso Frederick".

"L'ho sentito".

"Sapevate che cosa stava facendo?"

William sospirò e scosse la testa: "No, altrimenti lo avremmo fermato".

"Lei ti considerava un amico".

L'heku affondò la testa tra le mani: "Anche lei era un'amica".

Alexis rimase a osservare l'Anziano Encala per qualche momento, studiando come l'angoscia sul suo volto esprimesse il dolore per la perdita di Emily.

"Se uscissi da qui, che cosa faresti?"

"Non mi lasceranno mai uscire", sussurrò William.

"Però... se lo facessero?"

"Cercherei di ricostruire gli Encala".

"Da quello che ho sentito, non è rimasto niente della tua fazione".

"Sarebbe mio dovere ricostruirla".

"Hai paura di quello che succederà agi heku con solo due fazioni?" Gli chiese Alexis.

"Sì".

"Che cosa posso fare per aiutarti?"

William alzò gli occhi su di lei: "Niente, bambina. Devi dimenticare che sono qui".

"Perché? La mamma non lo farebbe".

"La tua mamma era...".

"Più forte, lo so".

"No... lei conosceva meglio gli heku, sapeva come manovrare il Consiglio per ottenere quello che voleva".

"Mi sembra di dover lottare per quello che avrebbe voluto la mia mamma, e liberarti".

"Quando Chevalier avrà finito con il resto del Consiglio degli Encala... mi aspetto solo di morire".

"Ma tu non hai ucciso la mamma".

"Non gli importa. Ucciderà chiunque sia stato coinvolto, non importa quanto remoto sia il collegamento".

"Potrei andare dai Valle e chiedere il loro aiuto", suggerì Alexis.

William sorrise: "Sei molto più simile a Emily di quanto tu ammetta".

"No, altrimenti sarei già per strada per andare dai Valle".

"Alexis?" La chiamò Chevalier dal fondo del corridoio. Lei si alzò e si voltò di colpo verso di lui, mentre William si metteva in piedi a guardare Chevalier.

"Non puoi fargli del male", gridò Alexis.

"Non sono problemi tuoi... torna di sopra", ringhiò Chevalier, stringendo i pugni.

"No!" disse Alexis: "La mamma non avrebbe voluto che William morisse ed io sono la sola che può lottare per quello che voleva lei".

"Tu non sai niente!", esclamò Chevalier: "È la sua fazione che l'ha uccisa e pagheranno per quello che hanno fatto".

"Lui non ha fatto niente".

"Alexis... non te lo ripeterò, vai di sopra".

"Ti odio", sussurrò fieramente Alexis.

"Lo so".

"Fai del male a William ed io andrò a unirmi ai Valle".

"Alexis, basta", sussurrò William: "Non metterti in pericolo per me".

"Non parlare con lei!" Ruggì Chevalier.

Alexis si avvicinò di un passo alla cella dell'Anziano Encala: "Avvicinati a dovrai vedertela con te".

Silas apparve nell'atrio e si avvicinò ad Alexis: "Vieni, Lexi... andiamo".

"Stai indietro, Silas", gli disse Alexis, spingendolo lontano da lei.

Silas ci pensò solo un secondo, poi afferrò Alexis e sfuocò con lei su per le scale. Era contento che dovesse guardare negli occhi gli heku per poterli incenerire, se fosse stata Emily, lui sarebbe già stato un mucchietto fumante.

"Mettimi giù!", gridò Alexis. Silas la rimise delicatamente in piedi nella sua stanza e chiuse a chiave la porta.

"Devi lasciare che se ne occupi tuo padre".

"Vuoi dire che devo lasciare che mio padre si trasformi in un flagello e macelli heku innocenti, e tutto perché non è riuscito a proteggere la mamma?"

Silas emise un breve ringhio: "Non dirlo".

"È vero! Se avesse fatto quello che aveva promesso e l'avesse protetta, ci sarebbe qui lei adesso, a proteggere William".

"Ha fatto quello che poteva".

"Esci dalla mia stanza", gli disse secca e andò a guardare fuori dalla finestra. Silas le fece un cenno e uscì ma restò fuori dalla sua porta con altri tre membri della cavalleria.

"Mamma...", sussurrò Alexis, appoggiando la testa al vetro freddo: "Non ci riesco da sola... tu non puoi lasciarmi adesso".

Pianse fino ad addormentarsi, tardi, quella notte. Dopo aver parlato a lungo con Quinn, Chevalier decise di aspettare a uccidere William, almeno per un po', ma di finire di eliminare il resto del consiglio degli Encala e qualunque altro prigioniero associato a quella fazione.

Il mattino seguente, il palazzo era nuovamente pieno e il Consiglio era in riunione. Chevalier e Kyle erano gli unici assenti, ma gli urli provenienti dalla prigione erano un'indicazione chiara che era meglio lasciarli stare. Essendo un 'Vecchio', Chevalier avrebbe potuto facilmente battere ciascuno di loro e nessuno voleva rischiare di prenderlo dal verso sbagliato.

Quinn e Zohn misero al corrente il Consiglio della conversazione che avevano avuto con Alexis e di alcune idee che avevano per tenerli al sicuro. Gli Encala non erano più considerati una minaccia. I pochi che restavano erano nascosti in posti così remoti tanto da sospettre che non li avrebbero mai trovati, o che, a un certo punto, si sarebbero arresi e avrebbero chiesto di unirsi ai Valle.

Derrick entrò nell'aula e si rivolse agli anziani: "C'è una delegazione dei Valle che vuole parlare con il Consiglio".

"Molto bene..." Zohn stava rispondendo ma si voltò di colpo quando si aprì la porta sul retro. Chevalier entrò nella sala, coperto di sangue e con la rabbia negli occhi.

"Falli entrare", ordinò Chevalier, sedendosi.

"Sei sicuro che vuoi restare qui?" Gli chiese Quinn.

"Sì".

La stanza rimase silenziosa mentre aspettavano che apparissero i Valle. Derrick fece entrare quattro Guardie Imperiali e l'Ufficiale di collegamento tra le Fazioni. I nemici rimasero in piedi davanti al Consiglio, evitando di guardare direttamente Chevalier.

"Perché siete venuti?"

"Siamo venuti a chiedere che liberiate gli ultimi Encala e che permettiate loro di ricostruire la loro fazione", rispose il Valle.

"No", rispose Chevalier e poi si rivolse a Derrick: "Accompagnali fuori".

"Aspetta" gridò il Valle: "Ci devi ascoltare".

"No, non è così"

"Per favore... li hai danneggiati tanto che ci vorranno secoli perché si riprendano. Dobbiamo lasciarli stare in modo che anche tutti noi possiamo riprendere la nostra vita di sempre".

"No".

"Non ci possono essere solo due fazioni".

"E' praticamente già così", gli ricordò Chevalier.

"Hai vendicato Emily", sussurrò.

Gli occhi di Chevalier divennero due fessure: "No... dopo un'eternità di vendetta avranno solo cominciato a pagare".

"Era anche una nostra amica, e non avrebbe voluto tutto questo".

Chevalier li fissò minaccioso.

"Ci rendiamo conto che ha toccato profondamente anche voi", disse Zohn: "Ma non abbiamo mai impedito a uno dei nostri di vendicarsi".

"Anche l'Anziano Sotomar le era affezionato. È venuta da noi a chiedere che il vostro Anziano e il giustiziere fossero tenuti prigionieri finché si fossero calmati... lei non voleva che accadesse tutto questo".

"Sì, beh... non è più qui per cambiare idea, no?"

"Non avrebbe cambiato idea".

"Non devo giustificare le mie azioni con i Valle", disse Chevalier con la voce ferma. Il Consiglio lo guardò, stupito che la rabbia fosse in qualche modo sotto controllo.

"Vi chiediamo solo di fare un passo indietro per un momento e di assicurarvi che quello che state facendo non abbia un effetto deleterio sugli heku, in futuro", disse il Valle.

"È rimasto un solo Encala nella nostra prigione", gli disse Chevalier: "A che servirebbe lasciarlo andare?"

"Può ricostruire la fazione".

"Da che cosa? Dal nulla?"

"Può almeno tentare".

La porta dell'aula di spalancò di colpo ed entrò Kyle. Era evidente che non si era ancora calmato dopo la morte di Emily: "Ne abbiamo trovati altri".

Chevalier si alzò: "Quanti?"

"Trentasei, nascosti in una caverna".

"Andiamo", gli rispose scendendo nell'aula.

"Ti preghiamo", disse il Valle: "Lasciali stare".

"Papà...", disse Alexis. Kyle si voltò di colpo per affrontarla, già acquattato, pronto a combattere.

Chevalier la ignorò e uscì dalle porte.

"No! Devi ascoltarmi", urlò Alexis e Chevalier si voltò: "Non ti permetterò di farlo".

"Chi mi fermerà?" Le chiese, facendo un passo verso di lei, attento a non guardarla negli occhi.

Alexis raddrizzò le spalle: "Io".

"Sei troppo giovane per capire", disse Chevalier, voltandosi per andarsene-

"No... sei troppo arrabbiato per capire che la mamma non avrebbe mai voluto tutto questo".

Lui sospirò, senza guardarla: "Non sappiamo che cosa avrebbe voluto".

"Sì invece. Gli Encala erano suoi amici".

"L'hanno uccisa", sibilò.

"No. È stato Frederick a ucciderla".

Chevalier esitò e poi uscì come una furia dal palazzo, seguito da Kyle e dalla Cavalleria. Mentre usciva, sentì Alexis gridare che lo odiava, e il vuoto nel suo cuore si fece più profondo.

Arrivati sull'elicottero, Kyle fece il suo rapporto agli altri: "Abbiamo trovato una caverna nell'Illinois centrale e un informatore ci ha detto che ci sono 36 Encala... crediamo siano gli ultimi".

"Chi è l'informatore?" Chiese Kralen, con gli occhi che si stringevano.

"Era... è morto", gli disse Kyle: "Ci aveva dato le informazioni in cambio della sua vita. Da quello che possiamo capire, era il nascondiglio che usava Frederick. Gli Encala erano usciti a cercare altri superstiti quando lo abbiamo catturato".

"La solita procedura", disse Chevalier: "Uccideteli tutti, non voglio nessun superstite".

Tutti confermarono l'ordine e si misero comodi per il lungo viaggio verso l'Illinois. L'elicottero Blackhawk atterrò appena dopo mezzanotte e gli heku corsero velocemente gli ultimi quindici chilometri fino all'entrata del nascondiglio. Osservarono per alcune ore, ma non entrò e non uscì nessuno.

"Via", sussurrò Chevalier e il gruppo di 10 heku di Kralen si avvicinò alla botola segreta e la alzò in silenzio. Kralen ascoltò un momento e poi fece un cenno a Chevalier. Sentivo l'odore degli Encala.

Kyle indicò al resto della Cavalleria di circondare la botola e Chevalier si mise in piedi e si avvicinò. La botola era fatta solo di tavole marce, nascoste dal sottobosco. Guardò nel buco e vide una scala che scendeva nelle profondità della terra. C'era un forte odore di Encala.

Chevalier strinse i pugni mentre cominciava a scendere dalla scala arcaica. Sentiva gli altri dietro di lui mentre si faceva strada più in profondità nella terra. Il rumore di qualcosa che si muoveva e le voci cominciarono quando il tunnel buio cominciò a diventare più chiaro. L'eccitazione cominciò a crescere tra i Cavalieri mentre si avvicinavano a quelli che dovevano essere gli ultimi della fazione Encala.

Misero piede su una passerella di metallo che circondava un'enorme caverna. Non si sentiva niente mentre gli Equites penetravano nel rifugio sicuro degli Encala. I volti terrorizzati guardarono il nemico sopra di loro e solo il rumore dell'acqua che gocciolava dalle pareti della caverna rompeva il suono dei loro stivali.

Gli Equites furono sorpresi che non ci fossero urla, né implorazioni o preghiere. Era ovvio che gli Encala si erano arresi. Si erano rassegnati a morire per le azioni del loro Anziano.

"Stai nuovamente proteggendo gli heku"

"Hai mai pensato che proteggere gli heku potrebbe essere il mio compito su questo pianeta?"

Chevalier si bloccò mentre le parole di Emily risuonavano forti e chiare tra le pareti scure della caverna. Guardò Kyle, che non mostrava segni di aver sentito anche lui.

"Voglio che mi promettiate, come Consiglio, che quando morirò, Chevalier e Kyle siano imprigionati finché non torneranno a pensare chiaramente e a essere padroni di sé".

"Anziano?" lo chiamò Mark.

Chevalier guardò di nuovo gli Encala che erano rimasti. Si stringevano l'un l'altro, tremanti di terrore, con gli occhi fissi su di lui.

"Ti odio".

Sospirò quando gli tornarono in mente le parole di Alexis. Non si era reso conto fino a quel momento quando fosse simile a Emily mentre tentava di salvare quello che restava degli Encala morenti.

"Anziano, che cosa vuoi che facciamo?" Chiese Mark, a voce un po' più alta.

Chevalier incontrò lo sguardo di una donna heku dai capelli scuri, stretta a un uomo accanto a lei. La guardò mentre nascondeva il volto sulla sua spalla, piangendo senza lacrime mentre gli diceva addio.

Kyle lo chiamò: "Anziano?"

"Che cosa avrebbe detto Emily?" sussurrò Chevalier mentre fissava gli Encala.

"Che cosa vuoi dire?"

"Voglio dire... è questo che avrebbe voluto?"

"Non possiamo esattamente chiederglielo, no?" Chiese Kyle brusco.

"No... non possiamo chiederglielo... ma lo sappiamo già".

"Dobbiamo ucciderli, sono loro che l'hanno uccisa".
"No, non sono stati loro".
Kyle fissò sconvolto Chevalier: "È compito nostro vendicarla".
"E l'abbiamo già fatto".
"È così, allora? Siamo arrivati così vicino all'annientamento completo degli Encala e ora smettiamo?"
Chevalier fissò il suo vecchio amico: "Sì".
"No, non basta, per Emily".
La voce di Chevalier si riempì di dolore e di dolcezza: "Se lei fosse qui in questo momento, si metterebbe di fronte a noi per cercare di impedirci di far loro del male".
"Ha ragione", disse Mark, e la sua postura si fece più rilassata.
"Li lasceremo andare, sapendo che li abbiamo risparmiati perché abbiamo tenuto conto dei sentimenti di Emily", disse loro Chevalier.
"No, li uccideremo lentamente, sapendo che sono stati loro".
"Tornate sull'elicottero" ordinò Chevalier.
Kyle si acquattò: "Io resto a finire il lavoro".
"Prendetelo".
Ci vollero Kralen, Silas e quattro altri Cavalieri per obbligare Kyle a uscire dalla caverna degli Encala. Si ribellò, cercando invano di vendicare la morte della sua amica. Quando fu sull'elicottero, fissò minaccioso l'Anziano, con la rabbia fuori controllo.
Chevalier era seduto e guardava fuori dal finestrino mentre li riportavano a palazzo. Era pienamente consapevole che Kyle era furioso con lui ma sapeva anche che, quando si fosse calmato, avrebbe capito che Chevalier aveva fatto la cosa giusta.
Poco prima dell'atterraggio, Chevalier si decise a parlare: "È ora che ritorniamo alla nostra vita di sempre. Quattro Cavalieri devono stare di guardia ad Alexis, costantemente, il resto continuerà con i soliti compiti".
Mark confermò: "Sì Anziano".
Quinn e Zohn andarono incontro all'elicottero sul tetto. Il palazzo sembrò di nuovo silenzioso quando si spensero i motori e gli heku uscirono, con un'espressione solenne.
"Allora... sono morti?" chiese Quinn.
"No", gli rispose Chevalier e fissò gli altri due Anziani con un'espressione calma e tranquilla che non vedevano da prima che Emily sparisse per un anno: "Li abbiamo lasciati andare".
Zohn si fece da parte quando Kyle passò davanti a loro precipitandosi nel palazzo e poi si cominciarono a sentire i tonfi.
"Li hai lasciati andare?" Chiese Quinn sbalordito.
"Mi sono vendicato di Frederick. È ora di lasciarli in pace", disse, entrando nel palazzo.

"Dobbiamo liberare William?"

"No".

Alexis andò loro incontro sulle scale. Stava fissando gli heku con disprezzo: "Li hai uccisi?"

"No", le rispose Chevalier, passandole davanti senza un'altra parola.

Quattro Cavalieri si accodarono ad Alexis, che diede loro un'occhiata prima di rivolgersi a Zohn: "Che cos'è successo?"

"Li ha lasciati andare", le spiegò lui.

Equilibrio

"Devia!" gridò Alexis e poi aspettò che il Border collie tornasse accanto ai cavalli. Quando apparve, stava trascinando un lungo bastone sul terreno.

"Andiamo, Lexi", disse Silas, voltando il suo cavallo verso Council City.

"Ancora un momento?" Chiese, vedendo le sue quattro guardie che si voltavano per tornare indietro.

"No, vieni".

Alexis sospirò e diede un calcetto alla sua giumenta per raggiungere gli altri: "Non vedo perché devo farlo".

"E il tuo compleanno, come fai a non volerci andare?" Le Chiese Kralen.

"Semplicemente perché non mi importa".

"Sta cercando di fare la pace con te, permettiglielo".

"Può tentare quanto vuole. Continua a non piacermi".

"È tu padre e ci vuole bene", le disse Silas.

"No, la mamma è morta da un anno ed io non ho ancora voglia di avere a che fare con lui. Può dare tutte le feste che vuole. Non cambierà niente".

"Ok, ma vacci e comportati come se ti piacesse, per favore".

"No", disse Alexis, e smontò da cavallo. Portò la giumenta nel suo box, e tolse la sella. Quando ebbe finito di sistemarla per la notte, vide che le sue quattro guardie la aspettavano nella scuderia.

"Bene, che ti piaccia o no ci andrai", disse Kralen e poi sorrise quando Alexis si precipitò fuori.

"Non mi sembra che obbligasse la mamma a fare queste stronzate", borbottò.

Silas rise: "Oh, sì, invece".

"Miss Alexis", la chiamò il sarto, correndo verso di loro quando entrarono nel palazzo: "È finito, viola, proprio come aveva chiesto".

"No... è papà che l'ha chiesto... io non ho detto niente".

Uno dei Cavalieri prese il sacco dal sarto e poi seguì Alexis ai piani superiori. Lei si voltò davanti alla sua porta e glielo strappò di mano, poi scomparve dentro sbattendola porta.

Allen, Miri e Dain scesero qualche minuto dopo, eleganti e pronti per la festa.

"È già pronta?" Chiese Allen, sistemandosi la cravatta.

Silas sorrise: "No, è ancora là dentro, a lagnarsi perché deve andarci".

Dain sospirò e bussò: "Dai, Alex".

"Hai bisogno di aiuto, Alex?" Chiese Miri, andando verso la porta.

"No, sono sicura di riuscire a vestirmi da sola", le gridò Alexis.

Miri sorrise e tornò da Allen.

"Perché questo ritardo?" Chiese Kyle, apparendo accanto alla porta.

"Ha... qualche problema", disse Kralen, accennando un sorriso.

Kyle bussò: "Dieci minuti, Alex e poi ti trascinerò fuori di lì, pronta o no".

"Vattene!"

Kyle sogghignò: "Bene... sette minuti, allora".

Sentirono tutti Alexis che urlava e poi cominciava a vestirsi.

Kyle fece una risatina e poi scese dabbasso.

Parecchi minuti dopo, Alexis uscì e dall'espressione sul suo volto, si capiva che non era contenta.

"Andiamo", disse Dain, porgendole il braccio. Alexis lo prese, tirando il vestito.

"È stupido... quand'è stata l'ultima volta che avete avuto una festa di compleanno?"

"L'ultima volta che ho festeggiato un compleanno, Allen ha quasi ucciso la mamma", disse Dain, tranquillamente.

"Stai zitto, Dain", sibilò Alexis, sollevando l'orlo del vestito per scendere le scale.

"Sai bene quanto noi che questa festa non ha niente a che fare con il tuo compleanno", le ricordò Allen.

"Lo ripeto... non funzionerà".

Alexis, Allen e Dain entrarono insieme e le conversazioni ad alta voce si fermarono. I ragazzi erano ancora riveriti nella comunità degli heku e quelli che non li avevano mai visti erano ansiosi di vedere anche di sfuggita i ragazzi heku e una Winchester. Alexis esitò e poi finalmente cominciò a muoversi quando Dain le prese il braccio e la tirò dentro.

Alexis inspirò bruscamente quando Lady Thukil la abbracciò, singhiozzando senza lacrime. Alexis diede un'occhiata ad Allen, che scrollò le spalle mentre Lady Thukil si tirava indietro e si tamponava gli occhi asciutti con un vezzoso fazzolettino.

"È... bello rivedervi", disse Alexis, con la voce un po' incerta.

"Sei così simile... così simile... a lei..." disse Lady Thukil prima di scoppiare di nuovo a piangere, e Lord Thukil la portò via.

Chevalier si avvicinò e sorrise: "Stai benissimo, Alexis".

"Già, come vuoi", disse e gli passò davanti per andare da alcuni dignitari che conosceva.

"Le passerà", gli disse Allen.

"Anziano", disse Miri con un inchino.

Chevalier raddrizzò la cravatta di Dain e poi tornò insieme agli altri Consiglieri.

Dain sorrise: "Papà è di buon umore".

"Alexis sta solo facendo la testarda", disse Allen e poi sorrise e salutò con la mano Lord Banks, del vicino Clan Banks.

"Sta piangendo sua madre". Disse Miri, severa.

"No, non è vero. Fa l'ostinata e incolpa papà perché è infelice".

Miri lo guardò seccata e si mise le mani sui fianchi: "Forse non è l'unica ad essere ostinata".

"Miri...", sospirò Allen quando lei se ne andò a parlare con un'amica della città.

Dain sorrise: "Ecco perché resto single".

"Hai nove anni, cambierà", gli disse Allen.

"Ne dubito, dov'è Alex?" Chiese, guardandosi attorno.

Allen si voltò e guardò i dignitari: "Chi lo sa".

"Avete visto Alexis?" Chiese Chevalier, avvicinandosi a loro.

"No, si siamo appena accorti che se n'è andata".

"Fuori a fare il broncio, senza dubbio".

"Credo anch'io".

***

"Sono qui, e adesso?" Chiese Alexis all'heku con lei.

L'heku si guardò nervosamente intorno nel corridoio buio e poi tornò ad Alexis: "Ho un'offerta inestimabile da farti".

"Ok", gli disse, incrociando le braccia.

L'heku si guardò ancora intorno e abbassò la voce: "Sono un Valle".

Alexis sorrise: "Sì, davvero?"

"Sì... e ci serve il tuo aiuto in una piccola faccenda, per la quale pagheremmo un prezzo altissimo"-

"Continua a parlare".

"Hai sentito le ipotesi che si fanno su che cosa succederebbe se tu... l'ultima Winchester... dovesse trasformare una mortale?"

"No, che ipotesi sono?"

"Che le trasmetteresti le tue capacità".

Alexis sospirò: "Da quello che so, sono troppo umana per poterlo fare".

"Gli Equites hanno già tentato?"

"Beh... no".

"Quindi è solo una supposizione. Bevi sangue, no?"

"Sì... ma..."

"Dormi?"

"Sì ma solo circa un'ora per notte".

"Allora vale la pena di tentare e i Valle ti offrirebbero qualunque cosa per permetterci di farlo".

Alexis ci pensò un momento, battendosi distrattamente una mano sulla gamba: "Farebbe incavolare mio padre".

"Più che probabile", le disse, guardandosi attorno per vedere se arrivavano le guardie.

"Ragione in più per farlo".

"Allora lo farai?" Chiese il Valle sbalordito.

"Certo, perché no?"

"Abbiamo scelto una mortale per te. Qualcuno dei Valle si metterà in contatto con te...". L'heku smise di parlare quando una mano forte gli strinse il collo.

"Papà, smettila!" gridò Alexis, cercando di afferrargli le braccia.

"Fuori di qui", ringhiò Chevalier.

Apparve Kralen e allintanò Alexis da suo padre. Quanto tornarono nell'atrio del palazzo, Alexis si voltò inviperita, strappandosi dalle sue braccia. Apparve Silas e le impedì di ritornare da Chevalier.

"Era assolutamente fuori luogo... chiederti una cosa del genere", le disse Kralen.

"Lo farò, che piaccia o no a mio padre".

"Lexi, è un Valle. Non puoi fidarti di lui", le disse Silas.

"Posso fidarmi di lui più che di mio padre" gridò e andò verso le scale.

Kralen chiamò quattro Cavalieri perché la seguissero, poi lui e Silas tornarono dall'Anziano. Quando arrivarono nel corridoio buio, il Valle era seduto contro il muro con un solo braccio e Chevalier lo fissava minaccioso.

Silas diede un calcio al Valle e poi guardò Chevalier: "Che cosa vuole che ne facciamo?"

"Non lo so ancora", gli rispose, fissando il nemico spaventato: "Ci vuole un bel coraggio a offrire ad Alexis di trasformare una mortale".

"Che cosa ha fatto?" esclamò Dain arrivando dal fondo del corridoio. Kralen lo guardò avvicinarsi e si tolse in fretta quando il giovane heku diede una ginocchiata alla testa del Valle, schiacciandogli il cranio.

"Non importa quello che faccio... per Alexis non andrà mai bene".

"Allora ci dica che cosa vuole che ne facciamo", disse Silas, fissando il Valle che stava guarendo.

"Uccidetelo", disse Chevalier, e poi scomparve. Salì le scale, senza sapere che cosa dire ad Alexis, ma sapeva di doverle parlare dell'offerta dei Valle.

"Anziano", lo salutò il primo Cavaliere e si inchinò.

Chevalier lo ignorò e bussò. Attese qualche secondo e poi bussò di nuovo: "Alex, posso parlarti per un momento?"

Una delle guardie scrollò le spalle e l'Anziano lo guardò: "C'è silenzio".

Chevalier sospirò, ruppe la serratura ed entrò nella stanza vuota.

***

"Non puoi continuare a scendere qui", disse William, prendendo il bicchiere di sangue da Alex.

"Posso fare quello che voglio", gli rispose e si sedette di fronte alla sua cella.

"Sono sicuro che lo noteranno. La mia punizione è l'inedia", le spiegò, prima di vuotare il bicchiere.

"Lo so".

William si sedette accanto alle sbarre della cella: "Hai fatto quello che ti ho suggerito?"

"No".

"Devi perdonarlo. Non ha ucciso lui la tua mamma e la sua reazione alla sua morte non è stata esagerata".

"Sì, invece! È imbarazzante che sia andato in giro per la nazione, uccidendo heku impotenti".

William sorrise e si appoggiò all'indietro: "Non lo definirei imbarazzante... impressionante, forse".

Alex fece una smorfia: "Era la tua fazione".

"Non ho detto che la cosa mi abbia fatto felice, ma il solo numero è impressionante".

"Bene, io non sono d'accordo".

William sorrise: "Buon compleanno, comunque".

"Anche tu?"

"Diciassette anni, sono un bel traguardo"

"Se lo dici tu", sbuffò Alexis.

"Veramente dovresti essere di sopra, è la tua festa".

"Questa festa nasce dal senso di colpa"

"Ti vuole bene".

"No, voleva bene alla mamma... io sono un peso".

"Che cosa te le fa pensare?"

"Noi ragazzi abbiamo sempre saputo che la mamma era più importante di noi per papà".

"Io non direi"
"È vero".
"È una cosa diversa. I rapporti tra marito e moglie e tra genitori e figli, sono completamente diversi".
"E tu come fai a saperlo?" Gli chiese, alzando le sopracciglia.
"Annia".
"Come?"
"Mia figlia si chiamava Annia".
Alexis si mise diritta: "Avevi dei figli?"
"Solo Annia, ma è morta molto giovane".
"Come?"
"Non importa", disse guardandola: "Quello che conta è che è ora che tu perdoni tuo padre".
"E lo dice un Encala?".
"Io non ho bisogno di perdonarlo", le disse William. Piegò leggermente la testa di lato: "Ti stanno cercando".
"Immagino".
"Hai già parlato con Allen?"
"No, sta dalla parte di papà".
"Ci scommetto".
"Gli heku si sostengono sempre... è quello che diceva la mamma".
"Ci aveva inquadrati perfettamente".
Smisero di parlare entrambi, persi nei ricordi dei preziosi momenti passati con Emily.
Alexis alzò gli occhi quando sentì Allen che sospirava: "A papà non piacerà".
Alexis scrollò le spalle: "Gli passerà".
"Parlagli", le sussurrò William.
Alexis si alzò e si spazzolò l'abito. "Pensavo ti sarebbe piaciuto sapere che gli Encala che sono rimasti hanno costruito un Clan nell'Ontario".
"Alex!" esclamò Allen: "Vai immediatamente di sopra".
William scosse la testa mentre Allen seguiva Alexis fuori dalla prigione.
"Non puoi continuare a scendere là", le disse Allen irritato.
"Posso fare quello che voglio".
"No, è pericoloso andare là".
"Vado solo a parlare con William", gli spiegò Alexis.
"Perché lo fai, esattamente?"
"Dov'eravate?" Chiese Chevalier, quando Allen e Alexis arrivarono in cime alle scale.
"Nella prigione", gli rispose Alex, passandogli davanti.

Allen fece una smorfia: "Alex...".

"A fare che cosa?"

Alex scrollò le spalle: "A parlare con William".

"Perché?"

Alexis si voltò verso suo padre: "Ricordati... toccagli un solo capello e io diventerò una Valle".

"Alex... questo non è il momento giusto", sospirò Allen.

"Fac ut vivas", gli disse Alexis, prima di entrare in camera sua e sbattere la porta.

Allen aprì la porta: "Perché diavolo hai detto a papà di farsi una vita?"

"Perché allora resterà fuori dalla mia", gli rispose, andando in bagno.

Allen uscì nell'atrio e notò che erano rimasti solo i Cavalieri: "Dov'è andato papà?"

"È tornato a salutare i dignitari", gli rispose una guardia.

Allen scese le scale: "Alexis usa i pluviali fuori dalla sua finestra, come faceva la mamma".

Ci fu un rapido movimento di servitori, che si precipitarono a togliere i tubi di metallo.

***

Alexis alzò gli occhi dal libro quando suonò il suo telefono. Lo prese dopo aver controllato l'orologio: "Sarà meglio che sia importante, alle quattro del mattino".

"Sei sola?" Sussurrò una voce.

"Sì".

"Bambina... è il consiglio dei Valle", disse Sotomar, che sembrava contento di essere riuscito a raggiungerla.

Alexis diede un'occhiata alla porta: "Ok".

"La settimana scorsa abbiamo mandato da te un heku con una proposta".

"Già, poi mio padre lo ha ucciso".

Sotomar sospirò: "Hai sentito la sua offerta?"

"Sì".

"E qual è stata la tua risposta".

"Ho detto sì... ma ora che ho parlato con William, non ne sono così sicura".

"L'Anziano Encala?" Chiese Ryan.

"Sì".

"Che cosa ha detto che ti ha fatto cambiare idea?"

"Perché vi interessa?"

"Vorremmo porre rimedio alla situazione e che tu venissi da noi per tentare", disse Sotomar.

Alexis sospirò: "Non mi ero resa conto di dover mordere qualcuno... e farmi mordere".

"Cose minori, in realtà".

"No, cose importanti".

"L'equilibrio dei poteri tra gli heku è stato pericolosamente infranto", disse Sotomar: "Ora che gli Encala sono praticamente scomparsi, gli Equites stanno cominciando a sterminare i Valle".

Alexis spalancò gli occhi: "Papà sta prendendosela con i Valle?"

"Sì, Bambina", disse una voce sconosciuta. "Darci i poteri Winchester potrebbe diminuire le nostre perdite e forse, un tempo, riportare il delicato equilibrio".

"Lui... nessuno mi ha detto che se la sta prendendo anche con i Valle".

"Ovvio... è un tiranno... e noi temiamo per le nostre vite".

"Allora, volete solo che io trasformi una mortale e pensate che possa aiutarvi?"

"Sì".

"È stupido e non lo farò. Non voglio essere morsa e mordere non mi sembra tanto allettante".

"La tua mamma l'avrebbe fatto per salvarci", disse dolcemente l'Anziano Ryan.

Alexis aggrottò la fronte e guardò il telefono: "No, non l'avrebbe fatto... arrivederci".

"Aspetta..."

"Cosa?"

Sotomar esitò prima di parlare: "Non puoi raccontare a tuo padre quello che ti dirò".

"Ok".

"Abbiamo un'Antica che è in grado di riportare indietro Emily".

Alexis rimase senza fiato: "Davvero potreste?"

"Sì. L'antica, è sepolta qui, con i Valle, e noi possiamo farla rivivere, per restituirti tua madre".

"Fatelo!", sussurrò Alexis mentre il cuore le batteva all'impazzata.

"Ci vorrà parecchio per arrivare a lei, farla rivivere e poi convincerla a resuscitare una mortale... vogliamo qualcosa in cambio", disse l'Anziano Ryan.

"Se trasformerò la vostra mortale, riporterete in vita la mamma?"

"Sì".

Alexis guardò la porta: "Non posso sfuggire alle guardie".

"Come faceva la tua mamma?"

"Di solito cancellava la loro memoria abbastanza a lungo da riuscire a scappare. Io non posso farlo".

Ci furono dei sussurri veloci tra i Valle, prima che Sotomar riprendesse a parlare: "La tua mamma poteva cancellare la memoria agli heku?"

Alexis sospirò: "Sì, l'aveva ereditato da suo padre, credo".

"Non lo sapevamo".

"Gli Equites lo hanno nascosto a tutti, ma è vero".

"Ma tu non puoi?"

"No, non sono mai stata capace di farlo".

"Puoi arrivare nella nostra città da sola?"

"No, non capite... dalla morte della mamma, mi controllano come falchi", spiegò Alexis.

"Sì, lo immagino".

"Se però racconto a papà della vostra antica... lui..."

"No!", disse in fretta Sotomar, poi parlò con voce più tranquilla: "No, non deve saperlo".

Alexis ci pensò un momento: "Beh... posso almeno tentare. Se non funziona nient'altro, posso tentare di arrivare all'Aero di mia madre".

"Bene... bene... tieni il mio numero", le disse Sotomar: "Se riesci a uscire da Council City, possiamo mandarti incontro qualcuno quasi immediatamente".

"Poi mi porteranno nella vostra città?"

"No, abbiamo un Clan più vicino".

"Tenterò", disse Alexis e poi sorrise dopo aver riappeso. Era ansiosa di riavere Emily così che le tensioni tra lei e Chevalier si calmassero.

***

"Perché diavolo dovrei aver voglia di giocare a football con un branco di heku?" Chiese Alexis al suo fratello minore.

"Perché è divertente".

"E sporco, violento e non è una cosa per me".

"Smettila di essere così ragazza", sbuffò Dain.

Alexis si sistemò uno dei suoi tanti braccialetti e gli passò davanti, ignorando il colpetto che le diede a uno dei suoi orecchini di diamanti mentre passava. Solo quando tornò in camera si accorse che le sue guardie non erano della Cavalleria. Sorrise, sapendo quanto era più facile per Emily sfuggire alle Guardie di Città.

"Dove sono le mia solite guardie?" Chiese a uno di loro.

"Hanno avuto il permesso del Consiglio di giocare a football".

"Le mie guardie stanno facendo una partita?"
"Già, qualcosa sul fare squadra".

Alexis annuì e scese immediatamente nella prigione. Dopo parecchie insistenze, riuscì finalmente a parlare con William da sola. Si avvicinò alla cella e gli fece segno di venire alle sbarre.

"Che cosa stai combinando?" Sussurrò William, guardando l'atrio.

Alexis sorrise: "Sto per riavere mia madre".
William sospirò: "Come?"
"I Valle hanno un'Antica che può riportarla in vita".
"Non esiste nessun Antico che può far rivivere un mortale".
"Sì, invece e ce l'hanno i Valle".

"Alex, ascoltami", le disse William, prendendole la mano: "Sono esistite solo tre Antiche e nessuna di loro poteva far rivivere un mortale".

Lei tirò via la mano "Solo perché tu non hai mai sentito parlare di questa abilità, non significa che non esista".

"Le uniche tre Antiche, Era, Notte e Rea...".
Alexis lo guardò sorpresa e lo interruppe: "Le Dee greche?"

William scrollò le spalle: "Questa è un'altra storia... comunque, queste tre antiche non avevano poteri speciali. Era piuttosto raro che un Antico facesse qualcosa di straordinario. Non hai mai incontrato quelle antiche perché non c'era nessun motivo, nessun beneficio, nel riportarle in vita".

"Beh, hai torto. Una di loro può far rivivere la mia mamma ed io andrò dai Valle a prenderla".

"Per favore, parlane con Chevalier prima. Può confermarti quello che ho detto io".

"Ecco, ed io pensavo che saresti stato eccitato... la mamma può liberarti e papà può smetterla di distruggere i Valle".

"Che cosa ti fa pensare che tuo padre stia facendo qualcosa ai Valle?"

"È così... li sta lentamente sterminando, come ha fatto con gli Encala".

William ci pensò un momento: "Non ho sentito niente del genere".

"Ripeto, il fatto che tu non lo sappia...".

"Ascoltami, Alex. I Valle non....", smise di parlare quando Alexis se ne andò di corsa.

William si sedette sulla branda nella sua cella a pensare. Stava meditando quando sentì un trambusto nel palazzo e voci che dicevano che Alexis era scomparsa.

"Guardie!" Gridò William. Quando una delle guardie della prigione si avvicinò, William andò alle sbarre: "Devo parlare con Chevalier, immediatamente".

"È occupato", gli rispose la guardia, tornando alla porta.

"È un'emergenza, riguarda Alex".

"Siediti e stai zitto", ringhiò la guardia tornando alla sua postazione.

"Chevalier!" Urlò William.

Parecchi piani sopra la prigione, Chevalier sospirò: "Che diavolo vuole adesso?"

"Non c'è modo di saperlo, Anziano", disse Kralen: "Non so come abbia fatto, ma è riuscita ad arrivare alla vecchia casa di Exavior ed è partita con l'Aero di Emily".

"Chi erano le sue guardie?"

"Città, noi eravamo in addestramento", spiegò Mark.

"Mandate fuori tutti a cercarla... è facile vedere quella brutta auto viola", disse Chevalier, andando verso la sua auto. Si fermò quando sentì William che lo chiamava di nuovo. Sospirando, scese rabbiosamente i gradini della prigione.

"Chevalier!" Urlò ancora William.

"Vuoi stare zitto?!" Gli gridò Chevalier mentre girava l'angolo per arrivare alla sua cella: "Sono occupato".

"So dov'è andata Alex", gli disse William.

Chevalier socchiuse gli occhi: "Come?"

"Mi ha detto dove stava andando... anche se non sapevo che sarebbe stato così presto e ho tentato di convincerla a parlartene prima".

"Bene, allora, dov'è?" era ovvio che Chevalier non gli credeva.

"I Valle le hanno detto di avere un'antica che può riportare in vita Emily".

"È stupido", ringhiò Chevalier, girandosi per andarsene.

"Stupido o no... lei gli ha creduto e sta andando dai Valle pensando che possano far rivivere la sua mamma".

***

Il Capo della Difesa dei Valle sorrise e andò verso l'Aero viola: "Benvenuta, Bambina".

Alexis scese e si guardò intorno all'interno del complesso dei Valle: "Che posto è questo?"

"È il Clan Ferrin", le spiegò.

"Dov'è Sotomar?"

"Non è qui al momento... vieni dentro, al caldo".

Alexis annuì e lo seguì in una grande residenza al centro delle alte mura di cemento.

"Avevo dimenticato quanto fossi simile a tua madre", le disse il Capo di Stato Maggiore, andando incontro a lei e al Capo della Difesa.

"Più alta, però, sono stata fortunata", disse Alexis, sorridendo: "Quando faremo rivivere la mamma?"

"Dopo la cerimonia".

"Allora sbrighiamoci".

"Domani mattina, Bambina. Abbiamo ancora dei preparativi da fare", le spiegò il Capo della Difesa.

Alexis fece una smorfia: "Io dico di farla rivivere prima e poi faremo la vostra trasformazione".

"Prima trasformeremo la mortale".

Alexis cominciò a pensare: "Aspettate... no, fatela rivivere prima".

"L'accordo resta.... tu trasformi la mortale, noi risvegliamo Emily, in quest'ordine", disse e le fece segno di salire le scale.

"Almeno lasciatemi incontrare quest'Antica", disse Alexis, seguendoli sulla lunga scalinata.

"Non è possibile in questo momento".

"Perché?"

"Il tuo profumo", le spiegò, aprendo la porta di una camera. "Dovrà acclimatarsi, dopo centinaia di anni di inedia".

"Oh", borbottò Alexis, entrando nella stanza. Cominciava a farsi prendere dal panico e ad avere dubbi su quello che le avevano detto.

"Ti serve qualcosa?" Le chiese il Capo della Difesa.

"Sì, in effetti. Voglio vedere mia madre".

"È morta, Bambina".

"Se dovete farla rivivere... avrete bisogno del suo corpo ed io voglio vederlo".

"Non è qualcosa che tu puoi vedere".

Alexis incrociò le braccia: "Dovete provarmi che farete quello che avete detto".

"No", le disse bruscamente, poi chiuse la porta a chiave.

Alexis si guardò attorno e alla fine si sedette sul letto, domandandosi ancora se quello che le avevano raccontato i Valle era vero. Il cuore tamburreggiava in petto al pensiero di rivedere Emily, ma c'era una nuvola scura che faceva ombra alla sua gioia.

Dopo parecchie ore senza vedere o sentire nessuno, Alexis decise che era ora di chiedere informazioni a suo padre sull'antica. Cercò in tasca il piccolo cellulare d'argento. Lo aprì e sospirò quando vide che non c'era segnale. Guardò la finestra e notò che c'erano le sbarre, e di colpo si sentì intrappolata a sola.

"Ehi!" gridò, bussando sulla porta chiusa. Fece un passo indietro quando sentì una chiave girare.

"Hai bisogno di qualcosa?" Chiese uno sconosciuto.

"Sì, voglio parlare con Sotomar".

"L'Anziano non parteciperà".

"Allora chi comanda?"

"Il Capo della Difesa".

"Allora lui. Voglio parlare con lui".

"È occupato", le disse l'heku. "Se ti serve qualcosa, posso provvedere io".

"Voglio un telefono".

"Secondo gli ordini dell'Anziano, fino al ritorno di tua madre, non ci saranno telefonate".

Alexis socchiuse gli occhi: "Non trasformerò la vostra mortale. Ho cambiato idea".

"Tu farai quello che ti diciamo", le disse il Capo della Difesa, arrivando.

"No, non lo farò".

L'heku sospirò ed entrò in camera. La porta si chiuse a chiave dietro di lui e Alexis lo fissò mentre veniva avanti a si sedeva accanto all'unico caminetto.

"Siediti, Bambina", le disse, indicando l'altra sedia.

Alexis si sedette: "O mi lasciate fare una telefonata, oppure me ne vado".

"Perché hai cambiato idea? Pensavo volessi riavere tua madre".

"Più ci penso, più capisco che avete detto un sacco di balle.

L'heku sorrise: "Non è vero. Emily tornerà appena avrai trasformato la mortale".

"Non mi lasciate vedere l'antica, non mi lasciate vedere la mamma e non mi lasciate fare una telefonata... ho la sensazione che i Valle abbiano fatto una cosa stupida e mi abbiano rapito".

"Sei venuta tu da noi", le ricordò.

"Sotto false pretese!"

"Chiamarci bugiardi è ingiustificato".

"Allora cambierò le regole... riportate in vita mia madre e poi trasformerò la vostra mortale".

"Non sta a te decidere come procederemo", le disse, alzandosi furioso: "Tu farai quello che ti diciamo e trasformerai la mortale".

"No".

"È il fatto di essere morsa che ti preoccupa?", disse lì'heku calmandosi un po'.

"Un po'".

"Ti hanno mai morso?"

"No".

L'heku sorrise: "Allora potrebbe piacerti, bambina".

"La mamma lo detestava".

"La tua mamma era un caso sfortunato. Se non fosse stata vittima di tanti attacchi degli heku, avrebbe apprezzato anche lei la sensazione di calma e di rilassamento che regala un heku quando si nutre".

Gli occhi di Alexis cominciarono a riempirsi di lacrime: "Lasciatemi almeno vedere la mia mamma".

"Dopo", disse e sfuocò fuori dalla stanza. Alexis sentì la porta che si chiudeva a chiave dall'esterno e guardò il camino spento.

Rimase seduta per tutta la notte, cercando di capire che cosa doveva fare e quando le prime luci del'alba attraversarono le pesanti tende, qualcuno bussò.

"Che c'è?"

"il Capo della Difesa entrò con un vassoio: "Colazione, poi cominceremo.

"Non ho fame".

"Così simile a tua madre... allora qui c'è la tua veste, tornerò tra qualche minuto per portarti nella stanza cerimoniale, disse, appoggiando una veste nera sul letto. Poi uscì.

Alexis sospirò, incerta su cosa fare e si infilò la veste troppo pesante, che prudeva. Le si adattava perfettamente e si stava guardando quando ritornò il Capo della Difesa.

Sembrava molto ansioso: "Andiamo?"

"Io... io non voglio farlo", disse Alexis, cercando di togliersi la veste.

Il Valle le prese le mani e glie tenne strette: "Tu trasformerai la nostra mortale, che lo voglia o no".

Alexis cercò di liberare le mani: "No".

"Smettila", le disse l'heku e cominciò a trascinarla fuori dalla stanza.

Alexis notò che non c'era nessuno nell'edificio mentre cercava di ribellarsi al Valle. Lui riuscì facilmente a trascinarla giù dalle scale e la gettò nella stanza cerimoniale. Alexis atterrò duramente sulle ginocchia e poi vide i dodici heku vestiti di blu in piedi tutti intorno.

Uno degli heku la guardò negli occhi e divenne cenere in un secondo.

"Smettila!" Le disse il Capo della Difesa, rimettendola in piedi a forza.

"Ho detto che non voglio farlo!".

"Sì, invece", le rispose e si mise in fila con gli altri. Dì pochi secondi dopo, apparve un altro heku vestito di blu e occupò il posto di quello che aveva incenerito: "Non guardatela negli occhi".

Alexis si fece prendere dal panico quando entrò una donna mortale. Sembrava contenta di essere lì e sorrise agli heku in blu. Il semplice abito bianco ondeggiava e Alexis pensò brevemente a come si sarebbe saturato alla svelta di sangue.

"Mortale, sai dove ti trovi?" Chiese uno degli heku in blu.

"Sì", rispose la donna, sorridendo ad Alexis.

Alexis guardò la pesante porta di pietra. Non solo era chiusa, ma c'era anche un grosso lucchetto che non pensava proprio di riuscire ad aprire.

"Sai quello che sta per succedere?"

"Sì", disse la mortale.

"Smettetela", gridò Alexis e la donna mortale alzò gli occhi: "Non succederà... io non lo farò".

"Lo fai di tua spontanea volontà e senza coercizione?" Chiese l'heku ignorando Alexis.

"Sì" Ripeté la mortale, guardando gli heku in blu lungo la parete.

"No!" Gridò Alexis: "Vi ho detto che non lo farò".

"Procedi", disse il Valle ad Alexis.

Alexis fece un passo indietro, scuotendo la testa: "No".

La mortale cadde in ginocchio e guardò Alexis: "Per favore... è quello che voglio".

Alexis cercava disperatamente di cogliere lo sguardo di uno degli heku in blu, ma nessuna la guardava, mentre si avvicinavano alla mortale. La donna si sdraiò e chiuse gli occhi, aspettando il dolore dei morsi che le avrebbero fatto iniziare il suo cammino verso l'immortalità.

Alexis si voltò di colpo quando braccia forti la obbligarono a inginocchiarsi: "Non obbligarmi a farti male".

"Fermati", sussurrò, cercando di liberarsi.

"No, ora aprirò io la ferita, ma tu ti devi nutrire", le disse.

Alexis ansimò lottando contro l'heku che morse la donna sul collo. Sentiva l'odore del sangue fresco e la bocca cominciò a riempirsi di saliva mentre un rivolo di sangue cominciava a scorrere dal collo della mortale raccogliendosi sul pavimento di terra.

"No", sussurrò ancora Alexis, inalando leggermente.

"Lasciati andare, bambina", le sussurrò l'heku all'orecchio: "Annusalo, senti come ti chiama, trova l'heku dentro di te".

La bocca di Alexis si aprì leggermente e lei inalò, smettendo di lottare contro le braccia che la tenevano.

"Bevi", le sussurrò piano nell'orecchio, facendola abbassare lentamente verso la mortale.

Alexis non riusciva più a resistere. L'istinto ereditato da suo padre crebbe in lei mentre le labbra si avvolgevano intorno alla ferita e sentiva il sangue caldo fluirle in gola. Dimenticò le braccia che la tenevano stretta, concentrandosi sul sapore del sangue fresco e il modo in cui gliene faceva desiderare di più.

"Basta", sussurrò una voce bassa e le braccia forti allontanarono Alexis dalla mortale, che era sull'orlo della morte.

Gli occhi dell'adolescente heku erano fissi sul collo della donna mentre gli heku in blu cominciavano a ondeggiare e a cantilenare a bassa voce.

"Ora lei deve bere da te", sussurrò l'heku e quando le appoggiò i denti sul polso, Alexis sentì la paura tornare di colpo e cominciò a lottare.

"No!" Urlò.

"Smettila di ribellarti", sibilò l'heku e la ragazza era abbastanza forte da rendergli difficile trattenerla e arrivare al suo polso.

Risuonò un tonfo nel corridoio dietro a lei ed Alexis raddoppiò gli sforzi per liberarsi. Sentì l'heku chiamare aiuto quando gli diede una ginocchiata all'inguine e lui cadde a terra.

Alexis riuscì ad arrivare alla porta prima che mani fredde la tirassero indietro e lei urlasse di nuovo, sperando che qualcuno la sentisse.

"Smettila di lottare!", ringhiò il Capo della Difesa: "Eri d'accordo e lo farai".

"No", gridò Alexis: "Qualcuno mi aiuti!"

"Adesso le permetterai di bere dal tuo polso", le sussurrò all'orecchio.

"No", ripeté, scuotendo la testa e lottando per difendersi da lui.

"Basta!" Gridò l'heku e gettò Alexis verso la mortale. Lei cadde sulle ginocchia davanti alla donna che la guardò con occhi imploranti.

Alexis si voltò di colpo quando la pesante porta volò via dai cardini tra rumori di ringhi e sibili dei Valle nella stanza. Gli heku in blu si ritirarono contro la parete mentre la cavalleria Equites entrava furiosamente nella stanza, con Chevalier al comando.

"Papà!" Urlò Alexis correndo tra le sue braccia. Lui la abbracciò, senza distogliere lo sguardo dai Valle.

Kyle apparve al suo fianco e la controllò brevemente prima di rivolgersi al Capo della Difesa: "Che cosa avete da dire in vostra difesa?"

"Era d'accordo!" Ringhiò il Valle.

Kyle fece un passo minaccioso verso il nemico: "Solo dopo che le avete promesso l'impossibile".

"Non ucciderlo", disse Alexis. Guardando Chevalier: "Lui può riportare indietro la mamma".

Il cuore di Chevalier mancò un battito e dovette deglutire prima di guardarla: "No, Alexis, non può farlo. Ti hanno mentito".

Alexis nascose il volto sul petto di suo padre e cominciò a piangere. Ogni speranza di rivedere Emily le era stata strappata via e il vuoto nel suo cuore era ritornato.

"Uccideteli", ringhiò Chevalier, tenendo sua figlia.

Kyle annuì e avanzò contro di loro.

Mark si acquattò: "E il membro del Consiglio?"

Il Capo della Difesa sorrise: "Non puoi uccidermi".

"Diciamo che è stato un incidente", disse Chevalier e sfuocò fuori dalla stanza mentre la Cavalleria si faceva avanti per eseguire i suoi ordini. La fece sedere teneramente su un divano nell'atrio e la esaminò.

"Sto bene", sussurrò la ragazza, guardando per terra: "Mi dispiace. Avevano detto...".

"So che cosa ti hanno detto", disse Chevalier, prendendole le mani: "Se ci fosse stato un Antico con il potere di riportare in vita tua madre, l'avrei già fatto io".

"Non posso vivere senza di lei", ripeté Alexis, ricominciando a piangere.

"Ci sono qui io... non sono Emily, ma ci sarò sempre per te", le disse, stringendola al petto.

"Ho tanta paura".

"Di che cosa?" sussurrò Chevalier.

"Di tutto... di tutto quello che ha passato la mamma... tutto quello che lei è riuscita a fare. Io non posso farlo".

"Nessuno si aspetta che tu sia tua madre".

Alexis cominciò a tremare nella sua braccia: "Io sono l'ultima Winchester".

Chevalier annuì: "Lo so".

Alexis alzò gli occhi quando sentì dei passi e vide la Cavalleria arrivare dalle scale. Erano tutti coperti di sangue.

"È fatta", disse Kyle, staccando qualcosa dalla camicia con due dita e mandandolo contro il muro con un colpetto delle dita.

***

Nella prigione, smisero tutti di parlare, quando entrò Chevalier. Le guardie lo salutarono quando passò davanti a loro e poi si rimisero sull'attenti. Nessuno faceva un passo falso quando c'era l'Anziano e i prigionieri stavano zitti in modo da non attirare la sua attenzione.

Girò l'angolo in silenzio e rimase in piedi davanti alla cella di William. L'Anziano nemico lo guardò e fece un cenno con la testa.

Sapeva che era arrivato il suo momento. Era ora di pagare per quello che aveva fatto Frederick.

Chevalier si tolse le chiavi di tasca e aprì la porta: "Esci".

William aveva deciso che era responsabilità sua mostrare la forza della sua fazione morente, si limitò ad annuire e uscì dalla cella senza una parola o una lamentela. Avrebbe affrontato la morte con onore e mostrato agli Equites come avrebbe dovuto comportarsi un Encala.

Chevalier gli prese rudemente il braccio e cominciò a trascinarlo davanti alle celle. William fu sorpreso quando passarono davanti alla stanza degli interrogatori e salirono al pianterreno del palazzo degli Equites.

"Che cosa succede?" Chiese, quando vide Alexis in piedi nell'atrio del palazzo.

"Sei libero", disse Chevalier, lasciandogli andare il braccio e mettendosi accanto ad Alexis.

William spalancò gli occhi: "Mi lasci andare?"

"Appena a sud del Lago Sachigo, nell'Ontario, c'è un Clan con quello che resta degli Encala", gli disse Chevalier: "Vai".

Alexis gli sorrise quando i loro occhi si incontrarono.

William fece un cenno con la testa e sfuocò fuori dal palazzo degli Equites. Quando fu fuori dalle mura, si voltò a guardare Council City, poi sparì nella notte.

Sepolta

Alexis camminava lentamente per il palazzo. A diciotto anni, possedeva una grazia morbida, naturale e un'eleganza tutt'altro che tipiche per gli heku. Nei due anni che erano passati dalla morte di Emily, aveva ripreso dove aveva lasciato sua madre, cercando di riunire le fazioni per creare un'esistenza più pacifica.

Mentre camminava attraverso le sale del palazzo, aspettando una riunione imminente, pensava agli Encala che stavano crescendo, erano già centinaia. Avevano ripreso possesso della loro città devastata e la stavano lentamente ricostruendo, con William al comando. L'incontro di quel giorno era il primo tra tutte e tre le fazioni in oltre due anni.

"Lexi, sei pronta?" Le chiese Silas, dall'altra parte dell'atrio. Lei annuì e lo seguì, con le sue quattro guardie che vigilavano. Gli Encala non erano abbastanza forti per pensare a un attacco e i Valle avevano troppa paura per cercare di rapire l'ultima Winchester esistente, ma le sue guardie erano sempre sul chi vive.

Chevalier era più protettivo nei confronti di Alexis di quanto lo fosse stato perfino di Emily, la cui morte pesava ancora fortemente nella sua mente. Non poteva dimenticare quanto avesse tentato di salvarla, senza riuscirci. A causa della sua morte, Alexis era ancora più protetta e sorvegliata. Lei lo permetteva, senza discutere o ribellarsi: capiva quanto era importante per gli Equites. Entrò dalle porte sul retro e si sedette accanto a Chevalier nel palco del consiglio. Sorrise educatamente agli Anziani, poi si mise compostamente le mani in grembo aspettando gli Anziani nemici.

Derrick aprì la porta della sala del Consiglio e scortò Sotomar e Salazar, l'Inquisitore capo dei Valle. Immediatamente dietro di loro c'erano gli Encala, l'Anziano Iuna e il Giustiziere. Erano tutti in piedi davanti agli Equites, raggruppati secondo la fazione.

Sotomar sorrise ad Alexis: "È bello rivederti, Bambina".

Alexis chinò educatamente la testa, senza rispondere.

"Così simile a tua madre", disse Salazar.

Chevalier si schiarì la voce: "Basta con Alexis. È qui per mantenere un'atmosfera civile".

Sotomar annuì e guardò ancora una volta Alexis prima di rivolgersi agli Anziani Equites. Anche lui era impressionato da quanto Alexis assomigliasse a sua madre. Sentì una breve fitta di tristezza al pensiero della morte di Emily, e la ricacciò indietro in fretta.

Quinn sistemò un po' di carte e poi si rivolse ai nemici: "È passato molto tempo dall'ultimo incontro e abbiamo convocato questa riunione per verificare i progressi della fazione Encala".

Sotomar annuì e guardò l'Anziano Iuna: "Sì, come state andando?"

Iuna guardò il loro Giustiziere prima di parlare: "Non so quanto dovrei rivelarvi. Stiamo progredendo, comunque, siccome ci sono volute solo poche settimane per sostituire il Consiglio e ricominciare a costruire".

"Quanti siete?" chiese Zohn.

Iuna sorrise: "Questo non ho intenzione di dirvelo".

"Potete dirci chi fa parte del vostro consiglio?" Chiese Chevalier.

"Perché dovrei farlo?"

"Perché no? Da quando la composizione di un Consiglio è stata un segreto?"

"Da quando hai deciso di cancellare la mia fazione!"

"Per favore, tieni bassa la voce", disse gentilmente Alexis.

Iuna le rivolse un cenno con la testa: "Il nostro consiglio ha deciso non rivelare nulla alle altre fazioni fino a nuovo ordine".

"Perché, esattamente?" Chiese Kyle, stupito.

"Per proteggerci".

Chevalier guardò Richard, l'Inquisitore capo, e lo vide che scrutava Salazar: "C'è qualche problema?"

"No, Anziano", rispose Richard, ma i suoi occhi non lasciarono il nemico.

"Forse dovrei rivolgermi al Consiglio degli Encala, per vedere se daranno a me le informazioni", disse Alexis.

"Puoi farlo, se lo desideri", disse Iuna.

"No, non verrà dal vostro Consiglio", gli disse Kyle: "Se non volete darci le informazioni che vi abbiamo chiesto, dovremo semplicemente scoprirle da soli".

"Non minacciateci".

"Non è una minaccia", gli disse Quinn: "Sapete che è nell'interesse nostro e dei Valle sapere tutto quello che possiamo".

"Allora vi renderete anche conto che è responsabilità mia proteggere gli Encala e ritengo che non fornirvi queste informazioni sia necessario... quindi restarà così".

Alexis rimase seduta tranquilla per tutto il resto della riunione e dovette ricordare solo due volte ai nemici di rimanere calmi. Sapevano che doveva guardarli negli occhi per poterli incenerire, ma avevano anche l'impressione che fosse meno propensa a usare la sua abilità, rispetto a sua madre. La sua voce non saliva sopra il leggero sussurro. Non faceva niente di precipitoso e non dava il suo parere, come avrebbe fatto Emily.

Dopo quattro ore, cominciò a guardare Salazar e l'Inquisitore capo degli Equites. Salazar sembrava nervoso e non la guardò nemmeno una volta. Richard continuava a osservarlo e non sembrava prestare attenzione a quello che stava succedendo. Si decise a parlare solo verso la fine della riunione.

"Perché sei così nervoso?" Chiese Richard a Salazar.

Il Valle aggrottò la fronte: "Non so che cosa vuoi dire".

Chevalier annuì: "Me ne sono accorto anch'io. Ci stai nascondendo qualcosa?".

"Assolutamente no".

"Se abbiamo finito, noi ce ne andiamo", disse Sotomar, andando verso la porta.

"Non ho finito con Salazar", disse Zohn alzandosi: "È nervoso e sta nascondendo qualcosa".

Gli Encala guardavano l'interazione un po' divertiti.

"Sei fuori allenamento", disse Salazar a Zohn: "Non sto nascondendo niente".

"Sta mentendo", disse Richard e poi sorrise: "Un Inquisitore capo dovrebbe essere in grado di mentire meglio di così".

"Non sto mentendo e mi ritengo offeso dalla tua accusa".

"Potete andare", disse Dustin agli Encala. Alexis lo guardò reprimendo l'odio che sentiva per il Powan. Aveva imparato a nasconderlo, sapendo che faceva parte del Consiglio e che doveva trattarlo con rispetto.

Iuna sorrise ai Valle e poi se ne andò con il Giustiziere Encala.

"Non potete tenerci qui", ricordò Sotomar al Consiglio: "Salazar non ha fatto niente che giustifichi il suo imprigionamento".

"Sparite dalla mia vista", ringhiò Zohn. Il Consiglio guardò i Valle che se ne andavano e poi girarono le loro sedie per conversare.

"Mi scusate?" Chiese Alexis.

"Grazie per essere venuta, Alexis. Sono tutti molto più civili quando ci sei tu", le disse Quinn.

Lei fece un piccolo inchino e uscì, andando incontro alle sue guardie nell'atrio.

"E secondo te è una cosa divertente?" Le chiese Dain.

Alexis si voltò a guardare suo fratello: "Non divertente ma necessario".

"Non mi è sembrato per niente divertente".

"Veramente non dovresti ascoltare i discorsi del Consiglio. Sono privati", gli disse Alexis e Dain le si mise di fianco mentre camminavano nell'atrio.

"Non c'è nient'altro da fare qui".

"Comunque non dovresti farlo".

Dain sbuffò: "Ok, come vuoi. Finché non mi permetteranno di far parte dello staff di guardie non ho nient'altro da fare qui".

"Sai che non te lo permetteranno".
"Sì, ed è stupido".
Alexis sospirò: "Devi capire da che cosa sta uscendo papà. Mamma non l'avrebbe permesso, hai solo dieci anni".
"Anni, sì".
"Non ha importanza. Agli occhi della mamma saresti comunque un bambino".
"Comunque lo chiederò di nuovo al Consiglio".
"Lasciali stare, Dain, sono occupati".
"Non mi interessa", le rispose, allontanandosi da lei, che lo vide avvicinarsi alle porte della sala del Consiglio e parlare brevemente con Derrick prima di entrare.
Dain avanzò altezzosamente verso i Consiglieri e Chevalier sospirò: "Che c'è Dain?"
"Lo sai perché sono qui", rispose sorridendo a suo padre.
"Richiesta negata, ora puoi andare", gli disse Kyle e cominciò a guardare un registro.
"No, non accetterò un no come risposta. La mamma è morta da due anni. Non potete impedirmi di far parte del corpo di guardia solo perché lei avrebbe potuto non volerlo!"
"Sì che possiamo" gli disse Zohn.
Dain strinse gli occhi: "Lo avete permesso ad Allen".
"Era diverso".
"Non è vero".
"Non ora, Dain", disse Chevalier.
"Allora quando?" Chiese incrociando le braccia.
"Quando sarai più grande".
Dain ringhiò e sfuocò fuori dalla sala del Consiglio, sbattendo la porta.
"Non vedo perché non possa far parte dello staff di guardia", disse Dustin: "Si annoia e si mette solo nei guai".
"No", disse Chevalier deciso, poi si voltò a parlare con Kyle del processo che doveva cominciare.
Alexis vide Dain che si precipitava fuori dalla sala del Consiglio e sospirò: "Si sta solo creando altri problemi".
"Sì, ma imparerà" Disse Silas. Aveva appena cominciato il suo turno di guardia ad Alexis.
"Magari potremmo uscire a cavallo e portare i cani?"
Silas sussurrò nell'aria e poi sospirò: "Mi dispiace, oggi ci sono la manovre. Avrai le Guardie di Città per un po'".
Alexis annuì e sorrise: "Ok, magari più tardi".

Silas si meravigliava sempre vedendo Alexis accettare tutto e non cercare mai di sfuggire alle sue guardie, sia che fossero della Cavalleria o guardie cittadine: "Potresti andare a trovare Garret".

Le uniche volte in cui Alexis si agitava e arrossiva era quando si menzionava il suo ragazzo:" Beh... forse".

Silas sorrise. Gli piaceva come arrossiva in fretta e come riuscisse a malapena a parlare quando si menzionava il suo nome. La Cavalleria aveva avuto timore di informare Chevalier quando Alexis aveva cominciato a uscire con una delle Guardie di Città, qualche mese prima, ma Chevalier l'aveva presa sorprendentemente bene. Dain, al contrario, si era infuriato e aveva minacciato di uccidere l'heku. Una volta che Chevalier l'ebbe calmato, Alexis era stata in grado di cominciare a uscire con lui ufficialmente.

Alexis sentì il calore che le saliva elle guance e corse in camera. Stava scrivendo un libro sulla famiglia Winchester, usando informazioni in possesso di Camber e poi parlando con tutti quelli che avevano conosciuto bene Emily. Dopo parecchi tentativi era riuscita a convincere il Consiglio a lasciarle chiamare suo zio Alec e ottenere informazioni sulla famiglia di Elizabeth.

Si sedette alla sua scrivania e cominciò a scrivere sul laptop che aveva comprato solo a quello scopo.

***

"Signore, è qui", disse Derrick, mettendo la testa nella sala del Consiglio.

Chevalier annuì: "Bene, fallo entrare".

Entrò un heku, con la divisa di una della Guardie di Città dei Valle. Rimase in piedi davanti al Consiglio degli Equites e si inchinò: "Sono venuto come richiesto".

"La tua missione è finita", gli disse Chevalier: "Ci rendiamo conto che portandoti qui avremmo fatto saltare la tua copertura.

"L'heku annuì.

"Che cosa hai scoperto?"

"Salazar passa pochissimo tempo con il Consiglio dei Valle. Ha il suo Clan e resta là per la maggior parte del tempo".

"Dov'è?"

"Nel Vermont, Signore. È il Clan Green Mountain".

"Quant'è grande?"

"L'ultimo conteggio dava 117 heku, incluso Salazar. Ci sono voci che il suo Clan sia completamente isolato. Non accettano nuovi membri e capita solo raramente che qualcuno esca dalle mura della città.

"Quindi passa la maggior parte del suo tempo fuori da Valle City?" Chiese Zohn.

"Sì, Anziano. Ho sentito il Consiglio dei Valle dire che se non comincerà a fare il suo lavoro, sarà sostituito".

Chevalier rifletté su quest'informazione, battendo leggermente una penna sul tavolo.

"Sospettano perché lo faccia?" Chiese Kyle.

"Sì, Signore. Sotomar sospetta che Salazar possa avere un prigioniero che sta nascondendo al Consiglio".

"Un prigioniero? Perché tenerlo segreto?"

"È quello che non capiscono".

Kyle annuì: "Ha una sua logica".

"Continua a non piacermi", disse l'Inquisitore capo "Ho la sensazione che fosse nervoso perché era qui".

"Puoi andare", disse Chevalier all'heku: "Prenditi un mese di licenza e poi fai rapporto al tuo Capitano".

"Grazie, Anziano", disse, si inchinò e uscì.

"Attacchiamolo", suggerì Chevalier.

Zohn sogghignò. Quella era la reazione di Chevalier a qualunque cosa sospetta: "Non siamo stati provocati".

"Ci ha mentito".

"Però....".

"È stato tutto troppo tranquillo qui in giro", disse Quinn: "Io sono d'accordo... mandiamo una squadra a scoprire che cosa sta nascondendo il nostro caro Salazar".

"Vieni anche tu, allora?" Chiese Kyle a Chevalier.

"No, ho del lavoro da fare qui. Perché non porti la Cavalleria e vedi che cosa riesci a scoprire?"

Kyle sorrise: "Subito".

Chevalier guardò Kyle scomparire e poi lo sentì convocare la Cavalleria: "Sarebbe divertente andare".

"Però ci servi qui", gli ricordò Zohn.

"Lo so, ma non ho ucciso nessuno nelle ultime 24 ore", disse Chevalier ridendo.

Quinn scosse la testa sorridendo.

***

Kyle era in piedi fuori del complesso e ispezionava l'area mentre gli 84 membri della Cavalleria aspettavano tra gli alberi. Dall'interno del complesso arrivavano solo bassi sussurri e le porte non erano sorvegliate, solo elettrificate.

"Mark", sussurrò e poi si voltò quando il Generale venne avanti: "Idee?"

"Spegnere i generatori o superare le mura. Non vedo niente lassù", gli disse Mark, guardando in cima ai muri di cemento altri tre metri.

"È lì", sussurrò Kralen.

Mark annuì.

"Procedi".

"Squadra 4, superate il muro", disse Mark e vide dodici heku col mantello verde che scalavano il muro di cemento. Si sentirono immediatamente urla e il suono di combattimenti: "Squadra 1, 2 e 3, via".

Kyle si avvicinò alle porte quando si aprirono ed entrò: "Venite, c'è una festa".

"Non è divertente quando non cercano nemmeno di difendersi", sospirò Mark ed entrò nel complesso.

"Salazar è nell'edificio principale", gli disse Kyle.

Kyle annuì: "Bene, andiamo a dirgli ciao".

"È strano, ci sono pochissime difese", disse Mark. Camminarono tutti verso la residenza principale, al centro del complesso. In rapporto alla dimensione del clan, l'edificio era troppo grande e troppo decorato.

"Mi rende nervoso", disse Kyle, fermandosi davanti alla porta.

Kralen venne avanti e si inginocchiò accanto alla porta. La studiò per un momento prima di voltarsi: "Questa porta è truccata".

"Anche le finestre", disse Silas, avvicinandosi.

Arrivò Horace dal retro della casa "È tutto così. Tocchiamo un centimetro di questa casa e ci fulmina".

Kralen alzò le sopracciglia, impressionato: "È una grande bobina di Tessla. Non solo chi la tocca si fulmina, ma sparerà elettricità tutto intorno".

"È una novità", disse Kyle guardandosi attorno nel complesso silenzioso".

Silas annuì: "Comincio a pensare che questo prigioniero debba essere molto importante. Per nasconderlo al Consiglio, potrebbe essere un Valle".

"È quello che penso anch'io. Un Valle, molto probabilmente, che vorrebbero anche gli Equites".

Kralen sfuocò intorno al complesso e poi tornò: "Non vedo generatori o cavi che entrano in casa. È più facile che sia alimentata da pannelli solari o cavi sotterranei".

"Bene, dobbiamo entrare", disse Kyle riflettendo.

"Sì, prima che chiamino rinforzi", sospirò Kyle: "Abbiamo circa quattro ore prima che arrivino degli aiuti".

"Se osa chiederli".

"Vero".

"Da qui non si vedono pannelli solari", disse Horace dalla cima dell'edificio vicino.

"Allora sono cavi sotterranei", disse Mark, dando un calcio al terreno: "Direi di scavare".

Kyle rise: "Bene... scaviamo, allora".

Non ci volle molto perché la cavalleria trovasse i cavi sotterranei. Anche se era stata una mossa brillante nascondere i cavi e trasformare la casa in una bobina di Tessla, l'esecuzione era stata affrettata e appena tolta l'alimentazione, Kralen salì le scale e bussò.

"Il y a quelqu'un à la maison?" Chiamò e poi diede un calcio alla porta, mandandola a pezzi. Kralen e la sua squadra entrarono per primi e non videro nessuno "Hallooo?"

"Non sarà difficile, trovateli", disse Kyle. La cavalleria si sparpagliò immediatamente nella grande casa e cominciò una ricerca porta a porta. Uccidevano immediatamente ogni heku che trovavano. Gli ordini erano chiari, uccidere tutti eccetto Salazar ed eventuali prigionieri.

"Signore, abbiamo trovato la prigione", disse uno dei Comandanti.

Kyle annuì: "Ottimo, diamo un'occhiata", e seguì il Comandante in una grande prigione, cominciando a controllare un prigioniero per volta.

***

Mark sorrise quando entrò in un'enorme stanza: "Carino, abbiamo trovato la sua camera da letto".

Kralen saltò sul letto, si sdraiò e mise le mani dietro la testa: "Comodo".

"Un po' troppo ricercata, per i miei gusti". Disse Silas, cercando nei cassetti.

"Che ti aspettavi, sono Valle". Gli disse Kralen, incrociando i piedi.

"Hai intenzione di fare un pisolino?" Gli chiese Mark.

Kralen sorrise: "Forse".

"Parlando di comodità, l'idiota ha un animaletto" disse Silas, andando verso una gabbia nell'angolo. Era coperta da un panno pesante ma sotto si vedevano alcune sbarre.

"Carino, ok, credo che potremmo ucciderlo per lui", disse Mark cominciando a controllare la cabina armadio.

"È piuttosto grande", disse Kralen, guardando la gabbia. La base era di un metro per un metro ed era alta novanta centimetri.

"È strano, però, non sento odore di animali".

"Neanche io. Forse l'ha mascherato... i Valle e i loro maledetti profumi".

Mark sospirò: "Non trovo niente".

Kralen si sedette sulla sponda del letto: "Ok, uccidiamo l'animaletto e poi andiamocene".

"A me sta bene", rise Silas. Allungò la mano e tolse il panno dalla gabbia e poi ansimò e fece un passo indietro. Il profumo familiare colpì gli heku all'improvviso e mentre le bocche cominciavano a salivare, i cuori battevano all'impazzata.

Nella gabbia c'era una piccola figura strettamente raggomitolata che dondolava lentamente. I capelli rossi erano annodati e impastati e pendevano sulla schiena. La camicia da notte, una volta bianca, era sporca e macchiata e nascondeva il corpo sotto il tessuto spesso. Con il volto accuratamente nascosto tra le braccia, l'unica cosa familiare era il profumo.

"È...", sussurrò Kralen, alzandosi lentamente.

Mark si voltò e respirò una boccata d'aria fresca dalla porta, senza riuscire a parlare.

Silas guardava la piccola forma dondolarsi lentamente, senza emettere un suono, come se non si fosse neppure accorta che erano lì. Lasciò cadere a terra il panno spesso e fece un passo avanti sussurrando: "Guardami".

Kralen guardò a occhi sbarrati la piccola forma che smetteva di dondolarsi un attimo e poi ricominciava.

"Mark", sussurrò Silas.

Mark si voltò quando riprese completamente il controllo e si avvicinò alla gabbia. Si inginocchiò e toccò le sbarre: "Guardami".

Lei non rispose, ma continuò lentamente a dondolarsi.

Mark diede un'occhiata a Kralen e poi chiamò piano Kyle.

Kyle sentì chiamare il suo nome e sorrise. Non avevano trovato nessun prigioniero interessante e immaginava che Mark avesse trovato Salazar o il prigioniero che cercavano. Sfuocò al piano di sopra, seguendo l'odore di Mark e apparve nella stanza di Salazar. Rimase immobile quando il ben noto profumò lo assalì e dovette lottare contro il desiderio di strappare le sbarre e nutrirsi da chiunque lo stesse creando.

Kralen gli prese il braccio: "Devi acclimatarti prima di avvicinarti".

Kyle chiuse gli occhi e represse in fretta il suo bisogno istintivo. Una volta ripreso il controllo, Kralen lo lasciò andare e il Giustiziere si avvicinò alla gabbia, inginocchiandosi accanto: "È...?"

"Non lo sappiamo", gli disse Mark: "Non vuole guardarci".

Kyle deglutì forte, temendo perfino di dire il suo nome: "Emily?"

La donna continuò a dondolarsi ossessivamente, senza reagire a nessuno di loro.

Mark tolse il lucchetto dalla gabbia e aprì lo sportello. Solo allora la videro muoversi. Il corpo si irrigidì e la donna si voltò cercando di allontanarsi da loro. Quando si mosse, videro una singola manetta intorno alla caviglia destra, collegata con una catena all'interno della gabbia di metallo.

Kyle allungò la mano e le toccò delicatamente un braccio: "Per favore, guardami".

Lei ansimò e si allontanò di colpo dalla sua mano. Kyle la ritrasse in fretta, non volendo spaventarla.

Kralen si avvicinò e guardò Kyle prima di alzare la voce: "Guardami immediatamente!"

Lei cominciò a tremare a quel comando imperioso e alzò lentamente la testa. I capelli rossi arruffati erano appiccicati al sudore sporco sul suo volto e il tutto corpicino tremò mentre Emily alzava gli occhi sulla sua vecchia guardia.

"Oh mio Dio!" esalò Kralen, stringendo i pugni.

Emily nascose in fretta il volto e ricominciò a dondolarsi lentamente.

Kyle allungò le mani per tirarla dolcemente fuori dalla gabbia, ma i suoi urli agghiaccianti risuonarono per tutta la casa e lui la lasciò andare in fretta. Lei si spostò sulla piccola coperta consunta sulla quale era seduta e ricominciò a dondolarsi, con il corpo che tremava di paura.

Mark riprese fiato e fece per rompere la manetta intorno alla caviglia ma si fermò: "Non è nemmeno chiusa".

Emily allungò una mano tremante e cominciò ad accarezzare piano la manetta di metallo.

"Lasciatela, per ora", sussurrò Kyle mentre il cuore martellava: "Evacuate questa casa e andiamocene da qui".

"Vuoi tirarla fuori?"

"No, prenderemo tutta la gabbia".

Mark ordinò alla Cavalleria di sbrigarsi e uscire dalla casa.

Silas si voltò dopo aver chiuso il suo cellulare: "Chevalier non risponde".

"Riportiamola a Council City. Chiama e fai in modo che il dott. Edwards sia lì, poi cerca Lori al Clan Dover e dille di venire a palazzo", ordinò Kyle.

Silas uscì per fare i preparativi.

Mark chiuse la gabbia e rimise il panno. Il profumo scomparve immediatamente dalla stanza. Kyle prese un lato e Mark l'altro e sollevarono attentamente la gabbia, portandola giù dalle scale. Quando raggiunsero il pianterreno, l'edificio era vuoto.

"Bruciatelo", sussurrò Kyle e alcuni Cavalieri cominciarono subito, dando fuoco a tutto quello che poteva bruciare.

Quando Mark e Kyle fecero scivolare adagio la gabbia nell'elicottero Horace e le sue truppe salirono a bordo: "Che cosa avete trovato?"

Kyle non riusciva a parlare. Sentiva chiaramente il cuore di Emily che batteva all'impazzata e il suo respiro affannoso e superficiale, mentre la sua paura cresceva.

Mark guardò Horace e sussurrò: "Niente... riportaci indietro, subito".

Horace annuì e ordinò al pilota di dirigersi a Council City. Il viaggio fu silenzioso. I Cavalieri capivano che i loro capi erano sconvolti e non si mossero finché il pilota non fece atterrare l'elicottero sul tetto del palazzo.

"Evacuate il quinto piano", ordinò Kyle e poi aspettò che la Cavalleria tornasse alle loro postazioni. Quando sul tetto rimasero solo in quattro, Kralen e Silas sollevarono adagio la gabbia togliendola dall'elicottero e seguirono Kyle e Mark nel palazzo.

"Che cosa sta succedendo?" Chiese Quinn dal quinto piano. Fece una smorfia quando vide gli ufficiali superiori della Cavalleria portare una vecchia gabbia nella stanza di Chevalier.

"Entra", gli disse Kyle e si spostò in un angolo della stanza accanto al camino spento: "Appoggiatela lì".

"Appoggiatela?" chiese Zohn, osservandoli.

Kralen accese immediatamente i camini, e la stanza cominciò subito a scaldarsi.

"Chiudi la porta", sussurrò Kyle.

Zohn e Quinn guardavano incuriositi mentre Silas chiudeva la porta e poi si voltava verso la gabbia.

"Preparatevi", sussurrò Mark, prendendo in mano lo spesso panno.

"Perché?" Chiese Zohn sorridendo.

Nell'attimo in cui Mark tolse il panno, l'aroma allettante riempì la stanza di Chevalier e fece indietreggiare gli Anziani mentre la loro natura di predatori si scatenava. Entrambi erano troppo storditi per muoversi anche con la bocca che salivava al profumo. Emily era ancora raggomitolata sulla coperta consunta e si dondolava lentamente, con il volto nascosto nelle braccia.

Quinn fu il primo a calmarsi a sufficienza da fare un passo avanti: "E...?"

Kyle annuì: "Sì".

Zohn riprese il controllo e la guardò: "Mio Dio!"

"Che cosa le hanno fatto?" chiese Quinn.

Mark lasciò cadere il panno e scosse la testa: "Non lo sappiamo, non parla".

"Tiratela fuori di lì", sussurrò Quinn.

"Non possiamo... se la tocchiamo urla", spiegò Kyle.

"Sono arrivati", disse Silas, voltandosi verso la porta.

"Fateli entrare".

Silas aprì la porta e fece entrare i due heku, poi la richiuse immediatamente.

Gli occhi del dott. Edwards si posarono immediatamente sulla figura nella gabbia: "Che diavolo?!"

Lori, la Psichiatra che Chevalier una volta aveva fatto venire per Emily, fece un passo avanti e si inginocchiò accanto alla gabbie. Cominciò a studiare i movimenti precisi di Emily mentre si dondolava e la testa le si riempì di domande.

"L'abbiamo trovata nella casa dell'Inquisitore capo dei Valle", sussurrò Mark: "Non possiamo toccarla. Non è molto reattiva e non parla".

Appena si furono acclimatati al profumo di Emily, gli heku cominciarono a sentire la puzza della coperta e degli indumenti mai lavati.

"Fate tornare Chevalier, subito", sussurrò Quinn.

Kralen annuì e sparì dalla stanza.

"Emily?" La chiamò dolcemente Lori. Sospirò quando non ottenne nessuna reazione e il dondolio continuò.

"Non possiamo toglierla da quella gabbia?" Chiese Zohn, coprendosi il naso contro l'odore disgustoso che proveniva dalla gabbia.

Kyle scosse la testa: "Ha urlato quando ho tentato".

"Almeno toglietele quella manetta".

"Non credo che voglia che lo facciamo".

Il dott. Edwards camminò lentamente intorno alla gabbia, studiando quello che poteva vedere "Non vedo ferite. Anche se, guardandole i polsi, direi che è sottopeso e alcune delle macchie sulla camicia da notte sembrano sangue vecchio".

"Emily", sussurrò Lori: "Vorresti qualcosa da mangiare?"

Emily trattenne il fiato per un attimo, poi ricominciò a dondolarsi.

"Era coperta?" Chiese Lori.

Kyle annuì: "Sì".

"Copritela ancora".

Mark prese il panno dal pavimento e coprì la gabbia. Quasi subito sentirono che il cuore di Emily rallentava, appena cominciò a sentirsi più a suo agio.

"Avete trovato Salazar?" sussurrò Quinn agli altri.

"No", rispose Kyle, continuando a osservare la gabbia coperta.

Zohn si rivolse al medico: "E adesso che cosa facciamo".

"Suggerirei di sedarla in modo da poterla visitare", disse il dott. Edwards.

"Devo studiarla ancora", disse Lori, rimettendosi in piedi: "Prima dobbiamo accertarci che sia veramente Emily".

"Hai qualche dubbio?" Chiese Kralen.

"No, ma una conferma sarebbe gradita. Suggerisco di controllare se è nella bara".

Silas strinse i denti e annuì: "Lo farò io".

"Vai", disse Mark.

"Quindi, presumendo che sia Emily, che cosa facciamo?" chiese Quinn.

"Non avete idea di che cosa le sia successo?" Chiese Lori a Mark.

"No".

"È rimasto in vita qualcuno di quel Clan?"

"Solo se non erano nel complesso durante l'attacco"

"Chi, oltre all'Anziano era più vicino a lei?"

Quinn la guardò: "Kyle".

Lori annuì: "Mentre è coperta e tranquilla, vedi se riesci a parlare con lei".

Kyle si inginocchiò accanto alla gabbia e abbassò la voce: "Em? Sono Kyle. Puoi parlare con me?"

Dalla gabbia non arrivò alcun suono a parte lo scricchiolio delle sbarre mentre si dondolava.

"Sei a Council City, al sicuro nel palazzo e abbiamo richiamato Chevalier da una missione. Io voglio... solo che mi parli".

Sospirò quando non ottenne risposta e guardò la Psichiatra.

Lori annuì e sussurrò in modo che Emily non sentisse: "Allora suggerisco di fare quello che ha chiesto il dott. Edwards, e sedarla in modo da poterla visitare".

"Aspettiamo che arrivi Chevalier",disse Zohn: "È solo a un'ora di distanza".

Quinn sospirò: "D'accordo".

Gli heku rimasero seduti in silenzio ascoltando il suono lieve di Emily che si dondolava nella gabbia mentre riflettevano su cosa fare con i Valle e come aiutare Emily. Silas ritornò trenta minuti dopo e confermò che la bara di Emily era vuota. Riferì che c'erano graffi all'interno del coperchio e che parte del satin era strappato. Quando l'auto di Chevalier entrò in garage, sentirono Kralen che gli andava incontro.

"Perché mi avete richiamato?" Chiese Chevalier, seccato.

"Siamo appena ritornati dal Clan di Salazar", gli spiegò Kralen: "C'è qualcosa che deve vedere".

"Qualcosa tanto importante da cancellare la mia missione?!" Chiese irritato. Gli heku sentirono Kralen e Chevalier salire le scale.

"Perché diavolo sono tutti in camera mia?" Esclamò Chevalier. Smise di urlare e guardò la gabbia quando sentì un piccolo ansito: "Che cos'è?"

Kyle guardò gli Anziani e poi si rivolse a Chevalier: "Salazar... aveva... Emily".

Chevalier aggrottò la fronte: "Come?"

Mark si avvicinò e tolse il panno che copriva la gabbia, lasciando che il profumo Winchester si spandesse per la stanza. Chevalier era troppo scioccato perfino per notare che i denti gli facevano male all'odore del suo sangue. Guardò la piccola figura che dondolava lentamente e notò subito il sudiciume e la piccola coperta lisa su cui era seduta.

Lentamente, fece un passo avanti: "Siete sicuri?"

Kyle gli mise una mano sul braccio: "Non toccarla, si metterà a urlare".

Chevalier annuì e Kyle lo lasciò andare quando Chevalier si avvicinò e si inginocchiò accanto alla gabbia: "Em?"

Lei non rispose ma continuò a dondolarsi con il volto nascosto.

"Non reagisce a nessuno", disse Mark: "Kralen è riuscito a farsi guardare, ma solo dopo averle urlato di farlo".

"È lei?"

"Sì", sussurrò Kyle.

Ancora troppo sotto shock per rendersi conto di quello che stava succedendo, Chevalier guardò gli altri: "Che cosa c'è che non va in lei?"

"Non lo sappiamo", gli rispose il dott. Edwards.

"Tiratela fuori da quella gabbia", ringhiò Chevalier e strappò lo sportello. Nell'attimo in cui le sue mani la toccarono, Emily urlò e si rannicchiò dall'altro lato della gabbia, afferrando strettamente le sbarre. Chevalier ritirò in fretta le mani, sbarrando gli occhi.

Lori si inginocchiò accanto a lui: "Per il momento sarebbe meglio lasciarla stare. Se avere la manetta e stare nella gabbia le è di conforto... suggerisco di lasciarla lì".

Chevalier si alzò: "Com'è possibile che voglia essere ammanettata e chiusa in gabbia?"

Lori sospirò: "Non sappiamo che cosa ha passato, ma in qualche modo così è più a suo agio".

Chevalier guardò il dott. Edwards: "Com'è possibile che sia viva?"

Il medico si preparò, sapendo che questo poteva farlo uccidere: "È ovviamente guarita. Deve avere giusto abbastanza sangue heku che dopo la sua morte, il corpo ha cominciato molto lentamente a ripararsi. Le abbiamo dato tre giorni...".

Chevalier fissò furioso Zohn e Quinn: "Vi avevo detto di lasciarla stare".

Zohn fece un cenno con la testa e abbassò gli occhi: "Quando il suo anello essenza è caduto, abbiamo presunto che fosse morta. Io... se avessimo saputo che poteva guarire...".

"Copritela", disse Kyle e Mark rimise il panno sulla gabbia. Sentirono Emily che si spostava e poi ricominciava a dondolarsi, raggomitolata.

Chevalier si sedette accanto alla gabbia e osservò il panno: "Io non...".

"Non abbiamo preso Salazar", sussurrò Mark: "Non c'era".

"Trovatelo", ringhiò Zohn.

Mark salutò e scomparve con Kralen e Silas.

"Che cosa facciamo?" Chiese Chevalier al dott. Edwards.

"Suggerisco di sedarla in modo da poterla visitare. È sporca e dobbiamo lavarla prima di poter fare molto".

Lori fu d'accordo: "Sì, stavamo solo aspettando lei".

"Io porterò una delegazione dai Valle", sussurrò Quinn.

Zohn annuì: "Buona idea, anche se suggerisco di tenere la ricomparsa di Emily riservata a quelli che nella stanza".

"D'accordo".

"Chi sa che è qui?" Chiese Chevalier.

"Solo quelli che c'erano in questa stanza". Rispose Kyle.

"Bene, allora tenete il segreto con tutti gli altri. Non lo deve sapere nessuno".

"Che cosa facciamo per il cibo?"

"Tra tutti noi, riusciremo a fare quello che serve senza attirare l'attenzione".

Kyle annuì.

Il dott. Edwards frugò nella sua borsa e riempì una siringa: "Ok, io sono pronto".

"Suggerisco che escano tutti, eccetto il dott. Edwards".

"Perché?"

"Se si spaventa... non voglio che uno di noi ne sia la causa. Non voglio che abbia più paura di noi di quanta già ne abbia".

Chevalier capì e entrarono tutti in bagno. Il cuore di Chevalier si fece pesante quando sentì le urla terrorizzate quando il dott. Edwards le fece l'iniezione di sedativo. Pochi minuti dopo furono richiamati nella stanza, il dott. Edwards aveva aperto la gabbia e tolto la manetta e stava delicatamente togliendo Emily dalla gabbia. La puzza orribile riempì la stanza.

Chevalier si avvicinò e scostò i capelli dal sudiciume sul volto di Emily per vederla chiaramente. Rimase senza fiato quando ebbe la conferma che era lei e le baciò la fronte dolcemente prima di prenderla dalle braccia del medico.

"Lori, aiutami a lavarla", sussurrò Chevalier, entrando in bagno.

Il dott. Edwards studiò la gabbia: "Credo serva un cuscino morbido per farla sedere, adesso è seduta sulle sbarre. Dovremo anche imbottire la manetta, ha i calli sulla caviglia, poi serviranno una coperta e un cuscino, se è lì che dormirà".

"Penso che i cuscini nella sala giochi siano all'incirca della stessa misura della gabbia, ne prenderò uno", disse Kyle, scomparendo. Ricomparve qualche istante dopo e vide Zohn togliere la sottile coperta che Emily usava per sedersi e gettarla nel fuoco. Quinn scomparve e tornò con della lana morbida che cominciò a incollare all'interno della manetta.

Zohn sospirò: "Quella coperta puzzava di sangue vecchio".

Il medico tolse dal letto una trapunta morbida e uno dei cuscini e li mise nella gabbia.

"Non mi piace che debba restare nella gabbia", sussurrò Kyle.

"Speriamo non sia per molto", disse Zohn, guardandola: "Se avessimo scelta, non sarebbe lì".

Quinn aprì il vecchio cassettone di Emily quando Chevalier chiese una camicia da notte pulita. Non fu molto sorpreso quando vide che tutte le sue cose erano ancora lì. Gli passò una camicia pulita e poi si sedette ad aspettare. Un'ora dopo Chevalier uscì dal bagno con Emily tenuta amorevolmente in braccio. Le avevano tagliato i capelli che ora sfioravano le spalle, era pulita e non puzzava più.

"Abbiamo dovuto tagliarli", spiegò Chevalier quando Kyle toccò i capelli corti: "Erano troppo arruffati".

"Lo so".

"Che cosa avete scoperto?" Chiese il dott. Edwards, indicando il letto.

"È emaciata", disse Lori quando Chevalier non rispose, conducendo gentilmente Chevalier verso il letto.

Il medico si sedette accanto a Emily sul letto e cominciò immediatamente ad auscultarle il cuore e i polmoni mentre gli altri restavano indietro a osservare.

Si appese lo stetoscopio al collo e cominciò a premere delicatamente sullo stomaco: "È tachicardica, a causa della disidratazione, ma a parte quello i polmoni e il cuore sembrano a posto".

"Ha delle bruciature sulla schiena", sussurrò Lori quando si rese conto che Chevalier era troppo arrabbiato per parlare.

Il dott. Edwards alzò gli occhi: "Bruciature?"

"Sì, sopra il tatuaggio e ha anche dei segni di frustate".

Lori prese un blocco e cominciò a scrivere freneticamente: "Devo sapere tutto quello che trovate. Curarla sarà più facile, se non ci imbattiamo in qualcosa di nuovo tutte le volte che facciamo un passo avanti".

Chevalier scomparve dalla stanza e si sentirono dei tonfi dalla profondità del palazzo. Dopo aver ordinato di evacuare il palazzo dal personale non indispensabile, Zohn si rivolse al medico: "E adesso che cosa facciamo?"

Il dott. Edwards guardò Lori: "Dal punto di vista medico, vorrei metterle una flebo per reidratarla, ma non ne ha mai lasciata inserita una".

"Fallo mentre è sedata, vai di bolo se serve. Non voglio che abbia una flebo quando si sveglia", disse Lori: "Dobbiamo evitare di fare qualcosa contro la sua volontà, niente che la traumatizzi ulteriormente".

"Deve mangiare", il dott. Edwards: "Non credo che la gabbia le farà effettivamente male, sembra che ci sia stata abbastanza a lungo da abituarsi, anche se spero che i cuscini e la coperta la aiutino".

"Tenete lontani i ragazzi, per ora", disse Lori: "Dobbiamo tenere al minimo i visitatori e tenerla coperta il più possibile, finché non si aprirà un po'.

Il dott. Edwards annuì: "Le bruciature sono a vari stadi di guarigione. Immagino che tenessero il tatuaggio degli Equites coperto di bruciature e lo bruciassero di nuovo quando riappariva. Comunque guariranno da sole abbastanza presto. Ora che è pulita almeno dovrebbe sentirsi meglio".

Quando nessuno reagì o aggiunse qualcosa, il dott. Edwards le mise una flebo e cominciò a reidratarla in fretta.

Dopo un po', Zohn riuscì a parlare: "Parla con i Valle, chiedi che ci consegnino Salazar per processarlo".

Quinn fu d'accordo: "Non dirò loro il motivo, mi inventerò qualcosa".

"Appena sarà sotto custodia, scoprite che cosa aveva in mente", sussurrò Zohn, continuando a osservare Emily. Sembrava tranquilla e calma e nella mente gli balenarono le immagini del suo cadavere.

Quando Emily cominciò a muoversi, il medico tolse la flebo e Kyle la prese in braccio per rimetterla nella gabbia sul cuscino morbido.

Le mise attentamente la manetta imbottita sulla caviglia con i calli, poi chiuse la gabbia e la coprì con una coperta pulita.

Chevalier ricomparve sulla soglia. Aveva gli abiti strappati e coperti di sangue. Sembrava calmo e si avvicinò alla gabbia. Si inginocchiò e ascoltò Emily che si stava svegliando. Non ci volle molto per sentire il suono familiare del suo dondolio.

Mark entrò con un sandwich su un piatto: "Pensavo che potesse mangiare".

Chevalier prese il piatto e alzò un po' la coperta davanti allo sportello: "Em?"

Lei continuò a dondolarsi, senza guardarlo.

"Ti abbiamo portato da mangiare".

Il suo udito acuto sentì che ansimava leggermente e che si irrigidiva.

"Metterò il sandwich qui accanto a te", sussurrò. La guardò sbirciare da sotto il braccio e guardare brevemente il sandwich prima di ritornare a raggomitolarsi strettamente.

"Spostatevi un po' indietro", suggerì Lori.

Chevalier esitò poi si alzò e fece un passo indietro. Emily si srotolò lentamente e fece passare lo sguardo da lui al sandwich.

"Avanti, Em"

La sua mano si contrasse appena e cominciò a respirare più in fretta mentre guardava il sandwich accanto a lei.

Chevalier fece un altro passo indietro, osservandola attentamente.

All'improvviso, Emily afferrò il sandwich e voltò loro la schiena. Usò il corpo per impedire loro di vedere mentre mangiava freneticamente il sandwich, più in fretta che poteva. Mentre si ficcava il cibo in bocca, sembrava sulla difensiva come se si aspettasse che qualcuno glielo togliesse da un momento all'altro.

Era evidente a tutti quelli che la guardavano che il cibo era una cosa rara per lei e che quando l'aveva, doveva proteggerlo. La guardarono meravigliati quando si voltò, una volta che il cibo fu finito, e fece scivolare il piatto sotto il cuscino su cui era seduta, nascondendola.

"Prenda il piatto, Anziano", sussurrò Lori.

Lui annuì e si curvò in avanti: "Non hai bisogno di nasconderlo".

Lentamente, tolse il piatto da sotto il cuscino, mentre la mano di Emily scattava ad afferrare la manetta sulla caviglia. Sentiva dal respiro affrettato che cominciava ad avere paura. Si alzò e interrogò la Psichiatra con gli occhi.

"Vada indietro. Penso che stia aspettandosi una punizione", sussurrò Lori.

Chevalier represse la rabbia e si allontanò lentamente da lei, mentre Emily continuava a far passare la mano sulla manetta di metallo: "Quindi la punivano perché mangiava?"

"Non ne sono ancora sicura. È solo una supposizione basata sul suo comportamento", spiegò Lori.

"Dobbiamo scoprire che cosa le hanno fatto".

"Controllerei se ci sono sopravvissuti di quel Clan. Lei non lo dirà a nessuno".

Chevalier coprì la gabbia quando Emily cominciò a tremare. Quando il respiro divenne lento e ritmico, alzò la coperta per controllarla e sospirò quando vide che la coperta e i cuscini erano stati spinti contro un lato della gabbia mentre lei dormiva sulle sbarre nude di metallo.

***

"Vi abbiamo riuniti come forma di... chiamiamolo intervento", spiegò Lori: "Nessuno, oltre a quelli che sono in questa stanza, al momento sa che Emily è qui e nemmeno che è viva. Dobbiamo concentrarci sulla sua guarigione e questo gruppo si concentrerà su questo obiettivo.

Chevalier guardò il tavolo riunioni che avevano messo nella sua stanza. Gli altri Anziani erano seduti con Kyle, Mark, Silas, Kralen, il dott. Edwards e la Psichiatra, tutti riuniti per condividere le informazioni e offrire opinioni e teorie.

"Mark, cominciamo con il tuo rapporto", disse Zohn.

"Abbiamo spostato il resto del Consiglio nelle stanze dell'ottavo piano. Questo ci permette di stare da soli al quinto e restringe le possibilità che qualcuno entri accidentalmente, o ci veda andare e venire da questa stanza".

"Il Consiglio ha fatto domande?" Chiese Quinn.

"No, Anziano".

"Sanno che sta succedendo qualcosa ma hanno saggiamente deciso di non chiedere".

"Dott. Edwards, allora?"

"Fisicamente sta meglio. Da quello che posso dire, ha ricevuto tutti gli antibiotici di cui aveva bisogno durante le ultime quattro settimane. Questo copre tutte le ferite che poteva avere. Non ha guadagnato molto peso, ma non credo nemmeno che ne abbia perso. Farla mangiare è una sfida".

Lori sospirò: "Posso solo teorizzare che fosse punita perché mangiava".

"Chevalier?" Chiese Zohn.

"Niente", sussurrò con gli occhi fissi sulle mani: "Onestamente non so nemmeno se mi riconosce. Non ottengo nessuna reazione. Sta solo seduta a dondolarsi tutto il giorno e si appoggia alle sbarre durante la notte. Non accetta niente di quello che abbiamo dato per farla stare più comoda. Spinge via tutto".

"Non ho ancora capito perché", disse Lori.

"Tocca a te, Quinn", disse Zohn, chiaramente furioso.

"I Valle non hanno ancora visto Salazar. Lo hanno sostituito nel Consiglio e presumono che sia morto nell'incendio della sua residenza".

"Non c'era", ringhiò Kyle.

"Ecco perché lo stiamo ancora cercando".

Zohn annuì: "La mia parte è facile. Mi avete chiesto di fungere da Inquisitore in questo gruppo per vedere se riesco a ottenere risposte alle domande solo leggendo la sua espressione e il linguaggio del corpo. Finora non sono riuscito a cogliere niente altro che un'intensa paura. Silas?"

"Non vuole mangiare. Ho tentato con tutti i suoi cibi preferiti ma mangia solo quando non ce la fa più. Finora, è ogni quattro giorni circa. Quando mangia, lo accumula e ce lo nasconde e poi nasconde qualunque prova che abbia mangiato".

"Ho cercato di rassicurarla che non ci saranno ripercussioni perché mangia", spiegò Lori: "Ma non è servito.

Zohn sospirò: "Kyle?"

"Il mio rapporto è simile a quello di Chevalier. Io resto qui quando non può esserci lui e non ho ricevuto nessuna reazione. Non sembra sapere chi sono", sussurrò.

"Bene, Kralen?"

La guardia sembrava furiosa: "Non mi piace la mia parte in questa squadra".

"Ci serve che lo faccia, però", gli disse Zohn, con un sorriso rassicurante.

"Detesto quando mi guarda, come fa quello che le chiedo, solo per paura".

"So che è difficile", gli disse Quinn: "Però ci serve una figura autoritaria e quando le hai ordinato di guardarti la prima volta e lei ha ubbidito, sei diventato quella figura".

"Non mi piace, ma lo faccio", sussurrò Kralen, con le mani che tremavano: "Ottengo solo un'ubbidienza che nasce da puro terrore. Ha veramente paura di me".

"Andrà tutto bene", gli disse Lori, toccandogli una mano: "Ha bisogno che qualcuno di forte comandi e non vogliamo che abbia paura dell'Anziano".

Kralen accennò di sì.

"Penso tocchi a me", disse Lori: "Nelle ultime quattro settimane, ho visto pochi progressi. Continua a dondolarsi e come, già detto, rifiuta ogni comodità. Offre il polso, ogni tanto, quando le diamo qualcosa, quindi presumo che si nutrissero".

Lori smise di parlare quando Chevalier ringhiò.

Quando si fu calmato, continuò: "Non credo che i farmaci siano una buona scelta in questo momento, tendono ad annullare le sensazioni e le emozioni e in questo momento lei non ne ha comunque. Non l'ho vista piangere o mostrare altre emozioni, oltre alla paura".

"Com'è possibile non fare progressi?" Chiese il dott. Edwards: "Deve avere visto che non le faremo del male".

"Non sappiamo per quanto tempo l'hanno tenuta i Valle. Il danno è più profondo di quanto sia possibile immaginare e vedo come ci guarda. Si aspetta che ci rivoltiamo contro di lei da un momento all'altro".

"Voglio riunioni settimanali. Il modo migliore di aiutare Emily è di osservarla e fare ipotesi ed è meglio che siano condivise in modo che tutti possiamo aggiungere i nostri pareri e quello che pensiamo", disse Lori.

"Come la tiriamo fuori da quella gabbia?" Chiese Zohn.

"Mi piacerebbe. Sedersi su quelle sbarre non può farle bene", disse Chevalier.

Kralen disse sospirando; "Io sono pronto a fare la mia parte, anche se...".

"Non ti piace, ti capiamo", gli disse Quinn.

"E la catena? La lasciamo penzoloni?" chiese Zohn.

"No, non credo che funzionerebbe", disse Lori: "Silas ha già assicurato una catena alla parete. La attaccheremo alla catena che ha alla caviglia. È troppo affezionata a quella manetta perché non faccia parte di quello che la fa sentire più a suo agio".

"Non riesco a capire come una manetta possa essere un conforto", sussurrò Silas.

Chevalier si alzò e guardò la gabbia coperta: "Siamo pronti, allora? È sveglia".

Mark annuì: "Sì, ho già pronte le pinze per la catena".

"Sarà rumoroso, abbiamo evacuato il palazzo?" Chiese Kyle.

"Sì".

Lori si guardò attorno: "Faremo così, Kralen obbligherà Emily a uscire dalla gabbia, una volta fuori, Silas e l'Anziano Zohn dovranno far sparire la gabbia prima che se ne accorga. Poi Kralen porterà Emily vicino a dove Mark potrà agganciare una catena all'altra".

Chevalier sospirò: "Non capisco perché non posso restare qui".

"Lo ripeto, questa è una violazione del suo spazio personale. Lei non può essere coinvolto, e neppure il Giustiziere, se è per questo".

Kyle annuì: "Vieni Chevalier, aspetteremo fuori".

Chevalier uscì sospirando con Kyle e il dott. Edwards.

Kralen tolse la coperta dalla gabbia e la gettò contro la parete. Emily non reagì, ma continuò a dondolarsi raggomitolata.

Con un sospiro, Kralen si fece forza e parlò deciso: "Emily, esci da lì, subito".

Aprì lo sportello, poi fece un passo indietro. Emily alzò gli occhi su di lui e cominciò a tremare.

L'heku deglutì e poi gridò: "Fuori! Subito!"

Lentamente ed esitando, Emily si mise carponi e strisciò fuori dalla gabbia. Quando si voltò per guardarla, non c'era già più e cominciò a gridare quando Kralen la prese in braccio. Cercò di graffiarlo e urlò, divincolandosi per uscire dalla sua presa. L'heku riuscì comunque facilmente a metterla seduta accanto a Mark, che si affrettò a collegare la catena alla sua caviglia con quella sulla parete.

Entrambi fecero un passo indietro mentre il cuore di Emily cominciava a battere all'impazzata.

"È in preda al panico", sussurrò Kralen, troppo piano perché lei sentisse.

"Statele vicini", disse Lori: "Deve capire chi comanda".

Emily cercò disparatamente la sua gabbia e poi cominciò a sudare e a iperventilare.

Kralen si inginocchiò: "Emily, smettila, calmati".

I suoi occhi spaventati incontrarono quelli di Kralen che usò quell'attimo per controllarla, andando contro a quello che era stato deciso, e in poco tempo riuscì a calmarla e farla rilassare. Mark ignorò lo strappo nella procedura e rimase indietro a guardare Emily che si spingeva contro la parete sotto la finestra e si raggomitolava di nuovo. Sospirò quando cominciò a dondolarsi.

"È fuori", sussurrò Mark. Gli altri heku entrarono, contenti che fosse stato così facile.

Chevalier sorrise a Kralen: "Hai fatto bene".

Kralen si limitò a borbottare e poi trattenne il fiato quando vide Emily che si girava e gli mostrava l'interno della coscia sinistra.

Gli heku si voltarono di colpo e Chevalier si affrettò a coprirle le gambe con la camicia da notte, ignorando come urlava quando la toccò. Si raggomitolò immediatamente e ricominciò a dondolarsi.

"Io non...", sussurrò Kralen.

"Lo sappiamo", disse Lori.

"Io lascio", esclamò Kralen e sfuocò fuori dalla stanza.

Mark sorrise: "Gli parlerò io".

Silas seguì Mark quando uscì, chiudendo la porta.

"Emily, smettila di offrire agli heku di nutrirsi", le disse Chevalier deciso: Lei non reagì e continuò a dondolarsi.

Lentamente

"Anziano?" lo chiamò Silas, mettendo la testa nella stanza. Chevalier alzò gli occhi dal pavimento dove era seduto accanto a Emily che si dondolava lentamente. Silas sorrise: "Ne abbiamo trovato uno".

Chevalier chiamò Kyle e poi scese le scale con Silas. Fu sorpreso quando Silas si fermò al terzo piano e si diresse alla sala riunioni privata degli Anziani.

"Perché stiamo...", stava dicendo Chevalier, ma poi Silas aprì la porta e vide un Valle con il resto del gruppo di Emily: "Perché è qui?"

Silas chiuse la porta alle spalle di Chevalier, che guardò gli strumenti di tortura che erano stati disposti nella sala riunioni.

Zohn guardò la vergine di Norimberga e poi gli rispose: Se lo interroghiamo in prigione, tutti i prigionieri ci sentiranno".

"Qui... nessuno ti sentirà urlare" sussurrò Chevalier, con gli occhi fissi sull'heku vestito di grigio.

"Io... io parlerò... non c'è bisogno che mi torturiate", balbettò l'heku.

Chevalier girò una sedia e si sedette con le braccia sullo schienale guardandolo in viso: "Che cosa abbiamo, qui?"

Mark si appoggiò alla vasca piena d'acqua: "Ce l'hanno consegnato i Valle. Era uno degli ufficiale di Salazar".

"Ce l'hanno consegnato, così?"

"Beh... no... ma possiamo essere convincenti", disse Kyle ridendo.

"Gli abbiamo assicurato che non lo tortureremo finché ci dirà quello che vogliamo sapere", disse Quinn.

"Sapevi che Emily era lì?" Chiese Chevalier.

"Sì".

"Chiamate Richard".

Zohn alzò una mano: "Condurrò io l'interrogatorio. Non voglio coinvolgere altri Consiglieri".

Chevalier annuì: "Bene, allora... comincerò io. Un accenno di resistenza e proverai la mia nuova vasca".

Il Valle guardò la vasca piena d'acqua a occhi spalancati e poi fece cenno di sì.

"Come ti chiami?"

"Solax".

"Ok, Solax, da quanto tempo Salazar teneva prigioniera Emily?"

"Lui... lei... io... l'ho vista la prima volta due settimane dopo la sua... sepoltura".

Zohn ansimò: "L'avete tenuta prigioniera per due anni interi?"

"Sì".

"Come l'avete presa?"

"Lord Salazar non me l'ha detto. Era già lì da qualche giorno prima che mi informasse".

"Sta dicendo la verità", disse Zohn a Chevalier.

"Perché l'ha tenuta prigioniera?" Chiese Chevalier al Valle.

Solax sospirò: "Voleva che desse una Winchester ai Valle, ma lei non ha mai accettato, per quanto cercasse di persuaderla".

"Persuaderla?" Chiese Zohn, aspettando che chiarisse.

"Solo... torture...".

La penna di Lori smise di fare rumore mentre guardava Solax, troppo sgomenta perfino per scrivere.

Chevalier, che era rimasto perlopiù in silenzio fino ad allora, si lanciò sul Valle, ma fu immediatamente bloccato da Zohn e Quinn.

"Fermati, dobbiamo saperne di più", sussurrò Quinn. Chevalier cercò di divincolarsi, ma alla fine si calmò e Zohn tornò a sedersi.

Una volta che Chevalier ebbe ripreso l'autocontrollo, Zohn proseguì: "Ok... vediamo di parlare di qualcosa di meno traumatico, va bene? Che cosa facevate con il suo cibo?"

"Che cosa significa?" Chiese Solax.

"Non vuole mangiare".

L'heku scrollò le spalle: "Non facevamo niente con il suo cibo che non la facesse mangiare. Facevamo un gioco, ma era innocuo".

Zohn lo guardò attentamente: "Che tipo di gioco?"

"Solo io e Phil... facevamo un gioco, per passare il tempo".

"Che gioco?" Ripeté Zohn.

"Era per vedere chi riusciva a stare più lontano nella stanza e arrivare comunque al cibo prima che lei riuscisse a prenderlo", disse, senza timore per quello che aveva fatto.: "Era solo un gioco innocuo".

"Se arrivavate al cibo prima di lei, che cosa succedeva?"

"Niente, glielo toglievamo. Doveva arrivare prima di noi per mangiare".

"Gioco innocuo?!" Gridò Kralen. Chevalier dovette impedirgli di aggredire il Valle.

Lori si calmò a sufficienza per continuare a prendere nota e lo scricchiolio della sua penna era tutto quello che si sentiva mentre Zohn cercava di calmarsi.

Quinn si sedette di fronte a Solax quando fu chiaro che Zohn aveva dei problemi a controllare la sua rabbia: "Ora spiegami perché continua a offrirci di nutrirci".

"Quello non ero io! Solo Lord Salazar".

"Non mi interessa chi l'ha fatto. Voglio solo sapere che cosa hanno fatto".

Solax sospirò: "Salazar ha detto che lei non avrebbe avuto nulla gratis. Tutto quello che le davamo, incluso il cibo, o il calore, aveva un prezzo".

"Quindi vi nutrivate da lei tutte le volte che mangiava?"

"A volte era così... altre volte era diverso".

"Perché non ci fai un elenco, allora?" Disse Quinn, sedendosi con le braccia in conserte.

"Beh... una volta ogni tanto le davamo qualche frustata... sapete, per alleviare le nostre frustrazioni. Altre volte glielo lasciavamo assaggiare e poi vedevamo in quanto tempo riuscivamo a portarglielo via. A volte... beh, la baciavamo".

"Solo baci?" Chiese Quinn con calma.

"È tutto!" Rispose Solax: "Lord Salazar era stato molto chiaro, un eventuale bambino doveva essere suo".

"Ok, cos'altro?"

"Beh, un po' di tutto. Qualche volta bruciavamo il tatuaggio degli Equites o le lasciavamo dei graffi sulla schiena. Una volta o due l'abbiamo colpita finché era coperta di lividi, oppure la prendevamo in giro perché era sporca, quel genere di cose".

"Vedo", sussurrò Quinn, appoggiandosi all'indietro: "Allora, fatemi indovinare, a un certo punto non ha accettato più niente da voi?"

"Giusto... non voleva fare la doccia, o prendere vestiti puliti o anche il cibo, a meno di essere obbligata".

"Quindi, fare una doccia o i vestiti puliti erano qualcosa che doveva pagare".

"Sì, tutto quello che facevamo per lei doveva essere ripagato".

"C'è altro?" Chiese Quinn al resto della squadra.

"Il Consiglio dei Valle era al corrente?" Chiese Zohn.

"No! Lord Salazar diceva che l'avrebbero costretto a consegnarla a loro, quindi doveva restare un segreto. Diceva che una volta avuto il suo bambino, l'avrebbe consegnata a un altro Valle perché avesse anche lui un bambino".

"Quand'è stata l'ultima volta che ha parlato?" Chiese Lori.

"Ha smesso dopo circa due mesi".

"Che cosa l'ha causato?"

L'heku scrollò le spalle: "Non lo so... ah, aspettate. È stato dopo un interrogatorio da parte di Lord Salazar".

Lori fece una smorfia: "Un interrogatorio per ottenere che tipo di informazioni?"

"No, non per ottenere informazioni. Era furioso perché dopo due mesi non aveva ancora accettato di fare un bambino e riteneva che fosse solo insolente".

"Che cosa le ha fatto durante l'interrogatorio?"

"Non lo so, ho solo sentito gli urli, ecco tutto".

Nessuno si mosse per fermare Chevalier e Silas quando strapparono il Valle dalla sedia. Mark e Kralen uscirono in silenzio e andarono al quinto piano quando sentirono che Emily si stava svegliando. Quando entrarono, Emily stava già dondolandosi, raggomitolata. Kralen cominciò ad attizzare il fuoco mentre Mark si sedeva accanto a lei e la teneva d'occhio in modo che Kyle potesse aiutare Chevalier con la tortura.

Silas si unì a loro qualche minuto dopo, con un piatto di patatine fritte e un cheeseburger. Lo appoggiò accanto a lei e sia lui sia Mark si spostarono mentre lei fissava il piatto.

Kralen si allontanò anche lui quando la vide spostare velocemente gli occhi dagli heku al piatto.

"Non faremo a gara con te per il cibo e non te lo porteremo via", le disse Mark: "Quindi prendilo pure e mangia".

Emily guardò il piatto e si spostò leggermente.

"Voglio essere pagato, però", disse Kralen.

Mark lo fissò sconvolto e sussurrò: "Che cosa stai facendo?"

"Mangia e poi mi aspetto che mi nutra".

"Cosa?" Ringhiò Silas.

Emily spostò lo sguardo da Kralen al cheeseburger e poi lo afferrò velocemente, voltò loro la schiena e mangiò più in fretta che poteva, usando il corpo per proteggerlo.

"Vuoi spiegarti?" Sussurrò Mark a Kralen, troppo piano perché Emily sentisse.

Kralen scrollò le spalle: "Non lo farò certamente, volevo solo che mangiasse".

"Avremmo dovuto chiedere il parere di Lori, prima".

"Probabilmente".

Quando finì il suo cheeseburger, Emily si voltò ed espose l'interno della coscia, tremando di paura. Kralen si avvicinò e si inginocchiò accanto a lei, le prese la camicia da notte dalla mano e la coprì, poi la guardò negli occhi: "Io non ti chiederò mai di pagare il cibo".

Emily gli allungò lentamente il polso.

Kralen sfuocò di colpo verso la porta, lontano da lei.

"Che diavolo hai fatto?" ringhiò piano Silas, in modo che lei non sentisse.

"Dannazione, mi farà bandire", disse Kralen, allontanandosi ancora un po' da Emily.

"Dovremo dirlo agli altri".

"Io non glielo dirò".

"Dobbiamo farlo", disse Mark e poi si voltarono quando entrarono Chevalier e Kyle.
"Dirmi che cosa?"
"Com'è che entra sempre quando stiamo discutendo se dirle o no qualcosa?" Chiese Kralen, irritato.
Chevalier rise: "Solo fortuna, credo. Allora che cosa cercavate di non dirmi?"
"Dannazione", disse Kralen e poi riferì tutto quello che era appena successo.
Chevalier sospirò: "Meno male che è ancora vivo. Non ha sofferto nemmeno lontanamente abbastanza".

***

"Gliel'ha staccato?" Chiese Kralen senza fiato.
Silas annuì, facendo una risatina: "Eh già".
"Però... accidenti".
Silas scrollò le spalle: "Vorrei averci pensato io quando avevamo ancora i diritti di tortura".
Kralen annuì: "Già, anch'io".
"Magari li otterremo di nuovo. L'Anziano sembra si stia controllando bene e non l'ha ancora ucciso".
"Lo farà, comunque. Sono due mesi che lo torturiamo quasi senza sosta". Disse Kralen: "È un Valle e non può sopportare quel tipo di maltrattamenti".
Mark sogghignò, arrivando dietro di loro: "Siamo o non siamo contenti che sia dalla nostra parte?"
Kralen rise. "Decisamente sì"
"Quella vasca è impressionante".
"Davvero, non ho mai visto niente del genere", sussurrò Silas.
Mark guardava Emily che si dondolava lentamente, ma vedeva che ogni tanto sbirciava da sotto il braccio e guardava la coppa di frutta accanto a lei: "Sarà meglio che facciamo venire l'Anziano".
"Sì, non mangerà senza un po' di aiuto".
Silas chiamò l'Anziano e poi guardò Emily: "Due mesi e mezzo, la sua determinazione è impressionante".
"Che intendi dire?"
"Voglio dire che non parla ancora".
"Forse non ci riconosce", suggerì Kralen.
"Vero".
Chevalier entrò e sospirò quando vide la coppa di frutta intatta: "Accidenti, speravo che oggi avrebbe mangiato".

"Non l'ha toccata, nemmeno quando siamo usciti per qualche minuto", spiegò Mark.

Chevalier si avvicinò e si sedette accanto a lei: "Em, devi mangiare".

Lei non smise di dondolare, ma sbirciò la frutta da sotto il braccio. Nelle rare occasioni in cui mangiava senza essere costretta, ci voleva Chevalier a convincerla. Nessuno altro c'era riuscito.

Le porse la coppa: "Dai... non farò a gara con te... prendine una".

La mano di Emily scattò fuori e afferrò una mela, poi si girò di schiena e la mangiò in fretta. Chevalier si appoggiò alla parete e la guardò, chiedendosi se la sua Emily non c'era più e tutto quello che restava era solo questo guscio vuoto.

Si voltò verso di lui, alla fine e mise il torsolo nella coppa. Invece di girarsi immediatamente verso il muro o raggomitolarsi, guardò il torace di Chevalier irrigidendosi.

"Che c'è?" Sussurrò Chevalier, guardandosi la camicia senza capire.

Emily si spostò leggermente, girando il corpo verso di lui con gli occhi fissi sul suo petto e cominciando a respirare più in fretta.

Chevalier guardò i Cavalieri e Mark scrollò le spalle. Quando Chevalier girò la testa, dovette reprimere un grido si sorpresa quando vide la mano di Emily che si spostava lentamente verso di lui. Le dita si contraevano e le tremava la mano mentre la allungava e toccava timidamente un bottone della camicia dell'uniforme. Chevalier aveva paura di muoversi, paura persino di respirare mentre lei studiava il bottone e lo sfiorava con le dita tremanti. Dopo qualche secondo, slacciò il primo bottone della camicia nera e quando lui si alzò, lei scattò indietro e ricominciò a dondolarsi lentamente.

Chevalier andò verso i Cavalieri, riallacciandosi la camicia: "Che cosa credete che voglia?"

"Nessuna idea... torni lì e veda se continua".

Chevalier chiamò Lori, poi si ricordò che era tornata al suo Clan per una settimana: "Bene, proviamo".

Gli altri rimasero a guardare mentre Chevalier si sedeva ancora accanto a Emily e la guardava dondolarsi. Ci volle mezz'ora prima che lei si voltasse di nuovo e guardasse il suo petto. Chevalier rimase perfettamente immobile quando lei allungò la mano e fece passare timidamente le dita sul primo bottone in alto. Non reagì quando lei lo slacciò ma lei tolse comunque di scatto la mano".

"Fermo", sussurrò Kralen e Chevalier annuì leggermente.

Qualche minuto dopo, Emily guardò di nuovo il petto di Chevalier e allungò una mano tremante per slacciare il secondo bottone, nelle due ore seguenti arrivò a slacciarli tutti finché la camicia rimase aperta, esponendo una t-shirt nera.

"Che cosa vuoi?" Sussurrò, attento a non muoversi.

Lei guardò di nuovo il suo petto e fece una smorfia. Lentissimamente, allungò la mano e afferrò il bordo al collo della tshirt spostandolo adagio verso il basso per mettere in mostra parte del torace. Lui la lasciò fare, senza sapere che cosa volesse o che cosa stesse cercando. Emily allungò un po' il collo per sbirciare dentro la t-shirt, poi lo lasciò andare e si rilassò contro la parete.

"Vuole vedere il tuo torace", sussurrò Mark.

Sì, ma perché?" Chiese Silas, troppo piano perché lei sentisse.

Chevalier mosse adagio le mani e strappò la t-shirt, poi abbassò le mani. Emily alzò immediatamente gli occhi e allungò le mani. Scostò i lembi della t-shirt, mettendo in mostra il petto scolpito e gli venne la pelle d'oca quando lei fece passare leggermente le dita sulla sua pelle, per poi tornare ad appoggiarsi al muro.

"Fate tornare Lori", sussurrò Chevalier.

Mark annuì e sfuocò fuori dalla stanza.

"Dimmi che cosa vuoi, Em", sussurrò dolcemente Chevalier. Quando non reagì, rimase seduto ad aspettare notizie dalla Psichiatra. Quando Lori arrivò, era ancora seduto accanto a Emily, con la camicia aperta, mentre lei si dondolava raggomitolata.

"Mi hanno riferito che cos'è successo", disse Lori, sedendosi accanto a lui: "Sono veramente contenta".

"Che volesse guardare il mio torace?" Le chiese.

Lori sorrise: "No, che abbia stabilito un contatto. Non importa di che tipo".

Chevalier sospirò: "Mi domando se non sia ora di consegnarla ai mortali".

"La metteranno in un ospedale e noteranno che non invecchia".

"Invece di restare qui, troppo terrorizzata per muoversi o parlare? Sto facendolo per lei o sto solo inseguendo il sogno impossibile di riaverla?"

Lori sorrise, toccandogli un braccio: "Ieri avrei suggerito di cominciare con i farmaci. Oggi, sono incoraggiata da quel piccolo contatto che ha stabilito".

"Non capisco perché voler vedere il mio torace sia incoraggiante".

"È la cosa meno importante, se paragonata al fatto di averla toccata".

"Già, immagino", disse Chevalier, appoggiandosi. "Due mesi e mezzo e non siamo più vicini a riaverla".

"Ci vorrà tempo. Perché non va con l'Inquisitore capo dagli Encala e..." Lori si fermò di colpo e guardò Emily quando sussurrò: "Ssst".

Chevalier la guardò, chiedendosi se aveva sentito bene: "Em?"

Emily continuò a dondolarsi, senza minimamente mostrare un segno di aver parlato.

Lori la guardò e poi ripeté la frase: "Perché non va con l'Inquisitore capo dagli Encala...".

"Ssst", sussurrò ancora Emily.

"Encala", disse Lori.

"Ssst".

Lori guardò Chevalier poi fissò di nuovo Emily: "Encala".

Quando Emily non reagì, provò Chevalier: "Equites".

"Ssst".

"Emily, non possiamo parlare delle fazioni?" Le chiese Lori.

Chevalier la osservava attentamente: "Oppure non possiamo parlare solo degli Encala o degli Equites?"

"Ssst".

Lori guardava Emily attentamente, ma a parte zittirli, non era cambiato niente.

"E i Ferus?" Chiese Chevalier.

Emily non reagì.

"Io posso dire Encala?" Chiese Mark dalla porta.

"Ssst", sussurrò ancora.

Lori annuì in silenzio: "I Valle ti hanno detto di restare in silenzio se qualcuno faceva il nome di queste fazioni?"

Emily dondolava in silenzio.

"In quel modo", disse Lori rivolta a Chevalier: "Se qualcuno di noi si fosse fatto vivo nella casa di Salazar, lei non avrebbe attirato l'attenzione su di sé facendo rumore".

Chevalier annuì, capendo che cosa voleva dire: "Ma se fosse stato un membro del Consiglio dei Valle?" Voglio dire, se Sotomar si..."

"Ssst".

"Ecco la risposta", disse Chevalier sorridendo.

"Il panno mascherava il suo odore, così, se non faceva rumore, nessuno avrebbe saputo che era lì", disse Mark.

"In effetti noi non ce ne eravamo accorti", gli ricordò Kralen: "Siamo rimasti in quella stanza per mezz'ora prima di decidere di uccidere quello che c'era in gabbia".

Chevalier gli ringhiò contro.

Kralen fece un sorrisino: "Pensavamo tenesse un animaletto".

Lori sorrise, contenta: "Ottimo! Sia un contatto sia un avvertimento, molto, molto bene".

"Ci sta dando un avvertimento?"
"Sì, ci sta avvertendo che se gli Encala..."
"Ssst".
Lori sorrise: "Se i voi-sapete-chi si fanno vivi, dovremmo restare in silenzio. Molto probabilmente verremmo puniti se non lo facessimo".

Silas si voltò verso la porta poi si rivolse a Chevalier: "Il Consiglio ha bisogno di lei per decidere una punizione".

Chevalier si alzò: "Informali che arriverò appena mi sarò cambiato".

Chevalier uscì appena ebbe sostituito la t-shirt e rimessa l'uniforme.

Due ore dopo, i tre Anziani entrarono nella stanza con Emily. Il processo era finito e avevano ordinato una pausa di tre giorni nei lavori del Consiglio. I Consiglieri pensavano fosse a causa del processo estenuante appena concluso, ma la ragione vera era che gli Anziani non volevano dover allontanare Chevalier da Emily se veramente stava facendo progressi.

Chevalier si avvicinò a lei e si sedette, con un piatto di pizza: "Ti ho portato la cena e te lo ripeto, non ho intenzione di fare a gara con te e non devi pagare per averla".

Senza esitazioni, Emily allungò la mano e lui si immobilizzò quando cominciò a slacciargli la camicia. Questa volta Emily non si ritrasse dopo ogni bottone, ma li slacciò tutti uno dopo l'altro, con la mano tremante. Quando la camicia fu aperta, tirò ancora il colletto della t-shirt sbirciando dentro prima di sedersi contro il muro.

"Devo smetterla di indossare le t-shirt", sussurrò Chevalier prima di strapparla di nuovo sul davanti.

Emily scostò i lembi e quando ritirò la mano, afferrò un pezzo di pizza e si voltò verso il muro per mangiarla.

Zohn sorrise: "Posso provare io?"
"Fai pure", disse Chevalier scrollando le spalle.
"Equites...".
"Ssst", sussurrò Emily prima di dare un morso alla pizza.
"Affascinante", sussurrò Quinn.

Progressi

"L'avete preso voi?!" Gridò Sotomar al Consiglio degli Equites.

"No, non ce l'abbiamo. Se lo troveremo, comunque, non ve lo consegneremo", gli disse Zohn: "Vogliamo Salazar con tutte le nostre forze e lo stiamo attivamente ricercando".

"Perché esattamente?"

"Non sono problemi vostri", gli assicurò Quinn.

Sotomar guardò in viso tutti consiglieri: "Voglio sapere perché sono cinque mesi che state facendo di tutto per trovare il nostro ex-Inquisitore capo! Tocca a noi bandirlo".

"Se lo bandite, lo considereremo un atto di guerra", disse Chevalier sorridendo. Sotomar indietreggiò leggermente quando vide l'espressione malevola di Chevalier.

"Tocca a noi bandirlo".

"Confermo quello che ho detto".

"L'intero Consiglio è d'accordo", ringhiò Kyle.

"Pretendo di sapere perché insistete che rinunciamo al nostro diritto di punire un ex-membro del nostro Consiglio", Gridò Sotomar.

La porta si aprì lentamente ed entrò Alexis. Si sedette in silenzio e guardò i Valle nell'aula.

Sotomar strinse gli occhi: "Vogliamo solo sapere perché pensate che il vostro bisogno di punirlo sia superiore al nostro".

"Noi non riteniamo che sia superiore... lo sappiamo con certezza", gli disse Kyle.

"In questo momento non l'abbiamo ancora catturato", disse Zohn: "Comunque ci aspettiamo che i Valle rispettino la nostra richiesta di consegnarcelo se viene catturato".

"Mi state minacciando?" Chiese Sotomar.

"Prendila come vuoi. Sarà meglio che non scopriamo che l'avete bandito".

Sotomar ringhiò e si voltò per andarsene con i membri della sua Guardia Imperiale".

"Grazie, cara", disse Zohn ad Alexis: "Sotomar è sempre molto più calmo quando ci sei tu".

"È stato un piacere, Anziano", gli disse e uscì.

Kyle si alzò di colpo e scomparve dalla stanza. Era arrivato il suo turno di controllare Emily e aveva aspettato ansiosamente che i Valle se ne andassero per tornare nella sua stanza. Fece un cenno di saluto a Silas entrando e poi si sedette accanto a Emily mentre lei si dondolava sul pavimento.

"Dov'è Mark?" Chiese Kyle.

"È giù a cercare di convincere Kralen ad andare a nutrirsi. Non lo fa da un mese perché non vuole lasciare Emily", gli spiegò Silas.

Kyle annuì: "Ok, digli che ora è un ordine".

Silas riferì il messaggio a Mark.

"Niente di nuovo?"

"No, è rimasta tranquilla".

Kyle si rivolse a Emily: "Ho una domanda per te, Em".

Lei gli lanciò una breve occhiata e poi ricominciò a dondolarsi.

"il mio cavallo si sta comportando in modo strano e non riesco a capire perché. Si lamenta, continua ad agitarsi e non vuole mangiare".

La guardò, ma lei non reagì.

"Penso che dovrò semplicemente abbatterlo".

Silas sorrise appena. Aveva visto il cavallo di Kyle quella mattina e lo stallone stava benissimo.

"Nessun suggerimento?"

Kyle si voltò quando entrò Mark.

"È andato a mangiare", sussurrò Mark.

"Non... muoverti...", sussurrò Silas a Kyle: "Non un muscolo".

Kyle restò immobile, continuando a guardare Mark: "Perché?"

Mark stava fissando intensamente Emily: "Non muoverti".

"Non mi sto muovendo", sussurrò Kyle, troppo piano perché Emily sentisse: "Che cosa sta succedendo?"

Smise di parlare quando sentì un lieve tocco sulla camicia. Riusciva appena a respirare quando sentì il primo bottone che si slacciava e poi tirare leggermente quello successivo. Continuò a guardare Mark mentre Emily gli apriva lentamente la camicia dell'uniforme e poi abbassava il colletto della t-shirt prima di appoggiarsi di nuovo alla parete.

"Ok, adesso puoi muoverti", disse Silas.

Kyle si guardò la camicia e poi Emily. Non dondolava più, ma gli fissava il torace."Che cosa devo fare?" sussurrò Kyle, continuando a guardarla.

"L'Anziano di solito strappa la t-shirt in modo che lei possa guardargli il torace".

"Beh, io non sono l'Anziano".

Mark sorrise: "Allora non ne ho idea".

"Ok, chiedete a Lori".

Kyle sentì Mark che sussurrava dal fondo della stanza, e rimase perfettamente immobile.

"Ha detto di aprire la maglietta", disse Mark.

"L'Anziano mi ucciderà?"

"Forse" rispose Silas ridendo.

Kyle sospirò: "Ottimo". Con un movimento veloce, strappò la t-shirt nera e vide Emily che allungava una mano e la apriva. Poi si sedette contro la parete, senza dondolarsi.

Qualche minuto dopo, Chevalier e Lori entrarono. Lori aveva informato Chevalier, che si era dichiarato d'accordo con quello che aveva ordinato. Kyle li guardò quando entrarono e fu sollevato di vedere che Chevalier non era arrabbiato.

"Nuovi ordini", disse Chevalier a Mark: "Nessuno deve indossare una t-shirt qua dentro".

Mark annuì: "Semplice".

"Dobbiamo essere informati immediatamente se stabilisce un contatto o cerca di aprirvi la camicia".

Mark annuì di nuovo: "Oppure potremmo farle risparmiare tempo e aprirla noi".

Chevalier guardò Lori che rispose: "Male non può farne".

I maschi nella stanza si tolsero le magliette, mostrando il torace nudo, senza sapere perché Emily fosse così interessata. Rimasero perfettamente immobili mentre lei alzava gli occhi dalla sua posizione raggomitolata e ispezionava i loro petti nudi prima di appoggiarsi alla parete abbracciandosi le ginocchia, la sua normale posizione per dormire.

"Così pochi progressi in cinque mesi", sospirò Chevalier.

"Io sono contenta dei progressi che sta facendo", disse Lori, sedendosi accanto al fuoco. "Lo so che sembra lento, ma è stata torturata per due anni. Abbiamo ucciso heku che erano impazziti per molto meno. È già straordinario che stia mostrando dei progressi".

Chevalier annuì e si sedette accanto a Emily sul pavimento. Aveva un desiderio infinito di allungare la mano e toccarla, prenderla tra le braccia, per proteggerla, ma sapeva che il danno che aveva subito era molto più di quello che due forti braccia avrebbero potuto guarire.

**

"Siamo pronti, allora?" Chiese Zohn, guardando il gruppo intorno al tavolo. Diede un'occhiata veloce nell'angolo e vide Emily che dormiva sul pavimento, sempre incatenata al muro.

"Certo, comincerò io", disse Lori: "Siamo al sesto mese dal ritorno di Emily e abbiamo fatto grandi progressi..."

"Come fai a dirlo?" Chiese Mark, indicando Emily.

Lori sorrise: "Ha fatto grandi progressi. Non so ancora perché si senta più a suo agio se vede i vostri petti nudi, ma è evidente che è così. È ancora afasica e zittisce chiunque menzioni i membri del Consiglio dei Valle o le altre fazioni, a parte i Valle".

Zohn annuì: "Ok, Mark?"

Mark scrollò le spalle: "Niente di nuovo da me. Il quinto piano è ancora isolato dal resto dell'edificio e la nostra improvvisata sala delle torture è nella vecchia sala riunioni degli Anziani. Finora siamo riusciti a nascondere a tutti gli altri il ritorno di Emily".

"Silas?"

"Beh, sta mangiando, in qualche modo, anche se continua a nasconderlo come se dovessimo portarglielo via. Non sembra più voler fare a gara con noi però... quindi credo sia un progresso".

"Kralen?"

Lui alzò gli occhi: "Volete sapere come faccia il prepotente per obbligarla a farsi la doccia?"

Zohn sorrise.

"Bene... dopo aver urlato, riesco a farle fare la doccia, lavarsi i denti, cose del genere".

"Fa resistenza?"

"No".

Chevalier sorrise al suo disagio e si rivolse a Kyle: "E tu?"

"È ancora tesa con me, salvo che veda il torace nudo, è strano. A parte quello, niente. Ho cominciato a leggerle i suoi libri preferiti perché mi sembra un'intrusione restare lì seduto a fissarla".

"Reazioni?" Chiese Lori.

"Nessuna".

Chevalier sospirò: "Lo stesso per me, niente di nuovo".

"Bene allora, Quinn?" Chiese Zohn.

"Ho ricevuto qualche indicazioni sulla posizione di Salazar ma finora niente. I Valle hanno fatto più volte richiesta di riaverlo, ma non succederà", disse Quinn.

"L'unica cosa che ho visto di diverso", riferì Zohn: "È che mostra dei lampi di incredulità quando le parliamo. Ci studia, sia quando parliamo con lei sia tra di noi, come se stesse cercando di capire se stiamo mentendo".

Lori annuì: "Posso solo presumere che le abbiano detto tante bugie e che quindi creda che mentiamo anche noi".

Il dott. Edwards si guardò attorno prima di parlare: "Fisicamente sta bene, Lori ed io però abbiamo parlato di un eventuale esperimento".

"Esperimento?" Chiese Chevalier, inquieto.

"Sì", gli disse Lori: "Ci domandiamo che cosa succederebbe se vedesse un Valle".

"Perché dovremmo farlo?"

"Potrebbe innescare una reazione che possiamo usare per determinare come aiutarla".

"Vuoi dire spaventarla a morte?" Ringhiò Silas.

"Vorremmo tentare con un Valle sotto custodia, uno che sia evidentemente sotto il nostro controllo, e vedere come reagisce", aggiunse il dott. Edwards.

"Allora, non diciamo ai Consiglio che abbiamo qui Emily ma portiamo qui un prigioniero?" Chiese Mark, chiaramente scontento dell'idea.

"Abbiamo pensato di ucciderlo dopo, prima che abbia la possibilità di dire qualcosa", disse Lori.

"Sembra rischioso", disse loro Chevalier: "E se non è in grado di sopportarlo, ancora?"

"Non stiamo facendo grossi progressi ultimamente. In effetti, l'unica vera reazione l'abbiamo avuta un mese fa".

Chevalier guardò Kyle: "Tu che ne pensi?"

Kyle scrollò le spalle: "Non sono nemmeno sicuro che sia Em... è una creatura vuota, senza emozioni che una volta era Emily ma... che se n'è andata". La voce si incrinò mentre parlava.

Chevalier si guardò le mani: "Me lo stavo domandando anch'io".

"Non rinunciate, non ancora", disse Lori: "Tentiamo. Vediamo se riusciamo a tirarle fuori qualche emozione".

"Sarà solo ancora paura", disse Kralen.

"In questo gruppo tu sei la figura autoritaria, in questo momento", gli disse il dott. Edwards. "Vorremmo che portassi qui il prigioniero, se vede che sei in grado di controllare il Valle, magari anche punirlo, magari potrebbe fare qualcosa".

"Fare qualcosa?" Chiese Chevalier: "Vuoi dire raggomitolarsi e dondolare?"

"In questo momento accetterei anche il panico o il terrore invece del dondolio".

"Va bene, tentiamo", disse Chevalier, guardando Emily che dormiva.

Quinn rifletté un momento. "Ok, proviamo con Brian. È stato comunque condannato a morte, quindi non interesserà a nessuno cosa gli succede".

Zohn si rivolse a Kralen: "Tu e Silas, portatelo qui".

Kralen e Silas uscirono lentamente dalla stanza, chiudendo la porta.

"Noi restiamo qui?" Chiese Chevalier.

"Sì", ritengo che rappresenteremo una forza possente contro un singolo Valle", gli disse Lori. Il gruppo smise di parlare mentre Kralen e Silas legavano il Valle, gli mettevano una cappa grigia e lo portavano di sopra di nascosto passando dalla scala posteriore. Aspettarono alla porta che gli heku all'interno fossero pronti.

"Tanto non succederà niente", disse Chevalier, slacciandosi la camicia. Una volta scoperto il torace, si inginocchiò accanto a Emily: "Em?"

Lei si agitò leggermente e poi si scostò in fretta, spingendosi contro il muro.

"Vogliamo che tu veda una cosa", gli disse. Si alzò e si fece indietro quando Kralen portò il Valle dentro la stanza.

Il Valle si immobilizzò quando sentì il profumo di Emily e sibilò piano, acquattandosi per attaccare. Kralen intervenne immediatamente, inchiodandolo al suolo sulle ginocchia, chino davanti agli altri.

"Stai attento", sibilò al Valle.

Lori studiò Emily. Aveva gli occhi sbarrati e tratteneva il fiato.

"Respira, bambina. Non può farti male" le sussurrò il dott. Edwards.

Emily fissava il Valle chinato in avanti mentre la mano di Kralen si stringeva intorno al collo e gli schiacciava il volto sul pavimento di legno. Gli heku la guardavano e sentivano il cuore che accelerava. Si irrigidirono quando allungò la mano e cominciò a tirare la catena che la legava alla parete.

"Emily, non sei legata", le disse piano Chevalier.

Con un movimento veloce, Emily si tolse la manetta dalla caviglia e si alzò in piedi, premendo forte la schiena contro la parete alle sue spalle. Gli heku furono sbalorditi che si fosse tolta la manetta e si fosse alzata in piedi, ma era chiaro che stava per fare qualcosa, solo non sapevano che cosa.

"È sotto controllo", le disse Mark.

Emily si guardò freneticamente intorno: gli heku, la parete, la finestra e poi il Valle. I muscoli erano tesi e il cuore stava accelerando pericolosamente.

Con la sua velocità di 'Vecchio' Chevalier fu il primo a raggiungere la finestra quando Emily le sbatté contro. Le sue mani la afferrarono in vita mentre iniziava la lunga caduta verso il suolo cinque piani più sotto, e la riportarono dentro attraverso la finestra fracassata, al sicuro. Il Valle era già fuori dalla stanza quando si voltò, ignorando gli urli disperati di Emily mentre si dibatteva nella sue braccia cercando di uscire dalla finestra. Nel modo più delicato possibile, la appoggiò al letto quando l'odore di sangue fresco assalì gli heku nella stanza.

Lei scalciò e cercò di spingergli via le mani ma Chevalier la tenne ferma mentre il dott. Edwards la visitava in fretta.

"Solo tagli superficiali", sussurrò.

Chevalier lasciò andare Emily che si tuffò verso il suo angolino e si rimise in fretta la manetta sulla caviglia. Tremava tutta mentre si appiattiva contro la parete e passava piano le dita sul metallo alla caviglia.

"Bene, è stato molto produttivo", ringhiò Chevalier.

Lori sorrise: "Sono contenta".

"Come?" Gridò Quinn, voltandosi a guardarla: "Ha cercato di uccidersi!"

"Ha mostratola reazione 'combatti o scappa'. Non credo che avesse veramente intenzione di uccidersi".

"Ha uno strano modo di dimostrarlo, allora".

"È un progresso, dovete credermi", disse Lori. Si inchinò leggermente e lasciò la stanza.

Chevalier guardò Emily e le macchie di sangue sulla sua camicia da notte. Sospirò e uscì rabbiosamente, sbattendo la porta. Quinn e Zohn la guardarono dormire per qualche minuto prima di uscire, seguiti dal dott. Edwards da Kyle. Appena Emily fu sola, i Consiglieri ritornarono nella sala del Consiglio e si sedettero, dando ordini a Kyle di far mettere le sbarre alla finestra della stanza di Chevalier.

Dopo qualche minuto di silenzio imbarazzato, Richard, l'Inquisitore capo, si rivolse agli anziani: "Siamo stati bravi e non abbiamo chiesto niente...".

Chevalier alzò gli occhi.

"Però è piuttosto difficile non notare quando qualcuno cerca di saltare fuori dalla finestra".

"In quanti lo hanno visto?" Sussurrò Quinn.

"In sei, che io sappia", spiegò Richard. "Abbiamo imposto il silenzio, ma come Consiglio siamo curiosi di sapere che cosa stanno facendo gli Anziani".

Chevalier abbassò gli occhi e sussurrò: "Abbiamo Emily".

Richard lo guardò stupito: "Avete il corpo di Emily al quinto piano?"

Zohn scosse la testa: "No, Salazar ha tenuto in ostaggio Emily per due anni. L'abbiamo trovata ed è nella stanza di Chevalier, a guarire".

"Oh mio Dio!" ansimò Richard, mentre gli altri Consiglieri cominciavano a parlottare tra di loro.

"Non è in buone condizioni", disse loro Quinn: "È afasica e passa la maggior parte del tempo a dondolarsi".

"È più che afasica, non fa nemmeno sì o no con la testa", aggiunse Kyle.

"Come fa a essere viva?"

"Tutto quello che possiamo immaginare è che sia guarita, molto lentamente e che si sia svegliata sotto terra".

Dustin sorrise: "Questa non me la aspettavo".

"Fuori!" Ringhiò Chevalier e rimase a guardare il Ufficiale di collegamento tra i Clan che usciva dalla sala del Consiglio.

"Ha cercato di saltare fuori dalla finestra?" Chiese il Capo della Difesa, sbalordito.

"Quello è stato un esperimento miseramente fallito", gli rispose Zohn.

"Possiamo vederla?" Chiese Richard.

Chevalier scosse la testa: "No, stiamo limitando il più possibile i contatti".

Durante le ore seguenti, Zohn informò il resto del Consiglio su come avevano trovato Emily e che cosa era successo nei sei mesi seguenti. Chevalier alzò gli occhi dal tavolo solo quando sentirono un urlo e rumori di lotta provenire dal quinto piano. In un istante, scomparve dalla sala del Consiglio e apparve nella stanza, seguito subito dopo da Zohn e Quinn.

Mark era sdraiato sopra Emily nell'angolo e le teneva le mani sopra la testa, intrappolandola delicatamente sul pavimento. Lei urlava e cercava di cacciarlo via. Kralen era accanto alle sue mani e cercava di toglierle una scheggia di vetro senza tagliarla. C'era odore di sangue fresco e capelli sparpagliati dappertutto.

Lori corse nella stanza e si inginocchiò accanto a loro: "Che cos'è successo?"

Quando si voltò verso di lui, Chevalier guardò sciocato Emily che continuava a urlare. Aveva numerosi tagli sul volto e i capelli erano tagliati corti e frastagliati.

"Presa", disse Kralen e si alzò con la scheggia di vetro.

"Non lasciarla alzare", disse Lori a Mark.

Emily continuava a urlare e a divincolarsi.

"Che cos'è successo?" Chiese il dott. Edwards entrando di corsa.

"Abbiamo sentito odore di sangue", disse Kralen, tremando di rabbia: "Quando siamo entrati si era tagliata i capelli e stava tagliuzzandosi il volto".

"Dannazione", sibilò il medico, cominciando a cercare nella borsa.

"Che cosa stai facendo?" gli chiese Lori.

"Voglio sedarla".

Lei annuì e guardò Emily che continuava a lottare contro Mark. I suoi urli finalmente scemarono quando il sedativo fluì nel suo corpo e si rilassò sotto Mark. Lui si tolse quando la sentì inerte sotto di lui.

Chevalier non riusciva a parlare. Vedere Emily in quel modo gli aveva ferito il cuore e cominciò di nuovo a pensare che se ne fosse andata per sempre. Il dolore di averla trovata per perderla un'altra volta era più di quello che riusciva a sopportare, e la rabbia cominciò a bruciare.

"Sono solo tagli superficiali", disse il medico: "Non voleva ferirsi seriamente".

Lori annuì.

"Perché ha fatto una cosa del genere?" Chiese Kralen, che aveva ancora in mano le scheggia insanguinata.

Lori sospirò: "Se non è attraente..."

"Allora chi la vorrebbe tanto da torturarla per due anni", sussurrò Mark.

"È ora che la consegniamo ai mortali", disse Chevalier con la voce piena di dolore.

"Non possiamo, si renderebbero conto che non invecchia", gli ricordo il dott. Edwards.

"Non possiamo tenerla qui. Non la stiamo aiutando per niente".

"Non abbiamo scelta".

"Dovete vedere le cose dal mio punto di vista", gli disse Lori: "Questo è un altro passo avanti".

"Non è vero!"

La psichiatria si innervosì quando vide la sua espressione furiosa: "Ci vuole un pensiero razionale, cognitivo, per capire che un volto mutilato non sarebbe oggetto di affezione per nessuno".

"Non funziona. La stiamo torturando di più tenendola qui".

"Con tutto il dovuto rispetto, Anziano. Deve avere fiducia in me. Mi ha fatto venire per curare la sua salute mentale e ora me lo deve lasciar fare".

Chevalier ringhiò e si precipitò fuori dalla stanza.

Il medico tornò da Emily e le applicò una pomata sui tagli: "È tutto quello che serve".

Lori si sedette: "Aspettiamo che si svegli, poi ho un'idea".

Emily si svegliò due ore dopo e appena fu completamente cosciente, si precipitò nel suo angolo e si rimise la manetta mentre gli altri la guardavano. Chevalier non era ancora tornato e stava nuovamente torturando Solax, due piani più sotto.

Lori le andò vicino e si sedette accanto a lei: "Emily, ho un'idea".

Emily non reagì e continuò a dondolarsi.

"I tuoi capelli oramai sono piuttosto corti... ti piacerebbe che ti facessi lo stesso taglio delle guardie?"

Mark fece una smorfia e fece per dire qualcosa, ma il medico lo fermò.

"Sai... conosci quel taglio... come Mark e Silas", le disse Lori.

Emily si spostò un pochino e fissò le guardie: i capelli erano tagliati molto corti, nel tipico stile militare.

"Ho anche pensato che sarebbe ora che ti togliessi quella camicia da notte. Ti piacerebbe indossare una brutta tuta blu?"

Gli occhi di Emily si spostarono da Mark a Lori e fissò la Psichiatra.

Lori sorrise e si rivolse a Quinn: "Può chiedere al sarto di fare ad Alexis un paio di tute di denim. Si assicuri che siano comode e piuttosto semplici".

Quinn annuì e diede l'ordine.

"Allora, posso tagliarti i capelli?" Chiese Lori.

Con grande sorpresa degli heku nella stanza, Emily si raddrizzò e girò la schiena al medico.

"Bene", disse Lori, sfuocando fuori dalla stanza. Riapparve con un paio di forbice e un pettine. Cominciò a lavorare sui capelli di Emily e tutti furono esterrefatti che Emily non urlasse e non cercasse di allontanarsi da lei. Non ci volle molto a Lori per sistemare i tagli frastagliati che Emily si era fatta da sola e poco dopo i suoi capelli erano simili a quelli delle guardie.

"Fatto", le disse Lori e poi le passò la tuta che aveva portato Zohn. La Psichiatra cercò nel cassettone di Emily e ne tolse una semplice t-shirt bianca: "Ecco i tuoi vestiti, perché non ti cambi?"

Gli heku si voltarono di colpo quando Emily cominciò a togliersi la camicia da notte. Lori la osservò mentre si cambiava e diede il via libera quando fu di nuovo vestita.

"Ti senti meglio?" Chiese Lori.

Emily guardò la tuta che le calzava male e si girò su un fianco, dando la schiena agli altri.

"Un altro passo avanti", disse Lori alzandosi.

"Perché Em sembra un ragazzino?" Chiese Chevalier, entrando in camera.

Mark sorrise: "L'ha chiesto lei... in un modo un po' strano".

"L'ha chiesto lei?"

"Diciamo che non si è lamentata quando gliel'ho offerto", rispose Lori: "Ora sembra meno femminile e si sente più a suo agio".

"Progressi?"

Lori sorrise: "Sì, progressi".

Salazar

"Fuori", sussurrò Chevalier guardando Emily che si dondolava accanto al fuoco.

Gli heku lasciarono la stanza e lui andò a sedersi accanto a lei, che non fece capire che l'aveva visto, ma continuò a dondolarsi in silenzio.

"Non so che cosa fare, Em", le disse dolcemente: "Mi riconosci almeno?"

Emily smise di dondolarsi, rimanendo raggomitolata.

Chevalier sospirò: "Sento che tenerti qui sta facendo solo altri danni. I medici però si accorgerebbero che non invecchi, quindi non possiamo portarti in un ospedale. Che cosa vuoi? Di che cosa hai bisogno?"

Lei girò leggermente la testa per guardarlo.

Lei lo guardò in volto e poi scrutò brevemente il suo petto nudo prima di tornare a fissarlo negli occhi.

"Sono passati otto mesi e abbiamo tentato tutto quello cui siamo riusciti a pensare".

Chevalier rimase immobile quando Emily si mise lentamente in ginocchio e poi si appoggiò indietro sui talloni, osservandolo. Troppo piano perché lei sentisse, Chevalier riferiva tutto a Lori.

Dopo qualche minuto di silenzio, Chevalier sussurrò: "Dimmi che cosa vuoi".

Emily si spostò e si mosse in avanti di qualche centimetro con le ginocchia che quasi toccavano quelle di Chevalier. Continuò a studiargli il volto e gli occhi, senza parlare.

Seguendo le istruzioni di Lori, Chevalier non si muoveva e non parlava, ma rimase fermo a guardarla. Dopo quella che sembrò un'eternità, Emily si chinò lentamente i avanti finché il suo volto fu quasi contro il suo. Chevalier respirava a fatica e averla così vicino gli faceva desiderare di stringerla a sé.

Molto lentamente, lei gli sfiorò le labbra con le sue e poi si appoggiò di nuovo sui talloni a guardarlo. Il cuore di Chevalier fece un balzo in petto a quella piccola scintilla di intimità. Gli heku nell'atrio volevano sapere che cosa stava succedendo, ma lui non riusciva a parlare.

Trovando alla fine il fiato per parlare, Chevalier sussurrò: "Mi manchi, Em".

Emily allungò molto lentamente la mano verso di lui e senza un suono, gli tolse dal colletto la spilla con lo stemma degli Equites e la tenne stretta in mano mentre tornava nel suo angolo e ricominciava a dondolarsi.

"Potete entrare", disse Chevalier, senza muoversi dal pavimento. Sentì la porta che si apriva e gli altri che entravano.

"Anziano?" Gli chiese Lori. Si sedette accanto a lui e gli studiò il volto. Tutto il suo essere era cambiato, il suo volto si era ammorbidito, il corpo era rilassato e non emanava più un'aura di malevolenza.

"Mi ha baciato", disse Chevalier, con un piccolo sorriso: "Quasi".

Lori rimase senza fiato: "Davvero?"

Chevalier sorrideva: "Sa chi sono".

"È meraviglioso", disse Lori sorridendo: "Riconoscere la gente è un enorme passo avanti".

Quinn soffocò una risata: "Dustin uscirebbe di testa".

"Perché?" chiese il dott. Edwards.

"Togliere l'insegna del rango a un heku è una cosa grave e di solito finisce con la morte di chi l'ha fatto", rispose Quinn sorridendo: "È il tradizionale modo heku di dire a qualcuno che non merita il rango che ha".

"Beh, lei non lo sa".

"Lo so, ecco perché è divertente", disse Quinn continuando a sorridere: "È famosa per aver infranto regole che noi riteniamo banali".

Senza preavviso, Mark e Kralen sparirono dalla stanza di Emily mentre Silas rimaneva a bocca aperta.

"Non uccidetelo", sussurrò Silas verso la porta.

"Chi non devono uccidere?" Chiese Kyle, guardando Silas.

Silas si voltò verso gli altri con un sorriso sulle labbra: "Horace ha Salazar".

"Qui?" Chiese Chevalier, alzandosi lentamente.

Silas annuì: "Sì, Mark e Kralen lo stanno portando nella sala riunioni degli Anziani".

"Bene allora... non facciamoli aspettare", disse Zohn, andando alla porta. Gli heku arrivarono nella sala riunioni prima di Mark e Kralen. Lori rimase indietro a controllare Emily mentre gli altri cercavano vendetta.

Gli occhi di Salazar mostravano il terrore puro che provava quando fu spinto nella sala riunioni. Mark lo sbatté su una sedia e Kralen cominciò a collegare i fili a un piccolo generatore.

"Gentile da parte tua unirti a noi", disse Chevalier, sedendosi di fronte a lui.

"Io... io non ho fatto niente di sbagliato", sussurrò, mentre il cuore accelerava.

Chevalier si alzò di colpo e Zohn gli mise una mano sul braccio: "Lascia fare a me. Ci serve vivo almeno per un po'".

Chevalier ringhio e Zohn sorrise e si sedette: "Allora rapire Emily e sottoporla alla tortura per due anni non era sbagliato?"

"No... no... lei non era più vostra. Quando l'avete sepolta è diventata caccia libera".

"Come diavolo hai fatto ad averla?"

"Lei... lei è stata lasciata... qualcuno l'ha semplicemente lasciata alla mia porta".

"Smettila di mentirmi" Gridò Zohn.

"Io... io non so chi fosse. L'ho pagato e se n'è andato... è tutto quello che so".

"Detesto dover dire che è la verità. Ok allora, come puoi giustificare due anni di tortura?"

"Non è stata torturata!"

"Oh, consentimi di dissentire".

"Mai, eravamo buoni con lei".

"Che cosa ti ha dato il diritto di rapire una mortale e cercare di obbligarla ad avere un bambino?" sibilò Zohn.

"No! Non è stata.... lei... lei era... voglio una Winchester".

"Non sei meglio di... dannazione" sospirò Zohn quando Chevalier afferrò Salazar per il collo e sparì dalla stanza: "Ora morirà".

Quinn scrollò le spalle. "Io non ho voglia di fermarlo".

"Nemmeno io", disse Zohn, alzandosi.

"Però ho voglia di aiutarlo".

"Andiamo, allora".

Kyle riuscì alla fine a controllare la rabbia e tornò in camera mentre gli altri andavano ad aiutare Chevalier. Lori stava cercando di convincere Emily a mangiare quando entrò.

"Niente da fare?" Le chiese chiudendo la porta.

"Non molto", gli rispose Lori, appoggiando il piatto. Abbassò la voce prima di chiedere: "Che informazioni avete ricevuto?"

"Niente... se vuoi delle informazioni sarà meglio che tu vada a fermarli".

Lori sospirò e sfuocò fuori dalla stanza.

Kyle sorrise e si sedette quando vide Emily che lo guardava dal pavimento: "Non mangi più?"

Emily si appoggiò lentamente sui talloni e lo guardò con le mani appoggiate sulle ginocchia.

Kyle aggrottò la fronte e mise per terra il piatto; "Vuoi qualcosa?"

Lei guardò in fretta la sua camicia e poi lo fissò di nuovo negli occhi.

"Oh, scusa", le disse, slacciandosi la camicia: "Mi ero dimenticato".

Emily studiò brevemente il suo petto e poi allungò lentamente la mano. Kyle la guardò, senza muoversi, mentre gli slacciava il mantello e se lo metteva sulle ginocchia. Poi allungò la mano, gli prese la spilla da Giustiziere e si voltò.

Kyle si allungò per vedere dietro di lei e vide che piegava accuratamente il mantello e poi lo faceva scivolare sotto il cuscino. Poi Emily prese il suo stemma, tolse quello di Chevalier dal taschino davanti e li tenne in mano insieme. Li guardò attentamente e li accarezzò con le dita prima di rimetterli nel taschino e richiudere il bottone.

Kyle si rimise in ginocchio senza fare rumore, in modo che Emily non capisse che aveva visto e poi lei si voltò di nuovo a guardarlo, restando in ginocchio.

Kyle sorrise: "Qualcos'altro?"

Lei si limitò a guardarlo.

"Ti propongo un patto. Tu mangi ed io ti porto tutti i mantelli verdi che vuoi".

Non ottenne nessuna reazione.

"Ok, lasciami pensare: "Mangia, altrimenti lo mangio io?"

Vide un breve lampo di confusione prima che il volto di Emily tornasse tranquillo.

I due erano ancora inginocchiati l'uno davanti all'altro un'ora dopo quando gli altri tornarono. Chevalier era molto più calmo e si avvicinò per guardarli: "Che c'è?"

"Stiamo solo... fissandoci, credo", disse Kyle sorridendo.

"Dov'è la tua spilla?" Chiese Quinn. Emily si innervosì e guardò Quinn spaventata.

Kyle scrollò le spalle: "Non ne ho idea".

"L'ha presa lei?" Chiese Lori, troppo piano perché Emily sentisse.

"Sì", rispose Kyle sussurrando.

Chevalier si inginocchiò accanto a Kyle e guardò Emily: "Em, ti serve qualcosa?"

"Voglio tentare una cosa", sussurrò Lori: "Usciamo tutti e lasciamo solo Mark con lei".

Chevalier annuì e gli heku uscirono. Mark sorrise e si inginocchiò di fronte a lei: "Non ho proprio idea perché sono usciti, ma sembra che ci siamo solo noi due, Bimba".

Emily deglutì e guardò la porta.

Mark guardò indietro e scrollò le spalle: "Ritorneranno".

Quando si voltò, si bloccò perché Emily stava allungando la mano verso di lui. Tremando, gli slacciò il mantello e gli rimosse la spilla col grado di Generale prima di girargli le spalle. Mark rimase fermo in silenzio mentre lei faceva quello che voleva e poi si voltò quando entrarono gli altri.

"L'ha presa?" sussurrò Quinn.

Mark sorrise: "Sono stato spogliato dal mio rango da un membro del Consiglio".

Quinn ridacchiò: "Vedrò di farti reintegrare".

"Affascinante", disse Lori, riflettendo: "Proviamo con Kralen".

Gli altri uscirono e Kralen prese il posto di Mark: Quando rientrarono, il mantello era sparito e sulla camicia non c'era più il distintivo di Capitano.

"Ancora un tentativo", disse Lori e chiamò il Capo della Difesa, che entrò, un po' timoroso di dover rivedere Emily dopo il trauma della sua morte ma si rilassò quando vide come lo guardava silenziosa.

"Mi avete convocato?" Chiese rivolto agli Anziani.

"Era vicino a Emily?" Gli chiese Lori.

"No, non particolarmente. Lei mi considerava uno dei sostenitori di Damon".

"Bene, allora noi usciremo e voglio che si inginocchi davanti a Emily", gli spiegò Lori: "Vi daremo trenta minuti e poi ritorneremo. Non si muova e non parli, anche se lei dovesse toccarla".

Il Capo della Difesa confermò: "Ok"

Trenta minuti dopo, ritornarono e videro il Capo della Difesa ancora inginocchiato, ma Emily stava dondolandosi nel suo angolo e lui aveva ancora il suo mantello e il distintivo.

"Bene, puoi andare", gli disse Quinn. Il Capo della Difesa fece un leggero inchino e uscì.

"Quindi non sta collezionando spille a caso", disse Chevalier, osservandola.

Lori si avvicinò e studiò Emily. Vide che solo una piccola striscia di verde spuntava dal suo cuscino dove aveva nascosto i mantelli. La mano di Emily copriva il taschino della sua tuta, dove aveva messo le spille.

"Emily, posso vedere le spille?" Chiese Lori, sedendosi.

Emily si immobilizzò e si afferrò strettamente il taschino.

"Non le prenderò. Voglio solo vederle",

Emily offrì il polso alla Psichiatra e Chevalier sibilò piano dietro di loro.

Lori sorrise. "Non te le farò nemmeno pagare".

Zohn entrò senza fiato e teso: "Ci serve una riunione del gruppo".

"Hai ottenuto informazioni?" gli chiese Chevalier.

Zohn annuì e si sedette. Gli altri lo raggiunsero ed Emily tornò a dondolarsi lentamente accanto al fuoco.

"Sapevo che sarebbe stato meglio lasciarlo a lui prima che Chevalier lo uccidesse", disse Quinn sorridendo.

"Stai bene, Anziano?" Chiese Mark preoccupato.

Zohn annuì: "Gli hai tolto la camicia prima che arrivassi io".

"Sì e allora?" Chiese Chevalier.

"Era rivolto verso di te?"

"No, era già incatenato con la faccia al muro".

"Gli hai visto il petto?"

"No".

"Ha un grande corvo tatuato sul petto".

Silas scrollò le spalle. "Non vedo come sia rilevante".

Zohn sospirò: "In qualche modo ha convinto Emily che lui è un 'Vecchio', trasformato da un Antico che poteva assumere l'aspetto di un altro".

"Perché l'ha fatto?"

"Controllo. Le ha detto che se lei avesse visto... ad esempio... Chevalier, sarebbe in effetti stato Salazar che faceva finta di essere Chevalier".

Chevalier strinse i pugni.

"Ecco perché voleva vedere il torace", disse Lori, annuendo quando finalmente capì: "Poteva avere il vostro volto, ma il tatuaggio sarebbe rimasto".

"Che altro?" Chiese Kyle.

"La manetta", disse Zohn, con il volto che tornava furioso: "Gliela toglievano solo quando la portavano nella stanza degli interrogatori".

Lori ansimò e guardò Chevalier quando ringhiò: "Si calmi, dobbiamo ascoltarlo".

"Ha in sostanza confermato quello che ci ha detto Solax", disse loro Zohn.

Mark aggrottò la fronte: "L'ha ammesso?"

"Dopo un po' di... coercizione".

"Emily sta collezionando le spille del rango" disse Quinn a Zohn.

"Ne ha preso altre?"

"Mark, Kralen e Kyle, e anche i loro mantelli".

"Ma non ha preso quelli del Capo della Difesa", aggiunse Lori.

"Perché le vuole?"

Lori scrollò le spalle. "Non l'ho ancora capito".

"Perché non le diamo noi semplicemente una spilla e un mantello?" Chiese Kyle.

"No, lasciate che sia lei a venire a prenderli, in questo modo possiamo provarle che non deve pagare per averli".

***

"Anche Silas?" Disse Mark sorridendo.

Kralen annuì e ridacchiò: "Già, gli ha preso mantello e rango".

"Bene, lo diremo a Lori quando torna. Quindi ha preso tutti quelli del gruppo, aveva preso quelli di Quinn la settimana scorsa".

Silas cominciò ad allacciarsi la camicia: "Per quanto tempo pensi che dovremo andare a petto nudo?"

"Non c'è modo di saperlo"

"Uscite", disse Chevalier quando entrò nella stanza. Le guardie salutarono e uscirono dalla stanza, prendendo le postazioni fuori dalla porta. Come era diventato consueto, Chevalier andò a sedersi accanto a Emily vicino al camino, portandole la cena. Lei esitò solo un attimo prima di prendere il sandwich e voltargli la schiena per mangiarlo. Una volta finito, si mise in ginocchio davanti a lui.

"Allora", le disse dolcemente: "Ora che hai le spille di tutti noi... che cosa ne farai?"

Emily fece una smorfia e coprì il taschino sul petto.

"Te l'ho detto, non te le prenderò. Mi domandavo solo che cosa ne farai, ecco tutto".

Lei lo guardava con attenzione.

Emily sobbalzò quando risuonò il rumore di un tuono. Guardò a occhi sgranati la finestra sbarrata.

"C'è una grossa tempesta là fuori. Anche i cavalli non sono molto contenti", le disse Chevalier. "Al tuo cane sembra non importare, in effetti, però, non sono sicuro che sia molto sveglio".

Lei tornò a guardarlo.

Chevalier socchiuse gli occhi: "A che cosa pensi tutto il giorno, qui dentro?"

Rimasero seduti in silenzio per alcuni minuti prima che Chevalier allungasse la mano e prendesse la sua coperta. Gliela mise sulle spalle e poi si sedette.

"Puoi dirmi cosa devo fare per convincerti a dormire sul letto? Sono quasi tre anni che dormi su un pavimento, da quello che so".

Emily guardò la grande mano di Chevalier, appoggiata al pavimento accanto a lui. Molto lentamente, la toccò e la voltò a palmo in su, poi gli lanciò un'occhiata.

Lui le sorrise: "Ok".

Sorprendendolo, Emily si chinò e appoggiò la guancia sulla sua mano e lui sentì il calore delle lacrime contro la pelle. Anche se era sicuro che Lori avrebbe definito le lacrime un passo avanti, il cuore gli faceva male al pensiero di qualunque cosa fosse che la faceva piangere.

"Che cosa c'è che non va?", sussurrò e le toccò teneramente i capelli con l'altra mano. Si aspettava che lei si tirasse indietro invece lei nascose il volto sul suo palmo e pianse. I suoi singhiozzi strappacuore erano silenziosi e pieni di emozioni. Poco dopo, smise di piangere e poco per volta scivolò nel sonno, sempre appoggiata alla sua mano. Nessuno dei due si mosse fino al mattino seguente quando Emily si svegliò e tremò mentre si inginocchiava di nuovo e si tirava la coperta sulle spalle.

Chevalier sorrise: "Accenderò subito i camini".

Aveva proibito a tutti di entrare durante la notte, anche solo per attizzare il fuoco. Con il poco contatto fisico che aveva, non voleva rischiare di perderlo se qualcuno fosse entrato. Si crogiolava nel suo tocco, nel sentire come era morbida la sua pelle contro la sua mano antica.

Appena i fuochi cominciarono a ruggire, Chevalier permise agli altri di entrare e raccontò a Lori quello che era successo la sera prima. Aveva ragione, Lori era felice del contatto fisico e delle lacrime. Nei nove mesi che erano passati da che era tornata dai Valle, Emily non aveva ancora mai pianto.

Silas fu l'ultimo a entrare e appoggiò un piatto di pancake fumanti accanto a lei. Fu scioccato quando Emily cominciò immediatamente a mangiare, senza nemmeno aspettare che lui facesse un passo indietro.

Quando Emily finì di fare colazione, Lori fece un respiro profondo e guardò gli altri: "Siamo pronti?"

Chevalier annuì: "Sì, è ora che veda i suoi figli".

"Alexis per prima, allora", disse Lori rivolgendosi a Mark. Alexis era stata informata di sua madre ed era ansiosa di vederla. Aveva ascoltato avidamente tutto quello che il gruppo le aveva raccontato dello stato mentale di Emily ed era preparata a tutto.

Alexis entrò lentamente e sorrise a Emily con gli occhi pieni di lacrime: "Mamma...".

Emily guardò sua figlia e ansimò: guardò gli heku nella stanza e poi sua figlia, spostando continuamente lo sguardo.

"Mamma, che cosa c'è che non va?" Chiese Alexis, facendo un passo avanti.

"Uscite tutti", sussurrò Lori e tutti eccetto lei, Alexis e Chevalier uscirono dalla stanza.

"Em, stai bene?" Le chiese Chevalier. Non sopportava di sentire il suo cuore battere così forte, e vedere che sudava dalla paura.

"Mamma, mi riconosci?" Chiese Alexis e si inginocchiò di fianco a lei. Con un movimento rapido, Emily spinse Alexis sul pavimento. La ragazza era troppo stordita per resistere e prima che potesse reagire, Emily si era tolta la manetta dalla caviglia e l'aveva messa a quella della figlia.

"Non muoverti, lasciami pensare", le sussurrò Lori.

Alexis allungò la mano e toccò la manetta: "Mamma, non mi serve".

"Va tutto bene, sta solo cercando di proteggerti", disse Lori.

"Em, Alexis non ha bisogno della manetta alla caviglia. Noi non le faremo del male", la rassicurò Chevalier. Emily mise le mani sul petto di Alexis e si mise tra sua figlia e la porta.

Alexis le accarezzò piano un braccio: "Loro non mi faranno del male, mamma".

Emily abbassò le braccia e voltò la testa per guardare la sua bellissima figlia. Le studiò gli occhi e i capelli, il volto, i lineamenti.

Alexis sorrise: "Io sto bene".

Emily allungò la mano e toccò il delicato braccialetto di diamanti che portava Alexis. Lo accarezzò con un dito e alzò gli occhi per guardare sua figlia.

"Lo vuoi?" Chiese Alexis. Se lo tolse e lo tese a sua madre.

Emily esitò, poi le prese. Voltò la schiena agli altri, ma sapevano che l'aveva messo nel taschino insieme alle spille. Quando si girò di nuovo, si sedette accanto a Alexis.

Alexis ricominciò a piangere: "Mi sei mancata. Sembri così diversa con i capelli corti, però".

Emily la osservata attentamente.

"Ti piacerebbe guardare un film?" Le chiese, alzandosi. Fece qualche passo verso il divano, ma la catena non era abbastanza lunga, si guardò la manetta: "Mamma, posso toglierla?"

Emily ansimò e mise la mano sulla manetta in modo che Alexis non potesse toglierla.

Chevalier si fece avanti: "Em, lei non ha bisogno della manetta e in questo modo le impedisci di arrivare al divano".

Emily aggrottò la fronte ed esitò un momento prima di togliere le mani. Guardò Chevalier, confusa, mentre Alexis si toglieva la manetta e si sedeva sul divano.

"Vieni a sederti, mamma. Guarderemo insieme un film, sarà divertente", disse Alexis, sorridendole.

Emily prese la manetta e se la rimise sulla caviglia.

"Ok, va bene", disse Alexis: "Io sceglierò un film e tu puoi guardare se vuoi, ok?"

Emily si sedette contro la parete e guardò il film con il conforto della sua catena. Alexis la controllava spesso, ma restò sul divano, sperando che sua madre la raggiungesse. Lori e Chevalier osservavano l'interazione, senza sapere come fare ad aiutare Alexis a convincere sua madre a raggiungerla.

Quando il film finì, Alexis andò a sedersi accanto a sua madre: "Se hai voglia di parlare, io sono qui, ok?"

Emily si appoggiò indietro e la guardò.

Alexis arrossì un po': "Ho un ragazzo, Garret. Stiamo uscendo insieme da quasi un anno. È così dolce e intelligente, e carino".

Quando Emily non rispose, Alexis continuò: "Allen e Miri stanno bene. Vivono ancora sull'Isola e hanno quattro cani. Credo che sia quello che fanno gli heku perché non possono avere bambini, tengono degli animali".

Alexis guardò suo padre, poi tornò a Emily: "Dain non sa ancora che sei tornata. È un tipo irascibile, però, come papà".

"Ehi tu", disse Chevalier ridendo.

Alexis sorrise ed Emily studiò ogni suo movimento: "È vero. Assomiglia anche a papà ed è grosso come lui. Non riesco a capire come possa avere metà dei tuoi geni, è enorme".

Emily allungò la mano e accarezzò un livido sul braccio di Alexis. Lei lo guardò prima di parlare: "Oh, quello. Garret ed io siamo andati a pattinare sul ghiaccio. A quanto pare io non ho ereditato la coordinazione da papà e sono caduta piuttosto male. È stato divertente, però, Garret pensava che papà l'avrebbe ucciso".

Emily fece una smorfia.

"Va tutto bene. Sparirà presto. Io guarisco più in fretta dei mortali e sono aggraziata quasi quanto uno di loro. È irritante vedere come Dain impari più in fretta di me. Quando ha scoperto che mi ero fatta male, è venuto nella stessa pista di pattinaggio, solo per farsi vedere da me, e non è caduto nemmeno una volta".

"È di questo che ha bisogno", sussurrò Lori a Chevalier: "Chiacchiere tranquille su cose poco importanti. Noi heku tendiamo a parlare solo quando c'è qualcosa di rilevante da dire e non sappiamo chiacchierare.

Senza nemmeno pensarci, Alexis prese la mano di Emily e gli heku si stupirono quando lei non si ritrasse: "Garret ti piacerebbe, mamma. È così dolce e gentile, difficile credere che sia un heku e più vecchio della terra. Non vuole dirmi quanti anni ha esattamente, ma una volta non se n'è accorto e ha detto qualcosa riguardo al Re Decebalo e mi è sembrato che ne parlasse più per conoscenza personale che per averne letto, quindi vorrebbe dire circa 2000 anni".

Chevalier sorrise e sussurrò: "Garret non ha nemmeno 300 anni".

Lori sorrise guardandola.

Alexis intrecciò le dita con quelle della madre: "È stato difficile quando te ne sei andata la prima volta".

Emily alzò gli occhi, con un'espressione interrogativa.
"Ho passato un periodo quasi di ribellione".
"Quasi?" Chiese Chevalier, scuotendo la testa.
"Ok, va bene, è stata una grossa ribellione", ammise Alexis: "Continuavo a pensare di dover essere alla tua altezza. Fare quello che facevi tu. Essere quello che eri tu. Non era possibile, nessuno è come te. Appena l'ho capito, sono riuscita a mettermi comoda e rilassarmi".
"Continuo a dare una mano quando le fazioni sfuggono di mano. Una volta gli Encala..."
"Ssst"
Alexis la guardò: "Che c'è?"
Chevalier sorrise: "Non dobbiamo pronunciare il nome delle fazioni".
"Oh, ok", disse Alexis, tornando a guardare sua madre: "Comunque non era importante. Garret ed io andremo sull'Isola per il fine settimana. È bello andarsene dal palazzo ogni tanto, lo sai, vero?"
Alexis si alzò e si sistemò la gonna: "Verrò a salutarti quando torno, ok?"
Emily le lasciò andare la mano con riluttanza e la guardò uscire. Lori e Chevalier la seguirono, lasciandola sola nella stanza.
"È andata veramente bene", disse Lori, dando un colpetto sul braccio ad Alexis.
Alexis annuì, con gli occhi pieni di lacrime.
Chevalier la abbracciò forte: "Va tutto bene, ti sei comportata benissimo".
"Non sembra per niente la mamma".
"Sta cambiando poco per volta, andrà tutto bene".
Alexis annuì e si staccò. Guardò la porta della camera e poi scese le scale.
"Siamo pronti per la riunione del gruppo?" Chiese Zohn salendo le scale con gli altri.
"Certo, entrate".
Entrarono tutti e si fermarono davanti alla porta. Emily era in piedi nella stanza, nella parte opposta alla sua catena e stava bevendo un bicchiere d'acqua. Rimase immobile e ansimò quando li vide. Il bicchiere le scivolò dalle dita e si frantumò sul pavimento mentre si precipitava verso la sua manetta e cercava disperatamente di affrancarsela alla caviglia. Le mani tremavano quando cercò di chiuderla mentre la guardavano.
Chevalier sospirò: "Dov'è la sua caraffa d'acqua?"
L'ho portata via io con il vassoio della colazione", disse Lori tristemente:"Mi dispiace".

Appena Emily riuscì a chiudere la manetta, si voltò contro la parete e cominciò a dondolarsi.

Gli heku le voltarono la schiena per parlare.

"È un bene, però. Voleva l'acqua ed è andata a prenderla", disse Lori.

"No, non è un bene. Pensa di essere nei guai per aver bevuto".

Zohn scosse la testa: "Credo che ritenga di essere nei guai per averla rubata, non necessariamente solo per aver bevuto".

"Si è tagliata?" Chiese il dott. Edwards.

"Non credo" gli rispose Chevalier.

Mark si voltò per controllarla poi trattenne il fiato e si voltò verso la porta: "Non guardatela".

Gli altri heku seguirono il suggerimento di Mark, eccetto Chevalier, che si voltò e sospirò: "Dannazione".

Emily era in piedi e guardava il muro. La sua tuta era raccolta in basso sui fianchi e il torace era nudo, aveva incrociato i polsi in alto sulla parete sopra di lei. La posizione era simile a quella dei ferri normalmente usati per immobilizzare gli heku prima di frustarli.

Chevalier si avvicinò a lei in silenzio e notò che stava respirando in fretta, ansimando. L'aveva visto molte volte prima, era il modo in cui una persona respirava quando attendeva di essere frustata e stava aspettando che il dolore cominciasse. Non poté fare a meno di far scorrere teneramente le dita lungo la pelle morbida della sua schiena, poi si ritrasse quando la sentì trattenere il fiato.

Alzò un braccio e le prese dolcemente le mani tra le sue, staccandole dalla parete, poi le infilò la t-shirt sulla testa. Emily fece passare le braccia e lo osservò. Chevalier capiva che Emily non sapeva se era o no nei guai. Alla fine Chevalier riallacciò le bretelle della tuta sulle spalle e le accarezzò dolcemente il volto.

"Qui tu non verrai frustata. Per nessun motivo", le sussurrò, prendendole la mano.

Lei si guardò la manetta e lui seguì il suo sguardo.

"Vuoi rimetterla?"

Lo sguardo di Emily si puntò sugli heku dall'altra parte della stanza.

"Fuori", sussurrò Chevalier e li sentì uscire in tutta fretta.

Chevalier andò lentamente verso l'angolo TV e tirandosela dietro dolcemente: "Vieni... guardiamo un film".

Emily esitò, cercando di allontanarsi, ma Chevalier la tirò facilmente fino al divano. Lei si sedette sul pavimento davanti al divano e Chevalier decise che non era il caso di insistere ancora. Mise su un film e si sedette sul divano a guardarlo. Poco dopo che era cominciato, Emily gli appoggiò piano la testa su un ginocchio si addormentò.

Preso

"Qualche domanda sui turni?" Chiese Mark, guardando i Cavalieri.

"No Signore, risposero all'unisono".

"So che è stato difficile con l'assenza mia, di Silas e Kralen durante l'ultimo anno, ma apprezzo il vostro duro lavoro e l'impegno che avete dimostrato. Continuate così".

La Cavalleria si disperse in fretta e i tre heku si diressero verso la stanza di Chevalier.

"Ehi, che cosa avete nascosto voi pezzi grossi al quinto piano?" Chiese una delle guardie del terzo piano, mentre passavano.

Mark si voltò a guardarlo: "Scusa?"

La guardia scrollò le spalle: "Mi sembra solo che abbiate qualcosa di importante, nascosto là".

"Fatti gli affari tuoi oppure ti ritroverai a pattugliare le strade della città".

"Sì, Generale", rispose l'heku, seccato.

"Ne prenderò nota", sibilò Kralen, ricominciando a salire.

"Non è l'unico che fa domande", disse Silas, mentre attraversavano l'atrio della stanza di Chevalier: "Ho sentito i servitori che si domandavano perché pensiamo noi alle pulizie del quinto piano invece di permettere loro di venirci".

"Se li sentirai di nuovo, porteremo la questione al Consiglio", gli disse Mark. Entrarono nella stanza, spostandosi ai loro posti lungo la parete.

"Buongiorno, Em", disse Kralen sorridendole. Lei era seduta sul pavimento di fronte al divano e guardava la TV. La sua manetta era accanto alla parete, per quando dormiva ma durante il giorno aveva cominciato ad allontanarsene sempre di più.

"Che c'è oggi in TV?" Chiese Mark, allungando il collo.

Emily non rispose, ma tornò a guardare la sit-com.

"Perché non provi il divano, oggi? Deve essere più comodo del pavimento", suggerì Silas. Sorrise quando lei non reagì: "O forse no... stai seduta dove vuoi".

"Torniamo alla discussione precedente", disse Mark: "Penso che dovrebbe essere Weston".

"Credo anch'io, però è così silenzioso".

"Silenzioso... è un bene. È efficiente e fa il suo lavoro".

"Sì, ma è capace di comandare?"

"È già il caposquadra dell'area 4", gli ricordò Kralen.

"Lo so. È solo che ho una brutta sensazione", gli disse Silas.

"Cleome, allora" disse Mark
"No", risposero assieme Kralen e Silas.
Mark scosse la testa: "Perché no?"
"Horace mi ha riferito che si è lamentato per le nostre assenze", disse Kralen: "Non ci servono dicerie".
"Accidenti, ok, torniamo a Weston".
Gli heku stavano riflettendo quando un colpetto alla porta li fece uscire dalla loro concentrazione. Mark aprì una fessura, stupito: "Horace! Chi ti ha detto che potevi salire qui?"
"Il Capo di Stato Maggiore, Signore, gli ho detto che ci avrei messo solo un minuto".
Mark ringhiò e uscì dalla stanza con Kralen e Silas, attenti a non permettere a Horace di guardare nella stanza: "Che c'è?"
Horace aveva in mano una scatola profonda e gliela mostrò: "Li abbiamo trovati, abbandonati accanto allo stagno".
Mark guardò i quattro minuscoli cuccioli, poi alzò gli occhi quando arrivarono Chevalier e Kyle.
"Nessuno deve venire a questo piano!", ringhiò Kyle.
Horace si immobilizzò: "Il Capo di Stato Maggiore mi ha detto che potevo venire a parlare con il Generale".
Chevalier guardò nella scatola: "Che cosa succede con quei cani?"
"Li abbiamo trovati accanto allo stagno. Ne abbiamo parlato e pensiamo che sarebbe bello avere degli animali addestrati con noi, con la Cavalleria. Un po' come i suoi cani da guardia sul molo, all'Isola, Signore", spiegò Horace. "Li abbiamo portati da un veterinario e abbiamo i biberon per nutrirli. Ha detto che sono sani, cuccioli di lupo e che hanno solo pochi giorni".
"Allevare cuccioli, non credo che sarebbe un buon uso del tempo della Cavalleria" disse Mark con una smorfia.
"Ma sono lupi, Signore. Se la Cavalleria avesse dei lupi addestrati..."
Kralen annuì: "Farebbero paura".
Silas guardò nella scatola: "Sì, però stiamo parlando di settimane di biberon e cacca da pulire. Ci vorrà un anno prima di poter cominciare ad addestrarli".
Kyle sollevò uno dei cuccioli, che cominciò immediatamente a guaire: "Il rumore, anche, piangeranno tutto il tempo".
Mark afferrò un altro cucciolo per la collottola e lo avvicinò al volto per guardarlo meglio: "Non credo proprio di aver bisogno di aggiungere la responsabilità di allevare dei cani, oltre a doverci curare dei cavalli".

"Il mio voto è sì", disse Kyle, portandosi il cucciolo davanti agli occhi: "Però non li voglio nel palazzo a fare rumore. Dovrete tenerli in caserma e occuparvi di addestrarli".

Mark sospirò quando anche il cucciolo che aveva in mani lui cominciò a guaire: "Io...".

Gli heku si voltarono di colpo quando si aprì la porta. Horace ansimò quando Emily mise fuori la testa dalla porta e guardò gli heku. Fecero tutti un passo indietro e, come se l'avessero programmato, i cuccioli cominciarono a piangere più forte e a divincolarsi per liberarsi dalle mani degli heku.

"Oh mio Dio!" sussurrò Horace.

Emily li scrutò tutti attentamente e poi fece un timido passo nell'atrio.

"Non muovetevi", sussurrò loro Chevalier.

Emily fissò ancora ciascuno di loro e poi guardò il cucciolo che Mark teneva in mano. Allungò lentamente la mano e glielo prese, appoggiandoselo alla spalla. Il cucciolo si tranquillizzò immediatamente e cominciò a strofinare il muso contro il suo collo. Kyle abbassò lentamente il cucciolo che aveva in mano ed Emily prese anche quello. Senza guardare Horace negli occhi, Emily prese la scatola, camminò lentamente all'indietro rientrando nella stanza e poi chiuse piano la porta.

"Fate venire Lori", ordinò Chevalier.

"Una parola...", ringhiò Mark a Horace.

Horace era troppo sciocato per parlare. Vedere il ritorno della persona che proteggeva, morta da tempo era travolgente e rimase fermo a fissare la porta.

"Horace!" Gridò Kralen.

Il Comandante sobbalzò: "Sì Signore?"

"Non una parola con nessuno".

"Sì, Signore", sussurrò, continuando a fissare la porta.

Lori salì in fretta le scale: "Che cos'è successo?"

Chevalier entrò con la Psichiatra, mentre Mark continuava a rimproverare Horace per essere salito a un piano riservato. Lori chiuse la porta e osservò Emily che si sedeva con la scatola dei cuccioli.

Emily aprì la borsa dentro la scatola e ne tolse parecchie bottiglie di latte giallastro e dei piccoli biberon. Tolse tutti i cuccioli dalla scatola, piegò la sua coperta e la mise sul fondo, prima di rimettere dentro i cuccioli.

"Non vedo come potrebbe farle male", disse Lori, guardandola.

Emily riempì il primo biberon e prese il cucciolo che faceva più rumore. Lo tenne stretto a sé e cominciò ad allattarlo.

"Sì, ma quattro cuccioli?" Chiese Chevalier: "È un mucchio di lavoro. Potrebbe essere troppo per lei".

Lori sorrise: "Ha intenzione di cercare di portarglieli via?"

Chevalier sospirò: "No".

"Allora aspetteremo e vedremo".

Emily si abbassò e baciò dolcemente il cucciolo sulla testa e sul volto le comparve un lieve sorriso. Chevalier rimase senza fiato a quella dimostrazione di emozioni. Non aveva mostrato niente di simile a un sorriso da quando la avevano liberata, più di un anno prima.

"Bello" sussurrò Lori, annuendo.

Il cucciolo che Emily aveva in braccio grugnì quando lo tolse dalla spalla e lo mise nella sua scatola. Ne prese un alto e cominciò a dargli il latte, accarezzando la lucida pelliccia grigia.

"Questo potrebbe essere esattamente quello di cui aveva bisogno".

Chevalier annuì guardando Emily che mostrava affetto ed emozione per le piccole creature. Per la prima volta da un anno cominciò a sentire che la sua Emily poteva ancora essere lì, da qualche parte.

Mark entrò qualche minuto dopo, ancora livido: "Zohn sta parlando con il Capo di Stato Maggiore e Kralen sta ancora urlando con Horace".

A Chevalier non importava che Horace avesse visto Emily o che il Capo di Stato Maggiore fosse passato sopra a un ordine degli Anziani. Guardava Emily che si prendeva cura dei cuccioli, con un'espressione quasi reverenziale sul volto.

"È la cosa migliore che potesse succedere", disse Lori.

Mark guardò Emily e sorrise: "Oh, wow".

Emily baciò dolcemente la testa del cucciolo e poi lo rimise nella scatola. Il cucciolo grugniva a ogni movimento, con la pancia troppo piena per sdraiarsi comodo. Ne prese un altro e riempì di nuovo il biberon prima di mettersi comoda per allattarlo.

***

"Em, c'è un fuggitivo", disse Kyle, guardando uno dei cuccioli grassocci trotterellare sul pavimento di legno. Emily allungò in fretta la mano per rimetterlo nella scatola.

"Silas ha quasi finito il loro recinto", le disse Mark: "Almeno li terrà tutti in un sol posto".

"Hai bisogno di aiuto?" Chiese Kralen, preoccupato. Emily aveva un cucciolo in braccio e lo stava allattando, mentre un altro stava tirando il dietro della sua tuta e ringhiava.

Emily allungò dietro il braccio e prese il cucciolo ringhiante, rimettendolo nella scatola con gli altri, mentre continuava a dare il latte all'unica femmina della cucciolata.

"Quello sarà un problema", disse Kralen quando il cucciolo ringhiante afferrò l'orecchio di un fratellino che dormiva e cominciò a tirarlo, continuando a ringhiare.

"Lo daremo a te", disse Mark sorridendo.

"Chi ha detto che ne voglio uno?"

"Lo dico io... te lo ricordi... farebbe paura".

"Come se avessi bisogno di un lupo per fare paura", borbottò Kralen.

"Non serve discuterne", disse loro Chevalier: "La Cavalleria farà fatica a togliere quei cuccioli a Emily".

"Vero", disse Mark, guardando Emily che rimetteva la femmina insieme con gli altri.

Alexis bussò piano e poi entrò sorridendo: "Wow, stanno diventando grandi".

Emily alzò gli occhi, osservandola quando entrò nella stanza.

"Ti ho portato un regalo, mamma", disse sedendosi accanto a Emily e ai cuccioli. Alexis le porse una piccola spilla d'oro con dei diamanti incastonati: "Non dirlo ad Allen, ma gli ho rubato la spilla del rango".

"Alexis!" Esclamò Chevalier.

Emily sgranò gli occhi mentre prendeva la piccola spilla, la accarezzava con le dita e poi andava da Chevalier per dargliela.

"Puoi tenerla", le disse lui, ridandogliela.

Emily si voltò e tornò dai cuccioli.

Chevalier la seguì e si inginocchiò: "Em, prendila".

Quando lei non reagì, la appoggiò sul pavimento di fronte a lei e si rialzò. Prima di riuscire a tornare dagli altri heku, Emily si mise in piedi, andò da Kyle, con gli occhi bassi e gli porse la spilla.

Kyle fece una smorfia: "Chevalier ha detto che puoi tenerla".

Emily mosse leggermente in avanti la mano, sempre porgendogli la spilla.

Kyle scrollò le spalle e la prese, poi se la fece scivolare nel taschino mentre Emily tornava nel suo angolo e si sedeva.

"Perché non la vuoi, mamma?" Chiese Alexis, osservandola attentamente.

"Forse è perché l'hai rubata che non la vuole", suggerì Chevalier, ancora irritato all'idea".

"Oh, ne ha altre", disse Alexis, sorridendo a suo padre: "Non gli mancherà questa e serve molto di più alla mamma".

"Comunque... non è bello rubare".

"La mamma però ne ha bisogno per la sua collezione di memorabilia", disse Alexis, prendendo un cucciolo per coccolarlo.

"Che cosa vuoi dire?"

Alexis scrollò le spalle. "Presumo che stia collezionando degli oggetti con i quali potrà ricordarsi di noi se viene catturata di nuovo".

Lori ansimò: "Oh mio Dio!"

"Ha passato due anni lontana da quelli cui voleva bene e non aveva una sola cosa nostra da guardare o da tenere", disse Alexis. Si voltò a guardare suo padre: "L'hai sepolta con il suo anello essenza?"

Chevalier scosse la testa: "No, l'ho tenuto io"-

"Vedi, niente. Penso stia solo raccogliendoli per la prossima volta".

Mark ringhiò: "Non ci sarà una prossima volta".

"Beh, noi lo sappiamo", disse Alexis: "Ma lei no, vero?"

"È quello che stai facendo, Em? Stai raccogliendo delle cose da portare con te quando ti rapiranno ancora?" Le chiese Chevalier.

Emily non rispose, invece si abbassò a baciare la testa di un cucciolo.

"Credo che restituirò la spilla ad Allen", sussurrò Kyle.

Chevalier annuì: "Tanto vale, sembra non volerla".

"Hai dato loro un nome?" Chiese Alexis, rimettendo il cucciolo nella scatola: "No, immagino di no".

Il cucciolo più vivace scappò di nuovo, ricominciando a tirare i pantaloni di Emily. Smise abbastanza a lungo a urinare sul pavimento, poi ricominciò a tirare. Emily lo raccolse in fretta e guardò Kralen, terrorizzata.

"Vedete!" Ringhiò Kralen: "Ora io sono il mostro cattivo... ogni volta che quei dannati lupi fanno casino, pensa che lo ucciderò".

Alexis cominciò immediatamente a pulire: "Va tutto bene, mamma, pulisco io".

"Meglio così che far fare la parte del cattivo all'Anziano", disse Lori.

"Già, ma perché io, dannazione?" Sibilò Kralen.

Mark sogghignò: "Perché non tu?"

"Beh, io me ne sono stancato", disse uscendo dalla stanza.

"Avremmo dovuto far fare la parte del cattivo a Dustin", disse Chevalier con un sorrisetto.

"Ho un po' paura di quello che farà Emily se lo vede", disse Lori: "Ho sentito troppe cose sull'interazione di questi due".

"Già, non è una bella sensazione, quando sono insieme", le disse Silas.

Il dott. Edwards bussò ed entrò: "Ok, ho preso tutto quello che serve, anche se non è proprio il mio ramo di studi".

Silas sogghignò: "Dovrebbe essere interessante".

"Francamente spero che lo incenerisca", sussurrò Lori.

"Come?!" Esclamò il medico.

"In effetti fa un po' male..." rise Chevalier.

"Sono curiosa di vedere se ha mantenuto quella capacità", disse Lori: "Se ricordo bene, servivano le emozioni per scatenarla".

"Pensate che mi incenerirà?" Chiese il medico, guardando Emily.

"No, in effetti non credo", gli disse Chevalier: "Vaccinava lei i cavalli di solito. Purché le spieghi che cosa stai facendo, dovrebbe andare tutto bene".

Il dott. Edwards si schiarì la gola: "Emily, ho portato quello che serve per vaccinare i cuccioli".

Emily alzò gli occhi, aggrottando leggermente la fronte e poi prese in braccio i cuccioli. Quando si spostò, gli altri videro il suo nascondiglio sotto il cuscino, dove teneva i mantelli e altri piccoli oggetti che si teneva vicino nel caso la catturassero ancora. Non lo proteggeva più tanto accuratamente e gli heku ritenevano che avesse finalmente capito che nessuno l'avrebbe portata via.

"Hanno... hanno bisogno delle iniezioni", le disse il dott. Edwards con la voce che tremava.

Emily guardò i cuccioli e poi ne tese lentamente uno al medico.

Il dott. Edwards prese la femmina e poi guardò Emily: "Ti sarei grato se non mi incenerissi mentre lo faccio".

Emily fece una smorfia e poi si voltò a prendere un altro cucciolo.

Mark si rivolse all'Anziano abbassando la voce: "Siamo riusciti a farci dire da Salazar perché non li ha inceneriti tutti?"

"No, nemmeno lui sa perché non l'ha fatto", gli rispose Chevalier: "È una delle ragioni per cui non l'ho ancora ucciso. Penso che stia nascondendo delle informazioni".

"È... beh", disse Mark con un sorrisino: "Non ho mai visto nessuno fare quello che gli ha fatto lei". Chevalier sorrise malizioso: "Non l'ho mai visto nemmeno io... ma mi piace".

"Ci sono dei prigionieri che provocano volontariamente le guardie per farsi uccidere, perché hanno paura di diventare il suo prossimo bersaglio".

"A me interessano solo Solax, Salazar e lo sconosciuto che gli ha consegnato Emily".

"Che cosa gli ha fatto?" Chiese Lori, guardando l'Anziano.

Mark la fissò negli occhi: "So che preferiresti non saperlo".

Chevalier rise e poi guardò il medico quando si avvicinò: "Nessun problema".

"Em, scendiamo per una riunione. Starai bene da sola per un po'?" Le chiese Chevalier.

Emily lo guardò un attimo prima di tornare dai cuccioli.

"Lo prenderò come un sì", disse Chevalier, andando alla porta.

"È sicuro che vada bene se torno al mio Clan per una settimana?" Lori gli chiese la conferma.

"Sì, qui va tutto bene".

Lasciarono Emily da sola e Lori scomparve giù dalle scale mentre gli altri si fermarono a parlare con Horace e l'altro cavaliere che erano nell'atrio del quinto piano.

"Non lasciate questo atrio e assicuratevi che nessuno venga a questo piano", ordinò Mark.

"Sì Signore", risposero insieme.

Chevalier socchiuse gli occhi: "Se mi accorgo che uno di voi ha messo un piedi fuori da questo atrio...".

"No, Anziano!" esclamò Horace.

"Chi c'è sulla scala posteriore?"

"Wilson, Signore".

"Sa che non deve lasciare le scale?"

"Sì, Anziano".

Chevalier ringhiò, chiaramente non contento e scese nella sala del Consiglio. Mark e Kralen lo seguirono dopo aver dato altre istruzioni ai Cavalieri ed entrarono nell'aula dove Silas li stava già aspettando.

"Come sta venendo il recinto?" Gli chiese Chevalier.

Silas sospirò: "Beh... l'avevo finito, poi mi sono accorto che l'avevo costruito come la gabbia..."

"Riprova".

"Sì, Anziano".

"Vediamo di toglierceli di mezzo", disse Zohn: "Derrick, fai entrare i Valle".

Qualche secondo dopo Derrick aprì la porta a facendo entrare Sotomar, Ryan e sei Guardie Imperiali. Avanzarono e si misero di fronte al Consiglio, mentre Mark, Silas e Kralen rimanevano in silenzio alle loro spalle.

"Sappiamo perché siete qui", disse Quinn, fissandoli: "Ma non potete averlo".

"È compito nostro punirlo!" gridò Sotomar: "È contro le tradizioni degli heku tenerlo qui".

"Il suo crimine contro questa fazione è peggiore dei crimini contro i Valle", disse Kyle.

"È quello che dite voi", ringhiò Ryan: "Restituitecelo immediatamente".

"No", rispose Chevalier deciso.

"Non mi interessa quanto sei grosso o com'è cattiva la tua armata, non avete il diritto di trattenere un ex membro del nostro consiglio", gridò Sotomar.

"Dobbiamo punirlo noi!" aggiunse Ryan furioso.

Nessuno si sorprese quando Alexis entrò nella stanza e si sedette accanto a suo padre prima di parlare a voce bassa: "Per favore, restate civili".

Sotomar socchiuse gli occhi guardando Quinn: "Diteci quali sono i suoi crimini in modo che possiamo decidere se avete il diritto di trattenerlo".

"No", gli rispose Kyle.

"Che cosa da agli Equites il diritto di infrangere le tradizioni?"

"I suoi crimini".

"Quali crimini?!"

"Ultimo avvertimento", disse Alexis con calma.

Sotomar la fissò minaccioso prima di rimanere in silenzio.

Ryan fece un respiro profondo: "Non vedete come questo sia contro le tradizioni? Non vedete che questo significa disprezzare spudoratamente le regole che noi heku riteniamo sacre?"

"Se i crimini per i quali lo stiamo punendo fossero meno gravi di aver abbandonato il suo Consiglio, allora la mia risposta sarebbe sì. I suoi crimini però sono molto più gravi, quindi non riteniamo di infrangere nessuna legge", disse Quinn.

"Allora diteci quali sono questi crimini, in modo da tranquillizzarci".

"Bene", disse Zohn alla fine: "Ha tenuto in ostaggio un membro del nostro Consiglio e l'ha torturato oltre ogni immaginazione".

Sotomar socchiuse gli occhi: "Chi?"

"Data l'umiliazione che le torture hanno comportato, non divulgheremo il suo nome", disse Chevalier, che si stava infuriando.

"Non è assolutamente plausibile che Salazar abbia tenuto in ostaggio un membro del consiglio degli Equites".

"Hai un'opinione così bassa del vostro ex Inquisitore capo?"

"Non è l'heku più forte che abbia conosciuto... ma è veloce e furbo. Ogni membro del vostro Consiglio è molto più forte di lui".

"Siamo lieti che abbiate un'opinione così alta di noi".

"Non è un complimento", disse Ryan: "A volte l'intelligenza vince sulla forza bruta".

Zohn guardò Chevalier: "Ci sta dando degli stupidi?"

Chevalier annuì: "Sì, credo proprio di sì".

"Ero io", sussurrò Alexis, abbassando gli occhi: "Stanno solo cercando di proteggere me".

Sotomar restò senza fiato: "Ti ha tenuto prigioniera, Bambina?"

"Non sei obbligata a farlo", le sussurrò Chevalier, prendendola la mano.

Alexis annuì: "Sì, è così. Non voglio parlare di quello che ho passato, è troppo...".

"Da quando è un membro del vostro consiglio?" Chiese Ryan.

"Da quando ha preso il posto di sua madre come paciera", rispose Quinn, secco.

La voce di Sotomar era appena percettibile: "Ti ha torturato?"

"Mio padre ha ogni diritto di punirlo per quello che ha fatto". Alexis lo guardò e la sua forza interiore e il suo portamento lo sorpresero.

Ryan si rivolse a Sotomar e parlarono in fretta tra di loro, troppo piano perché anche il Consiglio sentisse.

Ci vollero quasi venti minuti prima che si voltassero e Sotomar sospirò: "Molto bene, anche se vi chiediamo di non ucciderlo e di consegnarcelo quando avrete finito".

"Oh, io lo ucciderò", disse Chevalier.

"Non hai un po' di controllo?"

"No, neanche una briciola".

Zohn rise e poi guardò Quinn: "Francamente sono sorpreso che Salazar sia ancora vivo".

Quinn annuì: "Sono d'accordo, anche se credo che preferirebbe non esserlo".

"Che cosa gli avete fatto?" Chiese Ryan, incuriosito.

Alexis si schiarì la voce: "Io preferirei non ascoltare".

Chevalier si appoggiò allo schienale con un sorriso cattivo sul volto.

Sotomar fece un passo avanti: "Vogliamo sapere che cosa ti ha fatto, bambina".

"Non la obbligheremo a dirtelo", disse il Capo di Stato Maggiore: "Non c'è motivo di condividere con voi il suo dolore o la sua umiliazione".

"Non sono d'accordo con alcune delle tecniche di interrogatorio spesso usate dagli heku", disse Alexis a bassa voce: "Quindi, vi assicuro che è stato già troppo averlo permesso".

"Possiamo vederlo per un momento?" Chiese Ryan: "Vogliamo solo fargli sapere quanto siamo scontenti del suo comportamento".

Chevalier guardò Zohn: "A me sta bene".

Zohn aggrottò la fronte: "Io non sono d'accordo".

Quinn ci pensò un attimo: "Purché non vengano fatte domande e Salazar resti in silenzio, non ho problemi. Può andare uno di voi".

Ryan annuì: "Vado io".

Mark e Kralen scortarono fuori Ryan mentre Chevalier parlava a bassa voce con Kyle. Quando tornarono, Ryan era visibilmente scosso e sembrava pronto a scappare.

Sotomar lo guardò: "Stai bene? Ti hanno torturato?"

Ryan scosse la testa e cercò di parlare, ma riuscì a emettere solo uno squittio prima di voltarsi e uscire dalla sala del Consiglio.

Sotomar si rivolse a Mark, infuriato: "Che cosa gli avete fatto?"

Mark soffocò una risata: "Niente. Ha visto Salazar e ha borbottato qualcosa prima di uscire. Non credo che se la sentisse di rimproverarlo per qualcosa".

Chevalier si limitò a sorridere.

"Che cosa gli hai fatto?" Chiese Sotomar a Chevalier.

Kyle scrollò le spalle: "Fidati, è meglio che tu non lo sappia".

"Non sono contento quando qualcuno fa casino con la mia famiglia", ricordò Chevalier all'Anziano nemico.

"Ok, ma ci sono gli interrogatori e c'è la tortura ingiustificata", gridò Sotomar: "Devi imparare a controllare il tuo bisogno istintivo di causare dolore! Sei un 'Vecchio' per l'amor del cielo! Comportati come tale!"

"Oh, non fraintendermi. Ho un assoluto controllo, altrimenti sarebbe già morto".

"Dovrebbero toglierti il tuo grado...".

"Sotomar", disse Alexis sottovoce.

Sotomar spalancò gli occhi e la guardò.

"Potete andare".

"Lei non può ordinarmi di andarmene" gridò Sotomar rivolto agli Anziani.

"No, lei in effetti non potrebbe, ma io sì", disse Zohn: "Accompagnateli fuori, per favore.

Mark si fece avanti e scortò i Valle fuori dal palazzo.

"Non eri obbligata a farlo", disse Chevalier ad Alexis, anche se dentro di sé era fiero che avesse preso il fardello su di sé: "Avremmo potuto scegliere un qualunque membro del Consiglio".

Alexis sorrise: "Non c'è motivo che uno di voi mostri debolezza davanti a un Valle. Io, d'altra parte, non ho certo la forza di un heku, quindi era logico che toccasse a me".

"Non so se ti rendi conto che assomigli a Emily più di quanto tu ammetta", le disse l'Inquisitore capo, con affetto: "Una tale forza e tanta compassione per gli heku".

"No, non sono nemmeno lontanamente forte come mia madre", disse Alexis, poi si alzò lentamente: "Posso andare?"

Zohn annuì e la guardò uscire: "Sei sicura che sia vostra?"

Chevalier rise: "Direi di sì"

La porta della sala del Consiglio si spalancò e Dain sfuocò dentro. Era grosso, perfino per un heku e i suoi capelli neri rafforzavano la sua somiglianza a suo padre. Si fermò nell'aula e incrociò le braccia, poi guardò rabbiosamente il Consiglio.

"Che c'è adesso, Dain?"

"Voglio arruolarmi nel corpo di guardia".

"Lo sappiamo e la risposta è no".

"Sì". Chevalier alzò le sopracciglia: "No".

Dain lo guardò torvo: "Fammi il nome di un altro heku che respingeresti senza nemmeno fargli fare un tentativo".

"Qualunque heku di 11 anni sarebbe respinto... anche uno che fosse solo stato trasformato 11 anni fa. Sei troppo giovane".

"Lo hai permesso ad Allen".

Sì, ed è stato un errore che abbiamo pagato caro".

"Non accetterò un no come risposta", ringhiò Dain: "Otterrò quello che voglio".

Di colpo, Chevalier apparve davanti a lui, a un centimetro di distanza: "Ho detto di no".

Dain guardò suo padre e strinse i pugni: "Non ho paura di te".

Kyle sfuocò nell'aula e allontanò Dain da Chevalier: "Calmatevi".

"Farai quello che ti ordina il Consiglio... e basta", gridò Chevalier al giovane heku.

"No!".

Kyle riuscì alla fine a costringere Dain a uscire dalla sala e poi annunciò che avrebbe portato il ragazzo al Clan dell'Isola.

"Gliel'hai detto?" Chiese Dustin rispettosamente.

Chevalier lo guardò: "No, non sappiamo come reagirebbe e la situazione è delicata. Una mossa falsa e ritorna nel suo angolo a dondolarsi".

"È ancora molto ombrosa e si spaventa facilmente", spiegò Quinn mente Chevalier si sedeva: "Non possiamo rischiare di fare passi indietro nel suo recupero".

"Che cosa vi aspettate?" Chiese il Capo della Difesa: "Voglio dire... sperate che possa tornare quella che era?"

"Non sappiamo se sia possibile", spiegò Zohn: "Sono successe troppe cose in quei due anni. In questo momento speriamo solo che sia autosufficiente e sia in grado di affrontare le interazioni quotidiane con gli altri".

"Papà!" Gridò Alexis, correndo nella sala del Consiglio: "Non è nella sua stanza".

Chevalier si alzò: "Com'è possibile?"

"Non c'è. Sono andata a darle qualcosa di Dain e lei non c'era".

I tre Anziani sfuocarono immediatamente nella stanza e cominciarono le ricerche. Quando non la trovarono, si riunirono ignorando i guaiti disperati dei cuccioli.

"Dobbiamo trovarla", ringhiò Chevalier.

Mark entrò nella stanza: "Non l'ha vista nessuna delle guardie. Abbiamo bloccato tutte le uscite verso gli altri piani".

Zohn controllò le sbarre alla finestra: "Queste sono tutte a posto".

"Però è sempre riuscita a uscire da questa stanza", ricordò loro Mark: "Non abbiamo mai scoperto come faceva".

"Non riesco a immaginare che sia uscita", disse Chevalier: "Non riesco a sentire il suo profumo fuori da questa stanza, però".

Alexis sospirò, dalla soglia: "Ha un sistema facile per andarsene".

Chevalier si voltò a guardarla: "Come?"

"Lo ho giurato che non ve l'avrei detto. Vi dirò solo che forse dovreste controllare in cucina".

Gli heku sfuocarono in cucina. Chevalier fu il primo ad arrivare e a vedere Emily rannicchiata in un angolo della cucina buia. Aveva una bottiglia del latte dei cuccioli stretta in mano, era raggomitolata stretta e si dondolava lentamente accanto a uno dei grandi fornelli.

"Em?" Sussurrò, avvicinandosi di un passo.

Emily si irrigidì e le sfuggì un gemito.

"Va tutto bene", le disse inginocchiandosi accanto a lei: "Non sei nei guai".

"Chi aveva l'incarico di portarle il latte per i cuccioli?" Chiese Zohn rivolto a Mark.

"Lori... dannazione, è andata via per una settimana", sospirò Mark.

Emily urlò quando Chevalier cercò di prenderla in braccio, e lui si ritrasse di colpo e si allontanò.

Quinn si fece pensieroso: "Riflettiamo un momento. Ovviamente è fuori dalla sua zona di sicurezza".

"Emily?" La chiamò piano Mark, inginocchiandosi a un metro di distanza da lei.

Lei continuò a dondolarsi senza reagire.

"Perfetto, siamo tornati alla prima casella", sibilò Zohn.

"Ho un'idea", disse Mark, alzandosi. Sfuocò fuori dalla stanza e tornò pochi secondi dopo con la coperta che avevano usato per coprire la sua gabbia.

Lo guardarono drappeggiarla su Emily e notarono immediatamente che cominciava a calmarsi, anche se continuava a dondolarsi sotto la coperta.

"È un inizio", disse Chevalier. Fece un respiro profondo e poi si chinò e la prese teneramente in braccio. Quando non urlò e non si ribellò, anche lui si calmò un po'.

"Evacuate immediatamente la scala posteriore", ordinò Quinn. Qualche secondo dopo lo informarono che la scala di servizio era libera.

Chevalier si mosse lentamente, assicurandosi di non scuoterla e qualche minuto dopo erano in camera. Appoggiò Emily nel suo angolo lasciandole la coperta mentre arretrava.

"Sei tornata nella tua stanza, cara", le disse dolcemente Quinn.

Quando non cercò di uscire da sotto la coperta, Mark prese un cucciolo e cominciò a dargli il latte, per cercare di farli smettere di piangere.

Tre ore dopo, sentirono il respiro di Emily farsi più lento e poi smise di dondolarsi, addormentandosi. Gli heku la guardavano senza sapere che cosa fare.

"Perché non le togliamo la coperta?" Chiese Zohn.

Chevalier guardò Emily e poi si avvicinò e le tolse lentamente la coperta. Lei non si svegliò, ma si girò sul fianco, mettendosi comoda.

"Pensi che regredirà?"

"Non lo so", rispose Chevalier scrollandole spalle.

Mark guardò la porta "Dobbiamo scoprire se qualcuno l'ha vista".

"Procedi", disse Quinn.

"È quello che è successo, probabilmente", disse Zohn. "Si è sentita abbastanza sicura da scendere in cucina a prendere il latte per i cuccioli, ma è entrato qualcuno e l'ha vista".

"Immagino che chiunque l'avesse vista l'avrebbe riferito al consiglio, però", disse Chevalier.

"Avrebbe dovuto, ma forse ha deciso di non farlo".

Mark ritornò un paio di ore dopo: "Abbiamo parlato con tutti quelli che c'erano nel palazzo e c'è solo un caso".

"Chi?" Chiese Chevalier.

"Owen, Signore", è una guardia del terzo piano e quando l'abbiamo interrogato, sembrava nervoso", disse Mark, "Quindi abbiamo chiamato l'Inquisitore capo e anche lui ha ritenuto necessario approfondire la cosa. È nella sala del Consiglio in questo momento".

"Qual è il background di Owen?"

"Viene dal clan Banks ed è nel palazzo da 151 anni. Niente punizioni o encomi, fa il suo lavoro e se ne va a casa".

"Nervoso, dici?"

"Sì, Anziano, non mi guardava negli occhi e mi è sembrato nervoso".

Chevalier sospirò: "Bene, credo che l'abbia vista, allora. Andiamo a parlargli".

Gli Anziani uscirono appena arrivò il dott. Edwards per sorvegliare Emily mentre dormiva. Entrarono nella sala del Consiglio proprio mentre Richard urlava contro la guardia.

"Non mi interessa! Non te ne starai lì a mentire al consiglio".

Chevalier si sedette e guardò Owen, in ginocchio nell'aula davanti a Silas e Horace. Spalancò gli occhi quando vide Chevalier e la sua paura aumentò.

"Che cosa ha detto?" chiese Zohn, osservando Owen che si agitava nervosamente.

"Nega di aver visto qualcuno in cucina, oggi", disse Richard. "Gli credo, ma ho la sensazione che ci stia nascondendo qualcosa".

"Interroghiamolo", suggerì Chevalier.

"No!" Gridò Owen: "Per favore... io non ho fatto niente di male".

Quinn fece un sorrisino: "Mi sembra un po' drastico sottoporlo a interrogatorio per vedere se è stato in cucina".

"Horace, è nella tua squadra?" chiese Zohn.

Il comandante annuì: "Sì, Anziano".

"Qualche problema?"

"No, mai, Signore".

"Che ne pensi?"

Horace diede un'occhiata a Silas: "Mi preoccupano un po' le domande che continua a fare sul quinto piano".

Silas annuì: "L'ha chiesto anche a noi una volta. È piuttosto curioso su quello che stiamo facendo".

"Ti stai domandando che cosa abbiamo là?" Chiese Kyle.

Owen scosse la testa: "No... no Signore".

"Allora perché le domande?"

"Io... io non volevo dire niente... lo giuro".

"Sembri nervoso, in effetti", disse Kyle, appoggiandosi indietro.

"Ecco perché facciamo gli interrogatori", disse loro Chevalier.

Quinn sorrise: "Hai abbastanza giocattoli da interrogare in questo momento. Vediamo se ci riusciamo pacificamente".

"Come vuoi".

Richard sospirò: "Riproviamo. Sei entrato in cucina, oggi?"

"No, Signore".

"Ok, così questo è giusto. Sai che cosa c'è al quinto piano?"

"No Signore".

"Hai qualche sospetto?"

"No, Signore".

"Ah, ecco qual è il problema. Tu sospetti che cosa c'è".

"Non è vero!"

"Smettila di mentire", gridò Zohn sbattendo il pugno sul tavolo.

Richard sorrise: "Che cosa pensi che ci sia al quinto piano?"

"Io... io non lo so".

Richard si sedette: "Forse vale la pena di far provare all'Anziano".

"Visto?" Disse Chevalier ridendo.

Zohn si chinò in avanti: "Dicci semplicemente che cosa pensi che ci sia".

Dustin scrollò le spalle. "Perché non glielo mostriamo e basta?"

"Perché dovremmo farlo?" Ringhiò Chevalier.

"Per vedere se succede qualcosa".

"No".

Dustin rimase zitto.

"Non vedo che cosa ci sia di male nel dirci che cosa pensi che ci sia", gli disse Quinn. "Sei a un passo di trovarti nelle tenere mani di Chevalier e non ce lo vuoi dire?"

"Deve essere qualcosa di grave", disse Kyle, di colpo molto interessato.

"Non ho fatto niente di male!" urlò Owen.

"Mm, questa era una bugia", disse Richard, pensieroso.

"No, non è vero, lo giuro".

Zohn si chinò in avanti: "Hai fatto qualcosa di male?"

"No"

"È strano, ci sono dei lampi di menzogna, ma non un'indicazione precisa di verità o bugia".

Richard annuì: "Sta mascherando".

"Talento interessante", gli disse Silas.

Owen si innervosì: "Non è vero!"

"Ha la faccia da poker?" Chiese Chevalier, interessato.

"A quanto pare", disse Zohn.

"Non è molto bravo, però", aggiunse Richard.

"Bene, io voto per ucciderlo", disse Chevalier.

Quinn fece una risata: "Sapevo che l'avresti detto. Io però preferirei scoprire che cosa sta nascondendo".

Zohn ci pensò un momento. "Hai ragione, vediamo di arrivare in fondo a questa storia".

Richard studiò Owen prima di parlare di nuovo: "Hai fatto un torto a qualcuno dello staff di guardia?"

"No, Signore! Io non ho fatto niente di male"

"Hai fatto un torto a un membro del Consiglio?"

"No".

"Questa era una bugia", studiando ogni movimento di Owen.

Chevalier fece un sorrisino: "Uccidetelo".

Zohn spostò lo sguardo da Chevalier a Owen: "Era un Anziano?"

"Non fatto torti a nessuno", sussurrò Owen, cominciando a farsi prendere dal panico.

"Quindi non era un Anziano. Doveva essere uno di voi, quindi", disse Quinn, guardando la fila di Consiglieri.

Richard aggrottò la fronte: "Aspetta..."

Zohn fissò Owen, che cominciò ad ansimare.

"Non ha fatto un torto a un Anziano o a un membro del Consiglio in questa stanza", disse Richard furioso: "Ho visto la bugia che si formava nei suoi occhi".

"Non c'è nessun altro consigliere, siamo tutti qui", disse il Capo della Difesa.

"Per favore... io non ho fatto niente", pregò Owen.

Kyle ringhiò: "C'è un membro del Consiglio assente".

"No"... no, non manca nessuno... io.... io lo giuro".

Il volto di Chevalier si fece scuro "Hai fatto del male a Emily?"

Owen ansimò: "Che... che cosa?"

"Mi hai sentito".

"Lei... lei è... morta".

"Lui lo sa", ringhiò Zohn stringendo i pugni.

"Che cosa hai fatto?" Chiese Chevalier, alzando in piedi.

Owen era spaventato a morte: "No... ascoltatemi... l'ho vista, ok? È tutto, l'ho vista andare in cucina... io non ho fatto niente. Avrei dovuto dirvelo...".

"Sta mentendo", disse Richard.

"Evacuate il palazzo", ordinò Chevalier.

Silas si voltò appena quando sentì l'ultimo dei servitore che lasciava il palazzo. Si sentirono dei passi e Mark entrò nell'aula.

"Il palazzo è vuoto".

"Kyle", disse Chevalier: "Vedi se riesci a portarla qui".

Kyle lo guardò stupito: "Sei sicuro?"

"Sì".

Kyle esitò e poi salì le scale per andare in camera. Si assicurò che non ci fosse nessuno ed entrò. Emily era seduta accanto alla scatola dei cuccioli e alzò gli occhi quando lui entrò.

"Dovresti venire con me", disse Kyle, tendendola la mano.

Emily fece una smorfia e si allontanò un po' da lui. Kyle si slacciò in fretta la camicia e poi le tese ancora la mano: "Non sei nei guai. Ma ho veramente bisogno che tu venga con me".

Emily esitò e poi si alzò lentamente.

Kyle sorrise: "È tutto ok, vieni".

Emily fece un timido passo in avanti e poi si fermò.

"Abbiamo evacuato il palazzo. Non c'è nessuno. Vieni con me, dai!" La incoraggiò e poi fece un passo indietro.

Dopo qualche minuto di blandizie, Emily gli prese finalmente la mano e lui la condusse al quarto piano. Quando si avvicinarono alle porte della sala del Consiglio, Emily cominciò a tirarsi indietro.

"No, va tutto bene", le disse, tenendole stretta la mano: "Nessuno ti farà del male".

Kyle aprì la porta dell'aula e guardò dentro. Owen era nascosto dietro a Silas e Horace e tutto quello che si vedeva, oltre alle guardie, era il Consiglio.

"Va tutto bene, guarda dentro. Sei al sicuro".

Emily sbirciò attentamente dalla porta e controllò ogni centimetro della sala del Consiglio prima di oltrepassare timidamente la porta.

Chevalier scese lentamente la scala verso l'aula mentre lei lo guardava attentamente.

"Vieni, Em, va tutto bene. Ci siamo qui noi per proteggerti", le disse, tendendole la mano.

Emily fece un piccolo passo avanti.

"Tu ci conosci, vero?" disse Mark dolcemente: "Ci sono qui Silas e Horace. Conosci gli Anziani e il Consiglio".

Emily li ispezionò uno a uno attentamente.

Chevalier le prese la mano, anche se lei cercava di ritrarla. Si vedeva che era sul punto di scappare.

"È molto importante", le disse Chevalier: "Dobbiamo sapere se hai visto questo heku prima d'ora".

Emily guardò quando Silas e Horace si spostarono. Owen era ancora in ginocchio e guardava il Consiglio, con i muscoli tesi e sempre più agitato.

Lei guardò Owen e sembrò calmarsi un po'. Chevalier sentì che si rilassava e che smetteva di cercare di togliere la mano dalla sua.

Mark sorrise: "Vedi, è tutto ok".

"Girati", ordinò Zohn al prigioniero.

"Per favore...", mormorò lui.

Con quella sola parola, Emily divenne di ghiaccio e il cuore cominciò ad accelerare, cercò di togliere la mano da quella di Chevalier che la teneva stretta.

"Girati", ordinò Mark, tirando il prigioniero per il collo.

Appena Emily lo vide, si voltò di colpo verso la porta, strappandosi dalle mani di Chevalier che si stava concentrando su Owen. Emily si lanciò verso la porta, Kyle le bloccò la strada e la tenne quando lei cercò di sbattergli contro per spostarlo. Kyle dovette faticare per trattenerla, mentre lei spingeva e graffiava, cercando di spostarla.

"Che cosa hai fatto?" Chiese Chevalier a Owen, che guardava Emily con il cuore che batteva all'impazzata.

"Io... niente", sussurrò.

Con le braccia insanguinate, Kyle riuscì finalmente a immobilizzare Emily in modo che non si facesse male. Si voltò in fretta e sfuocò nella stanza.

"Sembrava stesse bene finché non ha visto te", sibilò Mark a Owen.

"Non so perché".

"Io penso che tu lo sappia", gli disse Zohn.

Si sentì per tutto il palazzo Kyle che chiamava il dott. Edwards e Silas prese il braccio di Owen quando cercò di allontanarsi da Chevalier.

Senza preavviso, Kyle comparve nella stanza e fece volare Owen contro la parete di pietra con un veloce pugno al collo. Il prigioniero cadde contro le pietre, annaspando per respirare.

Dustin e il Capo della Difesa fermarono Kyle quando avanzò verso il prigioniero.

"Perché si sta preparando ad andarsene?!" Ruggì Kyle.

Chevalier lo guardò: "Che cosa?"

"Sta raccogliendo le sue memorabilia e sta infilando tutti i mantelli nella tuta" sibilò Kyle, cercando di liberarsi dalla prese due heku: "Sta preparandosi a essere portata via".

Chevalier si voltò a guardare Owen, con il volto scuro e furioso: "Che... cosa... hai... fatto?"

Owen lo guardò spaventato: "Non..."

Non riuscì a finire la frase. Kyle si liberò da Dustin e dal Capo della Difesa e sbatté il pugno sulla testa do Owen, fratturandogli il cranio. Owen cadde a terra incosciente mentre Zohn e Dustin allontanavano Kyle.

Zohn spinse Kyle tra le braccia di Mark e Silas: "Dobbiamo farlo parlare".

Chevalier si avvicinò e guardò Owen guarire. Quando l'heku guardò verso di lui, Chevalier ringhiò furioso: "Hai consegnato Emily a Salazar?"

"No", riuscì a sussurrare, ansimando disperato.

"Sta mentendo", sibilò Zohn, sopra di lui.

Richard si spostò di lato all'heku accucciato: "Lascia che l'Anziano Zohn ed io lo interroghiamo".

Zohn annuì: "Ci serve vivo. Dobbiamo sapere che cos'è successo".

"Non è successo niente!" Urlò il prigioniero.

Chevalier ruggì e sfuocò dalla stanza. Mark e Kralen tirarono Kyle fuori dalla sala e lo seguirono nella stanza. Entrarono insieme e videro Emily inginocchiata nel suo angolo con il dott. Edwards che parlava accanto a lei.

"Gli farai male. Per favore, dammelo", sussurrava, tendendo la mano.

Emily lo guardò, ma continuò a tenere qualcosa stretto al petto.

"Devi lasciarlo andare".

Chevalier si calmò un po' quando vide il terrore negli occhi di Emily. Fece un passo avanti e si accucciò: "Che cosa succede?"

"Ha preso uno dei cuccioli e non vuole lasciarlo andare", gli rispose il dott. Edwards: "Ha messo in tasca tutte le spille e si è infilata i mantelli nella tuta, si è messa la manetta e poi ha afferrato il cucciolo".

"Em, nessuno ti porterà via", le disse Chevalier. Il cuore gli balzò in gola quando vide l'enormità del suo terrore nel modo in cui si muoveva.

A disagio, il cucciolo cominciò a guaire piano nelle sue braccia e lei lo strinse guardando gli heku.

"Li abbiamo presi tutti, Em. Tutti quelli coinvolti in quello che è successo", le disse: "Salazar, Solax e ora Owen, quello che in qualche modo ti ha preso, sono nella nostra prigione".

Emily tremava tutta mentre si spostava leggermente, senza lasciare andare il cucciolo.

Quando il cucciolo cominciò a lamentarsi più forte e a graffiare per liberarsi dalla stretta, Kralen fece un passo avanti e sospirò appena prima di abbassarsi: "Em, dammi quel cane", disse, tenendo le mani.

Lei lo guardò trattenendo il fiato.

"Subito".

Una lacrima solitaria cadde sulla guancia di Emily mentre tendeva lentamente il cucciolo a Kralen, che prese delicatamente il lupo prima di rialzarsi e accarezzarlo per calmarlo.

Chevalier sorrise: "Grazie, starà bene con Kralen per qualche minuto".

Finalmente calmo, Kyle si sedette accanto a lei: "Ora possiamo togliere i mantelli dalla tuta?"

Con i cinque mantelli Equites infilati dentro, la sua tuta era decisamente troppo stretta.

"Potresti semplicemente rispondermi di no", le disse Kyle.

Emily avvolse le braccia intorno alla protuberanza sul petto causata dai mantelli e se le strinse attorno.

"O mi dici di no oppure devi darmi i mantelli", disse Chevalier teneramente: "Nessuno ti porterà via dal palazzo, quindi non c'è nessuna ragione di tenerli".

"Forse dovremmo farci indietro", suggerì il dott. Edwards, il cuore batte pericolosamente forte".

Chevalier sospirò: "Come facciamo a dimostrarti che non ti porterà via? Sei con noi da oltre un anno e non abbiamo permesso che ti capitasse niente".

Emily gli voltò la schiena e si appoggiò alla parete, poi si raggomitolò e chiuse gli occhi.

Il dott. Edwards annuì: "Lasciatela dormire".

Chevalier si sedette e la guardò dormire. Continuava a meravigliarsi di come dormisse immobile. Non l'aveva ancora vista avere un incubo, anche se la sua vita per due anni doveva essere stata una serie infinita di terrore.

La mattina dopo, presto, entrò Zohn, con un'espressione furiosa: "Abbiamo tutta la storia".

Chevalier annuì: "Lori non c'è, ma il resto del gruppo dovrebbe essere qui".

Gli heku si riunirono intorno al tavolo in camera.

"È stato difficile interrogarlo. Sapeva che le informazioni gli sarebbero costate più della morte e ha cercato di far infuriare Richard e me perché lo uccidessimo prima di dover parlare", spiegò Zohn.

"Continua", disse Kyle.

"Ha sentito Emily urlare, due giorni dopo il suo funerale", cominciò Zohn: "Quindi la mattina, tardi, quando il sole era alto e tutti gli heku erano al coperto, l'ha disseppellita e poi ha ricoperto la tomba in modo che nessuno se ne accorgesse. Ha detto che era solo parzialmente cosciente, tremava e parlava in modo sconnesso, senza senso".

Il dott. Edwards annuì: "Sembra che avesse parzialmente recuperato dall'ictus ma che ne avesse ancora quasi tutti i sintomi".

"L'ha immediatamente avvolta in una coperta e l'ha portata nei boschi. Prima ha chiamato il clan Encala e ha offerto loro un Equites importante in cambio di una grossa ricompensa".

Chevalier ringhiò.

Zohn sorrise: "Gli Encala hanno rifiutato, ovviamente. Poi ha chiamato il consiglio dei Valle e ha risposto Salazar. Hanno preso gli accordi per portare a termine lo scambio il giorno seguente, al Clan di Salazar. A quel punto Salazar non sapeva che cosa avrebbe ricevuto. Pensava solo di ottenere un Equites molto conosciuto".

"Che cosa ha ottenuto Owen in cambio?" Chiese Kyle.

"Soldi. A quanto pare Owen ha grossi debiti di gioco e temeva che gli esattori arrivassero alla fattoria a cercarlo".

Kyle annuì.

Zohn guardò gli altri: "Il giorno seguente, quando arrivò il momento delle scambio, Emily era più coerente e si è difesa. Non sa perché non l'abbia incenerito, ma ha dovuto legarla per portarla da

Salazar. Ha detto che Salazar era più che contento della cattura di Emily e che aveva addirittura raddoppiato il compenso offerto all'inizio".

"Owen è rimasto con Salazar per tre giorni, abbastanza a lungo da accertarsi che nessuno di noi avesse notato che Emily non c'era più. Ha detto che Salazar ha messo immediatamente Emily in una gabbia nella sua stanza e ha cominciato a fare i piani per convincerla a dargli una bambina Winchester". Zohn guardò nervosamente Chevalier, che però sembrava sprofondato nei suoi pensieri.

"Prima che lui se ne andasse, Emily aveva già la manetta alla caviglia ed era stata obbligata a lasciare che Salazar si nutrisse per ottenere una coperta. È la stessa coperta che abbiamo tolto dalla gabbia, l'unica che ha ricevuto in due anni. È tutto quello che sa. È ritornata a palazzo e ha continuato con la sua solita vita".

Silas parlò rabbiosamente: "Avrebbe potuto portarla da noi e gli avremmo pagato i debiti!"

"Sì, avrebbe potuto", disse Zohn calmandosi: "Ma ha scelto di andare dalle altre fazioni".

"Non mi sorprende che gli Encala abbiano declinato l'offerta. L'ultima cosa che volevano era qualcosa di nostro, che fosse stato rubato", disse Mark.

"Già, presumo anche che William ce l'avrebbe restituita", disse Chevalier: "O, per lo meno, non l'avrebbe torturata".

"Sono sorpreso che non ci abbiano almeno informato di cosa stava succedendo", disse Kralen: "Qualcosa per allentare le tensioni tra le nostre fazioni".

"Sarà meglio che Owen sia ancora in vita". Disse Chevalier con un basso ringhio.

"Sì, è vivo", disse Zohn, sorridendo: "Abbiamo deciso di metterlo nella cella di fronte a quella di Salazar e Solax, in modo che veda quello... che... beh, lo sai".

Chevalier fece una risatina.

"Anziano...", sussurrò Kralen.

Chevalier lo guardò e poi seguì la direzione del suo sguardo. Emily era in piedi direttamente dietro di lui e lo guardava.

Chevalier le sorrise: "Hai bisogno di qualcosa, Em?"

Lei deglutì e le mani si contrassero, ma non disse nulla. Lentamente, guardò negli occhi ciascuno degli heku intorno al tavolo, prima di tornare a Chevalier.

"Dimmelo, dai", sussurrò lui.

Esitando, Emily mise la mano dentro la tuta e tolse uno dei mantelli. Lo appoggiò brevemente a una guancia prima di piegarlo attentamente e consegnarlo a Chevalier.

"Grazie", le disse, sorridendole.

Rifece gli stessi gesti con il seguente e li ripeté finché gli ebbe consegnato tutti i cinque mantelli.

Mark allontanò dal tavolo la sedia vuota di Lori: "Vuoi sederti con noi?"

Chevalier lo guardò brevemente e poi fissò Emily. Lei non si era mossa, ma stava guardando con attenzione Mark.

Silas sorrise, scomparve e tornò qualche minuto dopo con un piatto pieno di muffin e un bicchiere di succo d'arancia. Li mise sul tavolo davanti alla sedia di Lori, poi tornò al suo posto.

Senza preavviso, Emily alzò il polso verso Chevalier. La vicinanza del profumo del suo sangue gli fece bruciare la gola per la sete, ma scosse la testa: "No".

Lei guardò Silas e poi i muffin. L'heku le sorrise: "Nessuno si nutrirà da te, Em. Siediti e mangia, va tutto bene".

Emily guardò Kralen: "Non ho intenzione di ordinarti di mangiare".

Zohn ridacchiò.

Camminando lentamente, Emily si avvicinò alla sedia di Lori a capotavola e si sedette imbarazzata. Era chiaro che si era messa in modo da poter fuggire nel suo angolo al minimo segno di guai. Esitando, prese un muffin al cioccolato e fissò negli occhi ciascuno degli heku prima di staccarne un pezzetto e cominciare a mangiare.

"Silas", disse Zohn: "Stavamo discutendo del recinto".

"Ah, giusto, Anziano. È finito, ma la vernice deve asciugare, dovrebbe riuscire a tenere dentro i cuccioli e impedire loro di andarsene in giro".

"Li terrà in un recinto?" Chiese Mark, guardando Emily, che non gli diede retta, ma prese il bicchiere di succo d'arancia, bevendone un sorso.

"Penso di sì", disse Kralen: "Continuano a svegliarla. Uno di loro le ha afferrato un orecchio la notte scorsa, mentre dormiva".

"Li lascerai nel recinto, mentre dormi?" Le chiese Chevalier.

Emily diede un'occhiata a uno dei cuccioli che stava strappando un cuscino e tornò al suo muffin.

"Diciamo che era un sì", disse Chevalier: "Appena la vernice è asciutta portala su".

"Sì, Anziano".

Lupi

"vieni qui, Em", le disse Chevalier, dando un colpetto al letto accanto a lui. Fuori dal palazzo stava infuriando una tempesta invernale e il vento soffiava violento attraverso il tetto. Da qualche parte, di fianco alla loro finestra, un'imposta cominciò a sbattere contro la parete del palazzo.

Emily alzò gli occhi su di lui mentre metteva l'ultimo dei cuccioli di quattro mesi nel recinto nell'angolo della camera. Uno di loro cominciò a ululare quando chiuse il cancelletto per la notte, Emily lo accarezzò attraverso le sbarre e poi guardò Chevalier, sdraiato sul suo lato del letto.

"Vieni", le ripeté, tendendole la mano.

Lei guardò la sua coperta e il cuscino sul pavimento poi di nuovo il letto morbido.

"È troppo tempo che dormi sul pavimento", le disse Chevalier: "Oggi sono 17 mesi che sei tornata a palazzo ed è ora che ti trasferisca sul letto".

Emily distese attentamente la sua morbida trapunta di piume e poi la stese sul pavimento accanto alla parete. Ansimò quando Chevalier apparve istantaneamente di fianco a lei e le mise una mano sul braccio.

"Basta dormire sul pavimento", sussurrò, prendendo la coperta, poi andò a sedersi sul letto, battendo di nuovo la mano accanto a lui: "Vieni qui".

Lei lo osservò dal pavimento. Il conflitto che stava vivendo era evidente dalla paura nei suoi occhi. Emily guardò il duro pavimento e poi Chevalier sul letto.

Lui fece passare la mano sulle fresche lenzuola bianche: "È così morbido e caldo qui. Hai sempre freddo e quel pavimento di certo non ti aiuta".

Emily afferrò il cuscino e lo strinse al petto, continuando a osservarlo.

Chevalier si stese e si girò su un fianco, guardandola. "All'inizio avevo pensato di lasciarti dormire qui da sola. Poi ho deciso che sarebbe stato meglio ricominciare con me qui, come facevamo prima".

Un breve lampo di panico passò sul volto di Emily, che afferrò più strettamente il cuscino.

Chevalier sospirò: "No, Em. Solo dormire".

Lei si mise i capelli dietro le orecchie, uno dei nuovi segnali che indicavano che qualcosa la innervosiva. Negli ultimi mesi i capelli erano ricresciuti e ora le arrivavano alle spalle. Lori si era offerta di tagliarglieli di nuovo, ma Emily si era rifiutata andandosene quando glielo aveva proposto.

Emily ansimò quando apparve un bicchiere d'acqua gelata sul comodino. Il movimento dell'heku era stato così rapido che non era nemmeno riuscire a coglierlo.

Chevalier sorrise: "Qui c'è dell'acqua per te, nel caso ti venga sete stanotte".

Lei guardò Devia, che stava dormendo sul pavimento davanti al fuoco. Quando il tempo diventava troppo freddo per restare fuori a giocare tutta la notte, il cane veniva portato in camera. Kralen aveva in qualche modo adottato il cane durante l'assenza di Emily e il border collie lo seguiva mentre faceva la ronda a cavallo.

"Devia dorme... i cuccioli dormono... ora vieni qua", sussurrò Chevalier, indicando il letto accanto a sé. Allungò la mano e alzò le lenzuola e le coperte, poi sistemò il cuscino come piaceva a lei.

Emily si mise lentamente in ginocchio, appoggiandosi sui talloni, con le mani appoggiate alle gambe. Mentre osservava il letto, si stava grattando distrattamente le gambe.

"Prima o poi riuscirò anche a farti togliere quell'orribile tuta e a farti mettere una camicia da notte", le disse Chevalier. "Per ora, vediamo almeno di farti venire a letto".

Emily guardò ancora il cane e poi si spostò verso il letto di mezzo metro, appoggiandosi poi di nuovo sui talloni.

Chevalier sorrise: "È un inizio... continua a muoverti".

Sentiva il cuore accelerare mentre si spostava ancora un po' verso il letto e il respiro diventare un po' affannoso.

"Non spaventarti", sussurrò: "È solo per dormire, te lo giuro".

Emily cercò di avvicinarsi ancora un po', ma la manetta alla caviglia le impediva di spostarsi di più.

"Dovrai toglierla se vuoi arrivare qua", le disse dolcemente Chevalier.

Lori era appena fuori dalla porta e ascoltava tutto quello che succedeva, come avevano programmato. Dava a Chevalier le istruzioni necessarie, ma per la maggior parte del tempo lasciava che lavorasse con Emily come meglio poteva.

"Ti farà male la schiena a dormire sul pavimento. Ti sei fatta male troppe volte perché non sia così".

Emily guardò la manetta alla caviglia e la toccò piano prima di guardare di nuovo il letto.

Chevalier sorrise: "Vorresti venire qua, lo vedo. Dai, togliti la manetta e fidati di me".

Emily esitò, poi, con una mano tremante, aprì il piccolo fermaglio sulla manetta che cadde sul pavimento con un piccolo tonfo.

Devia alzò la testa e poi sbadigliò prima di rimettersi a dormire sul tappeto accanto al camino.

Chevalier era stupito che si fosse effettivamente tolta la manetta che la faceva sentire sicura. Tese una mano: "Ci sei quasi, ora vieni".

Lori aspettava ansiosamente mentre la stanza restava silenziosa. Non sentiva nessun movimento, ma la rimozione della manetta era incoraggiante. Chevalier aspettava in silenzio sul letto, guardando i diversi pensieri e le emozioni che passavano sul volto di Emily. Sapeva che desiderava la comodità del letto, ma capiva che quelle comodità avevano richiesto un prezzo esorbitante.

Facendo un respiro profondo ma teso, Emily avanzò finché fu accanto al letto. Si sedette sui talloni e passò lentamente la mano sulle lenzuola morbide.

Chevalier la guardò in silenzio quando si chinò sfiorò con la guancia le lenzuola fresche e poi appoggiò la testa sulla trapunta di piume. Il suo cuore minacciò di fermarsi quando vide la lacrima che le scendeva sulla guancia e la mano tremante che scorreva sul letto e afferrava la coperta.

Emily si sedette e scostò i capelli dal collo, poi piegò leggermente la testa di lato.

"No", sussurrò Chevalier.

Lei guardò il letto e Chevalier vide il desiderio nei suoi occhi.

"Non devi pagarmi, vieni solo a letto".

Vedeva la sua confusione e l'esitazione nelle sue azioni. Dopo qualche altra blandizia, finalmente Emily si mise sotto le coperte, afferrandole strettamente.

Chevalier si rilassò e sorrise: "Ce l'hai fatta".

Emily rimase rigida e guardava spesso nell'angolo della stanza dove c'era la sua manetta.

"Rilassati, Em", disse Chevalier, allungando la mano per spegnere le luci.

Rimase fermo a osservarla per ore mentre lei teneva le coperte strette vicino alle spalle guardando spesso l'angolo dove aveva passato gli ultimi 17 mesi. Dopo mezzanotte, chiuse lentamente gli occhi, si rilassò e finalmente si addormentò accanto a lui.

Lori sorrise e guardò Quinn: "Ce l'ha fatta, sta dormendo a letto".

"Mi serve un po' di tempo con Salazar", sibilò Quinn, scomparendo dall'atrio.

Mark rise: "Che altro gli possono fare?"

"Ho paura perfino a pensarci", disse Kralen.

"Purché rimanga vivo e possa parlare", disse Lori: "Ho paura che ci sia ancora molto altro di cui non sappiamo niente".

"Quinn lo sa", le disse Silas: "Non lo ucciderà".

Emily non si mosse per tutta la notte, ma dormì tenendo strette le coperte mentre Chevalier la osservava dormire. Presto, la mattina dopo, aprì di colpo gli occhi e lo guardò.

"Buongiorno", le disse sorridendo: "Vuoi la colazione?"

Fu sorpreso quando vide il dolore nei suoi occhi e una lacrima che scendeva sulla guancia.

"Che cosa c'è che non va?", le chiese dolcemente.

Il respiro le si fermò in gola e ansimò leggermente mentre scendeva un'altra lacrima.

"Dimmi che cosa c'è che non va", sussurrò Chevalier. Le asciugò la lacrima dalla guancia ma lei gli prese il polso tra le mani e lo guardò.

Chevalier informò Lori di quello che stava succedendo, ma non riuscì a dare nessun suggerimento: "Penso che dovremo aspettare e vedere che cosa fa".

Le lacrime cominciarono a scendere liberamente mentre Emily gli afferrava forte il polso e cominciava a respirare affannosamente.

"Non capisco che cosa c'è che non va", le disse, beandosi della sensazione delle sue mani morbide sulla pelle.

Senza preavviso, Emily si abbassò di colpo e gli affondò i denti nel polso. Scioccato, Chevalier lo strappò via e saltò già in fretta dal letto. Lori corse in camera appena in tempo per vedere Emily che si precipitava a rimettersi la manetta alla caviglia e poi si raggomitolava e cominciava a dondolarsi piano.

"Che cos'è successo?" Chiese Lori, guardandola.

Mark, Silas e Kralen entrarono nella stanza. Chevalier guardava il segno dei denti sul polso, che stava già svanendo: "Mi ha morso".

"Si è arrabbiata?"

"No".

"Non so... l'ha magari spaventata un po'?" Chiese Lori.

La rabbia di Chevalier aumentò e scomparve dalla stanza.

Kralen sfuocò via e riapparve con un bicchiere di succo d'arancia, si inginocchiò accanto a lei: "Ti ho portato del succo d'arancia, Em. Tu detesti il sapore del sangue e questo aiuterà a farlo sparire".

Chevalier apparve di fronte alla vecchia sala riunioni degli Anziani al terzo piano, uno dei pochi posti insonorizzati nel palazzo. Entrò e vide Quinn che stava fulminando Salazar.

Quinn alzò gli occhi e l'espressione da predatore sul suo volto era evidente: "Sei venuto ad aiutarmi?"

Chevalier spense il generatore. Quinn fece un passo indietro e guardò Chevalier che avvicinava una sedia al tavolo dove era legato il

Valle e prendeva una frusta spagnola: "Ho una domanda per te. Ti suggerisco di non mentire quando risponderai".

Salazar fu appena in grado di ansimare. Le torture che gli aveva inflitto Chevalier mesi prima lo traumatizzavano ancora ed era troppo terrorizzato per rispondere.

"Perché Emily ha cercato di bere il mio sangue?" Ringhiò Chevalier.

Quinn rimase senza fiato: "Davvero?"

"Voglio sapere perché".

Salazar spalancò gli occhi e formulò una preghiera silenziosa che si interruppe quando Chevalier gli staccò un orecchio: "Dimmelo, subito".

Urla silenziosa sfuggivano all'ex Inquisitore capo dei Valle mentre la pelle si riformava dove una volta c'era l'orecchio.

Quinn sorrise malizioso: "Staccagli qualche altro pezzo e potrebbe smettere di guarire".

"Fai venire Zohn", sibilò Chevalier.

"È nel suo clan. Sta arrivando Richard ", gli rispose Quinn, guardando Richard che entrava nella stanza. La brutalità pura di quello che aveva fatto Chevalier a questi tre prigionieri non mancava mai di far venire a galla il predatore che c'era in ogni heku, che chiedeva altro sangue. Ci volle qualche momento a Richard per calmarsi prima di parlare.

"Mi hai chiamato, Anziano?"

"Hai dieci secondi per dirmi perché Emily ha cercato di bere il mio sangue", sussurrò Chevalier a Salazar.

Richard trattenne il fiato e si spostò per vedere meglio la faccia del Valle.

"Re... re... regalo", ansimò, pieno di dolore e di paura.

"Non ti capisco" Urlò Chevalier.

"Lei... con... questo".

"Portate qui il Judas", sussurrò Chevalier. Richard scomparve immediatamente dalla stanza.

***

Quando si aprì la porta, Mark alzò gli occhi dal pavimento accanto a dove Emily si dondolava lentamente. Entrò Chevalier. Si era fatto la doccia e si era calmato dall'ultima volta che l'avevano visto

Quinn lo guardò nervosamente dalla finestra e poi tornò a guardare fuori, per evitare di parlare con l'Anziano. Quello che aveva visto superara il pensiero razionale e andava oltre i limiti di quello che perfino gli heku trovavano accettabile.

"Che cosa ha scoperto?" Chiese Lori.

Chevalier abbassò la voce: "Quando Emily ubbidiva a un ordine, o accettava di fare qualcosa, Salazar la ricompensava facendole ingerire sangue heku".

"Cosa? Perché?!" Ringhiò Kralen.

"Era una sua fantasia e trovava intrigante... il pensiero di una femmina umana che bevesse da lui".

Lori fece una smorfia: "È inquietante".

"Quindi l'unica ricompensa che otteneva per aver fatto quello che le dicevano era un'altra punizione", mormorò Silas.

Chevalier annuì: "Quindi ieri notte, venendo a letto come le avevo chiesto, pensava che volessi ricompensarla".

Lori rifletté un attimo: "Allora ricompensiamola per aver fatto quello che le hai chiesto".

"Come?" Le Chiese Chevalier, incerto.

"Non lo so... le piacciono i fiori o i dolci?"

"Non lo so. Non glieli ho mai portati".

Lori non poté evitare di guardarlo sbalordita.

Chevalier sorrise un po' vergognoso: "Inventati qualcosa".

"Bene, dolci, allora".

"A meno che pensi che siano ripieni di sangue heku", disse Kralen. Scrollò le spalle quando lo fissarono tutti: "Solo un'idea".

"Le ridia il suo anello essenza", suggerì Silas.

Chevalier annuì: "Non è una cattiva idea. Ma se dovesse tentare di metterselo?"

"Aveva capito come funziona?" Chiese Lori.

"Sì".

"Allora tenti. Molto probabilmente ricorderà che non resta al dito senza un legame heku"

"Ok", sospirò Chevalier. Frugò nel suo mantello e ne tolse l'anello essenza. Non fu una grande sorpresa per gli heku che lo tenesse sempre con sé.

Chevalier si sedette accanto a Emily: "Voglio darti qualcosa. Per esserti fidata di me ieri sera e per essere stata tanto coraggiosa da venire a letto".

Emily ansimò e lo guardò con gli occhi pieni di paura.

Chevalier sorrise e le porse l'anello essenza: "Non è proprio una ricompensa... era comunque tuo".

Lei guardò l'anello e il cuore accelerò i battiti. Ci volle qualche minuto perché allungasse la mano e lo prendesse.

"Quando ti sentirai meglio... potremo rimettertelo al dito", le disse Chevalier.

Emily chiuse gli occhi e si portò l'anello alle labbra, poi lo guardò e lo mise nel taschino della tuta.

Chevalier sorrise: "E apprezzerei molto se non mi mordessi più".

Gli heku la videro mettersi in ginocchio e guardare Chevalier.

"Che c'è?" Le chiese, fissandola.

Lei si spostò un po' in avanti in modo da avere le ginocchia contro le sue. Molto timidamente, si piegò in avanti e mise le labbra su quelle di Chevalier. Gli heku non si mossero, ma voltarono la testa: il momento era troppo privato per condividerlo.

Chevalier resistette al desiderio di abbracciarla e stringerla. La guardò negli occhi quando si spostò indietro restando in ginocchio davanti a lui e fu sorpreso quando non si voltò immediatamente.

Finalmente Chevalier trovò il fiato per parlare: "Era quasi ora", sorrise e allungò una mano.

Lei la guardò e poi tornò dai cuccioli.

"Piccoli passi", disse Lori: "Ovviamente quello è stato un passo gigantesco".

"Sta bene, Anziano?!" Chiese Silas a Quinn, che li guardava dalla finestra.

"Sì".

Gli heku si voltarono di colpo quando la porta della camera di spalancò sbattendo rumorosamente contro il muro. Dain si precipitò dentro e cominciò subito a urlare.

"Il Consiglio ha intenzione di ignorarmi, adesso?! Pretendo di avere un incontro per parlare del mio arruolamento nello staff di guardia...". la voce si affievolì quando il profumo del sangue di Emily lo colpì. Gli sfuggì un sibilo mentre Mark e Kralen lo placavano e lo immobilizzavano sul pavimento. L'enorme heku lottò con loro, ringhiando e ruggendo per arrivare alla sua preda.

Chevalier rimase in piedi sopra di lui e lo guardò mentre lentamente si abituava all'odore e si calmava. Mark e Kralen si alzarono quando furono sicuri che era sotto controllo. Dain si sedette di colpo e guardò Emily che si dondolava raggomitolata in un angolo.

"Dain...", disse Kyle avvicinandosi a lui.

"Chi è quella?" Ringhiò Dain, mettendosi in piedi con i pugni stretti.

Chevalier si mise davanti a lui: "Fuori".

"No! Dimmi chi è quella".

Chevalier sospirò: "Sai chi è".

In quel momento Emily si voltò lentamente a guardare suo figlio e spalancò gli occhi. Anche se non sembrava più vecchio, anni di rabbia gli avevano indurito i lineamenti e l'espressione era scura e minacciosa.

"Mamma?" Chiese, avvicinandosi.

Lei si nascose di nuovo il volto tra le braccia e ricominciò a dondolare.

Chevalier gli mise una mano sul braccio: "Non sta bene".

Dain notò la manetta e il cuscino accanto a lei sul pavimento. Fissò suo padre furente: "Perché è legata?"

"Non è legata, la manetta non è chiusa. Può toglierla quando vuole".

"È viva", mormorò, osservandola attentamente.

"Sì. Però ne ha passate tante e stiamo facendo tutto il possibile per aiutarla".

"Che cosa c'è che non va in lei?"

"Traumi emotivi, perlopiù", disse Lori, avvicinandosi: "Come ha detto l'Anziano, la stiamo aiutando e ha già fatto molta strada.

"Mamma?" La chiamò Dain inginocchiandosi accanto a lei. Gli heku erano vicini, nel caso Dain avesse cominciato a mostrare rabbia.

Emily ansimò, ma non cambiò la sua postura.

"Mamma, parlami", sussurrò Dain.

"Non parla", gli spiegò Chevalier.

"Chi è stato?" Chiese Dain, guardando suo padre.

"Salazar, l'ex Inquisitore capo dei Valle.

"Dov'è?"

"È in mano nostra, sotto interrogatorio".

Dain tornò a guardare sua madre: "Sa chi sono?"

"Probabilmente, ma non ne siamo sicuri".

"Da quanto tempo è così?"

Chevalier diede un'occhiata a Quinn che fece un passo avanti: "Non molto".

"Perché non mi avete detto che era qui?"

"Perché non sapevamo con che cosa avevamo a che fare", gli disse Quinn: "È solo da poco che ha cominciato a dare qualche segno di riconoscerci".

Dain la studiò, mentre si dondolava lentamente: "Siamo sicuri che è lei?"

"Sì", gli rispose Chevalier.

Dain allungò una mano per toccarla, ma Mark lo fermò: "Non le piace essere toccata".

Il giovane heku si raddrizzò: "Voglio parlare con questo Salazar".

Quinn accennò un sorriso: "Non c'è niente che tu possa fare che sia peggiore di quello che gli ha già fatto passare il tuo papà".

Chevalier guardò Quinn: "Ti fa pena?"

"No, però non ho mai visto niente di simile a quello che hai fatto tu. Sono solo contento che tu sia dalla mia parte".

"Dain?" disse piano Alexis sulla soglia.

Dain la guardò: "Tu lo sapevi?"

"Sì", gli rispose e gli prese la mano: "È meglio se la lasci tranquilla per ora. Lascia che facciano quello che possono per aiutarla".

Dain continuò a guardare Emily mentre Alexis lo tirava fuori dalla stanza. Silas chiuse la porta dietro di loro e tornò da Emily.

***

Silas scrollò le spalle e guardò l'atrio vuoto del quinto piano: "Non è sbagliato, non è quello che voglio dire, solo è... sciocante".

"Gli ha staccato..." fece per dire Mark.

"Lo so", disse Silas, fermandolo: "Non voglio parlarne".

Kralen sogghignò: "Sappiamo tutti quanto è protettivo nei confronti di Emily. Tutta questa storia con Salazar ha fatto molto di più che innescare la sua violenza".

"Lo giuro, se mai dovesse farsi ancora male mentre è affidata a me, io mi ritirerò prima che lo scopra lui", disse Mark ridendo.

"Mi limiterò a ripetere quello che ha detto l'Anziano Quinn... sono contento che sia dalla nostra parte". Disse Silas.

I tre heku si voltarono di colpo quando la porta della stanza si aprì. Fecero qualche passo indietro quando videro Emily che guardava fuori.

"Avevi bisogno di qualcosa, Em?" Le chiese Mark.

Lei li guardò uno dopo l'altro. Emily era tornata a Council City da venti mesi. La gente nel palazzo non si chiedeva più che cosa c'era nascosto al quinto piano e aveva smesso di essere un argomento di conversazione. Le ultime voci erano che gli heku stavano segretamente addestrando dei lupi per diventare i guardiani del consiglio.

Emily aveva fatto pochi progressi, dopo il grosso passo in avanti, quando aveva dormito sul letto per la prima volta. Ora era un evento normale. I tre heku coinvolti nella cattura di Emily erano ancora tenuti al terzo piano, sotto l'occhio attento di Chevalier.

Kralen sorrise: "Magari vuoi solo il pranzo?"

"Oppure i cani hanno bisogno di uscire?" Chiese Silas. I lupi ora erano bestie enormi che non sarebbero dovuti restare in una camera da letto, ma nessuno aveva il coraggio di toglierli a Emily, in modo da cominciare l'addestramento.

"Scommetto che è questo", disse Mark, tendendo la mano: "Dammi i loro guinzagli, li porto fuori io".

"Mm... o forse no".

Sorprendendo le guardie, Emily uscì lentamente dalla camera e guardò nell'atrio del quinto piano. I capelli erano cresciuti oltre le spalle e indossava ancora solo t-shirt e semplici tute blu, risvoltate in fondo e senza forma.

Mark rifletté un momento: "Volevi andare a fare un giro nel palazzo?"

"Va bene, se vuoi", le disse Silas: "Possiamo evacuare il palazzo in qualche secondo".

Chevalier, Kyle. Lori e il dott. Edwards arrivarono su richiesta di Mark e si fermarono, sbalorditi, quando la videro fuori dalla stanza.

"Ti serviva qualcosa, Em?" Chiese Chevalier.

Kralen scrollò le spalle: "Abbiamo fatto il gioco dell'indovinello. L'ultima opzione era se voleva fare un giro nel palazzo".

"Evacuate immediatamente il palazzo", sussurrò Chevalier. Ci fu un momento di rapido movimento e poi le antiche pietre rimasero silenziose: "Ecco, adesso puoi andare dove vuoi".

Emily fece qualche passo nell'atrio e poi controllò alle sue spalle, accertandosi di non essere sola. Gli heku sorrisero quando li guardò e quando arrivò alle scale, stavano già guardandosi in giro per accertarsi che non ci fosse nessuno.

Emily guardò la scalinata e mise una mano tremante sulla ringhiera. Fece un gradino e poi si guardò di nuovo alle spalle. Quinn e Zohn la stavano osservando dal quarto piano.

Chevalier parlò abbastanza forte perché Emily lo sentisse: "Voglio Mark a ore dodici, Silas e Kralen a ore quattro e sei. Zohn e Quinn a ore due e ore dieci, Kyle ed io andremo dove riterremo necessario".

Emily si sentì a suo agio sapendo quanti heku c'erano intorno a lei e finalmente scese al quarto piano con gli altri due Anziani.

"Bello vederti fuori, Bambina", le disse Quinn sorridendo. Chevalier la guardò un attimo, quasi aspettandosi di sentirla urlare per averla chiamata Bambina, ma lei attraversò il pianerottolo e continuò a scendere.

"Dove andiamo?" Chiese Kralen, le chiese, camminandole a fianco.

Lori sorrise: "È meraviglioso che abbia deciso di uscire, Emily".

Al pianterreno, Emily si fermò e guardò il portone, con il cuore che cominciava a battere precipitosamente.

"Hai intenzione di uscire?" Le chiese Mark.

Emily non si mosse, ma cominciò a sudare leggermente.

"Em", le disse dolcemente Chevalier, prendendole la mano: "A noi sta bene se sei pronta a far sapere agli altri che sei tornata... ma devi essere sicura che è quello che vuoi. Se esci fuori, non c'è modo di tornare indietro".

Emily si guardò la mano e gli strinse la sua, con sua enorme gioia. Guardò ancora il portone e camminò lentamente fino a toccare le maniglie del grande portone di pietra.

"Sei sicura?" Le chiese Chevalier.

Lei lo guardò e aprì la porta. Le Guardie di Porta sorrisero voltandosi "Buongiorno Generale".

Mark accennò un sorriso e uscì alla luce del giorno. Le Guardie di Porta rimasero senza fiato per lo shock quando videro apparire Emily, circondata dagli Anziani e dai Cavalieri.

"Oh mio Dio!" ansimò la guardia più vicina a lei. Teoricamente avrebbe dovuto fare il saluto agli Anziani, ma era troppo sorpreso.

Kyle si schiarì la gola e le due guardie si rimisero immediatamente sull'attenti e salutarono gli Anziani. Mark fece qualche passo avanti ed Emily lo seguì, alzando il volto verso il sole e sentendo il suo calore sulla pelle.

"Dove andiamo, allora?" Le Chiese Kyle, avanzando di qualche passo.

Emily guardò le scuderie.

Silas sorrise: "Lo immaginavo, andiamo".

"C'è l'intera Cavalleria là dentro", le disse Mark: "Stanno pulendo i box oggi. Sei sicura che vuoi trovarteli tutti davanti?"

Chevalier osservò la reazione di Emily quando si mosse lentamente verso la scuderia. Kyle camminava di fianco a lei con una mano sulla sua spalla per confortarla e lei teneva ancora stretta la mano di Chevalier. Il gruppetto arrivò alla scuderia e Mark aprì le grandi porte doppie, facendo entrare la luce. Gli heku stavano lavorando all'interno e preferivano lavorare nella penombra.

"Generale", disse Horace, facendo un passo avanti: "C'è qualche pro... oh, salve Lady Emily".

"Oh mio Dio!" ansimò uno di loro. Gli altri guardarono, storditi, una persona che amavano e che credevano perduta apparire nella scuderia.

Emily guardò Chevalier e poi tutti gli heku che la osservavano.

"Fuori tutti", ordinò Mark e i Cavalieri sfuocarono tutti dalla porta posteriore della scuderia. Poi si girò e le sorrise: "Siamo cresciuti negli ultimi tre anni. L'addestramento non è stato molto divertente senza di te".

Emily entrò con un po' di apprensione e andò immediatamente nel box dove una volta c'era il suo stallone. Quando vide che era ancora lì, aprì la porta e appoggiò il volto contro suo collo caldo.

Devia corse dentro dietro di lei e si sedette ai suoi piedi, osservando il grosso cavallo.

"Abbiamo 97 Cavalieri, adesso, incluso noi tre", le disse Kralen: "Con qualche cavallo di scorta, adesso ne alloggiamo 112, grazie alla nuova estensione".

"I Thukil sono stati parecchio sorpresi quando la nostra Cavalleria è diventata più numerosa della loro", disse Silas sogghignando.

Zohn si voltò sulla difensiva quando sentì qualcuno dietro di lui, ma si tranquillizzò quando vide Alexis e Dain che arrivavano.

"Bello vederti fuori, mamma", disse Alexis e andò ad accarezzare lo stallone di Emily.

Dain sembrava a disagio e insicuro, e rimase indietro, in piedi accanto a un grosso mucchio di fieno.

"Sai che dopo tutto questo tempo non ha ancora mai permesso a nessuno di cavalcarlo?" Le disse Alexis, accarezzando il soffice velluto sul naso dello stallone: "Neanche un'anima. Facciamo a turno a portarlo fuori per fargli fare un po' di esercizio, ma non è mai stato cavalcato dall'ultima volta che l'hai fatto tu".

Emily passò le mani sul pelo lucido dello stallone.

"Sai che cosa sarebbe divertente? "Chiese Alexis, uscendo dal box: "Se tu ed io andassimo a nuotare".

Emily uscì dal box e chiuse la porta. Cominciò a camminare lentamente lungo il corridoio, guardando i cavalli in ogni box mentre passava.

"O forse no", disse Alexis, sorridendo: "Quando deciderai che vuoi farlo, però...".

Qualcosa di invisibile in movimento buttò Emily contro la parete della scuderia e lei si raggomitolò immediatamente, mentre un heku molto ansioso si fermava davanti agli Anziani.

"Signore, c'è...", la sua voce fu bruscamente interrotta dalle forti mani di Mark intorno al collo.

Mark ebbe appena il tempo di lasciar andare l'heku prima che Kyle e Chevalier lo facessero a pezzi proprio in mezzo alla scuderia. Vedendo che cosa stava succedendo Alexis bloccò la visuale di Emily, che ora stava dondolandosi, tremante di paura. Alexis le mise dolcemente una mano sulla schiena.

Lori, che aveva osservato in silenzio, si inginocchiò anche lei accanto a Emily e aiutò a bloccare la vista della carneficina dietro di lei: "Ti ha fatto male, Emily?"

Quando non rispose, Lori si guardò alle spalle vedendo che i servitori stavano già ripulendo dal sangue. Chevalier e Kyle stavano urlando contro un Generale della Guardia di città, in piedi fuori dalla scuderia. Mark aspettava il suo turno per cominciare a urlare, mentre Silas e Kralen si erano messi intorno a Emily per proteggerla. Gli altri due Anziani se n'erano andati, per capire chi aveva inviato quell'heku e chi era.

"Vuoi rientrare?" Chiese Alexis, preoccupata per la paura che emanava da Emily mentre si dondolava: "Che cosa facciamo?"

"Vediamo se l'Anziano riesce a parlare con lei". Disse Lori si guardò indietro e sussurrò piano. Chevalier alzò gli occhi, rabbioso, ma l'espressione si addolcì quando vide Emily che si dondolava sulla paglia. Lasciò Mark e Kyle a occuparsi del generale e andò da Emily.

"Em?" la chiamò piano, inginocchiandosi accanto a lei: "Va tutto bene. Aveva solo un messaggio e ci siamo già occupati di lui per averti colpito".

Alexis alzò gli occhi per vedere dov'era Dain, ma se n'era andato quando era cominciato tutto quell'incidente. Il comportamento di Emily gli era estraneo e non sapeva come comportarsi.

"Mamma, possiamo aiutarti a rientrare, ok?" disse Alexis. Si alzò e cercò di far alzare Emily, che però non si mosse.

"Dobbiamo riportarla dentro, subito, sussurrò Lori: "Prima che questo la faccia regredire".

Chevalier annuì e la prese in braccio teneramente, sorpreso che non si divincolasse. Le coprì la testa con il suo mantello e la fece sfuocare nella sua stanza, dove la appoggiò nell'angolo della stanza, mentre lei continuava a dondolarsi lentamente.

Mark entrò qualche minuto dopo e andò dall'Anziano: "La notizia si è sparsa più in fretta di quanto potessi immaginare. Hanno già chiamato dal clan Banks per sapere se è vero".

Chevalier annuì: "Immaginavo che si darebbe diffusa in fretta. Vediamo quanto ci vuole perché arrivi ai Valle".

Osservarono Emily per qualche minuto prima che Chevalier ordinasse di lasciare libera la stanza. Poi si sedette accanto a lei, appoggiandosi alla parete: "Sono così dispiaciuto, Em. Sai che cerchiamo di tenere tutti sotto controllo, ma c'è sempre qualcuno che esagera".

Emily si alzò lentamente la testa e voltò gli occhi rossi verso di lui. Gli guardò il petto e poi gli occhi.

Chevalier sorrise e slacciò la camicia: "Meglio?"

Lei si raddrizzò e si mosse esitante verso di lui, continuando a fissarlo.

Lui la guardò negli occhi: "Che cosa vuoi, Em? Qualunque cosa, dimmelo".

Lentamente e con attenzione, Emily salì in grembo a Chevalier e lo guardò negli occhi con una piccola smorfia.

Chevalier sorrise: "Che c'è che non va?"

Emily gli mise le mani dentro la camicia e intorno alla schiena, poi appoggiò adagio la testa al suo petto in modo da ascoltare il suono del suo cuore.

Chevalier rimase seduto in silenzio e immobile. Chiuse gli occhi, beandosi della sensazione di lei contro la sua pelle. Le braccia tramavano dal desiderio di stringerla, ma temeva che un movimento qualunque l'avrebbe rimandata a raggomitolarsi sul pavimento. Quando si addormentò contro di lui, la abbracciò teneramente e le baciò la testa.

Il tempo si fermò mentre si sentiva appagato, con Emily appoggiata al suo petto e con la sensazione delle sue braccia di nuovo intorno a lui. La pioggia batteva contro la finestra, ma la stanza era calda e confortevole e si sentiva il respiro ritmico di Emily.

Chevalier si rifiutò di far entrare chiunque, senza dire che cosa stava succedendo. Non riteneva di dover condividere quella briciola di intimità. Sorrise e chiuse gli occhi, concentrandosi sul suo lento respiro e a come le mani si contraevano leggermente mentre dormiva.

***

"Sono sicuramente troppo grossi per restare qui dentro tutto il giorno", disse Chevalier a Emily che teneva stretti i quattro guinzagli dei cuccioli di lupo. A poco più di un anno erano completamente cresciuti ed erano diventati bestie enormi e protettive. Gli heku erano preoccupati per come proteggevano e sorvegliavano il loro Alfa, Emily.

Emily diede un'occhiata all'heku nell'angolo accanto a Silas e Kralen, poi tornò a guardare Mark e Chevalier.

"Sai che i lupi formano delle società, giusto? Sai che hanno delle famiglie che durano per tutta la loro vita? Bene, tu sei il loro capo" le spiegò Mark: "È necessario che formino il loro branco di cui faranno parte i loro proprietari heku".

Emily aggrottò la fronte e tenne più forte i guinzagli, usando il proprio corpo per nascondere i lupi all'heku nell'angolo. Il maschio più grosso, che aveva assunto la posizione di Beta, si alzò di colpo, con le orecchie tese in avanti e il pelo ritto.

L'heku accanto alle guardie mormorò qualcosa a Chevalier, che annuì prima di rivolgersi a Emily.

"Vedi? Sta cercando di dimostrarti che è lui il dominante. Non possiamo accettarlo. Tu stai cominciando a spaventarti e questo li rende nervosi".

"Te l'abbiamo detto fin dall'inizio che avrebbero fatto parte delle Cavalleria. Dobbiamo veramente cominciare ad addestrarli", le disse Mark.

Lei guardò i suoi preziosi lupi, poi alzò ancora lo sguardo sugli heku. Il maschio più piccolo si rotolò sulla schiena ed Emily cominciò a grattargli la pancia.

Chevalier indicò l'heku sconosciuto: "Emily, questo è Clayton. Era un biologo specializzato in fauna selvatica e ha fatto molte ricerche sui lupi. Lo abbiamo fatto venire per aiutarci ad addestrare i cuccioli per aiutare la Cavalleria".

Clayton sorrise e si inchinò: "È un onore conoscerla, Lady Emily".

Emily lo guardò intensamente continuando ad accarezzare la pancia del lupo.

"Normalmente, quando un branco di lupi si divide, ogni lupo cerca di trovare un nuovo branco o di crearne uno suo. Più crescono più sarà difficile dividere il loro branco che ha lei come Alfa. Se devono essere addestrati ad aiutare la Cavalleria, dobbiamo inserire i loro proprietari nel branco", le spiegò.

Quando Clayton si spostò in avanti, il lupo più grosso scoprì i denti.

Clayton sorrise: "Sono molto contento di come li ha allevati. Da quello che mi hanno detto, non ce l'avrebbero fatta dopo che la madre è morta. Lei ha fatto tutto quello che poteva, ma ora è arrivato il momento di consegnarli a noi".

Mark abbassò la testa e chiuse gli occhi, poi sospirò e la guardò. Sapeva che cosa gli avevano ordinato di fare, ma esitò prima di parlare: "Em, ci servono i lupi per proteggere la Cavalleria".

Vide un breve lampo di tristezza nei suoi occhi mentre guardava i lupi alle sue spalle.

"Possiamo prenderli adesso?" Le chiese dolcemente Clayton.

Emily lo guardò e gli heku sentirono che la sua respirazione cambiava e cominciava a tremare. Alla fine, lasciò cadere le spalle e abbassò gli occhi mentre lasciava andare i guinzagli.

Mark li prese in fretta e condusse i lupi fuori dalla stanza, seguito da Silas e Kralen. Clayton fece un inchino e poi uscì anche lui, lasciando Lori, Chevalier ed Emily soli nella stanza.

"Mi dispiace, Em", disse Chevalier, toccandole una gamba. Lei si scostò bruscamente e andò in bagno.

Lori sorrise: "Sono meravigliata che non abbia ripreso la sua postura protettiva".

Chevalier la guardò con un'espressione addolorata: "Non avremmo dovuto portarglieli via. Questo non ci rende migliori dei Valle".

"Era indispensabile", gli disse Lori: "Ha visto, l'hanno ferita giocando. Sono troppo grossi perché riuscisse a tenerli".

Chevalier annuì guardando il fuoco.
Lori si inchinò e uscì dalla stanza.
Emily uscì dal bagno poco dopo e si vedeva che aveva pianto. Ignorò Chevalier e si sedette accanto alla finestra a bovindo, in modo da poter osservare la scuderia. Vide Mark che consegnava i quattro lupi ai Cavalieri che portarono i loro nuovi amici nella caserma in città, con Clayton al seguito.
Chevalier disse piano ad Alexis che poteva entrare e la ragazza si avvicinò con un cucciolo in braccio.
"Mamma?" disse Alexis, sedendosi accanto a lei davanti nella rientranza della finestra.
Emily alzò un attimo gli occhi sulla figlia e poi tornò a guardare la scuderia. Il suo stallone era fuori, nel corral e stava brucando l'erba nuova della primavera.
"Pensavamo che magari volessi un cucciolo", e disse, accarezzando la piccola creatura.
Emily non si spostò da dov'era e continuò a guardare il suo cavallo.
"È un Mastino Tibetano", spiegò. "Ci sono voluti mesi per trovarne uno, sono piuttosto rari".
Quando Emily non diede segno di essersi accorta di lei, Alexis guardò suo padre.
Chevalier si avvicinò e tentò di prendere la mano di Emily, che la strappò via e si raggomitolò su un cuscino di fronte alla finestra: "Mi dispiace ma era necessario".
Chevalier guardò stupito la Psichiatra che entrava sorridendo.
"Che c'è?"
"È arrabbiata con lei", sussurrò Lori.
"E questo ti fa sorridere?"
Lori annuì: "Sì, è un grande progresso".
"Hai una strana definizione di progresso".
"No. Per due anni ha mostrato solo paura. La dimostrazione di rabbia mi fa capire che non ha paura di mostrarsi arrabbiata. Per due anni qualunque segno di aggressione, nella sua mente, avrebbe portato a una dura punizione. Ora è abbastanza a suo agio per arrabbiarsi".
"Sembra triste, però, non arrabbiata".
"È arrabbiata, si fidi".
Chevalier osservò Emily e cominciò a pensare che la Psichiatra si sbagliasse. Raggomitolata in silenzio, mentre guardava i cavalli nel corral, gli sembrava triste, non arrabbiata.
Guardò il cucciolo che Alexis aveva ancora in braccio: "Em, pensavamo che il cucciolo avrebbe potuto aiutarti. Non intendevamo

rattristarti quando abbiamo portato via i lupi ma abbiamo dovuto farlo... per favore, prendi il cucciolo".

Emily guardò Alexis e allungò una mano per prendere il piccolo Mastino. Alexis glielo passò contenta, poi rimase di stucco quando Emily lo passò immediatamente a Chevalier, voltandosi poi verso la finestra.

Chevalier diede un'occhiataccia a Lori quando la sentì ridere piano nell'angolo. Lei vide lo sguardo e scrollò le spalle.

Chevalier sospirò: "Vuoi un cucciolo?" Chiese ad Alexis, che sorrise: "No, grazie".

"In città ci sarà sicuramente qualcuno che lo vorrà, ne sono sicuro".

"Guarda se lo vogliono Allen e Miri".

"Quando informerai Allen che la mamma è tornata?"

Chevalier scrollò le spalle: "Immagino che ora potremmo farlo".

"Sarà furioso quando scoprirà che hai aspettato due anni", gli disse Alexis.

"Capirà quando gliene spiegheremo i motivi. Speravamo che ricominciasse a parlare, prima".

"Mamma!", disse Alexis, toccando il braccio di Emily: "Vuoi che ti portiamo qui Allen?"

Emily non si voltò, ma sentirono che tratteneva il fiato e che si irrigidiva.

"Ci aiuterebbe veramente tanto se parlassi e ci dicessi quello che vuoi", le disse Chevalier: "Vuoi vedere Allen?"

Alexis sussurrò troppo piano perché Emily sentisse: "Forse lui la prenderà meglio di Dain".

Chevalier si limitò ad annuire. Dain era venuto a vedere sua madre solo due volte e ogni volta l'aveva guardata seduta in silenzio e se n'era andato immediatamente. Non sapeva come relazionarsi con questa nuova mamma e si era aspettato che lei ritornasse normale appena l'aveva vista. Emily non aveva dato nessun segno di aver notato che Dain non si faceva vedere, ma lo strano modo in cui lui si comportava rendeva nervoso Chevalier riguardo a portarle Allen.

"Fate venire Allen", ordinò Chevalier, rivolto alla porta.

Alexis controllò il cucciolo e poi si alzò: "Vado a dargli da mangiare, almeno".

Guardò Emily ancora una volta, ma quando vide che non si spostava dalla finestra, Alexis uscì in silenzio.

***

"Mi avete chiamato?" Chiese Allen al Consiglio.

"In effetti è stato tuo padre", gli disse Zohn: "Perché non sali in camera sua?"

"Il quinto piano non è più vietato?"

"Ti è stato accordato il permesso"

Allen salutò e uscì dall'aula. Era curioso di sapere perché, per gli ultimi due anni, l'intero quinto piano fosse stato vietato a tutti eccetto gli Anziani e pochi Cavalieri selezionati. Non aveva mai chiesto nulla, ma la sua curiosità crebbe vedendo guardie a tutti i piani.

Allen bussò e suo padre uscì.

"L'Anziano Zohn mi ha fatto chiamare".

"Sì", sussurrò Chevalier, poi esitò: "Sarà più facile mostrartelo e basta. Cerca di non reagire troppo, tieni la voce bassa e qualunque cosa faccia, non toccarla".

"Toccare chi?" Chiese Allen quando suo padre aprì la porta. Il profumo colpì Allen prima di vedere sua madre. Inalò e il corpo si irrigidì mentre nella mente esplodeva il ricordo. Entrò lentamente nella stanza e quando lei lo guardò, ansimò e gli cedettero le ginocchia, facendolo cadere lentamente sul pavimento.

Emily tornò a guardare la scuderia mentre Allen poco per volta veniva a patti con quello che stava vedendo. Chevalier la osservava da vicino e notò che il cuore di Emily stava accelerando e che respirava più in fretta. Non aveva mostrato alcun segno apparente di aver riconosciuto suo figlio, ma il corpo rivelava che la sua indifferenza era finta.

Allen cercò due volte di parlare ma aveva la gola chiusa e rimase a guardarla, incredulo.

Chevalier abbassò la voce: "Due giorni dopo il funerale, un Valle è entrato in possesso di tua madre e l'ha tenuta prigioniera per due anni. È afasica e reagisce in modo confuso a quasi tutto. Non prendere la sua reazione come un segno che non ti abbia riconosciuto".

Allen annuì e finalmente riuscì a sussurrare: "Chi?"

"Salazar, l'ex Inquisitore capo dei Valle".

"Dov'è?"

"Di sotto, in mano mia".

Allen deglutì forte e finalmente si rimise in piedi: "Mamma?"

Lori fece una smorfia quando Emily si ritrasse e si addossò alla finestra con le sbarre in quello che sembrava un tentativo di allontanarsi ancora un po' da Allen.

"Allen, indietreggia un po'", disse Lori.

Allen si fermò e poi indietreggiò: "Mamma, mi riconosci?"

Chevalier avanzò lentamente e si sedette accanto a Emily, che fece qualcosa che non faceva da mesi: si raggomitolò con il volto nascosto tra le braccia e cominciò a dondolarsi.

Allen la guardò incredulo: "Che cosa le ha fatto?"

"Le abbiamo promesso che non l'avremmo detto a nessuno", disse Lori ad Allen: "Ma in quei due anni è stata sottoposta a orrori oltre l'immaginazione".

"Quindi sono due anni che è qui?"

"Sì, speravamo che avrebbe ricominciato a parlare, prima di introdurre una persona nuova", gli spiegò Lori: "Per questo esatto motivo. Ora sta regredendo e dobbiamo capire perché. Lei non ce lo dirà".

"Non vuole o non può?" Chiese Allen.

"Non lo sappiamo. Io ritengo che la sua mente non le permetta di parlare o di avvicinarsi ad alcuno, ancora. Ha smesso di parlare dopo due mesi che era con Salazar, dopo quello che un membro di quel Clan ha chiamato interrogatorio".

Allen semplicemente annuì: "Che cosa posso fare?"

"Avere pazienza, è l'unica cosa".

Chevalier si rivolse agli altri: "Lo rimetto sotto interrogatorio, voglio vedere se riesco a capire che cosa sta succedendo".

Dopo aver chiamato Zohn, Chevalier scomparve dalla stanza.

Lori mise una mano sul braccio di Allen: "Perché non ritorni sull'Isola adesso. Tenteremo di nuovo quando si sentirà meglio".

Allen annuì, diede un'ultima occhiata a Emily e uscì.

Zohn e Kyle si incontrarono con Chevalier al terzo piano, dove la sala riunioni era ancora convertita in stanza degli interrogatori. Ora che la riapparizione di Emily era risaputa, si erano chiesti se non fosse il caso di spostare i tre prigionieri nel sotterraneo, con gli altri, ma Chevalier si sentiva meglio se era più vicino a Emily.

"Giochiamo, oggi?" Chiese Kyle, chiudendo la porta.

"No, dobbiamo capire perché Emily ha paura di Allen", disse Chevalier. Accese le luci, rivelando tre heku rannicchiati. Salazar borbottava incoerente con il corpo che tremava tutto. Aveva ancora delle bruciature sulla schiena che stavano guarendo lentamente.

Zohn gli diede un colpetto con la punta dello stivale e il Valle ansimò e cercò di allontanarsi: "Se ci servono informazioni, dovremo dargli un paio di giorni per riprendersi".

Kyle mise seduto Salazar, tirandolo per i capelli.

"O magari no", disse Zohn sorridendo.

Chevalier si accucciò guardando Salazar negli occhi: "Perché Emily ha paura di Allen?"

La bocca di Salazar si mosse ma non ne uscì alcun suono. Gli occhi passavano velocemente da uno all'altro degli heku davanti a lui.

"Chevalier, lascialo riposare per un paio di giorni".

"Voglio saperlo adesso", ringhiò Chevalier.

Sempre tenendolo per i capelli, Kyle trascinò Salazar sul rack. Il Valle non cercò nemmeno di difendersi quando gli legò le braccia e le gambe sull'antico tavolo di tortura.

Una volta legato, Chevalier lo guardò: "Ultima possibilità. Dimmi perché Emily ha paura di Allen".

Salazar riuscì solo ad ansimare e poi urlò quando Kyle girò la manovella stirandogli dolorosamente gli arti.

Zohn mise la mano sul braccio di Chevalier: "Chevalier, lascialo riposare per 24 ore e otterrai la tua informazione. Fidati di me. In questo momento la sua mente non è abbastanza lucida da parlare".

Reprimendo la sua rabbia, Chevalier si rese conto che Zohn aveva ragione e uscì in fretta. Una volta tornato nella sua stanza, fece uscire tutti gli heku e andò dove si era raggomitolata Emily, sul sedile nella sporgenza della finestra a bovindo.

"Em, per favore, devi parlarmi", sussurrò, mettendole una mano sul braccio.

Lei alzò tremante gli occhi, pieni di paura.

"Dimmi perché hai paura di Allen".

Emily tornò a raggomitolarsi stretta e ricominciò a dondolarsi.

Chevalier le mise una mano sulla schiena. "Ho veramente bisogno di saperlo".

Dopo qualche minuto di silenzio, si rese conto che Emily stava piangendo piano mentre si dondolava.

"Per favore, dimmelo".

Quando lei non rispose, tentò un altro approccio: "Se ti do carta e penna, puoi scriverlo?"

La guardò irrigidirsi nella sua posizione raggomitolata e si spostò per prendere qualcosa per scrivere. Le mise di fronte il foglio: "Ecco, puoi scrivere perché hai paura di Allen?"

Lei guardò il foglio e poi alzò gli occhi su di lui. Tutto quello che si vedeva nei suoi occhi era il dolore. Chevalier sospirò e sorrise: "Valeva la pena di tentare. Dovrò farmelo dire da loro, però, se non me lo dici tu".

La guardò raddrizzarsi e poi appoggiarsi alla finestra per guardare nel corral: "Perché non parli ancora? Sei qui da due anni, nella sicurezza del palazzo. Devi parlare con me".

Sospirò e le prese la mano, poi sorrise quando non la tirò via: "Va bene, me lo farò dire da Salazar".

Chevalier la guardò in volto quando si accorse che i muscoli si tendevano quando sentì il nome del Valle: "Hai ancora paura che venga a prenderti?"

"Detesto parlare da solo", le disse e poi guardò la porta: "Il Consiglio tornerà al quarto piano, oggi. Se pensi che sia troppo rumoroso o fastidioso, possiamo sempre spostarli di nuovo. Ovviamente, me lo dovresti dire".

Emily spostò lo sguardo dalla finestra alle loro dita intrecciate.

Chevalier le alzò il mento con la mano libera e la guardò negli occhi: "Parla con me, so che sei lì. Vedo la tua personalità che sta uscendo, è ora che ricominci a parlare".

Quando non reagì, si alzò e si precipitò fuori dalla stanza, sbattendo la porta.

Lori sospirò: "Questo non le fa bene, Anziano".

Chevalier si voltò verso di lei: "Può parlare! Perché non lo fa?"

"Non è pronta".

"Quando sarà pronta? Sono passati due anni".

"Non c'è modo di saperlo. Parlerà quando sarà pronta".

Chevalier si voltò rabbioso e scese le scale. Kyle lo incrociò mentre saliva e vide l'Anziano sparire nella sala del Consiglio. Salì e si fermò accanto a Lori.

"Che cos'è successo?" Le chiese guardando la porta.

"È solo frustrato perché non parla".

Kyle annuì: "Vuole sapere perché ha paura di Allen e la mente di Salazar in questo momento non è abbastanza lucida per ottenere delle risposte da lui".

"Emily non ha bisogno di sentire rabbia attorno a lei, adesso".

"Lo so", le rispose ed entrò in camera, si sedette accanto a Emily sul sedile e le parlò con calma: "Chevalier non è arrabbiato con te".

"È furioso per tutta questa situazione. Si incolpa per aver permesso ai Valle di tenerti prigioniera per due anni mentre pensavamo che fossi morta".

Quando Emily non reagì, Kyle accennò un sorriso: "Lo so che tu non dai la colpa a lui, è lui che incolpa se stesso. Aveva promesso di proteggerti e poi... beh... puoi fartene un'idea. Oltre a tutto è abbattuto perché non capisce perché hai reagito in quel modo ad Allen".

"Normalmente, obbligheremmo Sa... mm... il prigioniero a dirglielo, ma lui non è proprio più razionale. Speriamo che un paio di giorni senza torture gli sistemeranno il cervello e ci dia le risposte", disse Kyle, poi guardò fuori dalla finestra: "È una bella giornata, usciamo".

Vide Emily aggrottare un po' un po' le sopracciglia prima di voltarsi di nuovo verso la finestra.

"Dai, vieni", le disse alzandosi e tirandola piano per la mano: "Prendiamo i cavalli e usciamo, ok?"

Lei esitò e poi si alzò guardando Kyle che frugava tra le sue cose cercando i suoi stivali e il cappello: "Non so dove sono finiti di guanti, ma ricordo che mettevi questi".

Kyle la aiutò a infilarsi gli stivali e poi le mise il cappello in testa, sorridendo: "Ecco... pronta?"

Emily guardò la porta, chiaramente insicura.

"Se non vuoi venire a cavallo, dovrai dirmelo adesso, altrimenti ti trascinerò là fuori", le disse con un sorriso. Le prese di nuovo la mano tirandola dolcemente verso la porta. Sentiva il cuore che accelerava mentre cominciava la paura, ma continuò a tirarla.

"Che cosa succede?" Chiese Lori quando Kyle tirò Emily fuori dalla porta. Lei cercava di puntare i piedi ma Kyle la trascinò lentamente attraverso l'atrio.

"Stiamo andando a fare una passeggiata a cavallo", le rispose Kyle.

Lori li seguì: "Non mi sembra che abbia voglia di farlo".

"Vero", disse, tirandola verso le scale mentre le guardie del quinto piano li guardavano a occhi sbarrati: "Verrà comunque, salvo che mi dica che non ha voglia".

"Non credo che sia una buona idea".

"Certo che sì. Emily ha sempre voglia di andare a cavallo", disse Kyle alla Psichiatra, poi cominciò a tirarla giù per le scale. Emily adesso usava le unghie per liberarsi e si guardava attorno disperatamente.

"C'è qualche problema, Giustiziere?" Chiese Derrick quando Kyle trascinò Emily attraverso l'atrio del quarto piano.

"Assolutamente no. Stiamo uscendo a cavallo". Spiegò Kyle, continuando a tirarsela dietro. Emily cercava disperatamente di puntare i piedi, ma ogni volta che riusciva a fermarsi, Kyle tirava un po' più forte e lei era obbligata a seguirlo.

"Credo che dovremmo permetterle di tornare in camera sua", disse Lori seguendoli.

"No, ha bisogno di uscire da quella stanza".

"Che cosa sta succedendo? Chiese Chevalier, apparendo sulle scale di fianco a Kyle.

"Niente. Stiamo uscendo a cavallo", spiegò, cambiando la mano con cui stava tirando Emily. Quella che aveva usato fino a quel momento era coperta di sangue e graffi e voleva lasciarla guarire mentre usava l'altra.

Chevalier fece una smorfia e mise una mano sulla spalla di Kyle: "Basta".

Kyle sospirò guardandolo: "Gliel'ho detto... se non vuole venire, basta che me lo dica".

Chevalier rifletté un attimo e poi si fece da parte: "Molto bene".

"Non è una buona idea", gli disse Lori, agitata.

"Guarda, Em. Devia ci sta aspettando sulla porta", le disse Kyle. Emily era troppo spaventata per guardare il Border collie, ma continuava a guardarsi attorno per accertarsi che nessuno l'aggredisse. Non cercava più di liberarsi dalla mano di Kyle, ma usò tutto il peso del corpo per cercare di fermarlo quando si diresse verso l'ultima rampa di scale.

"Anziano, per favore... dica al Giustiziere di lasciarla andare", sussurrò Lori.

Chevalier li osservò e valutò le varie scelte nella sua mente. Alla fine decise che quello che stava facendo Kyle, alla fine, sarebbe stata la cosa migliore per lei: "No, lasciatelo fare".

"È terrorizzata".

Chevalier si concentrò sul terrore che riempiva i suoi occhi verdi e si sentì morire, ma ripensò a lei fuori a cavallo e lasciò che Kyle facesse quello che credeva meglio.

"Vedi, ora dobbiamo solo uscire dalla porta", disse Kyle gentilmente, tirandola avanti. Le Guardie di Porta aprirono il portone e poi guardarono increduli il Giustiziere che trascinava fuori Emily dal palazzo: "Andiamo bene, Em. Siamo quasi sull'erba".

Devia li guardava incuriosito. Era ovvio che il Border collie non sapeva se quello che stava succedendo alla sua padrona gli piacesse.

In un ultimo tentativo di far fermare Kyle, Emily si lasciò cadere di colpo raggomitolandosi sull'erba. Kyle sospirò e la sollevò semplicemente prendendola in vita, ancora raggomitolata, e portandola nella scuderia: "Bene, così abbiamo fatto prima".

"Anziano", sussurrò Lori.

Chevalier sospirò: "Lasciamoli stare".

Lori si voltò e si precipitò verso il palazzo, sparendo all'interno.

Chevalier si voltò proprio mentre Emily si raddrizzava e cominciava nuovamente a divincolarsi. I suoi piedi lasciavano una scia nel terreno morbido mentre lottava per liberarsi di Kyle.

Kyle si fermò fuori dal box dello stallone di Emily mentre Chevalier gli metteva una briglia e lo portava fuori dalla scuderia. L'agitazione di Emily divenne più frenetica e cominciò a scalciare e a graffiare per liberarsi.

Kyle la fece voltare fino ad avere la sua schiena contro il proprio petto e le intrappolò le braccia incrociandogliele davanti e tenendole saldamente i polsi. Lei continuava a divincolarsi, ma riuscì a tenerla mentre guarivano i graffi sulle mani e sugli avambracci.

"Come pensi di farlo?" Chiese Chevalier, legando lo stallone al palo.

"Monterò con lei. La Cavalleria è già sulle colline per la manovre, quindi li raggiungeremo", disse: "Ora devo capire come fare a issarla".

A quel punto, i movimenti di Emily divennero più disperati e spaventati.

"Fermati!" Le disse Kyle deciso, quando lei cominciò a graffiargli profondamente le mani.

"L'ho presa", disse Chevalier, immobilizzandola da dietro. Si preparò alla mossa che gli Encala avevano insegnato a Emily, ma lei non gli colpì l'interno dei gomiti con i suoi, né cercò di sbatterli il palmo della mano sul naso.

Kyle slegò lo stallone e montò agilmente a pelo: "Ok, passamela".

"Se mi dirai di fermarmi, lo farò", le sussurrò Chevalier all'orecchio. Lei sembrò non sentirlo, ma continuò a divincolarsi. Chevalier aspettò pochi secondi, poi la sollevò verso Kyle.

Kyle la tenne saldamente sul cavallo, immobilizzandole le braccia con uno dei suoi mentre guidava il cavallo con la mano libera.

"Se peggiora, torna indietro".

Kyle annuì e si diresse al piccolo galoppo verso le porte della città. Una volta lontano dagli edifici, mandò lo stallone al galoppo e corse verso la Cavalleria.

Mark si voltò a guardare quando sentì qualcuno che si avvicinava e sorrise: "Em! Che meraviglia vederti fuori".

Smise di sorridere quando vide l'espressione terrorizzata e come stava lottando con tutto il corpo contro la presa di Kyle.

"Pensavamo che un po' di sole le avrebbe fatto bene", disse Kyle, fermandosi tra Mark e Silas.

Silas osservò Emily: "Pensavamo? Non mi pare che l'idea le piaccia".

Kyle abbassò gli occhi per guardarla e scrollò le spalle: "Non mi ha detto che non voleva".

"Sicuro che sia una buona idea?" Chiese Mark quando sentì il cuore di Emily battere all'impazzata.

"No, ma non può restare per sempre seduta lassù. È ora che esca".

Silas annuì e poi si rivolse alla Cavalleria: "Squadra 4, cominciate".

"Vuoi che la prenda io in modo che tu possa guarire?" Chiese Mark, guardando il braccio insanguinato di Kyle.

"No, va bene, andiamo verso gli alberi per un po'".

Kyle diede un calcetto al cavallo che cominciò a camminare lentamente lungo gli alberi. Una volta lontano dagli altri, sussurrò all'orecchio di Emily: "Sai che sono qui se vuoi parlare".

Emily non smise nemmeno per un attimo di divincolarsi e Kyle sospirò: "È che... siamo preoccupati per te. Sei tornata da due anni e non parli ancora, hai paura di Allen e ora comincio a pensare che tu abbia perfino paura a restare qui fuori a cavallo. Tu sei forte, Em. È ora che te ne tiri fuori e ci dica che cosa sta succedendo".

Un suono tra gli alberi colse l'attenzione di Kyle che strinse un po' di più il braccio intorno a Emily quando sentì dei passi. Anche la Cavalleria li aveva sentiti e quattro di loro si misero immediatamente al suo fianco, ispezionando attentamente gli alberi. Qualche secondo dopo, tutti i Cavalieri arrivarono e formarono una lunga fila con Kyle al centro.

"Chi c'è?" Gridò Kyle tra gli alberi.

Emily smise di lottare, ma cominciò a respirare in fretta quando cinque heku uscirono dagli alberi. Indossavano le cappe grigie distintive delle Guardie Imperiali dei Valle e non sembravano spaventati dal gruppo di 98 Cavalieri Equites.

"Fermi", ringhiò Mark quando i Valle uscirono dagli alberi.

"Allora è vero", disse quello davanti a tutti, osservando Emily.

"Calmati", le sussurrò Kyle quando sentì il cuore che accelerava.

"Perché siete così vicini a Council City?" Chiese loro Mark.

Il Valle sorrise a Emily: "Possiamo parlarti un momento?"

"No!" Urlarono insieme Silas e Kralen.

Il Valle tornò a guardare Emily: "Abbiamo sentito delle voci sul tuo ritorno e il nostro compito è di riferire al consiglio sul tuo stato di salute".

Emily cominciò a tremare e si formò un velo di sudore.

"Dite al vostro Consiglio di farsi gli affari loro", disse loro Mark.

"È perfettamente in grado di parlare per sé", disse altezzosamente il Valle: "Sono sicuro che non le serve che gli Equites parlino al suo posto".

"Sì, vero... e invece no, parliamo noi per lei", disse Mark: "Avete cinque secondi per scomparire o lo considereremo una violazione del nostro territorio e sarete imprigionati".

"Parli con noi, Lady Emily", disse il più basso dei Valle.

"Dannazione", ringhiò Kyle quando sentì Emily che si accasciava tra le sue braccia. Voltò il cavallo verso il palazzo e lo mandò al galoppo, contento di essere sullo stallone da corsa.

Mark sorrise ai Valle "Troppo tardi".

Chevalier e il dott. Edwards sentirono Kyle che li chiamava e gli andarono incontro alla scuderia. Quando Kyle arrivò, Emily aveva le convulsioni e gli occhi erano rovesciati nella testa. Lui la lasciò cadere tra le braccia di Chevalier che la fece sfuocare immediatamente in camera sua, dove la appoggiò sul letto mentre lei si rilassava.

Il dott. Edwards si sedette accanto a lei sul letto e le misurò la pressione: "È alta, troppo alta".

"Che cos'è successo?" Chiese Kyle quando entrò Kyle.

"Sai che aveva già dei problemi", sussurrò Kyle, che non voleva disturbare Emily: "Sono peggiorati quando siamo arrivati sulle colline, ma quando sono arrivate alcune Guardie Imperiali il suo cuore è andato fuori controllo e ha cominciato ad avere le convulsioni".

"I Valle?" sibilò Chevalier.

"Sì, sono venuti per vedere se le voci che avevano sentito su Emily erano vere. Penso che le cappe grigie l'abbiano fatta crollare".

Il dott. Edwards era chiaramente furioso: "Perché non mi avete consultato prima. Il suo corpo non può sopportare questo tipo di stress".

"È colpa mia", disse Chevalier: "Pensavo le avrebbe fatto bene uscire un po' a cavallo. Sapevo che era spaventata ma francamente pensavo che una volta a cavallo a respirare un po' d'aria fresca e di sole, si sarebbe calmata e lo avrebbe apprezzato".

"Beh, a quanto pare non è stato così", il dott. Edwards: "Ora dovrà riposare e dovremo cercare di tenerla tranquilla".

"Non sapevamo che si sarebbero fatti vivi i Valle", gli disse Kyle, un po' irritato che parlasse in quel modo all'Anziano: "Sì, aveva paura sulle colline, ma le serviva un po' di tempo per rilassarsi".

"Beh, non lo sappiamo, no?"

"Che vuol dire?" Chiese Chevalier. Aveva rilevato il tono paternalistico del medico e si stava arrabbiando.

"Significa... che non abbiamo idea di cosa le ha piantato in testa quel bastardo. Forse ha reagito a una minaccia, a uno stimolo esterno di cui non sappiamo niente".

"Emily ama i cavalli... tutto quello che abbiamo fatto e cercare di ricordarglielo".

"Non ancora, non è ancora pronta".

Lori si schiarì la gola dalla soglia: "Vi rendete conto che anche post-ictale vi può sentire?"

Chevalier abbassò la voce in modo che Emily non potesse sentire: "Non mi interessa quanto pensi di conoscerla o quanto capisci il suo corpo mortale... Kyle ed io conosciamo Emily e lei non vorrebbe mai essere tenuta qui, lontana dalle cose che ama".

"Questa non è la solita Emily", disse il dott. Edwards: "Potrebbe non essere mai più la stessa e non si può trattarla come se niente fosse cambiato!".

Lori si intromise: "Non sono d'accordo. Questa è Emily e recupererà".

"Non lo sappiamo! Non possiamo farle ancora più pressione, obbligandola a fare le cose che faceva una volta. Sono successe troppe cose per pensare che possa ritornare com'era prima".

"Fuori da Council City", gridò Chevalier, senza preoccuparsi se Emily lo sentiva. Tese una mano per impedire a Kyle di muoversi. Gli heku uscirono tutti immediatamente, non volevano subire l'ira di Chevalier.

"Lei tornerà", mormorò Kyle.

"Lo so".

"Ogni giorni vedo piccoli lampi di Emily in lei. Penso solo che ci vorrà del tempo. Guarda quanta strada ha fatto finora. Pensavamo che il tempo passato tra le grinfie di Exavior l'avrebbe cambiata, ma non è stato così".

"Lo so ma se il medico non la smette di seguire quella strada... si ritroverà sull'Isola in permanenza".

"Gli parlerò io. Medico o no non può trattarti in quel modo".

Chevalier annuì e poi la guardò dormire: "Come facciamo a farle fare qualcosa? Non voglio nemmeno dire parlare... basterebbe un cenno".

"Ovviamente non lo so", disse Kyle accennando un sorriso: "Speravo che oggi avremmo ottenuto qualcosa".

"Forse ci saremmo riusciti se i Valle non ci avessero interrotto".

Kyle sospirò: "Ora che lo sanno... potrebbero cercare di catturarla".

"È quello che temo".

"Forse tu ed io dobbiamo andare a parlare con loro".

Chevalier lo guardò: "Potrebbe non essere una cattiva idea".

"Potrebbe evitare un attacco, se sottolineiamo quanto sta male".

"Restiamo qui finché si sveglia e diciamoglielo. Non voglio sparire e basta. Porteremo Mark, Horace e la squadra sette della Cavalleria".

Kyle annuì e andò a fare i preparativi.

Spille

"Em, calmati", le disse Chevalier, prendendole la mano.

"Staremo via solo pochi giorni", le assicurò Kyle: "Quinn, Zohn, Silas e Kralen resteranno qui a proteggerti".

Emily rafforzò la stretta mortale sul braccio di Chevalier.

"Sanno che sei qui, ora", le spiegò Chevalier: "Dobbiamo andare e assicurarci che non facciano niente di stupido".

"Signore, siamo pronti", disse Mark dalla porta.

Chevalier annuì, poi si rivolse a Emily: "Resta qui e nessuno ti disturberà, ok?".

Quinn e Zohn entrarono e si misero di fianco a Mark.

"Torneremo", le sussurrò Chevalier togliendo gentilmente la mano dal suo braccio: "Se ti serve qualcosa, ci sono qui Zohn e Quinn".

Emily si lanciò in avanti e fece per prendergli ancora il braccio, ma Silas la trattenne: "Noi saremo qui, Em. Vedrai che andrà tutto bene. I Valle hanno troppa paura dell'Anziano per tentare qualcosa".

Una lacrima le cadde sulla guancia quando Chevalier e Kyle uscirono dalla stanza, diretti a Valle City. Gli Equites avevano deciso di andare in auto e per tutti quelli che portavano con loro bastavano i due SUV neri.

"Ho specificatamente voluto che fossimo qui insieme su questo veicolo per discutere dei possibili motivi per cui Emily non parla", disse Chevalier dopo un'ora di viaggio.

Kyle lo guardò dal suo posto di guida e annuì: "Ci aiuterebbe molto se ci dicesse che cosa sta succedendo. Penso ancora che Salazar abbia fatto qualcosa per farle temere Allen e i cavalli".

"Quindi le hai dato la scelta di non uscire a cavallo se solo ti avesse detto di no?" Chiese Mark.

Chevalier annuì: "Sì, ma non è nemmeno arrivata a fare no con la testa".

"Onestamente pensavo che avrebbe parlato quando le abbiamo tolto i lupi".

"Anch'io".

"Che alternative abbiamo?" Chiese Mark.

"Magari potremmo far intervenire un altro Psichiatra", disse Kyle: "Voglio dire... ho sentito che a volte ci vuole un team di specialisti per sistemare alcuni di questi problemi".

"Non è una cattiva idea", gli disse Chevalier: "Quando torniamo, chiederemo a Jerry di controllare l'archivio per trovare altri due psichiatri".

"Hai pensato a portare qui William?" Chiese Mark.

Chevalier si voltò a guardarlo: "Perché avrei dovuto farlo?"

"Beh... Salazar le ha instillato la paura di alcuni degli Equites. La sua fazione l'ha portata ad avere una paura generalizzata dei Valle. Forse gli Encala non rientrano nelle sue bugie".

"Possiamo fidarci di lui?" Chiese Kyle.

"Ci dovrò pensare. Mark potrebbe avere ragione. Salazar potrebbe non aver pensato a instillarle la paura per gli Encala".

Mark scrollò le spalle: "Ovviamente non potrei garantire che William metta di nuovo piede tra le nostre mura".

"L'abbiamo lasciato andare".

"Sì, ma solo dopo aver fatto fuori il resto della sua fazione".

Chevalier ridacchiò: "Vero".

"Penso ancora che l'idea di andare a cavallo fosse buona". Disse Kyle, parlando tra sé e sé. "Se quei dannati Valle non fossero apparsi, penso veramente che si sarebbe calmata".

"Sì, anch'io. Potremmo tentare di nuovo".

"Che ne dite dello yacht?" Portarla via a tutti per un po'".

"Andrebbe bene se avessimo la garanzia che non ci saranno tempeste", disse Chevalier.

Ah, già, giusto".

"Che ne dite... un attimo", disse Chevalier, rispondendo al telefono: "Chevalier".

Ascoltò per alcuni secondi qualcuno che respirava e sorrise: "Em?"

"Ti ha chiamato?" Chiese Kyle, sorpreso.

Chevalier tenne la mano sul telefono: "Non ne sono sicuro, non sta parlando nessuno".

Kyle rise.

"Em, se sei tu, fai qualcosa in modo che lo capisca".

"Non sono la Winchester", sussurrò una voce.

Chevalier fece una smorfia: "Allora chi sei?"

"Avete solo graffiato la superficie".

"Di che cosa?"

Ci fu una pausa prima che voce riprendesse: "Di quello che è successo a Green Mountain".

"Salazar ha dei problemi a parlare, in questo momento. Perché non ce lo racconti tu?"

Chevalier guardò Kyle quando non ci fu risposta.

"Chi è?" sussurrò Kyle.

"Non ne ho idea", rispose Chevalier, poi rifletté un momento prima di parlare: "A quanto pare tu sai che cos'è successo. Che cosa vuoi per darci le informazioni? Oppure ti dobbiamo trovare e tirartele fuori?"

"Mentre siete dai Valle, chiedete di Reed".

"Chi è Reed?" ringhiò piano Chevalier quando riattaccarono.

"Reed?" Chiese Mark.

"Sembra che dovremmo parlare con Reed quando saremo dai Valle".

"Non ne ho mai sentito parlare".

"Beh, lo scopriremo".

Dopo aver guidato per due giorni, gli Equites si fermarono fuori dalle porte di Valle City e aspettarono il permesso di entrare. Chevalier aveva chiamato per controllare Emily e aveva scoperto che non era uscita dalla sua stanza, ma che Zohn, Kralen e Silas erano fuori a controllare un Clan che non rispondeva.

Sedici Guardie Imperiali vennero alle porte e l'ufficiale col grado più altro disse loro che il Consiglio li avrebbe ricevuti.

"Che affluenza", disse Kyle, mentre le Guardie Imperiali circondavano gli Equites.

"Mi domando perché", disse Chevalier soffocando una risata e seguendoli nel palazzo. Fuori dalla sala del Consiglio si unirono altre Guardie Imperiali.

Mark tese i muscoli e segnalò silenziosamente alle guardie di sorvegliare attentamente l'Anziano.

"Potete entrare", disse la Guardia di Porta, aprendo l'antica porta di legno.

Chevalier entrò per primo, seguito da Kyle, Mark e dai Cavalieri.

Sotomar li guardò dal suo seggio: "Che cosa abbiamo qui?"

"Bel comitato di benvenuto", menzionò Chevalier, guardando le 32 Guardie Imperiali .

"Sono sicuro che capirai. Dopo il risultato della tua visita agli Encala, dobbiamo proteggerci".

"Sì, capisco. Ora, il motivo per cui siamo venuti è... perché siete stupidi".

L'Anziano Ryan strinse gli occhi: "Scusa?"

"Sapete che è tornata", ringhiò Kyle: "Ora lasciatela in pace".

Sotomar sorrise: "Allora è vero?"

Chevalier incrociò le braccia: "Sì, Emily è tornata, non grazie alla vostra fazione".

"Di che cosa ci state accusando, adesso?" disse Sotomar.

"Salazar non aveva Alexis", spiegò rabbiosamente Chevalier: "Ha tenuto Emily prigioniera per due anni".

Sotomar rimase senza fiato: "Non è possibile!"

"Sì, è terribilmente traumatizzata agli orrori che ha dovuto subire e vedere delle cappe grigie non la aiuta di certo", urlò Kyle.

Il consiglio dei Valle si voltò e i Consiglieri cominciarono a parlare tra di loro. Chevalier guardò Kyle, sbuffando. Dopo qualche minuto, si voltarono e Sotomar si alzò.

"Non vi crediamo".

"Non è necessario che ci crediate", disse Kyle: "In ogni modo, qualunque Valle vedremo, sarà trattato duramente".

"Voglio sentire direttamente da Emily che le accuse sono vere".

Chevalier guardò Kyle e poi sospirò: "È afasica".

"Davvero?" Chiese Ryan, stupito.

"Sì".

"Che cosa le ha fatto?" Sussurrò Sotomar, sedendosi.

"Non divulgheremo le umiliazioni che ha subito Emily".

Sotomar ansimò: "L'ha..."

Chevalier lo fissò minaccioso: "Lasciatela stare in modo che possa recuperare".

"Forse possiamo aiutarla".

"Avete fatto abbastanza. L'avevamo portata fuori a cavallo, come terapia e quando le vostre guardie sono arrivate si è talmente spaventata che ha avuto le convulsioni", disse Kyle: "Lasciatela in pace altrimenti gli Equites dovranno intervenire".

"Ci state minacciando?" Chiese Ryan.

"Sì", rispose secco Kyle: "Quando si tratta della Winchester, non facciamo più prigionieri. Siamo stati troppo clementi quando Emily era in vita, prima e, fidatevi, non succederà più".

Sotomar si alzò di nuovo: "Voglio vederla".

"Ma stavi ascoltando, almeno?" Ringhiò Mark.

"Sì, e non vi credo. Se Salazar aveva Emily, sono sicuro che era curata e comoda".

"Già, le gabbie sono l'ultimo grido in materiale di comodità", urlò Mark.

Kyle lo calmò con un'occhiata: "Non dobbiamo provarvi niente. Sappiate solo che se non vi fate indietro, i Valle saranno i prossimi".

"Fuori!" ordinò Ryan.

Chevalier sorrise: "Non finché avremo parlato con Reed".

"Non conosco nessun Reed", disse Sotomar: "Potete andare".

Chevalier incrociò le braccia e i Cavalieri assunsero una postura di difesa: "Non finché avrò parlato con Reed".

"Noi non..."

"Sì", ringhiò Kyle: "Portatecelo qui, subito".

"Non lo abbiamo ancor interrogato".

"È nostro... oppure chiamiamo il resto dell'armata", gli disse Chevalier.

"Non accetteremo le vostre prepotenze".

"Troppo tardi. Fatelo o veniamo a prenderlo".

Sotomar si voltò e parlò in fretta agli altri Anziani e quando tornò a guardare gli Equites era livido: "Portate qui Reed".

Una delle guardie sfuocò via e tornò qualche minuto dopo con un heku dall'aspetto macilento che indossava una veste grigia strappata. Lo spinse in ginocchio davanti al Consiglio.

"Perché gli Equites hanno chiesto di consegnarti a loro?" Chiese Sotomar.

Lui guardò la figura minacciosa di Chevalier: "Io... io... non lo so".

"Che cosa otterremo consegnando un prigioniero di valore agli Equites?" Chiese il Capo di Stato Maggiore.

"Che potrete restare comodi nel vostro palazzo senza temere una vendetta immediata per la vostra mancanza di cooperazione", gli rispose Kyle.

Sotomar li osservo: "Vogliamo che Emily ci chiami quando starà bene".

"È quello che chiedete in pagamento?"

"Sì".

"E se non volesse farlo?" Chiese Chevalier: "Noi non la obbligheremo".

"Allora... allora ci penseremo quando sarà il momento".

Kyle rise: "Affare fatto".

"Ora per favore andatevene dalla mia città", sibilò Ryan.

**

"Lady Emily, dove andiamo?" Chiese una delle guardie, a disagio, quando apparve sulla porta della sua stanza. Il Consiglio aveva assicurato loro che, sorvegliando la porta di Emily, non avrebbero avuto nessun contatto con lei.

Lei li guardò, accigliandosi.

"Siamo Guardie di Città. Probabilmente non ci conosce".

Lei li guardò attentamente e si appoggiò alla porta della camera mentre le guardie si agitavano nervose.

"Che cos'ha in mano?" Le chiese uno di loro. Emily si portò il pugno al petto, tenendolo stretto.

"Fate venire quel medico", disse una delle guardie.

"L'Anziano Chevalier gli ha detto di andarsene per un po'", gli ricordò l'ufficiale.

"Allora... non è rimasto nessuno della Cavalleria?"

"No, l'Anziano Zohn è andato con loro per scoprire perché il Clan Codale non risponde".

"Allora...", si voltò a guardare Emily: "Che cosa facciamo con lei?"

"Non lo so, la seguiamo dovunque vada?"

"Già, ma non sta andando da nessuna parte, è solo lì in piedi".

"Le serve qualcosa?" Chiese la guardia a voce più alta a parlando più lentamente.

Emily fece un passo davanti alle guardie e si diresse timorosamente verso le scale.

"Non potrebbe semplicemente rientrare in camera?" Chiese una delle guardie.

Lei li ignorò e cominciò a scendere le scale, continuando a guardarsi attorno.

Derrick sorrise quando la vide: "Buona sera Emily. Hai bisogno di parlare con il Consiglio?"

Emily si fermò a qualche metro da lui, fissandolo.

"Non parla", gli disse la guardia più alta in grado.

"Lo so. Entra, Em".

Derrick aprì la porta e i Consiglieri si zittirono quando lei si fermò sulla porta e ispezionò attentamente la sala del Consiglio.

"Vieni avanti, Emily"; le disse l'Inquisitore capo, salutandola con la mano.

Emily fece un passo avanti e poi si fermò, trasalendo quando Derrick chiuse la porta alle sue spalle.

"C'è qualche problema?" Chiese il Capo di Stato Maggiore.

"Non lo sappiamo. Non dice niente", disse il Comandante delle Guardie di Città, con un piccolo inchino.

"Emily, che cosa c'è che non va?" Le chiese l'Archivista.

Emily guardò attentamente i Consiglieri, soffermandosi su un heku sconosciuto, dalla pelle scura, seduto dove prima c'era Dustin.

L'Inquisitore capo seguì la direzione del suo sguardo e le disse: "Dustin è stato sostituito. Questo è Akili".

"È un piacere conoscerti, Bambina".

Il Capo della Difesa sussurrò in fretta qualcosa ad Akili, che annuì.

"Emily, c'è qualche problema?" Chiese l'Inquisitore capo. Le studiò attentamente il volto per vedere se riusciva a capire che cosa c'era che non andava: "L'Anziano Quinn sta partecipando a una cerimonia. Starà via solo per qualche ora".

Lei li guardava, controllando i loro occhi e rimanendo perfettamente immobile.

Il Cancelliere le sorrise: "Avvicinati, Bambina".

Una delle Guardie di Città le mise una mano sulla schiena e la spinse gentilmente. Emily alla fine fece qualche passo timoroso finché fu più vicina al Consiglio.

"Che cos'hai in mano?" Le chiese l'Investigatore Capo.

"Non ce lo vuole dire", ripeté il Comandante.

Il Capo di Stato Maggiore lo guardò: "Ora puoi smettere di parlare".

Il Comandante sbarrò gli occhi e annuì.

"Posso vedere?" Chiese il Capo della Difesa, tenendole la mano.

Emily si fece avanti esitando e poi tese la mano, mostrando la spilla distintiva di Anziano di Chevalier e quella di Giustiziere di Kyle.

Il Capo della Difesa fece una smorfia: "Non dovresti averle tu. Non è corretto nemmeno toccarle".

Emily ansimò quando le spille sparirono dalla sua mano.

"Gliele restituiremo. Grazie per avercele riportate", le disse Ufficiale Responsabile dei Rapporti tra le fazioni, con un sorriso.

Emily fece un passo indietro, continuando a guardarsi la mano vuota.

"Che cosa c'è che non va?"

Gli heku sentivano il cuore di Emily che batteva furiosamente e videro che cominciava a respirare affrettatamente.

"Non capiamo quale sia il problema".

Lei si guardò di fianco e vide le guardie heku sconosciute, poi ispezionò il Consiglio e non vide nessuno di quelli cui si sentiva vicina.

"Perché non torni nella tua stanza?" Le suggerì il Capo di Stato Maggiore: "Ti manderemo l'Anziano Quinn appena ritorna".

Quando non si mosse, una delle Guardie di Città le prese il braccio e la tirò gentilmente fuori dalla sala del Consiglio.

Il Capo di Stato Maggiore sorrise: "Sono sicuro che voleva solo restituirle".

"Mi domando come faccia ad averle, non è corretto", disse l'Investigatore Capo.

"No, non è venuta per restituire le spille", disse Richard, l'Inquisitore capo: "Non so che cosa volesse, ma non era restituire le spille".

"Perché avrebbe dovuto mostrarcele?"

"Non lo so. Forse rappresentano l'Anziano e il Giustiziere".

"Allora che cosa significa?"

"Forse che voleva sapere dove sono".

"L'hai capito dalla sua espressione?" Chiese il Capo della Difesa.

Richard scosse la testa: "No, non ho letto niente. È solo una supposizione".

Il Consiglio stava discutendo dell'assunzione di nuovo personale quando arrivò Quinn, quattro ore dopo. L'Anziano si sedette e sospirò: "Che noia".

"Mi dispiace, non c'è stato niente di molto eccitante nemmeno qui", disse il Capo di Stato Maggiore.

Richard uardò Quinn: "Emily ci ha fatto visita, però".

Quinn lo guardò stupito: "Davvero?"

"Si, non sappiamo esattamente perché, ma ci ha portato queste, disse Ufficiale Responsabile dei Rapporti tra le Fazioni, mostrandogli le spille del rango.

Quinn le prese: "Ve le ha date lei?"

"Sì".

"No", disse Richard: "Te l'ho detto, non è venuta per consegnarci le spille ed era sconvolta quando gliele hai prese".

"Non è vero! È venuta a consegnarcele".

Quinn le guardò: "Gliele riporterò subito".

"Non è corretto che le abbia".

Quinn fulminò con lo sguardo Ufficiale di Collegamento tra le Fazioni: "Non togliere mai più niente a Emily".

"Sì, Anziano".

Quinn si alzò furioso e si precipitò fuori dalla sala del Consiglio. Si fermò davanti alla porta di Emily e bussò piano: "Emily, sono io, Quinn".

Quando non sentì nessun rumore, aprì la porta ed entrò. Vide la stanza vuota e sbirciò in bagno. Quando non trovò nessuno, chiese alle guardie: "Dov'è?"

"Era lì", rispose la guardia, guardandosi attorno.

"Quand'è stata l'ultima volta che l'avete vista?"

"Circa quattro ore fa, Anziano".

"Sparpagliatevi, trovatela", ordinò Quinn. Sentì che chiedeva rinforzi e di colpo il palazzo si riempì di heku che cercavano Emily.

***

"Parlerai, ragazzo", ringhiò Mark, trascinando l'heku vestito di grigio nel palazzo degli Equites.

"Mettetelo nella prigione regolare, per ora, disse Chevalier: "Voglio controllare come vanno le cose prima di scoprire perché il sussurratore ci ha detto di parlare con lui".

"Subito", rispose Horace, ordinando a due Cavalieri di portarlo in cella.

"Ah, bene, sei tornato", disse Zohn, sfuocando accanto a loro: "Non riusciamo a trovare Emily".

Kyle inspirò bruscamente: "Voi cosa?"

"Io sono andato al Clan Codale con Kralen e Silas. Quinn è uscito per poche ore e c'è stato un piccolo problema con Emily e il Consiglio e ora non riusciamo a trovarla.

"Chi la sorvegliava?" Chiese Chevalier con rabbia.

"Guardie di Città. Sono usciti dalla sala del Consiglio e sono andati in camera sua. Quattro ore dopo, Quinn è andata a controllarla e lei se n'era andata".

"Comincio a pensare che abbia un passaggio segreto verso la cucina", disse Chevalier, dirigendosi immediatamente là.

"Abbiamo guardato, non riusciamo a trovarla".

"Il bar?" Chiese Kyle.

Zohn annuì: "Provato anche quello".

"Non può essere andata lontano", disse Kyle mentre Chevalier cercava di trovare il profumo di Emily: "Le porte sono tutte sorvegliate".

"Nessuna l'ha vista uscire. Alexis non crede che uscirebbe volontariamente... ma...", era chiaro che Zohn stava esitando.

"Che cosa?" Chiese Chevalier, cercando di capire che cosa preoccupava Zohn.

"Emily è venuta nella sala del Consiglio e ha mostrato le vostre spille".

"Ok".

"Brisben gliele ha prese".

"Perché?" esclamò Chevalier.

"Stava solo seguendo la corretta procedura. Lei non avrebbe il permesso di averle".

"Me ne infischio delle procedure".

"Non importa niente nemmeno a noi. Quinn è andato a riportargliele ed è allora che ha scoperto che se n'era andata".

Kyle tremava di rabbia: "Erano sue, nel caso fosse stata rapita un'altra volta".

"Lo so", disse Zohn, aprendo la porta della cucina.

Dopo una veloce ricerca si resero conto che Emily non era così facile da trovare. C'erano 73 heku che la cercavano e Mark ordinò alla Cavalleria di perlustrare la città e i boschi per vedere se trovavano qualche traccia.

Dopo un'ora, Chevalier smise di cercare e si calmò a sufficienza per cominciare a pensare. Kyle lo raggiunse qualche minuto dopo: "Sarebbe molto più facile se avessi ancora un legame con lei e potessi leggere le sue sensazioni".

"Non credere che non ci abbia pensato. Se potessi vedere i suoi sogni, potremmo sapere che cosa le sta passando per la testa".

"Gliel'hai già chiesto?"

"No, non ancora. Non credo che accetterebbe che mi nutrissi. Per non menzionare il fatto che anche la prima volta c'è voluto parecchio prima di vedere i suoi sogni e sentire le sue emozioni".

"Poi il legame si è rafforzato quando le hai fatto bere ancora un po' del tuo sangue, per bilanciare quello che le aveva dato Vaughn".

Chevalier lo guardò a occhi sgranati.

Kyle scrollò le spalle: "L'ho capito da solo".

"Comunque", disse Chevalier, cambiando argomento "Lei deve essere qui".

"Hai chiesto ad Alexis come fa Emily a scendere in cucina?"

"Sì, e non cede".

"Allora cerchiamo i progetti del palazzo e diamo un'occhiata", suggerì Kyle. Senza nemmeno rispondergli, Chevalier si diresse all'ufficio dell'Archivista. Bussò piano.

"Avanti", disse Jerry, alzando gli occhi: "Oh salve, posso aiutarti?"

"Sì, mi servono i progetti del palazzo".

"Non è così facile ottenerli. Sono tenuti nel caveau", spiegò Jerry.

Chevalier sospirò e guardò l'ufficio di Jerry mentre rifletteva. I documenti più importanti della fazione erano tenuti sotto terra, a oltre quindici metri di profondità in un grande caveau di cemento, direttamente sotto il cimitero. Per recuperare un documento, non solo si doveva scavare, ma si doveva farsi strada intorno agli heku morti, ritirati o banditi.

Era passato talmente tanto tempo da quando un Equites era stato nel caveau che si diceva persino che fosse sorvegliato da uno degli Antichi Equites originali, che rimaneva là sotto e beveva il sangue delle piccole creature della terra per saziarsi.

"Ci deve essere un passaggio dalla tua stanza, o almeno vicino, verso la cucina", disse Kyle.

"È sparita da dodici ore però", disse Chevalier: "Potrebbe essere già arrivata in Ohio".

"Proviamo..." Kyle smise di parlare quando il Capo di Stato Maggiore riferì che avevano trovato Emily in cucina.

Chevalier, Kyle, Mark e Zohn sfuocarono immediatamente in quella direzione ed arrivarono insieme in cucina.

Gli heku sentirono immediatamente il profumo di Emily e rimasero in silenzio. Si avvicinarono e la sentirono nell'angolo più lontano della cucina. Quando la trovarono, era accovacciata nell'angolo e stava febbrilmente mangiando un cracker.

"Em?" La chiamò dolcemente Chevalier.

Emily ansimò e nascose i cracker dietro la schiena prima di girare lentamente la testa.

"Hai fame?" Chiese Kyle, facendosi avanti per cominciare a prepararle un sandwich.

Emily lo guardò e si capiva che la paura stava aumentando.

Chevalier la studiò attentamente prima di parlare: "Posso avere i cracker?"

Lei tolse lentamente la mano dalla schiena e poi gli consegnò la scatola quasi piena di cracker. Quando si avvicinò, Chevalier notò che aveva le labbra secche e screpolate.

Mark ringhiò dalla porta della cucina. Chevalier lo guardò mentre sfogliava i registri dei cuochi.

"Che cosa c'è che non va?", Chiese Chevalier, avvicinandosi a lui.

"Questi registri indicano 'Niente ordini', per gli ultimi quattro giorni".

"Come?" Ringhiò, prendendo i registri. I cuochi erano arrivati ogni giorno, ma indicava che non avevano ricevuto nessun ordine.

"Non le hanno dato da mangiare?" Chiese Zohn, preoccupato.

"Sembra di no", disse Chevalier. Si voltò verso Emily e sospirò: "Em... no".

Emily in piedi con la faccia contro la parete della cucina, a schiena nuda, con la tuta raccolta intorno ai fianchi. Le mani erano incrociate in alto sopra la testa e stava respirando velocemente.

"Voglio i cuochi e le guardie nella sala del Consiglio, immediatamente" sibilò Zohn.

Mark scomparve.

Kyle alla fine arrivò con un semplice sandwich al formaggio e sospirò quando vide Emily che aspettava di essere frustata.

Chevalier le prese teneramente le mani e le rimise la t-shirt prima di farla voltare: "Te l'ho detto. Qui nessuno ti punirà, anche se prendi del cibo".

"Mangia questo, Em", disse Kyle porgendole il piatto.

Lei guardò il sandwich e poi gli occhi di Kyle.

"È ok, prendilo".

Emily afferrò il sandwich più in fretta che poteva, poi si voltò e si accucciò nell'angolo a mangiare.

Chevalier la vide proteggere il cibo e la sua furia aumentò.

Quando finì, Emily nascose il piatto sotto il mobile e poi si voltò a guardarli, restando accucciata.

Chevalier sorrise e le tese la mano, obbligandosi a sembrare tranquillo: "Pronto a salire di sopra?"

Emily si alzò lentamente, continuando a fissarlo.

"Oh, e queste sono tue", disse Zohn, porgendole le spille di Chevalier e Kyle.

I suoi occhi si spalancarono quando le prese in mano teneramente nascondendole poi nel taschino. Si voltò verso Zohn e si scostò i capelli dal collo, piegando indietro la testa.

"No, non devi pagarmi", le disse, con i denti che gli facevano male al pensiero di nutrirsi da lei.

Chevalier le prese la mano e la condusse alla porta. Lei spalancò gli occhi e puntò i piedi, cercando di allontanarsi da lui, che sorrise: "Non puoi restare in cucina".

Zohn rise quando Chevalier la sollevò e la sfuocò in camera. La mise a terra e lei si inginocchiò nell'angolo della stanza, cominciando a frugare nella pila di coperte.

"La aspettano nella sala del Consiglio" disse Silas dalla porta.

"Em, tornerò tra qualche minuto, ok?" disse Chevalier, mentre lei continuava a frugare tra le coperte.

Emily non rispose, e Chevalier uscì, chiudendola porta.

"Kralen ha messo le mani su uno dei cuochi", disse Silas all'Anziano, con un sorrisino: "È vivo, ma non ha ancora parlato".

Chevalier non disse nulla, ma scese al quarto piano, entrò dall'entrata posteriore e si sedette al suo posto con il Consiglio. Fissò l'Ufficiale di collegamento tra le Fazioni e Quinn lo rassicurò: "Ho già chiarito io con il Consiglio la storia delle spille".

"Non succederà più, Anziano", disse Ufficiale di collegamento tra le Fazioni.

Chevalier annuì e poi guardò l'aula, dove quattro cuochi e quattro guardie di città stavano aspettando con Mark, Silas e Kralen. Uno dei cuochi si stava riprendendo da una violenta battuta ed era appena in grado di restare in piedi.

"Mi dispiace, Anziano", disse Kralen mentre Chevalier guardava il cuoco guarire. Era chiaro che Kralen era tutt'altro che dispiaciuto dei maltrattamenti.

Kyle si alzò: "Siete tutti qui perché l'Anziano Chevalier ed io siamo partiti, sapendo che vi sareste occupati di Emily durante la nostra assenza. Siamo tornati e abbiamo scoperto che non le avete dato da mangiare per quattro giorni. Come potete giustificarlo?"

"Noi aspettavamo gli ordini dalle guardie!" Disse il capo cuoco: "Abbiamo aspettato... abbiamo lavorato le solite ore, ma non è arrivato nessun ordine".

"Noi non sapevamo di dover ordinare il cibo", disse la guardia più alta in grado: "Abbiamo immaginato che i cuochi le avrebbero dato da mangiare quando aveva fame".

"Quanti anni hai?" Chiese Quinn alla guardia.

"192, Signore".

"Ti ricordi di quando eri un mortale?"

"Sì, Anziano".

"Mangiavi, quando eri un mortale?"

"Signore?"

"Sono sicuro di sì. Hai mai passato quattro giorni senza mangiare?"

La guardia abbassò gli occhi e mormorò: "No, Anziano".

"Com'è possibile che nessuno abbia notato che non stava mangiando?" Gridò Chevalier fissando gli heku nell'aula: "Le fate la guardia per quattro giorni e non notate nemmeno che non sta mangiando?"

"Aspettavamo che portassero il cibo", disse la guardia, cercando disperatamente di salvarsi la vita.

"Vi è mai passato per la testa di chiederlo?"

"No, Anziano, immaginavamo che i cuochi conoscessero la Signora abbastanza bene da sapere quando le serviva mangiare".

"E voi!" gridò Chevalier, rivolto ai cuochi: "A che punto vi siete resi conto che erano quattro giorni che non cucinavate?!"

"Noi aspettavamo gli ordini, Anziani. Noi consegniamo sempre quello che ci ordinano", sussurrò tenendo gli occhi bassi in segno di rispetto.

Chevalier si sedette e guardò Zohn: "Non possiamo insegnare il comune buon senso, e non possiamo nemmeno tollerare la sua mancanza".

"Sono d'accordo", disse Zohn, fissando gli otto heku.

"Siete tutti licenziati", disse loro Quinn: "Tornate ai vostri Clan, senza onori".

Si inchinarono tutti leggermente e uscirono. Mark tornò a guardare il consiglio quando derrick chiuse le porte.

"Perché non riusciamo a fare in modo che gli heku ragionino?" Sospirò Quinn.

Silas scambiò un'occhiata con Mark prima di rivolgersi al Consiglio: "Abbiamo avuto un'idea, su come evitare in futuro problemi di questo genere".

"Parla", disse Chevalier.

"Sembrerà brutto, ma ne abbiamo parlato a lungo e alla fine non ci è sembrata una cattiva idea", disse Mark.

"Sono curioso", gli disse Quinn.

"Ci domandavamo che non fosse il caso di assumere un'assistente per Emily... detesto chiamarla così, ma direi una specie di bambinaia", disse Silas: "Qualcuno che conosca i suoi bisogni, capisca il suo modo di fare e che non debba mai allontanarsi per una missione".

Chevalier fece una smorfia: "Stai suggerendomi di assumere una bambinaia per mia moglie?"

"Vi avevamo avvertito che all'inizio sarebbe sembrato brutto, ma aspettate di vedere se magari l'idea comincia a piacervi".

"La prenderò in considerazione".

"Sembra una buona idea", disse Kyle, quasi sorpreso: "Il problema sarà trovare qualcuno di cui lei possa imparare a fidarsi. Potrebbero volerci degli anni".

"Avrei dovuto lasciare almeno un Cavaliere con lei", sussurrò Zohn con gli occhi bassi.

"Non è colpa tua", disse Quinn. "Non ti sei accorto nemmeno tu che non le davano da mangiare. Dannazione, se solo parlasse".

"Parlare... annuire... scrivere..." sospirò Chevalier.

Mark alzò la testa: "Emily è ancora in piedi sulla soglia della sua camera".

Chevalier annuì e si alzò: "Vado a vedere se riesco a capire che cosa vuole".

"Vengo anch'io", disse Kyle, indicando ai Cavalieri di seguirlo.

Salirono assieme e videro Horace e tre altri Cavalieri in piedi intorno a Emily che restava sulla porta e li guardava nervosamente.

"Che cosa c'è che non va?" Chiese Chevalier quando i Cavalieri si spostarono.

Emily tenne gli occhi puntati su di lui.

Kyle la studiò e poi si schiarì la gola: "Dovrai darci qualche indicazione in più".

Lei deglutì forte e poi tese la mano: c'erano le spille dell'Anziano e del Giustiziere .

Chevalier le guardò le spille e poi l'altra mano quando la aprì, mostrando le altre spille che aveva collezionato: 2 spille da Anziani, una spilla da Generale di Cavalleria e due da Capitani da Cavalleria.

"Non riusciamo a capire", le disse Kyle. Emily tese un po' avanti le mani.

"Forse le sta restituendo?" Suggerì Horace. Nell'istante in cui lo disse, Emily chiuse i pugni e li strinse al petto, fissandoli.

Kyle sorrise a Horace: "È tutto ok".

Chevalier la guardò: "Stiamo cercando di capire che cosa vuoi. Non potresti semplicemente scriverlo?"

Emily tese ancora le spille: "Due in una mano e il resto nell'altra".

"Vediamo...", mormorò Kralen, avvicinandosi a Emily. Allungò la mano e prese la sua spilla, sorpreso che Emily gliela lasciasse prendere, e poi la spostò nella mano dove c'erano quelle di Chevalier e Kyle.

Lei fece una smorfia e la rimise nell'altra mano.

"Quindi sono raggruppate", suggerì Mark.

"Bene", disse Kyle osservandole: "Le nostre sono di titanio e le vostre di platino?"

"Quella è solo una preferenza personale, però", disse Chevalier. "Non credo che possa raggrupparle in quel modo".

"Le nostre hanno il simbolo del Clan dell'Isola", disse Kyle. Emily spalancò gli occhi e spinse la mano verso Kyle: "È quello, allora? Qualcosa che ha che fare con il Clan dell'Isola?"

"Sarebbe stato molto più facile parlare", le disse Chevalier, con la frustrazione evidente nella voce.

"Vuoi andare al clan dell'Isola?" le Chiese Silas.

Lei non rispose, ma salì lentamente le scale.

"Immagino che andremo al Clan dell'Isola", disse Chevalier, seguendola.

"Vuoi che chiami il suo pilota?" Chiese Kralen.

"Sarebbe meglio. Non so per quanto tempo...", Chevalier fece una pausa quando Emily si voltò e mostrò le spille che appartenevano agli heku non dell'Isola.

"Vuoi che veniamo anche noi?" Chiese Mark.

Lei si voltò e continuò a salire le scale.

"Zohn e Quinn non possono venire, però. Devono restare qui". Le disse Chevalier.

Emily non si voltò, ma si fermò davanti alla porta che conduceva alle piattaforme di atterraggio degli elicotteri sul tetto. Guardò Chevalier poi fissò la porta.

Kralen si avvicinò e aprì lentamente la porta. Controllò in giro e poi lasciò passare gli altri. Emily uscì e cercò sul tetto intorno all'Equites 1 e 2.

"Ah, il Winchester 1 è nell'hangar", le disse Silas.

Senza una parola, Emily si avvicinò all'Equites 2 e salì quando Kralen le aprì il portellone, cominciando i controlli pre-decollo appena tutti furono a bordo.

"Immagino che non vorrai dirci perché stiamo andando sull'Isola, vero?" Le chiese Chevalier.

Emily guardò fuori dal finestrino, senza rispondere.

"Potrei pensare che volesse solo andare in visita, ma perché trascinarci tutti?" Chiese Silas.

Subito dopo il decollo, Emily rimise tutte le spille nel taschino e si appoggiò allo schienale. Gli heku rimasero in silenzio, domandandosi perché stessero andando sull'Isola. Kralen li avvisò, poco prima di atterrare dolcemente sul tetto del castello.

Le guardie del Clan, con Storm in testa, si allinearono per salutarli.

"Anziano", disse Storm con un inchino: "Ci scusiamo, non sapevano che stesse arrivando".

"Non lo sapevamo nemmeno noi, a dire la verità", le rispose. Emily venne avanti e guardò le porte.

"È bello rivederti, Emily", disse Storm sorridendole.

Una delle guardie aprì lentamente la porta, osservando Emily. Lei esitò e poi si decise a prendere il braccio di Chevalier mentre la conduceva all'interno.

Kyle e Storm si ritirarono immediatamente in una sala riunioni per un briefing, mentre Chevalier portava Emily nella sua camera. Lei si sedette sul letto a guardare gli heku.

"E ora?" Le chiese Chevalier.

"Vuoi che faccia venire Gordon?" Chiese Mark.

Chevalier annuì, continuando a guardare Emily.

Silas fece una veloce ispezione intorno alla camera e poi tornò a riferire all'Anziano che la stanza era sicura.

"Abbiamo bisogno di sapere se c'è un problema oppure se siamo solo in vacanza", le disse Chevalier.

Emily si alzò e andò nel grande guardaroba. Dopo aver cercato sul fondo per qualche minuto, prese una tutina azzurra e la consegnò a Chevalier.

"Vuole un bambino?" Chiese Silas, confuso.

"No, questa era di Allen. Vuoi vedere Allen?" Le chiese Chevalier.

Emily si sedette sul letto, senza dare altre indicazioni di quello che voleva.

Chevalier fece un cenno a Silas che scomparve mentre Chevalier si sedeva sul letto accanto a Emily: "Em, perché non parli? Deve essere frustrante avere bisogno di dirci qualcosa e non farlo".

Lei gli prese la mano e lui notò che stava tremando.

"Dimmi che cosa ti preoccupa".

Alzarono entrambi gli occhi quando Allen apparve sulla porta con Miri. Mark e Silas erano dietro di loro e Allen esitò prima di entrare nella stanza.

"Sono contento di rivederti, mamma" le disse dolcemente.

Miri sorrise: "Sì, Emily. Siamo felici di averti qui".

Emily si alzò lentamente e allungò timorosamente una mano a Miri, che la prese e accompagnò Emily attraverso la camera. Arrivati alla finestra più lontana, Emily lasciò andare la mano di Miri e andò a guardare Allen.

"Che cosa c'è che non va, mamma?"

"Io devo restare qui?" Chiese Miri".

Chevalier le fece un cenno affermativo e poi guardò Emily: "Allen è qui adesso. Ora che cosa vuoi fare?"

Tutti la guardarono mentre fissava Allen silenziosamente.

Allen cominciò a spostare i piedi nervosamente: "Perché mi stai fissando? Ho fatto qualcosa di male?"

Emily fece lentamente un passo avanti e allungò la mano, pronta a scappare in qualsiasi momento, e gli tolse la spilla di guardia del Clan dell'Isola, poi fece un passo indietro e la gettò nel fuoco.

"Mamma!" esclamò Allen.

"Emily!" Disse Chevalier sbalordito: "Perché l'hai fatto?"

"Che cosa ho fatto per meritarmelo?"

"Adesso basta", le disse Chevalier: "O mi dici che cosa sta succedendo, oppure ridaremo ad Allen il suo rango e torneremo a palazzo".

Kralen apparve accanto a Mark e Silas e osservò in silenzio il confronto.

Vedendo Kralen, Emily passò di fianco ad Allen, continuando a fissarlo, andò dietro a Kralen e lo spinse nella stanza finché non fu direttamente dietro ad Allen. Poi si voltò e andò a mettersi di fianco a Chevalier.

"Non capisco che cosa dovrei fare", le disse Kralen.

Allen si voltò a guardarlo, scrollando le spalle.

"Per favore, diccelo".

Chiaramente irritata perché non la aiutavano, Emily girò ancora intorno ad Allen, mettendosi dietro la schiena di Kralen, che spalancò gli occhi quando la sentì frugare nella tasca posteriore dei suoi pantaloni.

"Che diavolo?!" Esclamò, cercando di spostarsi, ma Emily lo trattenne prendendolo per la cintura.

"Resta fermo", sospirò Chevalier.

Emily tolse dalla tasca posteriore le manette, tenute lì per essere elettrificate in seguito e gliele porse, poi si allontanò per mettersi accanto al letto.

Kralen rifletté un momento e poi la guardò: "Suppongo che dovrei arrestare Allen?"

Lei si limitò a guardarlo in silenzio.

"Em, non può arrestare Allen. Non ha fatto niente di male", le disse Chevalier.

Emily batté un piede, furiosa, e incrociò le braccia guardando Allen.

"No!" le disse Chevalier, alzandosi: "Non lo arresteremo!".

Kyle apparve di colpo e mise una mano sul braccio di Chevalier "Si calmi, Anziano".

"No, non mi calmo! Vuole che arresti mio figlio e non dice perché. Adesso basta! Basta cercare di indovinare che cosa vuoi", le disse. "Se vuoi qualcosa, sarà dannatamente meglio che lo dica, altrimenti non succederà proprio".

Emily andò da Kyle e affondò velocemente le mani nelle sue tasche anteriori.

"Ehi! Smettila", esclamò Kyle, facendo un passo indietro. Quando abbassò gli occhi, vide che gli aveva preso lo stiletto del Giustiziere: "Ridammelo".

Lei guardò Allen e tese lo stiletto a Kyle.

"Io non ho intenzione di bandirlo".

Emily fece una smorfia quando Kyle allungò la mano verso lo stiletto e gli fece un taglio sul palmo.

"Ahi, accidenti", ringhiò Kyle, afferrando lo stiletto: "Non ho intenzione di bandire Allen".

Lei non rispose, ma continuò a osservare Allen ignorando Kyle.

"Di' qualcosa!". Gridò Chevalier.

"Vieni, Chevalier", disse Kyle, accompagnandolo alla porta.

Allen guardò suo padre: "Vado anch'io?"

"Sì, vai a goderti la vita finché si deciderà a dirci che cosa diavolo vuole".

Allen seguì Chevalier fuori dalla porta, seguito a breve distanza da Miri. Kralen, Mark e Silas si spostarono nella stanza di Emily e chiusero la porta.

Infuriata, Emily strappò le manette dalla mano di Kralen e gliele buttò addosso. Lui le afferrò facilmente al volo, ma si rese conto che Emily aveva mirato alla testa.

"Calmati", le disse gentilmente Mark: "Devi capire quanto sia frustrante per noi. Non abbiamo idea di quello che vuoi".

Kralen si rimise le manette in tasca: "Non possiamo andare in giro ad arrestare la gente senza motivo, specialmente il figlio di un Anziano".

Emily incrociò le braccia e osservò gli heku accanto alla porta.

Silas spostò nervosamente i piedi: "Non incenerirci. Non abbiamo fatto niente di male".

Emily non rispose, continuando a fissarli minacciosa.

Mark la osservò attentamente: "Vuoi che ce ne andiamo?""

"Sai una cosa? Inceneriscici, vorrei proprio che lo facessi", ringhiò Kralen: "Almeno avrai dimostrato qualcosa, senza restare lì solo a fissarci".

"Calmati", gli sibilò Mark.

"Sono d'accordo con l'Anziano. Basta con questa merda del silenzio", disse, precipitandosi fuori dalla stanza.

Emily non si mosse ma continuò a fissare i due heku rimasti con un'espressione furiosa.

"Bene, allora ce ne andiamo", disse Silas, aprendo la porta. Mark rimase ancora qualche secondo a guardarla e poi uscì, seguito da Silas. Qualche secondo dopo essere usciti, sentirono Emily che chiudeva la porta a chiave.

Mark e Silas si misero in postazione in anticamera e aspettarono che succedesse qualcosa. Due ore dopo, Chevalier, Kyle e Kralen ritornarono.

"Vi ha buttato fuori?" Chiese loro Kyle.

"Indirettamente...", rispose Mark.

"Abbiamo deciso di portare qui Salazar, Reed, Solax e Owen". Posso metterli nella nostra prigione regolare, senza che tutti a Council City sappiano che cosa sta succedendo", disse Chevalier: "Date l'ordine, fateli portare qui".

Mark annuì: "Farò portare qui una squadra da Horace, domani".

"Come sta Allen?" Chiese Silas.

"Confuso, come tutti noi", disse Kyle: "Non capisce come mai Emily all'inizio lo abbia ignorato e poi abbia cercato di farlo imprigionare".

"Suggerisco di lasciarla stare, per ora", disse Chevalier: "È chiaramente sconvolta e arrabbiata ed io sono stufo di dover indovinare che cosa vuole".

"Crede che possa parlare?" Chiese Mark.

"Francamente non lo so. Tendo a pensare che se potesse... ci direbbe che diavolo sta succedendo".

"Ma come fa qualcuno a obbligare un altro a non parlare?"

"Non ne ho idea".

"Rimarremo qui e aspetteremo che arrivino i prigionieri".

Kralen annuì e si mise accanto alla porta di Emily.

L'Isola

"Una bella tempesta", disse Mark cercando di spezzare il silenzio imbarazzato nell'anticamera di Emily.

Kralen annuì: "Sì, qui ce ne sono spesso".

"Mi piacerebbe poter venire qua, per le manovre. Questa pioggia è folle".

"Come fa qualcuno a smettere all'improvviso di parlare?" Chiese Silas. "Voglio dire... se non avesse più la voce, potrebbe almeno formare le parole con le labbra. Lei non tenta nemmeno. Anche se non potesse parlare, sappiamo che può annuire e magari anche scrivere".

"La voce c'è ancora"; ricordò loro Kralen: "Ha urlato quando abbiamo tentato di prenderla la prima volta".

"Cerco di non pensarci", gli disse Mark: "È troppo irritante e poi comincio ad arrabbiarmi con lei".

Kyle entrò in anticamera e guardò la porta di Emily: "Ha detto qualcosa?"

Mark lo guardò di traverso.

"Ah, giusto, non importa. Chevalier dovrebbe tornare presto dal palazzo. Sembra che i Valle abbiano deciso di andare a parlare con il Consiglio".

"Coraggiosi, vero?" disse Silas ridendo.

"Lasciamo qui Anna e andiamo incontro a Horace", disse Kyle: "Deve arrivare con il traghetto tra qualche minuto".

"Ok, andiamo".

Kralen li seguì per le scale: "Io voto per non darle più niente, salvo che lo chieda".

"Si lascerà morire di fame. L'ha già abbondantemente dimostrato". Gli ricordò Silas.

"Dovevano proprio arrivare sotto la pioggia", disse Mark quando uscirono sotto un rovescio torrenziale. Alzarono in fretta il cappuccio dei mantelli e si diressero al molo. Una volta lì, attesero qualche minuto che arrivasse il traghetto con il SUV nero.

Horace si fermò accanto a Kyle e abbassò il finestrino: "Dove vuole che li mettiamo?"

"Portali al castello. Ci sono già delle celle pronte per loro, lontane dalla altre", disse Kyle.

"Salite, allora".

Kyle salì accanto a Horace, mentre Mark, Kralen e Silas si univano alle altre guardie dietro, con i prigionieri. Il vento scuoteva violentemente il SUV e il suono sibilante riempiva la notte.

"È un bel po' che non vedo una pioggia del genere", disse Horace, guidando per il sentiero allegato verso il castello.

"Fermati!" sibilò Kyle: "Dannazione!"

"Che cosa c'è?" Chiese Kralen da dietro.

"Guarda in alto, al terzo piano", gli rispose, sparendo da SUV.

Kralen sbirciò fuori nella pioggia e vide una figura in piedi sul balcone del terzo piano: "Che diavolo sta facendo?"

Mark scese anche lui e guardò in alto: "Accidenti!"

Sfuocarono verso il castello e apparvero accanto a Emily sul balcone inondato di pioggia. Indossava solo una camicia da notte e i capelli e gli indumenti erano fradici.

"Che cosa stai facendo?" Gridò Kyle, cercando di farsi sentire sopra il rumore della tempesta.

Emily rimase immobile e in silenzio, con il volto alzato verso la pioggia.

"Torna dentro prima di prendere una polmonite!" Gridò Mark sopra il rumore forte del vento.

Quando non si mosse, Silas le prese il braccio, ma lei si divincolò per allontanarsi e lo fissò minacciosa prima di alzare nuovamente il volto al cielo.

"Se non vieni da sola, ti porterò io", le disse Kyle.

"Che diavolo state facendo tutti lì fuori?" Chiese Chevalier, arrivando sul balcone. Il vento li spingeva violentemente e una scandola sbatteva contro il tetto della stalla.

"Em, ti ho detto di rientrare", urlò Kyle.

"Emily?"

Kyle alla fine ringhiò e la sollevò mentre lei cercava di liberarsi, poi la rimise a terra nella stanza calda e chiuse la porta verso l'esterno.

"Che diavolo significa?" Chiese Kyle furioso.

Emily lo fissò torva e fece per tornare verso il balcone, ma Kralen la bloccò.

"No, non uscirai là fuori".

Kralen si mosse in fretta quando lei cercò di superarlo e arrivare alla porta.

"Em, dicci perché vuoi andare fuori nella pioggia gelida e te lo lasceremo fare", le disse Chevalier.

Emily lasciò cadere le spalle e andò a sedersi di fronte al fuoco, si tirò le ginocchia contro il petto e avvolse le braccia intorno, guardando le fiamme che danzavano.

Dopo essersi calmato un po', Kyle si rivolse a Chevalier: "I prigionieri che hai richiesto sono qui".

Chevalier guardò Em per qualche secondo e annuì: "Portate Reed nella mia stanza degli interrogatori. Kralen, resta qui con Em".

Kralen fece un cenno affermativo e poi si mise davanti alla porta con le braccia incrociate. Si vedeva chiaramente che non gli piaceva come si stava comportando Emily.

Quando gli altri arrivarono nella stanza degli interrogatori, Reed era già immobilizzato su una sedia di legno.

Kyle chiuse la porta e lo guardò: "Questo potrebbe essere interessante".

Silas ascoltò il resto di quello che lo sconosciuto aveva detto a Chevalier di Reed e poi si voltò a guardarlo con una smorfia: "Come mai sei al corrente di quello che è successo a Emily?"

"Ve lo dirò", disse piano Reed: "Se mi giurerete che non mi restituirete mai ai Valle".

"Mm, non hai intenzione di pregare per la tua vita?" Chiese Kyle meravigliato.

"No, uccidetemi, torturatemi, ma non restituitemi ai Valle e io parlerò apertamente di quello che ho visto".

"Perché esattamente?"

Si capiva che il Valle era già rassegnato alla tortura: "Non ho fatto niente di male... niente altro che tradire la mia fazione".

"Hai tradito i Valle?" Chiese Mark, stupito.

"Sì, ecco perché ero in prigione. Anche se il Consiglio non sapeva ancora perché ero là".

"Allora chi ti ci ha messo?"

"Salazar".

"Perché?" chiese Kyle immediatamente più attento.

"Io", sospirò Reed guardando il pavimento. "Ho cercato di mettermi in contatto con gli Equites".

"Stavi cambiando partito?"

"No... volevo solo chiedere aiuto per la Signora".

"Hai cercato di informarci di Emily?" Chiese Mark stupefatto.

"Sì, e Salazar mi ha scoperto. Poi mi sono ritrovato nella prigione dei Valle, registrato come folle. Ho cercato di parlare con l'Anziano Sotomar, ma non è nemmeno sceso in prigione".

Chevalier si sedette sul rack: "Ok, allora. Non ti credo ancora... ma comincia a parlare. Vedremo".

Kyle si appoggiò alla vergine di ferro osservando attentamente Reed.

"Sono stato chiamato da Salazar durante quella che doveva essere la seconda settimana di Emily con i Valle.

"Chiamato perché?" Chiese Chevalier.

"Non sapevo che Emily fosse lì. Sono stato chiamato per l'esperienza che ho accumulato con il regime di Mao in Cina. Ero un esperto in quello che veniva chiamato xǐ nǎo".

"Lavaggio del cervello?" Chiese Kyle, che non era sicuro di aver capito bene.

"Sì, Salazar ha cominciato a farmi domande su come eravamo riusciti a cambiare la mente dei prigionieri americani durante la seconda guerra mondiale. Abbiamo passato mesi a discutere di come si faceva, fino nei più piccoli particolari. Non avevo idea che, mentre ne prlavamo, Emily fosse sua prigioniera".

"Continuo a non crederti", disse Chevalier.

"Quando finimmo, e prima di essere rimandato nel mio Clan, Salazar ha voluto mostrarmi il suo più grande trofeo. Mi ha portato nella sua stanza e mi ha mostrato la Winchester nella gabbia. Era terrorizzata ed io fui sbalordito che l'avesse lui. Continuava a ripetere che nemmeno il consiglio lo sapeva".

Reed fece un profondo respiro, guardandosi le mani: "Quando l'ho vista, ho capito che era mio dovere riferirlo al Consiglio dei Valle. È risaputo che Sotomar prendeva molto sul serio la sicurezza di Emily ed era veramente sconvolto quando è morta".

"Già, ci scommetto", disse Chevalier, scuotendo la testa.

"Ho cercato di convincere Salazar a riferirlo al Consiglio, ma alla fine mi ha gettato in prigione. Sono stato alloggiato con un Equites che Salazar trattiene da oltre duecento anni. Abbiamo parlato, lui ed io, si chiamava Lincoln e gli ho riferito le cose orribili che avevo detto a Salazar.

"Lincoln", disse Kyle, cercando di ricordare: "Non mi viene in mente nessun Lincoln disperso".

"So solo quello che mi è stato detto", aggiunse Reed: "Salazar ha promesso di rilasciarmi dopo qualche mese, se gli avessi dato qualche altra indicazione. A quanto pare il condizionamento non stava funzionando e cercava disperatamente di ottenere che Emily facesse quello che voleva lui".

Reed guardò nervosamente Chevalier quando lo sentì ringhiare.

"Ho deciso di aiutarlo e poi di andare immediatamente dai Valle con le informazioni su Emily. Penso che in qualche modo lo abbia capito e dopo avere ottenuto il mio aiuto, ha inventato delle bugie sul mio stato mentale e mi ha mandato nella prigione dei Valle per la condanna. Sulla strada, siamo passati talmente vicini agli Equites che ho deciso che, se fossi riuscito a scappare, avrei informato il vostro Consiglio".

"Coraggioso", disse Kyle, con un sorrisetto.

"Sapevo che anche andare dagli Equites a parlare di Emily non avrebbe fatto di me un traditore. Sotomar ha sempre detto che la protezione della Winchester era una responsabilità di tutti gli heku".

"Sì, l'ho già sentito", disse Chevalier: "Così eri per strada per andare dai Valle...".

"Ho avuto una possibilità quando la guardia di Salazar si è fermata a fare benzina, e ho corso. Sono arrivato negli alberi a ovest di Council City, quando mi hanno ripreso e imprigionato. Ho tentato, parecchie volte, di parlare con l'Anziano Sotomar, ma mi hanno sempre risposto di aspettare il processo. Sapevano che avevo tentato di arrivare a Council City e mi hanno etichettato come disertore".

Chevalier rifletté un momento: "Allora, se dovessimo crederti... che cosa voleva esattamente far credere a Emily, Salazar, con il condizionamento mentale?"

"Non lo so", disse Reed: "Io gli insegnavo come fare ma lui non permetteva a nessuno di assistere al procedimento. Nessuno, che io sappia, ha idea di che cosa le abbia detto. Mi riferiva solo i successi e i fallimenti, e quello che aveva tentato di fare".

"Allora quali erano i suoi metodi?"

"Ce n'erano parecchi. So che ha cominciato con la privazione del sonno e l'ha tenuta sveglia per oltre quattro giorni, parlandole continuamente di qualunque cosa lui volesse farle imparare".

"Ma tu non sai di che cosa si trattava", disse Mark.

"Giusto. Gli ho insegnato molte tattiche, privazione dell'ossigeno, terrore, maltrattamenti psicologici e fisici, disumanizzazione, temperature estreme..."

Kyle si rannuvolò: "Se ha ragione, abbiamo a che fare con molto più di quello che avevamo immaginato".

Chevalier annuì: "Se sta dicendo la verità".

"Sì, lo giuro. Salazar voleva che Emily fosse completamente sotto il suo dominio".

"Cominciamo con la storia delle temperature", disse Chevalier: "Allora? Freddo, caldo...".

"Più di quello che il corpo umano poteva sopportare, ma in piccole dosi, non letali".

"Come?"

"La metteva in un freezer e restava a guardarla parlando di quello che voleva che lei imparasse. Quando era vicina alla morte, la tirava fuori e la curava fino a risanarla. Oppure, le piaceva bruciarle le mani sul fuoco. Le teneva le mani più vicino possibile alle fiamme senza effettivamente bruciarle e le parlava di quello che voleva da lei".

"Disumanizzazione?" Chiese Mark, quando nessuno aprì bocca.

"Più che altro tenerla sporca e poi prenderla in giro. Le canzonature e le derisioni smettevano solo quando le davano altre informazioni.

Chevalier fece una smorfia: "Hai inventato tu questa roba?"

Reed annuì: "Sì, a scopi militari. È qualcosa che vorrei poter dimenticare".

"Ok, i maltrattamenti fisici sono chiari", disse Mark "E quelli psicologici?"

"Tutto questo è violenza psicologica".

"Continua a parlare". Ringhiò Chevalier.

"Il terrore è facile, specialmente per qualcuno fragile com'era lei a quel punto", disse Reed: "Era già traumatizzata dall'essersi svegliata in una bara. Quando l'heku l'ha disseppellita, era debole e confusa e poi è stata scaricata nella casa di un nemico che ha cominciato immediatamente a torturarla".

"Come si ottiene la mancanza di ossigeno? Strangolandola?" Chiese Silas.

"La deprivazione sensoriale e la mancanza di ossigeno erano i metodi più efficaci, in guerra. Cercate di capirmi, io gli ho insegnato diversi metodi e so che ne ha usato almeno uno... anche se avrebbe potuto provare gli altri senza dirmelo", spiegò Reed.

"Quali potrebbe essere?" Chiese Kyle.

"Seppellirla viva".

"Cosa?!" Chiese Chevalier senza fiato.

"Ha comprato una bara e la avvolgeva in modo che non potesse muoversi e poi la seppelliva. Sempre due metri sotto, in modo da sentire la terra che colpiva il coperchio. Diceva che all'inizio continuava a urlare, ma dopo alcune ore, a sua voce veniva a mancare e a quel punto lui cominciava parlarle attraverso il sistema audio che aveva installato".

"Sei sicuro che l'abbia fatto?"

"Sì, una volta, dopo che aveva incenerito uno del suo Clan. Per punirla e assicurarsi che non l'avrebbe rifatto, l'ha sepolta per tre giorni".

Chevalier si allontanò e andò a guardare nel fuoco.

"Mentre le parlava, lei non poteva né vedere né sentire nient'altro, non poteva muoversi perché era legata e poi l'ossigeno cominciava a mancare e quando sveniva, lui la disseppelliva".

"Quante volte?" Chiese Mark, che faticava a parlare.

"Per quello che ne so, usava almeno un metodo ogni giorno. Però la seppelliva solo una volta alla settimana, perché il giorno dopo lei non era reattiva e questo lo innervosiva".

"Non so ancora se crederti", sussurrò Chevalier, senza girarsi.

"È vero", gli disse Richard guardandolo

Kyle si avvicinò a Chevalier: "Potrebbe star inventando tutto".

"Se l'avessi inventato tutto, come farei a sapere che dopo che l'ha sepolta, una sera... lei non ha più parlato? Erano circa due mesi che era con lui, a quel punto. Era furioso con lei perché non gli rispondeva più, nemmeno con un cenno".

"Potremmo chiederle se è vero", suggerì Mark: "Sì, lo so, non risponderà, ma potremmo rilevare qualcosa".

"La seppelliva a ovest del suo clan, fuori, in un boschetto. Teneva sempre la bara nel terreno, in modo che fosse sempre fredda e odorasse di terra bagnata", disse Reed: "Andateci e la troverete. Sarà la prova di quello che vi sto dicendo".

"Oppure possiamo semplicemente chiederlo a lei".

"Parte del condizionamento, tradizionalmente, è l'obbligo a non rivelare nulla. Ci sono buone probabilità che non otteniate nessuna reazione da lei".

Chevalier scomparve dalla stanza degli interrogatori e bussò alla porta di Emily. Kralen aprì la porta e guardò Emily che era ancora seduta sul pavimento, davanti al camino.

Chevalier si sedette accanto a lei, osservandola mentre sceglieva attentamente le parole: "Mi serve il tuo aiuto per una cosa".

Emily alzò gli occhi su di lui.

"Non devi parlare e nemmeno fare un cenno, o scrivere... ma devi darmi qualche indicazione per farmi capire se ho ragione, ok?"

Attese qualche secondo prima di continuare: "Salazar ti ha mai bruciato le mani?"

Emily guardò il fuoco, ma gli heku sentirono il suo cuore che accelerava.

"Oppure ti ha tenuto in un freezer mentre ti parlava?"

Le braccia si strinsero intorno alle ginocchia.

Kralen si rannuvolò e parlò troppo piano perché Emily sentisse: "Ha fatto queste cose?"

Chevalier continuava a guardare Emily: "Comincio a pensare di sì".

Il corpo di Emily era teso e ansimava leggermente.

"Un'ultima domanda", le disse Chevalier: "Ti ha sepolta viva?"

Kralen ringhiò piano, ma rimase zitto quando Chevalier lo fissò. Emily cominciò a dondolarsi lentamente e il cuore si mise a battere pericolosamente in fretta.

"Calmati, Em. Stavo solo chiedendo. Puoi farmi capire se è tutto vero?"

Lei esalò piano, tenendo gli occhi fissi sul fuoco. Le cadde una lacrima mentre tremava di paura.

"Non può più farlo", le sussurrò, mentre in lui cresceva la rabbia. Prima che Kralen lo vedesse muoversi, Chevalier era già in ginocchio di fronte a Emily, e la stava controllando. La fece stendere sul morbido tappeto di fronte al fuoco e parlò dolcemente: "Salazar non può più arrivare a te. Qui sei al sicuro".

Kralen uscì lentamente dalla stanza, chiudendo la porta. Gli sembrava un'intrusione guardare quello che stava facendo l'Anziano, quindi decise di scendere nella stanza degli interrogatori con gli altri.

"L'ha confermato?" Chiese Mark quando entrò.

"Penso di sì", gli rispose Kralen: "Non ha detto esattamente di sì ma... sì credo che sia vero".

"Dov'è l'Anziano?"

"La sta controllando. Penso che stia cercando di farla calmare. È parecchio sconvolta".

"Allora è vero", disse Kyle rivolto a Reed: "Tu devi ritornare in cella finché decideremo che cosa fare con te... e portatemi Salazar".

Silas e Kralen accompagnarono Reed che camminava tranquillamente con loro. Qualche minuto dopo ritornarono con Salazar. Era molto più calmo di prima, ma i suoi occhi continuavano a saettare intorno.

"Cominciamo con la gogna", disse Kyle.

Salazar cominciò a divincolarsi ma Kralen e Silas riuscirono facilmente a intrappolargli il collo e i polsi nella gogna di legno. Una volta chiusa, si fecero indietro.

Kyle si avvicinò: "Lascerò all'Anziano la parte più importante... ma per facilitargli le cose, comincerò a riscaldarti".

Salazar non riusciva a vederli con il collo intrappolato nell'antico strumento di legno: "Che... che... che cosa volete?"

Gli occhi di Kyle fiammeggiavano: "Ti lasceremo all'Anziano. Per ora, mi limiterò col fatto di aver bruciato le mani di Emily".

Il Valle cercava di liberarsi dalla gogna: "Non... non è vero!".

Mark mise un attizzatoio dal fuoco che ruggiva e si appoggiò alla parete: "Penso che dovremmo procedere sistematicamente, in modo da non dimenticare niente".

Era chiaro che Salazar cominciava ad avere paura: "Non è vero!".

"Certo che è vero", disse Silas, alzando gli occhi quando entrò Chevalier.

"Sta dormendo", riferì loro.

"Stavamo pensando di cominciare dall'inizio e ripercorrere l'imprigionamento di Emily", gli disse Mark.

Chevalier annuì: "Mi sembra una buona idea".

Kyle si fece avanti: "Cominciamo da quando Owen ti ha lasciato Emily. Lei stava cercando di difendersi?"

"Un... un po'", sussurrò Salazar: "Era... era debole e... disorientata. Non ha lottato molto, ma non credo che sapesse che cosa stava succedendo. La sua... lei... lei non riusciva a parlare bene".

"Parlava lentamente e in modo confuso?" Chiese Mark.

"Sì"... sì".

"Non si era ancora completamente ripresa dall'ictus", disse Chevalier: "Appena l'hai avuta nelle tue mani, dove l'hai messa?"

"Era... malata... stanca... spa... spaventata".

"Lo immagino. Allora dove l'hai messa?"

Salazar deglutì rumorosamente: "Io... nes... nessuno doveva saperlo".

"Dove?"

"Noi... noi l'abbiamo appesa, giù, nella stanza degli interrogatori".

"Con le manette?"

Salazar annuì: "Non le ho fatto niente".

"Per quanto tempo?" Gli chiese Kralen.

"Quattro giorni". Sussurrò Salazar.

"Cibo?"

"Lei non... lei non l'ha chiesto".

"Le hai parlato durante quel tempo?" Chiese Mark.

"Un... un po'"

"Che cosa le dicevi?"

"Solo... solo che... nessuno sapeva dov'era. Che nessuno poteva aiutarla", disse Salazar con un gemito. Mark guardò dietro la gogna e vide che Silas stava schiacciando il piede di Salazar sul pavimento di terra.

Silas alzò gli occhi e sorrise: "Oops, scusate".

Mark rise mentre Silas tornava ad appoggiarsi alla parete.

"Per favore... per favore... uccidetemi".

Chevalier lo guardò per un momento: "Sono stanco di te e sono pronto a farla finita, quindi dicci quello che vogliamo sapere e potrei esaudire il tuo desiderio".

"Dopo che hai ottenuto Emily, hai fatto venire un heku specializzato nel condizionamento mentale degli umani", gli disse Kyle: "Qual è la prima cosa per cui hai usato i suoi sistemi?"

Salazar ansimò: "Co... Cosa?"

"Parla", ringhiò Kyle, afferrando una frusta spagnola dalla parete.

"Io... io volevo un bambino".

"Quindi volevi che lei accettasse senza ribellarsi?"

"No... no... non funzionava. Non smetteva di ribellarsi".

Kyle annuì: "No, non l'avrebbe mai accettato, qual è la seconda cosa che hai cercato di impiantare?"

"Per favore... dovete capire le mie ragioni", implorò Salazar.

"No, non le capiamo. Qual è la seconda cosa che le hai impiantato in testa?" Chiese Chevalier, prendendo l'attizzatoio dal fuoco.

Salazar cominciò ad ansimare: "Lei... lei doveva restare in silenzio... se dicevo la parola".

"Quale parola?" Chiese Kyle.

"Così... così nessuno l'avrebbe sentita, se fosse venuto nel mio Clan".

Chevalier annuì: "Questo sarebbe il 'ssst' quando qualcuno menziona una fazione o i nomi dei consiglieri dei Valle".

"Sì"... sì". Salazar cominciò a urlare quando Chevalier gli bruciò una 'E' sulla schiena. Rimise l'attizzatoio nel fuoco e restò indietro mentre Salazar guariva a sufficienza da continuare a parlare.

"Molto bene. Qual è la terza cosa che le hai detto?" Chiese Kyle.

Salazar mormorò: "Uccidimi per favore".

"La prossima?!"

"Lei... lei continuava a ripetere che Chevalier sarebbe venuto... a prenderla".

"Ok".

"Lei... lo cercava"

"Continua".

"Le ho... le ho fatto credere che io potevo trasformarmi in un altro heku".

Chevalier annuì: Ah, giusto. Ecco perché deve vedere il nostro torace... perché tu hai un tatuaggio".

"Questo lo sapevamo di già", gridò Kyle: "Comincia a dirci qualcosa che non sappiamo ancora".

Tutti guardarono Mark quando mise una pentola piena d'acqua sul fuoco: "Per dopo".

"La prossima allora", disse Silas, dando un colpetto al piede di Salazar con lo stivale.

"È... è tutto", piagnucolò Salazar.

"Appendetelo", disse piano Chevalier.

Qualche secondo dopo Salazar era appeso ai ferri, di fronte agli Equites nella stanza, con i piedi a qualche centimetro dal pavimento.

"Bene, ora possiamo guardarti in faccia", disse Chevalier, prendendo una frusta dalla parete: "Sappiamo che le hai detto molto di più. L'hai torturata per due anni, c'era tempo metterle in testa un sacco di cose".

Gli occhi terrorizzati di Salazar passavano da uno all'heku degli heku nella stanza.

"Vediamo quel tatuaggio", disse Kyle.

Silas gli strappò la camicia, rivelando un grande corvo tatuato su tutto il petto.

"Una volta si diceva che il corvo fosse simbolo di intelligenza" disse Chevalier agli altri: "Penso che si sbagliassero"

"Ucc... uccidimi", riuscì a dire Salazar: "Non ti dirò più niente".

"Oh, sì che parlerai", gli disse Mark fissandolo minaccioso.

***

"Em è sveglia", disse Mark, mentre teneva fermo Salazar sul rack.

Chevalier annuì e ordinò la colazione appena Anna gli confermò che Emily stava solo guardando il fuoco.

Kyle si sedette su un altro tavolo: "Determinazione impressionante. Otto ore di tortura e tutto quello che ha rivelato è robetta"

"Parlerà" disse Chevalier, andando verso il camino.

"È frustrante, ecco che cos'è", ringhiò Kralen. "Le cose che ci ha detto finora non l'avrebbero fatta smettere di parlare e non la farebbero agire come fa. Adesso ha paura del caffè, paura che lo avveleniamo. Vorrei sapere che cosa diavolo sta succedendo".

"Calmati", gli disse Mark: "Ci arriveremo".

"Vorrei avere la mia vasca", disse Chevalier, appoggiandosi indietro: "Dovremmo farne fare una anche qui".

"Abbastanza facile", disse Kyle mentre infilava dolorosamente degli elettrodi in profondità nel braccio di Salazar.

Salazar genette e cominciò a piagnucolare: "Smettetela... per favore".

"Sei pronto a parlare, allora?" Gli chiese Silas, chinandosi per guardarlo in faccia.

Il Valle esitò e poi accennò di sì.

"Tienilo lì e, se esita, dagli una scossa", disse Chevalier.

Mark si sedette alla piccola scrivania e mise la mano sul pulsante: "Piacere mio".

"Perché Emily ha paura di Allen?" Chiese Kyle.

Salazar deglutì e poi mormorò: "Le... ho detto che era morto. Avevo delle fotografie di un heku che stava ritirandosi che gli assomigliava".

"Ci deve essere di più", disse Silas: "Lo voleva far bandire o imprigionare".

"Le ho detto che avevamo sostituito Allen con un doppelganger e che non lo sapeva nessuno".

"Vedi com'è facile?" Disse Chevalier: "Continua... che cos'altro le hai detto?"

"Alberi", gracchiò, stringendo forte gli occhi.

"Che cosa le hai detto sugli alberi?"

"Che la aspettiamo là", sussurrò: "Quando è fuori a cavallo, noi osserviamo tutto e uno di questi giorni la riprenderemo".

"Noi?"

"Valle".

"Ok, che cosa le avreste fatto, allora?"

Il corpo del Valle cominciò a tremare. Era chiaro che pregava di morire: "La avremmo... la avremmo sepolta per sempre".

Kyle si voltò verso la porta e poi tornò a guardare Chevalier: "Non vuole mangiare".

Chevalier strinse gli occhi e fissò Salazar: "Abbiamo una bara?"

Kyle sorrise: "No, ma possiamo facilmente procurarcene una".

"Seppellitelo per ora, finché ci occupiamo di quello che sappiamo già".

"No!" Urlo Salazar.

Chevalier uscì dalla stanza degli interrogatori mentre Silas e Kralen andavano a comprare una bara si fermò nell'anticamera di Emily.

"Non vuole mangiare", gli disse Anna: "Sta dondolandosi accanto al fuoco".

Chevalier annuì e bussò leggermente prima di entrare. Emily era accanto al fuoco, dove l'aveva vista l'ultima volta Anna e stava dondolandosi lentamente mentre fissava le fiamme. I pancake intatti erano ancora sul tavolino accanto a lei.

Chevalier si sedette accanto a lei, e guardò le fiamme: "Perché non vuoi mangiare?"

Lei non si mosse e non diede alcun segno di avere sentito.

"Sappiamo del doppelganger di Allen".

Emily lo guardò.

"Non è vero, però. Allen non è morto. Le fotografie che hai visto erano di un heku che si stava per ritirare".

Lei lo guardò in silenzio.

"Se non parli, non so se mi credi o no, però".

Dopo qualche minuto, Chevalier prese i pancake: "Mangia per favore".

Emily frugò nel taschino e ne tolse la spilla di Kyle, mostrandola a Chevalier.

"Perché ti serve Kyle?"

Lei lo guardò, sempre mostrando la spilla.

Chevalier sospirò: "Non abbiamo intenzione di bandire Allen. Salazar ti ha mentito".

Emily si rimise la spilla in tasca e si voltò verso il fuoco.

Chevalier ci pensò un attimo primi di mormorare: "Seppelliremo vivo Salazar".

Emily ansimò e saltò in piedi. Chevalier si alzò e le bloccò la strada quando Emily cercò di uscire dalla stanza: "Che cosa c'è che non va?".

Lei lo spinse finché lui la lasciò passare e poi la seguì giù dalle scale mentre correva verso il suo ufficio.

Lo sorprese spingendo la pietra che apriva la strada per la stanza degli interrogatori. Chevalier apparve in fretta davanti a lei: "Non puoi entrare".

Sentendo quello che stava succedendo, Kyle salì le scale e si mise di fianco a Chevalier.

"No", le disse deciso quando lei cercò di passare a forza tra di loro: "Non puoi vedere Salazar".

"Perché vuoi entrare lì dentro?" Le chiese dolcemente Kyle.

Emily corse verso di loro e cercò di spingerli via. Le impedirono facilmente di scendere le scale, ma sentirono che cominciava ad avere paura.

"Non riteniamo che tu debba ancora vedere Salazar", le disse Chevalier, tendendo una mano per impedirle di tentare di nuovo: "Quando starai meglio, potrai vederlo".

Emily cominciò a tremare e a sudare mentre cercava un modo per passare.

"Dicci che cosa sta succedendo", le chiese Kyle.

Chevalier sospirò: "Se ci dirai perché vuoi vederlo, forse te lo permetteremo".

Entrambi si agitarono un po' quando videro che si concentrava su di loro.

"Sta per incenerirci?" Sussurrò Kyle.

"Em, no", le disse Chevalier deciso: "Non lo vedrai. Non riteniamo che tu sia pronta".

Emily spalancò gli occhi quando sentì Salazar urlare di dolore dietro a Kyle e Chevalier. Corse di nuovo contro di loro, sbattendo la spalla contro lo stomaco di Chevalier mentre lui le avvolgeva le braccia attorno. Con un movimento veloce, lui la fece girare e la tirò contro il suo petto, intrappolandole le braccia.

"Smettila", ringhiò: "Ti farai male".

Chevalier si fermò un attimo per calmare la sua innata natura. Quando lo attaccavano, era istintivo reagire e doveva reprimere quel bisogno intrinseco, quando Emily lottava con lui.

Kyle li controllava attentamente. Sapeva che anche il minimo dolore che Emily poteva causare a Chevalier avrebbe potuto scatenare la rabbia radicata in lui.

Quando Chevalier si fu calmato, Kyle si avvicinò per guardare Emily negli occhi: "Dicci perché vuoi tanto disperatamente vederlo".

Lei lo fissò, terrorizzata.

"Ti ho detto che lo seppellirò".

Emily ansimò e ricominciò a divincolarsi.

"Calmati!", le disse Kyle: "Non sappiamo quale sia il problema".

Lei non reagì, ma continuò a dimenarsi.

"Bene", ringhiò Chevalier, guardando Kyle: "Assicurati che sia decente".

Kyle annuì e sparì. Qualche secondo dopo, Chevalier lasciò andare Emily. L'attimo in cui le sue braccia furono libere, Emily corse giù dalle scale verso la stanza degli interrogatori. C'era stata una sola volta prima, ma ricordava la strada e sembrava voler entrare disperatamente. La pesante porta si aprì per lei quando arrivò, entrò e si guardò attorno.

Salazar era sul rack contro la parete più lontana, ancora trattenuto da pesanti catene. La guardò nervosamente, dando occhiate timorose agli Equites. Mark e Kyle erano intorno accanto alle pareti di pietra e Chevalier era accanto a lei.

Emily entrò nella stanza e osservò ciascuno degli Equites prima di guardare Salazar, studiandolo.

Mark parlò troppo piano perché Emily sentisse: "Potrebbe essere la Sindrome di Stoccolma, di cui ha parlato Lori durante il briefing?"

Chevalier scrollò le spalle osservandoli.

Le mani di Emily tremavano mentre avanzava senza fretta, mettendosi di lato al rack. Salazar ora si stava concentrando su di lei e si vedeva che pensava che lei lo avrebbe liberato, quindi erano pronti a fermarla.

Per coprire il sangue e le ferite, Mark gli aveva gettato addosso una pesante coperta, quando Kyle aveva annunciato che Emily stava arrivando. Lei allungò la mano e alzò la coperta, mostrando il tatuaggio sul petto, poi abbassò le mani lungo i fianchi, anche se tremavano un po'.

"Che cosa vuoi che facciamo, Em?" Le chiese Mark.

Lei lo guardò e poi si voltò verso Salazar, togliendo la coperta. Kyle fece una smorfia e guardò Chevalier quando le numerose orribili ferite sul corpo di Salazar furono messe in mostra.

Emily percorse la lunghezza del rack e studiò ogni centimetro della pelle di Salazar, senza dire niente e senza guardare nessuno. Toccò delicatamente con un dito un po' del sangue appena versato sul tavolo, fissandolo prima di guardare il Valle.

"Em, dicci che cosa sta succedendo, per favore", sussurrò dolcemente Chevalier. Erano tutti a disagio per come aveva guardato meticolosamente le ferite del Valle e non riuscivano a interpretare l'espressione del suo volto.

Riposto sotto il tavolo accanto a una gamba, c'era un gatto a nove code, con ganci di metallo ricurvo alla fine di ogni fune. Lei lo prese, stringendolo in mano.

"Vuoi frustarlo?" Chiese Kyle, fraintendendo.

Mark sorrise: "Possiamo appenderlo per te".

"C'è qualcosa che non va", disse loro Chevalier, guardandola attentamente.

Emily guardò in volto Salazar che le disse piano: "Sai che lo farò".

"Che cosa?!" Gridò Chevalier. Quando fece per avanzare, Emily si voltò, girando la schiena a Salazar. Chevalier si fermò quando lei tese una mano e preparò la frusta nell'altra.

"Em...", disse Kyle, sciocccato.

Salazar rise dietro di lei: "Torturatemi quanto volete. Lei è ancora mia".

"Dammela", disse Mark, tendendo la mano. Lei lo fissò minacciosa, stringendo il manico della frusta.

"Tu non vuoi farci del male", le disse Chevalier, facendo un passo indietro: "Conosci gli heku, Em. Pensaci. Se volessimo, potremmo toglierti di mano quello frusta senza che tu nemmeno ci veda, ma non lo faremo. Vogliamo che ti fidi di noi abbastanza da consegnarcela".

"Liberami", sussurrò Salazar.

La porta della stanza degli interrogatori si aprì ed entrarono Silas e Kralen.

"Abbiamo preso la ba... che cosa sta succedendo?" Chiese Kralen guardandosi attorno.

"Em?" La chiamò Silas, confuso.

"Per favore, en, dammi quella frusta", disse dolcemente Mark, stando bene attento a controllare il tono della voce.

Kralen aggrottò la fronte: "Che cosa ci vuoi fare?"

Emily guardò la porta, sempre con la frusta pronta.

"Vuoi che ce ne andiamo?"

"Non possiamo lasciarti da sola con Salazar", le disse Chevalier; "È troppo pericoloso".

"Fallo", le ordinò Salazar.

"Fermati!" Gridò Kyle: "Emily non ascoltarlo".

Emily guardò gli Equites negli occhi e poi si portò la frusta contro il petto.

"Fallo!" Gridò Salazar.

"Stai zitto, Valle", gridò Mark: "Non le permetteremo di colpirci con quell'affare e lo sai".

"Ascoltami", le disse Chevalier con calma: "Ho paura che se tenti di colpirci con quella frusta, ti farai male, non riusciresti a ferire noi, ma puoi ferirti tu".

Il volto di Emily mostrava il suo conflitto interiore e le sfuggì una lacrima mentre stendeva le mani davanti a sé, sempre tenendo stretta la frusta. Il cuore batteva forte e faceva respiri corti, superficiali.

"Ho detto di farlo!" Ordinò Salazar.

"Stai zitto o desidererai di non essere mai stato trasformato", gli sibilò Kyle.

Le braccia di Emily cominciarono a tremare dalla tensione.

"Non tentare", le disse Kralen: "Ripensaci. Non puoi attaccare più di uno per volta, prima che ti togliamo la frusta".

"Me lo devi", sussurrò aspramente Salazar.

"Tu non gli devi niente", disse dolcemente Chevalier, facendo un passo avanti.

Emily ansimò piano e prima che gli heku si rendessero conto di quello che stava facendo, gettò indietro la frusta più forte che poteva, conficcandosi i ganci di metallo nella schiena.

La stanza divenne un insieme di immagini sfocate. Chevalier afferrò Emily mentre cadeva in ginocchio e Kyle cominciò a togliere delicatamente i ganci dalla sua schema. Salazar sibilò all'odore del sangue ma Kralen e Silas lo trascinarono fuori dalla stanza, verso la prigione del castello.

Mark scomparve immediatamente dalla stanza degli interrogatori.

Quando i ganci furono fuori dalla schiena, Chevalier la fece sfuocare nella sua camera, ancora sotto shock per quello che aveva fatto.

Kyle apparve poco dopo e tenne una salvietta contro la schiena che sanguinava: "Mark è andato a prendere il dott. Edwards".

Chevalier annuì. Emily non cercava di liberarsi dalle sue braccia, anzi appoggiò la testa contro la sua spalla e strinse forte la sua camicia tra le mani.

La voce di Kyle tremava mentre le strappava la camicia da notte: "Sembrano veramente brutti".

"Perché l'hai fatto Emily?" sussurrò Chevalier. Lei non reagì e non si mosse nemmeno nelle sue braccia.

"Dannazione, non riesco a farli smettere di sanguinare" sibilò Kyle.

"Fammi provare", disse Anna, entrando nella stanza. Aveva delle salviette pulite nelle mani e prese il posto di Kyle dietro Emily.

Kyle indietreggiò di qualche passo e guardò Chevalier con gli occhi confusi: "Perché l'ha fatto?"

"Ci vorranno dei punti", disse Anna, troppo piano perché Emily sentisse. Premette più forte le salviette sulla schiena quando il sangue cominciò a saturarle.

"Pensavo volesse attaccare noi" disse piano Kyle.

"Lo pensavo anch'io".

Mark sfuocò nella stanza con il dott. Edwards, che portava la sua valigetta nera. Andò immediatamente da Anna e tolse la salvietta dalla schiena di Emily.

"Mettetela sul letto a pancia in giù", disse, appoggiando la valigetta e cominciando a cercare.

Nell'attimo in cui Chevalier la appoggiò sul letto, Emily strisciò sul letto e si alzò, guardandoli in faccia. "Dobbiamo curare quelle ferite", le disse Chevalier.

Lei guardò prima lui e poi il dott. Edwards.

"Sai una cosa? Sono stufo di giocare" ringhiò Kyle. Anna fece per lanciarsi su di lui quando sfuocò da Emily, mancandolo di un soffio. Chevalier capì immediatamente che cosa voleva fare e si spostò. Qualche secondo dopo, Emily era legata a faccia in giù, con le mani e i piedi legati al letto.

"Anche questo è un sistema, suppongo", Chevalier, accennando un sorriso.

Il dott. Edwards si sedette accanto a lei quando smise di agitarsi e le guardò la schiena: "Servono dei punti, ma temo che questo sia molto vicino al rene. Quanto erano grandi le lame?"

Mark scomparve e poi riapparve con il gatto a nove code.

"Chi l'ha colpita?" Ringhiò il dott. Edwards, esaminando i ganci aguzzi.

Quando Chevalier gli voltò la schiena, rispose Mark: "Sì è colpita da sola".

"Son abbastanza lunghi da arrivare a un rene", disse loro il medico. Prese una siringa e qualche minuto dopo, Emily era incosciente sul letto.

"Vai a scoprire perché l'ha fatto", sussurrò Chevalier a Mark, che scomparve immediatamente dalla stanza. Gli heku rimasero a guardare mentre il medico ricuciva otto degli squarci sulla schiena di Emily e poi si concentrava su un uno di loro.

"Penso che ci siamo. Ha lacerato il rene, ma non credo sia arrivata abbastanza in profondità da raggiungere i tubuli e i collettori", disse dopo aver controllato.

"Emily non c'è più, questa ne è la prova" disse Chevalier, dalla finestra. Guardava la pioggia che batteva contro la parete del castello, mentre il dott. Edwards finiva di ricucire le ferite.

"Non lo sappiamo", gli disse Kyle.

"Sì, Emily non avrebbe mai fatto una cosa del genere".

Il cuore di Kyle batteva forte: "Che cosa vuoi dire?"

"Voglio dire che è ora di portarla in un ospedale".

"Non possiamo, si accorgeranno che non invecchia".

Chevalier sospirò: "No, se la trasferiamo ogni cinque anni circa".

"Diamole più tempo", disse Kyle, avvicinandosi a lui.

"No. La stiamo punendo tenendola qui. Non possiamo aiutarla come potrebbero fare i mortali".

"Io non voglio mandarla via", mormorò Kyle.

La voce di Chevalier si incrinò: "Nemmeno io. Però non posso semplicemente tenerla qui sperando che torni quella di prima. Ovviamente non sarà mai più quella che ricordiamo".

Kyle si voltò a guardare il dott. Edwards, che stava mettendole una coperta, mentre era ancora legata a faccia in giù sul letto. Sapeva che Chevalier aveva ragione, ma il pensiero di mandarla via, in un ospedale, era più di quanto riuscisse a sopportare.

Il dott. Edwards si avvicinò a loro: "Posso pensarci io. C'è una struttura veramente buona appena fuori Council City".

"Per favore", disse Kyle disperatamente: "Dalle ancora un po' di tempo prima di farla ricoverare".

"Si è appena frustata da sola, Kyle", disse piano Chevalier: "Ci sono un mucchio di cose nel nostro mondo che possono ferirla. Riteniamoci fortunati che fosse solo una frusta e niente di più pericoloso".

"Io non..."

"Nemmeno io!" Gridò Chevalier. "Non possiamo tenerla con gli heku. Non c'è con la testa e tutto quello che stiamo facendo, è prolungare le sue sofferenze, non dandole quello di cui ha bisogno".

Kyle si voltò rabbiosamente e uscì dalla stanza.

"Non è rimasto niente di lei?" Sussurrò Chevalier.

Il dott. Edwards sospirò: "Non credo".

"Prenda gli accordi. La trasferiremo appena sarà guarita".

Il medico annuì e uscì dalla stanza.

Chevalier andò da Emily. Gli faceva male il cuore al pensiero di doverla mandare via, ma credeva veramente che tenerla accanto a sé fosse egoistico e caricasse di inutile stress la sua fragile mente.

Dopo qualche minuto, si sedette accanto a lei e le prese la mano: "Mi dispiace, Em. Mi dispiace per quello che ti ho fatto passare per due anni. Pensavo veramente di poterti riavere".

Si sedette contro la testata del letto e chiuse gli occhi, poi si concentrò sul suono ritmico del suo respiro e del suo cuore. L'emozione che sentiva era estranea e odiava come gli facesse male al cuore.

Quando Emily era morta, pensava fosse la cosa peggiore che gli fosse capitata dopo essere stato trasformato. Ora si rendeva conto che l'unica cosa più dura di perderla era di dover rinunciare a lei.

Presto la mattina seguente Emily si svegliò e lo guardò mentre era seduto di fianco ala letto, sprofondato nei sui pensieri.

Le sorrise quando notò che lo stava osservando: "Buon giorno".

Lei tirò leggermente le cinghie e poi rimase ferma guardandosi attorno.

"Non possiamo ancora lasciarti andare", sussurrò Chevalier: "La tua schiena è conciata piuttosto male".

Emily ricominciò a tirare le cinghie.

Si chiese se era il caso di dirle che aveva intenzione di mandarla via, ma decise di tacere fino all'ultimo minuto: "Perché l'hai fatto Em? Perché fustigarti da sola? Non riesco a capire".

Lei lo fissò negli occhi e quello sguardo verde penetrante gli fece sprofondare il cuore. Gli mancava il fiato, guardandola.

Chevalier alzò gli occhi quando sentì bussare: "Entrate".

Mark e Kralen entrarono nella stanza e quando videro che Emily era sveglia, sparirono immediatamente per nascondere i loro abiti insanguinati.

Chevalier rise quando Emily lo guardò: "Torneranno subito".

Qualche minuto dopo, tornarono entrambi nella stanza, non più coperti di sangue.

"Mi dispiace", disse Mark poi guardò Emily: "Meglio?"

Lei lo guardò, senza reagire.

Kralen si sedette accanto a Chevalier e abbassò la voce perché Emily non sentisse. "Non voleva dircelo, c'è voluto parecchio per convincerlo".

"Siete riusciti a sapere il perché?"

Mark si unì alla conversazione: "Sì e aveva un buon motivo per non parlare".

Chevalier era stupito: "Che motivo ci poteva essere?"

Kyle sorrise a Emily: "Salazar l'ha convinta che qualunque punizione avesse ricevuto lui per averla catturata, sarebbe ritornata a chi lo puniva, a meno che lei subisse la stessa punizione".

"Aspetta... allora..."

Mark abbassò la voce: "Quindi, dato che noi l'abbiamo frustato... lui avrebbe frustato noi, eccetto che lei subisse la stessa cosa".

Il volto di Chevalier si addolcì e sorrise: "Ci stava proteggendo?"

"Sì".

Kralen confuso osservò Chevalier che gli spiegò: "Lei si è colpita con la frusta, quindi lui non ci punirà per averlo picchiato".

"Non è vero che non c'è più", disse Chevalier e poi sorrise a Emily quando lo guardò.

"Che cosa vuole dire?" Chiese Mark.

"La mia Emily non se n'è andata".

"È contento che l'abbia fatto, allora?" Chiese Mark, completamente frastornato.

"Anna, di' al dott. Edwards di annullare gli accordi", ordinò Chevalier verso la porta.

Kyle apparve qualche secondo dopo: "Non la mandiamo via, allora?"

"Volevate mandarla via?" Chiese Mark sconvolto.

Chevalier guardò Kyle: "È tornata".

Chevalier baciò la fronte di Emily mentre Mark spiegava a Kyle quello che avevano saputo da Salazar. Sia Mark sia Kralen furono sorpresi quando Kyle sorrise a Emily.

"Forte!"

"Ma avete perso entrambi la testa?" Sussurrò Mark "Si è fustigata per proteggere gli heku. Come fate a esserne contenti?"

Kyle lo guardò: "Perché è un classico di Emily".

"È la nostra Emily", disse Chevalier, scostandole i capelli dal volto.

Rosa

"Quante altre cose ci saranno che non abbiamo ancora mai visto?" Chiese Kyle, tenendo le braccia di Emily.

"Tante, temo", disse Chevalier, tenendole i piedi: "Non ce le vuole dire perché spera che non le scopriremo".

"Sarebbe utile se ce lo dicessi tu", disse Kyle a Emily. Vide che il dott. Edwards aveva quasi finito: "Salazar è per strada e torna a palazzo, dovrebbe essere là poco prima che arriviamo noi".

"Fatto, niente più punti", disse il dott. Edwards raddrizzandosi: "Sei tutta guarita, bimba".

Quando Kyle e Chevalier la lasciarono andare, lei si sedette tirandosi addosso la coperta.

"Ho chiesto a Margaret di mettere una tuta nuova in bagno", le disse Chevalier e guardò Emily che correva in bagno a vestirsi.

"Allora, abbiamo capito come fare a impedire che succeda di nuovo in futuro?" Chiese il medico.

"Sì, è semplice. Non le permettiamo di vedere Salazar e non parliamo mai di quello che gli facciamo", disse Kyle.

"E Allen?"

"Ci stiamo lavorando. Non ci crede e insiste che lo imprigioniamo o la bandiamo".

"Ovviamente, potrebbe avere ragione".

Chevalier lo fissò torvo: "No, non ha ragione".

Il dott. Edwards scrollò le spalle: "Solo un'idea. Ok allora. Torno a palazzo con la Cavalleria e ci vedremo là".

Kyle annuì e lo guardò andare via: "Mi da sui nervi".

Chevalier rise: "Ti capisco".

Emily uscì poco dopo con una t-shirt grigia e una tuta blu.

"Pronta ad andare?" Le chiese Chevalier.

Emily guardò lui e Kyle, senza muoversi.

"Non abbiamo intenzione di bandirlo", le disse Kyle.

Lei lo fissò furiosa e poi guardò Chevalier.

"Sono d'accordo con Kyle".

Emily s sedette accanto al fuoco, incrociando le braccia.

"Puoi protestare finché vuoi. Non abbiamo intenzione di bandire Allen", le disse Chevalier.

Rimasero a guardarla seduta in silenzio accanto al camino, a guardare il fuoco.

"Dobbiamo veramente andare", le disse Kyle: "Chevalier ed io abbiamo una riunione".

Emily guardò la porta e poi tornò a fissare le fiamme.

"Quello era un'allusione al fatto che vuoi che ce ne andiamo?"

Quando non si mosse, Kyle cominciò a ridere: "Em, non possiamo lasciarti qui da sola. Con la tua fortuna, troveresti di nuovo la frusta e una sola fustigazione è più che sufficiente".

"Anziano?" Chiamò Anna dalla porta. Quando la guardò, sorrise: "Miri vorrebbe un momento con Lady Emily".

Chevalier scrollò le spalle: "Dille di sbrigarsi, dobbiamo metterci in viaggio".

Miri si inchinò, entrando nella stanza, con un sorriso radioso: "È un piacere vederla, Anziano".

Lui si limitò a guardarla.

Miri era un po' agitata quando si avvicinò a Emily: "Posso sedermi?"

Emily la guardò attentamente mentre si sedeva accanto al fuoco.

Miri diede un'occhiata a Chevalier: "Allen ed io abbiamo trascorso la notte cercando di capire come fare a dimostrarti che lui non è un impostore. Alla fine abbiamo deciso che forse l'unico modo è mostrartelo".

Miri tese la mano, mettendo in mostra l'anello di platino e diamanti che Allen le aveva dato quando si erano sposati.

Emily lo guardò e passò piano il dito sulle pietre incastonate.

"Se Allen fosse morto, l'anello sarebbe caduto", disse Miri.

"Brillante", sussurrò Kyle, guardando che cosa faceva Emily.

Chevalier vide che Emily cercava di togliere il delicato anello dal dito di Miri. Quando non venne via, tolse la mano e guardò incuriosita l'anello.

Miri sorrise: "È ancora saldamente attaccato. Lo avrei saputo se Allen fosse morto".

Emily si guardò la propria mano.

"È venuto via quando sei morta", le disse Chevalier: "Ce l'hai ancora, per quando ti sentirai pronta".

Emily alzò gli occhi quando Allen entrò, fermandosi sulla soglia: "Ci credi, adesso?"

Emily si voltò a guardare il fuoco, riflettendo, mentre gli altri si scambiavano occhiate.

"E ora?" Chiese Miri, troppo piano perché Emily sentisse.

"Aspettiamo, credo", le rispose Chevalier.

"Deve capire che sono veramente io", disse loro Allen.

"È difficile sapere quello che vede e che cosa capisce. Non abbiamo idea di che cosa le hanno detto e che cosa ha creduto".

"L'ha veramente seppellita?"

Chevalier annuì, ancora troppo infuriato per parlarne apertamente.

"Emily?" La chiamò dolcemente Miri. Allungò una mano per asciugarle una lacrima: "Sono qui, se vuoi parlarne".

Dopo qualche minuto, Emily si alzò e andò lentamente da Allen. Era chiaro che lo stava studiando minuziosamente e lui rimase immobile per non spaventarla.

Alla fine, Emily gli mise una mano sulla guancia, facendola scivolare verso la spalla mentre fissava i suoi familiari occhi verdi.

Di colpo, cominciò a slacciargli la camicia bianca e lui le afferrò le mani: "Che...".

"Lasciala fare", gli disse Kyle, con un sorrisino storto: "L'ha fatto con tutti noi".

Allen le lasciò andare le mani e lei finì di slacciargli la camicia, poi gli alzò la t-shirt per guardargli il petto.

Miri ridacchiò all'espressione imbarazzata sul volto di Allen, mentre Chevalier rideva piano.

Emily fece una smorfia e si spostò verso la schiena, poi gli alzò la camicia per guardare.

"Ora che cosa sta cercando?" Chiese Kyle a nessuno in particolare.

"Non lo so, questa è una novità", gli rispose Chevalier: "Che succede, Em?"

Dopo avergli passato leggermente le dita lungo la schiena, arrivò in vita e cominciò a slacciargli la cintura. Allen si spostò, agitato, ma lei lo fissò e si avvicinò per slacciargli la cintura.

"Mamma, basta", disse Allen, diventando rosso fuoco. Miri cominciò a ridere più forte, vedendo quella piccola prova che Allen era per il 25% mortale.

"Che cosa stai facendo esattamente?" Le chiese Chevalier, muovendosi per salvare suo figlio.

Emily aprì la cintura e slacciò il primo bottone dei pantaloni, mentre Allen cercava di spostarsi senza farle male o spaventarla: "Papà, per favore...".

"Em...".

Kyle cominciò a ridere quando Emily gli abbassò i pantaloni sul fianco, mostrando una vecchia cicatrice che gli attraversava parte del fianco.

"Sono stato sbalzato di sella prima di cominciare a guarire come un heku", balbettò Allen, cercando di togliere i pantaloni dalle mani di sua madre: "Seriamente, mamma, per favore".

Chevalier si allontanò e sorrise, troppo divertito per intervenire.

"Smettila", disse Allen ansimando quando gli abbassò pantaloni fino alle ginocchia, mettendo in mostra i boxer rosa shocking. Miri ora stava ridendo troppo forte per aiutarlo mentre Allen cercava disperatamente di tirarsi su i pantaloni.

Emily si abbassò un pochino per controllare il dietro di una coscia, dove si vedeva un'altra piccola cicatrice.

Miri alla fine riprese fiato e riuscì a parlare: "Oh, c'è ancora, Emily".

"Che cosa c'è ancora?" Chiese Allen, allacciandosi i pantaloni.

"Hai una cicatrice dietro la gamba".

"Davvero?"

"Sì, una piccola cicatrice rotonda".

"Vero", disse Chevalier, con un cenno della testa: "Sei caduto nella stalla e ti sei infilato un dente del forcone nella gamba".

Emily fece un passo indietro, aggrottando leggermente la fronte mentre osservava Allen che si allacciava la cintura.

"Sì, va bene, ma non era il caso di mostrarla a tutti", borbottò Allen.

"Già che ci siamo, vuoi spiegarci il rosa shocking?" Chiese Chevalier, cercando di nascondere un sorriso.

Il rossore di Allen si fece più acceso: "È... no.... beh...".

Miri riuscì a riprendere un po' di controllo: "Glieli ho presi io. Gli avevo giurato che non li avrebbe mai visti nessuno".

"Sì, già...".

"Non mi aspettato che sua madre lo lasciasse in mutande", disse Miri, scoppiando un'altra volta a ridere.

Chevalier guardò il volto di Emily passare dalla confusione, alla comprensione. Poi un piccolo sorriso le sfiorò le labbra.

"Non è divertente", disse Allen a Miri, irritato.

Miri stava ridendo troppo forte per rispondergli.

Allen guardò Emily e vide l'accenno di sorriso: "Non è divertente".

Emily di colpo gli corse incontro e lo abbracciò. Allen sorrise e la abbracciò stretta: "Finalmente".

Lei gli nascose il volto sul petto mentre le lacrime cominciavano a scorrerle sulle guance.

Allen fece una smorfia e sussurrò a suo padre: "Sta piangendo".

"Lasciala piangere".

Qualche minuto dopo, Emily si scostò, allungò la mano e tolse la sua spilla di guardia del Clan dell'Isola dal colletto. Quando fu al sicuro nel suo taschino, tornò da Chevalier. Miri aveva finalmente finito di ridere e si mise accanto ad Allen.

"Stiamo tornando a Council City. Volete venire?" Chiese loro Kyle.

"Sono di servizio stasera", rispose Allen.

"Io sarò troppo occupata a raccontare questa storia a Mirella".
"Non oseresti..."
Miri gli fece l'occhiolino e poi uscì dalla stanza
Allen sospirò: "Sì che lo farà".
Chevalier accompagnò Emily fuori dalla stanza in modo da arrivare all'elicottero.
Kyle fermò Allen sulla porta, con una mano sul braccio: "Rosa?"
"Piantala, piccoletto", brontolò Allen, scendendo le scale, mentre Kyle, che era solo due centimetri più piccolo di Allen, cominciava a ridere.
Una volta in elicottero, Kyle ordinò al pilota di decollare, per tornare a palazzo.
"Avevi in mente qualcosa, per oggi?" Chiese Chevalier, quando Emily scese dal letto. Lei lo guardò e poi entrò in bagno a vestirsi: "Non dimenticarti che abbiamo un appuntamento con quei due nuovi psichiatri, stasera".
Apparve il dott. Edwards: "La cosa non mi piace".
"Lo so, ma non ci saranno Valle questa volta. C'è l'intera Cavalleria tra gli alberi per assicurarsi che non ci siano visitatori".
"Lei è d'accordo?"
Chevalier lo guardò: "È mai stata d'accordo su qualcosa negli ultimi due anni e mezzo?"
"Vero".
Kyle entrò qualche minuto dopo con un cappello da cowboy e gli stivali: "È pronta?"
"Lei non lo sa". Gli disse Chevalier.
Kyle annuì: "Ok, dovrebbe essere interessante".
"Il suo cavallo è sellato a pronto. La Cavalleria sta controllando i boschi e quattro vi stanno aspettando", disse Chevalier: "Questa volta dovrebbe andare meglio".
"Se il cuore comincia a battere così forte un'altra volta, riportala indietro", gli disse il dott. Edwards.
Kyle sorrise: "Andrà tutto bene".
Emily uscì allacciandosi la tuta e alzò gli occhi quando vide gli heku nella stanza. Quando vide Kyle, corse indietro in bagno. Prima di raggiungere la porta, Kyle era già davanti a lei.
"Non serve ribellarti: usciamo a cavallo", le disse.
Emily si girò verso Chevalier, che le sorrise: "Non ho intenzione di aiutarti, sono d'accordo con Kyle".
"A meno che tu mi dica specificatamente di no, noi andiamo"", le disse Kyle, prendendole il polso.

Emily cominciò a tirare per allontanarsi, ma Kyle la prese immediatamente in braccio. Emily sgranò gli occhi e cominciò a divincolarsi, ma Kyle si limitò a sorriderle e ad andare verso le scale.

"Stop", disse disperatamente il dott. Edwards: "Il cuore va già a 150 battiti il minuto, non va bene".

"Sta bene", disse Chevalier, trattenendo il medico: "Se ti da tanto fastidio puoi aspettare qui con me".

Il medico sospirò e guardò Kyle scomparire fuori dalla porta con Emily.

Kyle si sforzava di tenere Emily senza farle male e riuscì ad arrivare alla scuderia. Mark li stava aspettando con tre reclute.

"Buon giorno, Giustiziere", disse Mark, sogghignando quando vide Emily che si divincolava.

"Buon... giorno" disse Kyle adenti stretti. Cercava di trattenere Emily senza stringerla troppo, e lei era sul punto di liberarsi.

"Serve aiuto?" Chiese una delle reclute.

"Sì, tienila mentre monto a cavallo".

"Faccio io", disse in fretta Mark. Smontò e prese Emily che continuava a dimenarsi: "Non ci sono Valle questa volta. Sarà divertente".

Kyle trasalì quando Emily affondò i denti nel braccio di Mark: "Dammela".

Mark gliela passò un po' rudemente e poi si tenne il braccio mentre guariva.

"Sta bene, Generale?" chiese uno dei Cavalieri, ridendo.

"Bene", ringhiò Mark e montò in sella: "Andiamo".

Kyle avvolse le braccia intorno a Emily e schioccò la lingua per far andare il suo stallone al passo. Emily continuava a cercare di liberarsi ma arrivarono presto sulle colline, insieme a tutta la Cavalleria. Ciascuno di loro ispezionava l'area attentamente, assicurandosi che nessuno interferisse con la sessione di terapia.

Kralen rise quando si avvicinarono: "Serve aiuto?"

Kyle guardò in basso, stupito. Non si era reso conto che Emily era riuscita a mettere entrambe le gambe da un lato e che era sul punto di scivolare a terra. La tirò indietro sullo stallone, mettendole un braccio in vita.

"È una cosina scivolosa", disse Kyle. Non poté evitare di sorridere quando sentì che il divincolarsi di Emily passava dallo spaventato al furioso.

"Guarda, Em. Sarà divertente", disse Silas, indicando due guardie a cavallo nel campo: "Stanno facendo un gioco. Il primo che cade da cavallo perde".

Emily lo ignorò e cercò di aprire le dita di Kyle. Il cuore batteva forte, innervosendo i Cavalieri, ma Kyle la teneva saldamente e sembrava calmo.

"Murdoch, Hatch, tocca a voi", ordinò Mark: "Due dei Cavalieri portarono i loro cavalli nella radura.

"Noi andiamo in giro un po'", disse Kyle, dando un calcetto al cavallo. Emily ansimò quando si allontanarono dalla Cavalleria e guardò indietro con occhi terrorizzati.

"Le do cinque minuti", disse uno dei Cavalieri.

"Inaccettabile", ringhiò Kralen.

"Mi scusi, Signore"

"Mi rendo conto che quando ti sei arruolato nella Cavalleria non avevamo il compito di proteggere Emily", sibilò Mark: "Ma ti suggerisco di adattarti e di restare in riga, ora che fa di nuovo parte dei nostri compiti".

"Sì, Generale", rispose, tornando all'addestramento.

"Il primo che cade da cavallo perde", gridò Silas: "Le stesse regole di prima. Proibito far male al cavallo, tutto il resto fa parte del gioco".

Kyle rafforzò la stretta su Emily quando si avvicinarono agli alberi e poi le sussurrò: "Calmati, non c'è nessuno tra gli alberi".

Emily respirava in fretta e le sue mani cercavano di allontanare quelli di Kyle mentre il cuore batteva all'impazzata. Continuava a guardare verso gli alberi incombenti e poi alla Cavalleria lontana.

"Smettila", sussurrò Kyle: "Non hai bisogno di guardie, non c'è nessuno tra gli alberi e Salazar è in prigione. Finirai per svenire se non ti calmi".

Kyle la guardò quando Emily fece un suono simile al prendere fiato prima di parlare, ma poi restò in silenzio e tesa mentre scrutava gli alberi. Era contento che avesse smesso di dibattersi, ma era preoccupato per l'intensità con cui si guardava attorno.

"Non lasceremo che qualcosa che ti ha detto Salazar ti tenga lontana dai cavalli che ami", le disse Kyle dolcemente: "Quindi faresti meglio a metterti comoda e ad apprezzare di essere qui di nuovo".

Emily fece uno scatto e si guardò alle spalle quando uno scoiattolo squittì verso di loro dalla cima di un albero vicino.

"Non c'è nessuno tra gli alberi, Em. Devi fidarti di noi", disse Kyle: "Volevo anche discutere con te del fatto che non parli: Salazar ti ha minacciato per non farti parlare?"

Lei si voltò e guardò nell'altra direzione quando sentì i Cavalieri che si incitavano.

Kyle guardò la Cavalleria mentre andavano lentamente lungo gli alberi: "Si stanno solo divertendo. Ora, oggi incontrerai due psicologi e sono entrambi preoccupati perché non parli. C'è la possibilità che decidano di cominciare a darti dei farmaci.

Emily respirò più in fretta e guardò tra gli alberi quando una lieve brezza soffiò tra i rami.

"Io so che tu non vuoi i farmaci, ma non avremo scelta. Dicono che potresti avere una psicosi e Chevalier ed io temiamo che potrebbero drogarti tanto che non sarai più in grado di comunicare".

Aspettò che reagisse e poi continuò: "Quindi cercheremo di evitarlo. Ma se tutti e tre sono d'accordo che ti servono i farmaci, allora potremmo doverlo fare. Hai fatto passi da gigante in questi due anni e mezzo, ma questa storia di non parlare è decisamente un problema grosso".

Kyle voltò il cavallo e cominciarono a camminare lentamente verso gli altri: "Sappiamo che hai smesso di parlare quando Salazar ti ha sepolto..."

Lei si irrigidì tra le sue braccia e il cuore accelerò.

"Respira, Em".

Emily fece un breve respiro e si guardò attorno nella radura.

"Non può rifarlo. Noi non ti puniremo mai, per niente. Quindi potresti dirmelo, per favore? Ti ha minacciato per non farti parlare?"

Lei cominciò a tremare sotto il suo braccio, e Kyle rafforzò la stretta: "Non permetterò a nessuno di farti male di nuovo. Abbiamo fatto un errore pensando che fossi morta. È difficile capire se ci perdonerai mai per quello".

All'improvviso, Emily si sedette più diritta e tese la mano verso la Cavalleria.

"Che c'è?" Chiese Kyle, scrutandoli attentamente.

Lei prese le redini dalle sue mani e diede un calcio al cavallo. Kyle non sapeva che cosa stesse facendo, quindi la lasciò fare. Mark guardò Emily che si avvicinava e disse ai cavalieri di restare immobili.

Quando Kyle ed Emily arrivarono accanto agli altri, lei fece per scivolare giù, ma Kyle la teneva stretta: "No, non puoi scendere",

Lei cercò di spingergli via le braccia.

"Ho detto di no", disse Kyle, poi sbarrò gli occhi e si afferrò il petto. Il bruciore era durato solo pochi secondi, ma era familiare e lo colse alla sprovvista.

Silas lo osservò: "C'è qualche problema, Giustiziere ?"

Kyle annuì, respirando affannosamente: "Mi ha bruciato".

"Emily?" Chiese Mark, sbalordito.

Kyle fece un respiro profondo: "Fa un po' male, ecco tutto".

Emily cercò ancora di spingergli via le braccia.

"Non può scapparci, lasciala andare", suggerì Kralen.

Kyle fu più che felice di lasciarla scendere, per recuperare dalla breve bruciatura. Emily scivolò giù e camminò verso uno stallone palomino. Alzò gli occhi sul Cavaliere heku, fissandolo.
Questi si dimenò a disagio: "Sto per essere bruciato?"
"Non lo so", disse Mark: "Emily che cosa c'è che non va?"
Lei continuava a fissare l'heku sul Palomino.
"Smonta", ordinò Silas.
"Sì Capitano", disse l'heku smontando in fretta. Una volta che fu sceso, Emily slacciò la sella e la fece scivolare al suolo. "Ehi", ringhiò l'heku, sollevandola.
"Attento", gli disse Mark, secco. L'heku si mise immediatamente sull'attenti.
Emily prese le redini e le passò a Kralen, che scrollò le spalle e le prese, continuando a guardarla. Lei si allontanò di qualche passo e poi si voltò, guardando diritto verso il cavallo, concentrandosi sulle zampe.
Silas smontò dalla sua giumenta e si unì a lei, guardando anche lui le zampe dello stallone: "Che cosa vedi?"
Spostandosi sul fianco dello stallone, Emily gli studiò ancora le zampe mentre Silas faceva la stessa cosa.
"Che cosa vedi?" Gli Chiese Mark.
"Zoccoli", rispose Silas con un sorrisino
Emily si avvicinò e alzò lo zoccolo anteriore sinistro del cavallo, esaminandolo per parecchi minuti con Silas che la imitava. Mise a terra lo zoccolo e si spostò a quello destro. Dopo averlo alzato e studiato, appoggiò la mano sul garretto e sospirò.
"Che c'è?" Chiese Silas.
Emily lo guardò, gli prese gentilmente la mano e la pose sul garretto.
"Non capisco ancora", le disse.
Emily sollevò la zampa posteriore destra e gli face appoggiare la mano.
Silas aggrottò la fronte e poi sentì ancora il garretto anteriore destro: "Questo è molto più caldo".
"Che vuol dire?" Chiese Kralen.
Silas scrollò le spalle: "Non ne ho idea".
Emily prese di nuovo il garretto anteriore destro e fece passare la mano su tutta la zampa. Si concentrò su ogni centimetro mentre i Cavalieri la osservavano. Alla fine lo rimise a terra e arretrò per studiare il cavallo.
"Che cosa c'è che non va nel cavallo, Em?" Le chiese Mark.
"Non c'è niente che non vada nel mio cavallo", disse l'heku rabbiosamente.
Silas lo fissò: "Ne sei sicuro?"

"Sì, sta bene".
Emily aggrottò la fronte e prese la mano di Silas. Lo tirò verso il cavallo e gli fece sentire il garretto.
"Non so che cosa sto sentendo, eccetto un polso, ecco tutto".
Lo fece spostare per sentire l'altro garretto e poi lo guardò.
"Ah, qui il polso non è così forte e la gamba è più fresca", disse Silas, facendo passare la mano lungo la zampa dello stallone.
"Em?" la chiamò Kyle: "È zoppo?"
Emily prese le redini da Kralen e cominciò a camminare verso il palazzo, zoppicando un po'.
"Ti sei fatta male?" Le chiese Kralen, seguendola a cavallo.
Kyle sorrise: "Em, hai il sedere da sella".
Lei si voltò e lo fissò minacciosa.
"Che cos'ha?" Chiese Mark, seguendoli.
"Non monta a cavallo da quasi cinque anni. È indolenzita per la sella", disse Kyle ridendo.
"Dove sta portando il mio dannato cavallo?" Gridò l'heku.
"Domani mattina alle otto, nel mio ufficio", ringhiò Silas: "Tornate tutti nella scuderia. La voglio immacolata prima di sera.
IL'heku senza cavallo sfuocò verso il palazzo mentre gli altri cavalcavano verso la città.
Era una lunga camminata verso il palazzo, ma Emily camminava lentamente con il cavallo infortunato e la zoppia stava sparendo poco a poco. Kyle, Mark e Kralen la accompagnavano mentre Silas andò avanti ad assicurarsi che la scuderia fosse pulita.
Chevalier li stava aspettando quando arrivarono: "Perché zoppichi?"
Kyle smontò e legò lo stallone di Emily al palo "Em ha il sedere da sella".
"Oh", rise Chevalier: "Non ci avevo pensato: È per questo che sta camminando?"
"No, c'è qualcosa che non va in quel cavallo", disse Mark
Kyle fece un sorriso radioso: "Mi ha bruciato".
"Davvero?"
Kyle annuì: "Sì, pensavo volesse scappare, ma in realtà stava cercando di arrivare a un cavallo che le è sembrato avesse qualcosa che non andava. Quando le ho detto di no e l'ho trattenuta, mi ha bruciato".
"Splendido!" disse Chevalier eccitato
"Doloroso, ma capisco che sia una buona cosa", disse Kyle. Seguì Emily nella scuderia con Chevalier: "Che cos'ha che non va, Em? Nessuno ha visto niente di strano".
Emily gli passò davanti senza una parola ed entrò nel magazzino attrezzi. Uscì con una grossa borsa grigia e poi sparì nel box del cavallo.

Chevalier sbirciò sopra la porta e la vide che avvolgeva una benda intorno al garretto del cavallo.

"Che cos'ha che non va, Em?" Sperando che rispondesse.

Emily continuò a fasciare la zampa, senza rispondere.

"Non c'è niente che vada con quel cavallo", disse il proprietario, ancora furente: "L'ho cavalcato tutta mattina e non c'è niente che non vada".

"Io scommetto su Emily", disse Chevalier: "Se lei pensa che qualcosa non va, allora è così".

"Con il dovuto rispetto, Anziano. Non c'è niente che non va nel mio cavallo".

L'Anziano lo fissò brevemente prima che Mark lo tirasse da parte: "Qui nessuno mette in dubbio quello che dice Emily di un cavallo. Ha passato più tempo lei di te con i cavalli e a quanto pare ha notato qualcosa di abbastanza grave da bruciare il Giustiziere ".

"Signore, sono cinque anni che non vede un cavallo. Ovviamente non è più in contatto con la realtà e non sa che cosa sta succedendo. Se lo fascia e non lo cavalco per un po', dovrà rifare l'abitudine al pattugliamento di routine", sostenne l'heku.

Kralen scrollò le spalle: "La soluzione è semplice. Lo portiamo dal veterinario in città".

Kyle sorrise: "Possiamo scommettere?"

"Nessuno che la conosca accetterà di scommettere contro Emily", disse Horace, chiudendo la porta del box: "Conosce troppo bene i cavalli".

"Io scommetterò contro di lei", disse l'heku: "Otto ore di guardia dicono che il cavallo sta bene".

Emily uscì dal box e guardò gli heku che stavano parlando.

Chevalier le sorrise: "L'hai sistemato?"

Lei fissò Silas e l'heku del cavallo.

Silas annuì: "Io accetto la scommessa. Otto ore di guardia dicono che c'è qualcosa che non va con la zampa".

"Ci sto anch'io", disse un altro membro della Cavalleria. Erano solo due anni che era stato arruolato, ma sembrava pomposo e pieno di sé.

Kralen cominciò a scrivere sulla lavagna: "Io punto otto ore su Emily".

Preparò due colonne, una con scritto Emily e l'altra Knutter. I Cavalieri si affollarono intorno alla lavagna, scrivendo i propri nomi in una delle colonne. Chevalier guardò divertito quando tutti quelli che conoscevano Emily prima della sua cattura da parte di Salazar misero il loro nome sotto il suo. Quelli che avevano cominciato dopo la sua scomparsa, scommettevano su Knutter.

Emily vide Kralen che agganciava il van al suo F450. Il proprietario caricò lo stallone sul van e poi si mise a ridere quando Kralen partì con Horace.

"Quel cavallo non zoppica nemmeno", disse, sorridendo a Emily.

Lei lo guardò silenziosa e poi fissò la lavagna.

"Andiamo, è ora di pranzo", disse Chevalier, tendendole la mano.

Emily non si mosse dal box, ma osservò gli heku intorno a lei.

Mark si guardò attorno attentamente e poi si schiarì la gola: "Pensavo doveste pulire".

Gli heku si sparpagliarono per la scuderia e cominciarono a sfregare ogni angolo.

Chevalier le sorrise: "Smettila di fare la timida. Andiamo".

Emily guardò ancora una volta la lavagna e poi prese timidamente la mano di Chevalier. La accompagnò in sala da pranzo e si sedette accanto a lei che si guardò attorno attentamente nella stanza in penombra, fissando specialmente gli angoli più bui.

"Non c'è niente qui che ti possa far male", le sussurrò.

Si voltò quando arrivò il pranzo, poi fissò il cuoco heku che se ne andava.

"Allora, hai intenzione di mangiare?"

Emily guardò la bistecca e le patate e poi sollevò lo sguardo su Chevalier.

Lui sospirò: "Sarebbe mille volte più facile se parlassi".

Chevalier alzò gli occhi quando sentì qualcuno che entrava. Lori e il dott. Edwards erano accompagnati da un heku sconosciuto.

"Anziano, questo è il dott. Norwood", disse Lori, sorridendo a Emily.

"Anziano", disse il dott. Norwood inchinandosi.

"Emily", disse Lori, sedendosi: "Il dott. Norwood è lo Psichiatra heku con cui hai appuntamento oggi. L'altro è un mortale, quindi volevamo incontrare per un momento il dott. Norwood, di modo che lui conosca tutti i dettagli di quello che è successo".

Emily fissò l'heku che non conosceva. Era una trentina di centimetri più piccolo di Chevalier e aveva capelli biondi ricci e lo sguardo severo. Emily fu affascinata dal fatto che portasse gli occhiali.

Il dott. Norwood le sorrise: "È un vero piacere conoscerla, Lady Emily. Ho sentito molto parlare di lei".

Lei guardò Chevalier vedendo che anche lui stava studiando il nuovo medico.

"Non dovrai mai restare da solo con lei", gli disse Chevalier.

Il dott. Norwood annuì: "Capito, Anziano. Lori mi ha informato dei dettagli della sua prigionia. Sono... beh... meravigliato che non abbia problemi più grossi, se devo essere franco".

"Anche noi", disse il dott. Edwards: "Ha fatto enormi progressi nei due anni e mezzo da che è tornata, ma non riusciamo ancora a farla parlare".

"Avete già escluso un'impossibilità fisica?"

"Sì, non c'è niente che indichi che sia incapace di parlare".

Emily fece una piccola smorfia.

"Che cosa c'è che non va?" Le chiese Chevalier, mettendo una mano sulle sue.

Emily tirò via la mano e si alzò, attirando l'attenzione di tutti e tre i medici.

"Calmati", le sussurrò Chevalier quando il cuore cominciò ad accelerare e fece un passo indietro.

Il dott. Norwood la guardò attentamente: "Presumo che non le piaccia che parliamo di lei come se non ci fosse. Ovviamente, se non parla, è difficile non farlo".

Emily si voltò in fretta e uscì dalla stanza.

Chevalier la guardò andarsene e poi si rivolse ai medici: "Sapevo che non l'avrebbe accettato".

Il Dott. Norwood sorrise: "Va tutto bene. Ho capito parecchio da quel comportamento".

"Davvero?"

"Sì, quando arriva il dott. Brooking?"

"Dovremmo incontrarci alla fattoria tra venti minuti".

"Vorrà vedere Emily", gli disse Lori.

Chevalier annuì: "La porterò là, anche se probabilmente si ribellerà".

"Ci vediamo là", disse il dott. Edwards e i tre medici si diressero alla fattoria.

Emily lo guardò, seduta sul pavimento nell'angolo della stanza, come oramai faceva solo di rado.

Chevalier si sedette accanto a lei: "È veramente necessario che lo faccia, Emily, per me. È importante capire che cosa dobbiamo fare per aiutarti".

Emily si avvolse le braccia intorno alle ginocchia e cominciò a dondolarsi lentamente.

Chevalier la guardò per qualche secondo: "Se non ci vuoi dire di che cosa hai bisogno, dobbiamo far venire dei medici. Ora non voglio doverti portare là, ma lo farò comunque. È importante".

Lei gli voltò la schiena nascondendo il volto tra le braccia.

"Non mi lasci scelta", disse, arrabbiandosi. Chevalier si alzò e la prese in braccio in fretta. Lei lottò per liberarsi mentre scendevano le scale, seguiti dai Cavalieri. "Voi quattro restate fuori sul retro e non fatevi vedere. A questa riunione partecipa un mortale".

"Sì Anziano", rispose il più alto in grado.

Quando arrivarono alla fattoria, Emily era completamente nel panico. Lui entrò dalla porta posteriore e sentì i medici che parlavano nella stanza davanti.

"Ah, eccovi", disse Lori.

"Oh, mio Dio", disse il dott. Brooking quando vide Emily che si dibatteva per sfuggire a Chevalier.

"Non ama i medici", disse Chevalier, sedendosi e tenendola in braccio. Riuscì a intrappolarle le gambe sotto una delle sue e le mise le braccia attorno per tenerla ferma: "Ma non è una novità, non ha mai amato i medici".

Emily guardò i medici e cominciò a sudare mentre lottava per liberarsi.

Lori si avvicinò e si inginocchiò accanto a lei: "Calmati per favore. Nessuno ti farà del male".

Il dott. Brooking studiò i suoi movimenti disperati: "Sarebbe più facile se usassimo un neurolettico"

"Sono d'accordo", disse il dott. Norwood.

Lori sospirò: "Non ci lascia scelta".

"Che cos'è un neurolettico?" Chiese Chevalier, trasalendo quando Emily gli conficcò le unghie nella mano.

"È come un tranquillante", disse il dott. Norwood, frugando nella sua vecchia borsa nera. Ne tolse una piccola siringa e cominciò e riempirla da una piccola fiala.

Chevalier sospirò: "Fate in fretta".

Emily stava cercando di respingere Chevalier e non si accorse dell'ago finché non sentì la piccola puntura sul braccio. Ansimò e Chevalier si preparò al dolore bruciante, ma cominciò quasi subito a rilassarsi e lui poté allentare la presa.

"Non la farà dormire, ma la aiuterà a calmarsi un po'", disse il dott. Norwood, sedendosi.

Chevalier guardò Emily che si appoggiava al suo petto mentre tutto il corpo si rilassava: "Non mi piace drogarla".

"La aiuterà, glielo assicuro", disse il dott. Brooking.

"Per prima cosa", disse Chevalier: "Abbiamo menzionato quanto sono riservate queste informazioni e le abbiamo consegnato i moduli per l'obbligo alla riservatezza?"

"Sì, li ho ricevuto. Ho già avuto pazienti governativi in passato".

"Molto bene", Chevalier guardò Emily che stava scivolando ancora di più contro di lui: "Siamo sicuri che stia bene?"

Lori sorrise: "Sta bene, è solo rilassata".

"Lori mi ha raccontato di quello che le è successo durante la sua prigionia. È... difficile da credere, in effetti".

"Beh, è tutto vero. Il nostro scopo è di scoprire esattamente di che cosa ha bisogno Emily e come possiamo riuscire a farla parlare", disse Lori a tutti loro: "Pensiamo che se fosse in grado di comunicare, potremmo aiutarla di più a raffrontarsi con quello che le è successo. Sono sicuro che ci rendiamo tutti conto che molto probabilmente ci sono cose che non sappiamo ancora della sua prigionia, cose che potrebbero condizionarla in futuro".

Il dott. Edwards annuì: "Sono sicuro che nessuno ha dei dubbi in merito".

Il dott. Brooking prese un blocco e cominciò a scrivere: "Sembra che l'esperienza più traumatica sia stata essere sepolta, vero?"

"Direi che sono d'accordo", disse il dott. Norwood. Aveva sentito il cuore di Emily che accelerava e la vide agitarsi un po'.

"Ha dimostrato qualche tipo di attaccamento al suo aguzzino?"

"No, non che possiamo vedere".

"Ma è sotto custodia, vero?"

"Sì".

"L'ha visto?"

"Sì", rispose Lori: "Non ha mostrato attaccamento per lui, ma reagisce ancora alle cose che le ha detto e fatto".

"Giusto, automutilazione, su sua richiesta"-

Chevalier fece una smorfia ma Lori annuì: "Sì".

Il dott. Norwood si inginocchiò accanto a Emily e le alzò delicatamente il mento con una mano: "Emily? Mi senti?"

Lei lo guardò un po', anche se faceva fatica a tenere diritta la testa.

Lui le sorrise: "Siamo qui per aiutarti, e tu potresti aiutare noi se ci parlassi. Puoi fare un cenno affermativo, per me, se mi capisci?"

Emily non si mosse. Si stava sforzando di tenere gli occhi aperti.

"Ha cercato di scrivere?" Chiese il dott. Brooking.

"Abbiamo tentato, ma senza successo", gli rispose Lori.

"Pensavate a un disordine schizoaffettivo?"

"È difficile da dire. Non so se è depressa".

"Potrebbe essere semplicemente aprassia", suggerì il dott. Brooking.

"Non ci sono segni di traumi alla testa". Gli disse il dott. Edwards.

"Se si trattasse di aprassia, riuscirebbe comunque a scrivere", disse il dott. Norwood.

"Bene", disse il dott. Brooking, guardando attentamente Emily: "La mia prima impressione sarebbe un ricovero, farmaci e terapia intensa".

"Esitiamo a farla ricoverare", disse Lori: "Faccende governative, sa".

"Sì, sì, ok. Avete mai pensato che possa semplicemente essere testardaggine?"

Chevalier scosse la testa: "No, non si tratta di quello. Ammetto che sia testarda, ma questo è andare molto oltre. A volte sembra frustrata per la mancanza di comunicazione".

"Però si rifiuta di fare addirittura un cenno con la testa?"

"Corretto".

Il dott. Brooking rifletté un momento, vedendo Emily che riposava in braccio a Chevalier: "Il suo aguzzino l'ha minacciata per non farla parlare?"

"No", gli rispose Lori: "Al contrario, si è arrabbiato parecchio quando ha smesso di parlare".

Il medico ci pensò un momento: "Mi chiedo se non lo abbia fatto solo per ripicca.

"Allora perché non parlare, adesso?"

"Tutto quello che posso dire è... che parlerà quando sarà pronta".

"Penso sia possibile", disse il dott. Norwood: "Sembra solo altamente improbabile, a meno che non si fidi ancora completamente di noi".

"Tiene alcuni vostri oggetti, vero? Nel caso sia catturata ancora". Chevalier annuì: "Sì".

"Nessuna possibilità di ricoverarla?"

"No".

"Potrebbe, semplicemente essere psicotica e restare psicotica per tutto il resto della sua vita. Non è senza precedenti, anche in caso di traumi molto minori di quelli che ha subito lei per due anni".

"Non la metteremo in un ospedale", disse Chevalier, stando attento a controllare la sua voce.

Il dott. Norwood interruppe qualche minuto di silenzio pieno di tensione: "Avete visto riaffiorare qualche tratto della sua personalità? Simpatie, avversioni? Qualcosa che la renda... Emily"

Chevalier annuì: "In effetti sì, di recente".

"Ad esempio?" Chiese il dott. Brooking.

Privatamente, Lori informò il dott. Norwood che Emily aveva bruciato Kyle proprio quella mattina, mentre Chevalier rispondeva al medico: "Il suo caratterino. È famosa per il suo carattere impulsivo e questa mattina è la prima volta che lo vediamo, da questo è tornata".

"Vedo", borbottò, continuando a scrivere.

"Che cosa ne pensa, allora?" Chiese Lori.

Il medico sospirò: "Penso che dovremo rassegnarci al fatto che questa nuova Emily è quello ci sarà d'ora in poi. La tendenza all'automutilazione resterà. Io raccomanderei l'isolamento in casa e l'uso di neurolettici per evitare che si faccia male".

Chevalier strinse gli occhi: "Vuole dire tenerla com'è adesso?"

Lori guardò Emily, completamente afflosciata tra le braccia di Chevalier, incapace di tenere la testa alzata.

"Sì", le rispose il dott. Brooking: "In un caso così severo, la mente è andata e sarà più facile per tutti se la tratterete come un'invalida".

Il dott. Edwards esclamò: "Ma non lo è".

"Sì, invece... nella sua mente non c'è pensiero razionale, coerenza o ragionamento lucido".

"No, questa non la bevo", disse Chevalier.

"Il dott. Norwood mi ha informato che è rimasta senza mangiare per quattro giorni perché chi si occupava di lei era andato via. Non è qualcosa che fa una persona razionale. È qualcosa che farebbe qualcuno con la mente di un bambino", disse il dott. Brooking: "So che è difficile quando una persona amata non è più come la ricordavamo..."

"Adesso basta, se ne vada", ringhiò Chevalier.

"Per favore... è per il bene di Emily, la lasci andare e lasci che la trattino quelli che sanno di che cosa ha bisogno".

"Fuori".

Il dott. Norwood si alzò, chiaramente furioso: "Lasci che la accompagni fuori, dott. Brooking. Penso che saremo in grado di continuare da soli".

Lori aprì la porta e poi la chiuse dietro di lui.

"Mi dispiace", disse il dott. Edwards: "Aveva delle ottime credenziali".

"Lei non è pazza", gli disse Chevalier.

Lori sorrise: "No. Bruciando il Giustiziere questa mattina ha ampiamente dimostrato che pensa chiaramente".

"Ha diagnosticato un cavallo ferito questa mattina", disse Chevalier: "Non è qualcosa che potrebbe fare una persona che non pensa".

Il dott. Norwood si inginocchiò e guardò Emily negli occhi: "Avete provato a controllarla per vedere se parla?"

"Stiamo cercando di non fare nulla contro la sua volontà".

"Potrebbe valere la pena di fare un tentativo", disse il dott. Edwards: "Magari adesso mentre è arrendevole".

"Arrendevole?" Disse Chevalier: "Vuoi dire una bambola di pezza?"

"Proviamo?" Chiese Lori.

Chevalier rifletté un momento: "Fate venire Kyle. Io la terrò in braccio e di lui mi fido".

Qualche minuto dopo, Kyle entrò nella fattoria e guardò Emily stupito: "Che cos'ha?"

"Farmaci antipsicotici", gli rispose Chevalier, guardandola.

Kyle sorrise: "Quel cavallo aveva distorsione al garretto".

Chevalier rise: "Sapevo che aveva ragione. È molto più sana di quello che pensava il dott. Pessimismo".

"Il dottor chi?" Chiese Kyle confuso.

"Non importa... abbiamo bisogno che controlli Emily per vedere se riesci a farla parlare", gli spiegò Chevalier. Io la terrò in braccio, in modo che si senta al sicuro e a suo agio e voglio che la controlli tu".

Kyle annuì: "Facile. È drogata fuori di melone, quindi dubito che riesca a ribellarsi".

Quando Kyle si inginocchiò accanto a lei, Emily cercò di guardarlo, la ma sua testa traballò e dovette appoggiarla di nuovo contro il braccio di Chevalier.

"Non chiederle niente di Salazar. Vedi solo se riesci a farla parlare", disse Chevalier.

Kyle annuì e riuscì immediatamente a controllarla. Quando il respiro di Emily rallentò per adeguarsi al suo, le parlò dolcemente: "Sei al sicuro qui, puoi parlare con me?"

Emily aprì leggermente la bocca, ma riuscì solo ad ansimare un po'.

"Va bene, stai tentando. Io ho bisogno che tu parli con me. Ti puoi fidare di me e lo sai".

Emily aggrottò la fronte mentre i suoi occhi fissavano quelli di Kyle e inalò bruscamente.

Kyle abbassò un po' la voce: "Che cosa succede? Perché non parli? Riesco a vedere che vorresti dirmi qualcosa".

Il dott. Edwards sussurrò: "Il polso sta accelerando... sta cominciando a farsi prendere dal panico".

"Non può andare nel panico sotto controllo", gli disse Lori.

Lui annuì: "Beh, sta succedendo".

"Interrompi", disse Chevalier.

Kyle interruppe il contatto e poi si sedette sui talloni: "Vorrebbe parlare".

Chevalier si alzò, con Emily stretta teneramente tra le braccia: "Rimettete Salazar sotto interrogatorio. Chiedetegli di nuovo perché Emily non parla".

Kyle annuì e sfuocò tornando al palazzo.

"Per quanto tempo sarà sedata?"

Il dott. Edwards la guardò: "Un bel po'. Gliene ha dato più di quello che mi aspettavo".

"A meno che continuiamo a darglielo", aggiunse Lori.

"Perché dovremmo farlo?" Chiese Chevalier.

Lei sospirò: "Dovremo considerare che qualcosa di quello che ha detto Brooking possa essere vero".

"Non c'è niente di vero", ringhiò, uscendo dalla porta posteriore della fattoria.

***

"La colazione è pronta", disse Kyle, mettendo il piatto sul tavolo.

Emily si sedette lentamente e si guardò attorno, un po' confusa.

"Stai bene?" Le chiese, sedendosi accanto a lei.

Lei lo guardò, con la testa che traballava ancora un po'.

Kyle le sorrise: "L'effetto cesserà. Il dott. Edwards ha detto che questa mattina saresti stata come nuova".

Lei alzò lentamente la mano e la lasciò cadere sul volto di Kyle.

Lui sorrise. "Stai cercando di schiaffeggiarmi?"

Emily si sdraiò e si girò sul fianco, dandogli la schiena. Lui rise e la guardò finché vide che si addormentava di nuovo.

Due ore dopo, entrò Chevalier e trovò Kyle ancora seduto sul letto accanto a Emily. Guardò la colazione intatta: "Niente cibo?"

"Penso sia troppo suonata per mangiare. Ha cercato di schiaffeggiarmi e non è nemmeno riuscita a farlo", in tono divertito.

Chevalier sorrise: "Bello riaverla qui".

Chevalier si sedette sul letto accanto a Emily: "Hai parlato con Mark?"

"Non oggi, che c'è?"

"Ha dei problemi con alcuni dei Cavalieri. Trentaquattro di loro sono stati arruolati quando non c'era Emily e non sono molto contenti della possibilità di dover essere le sue guardie".

Kyle sospirò: "Sapevo che molti di loro non erano sostenitori dei mortali, ma allora non importava".

"Lo so, ma adesso sì", disse Chevalier. Guardò Emily quando vide che aveva aperto gli occhi, e le sorrise: "Buongiorno".

Emily si sedette lentamente, era evidente che si sentiva ancora intontita dal farmaco della sera prima.

"C'è del tè caldo", disse Kyle, guardando il tavolo: "Potrebbe farti bene".

Chevalier allungò la mano per sostenerla quando lei si alzò e traballò un po': "Attenta...".

"Non riesco a credere che volesse tenerla sedata", disse Kyle mentre Emily si sedeva e si versava del tè.

"L'idea che sia psicotica è folle".

Kyle guardò Emily e vide che li fissava torva: "Che c'è?"

Chevalier guardò anche lui, aggrottando la fronte: "Che cosa c'è che non va?"

Lei bevve un sorso di tè, continuando a fissarli minacciosa.

Alla fine Kyle sorrise: "Sei arrabbiata con noi per ieri?"

"Non puoi arrabbiarti con noi per quello", disse Chevalier: "Stiamo solo cercando di capire perché non parli. Ammetto che il medico non avrebbe dovuto narcotizzarti, ma non è stata colpa nostra".

"Io non ero nemmeno là", le disse Kyle.

Lei continuò a fissarli mentre finiva il tè. Poi si alzò traballante e andò in bagno.

Chevalier rise: "Non avrei mai pensato di essere contento che fosse arrabbiata con me".

"Sì, già... non ha bruciato te, però", disse Kyle e poi si alzò per vedere chi aveva bussato alla porta.

"Vero".

Kyle aprì la porta e fece entrare Dain. Sembrava a disagio e si torceva le mani: "Dov'è la mamma?"

"È in bagno. Che c'è?" Gli chiese Chevalier.

Dain scrollò le spalle: "Alexis pensava che dovessi venire".

"Perché?"

"Pensa che stia evitando la mamma".

Kyle annuì: "Lo stai facendo. È tornata da due anni e mezzo e non le hai quasi mai rivolto la parola".

"Già, come se le importasse".

"Dain!" Disse Chevalier bruscamente.

"Beh, è vero! Quella non è la mia mamma... è una sconosciuta nel suo corpo. Se ne va in giro come uno zombie e francamente non capisco perché non la consegniate ai mortali, che è il suo posto, e noi torniamo alla vita normale".

Gli heku si girarono di colpo quando un suono attirò la loro attenzione. Emily era sulla porta del bagno, appoggiata allo stipite e li guardava.

"Accidenti", ringhiò Chevalier quando si rese conto che Emily aveva sentito quello che aveva detto Dain.

Emily abbassò la testa e tornò in bagno, chiudendo la porta.

"Non sapevo che fosse lì", sussurrò Dain.

"Già... beh niente di quello che hai detto è vero", esclamò Chevalier furioso: "Se tu avessi passato quello che ha passato lei saresti già morto e lei sta andando bene. Non è cambiata e sei cieco se non riesci a vederlo".

Kyle si voltò e chiamò Alexis.

"No, non sta andando bene!" Gridò Dain: "Quella donna non è la mia mamma. Farai meglio a rendertene conto".

Chevalier si alzò per affrontarlo: "Tieni la voce bassa e le tue opinioni per te".

Alexis entrò nella stanza e si mise immediatamente tra i due: "Smettetela".

"Anche tu sei cieca come lui", ringhiò Dain: "Dovete farla ricoverare".

"La mamma?" Esclamò Alexis.

"No", disse Chevalier. "Sei cieco e ti suggerisco di levarti di torno".

"Suppongo che mi obbligherai a farlo".

Kyle afferrò immediatamente Dain e cominciò a trascinarlo fuori dalla stanza, mentre Alexis prendeva il braccio di Chevalier per tenerlo indietro.

"Sei così attaccato a com'era la mamma che non riesci nemmeno a vedere che non c'è più", gridò Dain mentre Kyle lo trascinava fuori con violenza.

Alexis mise le mani sul petto di Chevalier: "È solo sconvolto".

"Non ha il diritto di parlare di lei in quel modo".

"Lo so, ma litigare con lui non servirà a niente".

Chevalier guardò la porta del bagno: "Sta piangendo".

"Ha sentito?" Chiese Alexis, guardando la porta.

Chevalier annuì e si sedette.

Alexis andò alla porta e bussò: "Mamma, posso entrare?"

Quando non rispose nessuno, Alexis tentò la maniglia e vide che non era chiusa a chiave. Entrò e vide Emily seduta sul bordo della vasca. Era evidente che aveva pianto.

Alexis chiuse la porta e andò da lei: "È solo confuso. So che Dain non intendeva dire quelle cose".

Emily alzò gli occhi su sua figlia.

"Ritornerà in sé". Le disse Alexis sorridendo.

Emily si guardò attorno.

Alexis ci pensò un momento e poi sorrise: "Che ne dice se ti togliamo quella tuta?" Emily si limitò a guardarla.
"Se porto qui un catalogo, possiamo scegliere dei vestiti?"
Quando Emily non rispose. Alexis sorrise: "Torno subito, non muoverti!"
"Come sta?" Chiese Chevalier quando Alexis uscì.
"È sconvolta... andrò io a parlare con Dain più tardi. Adesso spero di riuscire a far togliere alla mamma quella tuta".
"Aspetta, dove stai andando?"
"Roba da donne, papà", disse e poi gli fece l'occhiolino prima di uscire di corsa dalla stanza.
Chevalier andò alla porta del bagno: "Tutto bene?"
Emily lo fissò.
"Gli parlerò io", disse, sorpreso quando Alexis lo spinse via.
"Cose da donne, papà, il Consiglio ti sta aspettando".
"Ho colto l'allusione", disse e poi chiuse la porta del bagno. Sorrise e scese nella sala del Consiglio.
"Ok, mamma", disse Alexis ammucchiando cataloghi sul ripiano: "So che non ti piacciono le cose fru-fru, ma sono sicura che potremo trovare qualcosa di diverso da quelle orribili tute, qui dentro".
Emily si guardò la scialba tuta blu, poi si alzò e andò verso il ripiano.
Alexis aprì il primo catalogo: "Immagino che non voglia i tuoi vecchi jeans e le t-shirt, visto che sono ancora là nel tuo armadio e non li hai indossati. Strano che papà non se ne sia mai liberato".
Emily cominciò a sfogliare un catalogo.
"Oh, guarda, quelli sono carini", disse Alexis, indicando qualcosa che le piaceva.
Emily continuò a sfogliare.
"Mamma, sei arrivata agli abiti da uomo", le disse Alexis. Cercando di toglierle il catalogo.
Quando Emily continuò a guardare, Alexis accennò un sorriso: "Prenderai degli abiti da uomo, vero?"
Emily fece un passo indietro, ci pensò un momento, poi andò in camera, seguita da Alexis. Sparì nella cabina armadio mentre Alexis si sedeva sul letto, sfogliando un'altra rivista.
Quando Emily uscì, Alexis sorrise: "Penso che sia un inizio. Almeno sono della tua misura".
Emily si guardò i pantaloni mimetici verdi e la t-shirt nera.
"Cammini ancora in modo un po' strano, dopo la cavalcata di ieri", le fece notare Alexis: "Perché non vai a sederti nella vasca idromassaggio in piscina? Posso chiedere a papà di farla evacuare".
Emily si voltò, prese il suo bikini e poi lo porse ad Alexis.

"Oh, bene, lo hai trovato".
Emily lo spinse verso Alexis.
"Mm... non ti piace?"
Emily si voltò e lo buttò nel cestino della carta straccia.
Alexis sogghignò: "Lo prenderò come un no. Parlerò con il sarto e ti farò fare un costume intero, ok?"
Emily andò alla finestra. Notò che gli heku si stavano allenando e che i quattro lupi che aveva cresciuto da cuccioli erano fuori con loro. Alexis si avvicinò e guardò fuori anche lei dalla finestra.
"Ho sentito Garret che diceva che i lupi stanno imparando veramente in fretta", le disse Alexis: "Parlando di Garret, stiamo andando al cinema, vuoi venire?"
Emily si limitò a guardarla-
"Immagino di no. Ti farò portare il costume e dirò a papà di far liberare l'edificio in modo che tu possa passare un po' di tempo nella vasca". Alexis abbracciò brevemente sua madre e poi si affrettò verso la sala del Consiglio.
"Posso parlare con gli Anziani?" Chiese educatamente a Derrick.
"Entra", le rispose, aprendole la porta.
Alexis fece un piccolo inchino agli Anziani, poi sorrise a suo padre: "Puoi far lasciare libera la dependance?"
Chevalier annuì: "Per quanto?"
"La mamma ha bisogno di passare un po' di tempo nella vasca idromassaggio, le ho detto che l'avrei fatta liberare, ma non so per quanto tempo".
"Emily ha intenzione di andarci?"
Alexis scrollò le spalle: "Non ne sono proprio sicura ma penso di sì".
Chevalier ordinò di liberare la dependance per il resto della giornata: "Hai avuto fortuna?"
"No... beh... non indossa più la tuta, ma è tutto quello che otterrò per oggi", disse Alexis, poi si voltò e andò alla porta.
"Vai a nuotare con lei?" Le chiese Quinn.
"No", disse Alexis voltandosi: "Garret ed io avevamo già dei programmi ma andrà tutto bene".
Quinn accennò un saluto, Alexis sorrise e uscì.
"Almeno non indossa più quelle orribile tute", disse Zohn.
Un'ora più tardi, il Consiglio sentì Emily che scendeva le scale con quattro Cavalieri al seguito.
"Chiedile di entrare, per favore, Derrick", chiese Kyle.
Si misero all'ascolto per vedere se avrebbe accettato.
"Buon pomeriggio", disse Derrick: Il Consiglio vorrebbe vederti.
Ci fu una lunga pausa di silenzio.

"Bene... prenderò quello sguardo come un sì. Entra per favore".

Derrick aprì la porta e fece un passo indietro. Dal suo posto al centro del palco del Consiglio Chevalier vide Emily avanzare lentamente e guardare attentamente la sala del Consiglio. Silas le mise una mano sulla schiena e la spinse gentilmente, senza però farla muovere.

"Entra, Em", le disse, indicandole di avvicinarsi.

Lei si bloccò e lo guardò dalla porta.

Chevalier le sorrise: "Per favore, solo un secondo".

Emily sobbalzò quando Kyle apparve al suo fianco: "Scusa", disse lui ridendo.

Lei trattenne il fiato e poi prese la sua mano quando gliela porse. Salirono assieme sul palco del Consiglio.

Kyle guardò la divisa mimetica e scosse la testa: "È quasi un miglioramento".

Emily si guardò i vestiti e poi fissò il Consiglio.

"Stai andando a nuotare?" Le chiese Chevalier.

Lei lo guardò senza parlare.

"Nemmeno un cenno?"

Emily guardò il volto non familiare sul palco del Consiglio.

"Ti hanno già presentato Akili?"

"Sì, ci hanno presentato, rispose Ufficiale di collegamento tra i Clan.

"Stavi andando nella vasca idromassaggio?" Le chiese Quinn, per distogliere lo sguardo penetrante di Emily da Akili.

Lei guardò Quinn e poi diede un'occhiata alla porta.

"Abbiamo liberato l'intero edificio", le disse Chevalier: "Usala per tutto il tempo che vuoi".

Senza una parola, Emily si voltò e uscì alla svelta dalla sala del Consiglio. Le guardie si accodarono mentre scendeva lentamente le scale, controllando attentamente i dintorni per vedere se c'erano problemi in vista.

Fece un passo indietro quando il portone d'ingresso di aprì, ma Silas le mise una mano sulla spalla e si decise a uscire nella luce brillante. Guardarono tutti gli heku che stavano addestrando i lupi sul prato a sud e poi andarono verso la dependance.

"Che c'è?" disse Silas, quando vide un accenno di sorriso sul volto di Emily.

All'improvviso, Emily fischiò forte e le sue guardie si girarono in tempo per vedere Devia uscire dalla scuderia e correre verso di lei.

"Em...", sospirò Silas quando i lupi abbandonarono i loro addestratori e corsero verso Emily. Lei allungò una mano per accarezzarli e poi si diresse verso la dependance, con tutti i cinque animali al seguito.

"Dobbiamo far tornare i lupi al loro addestramento", le disse Silas.

Lei non rispose e i lupi non la lasciarono quando entrò nella dependance e tenne aperta la porta per farli entrare.

Avevano chiamato Mark quando i lupi avevano abbandonato l'addestramento e appena seppe tutta la storia andò alla dependance. Incontrò Silas, che era rimasto fuori dalla porta della piscina.

"Li ha chiamati, vero?" Chiese Mark.

"Sì".

"Sono dentro con lei?"

Sì, anche Devia".

"Lasciami riflettere".

"Vai a prendere quell'addestratore", ordinò Silas a una delle guardie di Emily. L'heku sfuocò via e ritornò con Clayton, chiaramente furioso: "Come osa interrompere l'addestramento! Tutto quello che ha fatto è rafforzare la sua posizione come Alfa e cancellare tutti i progressi che abbiamo fatto".

"Sono sicuro che non aveva intenzione di fare niente di male", gli disse Mark: "In effetti dobbiamo avvertire Chevalier. Fischiare è una forma di comunicazione".

Silas sbirciò nella piscina e poi chiuse piano la porta: "Lei è nella vasca idromassaggio e tutti gli animali sono sdraiati intorno a lei".

Clayton entrò, seguito da Mark e Silas. Quando li vide, Emily prese parecchi asciugamani e li mise nella vasca per coprirsi. Il lupo più grosso sbadigliò e si riadagiò sul cemento caldo.

"Non puoi continuare ad avere un ascendente su di loro", le disse Clayton, furioso: "Chiamarli non fa altro che distruggere tutto quello che stiamo facendo".

"Attento!" ringhiò Mark: "Non gridare con lei".

Clayton fischiò e andò verso la porta, poi si voltò e vide che i lupi non avevano nemmeno alzato la resta. Sibilò e rientrò, poi prese rudemente per il collare il lupo più grosso, tirandolo verso la porta.

Emily ansimò e si precipitò a uscire dalla vasca.

"Aspetta, Em", le disse Silas, prendendole il braccio quando lei afferrò il polso di Clayton.

Clayton fissò Emily irritato: "Devono tornare immediatamente all'addestramento".

Il lupo faceva resistenza, dimenandosi per liberarsi dalla presa di Clayton.

"Emily, lascia che li prenda", le disse Mark.

Lei strinse di più la mano sul polso dell'heku e lo fissò minacciosa.

"Non ho intenzione di cedere", disse Clayton: "Questi animali devono far parte della Cavalleria".

"Emily, per favore, lasciali andare", le disse gentilmente Silas, tirandole la mano.

Mark alla fine riuscì a staccare Emily da Clayton, che trascinò il lupo fuori dalla piscina, seguito da tutti gli altri.

Devia guardava Emily, incuriosito.

Emily diede un'occhiataccia a Mark e strappò via il braccio.

"Sapevi che erano per la Cavalleria", le disse Mark.

Lei afferrò un asciugamano e se lo avvolse intorno prima di entrare in uno degli spogliatoi, sbattendo la porta.

Silas ci pensò un attimo: "Credi che dovremmo chiamare l'Anziano?"

"Aspettiamo e vediamo che cosa fa", disse Mark

Aspettarono in silenzio di vedere che cosa avrebbe fatto Emily. Lei rimase seduta nello spogliatoio per quasi un'ora prima di vestirsi e uscire dalla piscina.

"Pronta per la cena?" Chiese Silas.

Lei si limitò a fissarli.

"Non puoi arrabbiarti con noi per questo", le disse Mark: "Te l'abbiamo detto che i lupi avrebbero fatto parte della Cavalleria".

Emily incrociò le braccia, chiaramente furiosa. Quando una lacrima le rotolò sulla guancia, Mark sospirò:

"No... non fare così".

Silas la guardò preoccupato: "Per favore, non piangere".

Lei batté un piede e continuò a fissarli mentre gli occhi si riempivano di lacrime.

"Che c'è?" Chiese Mark: "Noi non volevamo rattristarti".

"Non sono sicuro che sia triste", disse Silas a Mark: "Ti ricordi quando ci diceva che non stava piangendo, ma che era arrabbiata?"

"Ah, giusto".

Silas si schiarì la voce e guardò Emily: "I lupi appartengono alla Cavalleria. Puoi arrabbiarti quanto vuoi, ma questo non cambierà le cose".

"Accidenti, Silas. Hai peggiorato la situazione", sibilò Mark quando le lacrime cominciarono scorrere liberamente sulle guance di Emily e le labbra le tremarono leggermente.

Emily abbassò la testa e passò in fretta davanti a loro. Gli heku la seguirono fuori dall'edificio, verso la scuderia.

Lei andò verso il box del cavallo azzoppato e aprì la porta, poi fece una smorfia e fissò le guardie.

"Che c'è?" disse Silas, avvicinandosi. Vide il box vuoto e scrollò le spalle: "Non ho idea di dove sia. Forse è fuori nel corral di dietro?"

Emily uscì dalla porta posteriore della scuderia e guardò il corral vuoto.

"Beh... non lo so", disse Mark, guardandosi attorno attentamente.

"Forse è peggiorato e Kralen lo ha portato dal veterinario", suggerì una delle guardie.

"O forse no", brontolò Silas quando sei Cavalieri furono in vista. Il cavallo azzoppato arrivò con il suo Cavaliere in sella.

Emily spalancò gli occhi e lo fissò aspettando che si avvicinasse.

"Lascia che ci pensiamo noi, Em", sussurrò Mark.

Lei non rispose, ma incrociò le braccia.

"Che cosa pensi di fare?" Gridò Silas quando l'heku si avvicinò.

"Non c'è niente che non vada in questo cavallo", disse l'heku.

Emily strinse gli occhi quando smontò.

"Il veterinario ha dato ragione a Emily", disse Mark: "Quel cavallo è zoppo e non deve essere cavalcato".

"Sono il suo proprietario", disse: "Conosco questo cavallo meglio di chiunque voi e non c'è niente che non vada in lui".

"È zoppo".

"L'ho appena fatto correre sulla collina e sta bene".

Emily strappò violentemente le redini di mano all'heku che la guardò minaccioso mentre lei portava lo stallone nel box.

"Mettiti a rapporto", ringhiò Silas: "Quel cavallo non deve essere cavalcato".

"Sì, Signore", disse sarcastico.

"Hai qualche problema?"

"Posso parlare liberamente?"

"Accomodati", sussurrò Mark.

"Non mi sono arruolato nell'élite degli Equites, solo per prendere ordini da una mortale muta che è tornata dai morti!".

"Emily è stato un membro di questa Cavalleria più a lungo di chiunque voi", sibilò Mark.

"Non mi piace che la sua parola sia considerata più della mia".

"Fattene una ragione", disse Mark secco e poi guardò Emily quando uscì dal box.

Lei li guardò e poi chiuse la porta del box.

"Sta bene?" Le Chiese Silas.

Emily si avvicinò in fretta all'heku arrabbiato e gli diede uno schiaffo proprio mentre Silas la afferrava e la allontanava da lui.

"Fermo!" Urlò Mark, prendendo il braccio dell'heku.

"Non sono obbligato a sopportare questo trattamento da una mortale mentalmente instabile", gridò l'heku.

Emily cercò di arrivare nuovamente a lui, ma Silas la tenne indietro.

"Alle tre, nel mio ufficio", disse Mark, spingendo l'heku verso la porta.

Silas sospirò guardando Emily: "Questa non è la Cavalleria cui era abituata. Alcuni di questi heku non amano i mortali".

Sotomar

Emily aprì la porta della camera e fissò Mark, Silas, Kralen e Horace.
"Ti serve qualcosa, Em?" Le Chiese Mark.
Lei li osservò in silenzio.
"Non abbiamo voglia di giocare agli indovinelli", le disse Kralen: "Se ti serve qualcosa, parla".
Lei si spostò, lasciando spazio a sufficienza agli heku per entrare. Quando Kralen entrò nella stanza, Emily allungò un braccio e spinse indietro Silas, chiudendogli la porta in faccia.
Kralen si voltò e vide che era da solo in camera con Emily: "Ok, e adesso?"
Emily si avvicinò alla finestra.
Kralen la imitò e poi la guardò.
Lei lo guardò e poi aprì la finestra.
"Non so ancora che cosa dovrei fare".
Emily gli prese le mani, esitando, e poi lo tirò in avanti fino a fargli mettere le mani sull'inferriata. Lui afferrò le sbarre e la guardò mentre lei gli spingeva le mani contro le sbarre e poi faceva un passo indietro.
Kralen lasciò andare le sbarre: "Non posso romperle".
Emily rifletté un momento, poi gli riprese le mani e le rimise contro le sbarre.
"No".
Lei fece una smorfia e poi andò alla porta. Quando Kralen la seguì, lo spinse indietro, verso la finestra, poi andò alla porta e la aprì.
"Allora, adesso dobbiamo entrare?" Chiese Silas irritato.
Emily gli prese la mano e lo tirò nella stanza, poi chiuse la porta prima che Mark e Horace potessero entrare.
"Vuole che rompa le sbarre", disse Kralen a Silas, a bassa voce.
Lei portò Silas verso la finestra e poi andò da Kralen. Dopo avergli rimesso le mani sulle sbarre, prese le mani di Silas e fece la stessa cosa, poi spinse le loro mani contro le sbarre e fece un passo indietro.
Entrambi gli heku tolsero le mani e Kralen si voltò: "Non intendevo dire che non riesco a romperle... intendevo dire che non le tirerò via".
Dopo qualche minuto di silenzio, Emily andò alla porta e fece entrare Mark e Horace.
"Che sta succedendo?" Chiese Mark ai due heku accanto alla finestra.

"Vuoi che glielo chiediamo?" Chiese Silas a Emily, che si voltò a fissare Mark.

"Chiedermi cosa?"

"Bene... Generale, possiamo togliere le sbarre dalla finestra?" Chiese Kralen, già conoscendo la risposta.

Mark aggrottò la fronte: "No, non potete".

Emily batté un piede e guardò Silas.

"Dirà di no anche a me".

"E questo, allora?" Chiese Mark: "Vuoi che tolgano le sbarre?"

Emily si sedette rabbiosamente sul tappeto davanti al fuoco.

"Hai cercato di saltare fuori dalla finestra", le ricordò Mark: "Non le toglieremo finché non parlerai e ci dirai che cosa sta succedendo".

Lei si alzò dopo qualche minuto e uscì dalla porta, seguita dai quattro heku. Quando raggiunsero il quarto piano, lei andò verso la sala del Consiglio.

Derrick sorrise: "Buon pomeriggio. Vuoi vedere il Consiglio".

Emily lo fissò.

Derrick rise e aprì la porta: "Entra".

I quattro Cavalieri seguirono Emily nell'aula.

"Che succede?" Chiese Chevalier.

Emily guardò Mark.

"Vuoi che glielo chieda?" Le disse Mark, poi incrociò le braccia: "Allora dimmelo ed io glielo chiederò".

"Chiedermi cosa?"

"Quando mi dirà che cosa vuole, lo chiederò".

Chevalier annuì: "Che cosa vuoi, Em?"

Lei si voltò a guardare Kralen.

"No, è compito del Generale".

Emily fissò Silas che scosse la testa.

Quinn notò la frustrazione aumentare sul suo volto "Voi sapete che cosa vuole?"

"Sì".

"Vedo".

"Diccelo, per favore", le disse Chevalier.

Lei incrociò le braccia e fissò Mark.

Lui spostò nervosamente il peso da un piede all'altro e guardò la sedia vuota di Kyle: "Mm... quando tornerà il Giustiziere?"

Chevalier rise: "Non è lontano".

Rimasero tutti in silenzio, aspettando che Emily parlasse. Fu solo quando Derrick entrò, quasi venti minuti dopo, che parlò qualcuno.

"Sì, Derrick", disse Zohn.

Lui guardò Emily e poi abbassò la voce in modo che lei non sentisse: "I Valle hanno mandato una delegazione a parlare con il Consiglio".

"Chi?"

"Sotomar e il loro nuovo Inquisitore capo".

"Splendido, abbiamo dei precedenti così positivi con gli Inquisitori dei Valle", brontolò Chevalier.

"Se non hai intenzione di dirci che cosa vuoi", disse Zohn a Emily: "Avremmo qualcosa da fare".

Emily guardò di nuovo Mark, che sorrise: "No, questa volta non cedo. O mi dici che cosa vuoi oppure possiamo tornare in camera tua".

Lei corse via furiosamente.

"Kralen, aspetta", disse Quinn quanto gli altri heku seguirono Emily.

"Sì, Anziano?"

"Che cosa voleva?"

"Vuole che togliamo le sbarre dalla sua finestra".

Chevalier annuì: "Bene... non fatelo".

Kralen sorrise:"Lo sappiamo, Anziano".

"Mentre ci sono i Valle, per favore tenetela in camera sua".

Kralen salutò inchinandosi e uscì.

Qualche minuto dopo, Derrick aprì la porta ai Valle. Sotomar e un heku dalla pelle scura entrarono e si avvicinarono al palco degli Anziani.

"C'è qualche motivo per questa visita inaspettata?" Chiese Richard, l'Inquisitore capo.

"Sì, è passato abbastanza tempo e vogliamo vedere Emily".

"Non è ancora pronta a vedervi", gli disse Chevalier.

"Ciononostante vogliamo vederla".

"No".

L'Inquisitore capo dei Valle fece un passo avanti: "Siamo riusciti a snidare tre membri del Clan di Salazar e vogliamo accertare lo stato mentale di Emily per assicurarci di non punirli inutilmente".

"Consegnateceli".

"No".

Sotomar alzò una mano: "Non innervosirti. Pensiamo che tu abbia abbastanza Valle da punire, quindi è il nostro turno di dimostrare alla nostra fazione che non tollereremo che qualcuno faccia del male alla Winchester".

Quinn si rivolse a Chevalier: "Emily considerava Sotomar un amico. Forse è ora di lasciarglielo vedere".

Chevalier continuò a osservare Sotomar: "Che cosa vuoi dirle, esattamente?"

"Vogliamo solo vederla. Non è che non vi crediamo", disse Sotomar: "Però, affinché il Consiglio possa punire adeguatamente quelli di Green Mountain, vogliamo capire l'estensione del danno".

"Sono d'accordo con Quinn... però questa è non è una decisione che può prendere il Consiglio".

"È compito tuo, Chevalier".

"Lori?" Chiamò Chevalier.

Sotomar si voltò quando la Psichiatra entrò nella sala e si mese accanto a lui: "Sì, Anziano?"

"I Valle desiderano vedere Emily".

Lei guardò i due heku e poi si rivolse a Chevalier: "Potrei chiedere perché? È ancora molto fragile".

Sotomar sorrise: "Emily non è mai stata fragile".

Lori lo fulminò con lo sguardo e poi tornò a guardare Chevalier.

"Lo capisco", le rispose Chevalier: "Però considerava Sotomar un amico".

"Bene", disse Lori, quasi parlando tra sé e sé: "Ha smesso di zittirci quando pronunciamo il suo nome".

"Scusa?" Chiese Sotomar sorpreso.

"Direi di lasciargliela vedere, ma ci devo essere anch'io, insieme all'Anziano e alle tre guardie cui è più affezionata... a meno che ci sia Kyle vicino".

Chevalier scosse la testa: "Non possiamo farlo venir via. Portala nella sala riunione del Consiglio".

Lori annuì e sfuocò via.

Sotomar sorrise: "Agli Equites piace esagerare. Dovrebbe essere interessante".

Chevalier tenne aperta la porta: "Vedremo... seguimi".

Entrarono tutti nella sala riunioni più vicina e Chevalier ordinò che accendessero i camini mentre i Valle si sedevano.

Chevalier studiò i Valle: "Lo so che non mi credete, ma ci sono delle regole da rispettare".

"Regole?" Chiese Sotomar.

"Sì... restate seduti, non fate movimenti improvvisi e non urlate né alzate la voce, nemmeno un po'".

"Sembra abbastanza semplice".

Mark fu il primo a entrare, seguito da Kralen e Lori, entrambi si misero lungo la parete dietro i Valle.

"Entra, Em", disse Chevalier.

Lei guardò Sotomar e sbarrò gli occhi. Silas la afferrò mentre cercava di scappare, e la spinse gentilmente nella stanza, chiudendo la porta. Emily fissò Sotomar mentre Silas le bloccava la porta.

"Volevano solo vedere come stavi", le disse Chevalier.

"È meraviglioso rivederti", disse Sotomar, con un sorriso: "Puoi sederti e parlare con noi?"

Lei si limitò a osservarlo.

"Ha una leggera avversione per le sedie", disse loro Lori.

"Perché?" Chiese Sotomar sorpreso.

"Non l'abbiamo ancora scoperto".

Sotomar si rivolse a Emily: "Va bene, possiamo parlare sul pavimento, ok?"

Mark sorrise: "In bocca al lupo".

"È afasica", gli disse Lori.

Sotomar la guardò camminare avanti a indietro lungo la parete più lontana: "Sembra stia bene... nervosa forse".

"Em, che cosa c'è?" Chiese Chevalier.

Emily si stava torcendo le mani nervosamente e andava avanti e indietro, lanciando spesso delle occhiate a Sotomar, mentre il cuore le batteva all'impazzata.

Sotomar aggrottò la fronte. "Hai paura di me?"

Emily ansimò piano e accelerò il passo, continuando a torcersi le mani tanto che stavano diventando rosse. Ogni tanto dava un'occhiata a Chevalier, ma girava in fretta la testa e continuava a fissare il pavimento mente camminava.

"Che cosa sta succedendo?" Chiese Chevalier a Lori.

"Non lo so".

"Potrebbe essere l'heku che non conosce?"

"Fuori", sussurrò Sotomar. Il suo Inquisitore capo si alzò e uscì dalla stanza. Silas chiuse la porta dietro di lui e tornò a guardare Emily.

"Ok, Em, adesso conosci tutti quelli che ci sono qui", le disse Silas.

Lei non smise di camminare avanti e indietro mente i suoi occhi passavano in fretta da un heku all'altro.

"Dobbiamo smettere?" Chiese Chevalier.

Lori scosse la testa: "No, vediamo se riusciamo a scoprire che cosa c'è che non va".

Sotomar faceva fatica a parlare: "Ha paura di me?"

"A quanto pare", disse Mark

Emily finalmente si fermò e si avvicinò a Sotomar. Lui le rivolse un sorriso radioso, ma smise subito quando lei piegò indietro la testa e allontanò il colletto della t-shirt dal collo.

Sotomar rimase senza fiato.

"Em, no", disse Chevalier deciso. Lei guardò Chevalier e poi tornò a Sotomar.

Lori le sorrise, rassicurante: "Sotomar non ha intenzione di nutrirsi da te".

Lei ricominciò a torcersi le mani fissando il Valle.

"Puoi darci qualche indicazione su che cosa non va?" Le Chiese Mark.

Era ovvio che Emily stava pensando a qualcosa mentre osservava l'Anziano nemico.

"Hai un bell'aspetto", le sussurrò Sotomar, anche se la sua voce rivelava i suoi dubbi.

Emily si sedette di fronte al fuoco e voltò la testa a guardare Sotomar.

"Penso che voglia che ti avvicini", disse Lori, sorridendo: "È un buon segno".

Sotomar annuì e la raggiunse sul tappeto: "Fa più caldo qui, forse è per questo che ti piace".

Emily lo guardò per qualche minuto e poi abbassò lentamente le mani verso il fuoco.

"Hai freddo, cara?" le chiese.

Lei lo guardava negli occhi mentre si piegava lentamente in avanti. Chevalier si lanciò su di lei quanto le mani toccarono le fiamme e la tirò lontano dal fuoco.

Sotomar si alzò sconvolto quando si rese conto che lei stava cercando di bruciarsi le mani: "Che diavolo...?"

Chevalier le tenne le mani e le controllò: "Non sembra una bruciatura profonda".

"Mi lasci vedere", disse Lori, avvicinandosi per vedere meglio.

"Per... perché?" riuscì a sussurrare Sotomar.

Gli rispose Mark: "Quella era una delle tecniche di Salazar. Gli piaceva bruciarle le mani".

Lori girò a testa e annuì: "Sta bene. Sono solo un po' arrossate".

Chevalier andò da lei e le alzò il mento perché lo guardasse: "Nessuno in questa stanza ha intenzione di punirti".

"Io... io non lo farei mai", disse Sotomar, con la voce incrinata.

Kralen sospirò e lo guardò: "È tutto ok. È già successo".

"Perché le bruciavano le mani?"

"Era parte della tecnica di condizionamento mentale che gli ha insegnato Reed", gli disse Chevalier: "Insieme ad altre che fanno sembrare questa acqua fresca".

Emily ricominciò a camminare avanti e indietro e a guardare nervosamente Sotomar.

"La rassicuri", gli disse Lori.

Sotomar si schiarì la voce: "Non voglio punirti, cara, o farti male in nessun modo. Siamo amici, ti ricordi?"

"Mi domando per che cosa dovrebbe punirla", disse Silas.

Lori scosse la testa e guardò Emily che andava avanti e indietro: "Non c'è modo di saperlo".

"Rie... riesci a ricordare quando eravamo amici?" Le chiese Sotomar. Non gli piaceva com'era nervosa vicino a lui e come lo guardava come se temesse che la aggredisse.

Sotomar si sedette e guardò Emily che camminava impaurita.

Chevalier si sedette, abbassò la voce e raccontò a Sotomar delle tecniche di condizionamento mentale e come le aveva imparate Salazar. Gli altri heku si avvicinarono al tavolo, lasciando che Emily andasse avanti e indietro da sola.

Sotomar abbassò lentamente la testa tra le mani mentre ascoltava i tormenti inflitti dal suo ex Inquisitore capo.

"Pensavamo fossero tutte bugie", sussurrò Sotomar.

"Lo sappiamo". Gli disse Chevalier.

"Anziano", sussurrò Silas, indicando Emily.

Sotomar trasalì quando la vide contro il muro con le mani incrociate sopra la testa e la maglietta per terra.

Chevalier sospirò e si alzò. Le tolse gentilmente le mani dalla parete e le rimise la maglietta.

"Ha già fatto anche questo", disse Lori a Sotomar. "La frustavano spesso e sembra credere che lei voglia punirla per qualcosa".

C'era dolore evidente negli occhi di Sotomar: "Che cosa posso fare perché si fidi di me?"

"Ci vuole solo tempo" gli disse Lori, poi sorrise quando Chevalier si allontanò da Emily: "Ti piacerebbe sederti con noi e parlare di Sotomar?"

Emily ricominciò a camminare avanti e indietro.

Chevalier si sedette: "Sta cercando di capire come vuole punirla Sotomar".

Lori annuì: "Sono d'accordo. Ha tentato i metodi più comuni usati da Salazar. Ora proverà con qualcosa che forse non ha usato così spesso".

Sotomar la guardò: "Non voglio vederne un altro".

"A me piacerebbe vedere cos'altro ha fatto" sussurrò Chevalier: "Potrebbe essere l'unico modo di sapere che cos'altro è successo in quel clan".

Sotomar annuì: "Se vi può aiutare... anche se non mi piace che pensi che sono qui per punirla".

Lori si rivolse a Emily: "Stiamo cercando di capire perché ti deve punire Sotomar".

"Lori!" ringhiò Chevalier.

Lei si voltò e abbassò la voce: "Emily non crederà a nient'altro che quello che le ha detto Salazar. Se le ha detto che Sotomar l'avrebbe punita per qualcosa, non dobbiamo cambiare rotta, altrimenti potrebbe non credere a niente di quello che diciamo".

Sotomar sospirò, abbassando gli occhi.

Lori guardò Emily: "Ci puoi dare un indizio?"

Emily la guardò continuando a camminare.

"Sotomar è qui perché abbiamo preso Salazar?" Le chiese Mark. Quando non ottenne nessuna reazione da Emily, scrollò le spalle.

"È qui per riportarti dai Valle?" Le chiese Lori.

Chevalier osservò e ascoltò, ma Emily non diede nessuna indicazione che avevano ragione.

"È qui perché sei con gli Equites?" Le chiese Mark.

"Detesto questo gioco degli indovinelli", disse Kralen.

Chevalier sospirò: "È qui per punirti perché non hai dato un bambino ai Valle, vero?"

Sotomar sobbalzò: "Cosa?"

Le guardò Sotomar e poi camminò per andare a mettersi in faccia a un angolo. Era chiaro a tutti che Chevalier aveva ragione.

Sotomar si ricompose e poi parlò dolcemente: "Se Salazar ti ha detto che sarei stato arrabbiato perché non hai avuto un bambino per i Valle, si sbagliava di grosso".

"Salazar ha fatto tutto da solo, Em", disse Chevalier.

Sotomar annuì: "Non sapevamo neppure che ti avesse presa. Non avremmo permesso che succedesse niente di tutto questo".

Il corpo di Emily divenne di colpo rigido e diritto e poterono sentire il respiro che si faceva affrettato mentre restava immobile nell'angolo.

"È una strana postura", disse Lori, studiandola.

"Che cosa sta facendo?" Chiese Sotomar.

"Em, non sappiamo questo che cos'è"

"È un'altra punizione?" Le Chiese Lori.

Mark annuì: "Vi ricordate quando Reed ci ha parlato di Salazar che seppelliva Emily? Prima la avvolgeva tutta perché non potesse muoversi".

"Che cosa faceva?" esclamò Sotomar.

"La seppelliva viva", disse Chevalier, alzandosi. Andò accanto a Emily e le toccò la spalla: "Noi non abbiamo intenzione di seppellirti, e neppure Sotomar".

Il corpo di Emily si rilassò un po' e lei si voltò, con un'espressione confusa.

"Sta ancora cercando di capire come vuoi punirla" disse Lori: "Sta cominciando a farsi prendere dal panico perché non sa che cosa farai".

Emily", sussurrò Sotomar: "Non sono venuto qui per punirti. Io non ti farei mai del male".

Lei lo osservò ancora per qualche secondo prima di mettersi in ginocchio e tendere le braccia verso di lui, a palmi in su.

Sotomar trasalì e sgranò gli occhi.

"Che c'è?" Chiese Chevalier, guardandolo.

"Ti... ti ha fatto questo?" Le chiese Sotomar.

Emily chiuse gli occhi strettamente e cominciò a tremare.

"Fatto che cosa?" Chiese Lori.

Sotomar scosse la testa: "Io... io non voglio parlarne...".

"Che cosa sta facendo?" Chiese Chevalier.

"È qualcosa che hanno inventato i Valle per ottenere obbedienza dagli heku per cui il normale interrogatorio non funziona".

"Che cos'è?"

Chevalier fu il solo che colse il movimento di Sotomar. Gli altri heku lo videro solo quando prese teneramente la testa di Emily nelle sue grandi mani, riuscendo immediatamente a controllarla.

Mark si mise in piedi in un lampo, ma Chevalier lo fermò: "Lascialo fare".

Gli Equites lo tennero d'occhio mentre Sotomar cercava di cancellare le paure di Emily per i Valle, nominando ciascun componente del Consiglio e sottolineando come nessuno di loro volesse punirla.

Dopo quasi mezz'ora, Sotomar la lasciò andare e le baciò teneramente la fronte. Lei lo guardò e la paura tornò immediatamente. Lui si rialzò e poi si sedette guardandola mentre Emily ricominciava a camminare.

"Ha ancora paura di me", mormorò.

"Non è facile cancellare due anni di bugie", gli disse Chevalier.

"Emily?" La chiamò piano Sotomar.

Lei lo guardò, torcendosi le mani.

Lui le sorrise: "Ai Valle importa troppo di te per poterti fare del male. Lo so che ricordi quando ti consideravamo niente di più di un'arma. Ora però ti consideriamo un'amica preziosa".

Emily andò a mettere un attizzatoio nel fuoco.

"Se hai freddo, posso attizzarlo io", disse Mark, alzandosi.

Lori sospirò: "Non sta funzionando".

Chevalier guardò Emily: "Sembra più calma... in qualche modo".

"Sospetto che si stia preparando a essere bruciata".

"Em? Perché stai attizzando il fuoco?"

Lei gli voltò la schiena e alzò leggermente la maglietta e poi si abbassò un po' i pantaloni per mostrare il tatuaggio degli Equites.

Chevalier sospirò: "Finiamola".

Sotomar si alzò e il suo volto divenne scuro: "Voglio parlare con Salazar".

Emily si voltò di colpo con gli occhi spalancati.

Mark rise: "Si può fare... anche se noi non lo stiamo più punendo".

"Perché no?"

Silas gli aprì la porta: "Lo spiegheremo strada facendo".

Sotomar diede ancora un'occhiata a Emily e poi seguì Silas e Mark fuori dalla stanza.

Emily guardò Chevalier e la cosa più evidente nei suoi occhi era la confusione.

"Non gli avremmo permesso di venire qua se avesse voluto farti del male", le disse Chevalier e poi le tese la mano.

Lei guardò la sua mano un momento, poi gli diede timidamente la sua.

"Ti accompagnerò in camera, poi ho una riunione", disse Chevalier. Lei lo seguì sulla scala fino in camera.

Emily si fermò e guardò con una smorfia i quattro heku che non conosceva davanti alla sua porta.

"Fanno parte della Cavalleria", le disse Chevalier.

Lei gli afferrò strettamente il braccio e colse lo sguardo dell'heku con il cavallo zoppo. Una volta dentro, lei si sedette sul pavimento di fronte al fuoco, mentre Chevalier usciva per andare alla sua riunione.

Chevalier si fermò fuori della porta e guardò i quattro Cavalieri: "Non vi conosce, quindi restate fuori, a meno che ci siano problemi".

"Sì, Anziano", risposero tutti con un inchino.

***

Emily si raggomitolò davanti al fuoco e guardò le fiamme fino a quando si addormentò. La riunione di Chevalier si stava prolungando e il rumore della pioggia la aiutò ad addormentarsi accanto al calore del fuoco.

Si svegliò di colpo quando qualcuno le diede un calcio nel fianco. Ansimò e si mise seduta, poi guardò negli occhi l'heku dal cavallo zoppo. Emily si afferrò il fianco, ma lui la spinse di nuovo sul pavimento.

"Stai giù", ringhiò e poi si mise in piedi accanto lei e guardò in basso: "È ora che impari qual è il tuo posto. Mi hai fatto mettere in prova e tolto il mio cavallo".

Emily cercò di alzarsi, ma l'heku la colpì di nuovo nel fianco, rimandandola sul pavimento.

"È una bella cosa... tu che sei muta e tutto il resto, posso farlo per bene e tranquillamente", disse, sorridendo: "Tu... non sei altro che una mortale debole di mente e imbecille e non ti devi più permettere di interferire ancora con la cavalleria... intesi?"

Emily si afferrò il fianco e si limitò a fissarlo.

Lei la guardò con disprezzo: "Io faccio parte dell'élite degli Equites... non sono il babysitter di una mortale, quindi, quando sono una delle tue guardie, mi aspetto che tu resti qui seduta e non faccia assolutamente niente".

Emily respirava affannosamente guardandolo.

L'heku si accucciò: "Mi capisci? Non voglio avere niente a che fare con te... niente. È umiliante dover curare una patetica piccola mortale. Capisco... sai? Una volta eri un'arma potente e posso accettare che dovessero proteggerti. Ora però sei un'incapace e non c'è motivo per non porre fine alle tue sofferenze e continuare con la nostra vita".

Emily faceva respiri corti, per far passare il dolore al fianco e cercò di allontanarsi dall'heku. Lui le afferrò un piede per impedirle di muoversi.

"Ovviamente... vedo qualcosa, una piccola cosa che puoi fare per me", disse, inalando a fondo.

Emily emise un piccolo lamento e cercò di allontanarsi, ma lui la intrappolò sul pavimento con il suo corpo mentre le passava il naso lungo il collo. Le bloccò le mani sulla testa con una delle sue mani e con l'altra le scostò i capelli dal collo.

"Mm", grugnì, passandole piano la lingua sulla vena del collo mentre lei cercava inutilmente si sottrarsi.

Emily lo guardò negli occhi, piena di paura, quando lui alzò la testa per guardarla.

"Mi piacerebbe poter usare il collo... ma non farò qualcosa di abbastanza stupido da essere visibile. Dillo a qualcuno e dovrò punirti", disse, sorridendo. L'heku abbassò lentamente la bocca sul suo braccio e affondò rudemente i denti nella parte interna.

Emily emise un gemito per il dolore delle punture e poi sussurrò debolmente: "Chev".

L'heku alzò di colpo gli occhi quando la sentì chiamare l'Anziano, quasi senza voce. Si girò mentre la porta della camera si spalancava e appariva Chevalier, seguito immediatamente da Kyle e Mark.

Saltò in piedi in fretta mentre Chevalier e Kyle calavano su di lui. Mark sollevò in fretta Emily e sfuocò in bagno in modo che non vedesse l'heku fatto a pezzi nella stanza.

Mark la fece sedere delicatamente sul ripiano e afferrò un asciugamano morbido dallo scaldasalviette. Gliela tenne contro la parte interna del braccio, per fermare il sangue.

Tremava di rabbia mentre controllava l'asciugamano: "Ha quasi smesso di sanguinare".

Emily fece un salto e guardò la porta quando risuonò un forte tonfo. Mark guardò la porta e poi riprese a controllare l'asciugamano.

"Ti ha fatto male da qualche altra parte, oltre al braccio?" Le chiese Mark.

Lei lo guardò senza parlare.

Mark le sorrise: "Troppo tardi per restare zitta. Ti abbiamo sentito tutti parlare".

Lei lo osservò per qualche secondo, poi diede un'occhiata alla porta.

"Se l'è meritato", disse Mark: "Dannazione, è stato piuttosto violento, mentre si nutriva, vero?"

Mark controllò sotto l'asciugamano e vide che le due punture non sanguinavano più. Lasciò cadere l'asciugamano insanguinato sul pavimento e poi obbligò Emily a guardarlo: "Non mi hai risposto. Ti ha fatto qualcos'altro?"

Emily sobbalzò e cercò di scendere dal ripiano quando si aprì la porta ma Mark la tenne ferma. Kyle e Chevalier entrarono e chiusero la porta, cercando chiaramente di nascondere gli heku che pulivano la stanza.

Chevalier si avvicinò in fretta a Emily e la abbracciò: "Stai bene?"

Kyle sorrise: "Ce l'hai fatta Em! Hai parlato"

Lei lo guardò sentendosi al sicuro tra le braccia di Chevalier.

"Non vuole più farlo, però", disse Mark.

Chevalier si scostò un po' e la guardò negli occhi: "Stai bene?"

Emily deglutì forte e guardò gli heku nella stanza.

Chevalier si calmò e sorrise: "Sono così fiero di te! Sei riuscita a chiedere aiuto".

Emily saltò giù dal ripiano e non riuscì a reprimere un gemito quando il forte dolore la colpì.

Chevalier strinse gli occhi: "Che c'è?"

"Generale?" Chiese Kralen dalla soglia.

Mark guardò lui e Silas.

"Chi era?" Chiese Silas.

"Thayer", rispose, guardando Emily alle sue spalle: "Radunate l'intera Cavalleria sul prato sud".

Kralen confermò: "Sì, Generale".

Silas e Kralen scomparvero e gli altri tornarono a Emily.

Chevalier la studiò mentre restava ferma in silenzio, guardandoli: "Ok allora... ci puoi dire se sei ferita, oppure dovrò accertarmene da solo.

Nella stanza apparve il dott. Edwards: "Che c'è?"

"L'hanno morsa", ringhiò Mark

Il dott. Edwards vide immediatamente il braccio: "Violento, anche".

"Pensiamo sia anche stata ferita, ma non ce lo vuole dire".

"Dai, Em, dove ti fa male?"

Lei esitò e poi si decise ad alzare leggermente la t-shirt, mostrando il livido viola scuro intorno alle costole.

"Dannazione", ringhiò Chevalier.

Il dott. Edwards si avvicinò immediatamente e si chinò a guardare: "Direi tre costole rotte".

Emily rimase in piedi in silenzio mentre il medico le fasciava le costole.

"Sono contento che tu abbia chiesto aiuto", le disse Chevalier: "Ma sarebbe stato bello che lo facessi prima che ti rompesse le costole".

Kyle fissò Mark, che tremava di rabbia: "Hai intenzione di far fuori tutta la Cavalleria?"

Mark scomparve di colpo dalla stanza.

"Non vorrei trovarmi sulla sua strada", disse Kyle.

Quando il medico finì di fasciarle il torace, frugò nella sua borsa e ne tolse due pilloline: "Queste sono per il dolore".

Guardò Emily e la vide scuotere leggermente la testa.

Il dott. Edwards sorrise: "A questo punto è difficile discutere".

"Io ho intenzione di discutere, invece", disse Chevalier: "Prendi le pillole, devi farti un male cane".

Emily sospirò e prese entrambe le pillole e andò in bagno a prendere dell'acqua, poi si sedette sulla sponda del letto e guardò gli heku.

Kyle andò a guardare fuori dalla finestra. Spalancò gli occhi e poi sfuocò via dalla stanza. Chevalier andò a vedere incuriosito ed esclamò: "Mark è veramente furioso".

Il dott. Edwards annuì: "Lo immagino".

Chevalier chiese al Capo della Difesa di andare al prato a sud e poi si rivolse a Emily: "Che cosa vuoi per pranzo?"

**

Kyle sfuocò sul prato sud e si mise accanto a Mark che stava urlando contro i Cavalieri mentre Silas, Horace e Kralen camminavano in mezzo a loro. I Cavalieri erano allineati in file perfette e non si muovevano nemmeno per respirare.

"Non mi farò umiliare da qualcun altro della mia Cavalleria. Capito!" Gridava.

"Sì, Signore", risposero all'unisono

"Emily è una parte importante di questa fazione e quello che è successo oggi non sarà tollerato".

Kyle vide Kralen che colpiva con un pugno un cavaliere dietro la testa e poi lo sbatteva al suolo.

"Basta!" Ruggì Mark: "Ciascuno di voi sarà punito per la stupidità di Thayer".

Il Capo della Difesa si mise di fianco a Kyle: "Sono qui per salvare la Cavalleria o per aiutare a punirli?"

Kyle scrollò le spalle: "Io ho tutte le intenzioni di aiutarlo".

Il Capo della Difesa annuì: "Se sono ancora vivi quando Mark avrà finito... sono miei".

"Via i mantelli e le camicie!" Gridò Mark. I Cavalieri si tolsero immediatamente camicie e mantelli, trasalendo quando il sole caldo colpì la pelle: "Ora in ginocchio".

Kyle si mise gli occhiali da sole mentre i Cavalieri cadevano all'unisono sulle ginocchia. Quando l'heku che Kralen aveva colpito guarì, Silas lo afferrò per il collo e lo trascinò in prima fila, poi lo obbligò a inginocchiarsi davanti a Mark.

"Tu hai intenzione di causare problemi?" Chiese Mark.

L'heku scosse la testa: "No, Signore".

"Sei espulso dalla Cavalleria".

L'heku ansimò mentre Silas lo trascinava via.

Kyle sospirò: "Potremmo non avere più una Cavalleria quando avrà finito".

"Temo di no", confermò il Capo della Difesa.

Mentre il sole picchiava sulla pelle esposta dei Cavalieri, i superiori e i Consiglieri rimanevano all'ombra e scrutavano eventuali segni di disobbedienza.

Chevalier li raggiunse parecchie ore dopo e il silenzio si fece più profondo quando apparve. Rimase un po' indietro ad ascoltare Mark che urlava.

"Non ho avuto altro che dispiaceri dalla maggior parte di voi, da che Emily è tornata e ho una notizia da darvi... vi ucciderò tutti prima di permettervi anche solo di darle un'occhiata storta", disse Mark.

Kyle guardò Chevalier: "Chi c'è con Emily?"

"Derrick". Disse Chevalier, squadrando attentamente la Cavalleria.

"Ne ha già espulso uno".

Chevalier annuì.

Mark fissò minaccioso uno dei Cavalieri che si era spostato leggermente sulle ginocchia: "Fermo!"

L'heku si raddrizzò guardandolo a occhi sgranati.

"Il prossimo che si muove si unirà a Emily per la cena... e mangerà quello che sta mangiando lei". Urlò Mark.

Kyle rise: "Disgustoso"

"Per quanto tempo pensi che continuerà la punizione?" Chiese il Capo della Difesa quando cadde la notte.

"Ha avuto talmente tanti problemi con loro", disse Kyle: "Penso che ci vorrà tutta la notte".

La mattina seguente, ancora presto, Alexis e Dain uscirono e guardarono i perfetti semipiegamenti che i Cavalieri avevano continuato a fare per tutta la notte mentre Mark urlava.

"Buongiorno", disse loro Kyle, senza togliere gli occhi dalla Cavalleria.

"Sarà meglio che gliela faccia pagare", ringhiò Dain.

Alexis lo colpì sulla spalla: "Smettila".

"Che succede?"

"Abbiamo pensato di andare a occuparci dei cavalli, spiegò Alexis.

"Lei l'ha pensato, ed io sono stato obbligato ad aiutare", aggiunse Dain.

Chevalier rise e tornò a guardare la Cavalleria. Anche se i semipiegamenti non erano faticosi, mantenere la stessa posizione per tutta la notte cominciava a irritarli.

Alexis e Dain andarono nella scuderia. Quattro ore dopo, tornarono fuori e si incontrarono di nuovo con loro padre.

"Per quanto continuerà?" Sospirò alexis.

"Non saprei", disse Chevalier.

"Beh, deve smetterla".

"Perché?" Chiese Dain

"Perché la mamma sta guardando".

Gli heku si voltarono e guardarono al quinto piano, dove videro Emily seduta nella rientranza della finestra, che li osservava.

"Non mi ero reso conto che stesse guardando", disse Chevalier.

"Sì, e non ha nemmeno mangiato", gli rispose Alexis, guardando la Cavalleria e poi avviandosi per rientrare.

Dain guardò la Cavalleria con interesse: "Mi chiedevo che cosa sarebbe successo quando Mark avesse raggiunto il limite".

"Fateli spostare sul prato nord", disse Chevalier, rientrando: "Vado a far mangiare Emily".

Kyle andò a parlare con Mark.

Chevalier si fermò da Derrick e Garret, che erano davanti alla porta di Emily. Guardò sorpreso Garret: "Come mai sei nel palazzo?"

Garret fece un leggero inchino: "Alexis sa che ci si può fidare di me e ha parlato con gli altri Anziani".

Derrick sorrise: "Sì, e oltre a tutto stavano finendo le alternative".

"Emily ti ha visto?"

"No, Anziano", rispose Garret.

Chevalier entrò e ordinò dei pancake prima di chiudere la porta e avvicinarsi alla finestra: "Em?"

Lei si voltò a guardarlo.

Chevalier si sedette: "Ho sentito che non vuoi mangiare".

Emily guardò il prato e fece una smorfia.

"Li stiamo spostando sul prato nord", disse Chevalier quando vide il prato vuoto.

Lei si voltò a prendergli la mano, fissandola.

"Sappiamo che puoi parlare, adesso, quindi perché non mi dici che cosa sta succedendo?" Le chiese Chevalier.

Emily si limitò a voltarsi ancora verso la finestra.

"Almeno mangia".

Lei lo guardò e poi si chinò lentamente in avanti, sorprendendolo con un bacio, che durò qualche momento, prima che Emily si appoggiasse di nuovo, guardandolo.

Chevalier sorrise: "Va bene anche questo..."

Emily si frugò in tasca e ne tolse l'anello essenza, porgendolo a Chevalier.

"Non rimarrà sul dito, se non c'è un legame heku".

Lei si toccò piano il collo e poi gli tolse l'anello dalla mano e rimase a fissarlo.

"Io sono pronto, quando lo sei tu".

Emily gli restituì l'anello e tese la mano.

"Non resterà al dito".

Emily spinse la mano più vicino a lui.

"Ok", mormorò e poi le mise l'anello sul dito. L'anello non si saldò e scivolò giù.

Emily sospirò guardandolo.

"È stato così terribile che non vuoi più rifarlo?"

Lei si toccò di nuovo il collo osservandolo.

"Non deve per forza essere il collo".

Quando si rimise l'anello in tasca, Chevalier sorrise: "Sai che in questo momento una delle tue guardie è Garret, il ragazzo di Alexis?"

Emily spalancò gli occhi e corse ad aprire la porta. Derrick e Garret fecero entrambi un passo indietro.

Derrick le sorrise: "Usciamo?"
Emily fissò Garret, che si inchinò "È un piacere conoscerla finalmente".
Lei lo osservò senza parlare.
Garret guardò nervosamente Chevalier.
Chevalier sogghignò: "Emily ha portato l'ultimo ragazzo di Alexis a fare un giro in macchina, forse voi due dovreste andare".
Garret rimase senza fiato: "Gabe? È stato bandito!".
"Eh già", disse Derrick, allegro.
Emily si avvicinò e cominciò a slacciare la camicia di Garret.
"Signore?" Gracchiò Garret.
"Lasciala guardare", ordinò Chevalier.
Garret evitò di guardare Emily mentre gli slacciava la camicia e alzava la t-shirt per controllargli il torace. La lasciò cadere e poi cominciò a camminargli intorno lentamente.
"Che cosa stai cercando, esattamente?" Le chiese Chevalier.
Emily studiò in silenzio la schiena di Garret e poi gli andò davanti per studiargli il volto.
Garret rimase perfettamente immobile a guardarla.
"Mamma?" La chiamò Alexis, arrivando nell'atrio.
Emily guardò sua figlia e poi Garret.
"Perché hai la camicia aperta?" Gli chiese Alexis.
Garret accennò un sorriso: "È stata la tua mamma".
"Ah, già. Siete già stati presentati?"
"Alex... ora potrebbe non essere..." fece per dire Garret.
Alexis scosse la testa: "Mamma ti hanno già presentato Garret?"
Emily non rispose, ma ricominciò a girare intorno a Garret, che si agitava nervosamente fissando l'Anziano. Chevalier sembrava divertito dalla scena.
Alexis sospirò: "Che cosa stai facendo?"
Emily si mise davanti a Garret e incrociò le braccia fissandolo. Socchiuse leggermente gli occhi e l'heku era palesemente a disagio sotto il suo sguardo scrutatore.
"Papà...".
Chevalier rise: "Zitto e mosca, ragazzo. Scommetto che pensavi fossi io quello intimidatorio... certo, Kyle è fuori in missione, quindi potresti dover aspettare qualche giorno".
"Papà!" esclamò Alexis, "Smettila"
Chevalier si appoggiò alla parete, continuando a osservare Emily che girava intorno all'heku nervoso.
"Mamma, smettila di fissarlo, sei scortese", le disse Alexis.
Dain sentì il trambusto e si unì a suo padre contro la parete: "Che cosa sta facendo?"

"Non ne ho idea", gli disse Chevalier: "Però mi piace".

Garret deglutì rumorosamente, guardando l'Anziano.

Emily finalmente fece un passo indietro e sospirò, poi sparì dentro la stanza.

"Entra", disse Chevalier a Garret. L'heku spalancò gli occhi e fece un cenno, poi entrò nella stanza dietro a Emily.

"Papà!" Gridò Alexis: "Falla smettere".

Dain sorrise e seguì Alexis in camera. Derrick chiuse la porta dietro di loro.

"Quindi questa è una specie di riunione di famiglia?" Chiese Alexis, incrociando le braccia, seccata.

"Non ne ho la minima idea", disse Chevalier, mettendosi di fianco a Emily. Dain sorrise e si mise accanto a suo padre.

"Io... io non so esattamente che cosa dire", disse Garret: "Ho fatto qualcosa di sbagliato?"

Chevalier guardò Emily: "È strano ma in effetti quasi mi dispiace per lui".

Emily accennò un sorriso, poi si avvicinò e tolse la spilla del rango dal colletto di Garret.

L'heku rimase senza fiato: "Che..."

Chevalier alzò la mano: "Non è quello che credi".

Emily si voltò e porse la spilla ad Alexis.

Alexis sorrise prendendola: "Grazie, mamma".

"Io... io... sono fuori dalla..." balbettò Garret.

"Parla con Mark"; gli disse Chevalier: "Digli che Emily ti ha preso la spilla e lui te ne darà un'altra".

Alexis si mise la spilla del rango nel taschino davanti e prese la mano di Garret: "Andiamo o faremo tardi per il cinema".

L'heku era ancora sotto shock quando si voltò, a occhi sbarrati e uscì dalla stanza.

Chevalier soffocò una risata: "Emily, è stata veramente una cattiveria, lo sai".

Emily sorrise e si sedette accanto al fuoco.

Dain lo guardò sorpreso: "Vuoi dire che ha fatto la cattiva di proposito?"

"Non è mentalmente incompetente come qualcuno la accusa di essere", disse Chevalier a suo figlio.

Dain sorrise e annuì: "Carino".

"Tutto a posto, allora?"

"Sì".

Emily alzò gli occhi quando Chevalier le tese la mano: "Vieni a fare le valigie".

Lei fece una smorfia, senza alzarsi.

"A meno che tu mi dica che non vuoi, partiamo tra 15 minuti".

Emily non si mosse, quindi Chevalier gettò una borsa sul letto e cominciò a frugare tra i suoi cassetti: "Bene... vediamo...".

Lei lo osservava con attenzione mentre le preparava la valigia.

Dain le sorrise: "Ti divertirai". Più la personalità di Emily emergeva, più si sentiva a suo agio.

Emily vide Chevalier chiudere la sua valigia e prenderla, poi tenderle una mano: "Andiamo".

Lei ignorò la mano e lo fissò negli occhi.

Chevalier rise: "Dai, vieni".

Emily scosse la testa, appena appena.

"Bene, ti ho mentito. Partiamo lo stesso".

Lei fece una smorfia e Dain la mise in piedi: "Smettila di fare la difficile, mamma. Vedrai, ti piacerà davvero.

Chevalier le prese la mano e la tirò dolcemente fino al tetto. Emily ansimò quando vide il Winchester 1 che li aspettava con i motori accesi. Kralen le sorrise dal cockpit mentre salivano a bordo.

Emily si sedette sul pavimento accanto al piccolo bar quando Chevalier chiuse la porta e si sedette sul divano. Pochi minuti dopo, l'elicottero decollava.

"Ho pensato che sarebbe stato bello andarcene per un po', solo tu ed io", le disse Chevalier.

Lei alzò gli occhi per guardarlo.

"Perché non ti siedi sul divano?"

Emily guardò il bar.

Chevalier prese un succo d'arancia e glielo porse. Emily cominciò a sorseggiarlo continuando a fissarlo.

"Ora che so che puoi parlare, non accetterò il trattamento silenzioso sullo yacht. Mi aspetto che parli".

Emily socchiuse gli occhi, guardando la piccola TV, poi allungò una mano e la accese. Si irritò quando Chevalier fece una risatina e poi si mise comodo a guardare la TV durante il viaggio.

Lo yacht era ormeggiato al molo e pronto a partire, dopo un breve briefing con Storm sugli avvenimenti dell'Isola. Emily si sedette sul pavimento del ponte anteriore mentre Chevalier pilotava la barca verso il mare aperto, osservandola con attenzione e chiedendosi come fare non solo per farla parlare, ma per farla uscire completamente dal suo guscio.

Non fu veramente una sorpresa vederla restare con la t-shirt e i pantaloni mimetici, anche se il sole picchiava forte sul ponte. Non si mise comoda rilassandosi, ma continuò a guardarsi attorno attentamente e Chevalier si chiese brevemente se non avrebbe dovuto portare Kralen, in modo che non restasse fuori da sola sul ponte.

Arrivati al punto prestabilito, spense i motori, calò l'ancora e poi andò sul ponte.

"Ho portato il tuo costume", le disse, sedendosi su un lettino.

Emily guardò in su, dal pavimento del ponte.

Chevalier ispezionò la distesa di acqua blu e si mise gli occhiali da sole: "Ti piaceva restare qui fuori al sole".

Lei guardò le pareti del ponte e poi tornò a fissare Chevalier.

"Non c'è nessuno attorno, siamo solo tu ed io... quindi adesso è ora che tu mi dica perché non vuoi parlare". Si sedette accanto a lei sul ponte.: "Sono tre anni e mezzo che sei tornata. Ti fidi di me?"

Emily allungò la mano e gli prese la sua.

"Emily, ti fidi di me?"

Lei gli fece passare leggermente la punta delle dita sul braccio e Chevalier rabbrividì leggermente, poi sorrise: "Questo non risponde alla mia domanda. Ho bisogno di sapere che non incolpi me per quello che ti hanno fatto i Valle".

Emily lo guardò, sorpresa.

"Sono io quello che ti ha sepolto. Sono io quello che pensava fossi morta mentre Salazar ti teneva prigioniera. Sono io quello che ha esitato a portarti via dal palazzo durante gli attacchi. Ho la sensazione che tu incolpi me, almeno quanto lo faccio io".

Lei si allungò e gli accarezzò le labbra con le sue, poi si sedette sui talloni a guardarlo.

"Dimmelo", sussurrò: "È vero?"

Emily scosse appena la testa.

"No, lo devi dire".

Lei controllò attentamente intorno.

"Non c'è nessuno qui. Voglio parlare di quando sei stata catturata".

Emily ansimò e lo guardò stringendogli forte la mano.

"Cominciamo col capire di chi è la colpa. È importante per me saperlo".

Emily si chinò e gli posò la testa sul ginocchio.

Chevalier sospirò e poi fece per parlare, ma sentì un mormorio: "Mia".

Sbalordito, le chiese: "Colpa tua?"

Emily accennò di sì.

"Come fa a essere colpa tua?"

Lei non rispose, fissando lo schermo vuoto della TV.

"Non è stata di certo colpa tua. Incolperei me prima di incolpare te. Sapevo che avrei dovuto portarti lontano quando hai cominciato ad avere gli ictus, ma ho dato retta al medico e ti ho lasciato in un ambiente familiare, contrariamente a quello che ritenevo giusto".

"Mia", mormorò di nuovo.

"Perché?"

"Frederick", disse, ancora più piano.

"Non è colpa tua"

Emily alzò le spalle.

"Perché ti è così difficile parlare?"

Emily alzò gli occhi.

"Salazar ti ha minacciato per farti tacere?"

Emily scosse la testa.

"Allora perché? Dimmelo". Le disse, prendendola teneramente una mano.

Un mortale non avrebbe nemmeno capito che aveva parlato quando mormorò: "Se dico la cosa sbagliata...".

Lui annuì: "Allora, se dici la cosa sbagliata ti possono punire?"

Non reagendo, Emily rispose alla sua domanda.

"Non ti devi preoccupare di questo con me". Emily fece un cenno affermativo.

"Però continui a non voler parlare?"

Emily accennò un sorriso e poi appoggiò di nuovo la testa sul suo ginocchio.

"Alcuni, a palazzo, credono che tu sia completamente impazzita".

"Lo so", disse piano.

Chevalier sorrise: "È quasi divertente".

Dopo qualche minuto di silenzio, Chevalier parlò dolcemente: "Io non incolpo te di niente. Non do la colpa a te per Frederick o per qualunque cosa abbia fatto Salazar".

"Ok"

"Però apprezzerei se tu continuassi a parlare, almeno con me".

Emily annuì.

"Ti rendi conto che il tuo silenzio faceva infuriare Salazar?"

Chevalier vide un lieve accenno di sorriso quando Emily annuì.

"Perché non ti siedi accanto a me sul lettino?" Le chiese Chevalier sorridendo.

Emily guardò i cuscini morbidi poi alzò gli occhi su di lui.

"Perché no?"

"È...".

Chevalier le rivolse un sorrisetto sghembo: "È solo che non hai voglia?"

"Io sono mortale", disse Emily, mettendogli un braccio intorno al ginocchio.

Chevalier la guardò stupito: "I mortali non possono sedersi sulle sedie?"

Lei deglutì e strinse più forte:

"Non capisco".

"Non con te", disse con la voce che si incrinava.

"Aspetta", esclamò: "Come mortale, tu non puoi sederti su una sedia, con un heku?"

Emily scosse la testa.

"Perché no?"

Lei lo guardò negli occhi con una smorfia.

"Non ne sei degna?" Le chiese, sbalordito.

"Il pavimento va bene".

"È così, allora? Come mortale non vali abbastanza da sederti con un heku... Em..."

"Il pavimento va bene", ripeté.

"No, non è accettabile! Io non ho mai e poi mai accettato quelle stronzate su 'solo una mortale'. Ora siediti con me", le disse, tirandolo gentilmente la mano.

Sentì il suo cuore che accelerava.

Chevalier sospirò: "Capisco. Non puoi sederti con un heku ma devi fare quello che ti ordinano. È questo che sta succedendo?"

Emily cercò di allontanarsi quando si rese conto che Chevalier si stava arrabbiando, ma lui la tenne stretta.

"No, non sono arrabbiato con te".

"Per favore", sussurrò e cominciò a tremare.

Chevalier sospirò e le lasciò andare la mano, poi la guardò andare verso il letto. Si sedette sul pavimento e appoggiò la testa contro il materasso morbido. Qualche minuto dopo si era addormentata, con le ginocchia strette al petto.

***

Emily alzò gli occhi dal pavimento e vide Chevalier che stava friggendo del bacon sul fornello.

Lui la guardò sorridendo: "Buon giorno".

Emily si tolse la coperta. Non ricordava che Chevalier gliel'avesse messa durante la notte.

"C'è il sole, oggi. Perché non mangi e poi ti metti il costume e vai a sederti al sole?"

Emily annuì e lo guardò lavorare in cucina.

"Però mangerai a tavola, su una sedia".

Emily aggrottò la fronte.

Senza girarsi, Chevalier sorrise: "Niente discussioni".

Qualche minuto dopo, si voltò e mise in tavola le uova e il bacon, tirando fuori una sedia.

Quando Emily non si mosse, lui apparve dietro di lei, la sollevò e la fece sedere. Lei lo guardò a occhi spalancati quando rise e si sedette accanto a lei.

"Sì, è quello che si fa con i bambini. Ora mangia", disse, ancora divertito.

Emily allungò una mano per prendere un pezzo di bacon, poi si immobilizzò quando Chevalier mosse una mano per metterla accanto al piatto.

"Mangia", le disse, senza togliere la mano.

Emily continuò a osservare attentamente la sua mano.

"Prendilo per favore".

Lentamente, Emily allungò una mano e prese il pezzo di bacon, continuando a osservare attentamente la sua mano.

"Visto, io non lo voglio".

Lei mangiò un boccone, guardandolo

Chevalier si mise comodo e sorrise: "Facciamo ancora il gioco del silenzio?"

"No", mormorò e bevve un sorso di succo d'arancia.

"Bene, volevo solo controllare".

Quando Emily fece per spostarsi dalla sedia, Chevalier si alzò: "È ora di prendere un po' di sole".

Lei si sedette accanto al tavolo, fissandolo.

"Mettiti il costume. Ci vediamo sul ponte", le sorrise e uscì sul ponte pieno di sole, poi si mise gli occhiali da sole e la aspettò. Qualche minuto dopo comparve Emily, ancora completamente vestita e lo guardò dalla soglia.

Chevalier sospirò e poi si sforzò di sorridere: "Va bene lo stesso, vieni a sederti".

Emily fece un passo avanti, verso il sole e poi guardò il lettino accanto a lui.

Chevalier gli diede un colpetto: "Siediti".

Muovendosi lentamente, Emily si sedette sul ponte accanto a Chevalier.

"Non sul pavimento, Em".

Il lettino divenne un'immagine sfuocata. Emily non riuscì a rendersi conto di che cosa stava succedendo. Sentì le sue mani e il vento causato dal movimento. Subito dopo era sul lettino, con indosso solo il reggiseno e le mutandine. Guardò di fianco al lettino e vide i suoi vestiti sul ponte, accanto a lei.

"Sì, l'ho fatto e tu stai bene" disse Chevalier, sedendosi.

Emily lo guardò a occhi sgranati e si coprì il seno con una mano.

"Sei coperta", rise Chevalier e poi le passò un flacone di crema solare: "Mettila... ovviamente potrei farlo io per te".

Lei si affrettò a prendere il flacone e cominciò a spalmarsi la crema, cercando di restare il più possibile coperta.

"Allora, vediamo di riassumere... sei solo una mortale e non sei degna di sederti accanto a un heku. Hai smesso di parlare in modo da non dire niente di sbagliato... anche se in questo percepisco una traccia di sfida".

Emily cominciò ad agitarsi nervosamente.

Chevalier sorrise e continuò: "Passiamo ai materiali di consumo".

Emily cambiò la mano che copriva il seno e fece per prendere i vestiti. Prima che dita toccassero il tessuto, scomparvero e lei alzò proprio mentre Chevalier li gettava fuori bordo.

Chevalier si sedette: "Ecco fatto, ora sei sistemata. La prossima mossa è cercare di convincerti che non abbiamo intenzione di avvelenarti il caffè, o di rubarti il cibo".

Emily si tirò le ginocchia al petto e quando fece per avvolgervi attorno le braccia, Chevalier le prese la mano e la tenne nella sua: "Non voglio che ti raggomitoli".

Lui lo fissò e poi ansimò quando Chevalier scomparve e poi riapparve con una coppa di frutta.

"Faremo un gioco", le disse, appoggiando la coppa tra di loro: "Faremo una gara a chi prende per primo la mela".

Emily si irrigidì e fece per alzarsi, ma le sue mani forti la tennero sul lettino: "Andarsene non fa parte del gioco".

"Ok... facciamo una gara a chi prende la mela... pronta?"

Emily accennò di sì.

Chevalier sorrise: "Pronti... partenza... via".

Chevalier allungò una mano e prese la mela, poi sospirò quando vide che Emily non si era mossa: "Il gioco non è di lasciarmela semplicemente prendere".

Rimise a posto la mela prima di preparare la mano: "Ok... prendila".

Questa volta non si mosse nessuno dei due.

Chevalier rifletté un momento con un sorriso un po' storto e poi sorrise: "Ok, allora quello che voglio è che tu mi prenda la mela".

Emily lo guardò mente afferrava la mela e gliela tendeva.

"Prendimela".

Lei continuò a guardarlo.

Chevalier ringhiò per la frustrazione: "Che c'è?!"

Gli angoli della bocca di Emily si alzarono leggermente.

Chevalier socchiuse gli occhi: "Stai solo prendendomi in giro?"

Il volto di Emily tornò immediatamente serio e lei si voltò a guardare l'acqua cristallina dell'oceano.

"Ti punivano quando li sfidavi, vero?" sussurrò.

Quando sentì che tratteneva il fiato, annuì e poi restò a guardare l'oceano con lei per un po'.

"Ok".

Lei sobbalzò quando la sua voce interruppe il silenzio.

Chevalier rise: "Lavoreremo più tardi sul cibo. Vedo che dovremo prima concentrarci sulla fiducia. Non c'è niente che tu possa mai dire o fare perché ti punisca".

Emily lo fissò, portandosi le ginocchia al petto e appoggiandovi la testa.

Chevalier sorrise: "Nemmeno che cosa avevi intenzione di fare con 64 scatole di lampadine".

Tutto quello che si sentiva era lo sciabordio dolce delle onde che colpivano il lato della barca. Emily rimase seduta, sprofondata nei suoi pensieri, mentre lui la guardava e le ore passavano.

Alla fine Chevalier si alzò: "È ora di pranzo".

Emily annuì e si alzò, sempre cercando di coprirsi. Chevalier rise e le mise una vestaglia sulle spalle.

***

Mentre Emily dormiva, Chevalier rimase seduto in silenzio, a guardala. Si meravigliava ancora di come dormisse tranquilla e gli mancava sentire le sue emozioni e vedere i suoi sogni. Sperava che lei si sarebbe sentita a suo agio abbastanza da rinnovare il legame, così da riavere quelle cose preziose.

Emily si spostò leggermente mentre dormiva e un cuscino le cadde sul volto. Cominciò immediatamente a gridare e a spingere via disperatamente le coperte. Chevalier tolse in fretta il cuscino e cercò di calmarla.

"Em, va tutto bene", sussurrò mentre lei lottava contro qualunque cosa la toccasse.

Chevalier allungò una mano per toccarle il braccio, ma la ritrasse in fretta quando Emily cadde dal letto e cominciò febbrilmente a spingere via le coperte che erano cadute con lei. Chevalier le fu al fianco immediatamente e tolse le coperte che la immobilizzavano.

Emily continuò a muoversi istericamente e a urlare quando qualcosa la toccava. Arretrò, con un movimento convulso e finì contro una sedia, poi si voltò, urlò e la spinse contro la parete di fronte.

"Emily!" disse Chevalier deciso.

Lei smise di urlare e gli rivolse uno sguardo terrorizzato.

Lui addolcì la voce: "Nessuno vuole seppellirti".

Il cuore di Emily batteva pericolosamente forte mentre si guardava attorno e cercava di vederci nella stanza buia.

"Fai un respiro profondo e calmati".

Chevalier la afferrò quando gli occhi si rovesciarono e cadde sul pavimento di legno. La fece sdraiare e la tenne mentre il corpo si irrigidiva e poi si muoveva a scatti.

Quando si rilassò un pochino, il cuore continuò a battere all'impazzata e ricominciò a respirare affrettatamente quando alzò gli occhi vedendolo.

"Calmati", le disse piano, tenendole la testa.

"Aiutami" Emily formò la parola con la bocca, senza che ne uscisse alcun suono, mentre ricominciava a tremare.

"Dimmi come", disse Chevalier, pronto a controllarla se avesse ricominciato ad avere le convulsioni. Pensò alle varie opzioni per calmarla prima che si facesse male, ma non gli venne in mente niente che non fosse intrusivo.

Quando Emily cominciò a sudare, la sua mente traballò. Doveva fare qualcosa per calmarla per non rischiare che avesse un attacco massiccio.

Ci vollero solo pochi secondi perché il dolore ai denti portasse in superficie i suoi istinti. La immobilizzò dolcemente e le affondò piano i denti nel collo. Lei ansimò e poi si rilassò sotto di lui e il respiro si calmò mentre Chevalier si nutriva lentamente.

Dopo qualche minuto, il senso di sazietà gli schiarì la mente e la guardò, inorridito.

Emily si addormentò quasi subito e lui si alzò e la guardò, rimproverandosi. Mentre la notte passava, continuava a colpevolizzarsi per la sua mancanza di controllo e sperava di non aver annullato completamente la fiducia di Emily.

Quando il sole era appena sorto sull'oceano, Emily si mosse leggermente e poi lo guardò dal pavimento.

"Stai bene?" Le chiese, vergognandosi troppo perfino per guardarla.

Lei annuì e poi si sedette, prendendogli una mano. Quando la guardò, lei gli sorrise.

"Ti ho fatto male?"

Emily si sdraiò sul pavimento e sorrise mettendosi una mano sul cuore che batteva lento.

Chevalier la guardò preoccupato: "Sei arrabbiata?"

Lei non rispose ma studiò le sue dita mentre le intrecciava con le proprie.

Chevalier la guardò e sorrise quando vide come sembrava rilassata e contenta: "Bene... è ora di fare colazione. Ti ho preparato dei toast".

Emily lo guardò dal pavimento mentre spostava i toast dal ripiano al tavolo e poi si voltava con un barattolo di miele in mano.

Quando parlò, Chevalier dovette sforzarsi per sentirla: "Gli heku sono più alti".

Lui annuì: "Sì".

"Quindi noi siamo sempre più in basso".

Chevalier appoggiò il miele sul tavolo e si sedette accanto a lei: "È quello che ti ha detto Salazar? Noi siamo più alti e quindi gli umani devono rispettarci?"

Lei annuì guardandolo attentamente. Era chiaro che stava misurando con molta cura la sua reazione ed era pronta a scappare via.

"Non era degno di restare nella tua ombra", le disse Chevalier, prendendole la mano.

Silo

"Bentornati", disse Kyle aprendo lo sportello del Winchester 1.

Chevalier gli fece un cenno di saluto e aiutò Emily a scendere. Kyle si voltò a mettere in libertà la fila di Cavalieri e poi prese la valigia di Emily dall'elicottero.

"Com'è andata?" Chiese a Chevalier.

"Veramente bene".

"Allora adesso mi parlerai?" le chiese Kyle sorridendole.

Lei lo guardò un attimo poi prese la mano di Chevalier e scese le scale con lui. Quando andò in camera, Silas chiuse la porta dietro di lei e poi guardò Chevalier.

"Ha parlato?" Chiese Kyle.

Chevalier annuì: "Non direi che sia stata loquace, ma ha parlato".

Kralen sorrise: "Splendido!".

"Sì, già. Stiamo ancora avendo a che fare con cose che non conoscevamo", spiegò Chevalier: "Comunque ho visto di più della personalità di Emily di quanto ne avessi vista per un bel po'".

"Che tipo di cose?" Chiese Lori, quando si unì a loro.

"Cose come... non la seppelliva sempre da sola. A volte si faceva seppellire con lei in modo da osservarla mentre si faceva prendere dal panico".

"È orribile!"

"Sapete perché non si siede sulle sedie?" Chiese Chevalier, irritandosi: "Perché gli umani non sono degni di sedersi allo stesso livello degli heku".

Kralen trattenne il fiato.

Kyle piegò leggermente la testa di lato e fece una smorfia: "Hanno bisogno di noi nella sala del Consiglio. I Valle stanno causando problemi".

"Lori, resta con lei", disse Chevalier prima di sparire giù dalla scala con Kyle e la Cavalleria. Si sedette al suo posto mentre Quinn stava cercando di calmare l'aula.

"La questione sta diventando stantia", disse Quinn con calma: "Vi abbiamo già detto che Thukil può comprare tutti i terreni che vuole".

"Non quando sono così vicini a un nostro clan", ringhiò Sotomar: "Dobbiamo attaccarvi di nuovo per far valere le nostre ragioni?"

Chevalier alzò le sopracciglia: "Attacchereste di nuovo per quel motivo?"

"Sì, se non ponete un freno!"

"Non potete entrare in città. Non avete i burattini Encala questa volta".

"Forse non abbiamo intenzione di attaccare Council City!" Gridò Sotomar.

Kyle si alzò: "Non minacciate noi o uno qualunque dei nostri Clan!"

"Lasciate in pace Thukil, disse Chevalier e gli altri consiglieri furono sorpresi di come restasse calmo: "Sapete bene come me quanto sia affezionata Emily ai Thukil... quindi ve lo dirò una volta sola".

Il Capo della Difesa dei Valle lo fissò infuriato: "Questo non ha niente a che fare con la Winchester. È un nostro diritto proteggere i nostri Clan".

"No, questo ha solo a che fare con l'abitudine della la vostra fazione di merda di cercare di litigare senza un motivo", disse Zohn, infuriato.

"Lasciate stare Thukil", ripeté Chevalier.

"No!" gridò Sotomar. Diede un'occhiataccia agli anziani quando Alexis entrò dalla porta posteriore e si sedette accanto a Chevalier.

"Mi aspetto che sarete rispettosi", disse piano Alexis.

Il Capo della Difesa dei Valle abbassò la voce: "La terra che i Thukil hanno comprato non solo è vicina al Clan Weber, è addirittura confinante con la loro proprietà".

"Sì, lo sappiamo", disse Zohn: "Thukil ha chiesto il nostro parere prima di comprarla".

"E voi l'avete permesso?"

"Sì".

"Allora sarà colpa vostra quando distruggeremo il vostro Clan agricolo".

"Provateci", ringhiò il Capo della Difesa degli Equites.

Si voltarono tutti verso le porte dell'aula quando si aprirono e guardarono stupiti Emily che sbirciava timidamente nella sala, senza entrare.

Sotomar fece un passo indietro, troppo furioso per parlare.

Chevalier la guardò: "Ti serviva qualcosa, Em?"

Alexis sorrise: "Vieni dentro, mamma. Va tutto bene".

Lori entrò davanti a lei: "Non sono riuscita a impedirle di venire. Sembrava decisa a vederla".

Chevalier annuì e poi fece segno a Emily di entrare. Lei guardò i due Valle e quando entrambi si fecero indietro, entrò nella sala del Consiglio e cominciò a torcersi le mani.

Mark, Silas e altri due Cavalieri vennero avanti e Mark le tese la mano: "Ti accompagnerò io sul palco".

Emily guardò la sua mano, ispezionò la sala e poi la prese. Lui la accompagnò lentamente sul palco del Consiglio e Chevalier girò la sua sedia quando lei si inginocchiò dietro di lui.

"Che cosa c'è che non va?" Le chiese.

Zohn e Kyle voltarono le sedie per guardarla anche loro.

Lei li fissò un momento poi tornò a guardare Chevalier, che le sorrise: "Parla".

Emily si chinò lentamente in avanti e sussurrò nell'orecchio di Chevalier, troppo piano perché perfino gli heku vicino a lui sentissero.

Lui annuì quando lei smise di parlare e poi guardò Mark: "Voi quattro restate con lei per un momento, per favore".

Mark annuì: "Sì, Anziano".

"Qualcos'altro?" le chiese.

Lei si alzò e guardò i Valle.

"Stanno solo causando dei problemi, va tutto bene, possiamo occuparcene noi".

Quinn di colpo sorrise e gli occhi di Sotomar si spalancarono quando parlò Chevalier: "È solo che vogliono attaccare Thukil".

Kyle soffocò una risata e si voltò a guardare i Valle.

"Che... come?" mormorò Sotomar.

Emily lo guardò, con la fronte aggrottata.

"Come osate dirglielo!" gridò il Capo della Difesa.

Lei si chinò a sussurrare qualcosa all'orecchio di Chevalier, che si voltò e fece un cenno verso i Valle: "Sì, ho detto che a me sta bene se vai a trovare i Thukil".

"T... C... Smettila!", ansimò Sotomar.

Akili, il sostituto di Dustin nel Consiglio sorrise e cominciò a godersi il terrore puro sul volto di Sotomar.

"Non ci faremo intimidire", disse Sotomar, anche se non sembrava molto sicuro.

"Non attacchereste Thukil per via di una mortale?" Chiese Akili con un pesante accento Swahili.

"Emily, questo non ha niente a che fare con te", le disse Sotomar: "È una faccenda delle fazioni e non vogliamo coinvolgerti".

Lei lo guardò attentamente, ma rimase in ginocchio, guardandolo sopra il tavolo del Consiglio.

"È irresponsabile da parte vostra coinvolgerla", disse rabbiosamente il Capo della Difesa: "State cercando di intimidirci e non funzionerà. Confermiamo quello che abbiamo già detto".

Sotomar annuì, diede un'occhiata a Emily e poi i Valle si precipitarono fuori dalla sala del Consiglio.

Zohn sorrise e guardò Emily: "Sono sicuro che adesso non attaccheranno Thukil. Saranno al sicuro".

Emily guardò Chevalier, che annuì: "Possono farcela da soli, ma manderemo degli aiuti, casomai servissero".

Emily guardò Mark, poi riportò lo sguardo su Chevalier.

"Ritieni che dovrebbe andare la nostra Cavalleria?"

Kyle annuì: "In effetti sono d'accordo anch'io".

"Anch'io", disse il Capo della Difesa.

"Andiamo", le disse Mark, porgendole la mano: "Lasciamo che il Consiglio decida che cosa fare".

Lei esitò un momento poi prese la mano di Mark e seguì i Cavalieri fuori dalla sala.

Alexis sorrise: "È interessante vedere che strisciano come vermi quando c'è la mamma in giro... anche se non sappiamo nemmeno fino a che punto abbia ancora le sue capacità".

Zohn sorrise: "È stato piuttosto divertente".

"Ritieni che attaccheranno comunque Thukil?"

"Sì, penso di sì".

Alexis sospirò: "Allora vi lascerò soli a deliberare. Posso andare?"

Quinn la guardò: "Sì, puoi andare. Grazie ancora per il tuo aiuto".

Alexis fece un inchino e uscì dalla sala.

"Allora siamo d'accordo di mandare la Cavalleria e un quarto delle Guardie di Città?" Chiese Zohn.

Chevalier annuì: "Sì, però questo lascia Council City piuttosto esposta".

"Faremo venire i Powan".

"Sì, è fattibile".

"Penso che dovremmo allontanare Emily", suggerì Kyle.

Chevalier lo guardò: "Se c'è una guerra a Council City, sono d'accordo... lei non dovrebbe essere qui".

"I nostri piani di evacuazione, però, prevedevano di mandarla a Thukil".

Chevalier rifletté un momento: "Mi fido solo se è sull'Isola, con i Thukil o Powan. Ma stiamo portando via gente anche dall'Isola e Powan".

"I Valle non sono in grado di attaccare Thukil, Council City e Powan insieme", disse il Capo della Difesa: "Se lasciamo una manciata di Powan con Emily dovrebbe essere abbastanza al sicuro purché i Valle non sappiano dov'è".

"Sono piuttosto seccati per la storia di Dustin, però", ricordò loro Quinn.

"Non importa. Non oseranno sfidare gli anziani", disse Zohn: "Sono d'accordo di mandare Emily a Powan, con 8 dei loro membri".

"Avevamo deciso che io non sarei partito di nuovo, disse Chevalier: "Ma questa guerra potrebbe essere devastante".

"Lasciamo alcuni Cavalieri con lei", disse Kyle.

"Dovrebbero essere Mark, Silas o Kralen", disse Zohn: "Di quali potete fare a meno su un campo di battaglia?"

"Di nessuno di loro", sospirò Kyle: "Ma in effetti non conosce veramente gli altri".

"Allora lasciamo Kyle con lei", disse Quinn tra sé e sé.

"Non possiamo fare una guerra così importante senza il Giustiziere", disse il Capo di Stato Maggiore.

"Allora che cosa facciamo?"

Gli occhi di Chevalier si riempirono di dolore: "La lasciamo con degli sconosciuti. Non abbiamo scelta".

"Sarà al sicuro con otto Powan", gli assicurò Quinn con un sorriso. "Sarà a disagio e senza dubbio si dondolerà un po', non possiamo risparmiare nessuno questo volta. Sono convinto che attaccheranno presto e dobbiamo mandare fuori le nostre forze".

"Emily è venuta a dirmi che è senza guardie", disse loro Chevalier: "Questo significa che ha paura di restare da sola. Non posso lasciarla con degli estranei".

"Che cosa suggerisci?" Chiese il Cancelliere.

Chevalier sospirò fissandosi le mani: "Suggerisco di lasciarla con 8 Powan al loro Clan. Dovremo contenere i danni, una volta finito. Non la voglio vicino a un combattimento in questo momento".

**

"Andrà tutto bene", disse Chevalier mentre staccava le mani di Emily dal proprio braccio: "Ci fidiamo a lasciarti con loro".

Lei guardò piena di paura gli 8 heku sconosciuti che restavano perfettamente fermi sull'attenti.

"Non possiamo lasciarti vicina a questa guerra", le disse dolcemente Kyle, togliendole una mano dal braccio di Chevalier.

"Ti ho spiegato che non abbiamo scelta", le disse Chevalier mentre Kyle la allontanava dolcemente da lui: Detestava vederla così terrorizzata e capiva che stava già richiudendosi in sé.

I Powan saltarono sul Winchester 1 e tolsero Emily dalle mani di Kyle. Lei urlò e Chevalier si sentì morire quando la vide lottare con i Powan quando il Winchester 1 decollò da Council City.

Kyle si guardò partire e sospirò: "Starà bene".

Chevalier annuì e si rivolse a Dain: "Non te lo dirò un'altra volta".

"Io vengo".

"No, tu non verrai".

"Non mi puoi fermare", disse Dain, incrociando le braccia.

Chevalier socchiuse gli occhi: "Non parlarmi in quel modo. Non verrai ed è definitivo".

"Siamo pronti, Signore", disse Silas dalla soglia.

Chevalier annuì e seguì la Cavalleria.

***

"Tu starai qui", disse il Powan, mostrando a Emily una stanzetta in fondo alla caserma principale. Appoggiò la sua valigia e la osservò sedersi sul pavimento, poi scrollò le spalle e se ne andò.

Emily si guardò attorno nella stanza fredda a buia.

Una volta che i Powan furono partiti tutti dal loro Clan, diretti a Council City, otto heku arrabbiati entrarono nella stanza e lei li guardò dal pavimento.

"Mettiamo le cose in chiaro", disse il più alto in grado: "Ci perdiamo questa battaglia a causa tua. La tua disobbedienza ha fatto bandire Dustin e non siamo contenti nemmeno di quello. Tu starai qui e non farai rumore. Avrai il cibo quando ci andrà di portartelo e calore quando avremo freddo noi, capito?"

Emily non si mosse nemmeno, rimase ferma a guardare la parete.

"Non so che cosa abbiamo fatto per essere puniti col dover restare bloccati qui con te... ma la pagherai anche tu", ringhiò.

Gli heku uscirono sbattendo la porta. Emily si guardò intorno nella piccola stanza, con il letto nudo e una dura sedia di metallo, poi si raggomitolò e cominciò a dondolarsi nascondendo il volto tra le braccia.

***

Il Generale Skinner entrò nella sala del Consiglio e si inchinò a Quinn: "Mi avete chiamato?"

"Sì, la battaglia a Thukil è cominciata e a quanto pare parecchi membri chiave della fazione dei Valle non ci sono. Sospettiamo che siano qui per attaccarci: Qualche segno?"

"No, Anziano. Nessun segno per ora".

"Finora Thukil è al sicuro e stanno respingendo facilmente gli attacchi dei Valle".

Il Generale Skinner sorrise: "Buone notizie, Anziano".

***

Chevalier si guardò velocemente intorno e vide che i Valle rimasti entro le mura di Thukil erano morti o stavano combattendo con gli Equites. Le cavallerie di Council City e di Thukil erano allineate davanti alle mura, con oltre 600 guardie di Council City dietro di loro.

"Anziano", lo chiamò il Capitano Darren, avvicinandosi a cavallo. "L'ultimo round era di 892 Valle, e li abbiamo fatti fuori tutti. Rapporti da Council City dicono che i Powan e i residenti di Council City stanno tenendo facilmente testa agli attacchi dei Valle.

Chevalier annuì, e strinse i pugni quando sentì il suono di heku che si avvicinavano: "Eccone degli altri".

I cavalli battevano nervosamente le zampe, sentendo la tensione nell'aria. Gli heku a cavallo avanzarono lentamente, con quelli a piedi dietro di loro. Chevalier guardò che cosa stava arrivando questa volta e sorrise quando vide solo 428 Valle apparire dai boschi intorno al grande Clan.

"Fateli fuori", sussurrò.

Darren diede il segnale di accorciare le distanze e la Cavalleria avanzò immediatamente. Pochi secondi dopo, si cominciarono a sentire i suoni della battaglia e Chevalier sfuocò avanti per unirsi ai combattimenti.

***

Emily era seduta sul pavimento e ascoltava i Powan fuori dalla sua porta.

"Non mi risulta che abbiano lasciato indietro dei lupi", ringhiò uno di loro.

"Ovviamente no!"

"Il Generale Skinner non avrebbe permesso al suo prezioso sangue di restare qui a fare da babysitter alla mortale incapace".

"È solo una settimana che siamo qui. Niente di meglio che farsi fregare subito la prima volta".

"Ehi, passami quella bottiglia".

Emily si rannuvolò quando si rese conto che stavano bevendo. Spiegava perché le voci stessero crescendo di volume e la loro agitazione stesse aumentando.

"Capisco perché il Generale ti abbia lasciato indietro", disse uno degli heku ridendo: "Sei piuttosto piccolo".

"Piccolo?" Sibilò uno di loro.

"Già che cosa sei, due metri?"

"Ritira subito quello che hai detto".

"No".

Si sentì un forte rumore ed Emily si raggomitolò più stretta. Stava tremando per l'aria fredda della notte e non c'era nemmeno una coperta per scaldarsi.

"Sei tutto piccolo o è solo la statura?" Disse un altro heku ridendo.

Emily ansimò quando la porta dietro di lei cadde di colpo andando a pezzi sul pavimento. Fu colpita con forza quando due heku le sbatterono contro, gettandola contro la struttura del letto.

Cinque heku sfuocarono nella stanza e rimasero a guardare a occhi sbarrati mentre Emily si metteva carponi. Sentirono odore di sangue fresco e solo la paura per quello che avevano fatto impedì loro di attaccarla subito.

Quando li guardò, l'enormità del loro errore li colpì. C'era un livido molto evidente che si stava formando sulla sua guancia, con un filo di sangue che scendeva, mentre un occhio si stava chiudendo.

"Dannazione, avevi giurato che non avremmo fatto niente che lasciasse delle tracce!" Gridò l'heku più vicino.

"Che cosa facciamo?" La sua voce appena più forte di un sussurro.

Emily si sedette e appoggiò la testa contro il sottile materasso guardandoli.

"L'Anziano ci ucciderà", disse uno di loro con la voce rotta.

***

"Quanti?" Chiese Lord Thukil sedendosi al grande tavolo riunioni.

Chevalier interrogò Kyle con gli occhi: "La Cavalleria Thukil non ha perso nessuno, la città ne ha persi 28. La Cavalleria di Council City uno e il nostro staff di guardia 14.

Lord Thukil sospirò, a testa bassa: "Siamo sicuri che gli attacchi siano finiti?"

"Sì", rispose Chevalier. "Da Council City informano che hanno suonato la ritirata e non c'è più un solo Valle nella zona.

Mark guardò Darren, dall'altra parte del tavolo: "Vorremmo lasciare qui metà della Cavalleria per una settimana, in caso di attacchi residui".

"Che cosa avete trovato?" Chiese Chevalier a Silas e Kralen quando entrarono nella stanza.

Silas si inchinò leggermente: "Weber è stato ripulito. Sono tutti morti e gli edifici sono in fiamme. Non credo che qualcuno sarà in grado di ricostruire un Clan senza che Thukil se ne accorga.

"Entro quanto tempo potete impossessarvi di quell'area?" Chiese Chevalier a Lord Thukil.

"Possiamo cominciare immediatamente. Powan sta ospitando dei silos di grano e possiamo trasferirli qui entro una settimana".

Chevalier annuì: "Procedete. Voglio quegli edifici e la sicurezza sul posto entro dieci giorni".

"Sì, Anziano", disse Lord Thukil: "Sarà bello non avere un clan Valle così vicino a noi".

"Torniamo, allora", disse Chevalier alzandosi: "Lasciate qui Horace con la Cavalleria. Tutti gli altri devono rientrare".

"Sì, Anziano", disse Kralen e sparì per impartire gli ordini.

"Grazie, Anziano", disse Lord Thukil inchinandosi.

"Fateci sapere se ricominciano. Appena tornerò, affronterò i Valle riguardo questo attacco".

Lord Thukil annuì e andò a salutare gli heku di Council City quando uscirono per andare agli elicotteri.

"Voi tre con me", disse Chevalier quando Kyle salì sull'elicottero più piccolo: "Anche tu, Garret".

Il giovane heku lo guadò scioccato, poi lasciò l'elicottero per Council City e salì su quello dell'Anziano. Si sedette e si allacciò la cintura, restando un po' scostato dagli altri.

Mark, Silas e Kralen lo seguirono e quando Chevalier fu dentro, il pilota si diresse al clan Powan.

"Volevi parlarmi, Garret?" Chiese Chevalier, quando furono in aria.

"Mm... sì... Anziano".

"Avanti".

"È... una faccenda... privata".

Kyle sorrise: "Puoi chiedere di sposare Alexis davanti a noi".

Garret deglutì forte e guardò i volti furiosi degli heku nell'elicottero.

Chevalier si stava godendo la sua evidente paura, mentre gli heku più vicini ad Alexis facevano le facce scure e lo guardavano minacciosi, proprio come avevano organizzato.

Silas si chinò in avanti: "Forza... parla".

"È... è... beh...", balbettò Garret: "Io... sì... volevo... lo sa".

"No, non lo so", disse Chevalier, fingendo di essere irritato.

"È solo che... Alex ed io..."

"È Miss Alexis", ringhiò Mark: "Devi usare il suo titolo corretto con noi, ragazzo".

Garret annuì, pietrificato.

"Come posso permetterti di continuare a uscire con mia figlia se non riesci nemmeno a parlare con noi?" Gli chiese Chevalier.

Kyle annuì: "Vero, io voto perché sia bandito per aver parlato con lei".

Garret si scosse: "Aspettate! No... è che... noi volevamo sposarci".

"Lo so", disse Chevalier: "Ma cosa ti fa pensare di essere degno di entrare nella mia famiglia?"

"Non... non lo sono?"

Chevalier atteggiò il volto alla sorpresa: "Non lo sei?"

"Sì... voglio dire... è..."

Silas si chinò in avanti: "Sono d'accordo con il giustiziere. Lexi può avere di meglio".

"Forse Todd?" Gli chiese Mark.

Silas scrollò le spalle: "Mi piace Todd".

"Todd?" Chiese Garret confuso: "Lui è... è..."

"Perfetto per Alexis", disse Kralen.

"No! Aspettate..."

Kralen fece una smorfia: "Mi hai detto di no?"

"No, Signore", disse Garret agitandosi: "Aspetti, volevo dire... Sì Signore... aspetti... no...".

"Todd sa parlare". Disse Kralen, mettendosi comodo.

"A me piace Todd" disse Chevalier fissando Garret.

"Ma", fece per dire Garret, poi chiuse la bocca.

"Sì?"

"Io... io amo Al... Miss Alexis".

"Pensi di amare mia figlia?" sibilò Chevalier, esagerando la parola 'mia'.

"No!"

"Aspetta... come?"

"Non è che lo penso, Anziano. Io lo so... io l'amo".

"Mm, interessante", disse Chevalier in tono indifferente.

Rimasero tutti in silenzio mentre gli heku guardavano Garret che si sentiva sempre più a disagio mentre passava il tempo. Garret sobbalzò quando il pilota urlò che mancavano cinque minuti all'atterraggio a Powan.

Chevalier continuò a fissare il giovane heku con occhi penetranti e non distolse lo sguardo finché il pilota non atterrò dolcemente sull'erba fuori dal Clan. Quando scesero, il Generale Skinner stava arrivando con le sue truppe da Council City.

"Anziano", disse il Generale inchinandosi.

"Fuori, ragazzo", sibilò Mark a Garret.

Il giovane heku scese e rimase un po' indietro rispetto agli altri di Council City, troppo spaventato per parlare o muoversi.

"Andiamo a prendere il comandante Emily", disse Skinner: "Sono sicura che sarà ansiosa di tornare a casa".

"Lo immagino", disse Chevalier, seguendolo.

I quattro heku fuori dalla stanza di Emily si misero sull'attenti e poi si inchinarono quando videro Chevalier.

"Com'è andata?"

Quello più vicino deglutì e poi balbettò: "È... nessun problema...".

Chevalier aggrottò la fronte.

"Molto convincente", disse Kyle, prima di bussare: "Em, possiamo entrare?"

Quando non rispose, Chevalier sorrise: "Trattamento silenzioso".

Kyle ridacchiò ed entrò, poi si guardò intorno nella stanza vuota: "Dov'è?"

"Bagno?" Suggerì Chevalier, bussando: "Em sei lì dentro?"

Quando non sentirono altro che silenzio. Sbirciò dentro, poi aprì la porta e si voltò verso le quattro guardie alla porta: "Dov'è?"

"Era qui quando abbiamo controllato qualche minuto fa". Disse il più alto in grado.

Il Generale Skinner fece una smorfia: "C'è solo una porta qui dentro e nessuna finestra, come può esservi sfuggita?"

"Non lo so, Generale".

"Bene, trovatela!" urlò.

Mark era preoccupato: "Non sento più nemmeno il suo odore qui dentro".

Chevalier annuì: "L'ho notato. Manca almeno da qualche ora".

"Era qui!" disse il Powan più vicino.

Il Generale Skinner lo colpì sulla testa: "Stai discutendo con l'Anziano?"

"No, Generale", rispose a voce bassa.

Chevalier si rivolse a Mark: "Trovatela".

Gli heku sfuocarono fuori dalla caserma e si sparpagliarono, immediatamente seguiti dai membri del Clan.

Garret alzò gli occhi quando Silas sfuocò da lui: "Emily è scomparsa, cercala".

Garret annuì e scomparve.

"A che cosa servono quelli?" Chiese Kralen quando Silas arrivò da lui.

Silas guardò i grossi silos: "Thukil li stava alloggiando qui... un qualche tipo di scambio con il Generale Skinner".

Kralen annuì e poi scomparve di nuovo.

"Non trovo nessuna traccia", disse Chevalier, dopo due ore di ricerche.

"Ho appena controllato la prigione e non è nemmeno lì".

Chevalier si guardò attorno attentamente nel cortile principale: "Come può sfuggire a 8 heku che controllano la sola porta?"

Il Generale Skinner scosse la testa: "Non lo so, Anziano. Uno di loro era in alto sulla torre, come vedetta. Gli altri sette dicono di averla vista qualche minuto prima che arrivassimo".

"Se fosse sparita solo pochi minuti prima, avremmo sentito il suo profumo nella stanza".

"Sono d'accordo".

Garret decise di cercare lungo le mura esterne di Powan e restare lontano dagli altri. Era ancora terrorizzata per il tempo passato con gli altri heku in elicottero e non desiderava altro che tornare a Council City, in caserma.

Quando arrivò sotto i silos di grano, si fermò e inalò a fondo. Il profumo delle Winchester gli era familiare, visto che usciva con Alexis ed era sicuro di aver colto il suo profumo lì vicino.

Passò oltre i silos e il profumo scomparve, quindi tornò indietro e si fermò dove il profumo era più forte, accanto alla scala che conduceva alla porta del silos, a oltre 45 metri di altezza.

Sospirando, cominciò a salire sulla stretta scala metallica.

Mark alzò gli occhi quando vide del movimento e scosse la testa: "Qualcuno vada a vedere perché il ragazzo sta arrampicandosi sul silo".

Kralen alzò gli occhi, rise e poi sfuocò verso il silo, arrivando mentre Garret spariva attraverso la porta di metallo.

"Garret, che cosa stai facendo?" Gli gridò Kralen. Tutto quello che sentì fu il lieve tonfo quando l'heku atterrò nel grano ammucchiato. "Ecco... è solo un idiota".

Kralen cominciò a salire la scala e cambiò espressione quando sentì il profumo di Emily. Arrivò in fretta alla porta e vide Garret che si spostava nel grano con le braccia immerse fino alle ascelle: "Che cosa stai facendo?"

Garret non alzò gli occhi, ma continuò ad avanzare a fatica attraverso il grano: "È qui dentro".

"Esci da lì" ringhiò Kralen.

"Conosco il profumo, è qui".

Kralen si irrigidì quando il profumo Winchester aleggiò fino a lui dal grano. Si voltò e gridò per chiamare gli altri, poi saltò dentro, sprofondando immediatamente fino al petto. Immerse le mani e cominciò a muoversi, tastando intorno a sé.

"Che cosa state facendo?" Gridò Mark, dall'alto.

Garret ansimò all'improvviso e sparì sotto la superficie del grano. Senza pensarci due volte, Kralen si avvicinò alla sua posizione e fece lo stesso.

"Kralen!" Gridò Mark. Scosse la testa e stava per scendere dalla scala quando vide Garret apparire tenendo in mano due polsi legati. Kralen emerse accanto a lui con le mani intorno alla vita di Emily.

Mark saltò nel grano e andò in fretta da loro. Kralen stava appoggiando Emily sulla superficie, mentre Garret le impediva di affondare.

Kralen le mise l'orecchio accanto alla bocca, dopo averle tolto il bavaglio e poi cominciò immediatamente a soffiarle aria nei polmoni. Mark allungò una mano per sentire il collo.

"Che diavolo?!" Gridò Kyle sopra di loro.

"Fai venire un'ambulanza!" ruggì Mark.

Kyle sparì mentre gli heku cominciavano a spostare Emily verso la scala dentro il silo. Kralen continuava a soffiarle lentamente l'aria nei polmoni, poi Mark se la gettò in fretta sulla spalla per calarsi dalla scala. Saltò giù dagli ultimi quindici metri e la posò delicatamente a terra, dove c'era Chevalier.

Kralen li raggiunse e ricominciò a soffiarle aria nei polmoni. Chevalier strappò le strisce di tessuto che le legavano i polsi e le caviglie e poi toccò il livido sulla sua guancia.

Apparve il Generale Skinner, e la guardò sbalordito. Quando Chevalier gli ringhiò contro, sparì per andare a scoprire che cos'era successo.

Si sentì il suono delle sirene e Chevalier sollevò dolcemente Emily, muovendosi all'unisono con Kralen che continuava la respirazione. Gli infermieri la presero in fretta e la misero nell'ambulanza. Qualche secondo dopo, l'ambulanza partiva a sirene spiegate.

"Prendi la mia auto", disse il Generale porgendo a Kyle le chiavi.

"Voglio delle risposte". Sibilò Kyle.

Il Generale Skinner fissò minaccioso i membri del suo Clan allineati sul prato.

Silas, Kralen e Garret rimasero nel clan, mentre Chevalier, Mark e Kyle partivano per l'ospedale.

Il viaggio passò in silenzio e quando gli heku arrivarono all'ospedale, l'ambulanza era già vuota e seguirono all'interno gli infermieri.

Chevalier si fermò all'accettazione: "Hanno appena portato qui mia moglie, Emily Winchester".

La receptionist sfogliò una lista e poi annuì e indicò un corridoio, senza alzare gli occhi: "Stanza 6".

I tre heku si diressero alla camera e si fermarono quando ne uscì un medico: "Chi siete?"

"Sono il marito di Emily", disse Chevalier, cercando di passare davanti al giovane medico, che gli bloccò la strada: "Le dispiace spiegarmi?"

"Che cosa, esattamente?"

Si voltarono quando arrivò la polizia: "Perché voi tre non venite con noi?"

Kyle sospirò, c'era già passato: "Verrò io a parlare con voi".

"No, ci servite tutti e tre".

Mark prese il braccio di Chevalier e alla fine riuscì a convincerlo a seguirli in una sala riunioni privata. Si sedettero di fronte a due detective dallo sguardo severo.

"Ci chiamano tutte le volte che il personale di un ospedale rileva segni di maltrattamento", disse il primo detective: "Lampante, in questo caso.. quindi tutto quello che chiedo è... chi è stato?"

Chevalier scosse la testa: "Non lo sappiamo. Eravamo fuori città e siamo tornati quando era già scomparsa".

"Avete i documenti?"

Chevalier gli porse la sua patente e poi si sedette mentre gli altri facevano lo stesso. Un detective uscì mentre l'altro prendeva carta e penna.

"A che ora siete arrivati alla fattoria?" Chiese, continuando a scrivere.

"Alle sedici", rispose Mark.

"Dove eravate?"

"In Texas"

"Siete venuti in auto?"

"No, in aereo".

Il detective annuì e scrisse qualcosa: "Quindi avrete i biglietti".

Kyle si stava irritando: "No, era un volo privato".

Il detective alzò gli occhi. Era evidente che non gli credeva: "L'avete trovata legata e soffocata?"

"Sì".

"Chi c'era con lei?"

"Alcuni nostri amici", disse Chevalier, calmando Kyle con uno sguardo.

L'altro detective tornò e passò un foglietto al collega.

"C'è qualche problema?" Chiese Chevalier.

"No, non un problema... solo un'osservazione", gli rispose piegando il biglietto.

"Cioè?"

"Lei è parecchio più vecchio di sua moglie".

"Sì, e allora?"

Il detective scrollò le spalle: "Abbiamo dei poliziotti al ranch e fortunatamente per voi hanno già arrestato qualcuno".

Mark lo guardò sorpreso: "Chi?"

"È una notizia riservata, fino a che non arriveremo in fondo a questa storia".

Chevalier sospirò: "Possiamo almeno vederla?"

"Effettivamente no. In questo momento la sta visitando uno Psichiatra".

"Perché?"

"Ve lo diremo appena avremo valutato il suo stato di salute mentale".

Chevalier si sentì stringere lo stomaco. Sapeva che Emily non avrebbe parlato con nessuno, oltre a lui e che si sarebbe probabilmente dondolata in posizione fetale se un estraneo l'avesse interrogata.

"È seguita da uno Psichiatra personale", gli disse Kyle.

Il detective lo guardò: "Oh? Come mai?"

"Lei... lei ha avuto dei problemi".

"Be, se decidono che è da TSO, allora..."-

Mark lo interruppe: "TSO?"

"Sì, se lo staff dell'ospedale decide che è mentalmente instabile, dovranno emettere un ordine per il trattamento sanitario obbligatorio".

"Non lascerò che mia moglie sia messa in un ospedale", ringhiò Chevalier.

Il detective lo fissò minaccioso: "Vedremo che cosa succederà. Adesso è ora che voi gentiluomini andiate nella sala d'attesa".

Ci vollero Mark e Kyle insieme per trascinare fuori Chevalier dalla stanza. Si sedettero nella sala d'attesa ad aspettare mentre Chevalier fumava di rabbia. Ci vollero tre ore prima che i detective tornassero con un medico.

"Possiamo vederla?" Chiese Chevalier, alzandosi.

Il medico guardò la cartella e poi l'enorme heku: "È stata ricoverata nel reparto psichiatrico".

Chevalier ringhiò, quindi parlò Kyle: "Quando possiamo vederla?"

"Domani mattina, quando l'avremo stabilizzata".

"Sta bene?"

"Sta respirando spontaneamente, con l'ossigeno, ma non siamo sicuri delle sue capacità mentali, se capisca che cosa sta succedendo. Riteniamo sia meglio che resti per un po' con noi".

"Domani?" Chiese Mark mentre Kyle metteva una mano sulla spalla di Chevalier per fermarlo.

"Sì, l'orario di visita è dalle otto alle diciassette, nel reparto psichiatrico, gli disse il medico. Guardò attentamente i due uomini massicci che trascinavano fuori il marito di Emily.

Chevalier riuscì a parlare solo quando scesero dall'auto dentro il clan Powan. Sentirono tutti il suo aspro sussurro e i Powan, sul prato sud, si misero immediatamente sull'attenti: "Chi è stato?"

Il Generale Skinner venne avanti rispettosamente: "Abbiamo imprigionato le sette guardie responsabili, anche se non ci hanno ancora detto chi è stato".

"Chi è stato arrestato dai mortali?" Chiese Kyle.

"È il Capitano Lander... è quello più adatto a trattare questa faccenda, ma non è coinvolto".

Kyle annuì: "Portaci da quei sette".

Il generale guardò nervosamente Chevalier e poi li accompagnò in prigione: "Tutto quello che otteniamo è che l'hanno controllata intorno alle quattordici e che stava bene".

Chevalier ringhiò e poi sfuocò davanti a loro. Quando gli altri arrivarono aveva inchiodato uno delle guardie contro la parete, prendendolo per il collo. Rimasero indietro, lasciando che l'Anziano facesse quello che era necessario.

***

"Vado da solo", disse Chevalier quando Silas e Kralen fecero per salire in auto.

Kralen trasalì: "Signore, gli Anziani Zohn e Quinn ritengono che sia meglio che veniamo anche noi".

Chevalier non reagì, ma si voltò e partì in fretta per l'ospedale quando Kralen e Silas furono entrambi saliti in auto. Nessuno osò dirgli una parola e lo seguirono dentro in silenzio.

Dopo aver controllato la loro identità e averli fatti passare dal metal detector, un'anziana infermiera dallo sguardo severo accompagnò gli heku in un ascensore riservato e poi a una serie di tre porte di vetro. Sbuffò e li lasciò da soli.

Chevalier si avvicinò al piccolo telefono e sollevò la cornetta. Il suo udito acuto di heku gli permise di sentire attraverso il vetro insonorizzato. Un'infermiera bionda, carina, si avvicinò e gli sorrise dolcemente, poi diede un'occhiata a Kralen prima di sollevare la cornetta.

"Posso aiutarvi?" Chiese.

"Sono qui per vedere mia moglie, Emily Winchester".

La biondina guardò di nuovo Kralen e poi guardò tra le cartelle. Ne tolse una dal mucchio e la sfogliò prima di ritornare al telefono: Avete il permesso di vederla solo attraverso il vetro.

"Perché?" Disse Chevalier stupito.

"Mostra dei segni di tendenze violente", disse l'infermiera. La sua voce dolce e innocente fece infuriare Chevalier: "La porterò qui in modo che possiate vederla. Sono sicura che sarà contenta di vedervi".

Chevalier socchiuse gli occhi quando riappese e scomparve attraverso una porta sul retro.

Silas sospirò: "Sono io l'unico che ha paura di vederla?"

Kralen scrollò le spalle.

Cinque minuti dopo l'infermiera tornò e indicò a Chevalier di prendere il telefono.

"Sì?", Chiese irritato.

"La stanno sedando, quindi non potete vederla adesso. Il medico ha suggerito di provare domani".

"Sedando?"

"Sì, sono sicura che starà bene".

Chevalier sbatté giù il telefono e si girò in tempo per vedere Kralen che rivolgeva un sorriso radioso alla giovane infermiera. Ci pensò un attimo e poi fissò la guardia: "Fammi entrare là dentro".

Kralen annuì e lasciò uscire Silas e Chevalier. Li sentì che si fermavano ad aspettarlo.

L'infermiera bionda alzò gli occhi e sorrise a Kralen quando lo vide appoggiato al muro. Anche lui si sorprese quando gli bastò ammiccare perché lei facesse scattare la porta per farlo entrare.

Kralen oltrepassò la porta di vetro ed entrò nel piccolo ufficio dell'infermiera.

"Ti serviva qualcosa?" Gli chiese, sbattendo le lunghe ciglia.

Chevalier ascoltò attentamente finché sentì scattare la serratura. Lui e Silas sfuocarono immediatamente dentro e aprirono la porta mentre Kralen spariva in un ripostiglio con l'infermiera bionda.

Furono sorpresi di notare che le prime porte di vetro erano le uniche con la serratura e, pochi secondi dopo, apparvero nella stanza di Emily, seguendo il suo profumo. Era seduta in una grande sedia a rotelle con le mani avvolte intorno a sé in una camicia di forza. La testa penzolava senza vita contro il petto e la respirazione era lenta e ritmica.

"Em?" La chiamò Chevalier, inginocchiandosi di fianco a lei. Quando non reagì, le alzò dolcemente il mento e sospirò: "È imbottita di farmaci".

Silas annuì, restando senza fiato quando Chevalier ed Emily sparirono senza che lui avesse visto qualcuno muoversi. Sfuocò velocemente fuori dalla stanza e quasi si scontrò con Chevalier davanti alle porte di vetro. Teneva teneramente in braccio Emily, guardando nel ripostiglio.

Silas si avvicinò e ascoltò poi scosse la testa e sospirò: "Solo Kralen".

Chevalier strinse più forte Emily: "Ci raggiungerà, andiamo".

Silas aprì la porta per l'anziano e questa volta riuscì a vederlo quando sfuocò via, anche se non riuscì a tenere il passo con il 'Vecchio'. Arrivati all'auto, Chevalier sistemò Emily nel sedile posteriore e sciolse la camicia di forza prima di metterle addosso una coperta.

Silas si mise alla guida e accese il motore quando Chevalier salì accanto a Emily e si mise la sua testa sulle ginocchia. Mentre partivano dal parcheggio dell'ospedale, Kralen si tuffò nell'auto in movimento e sbatté la portiera per chiuderla.

"Avresti potuto limitarti a controllarla", disse Silas, dandogli un'occhiataccia.

Kralen sorrise: "Eh già".

Dal sedile posteriore, Chevalier ringhiò: "È totalmente andata".

Kralen guardò indietro: "È stata sedata e legata?"

Chevalier annuì riposizionandole la testa in modo che fosse più comoda.

"Il Generale Skinner ha detto che l'elicottero ci sta aspettando", gli disse Silas.

Kralen rispose al suo telefonino: "Sono Kralen".

Annuì e poi fece una smorfia: "Hanno fatto in fretta".

Dopo qualche minuto, riattaccò e poi si voltò verso Chevalier: "È già su tutti i notiziari, paziente psichiatrica fuggita... e a quanto pare l'infermiera ha dato la mia descrizione e sono il sospettato".

Chevalier rise: "Ti serva da lezione".

"Andrà meglio quando torneremo a Council City", disse Silas. Quando entrarono a Powan, videro che il Winchester 1 era già lì.

"E i sette?"

"Stanno già aspettandola nella prigione del palazzo".

Chevalier uscì cautamente dall'auto con Emily in braccio. Lei non si muoveva e la testa ciondolava contro la sua spalla.

"Facci sapere se possiamo aiutarti, Anziano", disse il Generale Skinner. Era chiaramente infuriato che Emily fosse stata ferita nel suo Clan e tutto intorno era così silenzioso che gli heku di Council City si chiesero a che orrori li stesse sottoponendo il Generale.

Chevalier annuì e salì sul Winchester 1. Adagiò Emily sul divano, togliendole la camicia di forza quando il pilota decollò.

Lori e il dott. Edwards li stavano aspettando sulla piattaforma di atterraggio quando arrivarono. Emily era completamente molle nelle braccia di Chevalier quando entrò nel palazzo.

"Che cosa le hanno dato?" Chiese il dott. Edwards, prendendole il polso per controllare il battito.

"Qualcosa di forte, è tutto quello che so", rispose Chevalier, mettendola a letto. La coprì e poi si sedette accanto a lei.

"Stiamo lavorando con gli avvocati per tenerla fuori dall'ospedale", gli disse Lori: "Il TSO è piuttosto difficile da battere e sarà ancora più difficile ora che è una fuggitiva".

"Come mai è Kralen il sospettato?" Chiese il dott. Edwards incuriosito: "Hanno addirittura delle foto".

Chevalier guardò Kralen che sorrise impacciato: "Mi dispiace".

Entrò Mark: "Sta bene?"

"Sì", disse Kralen e poi si schiarì la voce: "Credo sappia che sono il sospettato, vero?"

Mark lo fissò: "Sì, abbiamo visto i notiziari con la biondina che piangeva. Quindi, lasciami indovinare... hai deciso di non limitarti a controllarla per entrare nel reparto?"

Kralen sospirò: "La prossima volta lo farò".

"Che cosa hai ottenuto dai Powan?"

Mark si sedette e abbassò la voce: "Quattro sono del Clan Wendell, uno di Council City e due del Clan R&N. erano a Powan da meno di una settimana quando è arrivata Emily".

"Lo sapevi?" Chiese Chevalier a Silas.

Lui scosse la testa: "No, Anziano".

"Continua".

Mark continuò, sottovoce: "Stiamo ottenendo la maggior parte delle informazioni da Powell, di Council City. Ha detto che poco prima che arrivassimo, hanno sentito l'odore di un Valle e hanno scoperto che Emily era sparita".

Silas fece una smorfia: "Un Valle è entrato a Powan?"

Mark scosse la testa: "Credo stia mentendo. Quindi si attengono alla storia che un Valle l'ha legata e l'ha gettata in un silo di grano".

"I geni hanno qualche idea del perché?"

Il dott. Edwards finì di visitare Emily: "Credo di poterla svegliare con il Narcan".

"Fallo".

Il medico cercò nella sua borsa e ne tolse siringa e farmaco. Dopo minuti dopo l'iniezione Emily sospirò e cominciò a muoversi.

"Caffè", disse Silas nell'aria.

"Non lo berrà", gli ricordò Lori.

"Possiamo offrirglielo?"

Lei scrollò le spalle: "Certo".

Chevalier aiutò Emily a sedersi e lei ciondolò un po' e li guardò un po' malferma: "Sei tornata", le disse sorridendo.

Emily si guardò attorno, incerta e poi cercò di togliere le coperte.

"Resta lì. Ti abbiamo ordinato un po' di caffè per aiutarti a svegliarti". Le disse Chevalier.

Silas prese il caffè da un servitore e si avvicinò. Emily dovette allungare la mano tre volte prima di riuscire ad avvolgere la mano intorno alla tazza bollente. Chevalier la tenne forte e rise piano mentre lei cercava di portarselo alla bocca.

Dopo averne bevuto un piccolo sorso, si appoggiò a Chevalier e guardò silenziosamente gli heku nella stanza.

"Vuoi che ce ne andiamo?" Le chiese Lori.

Emily riuscì alla fine a mettere le gambe fuori dal letto e Kralen la afferrò prima che cadesse. Lei riuscì a mettersi in piedi, appoggiandosi al suo braccio e lui la aiutò a raggiungere il bagno. Quando fu sicuro che non sarebbe caduta, chiuse la porta e tornò dagli altri.

"Lasciateci soli", disse Chevalier: "Cercherò di farmi raccontare la storia da lei".

Dopo quasi venti minuti, Chevalier andò alla porta del bagno e bussò: "Em?"

Quando non ricevette risposta, aprì la porta e la trovò seduta sul pavimento davanti alla vasca con la testa appoggiata alla porcellana fredda, profondamente addormentata. La sollevò gentilmente e poi scese nella sala del Consiglio quando l'ebbe rimessa a letto.

Una volta al suo posto, si unì al processo in corso, mentre il dott. Edwards sorvegliava Emily che dormiva.

Chevalier guardò l'heku nell'aula e poi chiese a Quinn: "Ha confessato?"

"Sì".

Il prigioniero scrollò le spalle. "È così"

"Non credo che una confessione dovrebbe alleggerire la punizione".

"Lord Paxton ci ha lasciato completa autonomia per questo", disse loro Ufficiale di collegamento tra i Clan.

"Per aver rubato da un Clan?" disse Chevalier: "Io voto per la morte".

Zohn soffocò una risata: "Normale. Il mio voto è 500 anni".

Quinn rifletté un momento e poi annuì: "500 anni".

Il prigioniero cercò di scappare ma le sue ceneri si sparpagliarono sul pavimento dell'aula.

"Uffa, detesto doverle raccogliere", brontolò Kyle e poi chiamò un servitore.

"Vogliamo parlare con Kralen", disse Zohn a Chevalier.

Kralen entrò accompagnato da Mark, con Silas dietro di lui.

"Mi avete chiamato?" Chiese Kralen.

Zohn sospirò: "Sei una buona guardia, uno dei migliori, in effetti".

"Grazie, Signore".

"Però siamo preoccupati per i tuoi modi avventati", disse Quinn: "Riteniamo che alcune delle tue decisioni siano più alimentate dalla passione che dalle leggi o addirittura dal buon senso".

"Ok", disse Kralen, con una piccola smorfia.

"L'episodio con l'infermiera ci è sembrato imprudente e impulsivo", disse Chevalier: "Mentre la maggior parte di noi l'avrebbe semplicemente controllata e probabilmente non sarebbe stato scoperto... tu l'hai portato a un altro livello".

"Ho capito, Anziano".

"Quindi, cosa dobbiamo fare con te", sospirò Zohn: "Sei troppo bravo per lasciarti andare, però non siamo sicuri di avere bisogno di teste calde nella Cavalleria. C'è una ragione se sono la nostra élite".

Kralen si limitò ad annuire.

"Forse potresti servire meglio gli Equites come Capitano delle Guardie di Città", suggerì Kyle.

Kralen lasciò cadere le spalle, ma annuì di nuovo.

I Consiglieri si girarono quando la porta dietro di loro si aprì e videro Emily che entrava lentamente e barcollando nella sala.

"Che cosa c'è che non va, Em?" Chiese Chevalier, afferrandola prima che cadesse. La aiutò a sedersi sulla sedia accanto a sé e lei guardò l'aula con le palpebre pesanti.

Aggrottò appena la fronte quando vide Kralen.

Mark e Silas le sorrisero entrambi ma Kralen restò serio, con gli occhi fissi sugli Anziani.

Emily appoggiò la testa sul braccio di Chevalier e chiuse gli occhi.

Chevalier tornò a guardare l'aula: "Sei stato un buon membro della Cavalleria, ma i Consiglieri ritengono che alcuni dei tuoi modi siano un po' grossolani per la nostra élite".

"Sì, Anziano", sussurrò Kralen.

"Il voto degli Anziani è che tu torni alle Guardie di Città, con il tuo grado attuale di Capitano", disse Zohn.

Emily aprì gli occhi e si sedette guardando Zohn.

Zohn le sorrise: "Ti senti meglio, cara?"

Lei si chinò a sussurrare nell'orecchio di Chevalier, troppo piano perché sentissero perfino gli heku accanto a lui.

Chevalier sospirò, guardandola: "Dobbiamo farlo. Sono state compiute delle azioni che non sono consone alla Cavalleria".

Lei fece una smorfia e poi si chinò di nuovo, mettendo la mano a coppa in modo che gli altri heku non sentissero.

Chevalier scosse la testa quando finì: "No, non è così. Questo non ha niente a che fare con te. Come Consiglio riteniamo che debba...".

Sbalordendo tutti, Emily si spostò da Kyle e gli sussurrò nell'orecchio. Lui rise e poi la guardò: "Sì, sono stato d'accordo anch'io con questa decisione".

Chevalier sospirò quando Emily si alzò e usò le sedie per sostenersi mentre camminava lentamente verso l'aula. Guardò indietro verso il Consiglio e poi quasi cadde tra le braccia di Kralen.

Quando la rimise in piedi, Kralen si abbassò in modo che lei potesse sussurrargli nell'orecchio. Tutti si stupirono che parlasse liberamente a qualcuno che non era Chevalier.

Kralen sorrise: "Io sto bene. Forse hanno ragione loro".

Emily gli indicò di abbassarsi ancora e poi sussurrò.

"Che cosa sta dicendo?" Chiese Chevalier.

Kralen finì di ascoltarla e poi la guardò preoccupato: "Non farlo".

"Subito, Kralen...", disse Chevalier.

Kralen si rivolse all'Anziano: "Vuole...".

Smise di parlare quando Emily gli mise la mano sulla bocca e poi fissò Chevalier con la faccia scura.

Chevalier sorrise: "Ok".

Emily tirò Kralen verso di sé e cominciò a parlargli nell'orecchio. Gli heku sentivano solo un mormorio, quindi aspettarono pazientemente di scoprire che cosa volesse.

Quando ebbe finito, Kralen chiuse gli occhi, fece un profondo respiro e poi la guardò di nuovo: "No, va bene? Non ti devi mettere in pericolo a causa mia: Puoi sempre farmi visita in città".

Chevalier socchiuse gli occhi quando vide Emily che stringeva i denti.

Kralen scosse la testa: "Ascoltami, Em. Se il Consiglio ritiene che io non sia più adatto alla Cavalleria, allora prenderò il mio posto in città".

Emily batté un piede a terra e poi uscì, finalmente abbastanza ferma sulle gambe per riuscire a precipitarsi fuori dalla sala del Consiglio.

"Ti dispiace illuminarci?" Chiese Zohn.

Kralen sospirò: "Ha detto che se io non faccio parte della Cavalleria, farete parecchia fatica a impedirle di sfuggire alle sue guardie".

"Dannazione", sospirò Chevalier.

"Ha anche detto che se verrò assegnato alla città, anche lei cercherà una casa là e lascerà il palazzo".

Quinn si mise a ridere: "È bello riaverla come prima".

"La nostra decisione rimane", disse Zohn e poi sospirò quando Derrick annunciò che Emily stava ascoltando alla porta.

"Vai a parlarle, Mark", disse Chevalier.

Mark annuì e poi scomparve. Kralen si voltò verso Silas e si inchinò leggermente dopo avergli consegnato la sua spilla di capitano della Cavalleria. Entrambi uscirono diretti verso la caserma.

"Sarà furiosa", disse Chevalier.

"È più collaborativa da quando è tornata", disse Zohn: "Non credo che vorrà sparire solo per questo".

"Resta comunque un'arma pericolosa", disse il Capo della Difesa: "Abbiamo considerato che cosa succederebbe se cadesse ancora in mani nemiche?"

"Siamo sicuri che sia un'arma pericolosa?" Chiese il Capo di Stato Maggiore: "Oppure è semplicemente la moglie dell'Anziano? Dobbiamo considerare che non sia più in grado di incenerire un heku".

Kyle si rannuvolò: "Non è in grado o non vuole farlo?"

"Entrambe le cose. Mi domando se la sua mente non lo consenta per paura di essere punita. Se i Valle attaccassero in questo momento, ci difenderebbe o si nasconderebbe?"

Chevalier scosse la testa: "Sono piuttosto sicuro che si nasconderebbe".

"Consentitemi di non essere d'accordo", disse Kyle irritato.

L'Ufficiale di collegamento tra i Clan rifletté prima di scegliere le parole: "Forse gli ictus e la susseguente morte l'hanno resa incapace di farlo".

"Ha permesso a quegli heku, siano Powan o Valle, di legarla e di gettarla in un silo di grano", disse Zohn.

Quinn sospirò, a testa bassa: "La nostra Emily non l'avrebbe permesso".

"Non resterò qui a lasciare che parliate di lei come se non fosse più un membro importante di questa fazione".

"Le mogli degli Anziani sono sempre state una parte importante di questa fazione", disse Quinn: "Però potrebbe non avere più lo status che aveva una volta".

Chevalier ringhiò piano e Zohn alzò una mano: "Tutte le mogli degli Anziani sono state protette. Non ti devi preoccupare per quello. Stiamo solo dicendo che non è più imperativo che la trattiamo come un'arma".

"Non lo sappiamo ancora", disse rabbiosamente Kyle: "Solo perché ha scelto di non incenerire nessuno, non significa che non ne sia in grado. Ho distintamente sentito il bruciore, ed è stato più di un modo di attirare la mia attenzione, era arrabbiata".

"Esattamente, come cambia il suo status?" Chiese il Capo di Stato Maggiore: "Voglio dire qual è differenza tra la protezione di una moglie o di un'arma?"

"Due guardie", suggerì il Cancelliere: "Forse Guardie di Palazzo come abbiamo tutti noi quando è necessario e non la Cavalleria".

"Se non sono della Cavalleria, è come metterla là fuori per essere rapita", disse Kyle.

Chevalier li interruppe: "Arma o non arma, rimane una Winchester e le altre fazioni la vogliono. È mia moglie e deciderò io il livello di protezione di cui ha bisogno!".

Quinn annuì e si appoggiò allo schienale quando esplose la rabbia di Chevalier.

"Ma le altre fazioni non la vogliono più", disse l'Ufficiale di collegamento tra le Fazioni : "Gli Encala non sono abbastanza forti da rapire una mosca e i Valle hanno troppa paura di avvicinarsi a lei... nessuno le sta più dietro".

Chevalier socchiuse gli occhi: "Ne sei sicuro?"

Derrick sfuocò nella sala del Consiglio: "Il Generale riferisce che Lady Emily è sparita".

Kyle sospirò e guardò il soffitto: "Sei sicuro che ci abbia sentito degradare Kralen?"

Derrick confermò.

Zohn accese il vivavoce quando suonò il telefono: "Che c'è?"

"Non urlare con me", ringhiò William: "È uno scherzo?"

"Che cosa è uno scherzo?" gli chiese Zohn sorpreso.

"Chiamare il consiglio degli Encala senza parlare? È piuttosto irritante".

Kyle guardò Chevalier.

"Quando è successo?" Chiese Quinn.

"Quattro volte negli ultimi dieci minuti", disse William irritato: "Non parla nessuno ma sentiamo qualcuno che respira. Quindi lasciateci in pace".

"Non hanno detto assolutamente niente?" Chiese Chevalier: "Nemmeno un sussurro o un tentativo di parlare?"

Ci fu una breve pausa: "Che cavolo di domanda è?"

"Qual è il numero che sta chiamando?" Chiese Kyle.

"È il vostro interno 64", disse William: "Vi suggerisco di smetterla, è infantile e non è degno di voi".

Kyle si alzò quando William riattaccò: "Vado a vedere, è la sala giochi".

Chevalier annuì: "Vai pure, ma non la troverai lì".

"Allora che cosa facciamo?"

"Kralen potrebbe convincerla a venire fuori".

"Non è più autorizzato a entrare nel palazzo", gli ricordò il Capo della Difesa.

"Esattamente", disse Chevalier e poi chiamò Alexis.

Quando entrò, fu chiaro per tutti che Alexis era infuriata. Anche se sempre composta e raffinata, sembrava cercare di evitare di guardarli storto mentre restava in piedi davanti al consiglio.

"Stai bene, Alexis?" Chiese Zohn sorpreso.

"Sì, Anziano", gli rispose, guardando solo lui: "Mi avete chiamato?"

"Sì, ti ha chiamato Chevalier".

Alexis guardò suo padre: "Sì?"

"Stai bene?"

"Sto bene. Perché mi hai chiamato?"

Chevalier socchiuse gli occhi: "Che cosa c'è che non va?"

Il Consiglio aveva visto Alexis così arrabbiata solo subito dopo la morte di sua madre. Furono sorpresi che fissasse Chevalier a muso duro, sembrava si stesse preparando a incenerirlo.

"Sì, c'è qualcosa che non va", disse secca.

"Che cosa?"

"C'è un motivo per cui Garret ora ha troppa paura di parlare con te, adesso?"

Chevalier sorrise: "Ah... quello...".

Zohn lo guardò: "Che cosa hai combinato?"

"Era uno scherzo, Alex", le disse Chevalier.

"Non è stato divertente!".

"Parlerò con Garret, più tardi. Per ora, Emily è scomparsa".

Alexis sorrise: "Che cosa hai combinato?"

"Abbiamo trasferito Kralen in città e...".

"Perche le avete fatto una cosa del genere?" Chiese Alexis, sciocccata.

"Non l'abbiamo fatto a lei", le spiegò Chevalier: "È stato degradato per un motivo".

"Resta comunque una cosa fatta a lei e immagino che si stia nascondendo per la rabbia", disse Alexis.

"Come fa prenderla sul personale?" Chiese il Capo di Stato Maggiore.

"Kralen è il solo membro della Cavalleria con cui la mamma possa relazionarsi. È l'unico con il quale sente di poter parlare... beh... se parlasse. È affezionata a Mark e Silas... ma sente un'affinità con Kralen".

"Perché non lo sapevo?"

Alexis lo guadò negli occhi: "Perché a volte sei cieco".

"Alex", ringhiò Chevalier.

Alexis si calmò di colpo e ritornò alla sua elegante compostezza: "Kralen è un amico della mamma e voi lo avete appena licenziato".

"Per favore, aiutaci a trovarla", le chiese Quinn.

Alexis sorrise: "Non posso. So già dov'è".

"Aspetta", disse Zohn quando si voltò per uscire.

Alexis voltò la testa: "No, Anziano".

Zohn sospirò quando Alexis uscì: "Un'affinità?"

"Sì, riesco a capirlo", disse Chevalier: "Dannazione... aspettiamo finché l'avremo trovata e poi le parlerò io".

"Mark ha riunito la Cavalleria. Sono in tanti, dovrebbe riuscire a trovarla", disse Quinn.

Chevalier uscì per andare a riflettere nel suo ufficio. Due ore dopo sentì bussare: "Avanti".

Entrò Kyle e si sedette davanti alla sua scrivania: "Non riusciamo trovarla".

"Dovremo aspettare finché uscirà. Non può essere uscita dal palazzo, ha troppa paura".

"Stavo pensando una cosa".

"Continua".

"In un certo modo, ha minacciato il Consiglio... quando ha minacciato di andarsene se avessimo degradato Kralen", disse Kyle.

Chevalier annuì: "Sì".

"Non pensi che meriterebbe una punizione?"

"No!"

"No, non intendevo dire che noi dovremmo punirla. Mi domandavo solo se non si stia effettivamente nascondendo spaventata per quello che ha fatto".

"Accidenti, non ci avevo pensato. Però hai ragione", disse Chevalier.

"Però non riesco a capire le telefonate agli Encala", disse Kyle, ripensandoci.

"Immagino fosse una richiesta di aiuto", gli disse Chevalier: "Se avessero saputo che era lei, l'avrebbero preso in considerazione".

"Parliamo ancora con Alexis".

Chevalier la chiamò, poi si rivolse a Kyle: "È piuttosto arrabbiata per quello che abbiamo fatto a Garret".

Kyle rise: "È stato divertente".

"Sì, è vero, però non ce lo perdonerà tanto presto".

"Oh, più tardi ci scuseremo con lui".

"Avanti", disse Chevalier quando sentì bussare piano.

Alexis entrò e chiuse la porta alle sue spalle, poi si sedette accanto a Kyle: "Sì?"

"Sospettiamo che la mamma si stia nascondendo per la paura".

"No, si sta vendicando a modo suo".

"Ha minacciato di abbandonare il palazzo... minacciando il Consiglio", disse Kyle.

Alexis lo fissò: "Si sta vendicando".

"Dobbiamo sapere dov'è"

"No".

"Alex, c'è di più, non sta solo nascondendosi a causa di Kralen. Ha paura di tornare perché pensa che la puniremo".

"Si sta vendicando", ripeté Alexis: "Esattamente quello che farò io per quello che avete fatto a Garret".

Kyle fece una risata e anche Chevalier sorrise: "Gli parleremo quando avremo finito con Emily".

Alex accennò un sorriso: "Non finirà finché non avrete reintegrato Kralen tra le sue guardie".

"Abbiamo preso una decisione ed è definitiva", disse Kyle.

"Sì, certo, cercate di essere razionali con la mamma. Sono sicura che capirà".

Kyle sospirò: "Dannazione".

"Dicci dov'è Alex, per favore", disse Chevalier.

"No, Anziano", rispose lei secca

Chevalier socchiuse gli occhi: "Anziano?"

Alexis annuì: "Sì, visto che sembra che non ti stia più comportando come un padre ma come un Anziano, mi sembrava appropriato".

"Vai, Alex", disse Kyle quando Chevalier fece per discutere. Alexis si alzò in silenzio e uscì.

"Donne"

Kyle rise: "Almeno ne hai solo due. Allen e Dain avrebbero potuto essere ragazze".

"Cerchiamo di ragionare", disse Chevalier: "Non è fuori all'aperto, dove gli altri la possono trovare. Ci deve essere un tunnel in questa stanza".

Kyle annuì e seguì Chevalier fuori dall'ufficio. Entrarono entrambi nella camera di Emily e cominciarono a controllare ogni centimetro delle pareti, cercando un passaggio segreto.

Entrò Dain: "Che cosa state cercando?"

Chevalier lo guardò: "Come fa tua madre a uscire da qui?"

Dain scrollò le spalle: "Non lo so, ero troppo piccolo quando lo faceva", guardandoli controllare la stanza.

"Lo abbiamo già fatto", disse Kyle guardandosi attorno: "Non ci sono passaggi segreti".

"Chiedete ad Allen", suggerì Dain: "Ha passato più tempo qui dentro con lei di me e Alex.

Chevalier prese il cellulare. Parecchi minuti dopo riattaccò e sospirò: "Non ce lo vuole dire"

"Ma lo sa?" Chiese Kyle.

"Sì. Mi piacerebbe sapere come fa Emily ad avere un grado più alto del mio".

Zohn bussò alla porta già aperta ed entrò: "Ha chiamato gli Encala altre tre volte. Si stanno arrabbiando parecchio".

"Come se potessero farci qualcosa..." disse Kyle, mentre spingevano il letto dall'altra parte della stanza.

"Vero", disse Zohn: "Che cosa state cercando?"

Chevalier si guardò intorno ancora una volta: "Emily riesce a uscire da qui. Dain non sa come fa... Alex e Allen non vogliono parlare".

"A che serve chiamare gli Encala?" Chiese Kyle, sedendosi sul letto.

"Non ne ho idea... non parla quando li chiama", disse Zohn.

Chevalier si sedette e si rimise a pensare: "Devo rinnovare il legame con lei. Almeno potrei sentire che cosa sta succedendo".

"Lo speri", disse Kyle, guardandolo: "E se non succedesse di nuovo?"

Chevalier scrollò le spalle: "Posso solo sperare. Se avessimo rinnovato il legame, avrei sentito che era nei guai a Powan".

"Dobbiamo trovala e chiederle del Valle che l'ha messa nel silo".

Zohn soffocò una risata: "Le hai raccontato come funziona quando si sposa un Anziano?"

Chevalier trasalì: "No... conosce solo la cerimonia heku, non quella per gli Anziani".

Kyle fece una risatina ed entrò nel bagno: "Non accetterà di farsi mordere di nuovo... e nemmeno di bere il sangue".

"Dovrò cercare di farla ragionare. Se avessi saputo..."

"Farla ragionare?" Chiese Zohn alzando le sopracciglia.

Smisero di cercare quando entrarono Alexis e Dain. Alexis incrociò le braccia e disse secca: "Voi andate a parlare con Garret e io parlerò con la mamma".

Kyle uscì dal bagno: "Sembra un buon affare".

"Dovete portare anche Mark, Kralen e Silas".

"No, lasceremo stare Kralen per un po'", disse Kyle.

Alexis lo fissò: "Dovete scusarvi tutti. È convinto che lo ucciderete e che mi farete sposare Todd. Todd! È..."

Dain rise: "Un idiota?"

Alexis annuì: "Andate tutti, altrimenti niente mamma".

Chevalier nascose un sorrisino: "Bene, andremo tutti. Comunque ho bisogno di parlare con Garret".

Alexis socchiuse gli occhi: "Di che cosa?"

"Ha trovato lui la mamma nel silo".

"Oh, non lo sapevo".

"Beh, è così. Devo almeno ringraziarlo".

Alexis sorrise: "Sarebbe carino... anche Kralen, però".

Kyle sospirò: "Vado a prenderlo".

Gli heku uscirono dalla stanza e Alexis guardò Dain: "Fuori".

"Cosa? Perché? Io non glielo dirò".

Alexis lo spinse fuori dalla porta.

Chevalier, Mark e Silas apparvero fuori dalla caserma e aspettarono che arrivassero Kyle e Kralen.

Kralen sembrava a disagio con la Cavalleria ma si inchinò leggermente davanti all'Anziano prima di entrare in caserma. Cadde un silenzio di tomba in tutto l'edificio e tutti gli occhi si volsero verso Chevalier.

"Dov'è Garret?" Chiese Kyle.

Ci furono mormorii sorpresi e sussurri mentre Garret usciva dal suo piccolo spazio abitativo.

"Vieni", disse Mark, facendo segno a Garret di seguirli.

Garret deglutì forte e guardò tristemente l'heku più vicino prima di annuire e seguirli fuori. Gli heku camminarono in silenzio verso la scuderia, poi entrarono tutti e Mark si rivolse a Garret: "Alexis era furiosa con noi".

Garret si limitò a un cenno della testa.

"Non ci piace quando Alexis si arrabbia".

"Io... non... le parlerò io".

Chevalier si mise diritto e squadrò le sue spalle larghe davanti all'heku più basso: "Che cosa ti fa pensare che ti lascerò uscire da questa scuderia se hai intenzione di causare problemi alla mia famiglia?"

Garret ansimò, senza parlare.

Silas gli mise una mano sulla spalla e Garret sobbalzò e guardò il Capitano a occhi sgranati: "Mi sembri nervoso".

Mark incrociò le braccia: "Perché hai detto ad Alexis che avevamo scelto Todd per lei?"

"Io... io non sapevo che fosse... un segreto", sussurrò Garret.

Chevalier lo fissò minaccioso: "Con te ho chiuso".

"Davvero?"

Chevalier annuì e incrociò le braccia: "Mark, la sua punizione".

Mark strinse i pugni e spinse Garret verso il fondo della scuderia, seguito dagli altri heku. Kralen li seguiva in silenzio.

Garret camminava accanto a loro, senza ribellarsi, ma era evidente che era terrorizzato e sicuro che sarebbe morto presto. Alzò gli occhi e lo guardò confuso solo quando Mark lo spinse nel box di uno stallone arabo.

"Ecco... prenditi cura del tuo dannato cavallo", disse Mark, poi cominciò a ridere.

Silas ridacchiò e Chevalier sorrise quando Garret li guardò: "Signore?"

Mark gli ficcò in mano una spazzola: "Comincia a spazzolarlo, ragazzo, familiarizza con il cavallo e poi ti daremo la divisa".

Garret si voltò, guardò il cavallo e poi Mark: "Signore?"

Mark indicò lo stallone: "Quello... è un cavallo".

"Cavallo?"

Kyle guardò Chevalier: "È un tipo sveglio".

Chevalier scosse la testa e guardò Garret: "Sei sicuro di essere stato tu a trovare Emily nel silo?"

Garret annuì, poi guardò il cavallo. Stringeva ancora in mano la spazzola.

Gli heku lo videro avvicinarsi esitando e cominciare a spazzolare il cavallo, anche se spesso lanciava loro occhiate nervose.

Alla fine, Kyle si mise a ridere: "Benvenuto nella Cavalleria, ragazzo".

Garret rimase senza fiato: "Davvero?"

Chevalier annuì: "Non solo hai trovato Emily e le hai probabilmente salvato la vita... non posso permettere che mio genero non faccia parte dell'élite".

"Genero?" Chiese Garret.

Chevalier diede un'occhiata a Kyle: "Non voleva sposare mia figlia?"

Kyle scrollò le spalle: "Forse abbiamo capito male".

"No!" Disse in fretta Garret: "Io... io voglio sposarla".

"Mark ti assegnerà un alloggio. La cerimonia per la tua promozione sarà riservata alla sola Cavalleria", gli spiegò Chevalier, "Non voglio coinvolgere l'intera fazione in questa decisione".

Garret annuì e finalmente fece un sorriso radioso: "Allora posso sposarla?"

Chevalier sogghignò: "Appena otterrai l'approvazione di sua madre".

Garret ridivenne subito serio: "Lady Emily?"

Mark sospirò: "Sì, è lei sua madre".

"Beh... lei... lei non parla".

"Oh, se non approverà, te ne accorgerai", disse Silas ridendo.

Garret tornò al cavallo.

"Stai tranquillo, io resterò nei dintorni", disse Kyle ridendo, poi se ne andò con Chevalier.

Quando entrarono in camera, Emily era nell'angolo, in ginocchio, con gli avambracci tesi davanti a lei. Stava piangendo piano e Alexis stava cercando di calmarla.

"Non so che cosa stai facendo", sussurrava Alexis.

Chevalier sospirò: "L'ha fatto anche con Sotomar. È un qualche tipo di punizione dei Valle".

Alexis fissò suo padre: "Non vuole smettere".

"Vai a parlare con Garret", le disse e si inginocchiò accanto a Emily. Non poté evitare di notare come si irrigidisse quando si avvicinò e come respirasse in fretta. Stava di nuovo aspettando che il dolore cominciasse.

Alexis uscì dalla stanza. Kyle chiuse la porta e rimase a guardare Chevalier che cercava di obbligare Emily a uscire dalla sua posizione di punizione.

"Em, non abbiamo intenzione di punirti", sussurrò, prendendole le mani. Le abbassò le braccia, ma lei tolse le mani dalle sue e riprese la stessa posizione, con gli avambracci tesi verso di lui.

Chevalier sospirò cercando di fare in modo che lo guardasse: "Non sappiamo nemmeno che tipo di punizione sia. Ora smettila".

Emily si accigliò e fece per togliersi la maglietta, ma Chevalier la tenne ferma: "No".

Emily guardò Kyle, scostandosi i capelli dal collo.

Kyle scosse la testa: "No, Emily, non mi nutrirò".

Emily si voltò di colpo e alzò l'angolo del tappeto vicino alla parete. Gli heku la guardarono frugare nella sua piccola scorta segreta e quando si girò aveva in mano una spilla da Capitano. La porse a Chevalier.

"Devo pensare che non sia la spilla di Silas", disse, guardandola.

Lei spinse la mano più vicino a lui.

"Abbiamo dovuto farlo ritornare in città".

Emily la avvicinò ancora un po'.

"No, avevamo delle buone ragioni".

Lei si voltò di colpo e andò a sedersi alla finestra. Pioveva forte e rimase a guardare la pioggia che batteva sul tetto della grande scuderia.

"Em, devi capire che è compito nostro assicurarci che della Cavalleria facciano parte solo i migliori", disse Kyle: "Kralen ha dei modi unici che potrebbero non essere completamente quello che cerchiamo".

Lei li ignorò e continuò a guardare fuori dalla finestra.

Chevalier sospirò: "Ti farò mandare la cena".

Quando non rispose, Kyle e Chevalier si avviarono verso la sala del Consiglio. Entrambi si infuriarono quando videro Guardie di Palazzo fuori dalla porta.

Si sedettero e Zohn parlò: "Non arrabbiatevi. Tutto il Consiglio è d'accordo che il cambiamento è necessario".

"Le Guardie di Palazzo non possono trattenerla", disse Kyle: "Ci vorrà un rapimento perché ve ne rendiate conto?"

"Avevo detto Cavalleria", disse Chevalier.

Quinn sospirò: "Non è più una minaccia, Chevalier. Sotomar lo sa dopo averla vista e non ci vorrà molto perché gli Encala vedano i notiziari e se ne rendano conto anche loro".

"Non sappiamo se sia o no una minaccia".

"Non lo è più. Se avesse potuto incenerire un heku, lo avrebbe fatto con quelli che l'hanno legata e buttata in un silo".

"Forse no", disse Chevalier, "Non sono riuscito a farmi dire perché non ha usato le sue capacità".

"È perché non è in grado", disse Lori dalla porta: "La sua storia ci dice che tre anni e mezzo senza incenerire nessuno significa che non ne è più capace".

Chevalier ringhiò.

"Non stiamo dicendo che non le serva protezione", disse Quinn, cercando di calmarlo: "Quello che diciamo è che il livello è diminuito. Catturare Emily è ancora un buon modo per arrivare a te ma in questo momento nessuno la toccherà".

"Non consideratela finita, ancora", disse Kyle rabbiosamente.

"L'unica ragione per cui le altre fazioni la vorrebbero adesso è la sua notorietà, o la sua capacità di produrre bambini unici", disse il Capo di Stato Maggiore.

Chevalier si voltò a guardarlo mentre un'ombra gli passava sul volto e il Capo di Stato Maggiore si fece indietro di colpo.

***

"Siamo sicuramente più divertenti noi di quei compassati Cavalieri", disse una delle guardie e Kralen.

"Non sono noiosi", rispose Kralen, controllando attentamente la sua sezione di città. Le guardie avevano tutti l'equipaggiamento da pioggia e le strade erano diventate un caos allagato di rivoli d'acqua.

La guardia sorrise: "Siamo più divertenti noi, fidati".

Uno dei Luogotenenti guardò verso la città quando sentì dei passi: "Perché diavolo c'è qualcuno in giro stasera?"

"Potrebbe essere la Cavalleria che si guarda attorno. A volte lo fanno", rispose una delle guardie.

Kralen scrollò le spalle e poi socchiuse gli occhi per vederci meglio nella pioggia battente: "Dannazione".

L'altra guardia rimase senza fiato quando vide Emily. Indossava ancora solo la camicia da notte e barcollava a piedi nudi, completamente fradicia attraverso la città. Kralen sfuocò da lei che alzò gli occhi.

"Che diavolo ci fai qui fuori?" Le chiese, togliendosi l'impermeabile e mettendoglielo addosso.

Emily lo guardò senza parlare. Riusciva a malapena a vederlo, con i capelli bagnati sul volto.

"Rientra, prima che ti venga una polmonite".

"Signore?" Disse una delle guardie: "So che lei è nuovo qui... ma noi non abbiamo il permesso di parlarle".

Kralen sospirò: "Non possiamo lasciarla semplicemente qui fuori".

Kralen trasalì quando Emily allungò la mano e gli prese la nuova spilla da Capitano della città.

"E certamente non possiamo toccarla", disse l'altra guardia, preoccupata.

"Non l'ho toccata io, è lei che ha toccato me", spiegò Kralen, poi si rivolse a Emily: "Ha ragione, non dovrei nemmeno parlarti, come Guardia di Città. Devi rientrare".

Emily guardò silenziosamente le altre guardie, poi, con le dita tremanti, cercò di appuntare la spilla della Cavalleria sul colletto di Kralen.

Lui fece un passo indietro: "Non puoi farlo".

Lei annuì e fece un passo avanti.

"Voglio dire... lo so che fai parte del Consiglio, ma sono gli Anziani che mi hanno tolto quella spilla".

La guardò e vide il vapore del suo fiato che spariva sotto la pioggia.

"Capitano", sussurrò uno di loro: "Ci farà bandire tutti".

Kralen annuì e chiamò Silas.

Emily tremava al freddo della sera e cercò di nuovo di arrivare al colletto di Kralen, che fece un passo indietro e scosse la testa: "No".

Emily si guardò attorno quando sentì il suono di zoccoli dietro di lei. Tre Cavalieri si avvicinarono e quando non li riconobbe, si avvicinò in fretta a Kralen, prendendogli il braccio.

"Il Capitano Silas è occupato", disse uno di loro con disdegno: "Che cosa vuoi?"

Kralen aggrottò la fronte e guardò Emily: "Deve rientrare".

Il Cavaliere ringhiò: "L'hai toccata?"

"No", gridò Kralen: "È lei che sta toccando me!"

Emily rafforzò la stretta sul suo braccio e si spostò leggermente per mettersi dietro di lui.

"Venga, Lady Emily", disse la guardia a cavallo, tendendole una mano.

Quando Emily gli nascose il volto contro la schiena, Kralen sospirò: "Non vi conosce e non verrà con voi. Fate venire il Generale o Horace, se Silas è occupato".

"Non puoi più darci ordini!" Gridò il Cavaliere: "Emily, vieni qui, subito".

Kralen ringhiò piano, poi si voltò e addolcì la voce: "Em, devi andare con loro. Non ti faranno del male".

"Non parlare con lei!" Gridò la guardia, smontando da cavallo. Prese un po' rudemente il braccio di Emily, che cercò di allontanarsi da lui. Per salvarsi la vita, Kralen tenne a freno la lingua e si allontanò, tornando dall'altra guardia di città. Non era più compito suo proteggere Emily.

Emily non era in grado di liberarsi dalla presa della guardia e quando lui montò e la tirò sul cavallo, guardò Kralen implorante. L'heku abbassò gli occhi e sospirò quando il Cavaliere se ne andò.

Il Luogotenente di Cavalleria, furioso, fece scendere bruscamente Emily da cavallo davanti all'ingresso del palazzo: "Entra".

Le Guardie di Palazzo aprirono il portone e la osservarono fissare furiosa il Cavaliere.

"Ho detto di entrare", le ripeté.

"Che cosa sta succedendo?" Chiese Silas, sfuocando accanto al Cavaliere.

"Una fuggitiva", rispose, guardando Emily.

Silas sospirò e si avvicinò mentre lei continuava a tremare sotto la pioggia: "Che cosa stavi facendo qui fuori?"

"Dobbiamo andare a occuparci di Kralen", disse la guardia: "Non solo le ha parlato, ma l'ha anche toccata".

Silas lo squadrò: "Ci occuperemo il Generale ed io di Kralen. Torna alla tua postazione".

L'heku annuì e tornò con il resto della Cavalleria.

"Sei uscita per cercare Kralen?" le chiese Silas.

Emily si guardò attorno ignorando i brividi mentre la pioggia diventava più fredda.

"Ti ammalerai qui fuori e i Cavalieri non sono più le tue guardie. Dove sono le Guardie di Palazzo?"

Emily infilò le braccia nell'impermeabile di Kralen e poi si voltò per tornare in città.

Silas le prese il braccio: "Em... non puoi andare da lui".

Emily ansimò e lui la lasciò andare, poi chiamò Mark.

"Che diavolo sta facendo qui fuori?" Ringhiò Mark, quando arrivò sfuocando.

"Sta cercando Kralen".

Mark sospirò, guardandola. Era completamente bagnata e i denti battevano dal freddo: "Andiamo dentro".

Quando le prese il braccio, lei inspirò bruscamente e Mark la lasciò andare: "Ti sei fatta male?"

Emily non rispose, ma cercò di girargli attorno per tornare in città. Mark lo bloccò la strada e chiamò l'Anziano.

Chevalier arrivò qualche minuto dopo, curvandosi per evitare la pioggia battente: "Che succede?"

"Emily è fuori, sta cercando Kralen", spiegò Mark

"L'ha anche trovato", disse Silas: "Il Cavaliere ha detto che non solo le ha parlato, ma l'ha anche toccata. Gli ho parlato io e mi ha riferito che è stata lei a toccarlo e che lui ha solo cercato di convincerla a rientrare".

"Ha cercato di rimettergli la spilla", disse Mark, con un sorrisino.

"Dentro!" Esclamò Chevalier.

Lei lo guardò torva e cercò ancora di girare intorno a Mark.

"Vuoi prendere la polmonite, è questo che vuoi?"

Quando Emily non rispose, le afferrò il braccio, poi la lasciò andare in fretta quando la sentì ansimare. Le tirò giù la spallina della giacca, mettendo in mostra l'impronta livida di una mano in alto sul braccio.

"Chi è stato?" Ringhiò Chevalier.

Silas si voltò verso la città, e poi rispose all'Anziano: "Saden, dice che ha tentato di allontanarsi da lui quando l'ha messa sul suo cavallo".

"Dove sono le tue guardie, Em?" Chiese Chevalier.

Lei si rimise a posto la giacca.

Chevalier si calmò e si fece da parte: "Torniamo dentro, parliamone".

Era evidente che Emily si sentiva in trappola e si stava arrabbiando. Chevalier sperò brevemente che incenerisse uno di loro per dimostrare al Consiglio che era ancora in grado di farlo, invece la vide gettare per terra l'impermeabile di Kralen mentre le si riempivano gli occhi di lacrime. Esitò un momento, poi si precipitò dentro, lasciando una lunga scia d'acqua che le gocciolava dalla camicia da notte.

"Le parlerò io", disse Chevalier: "Non è contenta che abbiamo degradato Kralen e di avere intorno Guardie di Palazzo".

Silas annuì, troppo sconvolto per parlare. Tornò alla scuderia quando Chevalier seguì Emily nel palazzo.

Emily si sedette accanto al fuoco e si mise una pesante coperta sulle spalle. Chevalier la osservò un momento e poi si sedette accanto a lei.

"Non piace nemmeno a me che tu abbia Guardie di Palazzo, ma sono stato messo in minoranza", le disse Chevalier. Quando non rispose, continuò: "Degradare Kralen, però, è stata una decisione unanime. È imprudente e non possiamo accettarlo nella nostra elite".

Emily lo fissava con il volto scuro, senza parlare.

Chevalier fissò le fiamme: "Capisco che tu gli sia affezionata, ma andare a cercarlo può metterlo nei guai con il suo Generale. Gli parlerò io di stasera, in modo che non ci siano conseguenze, ma tu devi lasciarlo stare".

Emily si spostò per allontanarsi ancora da lui, che ignorò il piccolo movimento: "Kralen fa già fatica ad adattarsi alla vita fuori dalla Cavalleria e tu glielo rendi più difficile, andando a cercarlo".

Dopo qualche minuto, Chevalier si alzò: "Finché non riuscirò a convincere il Consiglio a riassegnarti la Cavalleria, per favore, smettila di sfuggire alle guardie di palazzo". Lei lo ignorò, continuando a guardare le fiamme danzare.

Alexis

Emily era seduta nella rientranza della finestra e guardava le colline. Non era più tornata a cercare Kralen nei due mesi che erano passati dal temporale, ma si era rifiutata di parlare a chiunque, perfino Chevalier. Mark e Silas avevano tentato entrambi di rassicurarla che Kralen stava bene, ma era chiaro che Emily era ancora arrabbiata per la sua retrocessione.

Garret aveva tentato più volte di ottenere il permesso di Emily di sposare Alexis, ma non aveva mai ottenuto una risposta e aveva paura a portare avanti il legame senza il consenso di Emily. Alexis aveva cercato di parlarle, anche lei senza ottenere risposta.

Le notizie sulla paziente psichiatrica scomparsa erano lentamente sparite dai notiziari, ma gli Encala avevano fissato un incontro con gli Equites proprio quel giorno per parlarne, anche se i Valle non ne avevano fatto cenno.

Il Consiglio aspettava che arrivassero gli Encala ed erano tutti in silenzio mentre cresceva la tensione.

Finalmente entrò Derrick: "L'Anziano William e il loro L'Ufficiale di collegamento tra le Fazioni sono qui per vedervi".

Zohn fece un cenno: "Falli entrare".

Derrick si spostò in modo che gli Encala potessero entrare. C'erano William, il suo Ufficiale di collegamento e quattro guardie di palazzo Encala. Era evidente che William non si sentiva a suo agio, nel palazzo nemico.

"A che cosa dobbiamo questo onore?" Gli chiese Quinn.

William lo fissò: "È vero?"

"Cosa?"

"Non fare lo stupido! Emily è tornata?"

Chevalier annuì: "Sì".

"Davvero?!"

"Sì, si è svegliata dopo la sepoltura e un heku l'ha venduta all'ex Inquisitore capo dei Valle".

"Da quanto tempo la sapete?"

"Sono quasi quattro anni"

William spalancò gli occhi: "L'ha tenuta per due anni?"

"Sì, torturata per due anni. Si sta ancora riprendendo".

William guardò il suo Ufficiale di collegamento e poi chiese a Chevalier: "Riprendendo?"

Kyle annuì: "Non sappiamo ancora tutto quello che è successo. Non parla ed è estremamente nervosa e timida".

"Non ne ha parlato?"

"No, tutto quello che sappiamo l'abbiamo ottenuto da quelli coinvolti".

William accennò un sorriso: "Sono vivi?"

Chevalier non poté impedirsi di ridacchiare: "Sto ancora venendo a sapere delle cose".

"Posso vederla?"

"Abbiamo parlato con i suoi medici e non credono sia una buona idea".

"Perché no? Io non le ho fatto niente".

"Nemmeno Sotomar, ma non è stato un bell'incontro. Ha continuato a offrirgli di nutrirsi e poi, diverse volte, ha assunto delle posizioni di punizione".

William lo guardò sorpreso: "Era al corrente?"

"No, il Consiglio dei Valle non sapeva che Salazar l'aveva fatta prigioniera".

***

Emily si sedette più diritta sul sedile nella rientranza quando vide una figura scura apparire sulle colline fuori di Council City. Non ne era certa, ma la figura a cavallo sembrava troppo piccola per essere un heku. Il cuore cominciò a batterle forte mentre la paura la invadeva e si sforzava di vedere tra gli alberi. Salazar l'aveva convinta che gli alberi erano pieni di spie dei Valle e sua figlia era là fuori, vicino a loro.

***

"Continuiamo a ritenere che non siano problemi nostri", disse Kyle a William: "Sì, abbiamo distrutto la vostra città e vi stiamo lasciando ricostruire... comunque non vi aiuteremo".

"Gli attacchi ingiustificati sulla mia città...".

"Ingiustificati?" Chiese Quinn.

"Sì, ingiustificati! Avete distrutto gli Encala per colpa di un Anziano fuori controllo".

"La tua fazione ha rapito quattro membri di questo Consiglio e li ha tenuti in ostaggio per cinque mesi", disse Chevalier.

"Non mi pare che i Valle stiano pagando per le azioni di Salazar", ringhiò William, incrociando le braccia.

"Ci ho pensato, non fraintendermi".

Senza dire altro, William si voltò e sfuocò fuori dalla stanza.

Chevalier sorrise: "È andata bene".

"Beh, sapevamo che la notizia che era tornata si sarebbe diffusa", gli disse Kyle.

"Ora", disse Chevalier, rivolto agli altri Anziani: "Voglio parlare delle guardie di Emily".

"Ti capiamo, veramente", disse Zohn: "Però non c'è più ragione di avere quel livello di sicurezza. Le Guardie di Palazzo sono più che sufficienti. Praticamente non esce mai dal palazzo".

"La state consegnando nelle mani delle altre fazioni", disse Kyle, rabbioso.

"No, non è vero. Se volessero rapire qualcuno, sarebbe Alexis, però non ci ha mai tentato nessuno".

"Sta sempre con le sue guardie, diversamente da Emily".

Zohn sospirò: "Non c'è nessuna ragione per rapirla, adesso".

Kyle si alzò rabbiosamente e si diresse alla porta sul retro. Si bloccò quando sentì chiamare tutte le guardie di città fuori, sulle colline. Decise di andare a controllare e notò che Chevalier era con lui.

Le Guardie di Città erano tutte sulle colline e guardavano qualcosa mentre i sussurri riempivano il vento. Chevalier andò davanti e rimase impietrito.

Intorno alla radura c'erano centinaia di mucchietti di cenere e pezzi di heku morti. Emily era inginocchiata sopra Kralen, che era incosciente e fissava minacciosa gli heku con gli occhi scarlatti, mentre un filo di sangue le scendeva dal naso. I quattro lupi camminavano avanti e indietro vicino a lei, ringhiando minacciosi agli heku intorno.

"Restate indietro", sussurrò Kyle.

Chevalier si avvicinò lentamente e controllò la zona. Vide Alexis sdraiata di fianco a uno degli heku smembrati e notò che non si muoveva.

Garret la vide nello stesso momento: "Alex!"

Kyle si mosse per afferrare Garret nell'attimo in cui cadeva in cenere di fronte agli altri heku.

"Em?" disse piano Chevalier, mettendo avanti le mani.

Emily lo guardò con un'espressione disgustata e sussurrò: "Stai indietro, Exavior, basta avvertimenti".

Lui annuì: "Guardami, Emily".

Kyle chiese a Mark: "Che cos'è successo?"

Mark scrollò le spalle: "Ci hanno avvisato che Kralen aveva lasciato all'improvviso la sua postazione ed era scomparso dalla città. Lo abbiamo seguito qui appena lo abbiamo saputo e abbiamo trovato tutto questo".

"Alexis si è mossa?" Chiese Silas, preoccupato.

"No".

Emily prese dolcemente tra le braccia la testa insanguinata di Kralen.

"Emily, dobbiamo andare da Alexis", le disse Chevalier.

Lei guardò sua figlia e poi fissò Chevalier minacciosamente. "Non ti permetterò di avvicinarti a lei".

"È ferita".

Horace si avvicinò e sussurrò: "604 in cenere qui, senza contare Garret e Julius, stanno arrivando i guinzagli per prendere i lupi".

"Che cos'è successo, Emily?" Le chiese Chevalier, avvicinandosi di un passo. Mark ordinò a quattro dei suoi Cavalieri di girarle attorno per vedere se riuscivano ad arrivare ad Alexis.

Emily sorrise quando i quattro dietro di lei diventarono cenere: "State indietro".

Chevalier annuì e sussurrò a Mark: "E' pienamente sotto controllo, fai stare tutti indietro".

Silas si inginocchiò: "Posso andare ad aiutare Lexi?"

Lei lo guardò con gli occhi rosso sangue: "Solo se vuoi bruciare".

"Guardami bene, non sono Exavior", le disse Chevalier.

Emily si voltò a controllare le ceneri dietro di lei, poi guardò gli heku.

"Ne hai inceneriti tanti e ora sei confusa. Devi fidarti di noi".

Gli heku sentivano che stava facendosi prendere dal panico. Si abbassò e scosse la spalle di Kralen: "Per favore, svegliati... aiutami".

"Ha bisogno di aiuto, Em", le disse Kyle.

Lei lo scosse più forte mentre una lacrima insanguinata le scendeva sulla guancia e sussurrò: "Kralen... li ho inceneriti. Adesso mi seppelliranno e ho bisogno che mi aiuti".

Chevalier sospirò. "Non abbiamo intenzione di seppellirti".

Emily abbassò ancora un po' la voce, anche se tutti riuscivano ancora a sentirla: "Se mi punisci tu, magari non mi seppelliranno... per favore... svegliati".

"Non ti puniremo, Emily".

"È stato Kralen?" Chiese Mark, guardando i resti sparpagliati di 18 heku.

Emily guardò Kralen: "Mi ha detto di non incenerirli".

"Penso che dovremo riconsiderare la nostra decisione su Kralen".

Chevalier annuì: "Probabilmente siamo stati frettolosi".

Mark sospirò: "Em, dobbiamo aiutare Alexis. Non si muove".

Lei scosse più forte Kralen: "Svegliati... aiutami... Exavior ci sta cercando".

Videro tutti Kralen fare un lento respiro. I morsi sul suo corpo erano infiammati e guarivano molto lentamente.

Chevalier rifletté un momento e poi si confuse in mezzo alla folla dove Emily non poteva vederlo.

Lei alzò gli occhi: "Dov'è andato?"

Kyle cercò di fissarla negli occhi per controllarla, ma era troppo lontana: "Se n'è andato. Ora possiamo aiutare Alexis?"

Emily piegò la testa da un lato: "Kyle?"

"Sì, giusto, posso andare da lei?"

Lei guardò Kralen, confusa: "È ferito"

"Lo so, ma guarirà, devo aiutare Alexis".

"Non parlare", sussurrò Emily, guardando le ceneri tutto intorno: "Non parlare".

"Per favore, Em..."

"Non parlare".

Gli heku accanto a Chevalier rimasero di sasso quando cadde in cenere e si allontanarono da dove era inginocchiata Emily.

"Devi smetterla di incenerire", le disse Kyle.

"Fai venire Chev".

Lui guardò il mucchietto di ceneri e poi le sorrise: "Arriverà tra un attimo".

Emily si chinò in avanti e si afferrò la testa mentre oltre 20 Guardie di Città diventarono cenere. I Cavalieri erano finalmente riusciti a togliere di mezzo i lupi arrabbiati.

Emily, ascoltami", disse Kyle in fretta: "Non puoi continuare così. Devi smetterla di incenerirci".

"Giustiziere ", sussurrò Silas e Kyle seguì il suo sguardo fin dove William li stava osservando da lontano.

"Dannazione, portatelo via da qui".

Silas annuì e sfuocò via con Mark. Zohn si unì a loro mentre si avvicinavano all'Anziano Encala.

"Kralen", sussurrò Emily, scuotendo debolmente le sue braccia: "Non riesco a restare concentrata. Ho bisogno di aiuto".

Barcollò un po' e poi cadde di colpo all'indietro sul terreno freddo. In un attimo, Kyle fu da lei mentre alcuni Cavalieri correvano da Alexis.

Kyle si rialzò lentamente con Emily in braccio: "Raccogliete le ceneri. Li voglio tutti".

Horace annuì e Kyle sfuocò nel palazzo, seguito da un Cavaliere con Alexis.

Il dott. Edwards li aspettava in camera ed entrambe furono messe sul letto.

"Che cos'è successo?" Chiese, sedendosi accanto ad Alexis.

"Sappiamo che ha incenerito 600 heku", spiegò Kyle: "Non sappiamo niente di Alexis".

Il dott. Edwards cominciò a controllare Alexis: "Ha una commozione cerebrale e quattro costole rotte. Sembra che qualcuno abbia tentato di trascinarla, ha un polso slogato".
"Si rimetterà?"
"Sì", rispose, cominciando a fasciare Alexis.
"Em?" Chiese Kyle.
"Lo controllerò tra un attimo. Se è solo la conseguenza di aver incenerito gli heku, le passerà dormendo. Sappiamo se è stata aggredita fisicamente?"
"Non sappiamo niente. Devo andare a farli rivivere" sussurrò Kyle. Esitò e poi scese dove avevano raccolto le ceneri.
Quinn gli andò incontro nel salone dove avevano disposto i corpi degli heku uccisi: "Ho sentito che è stato Kralen".
Kyle lo guardò negli occhi: "Sì, da solo, sembra. Comincia a sembrare che lo abbia fatto per salvare Emily".
"Non ci sono molti heku in grado di farne fuori diciotto".
"Lo so... prima di essere incenerito, Chevalier stava dicendo che dovremmo riconsiderare la nostra decisione".
"Sono d'accordo", disse Quinn e poi rise: "Così anche Chevalier è in cenere?"
"Sì, pensava che fosse Exavior".
Quinn sospirò: "Sembrava che stessimo sbagliandoci su parecchie cose".
Kyle si limitò a un cenno della testa e poi andò a far rivivere per primo Chevalier. Quando si riformò, Chevalier ringhiò furioso e strinse i pugni. Quelli intorno a lui fecero un passo indietro, eccetto Quinn e Kyle, che lo afferrarono per fermarlo.
"Calmati, Anziano", disse Kyle: "Era solo Emily".
Alla fine, riprese il controllo e poi si mise diritto, sistemandosi la camicia: "Dannazione, fa male".
Kyle rise e andò a far rivivere gli altri.
"Mi dispiace", gli disse Quinn: "Ci sbagliavamo e ora vedo che cosa ci stava costando".
Chevalier annuì: "Forse non sono io quello con cui vi dovete scusare. Emily è convinta che la seppelliremo per questo".
Quinn andò ad aiutare con gli heku resuscitati, mentre Chevalier saliva a controllare Emily e Alexis. Quando entrò, il dott. Edwards stava finendo di esaminare Emily.
"Emily sta bene, ha solo bisogno di dormirci sopra", disse all'Anziano. Dopo aver parlato delle lesioni di Alexis, si voltarono quando entrò Garret, che stava ancora tremando.
"Stai bene, ragazzo?" Chiese Chevalier ridendo.
Lui annuì e guardò Alexis: "Sta bene?"

"Si riprenderà", gli disse il dott. Edwards: "Sei stato incenerito?"

"Sì", sussurrò, cercando ancora di riprendere fiato.

Kyle entrò qualche minuto dopo e guardò Emily prima di rivolgersi a Chevalier: "I nostri sono tutti a posto. Che cosa vuoi che facciamo con gli altri?"

"Di che fazione sono?"

"Sembra siano senza fazione", disse Kyle: "Da quello che possiamo capire, hanno visto i notiziari su Emily e hanno deciso di venire a vedere di persona se era tornata".

"Banditeli allora", suggerì Chevalier.

"Gli altri Anziani vorrebbero parlare con te. Penso si siano resi conto di aver fatto qualche errore".

"Ok, tanto Emily dormirà per un po'".

Mentre tornavano verso la sala del Consiglio, Kyle si voltò brevemente sulle scale: "Kralen si sta ancora riprendendo, ha preso una bella batosta".

"Gli sono debitore", disse Chevalier, entrando nella sala del Consiglio.

"Come stanno?" Chiese Zohn quando Chevalier si sedette.

"Alexis è malconcia ma Emily deve solo dormirci sopra".

"Ci dispiace".

Chevalier annuì: "Almeno le altre fazioni non sanno che è ancora una Winchester attiva".

"Accidenti, me n'ero dimenticato", ringhiò Kyle: "William lo sa".

"Perfetto", sospirò Chevalier.

"Il nostro errore poteva costare la vita a Emily", sussurrò Quinn: "Ci dispiace e non succederà più".

"Per quanto riguarda Kralen...", disse il Capo della Difesa: "Ci sbagliavamo anche con lui e suggerisco il suo immediato reintegro nella Cavalleria".

"Sarà sempre avventato", disse Kyle: "Ma sono d'accordo... se nella Cavalleria vogliamo i migliori, allora è il suo posto".

"Questo risolve anche il problema di Emily", disse Zohn: "È più difficile per lei sfuggire ai Cavalieri esperti e scommetto che rispetta ancora la promessa di non sfuggire a Kralen".

Chevalier annuì, ancora irritato che il consiglio avesse messo in pericolo la vita di Emily.

"Sappiamo esattamente che cos'è successo?"

Il Capo della Difesa alzò gli occhi: "Sì. Kralen era in servizio al settore 19 quando ha sentito un debole grido di aiuto rivolto a lui. Si è immediatamente reso conto che si trattava di Emily e sapeva che non avrebbe parlato, se non fosse stata un'emergenza. Si è diretto sulle colline fuori città e ha trovato lei e Alexis circondate da heku senza fazione".

"A quel punto avrebbe dovuto chiedere aiuto", disse Kyle.

"L'ha fatto", gli rispose il Capo della Difesa: "La richiesta di aiuto è arrivata alle Guardie alle mura ma quando ha lasciato la città lo hanno considerato un disertore e si sono rifiutate di andare ad aiutarlo".

"Cosa?!" ringhiò Chevalier.

"Abbiamo già risolto il problema... comunque... gli heku senza fazione avevano preso Alexis e stavano cercando di trascinarla tra gli alberi quando è arrivato Kralen. Ha detto a Emily di non incenerirli e poi ha cominciato a lottare con loro. Ci ha raccontato che alla fine lo hanno sopraffatto e, mentre cadeva, si è reso conto che Emily aveva incenerito tutti gli altri".

"Mark e Silas stanno già parlando con lui e gli stanno notificando che è stato reintegrato". Disse l'Archivista, "Però non ha ancora accettato".

"Perché no?" Chiese Kyle.

"Per la stessa ragione per cui una volta ha cercato di dimettersi".

"Andrò io a parlargli", disse Chevalier, alzandosi.

"Prima però...", Zohn esitò, guardando Quinn: "Ci domandavamo se avevi preso in considerazione di rinnovare il legame con Emily".

Chevalier sorrise e si sedette: "Sì... sto aspettando che si decida lei".

"Se riuscissi di nuovo a leggere le sue emozioni, le cose sarebbero più facili".

"Lo capisco, ma non è molto propensa a farsi mordere e a bere il mio sangue".

"Posso capire l'esitazione nel farsi mordere, ma ha già bevuto il tuo sangue", disse Ufficiale di collegamento tra i Clan.

Kyle rise: "L'ha imbrogliata".

Chevalier non poté evitare di ridere: "Proprio così".

Zohn lo guardò sorpreso: "Non lo sapeva?"

"No, non l'avrebbe fatto".

"Rifallo" disse il Capo delle Finanze.

"Non ci cascherà un'altra volta", gli rispose Chevalier: "Inoltre non ho intenzione di imbrogliarla ancora. Non le ho nemmeno parlato delle differenze che ci sono per il matrimonio di un Anziano".

Zohn rabbrividì: "No?"

"No, perché avrei dovuto? Ero già sposato quando sono diventato un Anziano".

"Vero".

Quinn ci pensò un momento: "Non sono sicuro che possiamo rompere con le tradizioni in questa occasione".

"Non lo vorrei nemmeno io. Ci vorrà solo un po' più di tempo per convincerla".

"Perché non un matrimonio umano, questo volta?" Chiese Kyle.

"Non avrebbe lo stesso effetto".

"Lo so, ma sarebbe un inizio".

"Potrebbe non volere nemmeno quello", disse Chevalier: "Proverò comunque. L'intero incidente avrebbe potuto essere diverso se avessi saputo che era nei guai".

Kyle annuì: "Nel frattempo, Kralen vorrebbe parlare con noi".

Zohn ordinò alla porta: "Derrick, fallo entrare".

Kralen entrò lentamente, zoppicando un po' e si inchinò davanti al Consiglio.

"Come ti senti?" Gli chiese Kyle.

"Come se mi avesse investito un treno", rispose Kralen in tono pacato: "Mi hanno detto che il Consiglio voleva vedermi".

"Vorremmo scusarci", disse il Capo della Difesa: "Come Consiglio, non ci succede spesso di ammettere un errore... ma questo non possiamo ignorarlo".

"Però sono imprudente. Emily una volta mi ha detto che sono l'unico in tutta la Cavalleria che è esattamente come lei. Immagino che avesse ragione".

"Sei bravo, Kralen", disse Zohn: "Ti rivogliamo tra le guardie di Emily e nella cavalleria".

Kralen ci pensò un momento e poi annuì: "Ok, e io cercherò di essere meno... impulsivo".

"Perché non ritorni al tuo Clan per una settimana?" suggerì Kyle.

"No, preferirei restare qui se Emily corre il rischio di essere aggredita".

Chevalier sorrise: "Molto bene, puoi andare".

***

Emily si svegliò dalla foschia e guardò il soffitto. La sua memoria era annebbiata e le ci volle un po' per rendersi conto di essere nel suo letto, nel palazzo. Si sedette lentamente e guardò Alexis, che era allungata su una sedia a sdraio, con Garret al suo fianco che le teneva una mano.

"Buongiorno, mamma", le disse Alexis, sorridendo.

Emily la guardo e poi aggrottò la fronte quando vide il livido sulla sua fronte.

"Sto bene, davvero".

Garret sorrise: "È una dura".

"Ti ricordi l'attacco?" Le chiese Alexis.

Emily ci pensò e ricordò l'incidente sulle colline. Si sedette lentamente e si guardò attorno prima di mettersi in piedi. Appena i piedi toccarono il pavimento di legno, barcollò un po' e Garret apparve al suo fianco mettendole una mano sulla schiena per tenerla in piedi.

Lei lo guardo e poi andò verso il bagno, accompagnata da Garret. Quando fu entrata, Garret chiuse la porta e tornò da Alexis, ridacchiando.

"Che c'è?" Chiese Alexis, riprendendogli la mano,

"È solo che pensavo che tu fossi piccola".

Alexis sorrise: "Sono alta, in confronto alla mamma".

"Non farti sentire da Emily a dire che è piccola", disse Chevalier entrando nella stanza.

Garret si alzò di colpo e si inchinò: "Anziano...".

"Continuate", rispose Chevalier guardandosi attorno: "Dov'è Em?"

"È andata in bagno", gli rispose Alexis.

Chevalier si sedette accanto a lei: "Come stai?"

"Sto bene. Penso che il polso sia quello che mi da più fastidio".

"Potresti dirmi che cosa stavate facendo tu e tua madre là fuori da sole?"

Alexis diede un'occhiata a Garret e poi sospirò prima di guardare suo padre: "Ero uscita a cavallo da sola... Garret ed io avevamo avuto... una specie di discussione. Volevo solo pensare. All'improvviso è arrivata la mamma ed è stato allora che gli heku sono usciti dagli alberi".

Chevalier fissò Garret: "Discussione?"

Garret si bloccò e guardò Alexis quando lei rispose: "Va tutto bene, è stata solo una piccola incomprensione".

"E per quello sei sfuggita alle tue guardie?" Le chiese Chevalier irritato.

"Volevo passare qualche minuto da sola".

Chevalier si alzò quando Emily uscì dal bagno: "Stai bene?"

Lei guardò prima lui e poi Alexis prima di cominciare a camminare nervosamente avanti e indietro lungo la parete.

"Non ti puniremo, Em", le disse, ma lei continuò a torcersi le mani.

"Mamma, non sei nei guai", cercò di rassicurarla Alexis.

Chevalier ci pensò un attimo e poi si avvicinò a lei: "Hai di nuovo la Cavalleria come guardie, incluso Kralen".

Lei si fermò e lo guardò a occhi sgranati.

Chevalier sorrise: "Sì è tornato nella Cavalleria ed è davanti alla tua porta".

Emily si girò di colpo e andò alla porta. La aprì e vide Kralen insieme ad altri tre Cavalieri che non conosceva.

"Come ti senti, bimba?" le chiese Kralen sorridendo.

Lei si avvicinò e lo abbracciò, mentre gli altri li guardavano sbalorditi. Alzarono tutti lo sguardo quando si avvicinò Chevalier, sicuri che avrebbe fatto a pezzi Kralen e furono sorpresi quando lo videro scuotere la testa e sorridere.

"È bello rivedere anche te", le disse Kralen quando si allontanò. La osservò un momento: "Giochiamo ancora al gioco del silenzio?"

Chevalier la osservò, ma Emily non rispose.

"Immagino di sì", disse Kralen.

"Torna dentro, Em", le disse Chevalier, tendendole la mano: "Devo parlare con te".

Emily lo ignorò, ma tese il polso a Kralen.

"No" le disse lui scuotendo la testa.

Lei spinse la mano più vicino a lui.

"Non farò niente di quello che tu pensi voglia farti", Kralen guardò Chevalier, che le disse: "Nessuno ha intenzione di punirti".

"E specialmente non io", aggiunse Kralen.

Emily fece una smorfia e abbassò le mani, poi guardò gli altri Cavalieri nell'atrio.

Uno di loro, che era stato uno delle sue guardie prima della sua morte, le sorrise: "E nemmeno noi".

Lei tornò esitante nella sua camera, stupita di vedere che Alexis e Garret non erano più lì seduti.

"Sono usciti, in modo che Alexis possa riposare", le disse Chevalier, vedendo il suo sguardo confuso. Chiuse la porta e si sedette sul letto: "Vieni a parlare con me".

Emily lo guardò in silenzio.

"Pensavo avessimo superato la fase del gioco del silenzio. Kralen è tornato, come volevi tu. Ora è il momento di parlare con me".

Lei si guardò attorno e poi si sedette accanto a lui.

"Innanzitutto, ora che non ti stai più vendicando per Kralen, voglio sapere chi ti ha messo in quel silo".

Emily si chinò e prese la sua mano grande nelle sue.

Chevalier sorrise: "Non cercare di lisciarmi. Chi è stato?"

Lei lo guardò negli occhi.

"È stato un Valle?"

Emily scosse la testa.

"Non sono stati gli Encala, vero?"

Emily scosse di nuovo la testa.

"Sono state quelle guardie di Powan?"

Emily abbassò gli occhi e accennò di sì.

"Visto, non è stato difficile", le disse sorridendo. Aveva in programma di occuparsi dei Powan più tardi: "Ora voglio parlare di rinnovare il legame".

Emily tolse lo splendido anello dal taschino e lo tenne in mano osservandolo.

"Sarò completamente franco con te", disse Chevalier e poi fece un respiro profondo: "È diverso sposare un Anziano rispetto a quando ero un Giustiziere. Ti ricordi come, dopo la mia investitura, hai dovuto essere presentata al Consiglio?"

Emily alzò la testa e i suoi favolosi occhi verdi lo fecero sorridere.

"Bene, sposare un Anziano vuole dire che deve essere effettivamente presente tutto il Consiglio per dimostrare la sua accettazione".

Vide un lampo di preoccupazione passarle negli occhi.

"Inoltre deve essere fatto nella stanza cerimoniale perché è molto più formale di quando Morgan ci ha sposato sull'Isola".

Emily cercò di infilarsi l'anello al dito, ma scivolava fuori.

Chevalier le alzò gentilmente il mento in modo che lo guardasse negli occhi: "Voglio che rinnovi il nostro legame. Mi mancano le tue sensazioni e le tue emozioni e mi manca essere parte di te".

Lei deglutì e si rimise l'anello in tasca.

"Questo legame è importante per me. Alcune delle cose che ti sono successe non sarebbero capitate se fossi stato in grado di leggerti meglio. Quindi, se non ricominci a parlare normalmente, non abbiamo altra scelta".

Emily alzò la mano e si toccò piano il collo, poi lo guardò di nuovo.

"Sì, c'è anche quello. Ho pensato che potremmo mettere il mio sangue nel vino, come abbiamo fatto la prima volta".

Inaspettatamente, Emily si chinò in avanti e mise la bocca sulla sua. Non sapendo che cosa fare, Chevalier le avvolse le braccia dietro la schiena. Emily si staccò da lui, gli prese le mani e le premette sul letto.

Chevalier sorrise: "Non posso toccarti?"

Senza parlare, Emily lo baciò di nuovo, intrecciando le mani tra i suoi capelli. Le mani di Chevalier tremavano per il desiderio di toccarla, ma era ovvio che non era quello che voleva lei. Quando il suo corpo premette sul suo, Chevalier non resistette e allungò una mano per mettergliela dietro il collo.

Emily si scostò di nuovo e gli spinse le mani contro il letto.

"Scusa, colpa mia", sussurrò guardandola negli occhi.

Emily cominciò a slacciargli la camicia. Quando Chevalier fece per fermarla, lei gli diede un colpetto sulla mano, in silenzio, poi ansimò, guardandolo.

Chevalier rise: "Non sei nei guai per questo. Solo..."

Lei lo fece smettere di parlare con un bacio, mentre gli passava leggera le dita sul petto nudo. Chevalier rabbrividì a quella sensazione fantastica, mentre la mente gli urlava di farla smettere. Non sapeva se Emily pensasse che era il momento giusto o se era solo il suo modo di ripagarlo per non averla punita dopo aver incenerito gli heku.

Quando Emily allungò una mano per slacciargli la cintura, le prese dolcemente le mani tra le sue e la guardò negli occhi; "Non ti chiedo di pagarmi per non averti punito". Emily tolse le mani dalle sue e gliele spinse di nuovo sul letto, guardandolo severa.

"Sarebbe molto più facile, se parlassi", sussurrò Chevalier e poi sospirò quando lei gli slacciò di nuovo la cintura.

Quando cercò di prenderle ancora le mani, Emily lo spinse sul letto e poi mise cavalcioni sulle sue cosce, tenendogli le mani contro il letto e guardandolo intensamente negli occhi.

"Non so che cosa fare", le sussurrò Chevalier, permettendole di tenerlo fermo.

Emily si abbassò lentamente e cominciò a passare leggermente le labbra sui contorni del suo petto.

**

Chevalier guardava la luna passare scorrere attraverso la finestra, mentre teneva stretta Emily che dormiva. Non sapeva se era stato giusto permettere quello che era accaduto, ma aveva la decisa sensazione che Emily non l'avesse fatto per paura o come forma di pagamento.

Sorrise quando la sentì sospirare leggermente nel sonno e stringergli il braccio, le baciò la testa e poi cominciò a pensare a come rinnovare il legame senza il timore che Emily si facesse prendere dal panico.

Emily cominciò a svegliarsi solo molto dopo che il sole era sorto. Sobbalzò leggermente e Chevalier mosse il braccio quando lei si sedette e si guardò attorno.

"Buongiorno", le disse piano, senza sapere come avrebbe reagito.

Emily lo guardò e poi si raggomitolò contro di cui. Chevalier sorrise e chiuse gli occhi per godere della sensazione di lei contro la pelle. Si accorse quasi subito che lei lo stava guardando: "Ti serve qualcosa?" Le chiese, scostandole i capelli dal collo.

Lei scosse la testa e poi sorrise.

"Che c'è?" Le chiese, non riuscendo a evitare di sorridere.

Emily scrollò leggermente le spalle e si sedette, tenendo il lenzuolo stretto al petto.

"Stavo pensando a come fare per renderti più facile la cerimonia", le disse Chevalier: "Mi chiedevo, se Alexis e Garret lo facessero prima di noi nella stanza cerimoniale, pensi che ti aiuterebbe?"

Vide l'indecisione nei sui occhi e continuò: "Non è normale per qualcuno che non sia un Anziano fare la cerimonia del legame nella stanza cerimoniale, ma non penso che ci siano regole che lo vietino".

Emily sospirò e scosse leggermente la testa.

"Perché no?"

Quando non rispose, Chevalier sospirò: "Parlami per favore".

La osservo mentre decideva che cosa fare e stava per parlare di nuovo quando lei sussurrò piano: "No".

"Dimmi perché no".

Emily deglutì forte e le mani si strinsero sul lenzuolo.

"A che parte hai risposto di no? Alexis che si sposa o tu nella stanza cerimoniale?"

"Non posso entrare", disse, abbastanza piano che dovette sforzarsi per sentirla.

"Perché no?"

Chevalier lo toccò una spalla e lei sobbalzò, scostandosi da lui: "Dimmi perché".

Emily si alzò di colpo dal letto, portandosi dietro le lenzuola e andò in bagno. Chevalier rimase fuori dalla porta: "Lo so che non ti è mai piaciuta la stanza cerimoniale, ma non so come evitarla questa volta".

Emily uscì qualche minuto dopo, ancora con i pantaloni mimetici e la t-shirt nera.

"Hai intenzione di dirmi il perché?" Chiese guardandola.

Emily andò alla porta e poi tirò dentro Kralen, chiudendo la porta prima che gli altri potessero entrare.

"Anziano", disse Kralen inchinandosi leggermente.

"Perché l'hai fatto entrare?" Le chiese Chevalier. Gli heku la videro entrare carponi in una delle grandi cabine armadio.

Ne uscì qualche minuto dopo con qualcosa stretto in mano.

"Ti serve qualcosa?" Le Chiese Kralen. Lei gli prese la mano e lo condusse accanto a Chevalier, poi si frugò in tasca e ne tolse l'anello essenza e lo tese a Kralen insieme a un sottile nastro nero.

Kralen guardò Chevalier: "Mm... devo sposarvi?"

"No", gli rispose Chevalier, poi si rivolse a Emily: "Te l'ho detto che deve essere più ufficiale di così, adesso".

Lei tese il polso a Kralen, che rifletté un momento prima di parlare: "Io sarei più che felice di sposarvi, ma dovrà essere più formale di così".

Emily fece una smorfia e gli strappò via il nastro dalla mano.

"Mi dispiace, Em".

Lei lo ignorò e strisciò dentro l'armadio. Dopo qualche minuto ne uscì e andò a sedersi alla finestra. Non aveva notato che Kralen era uscito e che era rimasta sola con Chevalier, che si sedette accanto a lei: "Non c'è via di uscita. È importante per me che rinnoviamo il legame".

Chevalier la osservò restare seduta in silenzio mentre lottava con le lacrime che minacciavano di scorrerle sulle guance.

Sospirò: "Guarderemo Alexis che si sposa nella stanza cerimoniale. Vedrai che non succederà nulla".

Emily scosse leggermente la testa.

"Perché no?"

Quando non rispose, Chevalier si alzò: "Il loro matrimonio è domani, nella stanza cerimoniale del palazzo. Puoi partecipare o no, scegli tu".

Lei lo fissò torva mentre usciva e chiudeva la porta.

***

Alexis sospirò: "Papà, non mi piace".

"Non può continuare ad avere paura di questa stanza", disse Chevalier, guardando gli heku che si erano riuniti.

"Ma io voglio che la mamma sia presente".

"È fuori dalla porta, scommetto che entrerà".

Alexis lo guardò: "È troppo testarda per entrare".

Dain rise: "Sono d'accordo con Alex. Non entrerà a meno che la portiamo noi".

Garret prese la mano di Alexis: "È un onore essere sposati qui dentro, ma Alex vorrebbe che partecipi sua madre".

Kyle entrò e scosse la testa: "Mi ha sussurrato di no. Non vuole entrare".

Chevalier sospirò e guardò la porta, riflettendo.

"Forse Mark e Kralen riescono a farla ragionare", disse Allen: "Io non ci sono riuscito".

I due heku entrarono un momento dopo, entrambi con un sorrisino sul volto. Mark si rivolse a Chevalier: "Non vuole entrare".

"Ha parlato con voi?"

Kralen si schiarì la voce: "Ha parlato con me, sì".

Mark scrollo le spalle: "Con me non parla ancora".

"Che cosa ti ha detto?" Chiese Chevalier.

Kralen guardò quelli che aveva intorno e decise che era sicuro parlare: "Salazar le ha detto che, come mortale, non era degna di entrare in una stanza cerimoniale e che se l'avesse fatto, gli Equites l'avrebbero trasformata in modo che non fosse più una semplice mortale".

"Basta... il matrimonio è sospeso", disse Alexis, rabbiosamente.

"No, sposiamoci da un'altra parte", disse in fretta Garret.

"No", disse Chevalier: "Cominciate".

"Papà, voglio la mamma qui", lo pregò Alexis.

"Verrà", le rispose lui e poi uscì nell'atrio.

Quinn guardò Alexis e poi legò strettamente il suo polso a quello di Garret. Continuò normalmente quando Chevalier trascinò Emily nella stanza cerimoniale, mentre lei si dimenava per allontanarsi da lui.

"Smettila", le sussurrò Chevalier: "Nessuno vuole tentare di trasformarti".

Dain si spostò nervosamente, poi riportò l'attenzione su Quinn che parlava in nativo.

A metà strada nella cerimonia, Emily sembrò calmarsi un po', ma Chevalier sentiva il suo cuore battere all'impazzata e vide che stava sudando, anche se non si dimenava più tra le sue braccia.

Alexis sorrise rassicurante a Emily prima che Garret si avvicinasse a lei. Quando i suoi denti toccarono il collo di Alexis, ansimò e fece in fretta un passo indietro, afferrandosi il davanti della camicia.

"Em, smettila", sussurrò Chevalier.

Alexis guardò sua madre: "Va tutto bene, non mi farà male".

Chevalier fece un cenno a Garret: "Continua".

"È... è sicuro?" Chiese, sentendo ancora un lieve bruciore al petto.

"Kyle è qui, stai tranquillo".

Garret ansimò e si allontanò ancora un po'.

"Papà!" Esclamò Alexis.

Chevalier rise; "Scusa. Penso vada bene, prova di nuovo".

Garret deglutì e poi si avvicinò ad Alexis. Lei gli sorrise rassicurante e lui guardò Emily e poi affondò lentamente i denti nel collo di Alexis.

Chevalier strinse più forte le braccia intorno a Emily quando sentì che cominciava a dimenarsi, poi allentò la stretta quando Garret si alzò e baciò dolcemente Alexis.

Come avevano programmato, Miri si fece avanti e aprì la vena sul collo di Garret per Alexis, che prese immediatamente il posto di Miri e mise una mano morbida dietro al suo collo mentre beveva. Emily ansimò e rimase a guardare, troppo scioccata per voltare la testa.

Quando Alexis finì, appoggiò la testa sul petto di Garret che la abbracciò. Quinn riprese a parlare ed Emily cominciò finalmente a rilassarsi.

Una volta finita la cerimonia, tutti si fecero avanti per congratularsi con la nuova coppia, eccetto Chevalier, che stava ancora tenendo stretta Emily.

"Stai bene, ragazzo?" Chiese Kralen, con un sorriso enorme.

Garret annuì: "Fa un male cane".

"Abituati, fa parte dell'essere di famiglia".

Garret annuì e prese la mano di Alexis.

Chevalier fece un cenno a Kyle e poi si rivolse agli altri: "Abbiamo pensato che intanto che eravamo qui tutti e nessuno è in cenere...".

Dain sorrise mentre Alexis si voltava a guardare: "La mamma lo farà?"

"Non ne sono sicuro", disse Chevalier, tenendola più stretta quando sentì che ricominciava ad avere paura.

Kyle scomparve e lei lo cercò nella stanza, ma di colpo vide i Consiglieri che entravano con le vesti cerimoniali blu.

Chevalier parlò in tono deciso: "Emily, non sono qui per trasformarti. Dobbiamo sono rinnovare il nostro legame".

Zohn entrò per ultimo con la veste cerimoniale nera e il cappuccio abbassato: Esitò e poi prese il suo posto davanti a loro.

Quando il cuore di Emily cominciò a battere in modo disordinato, Chevalier le sussurrò piano nell'orecchio: "Sappiamo che non è possibile trasformarti, perché mai dovremmo tentare? Metteresti a nanna tutta la città, ricordi?"

Quando la voce di Zohn risuonò sopra quelle degli altri ed Emily non riuscì a capire che cosa stava dicendo, cominciò lentamente a rilassarsi. Quando i loro polsi furono legati con il nastro di seta nero, Chevalier allentò leggermente la stretta, tenendole una mano sulla schiena, casomai servisse.

Emily guardò incuriosita quando tutti fissarono Kyle che entrava nella stanza con un bicchiere di vino rosso scuro. Sgranò gli occhi quando Chevalier si morse il polso e lasciò che il sangue scorresse lentamente nel bicchiere. Quando il polso guarì, Kyle porse il bicchiere a Emily che lo guardò senza parlare.

Chevalier accennò un sorriso: "Bevilo, Em".

Lei lo guardò prima di tornare al bicchiere, senza fare il gesto di prenderlo.

Kyle rise e glielo porse: "Non è così male. Non sentirai nemmeno il sapore del sangue, te lo prometto".

Emily arricciò il naso e ignorò le risate degli heku intorno.

Chevalier prese il bicchiere e glielo porse: "Per me, Em, per favore?"

Lei prese il bicchiere esitando e lo guardò. Chevalier le sorrise quando si portò il bicchiere alle labbra e ne bevve un piccolo sorso.

"Ancora, Em", la incoraggiò, alzando leggermente il bicchiere.

Emily alla fine si decise e bevve un lungo sorso. Quando ebbe finito, consegnò il bicchiere e Dain e poi si voltò a guardare Chevalier. Riconobbe lo sguardo e si rese conto che era il suo turno di bere da lei.

Il panico la colpì immediatamente e si voltò per correre verso la porta, ma si trovò stretta nelle braccia di Kyle, che le bloccò le braccia e la voltò.

"Calmati", le disse Chevalier, avvicinandosi.

Rendendosi conto che Emily non avrebbe smesso di ribellarsi, Kyle le lasciò andare un braccio e la tenne stretta. Lei usò il braccio per cercare di spingere via Chevalier, che le prese dolcemente la mano nelle sue ed espose il lato tenero del polso.

Tutti gli heku nella stanza sentirono il lampo di bruciore nel petto, ma solo Dain reagì ruggendo violentemente. Allen e Kralen lo afferrarono quando fece per lanciarsi su Emily, continuando a ringhiare furioso.

"Em, smettila", le ripeté Chevalier "Non ti farà male".

Prima che potesse urlare, le morse delicatamente il polso e poi chiuse gli occhi mentre il sapore dolce gli riempiva la bocca e gli bagnava il fondo della gola. Emily cercò di ribellarsi, ma poi l'euforia rilassata vinse e lei si lasciò cadere tra le braccia di Kyle.

"Anziano, basta", sussurrò Mark, toccando la spalla di Chevalier.

Chevalier le lasciò finalmente andare il polso e si raddrizzò, con il sapore che persisteva sulla lingua. Kyle rise piano, tenendo teneramente in braccio Emily, poi si voltò a guardare Zohn che aveva ricominciato a parlare.

Quando finì la cerimonia e tutti i membri del Consiglio ebbero accettato il legame, Emily dormiva profondamente in braccio a Kyle. Chevalier la prese prima di uscire e gli altri andarono al ricevimento in onore del matrimonio di Alexis e Garret.

La depose sul letto e poi si accoccolò accanto a lei, deluso di non percepire nessuna delle sue emozioni o delle sensazioni dai suoi sogni. Chiuse gli occhi e si concentrò, rinunciando alla fine quando sorse l'alba.

Emily si sedette lentamente sul letto e si guardò attorno. I fuochi ruggivano e c'era un piatto di toast alla francese sul tavolo.

"Buongiorno", disse Chevalier, scostandole i capelli dalla spalla.

Emily guardò l'anello e lo tirò leggermente, ma era perfettamente saldato al dito.

"Sono fiero di te, so quanto è stato difficile".

Emily fece scorrere leggermente il pollice sulle punture sul polso e notò che non erano nemmeno sensibili.
Chevalier sorrise: "È la prima volta che prendo il polso".
Emily allungò la mano e intrecciò le dita con le sue.
"Perché il trattamento silenzioso?"
Emily scrollò le spalle.
"Sei arrabbiata?"
Lei scosse la testa.
"Non riesco ancora a leggerti... ma ci è voluto un po' prima di riuscirci la prima volta, è arrivato lentamente".
Emily annuì, guardandogli la mano.
"Parla con me"
"Di che cosa?" Sussurrò, fissandolo.
"Del nostro legame, di come ti abbiamo in pratica obbligato a farlo".
"L'ho bevuto".
"Sì, vero... ma era ovvio che non volevi entrare nella stanza cerimoniale".
Emily scrollò ancora leggermente le spalle.
"Ovviamente mi rendo conto che non ti era mai piaciuta"
"Alex se ne andrà?" la voce di Emily era di poco superiore al sussurro.
"No, lei e Garret vivranno a Council City. Il Consiglio ha già assegnato loro una casa".
Quando Emily tirò su dal naso, Chevalier si rese conto che stava cominciando a piangere: "Che cosa c'è che non va?"
"La... stanza cerimoniale".
"Sì... allora?"
Lei alzò gli occhi pieni di dolore su di lui: "Non avrei dovuto entrarci".
"Non hai avuto scelta".
"Lui...".
Chevalier la guardò e vide l'indecisione attraversarle lo sguardo.
"Dovrei.... essere punita..."
Chevalier sospirò: "No, non dovresti essere punita. Devi smetterla di credere a quello che ti ha detto Salazar".
"Gli alberi", sussurrò.
"Lo so che ha detto che ci sarebbero stati degli heku tra gli alberi ed è risultato che era vero, ma ha detto che sarebbero stati Valle e quelli non erano Valle".
Emily gli lasciò andare la mano e si alzò lentamente. Andò al tavolo e cominciò a mangiare.
"Tornerò presto, ok?" Le chiese Chevalier.

Lei alzò gli occhi, preoccupata.

"Va tutto bene... ci sono Kralen e Mark fuori dalla tua porta".

Alla fine lei annuì e tornò alla colazione.

Chevalier scese nella sala del Consiglio e al suo seggio. Si stava sedendo quando annunciarono la decisione del Consiglio sul processo in corso. Il Consiglio si voltò a guardarlo solo quando l'heku sotto processo fu portato via.

"Ha funzionato?" Chiese Zohn.

Chevalier scosse la testa: "Non ancora".

"Almeno non ci ha incenerito".

La Promessa

"Puoi almeno venire a controllarli?" Chiese Mark a Emily: "Per noi ci vuole il doppio del tempo per assicurarci che siano a posto con le selle e qualche volta ci sbagliamo".

Emily guardava intenta fuori dalla finestra.

Silas sorrise e tentò una tattica nuova: "Ci manchi, Em. Vogliamo che tu faccia parte di questo nuovo gruppo di Cavalieri".

Emily fece una smorfia e si toccò le costole appena guarite.

Mark annuì: "Sì, anche quello. Vogliamo che la Cavalleria impari a conoscerti".

"Possiamo farti avere un'uniforme, se credi che serva", disse Silas: "Tecnicamente sei ancora un Comandante".

Lei si limitò a fissarlo.

Silas rise: "Non tentarci nemmeno: Non puoi dimetterti dalla Cavalleria, te l'abbiamo già detto".

Si voltarono di colpo quando la porta della camera sbatté ed entrò Chevalier, chiaramente pronto a lottare. Silas si acquattò istintivamente, ma Mark gli mise una mano sulla spalla.

"C'è qualche problema, Anziano?"

Chevalier si alzò lentamente "Non c'è nessun problema?"

"No, Signore",

"Em?"

Lei lo guardò senza parlare.

"Che cos'è successo?"

Mark scosse la testa: "Non è successo niente".

Chevalier si voltò, perplesso, e uscì. Tornò nella sala del Consiglio e si sedette, ancora confuso.

"C'è qualche problema?" Gli chiese Zohn, sfogliando delle carte.

Chevalier accennò un sorriso: "In effetti non lo so".

"Em sta bene?" Chiese Kyle.

"Non so nemmeno quello. Di colpo ho sentito una sensazione fortissima di paura. Deve esermi arrivata da lei"

"Ma sta bene?"

"Sì, sta bene... sta solo parlando con Mark e Silas".

"Continui ad avere paura, allora?" Chiese il Capo di Stato Maggiore.

Chevalier ringhiò: "Io non ho paura".

"Scusa, intendevo dire... percepisci ancora la sua paura?"

"Sì, in effetti sì".

"Derrick, chiedi loro di entrare", ordinò Zohn quando sentì Emily e le sue guardie che passavano. Si aprì la porta e videro Mark e

Silas che cercavano di tirare Emily nella stanza, che puntava i piedi per non entrare.

Chevalier sussurrò: "È appena diventata 1000 volte più forte".

"Perché?" Chiese Quinn, osservandola mentre cercava di liberarsi dagli heku. Alla fine riuscirono a tirarla nella sala, ma lei cercava in tutti i modi di tornare alla porta.

Chevalier apparve di fronte a lei, che si calmò guardandolo: "Va tutto bene, ti accompagno io". Emily si voltò lentamente e la paura era palese nei suoi occhi mentre ispezionava il Consiglio.

Zohn sorrise: "Avvicinati, per favore... solo per un attimo".

Chevalier le prese la mano e avanzarono nell'aula mente Derrick riprendeva il suo posto alla porta.

"Perché hai paura di noi, Bambina?" Le chiese Akili.

Emily non rispose, ma guardò Kyle sbarrando gli occhi.

"Che c'è?" Le chiese sorridendole.

La sala rimase in silenzio mentre la osservavano.

Alla fine Kyle fece un cenno con la testa: "Se non vuoi che ti chiami Bambina, glielo dovrai dire tu".

Akili le sorrise: "Non vuoi essere chiamata Bambina?"

Emily guardò Chevalier.

"Diglielo, allora".

Emily voltò la testa verso la porta ma Mark le sbarrava la strada con un sorriso sulle labbra.

"A parte quello", disse Zohn, interrompendo un momento di silenzio: "Come ti senti?"

Emily lo guardò in silenzio.

Chevalier si voltò e la studiò mentre guardava Zohn. Dopo qualche minuto, fece un cenno a Mark ed Emily uscì con lui.

"Odio il trattamento silenzioso", sospirò Zohn.

"È più di quello", spiegò Chevalier: "Questo Consiglio la terrorizza".

Quinn si mise comodo: "Impiantato da Salazar, probabilmente".

"Non le piaceva il Consiglio anche prima di Salazar", ricordò loro Kyle.

Chevalier si sedette: "È strano quanta paura abbia, senza che traspaia nulla all'esterno".

Mark ed Emily si riunirono a Silas e ad altri quattro Cavalieri prima di andare verso il nuovo gruppo di reclute.

"Ti piacerà questo addestramento", le disse Silas: "Abbiamo 10 nuove reclute che arrivano da Powan e una di loro faceva parte della Cavalleria Thukil".

Emily lo guardò, sorpresa.

"È vero, sarà un professionista".

Emily smise di camminare quando vide il grosso gruppo della cavalleria fuori dalla scuderia sui loro cavalli, tutti con gli occhi fissi su di lei con Mark e Silas.

Horace smontò da cavallo e si avvicinò a loro: "Che meraviglia vederti fuori!"

Emily sorrise e poi guardò nervosamente le reclute. I quattro lupi si allontanarono dai loro proprietari heku e corsero felici verso Emily che si abbassò ad accarezzare ciascuno di loro e poi si raddrizzò, mentre i lupi la circondavano.

Silas scosse la testa e ordinò agli heku di lasciarli stare, per il momento.

"Va tutto bene", disse Mark prendendole la mano. La accompagnò oltre i cavalli verso una la fila di heku, tutti sull'attenti. Una volta lì, la lasciò andare e Silas si fece avanti.

"Solo la metà circa di voi è stato addestrato da Emily, quindi questa sarà una novità per la maggior parte di voi. Emily è ancora un Comandante di questa Cavalleria e ci aiuterà con l'addestramento a cavallo", disse Silas.

Emily non poté evitare di notare che una recluta sorrideva mente gli altri guardavano arrabbiati sopra la sua testa.

"Non voglio nessuna stronzata sui mortali o commenti sarcastici. Capito?"

"Sì, Signore", dissero le reclute all'unisono.

"Vi assegnerà un cavallo. Una volta fatto, diventerà vostra responsabilità prendervi cura di lui, a meno che il Comandante Emily dia istruzioni diverse".

"Avanti, Em", disse Kralen, sorridendole.

Lei guardò le reclute e poi si voltò verso Mark, che le sorrise: "Scegli i cavalli, va tutto bene".

Kralen la studiò e poi disse a Mark: "Credo non voglia rimanere da sola con i nuovi tizi".

"È così?" Chiese Mark.

Lei si limitò a guardarlo.

Mark rise: "Verrò anch'io".

Emily si avvicinò e tese la mano al Thukil per primo. L'heku sorrise e la prese e lei lo condusse nella scuderia, seguita da Mark e dai quattro lupi.

"Comandante, ho portato il mio cavallo, se è ok", le disse il Thukil una volta dentro la scuderia.

Emily lasciò che la accompagnasse al box di un grosso Colorado Ranger, aprì la porta e prese la testa del cavallo tra le mani, poi appoggiò la fronte sul muso morbido, vellutato.

Il Thukil sorrise: "Oh, adesso lo stai viziando"

Mark rise e guardò Emily che passava la mano sul lucido mantello pezzato. Poi si girò a guardare l'heku, sorridendo.

"È bello riaverti con noi, Comandante", disse l'heku con un sorriso radioso.

Con grande sorpresa di Mark, Emily si avvicinò alla recluta, abbracciandolo. Lui rise e ritornò l'abbraccio, poi afferrò una spazzola: "Questo gli piacerà. È stato un viaggio lungo, nel van".

Emily annuì e tornò fuori, seguita da Mark. Tutti rimasero in silenzio mentre Mark e Kralen parlavano tra di loro, poi Kralen si rivolse alle reclute: "C'è una nuova regola che ci è stata trasmessa dagli Anziani. Nessuno che sia nella Cavalleria da meno di 4 anni può restare da solo con il Comandante Emily, in nessun momento. La sola eccezione è Gifford".

"Vieni Em", disse Mark: "Prendiamone un altro".

Lei lo guardò e poi si avviò nella scuderia con un altro heku. Mark notò che girava attorno all'heku sconosciuto e si guardava spesso alle spalle per assicurarsi che Mark fosse con lei. Una volta nella scuderia, misurò l'heku con gli occhi e cominciò a guardare nei box.

Emily aprì il box di una giumenta araba e poi si voltò a guardare Mark con le mani sui fianchi.

"Che c'è?" Le chiese lui, un po' sorpreso.

Lei si voltò, guardò la giumenta e poi ancora Mark, che sospirò: "Non so che cosa c'è che non va. Ha messo su peso, me ne rendo conto, quindi abbiamo ridotto la razione di cibo e la stiamo facendo esercitare di più".

Emily accennò un sorriso e allungò la mano per prendere quella di Mark, che scrollò le spalle e la prese, permettendole di portarlo nel box. Gli guidò la mano fino a premerla sul fianco della giumenta.

Mark rimase senza fiato: "Oh, accidenti". Emily si limitò a guardarlo.

"C'è qualche problema?" Chiese Kralen, dietro di loro.

Mark sorrise impacciato: "Questa giumenta è incinta".

Osservarono attentamente Emily che controllava attentamente la giumenta e faceva scorrere le mani lungo la pancia sporgente.

"Quanto manca al parto?" Chiese Kralen. Emily lo guardò, si avvicinò a lui che si piegò per permettergli di sussurrargli nell'orecchio.

"Allora?" Chiese Mark quando Emily andò a cercare un altro cavallo per la recluta.

Kralen fece una smorfia: "Mancano solo poche settimane al parto".

"Beh, dannazione", ringhiò Mark: "Datele più biada".

Kralen chiamò uno dei Cavalieri perché desse da mangiare alla giumenta e poi uscì dal box, mettendosi vicino a Silas.

Quando tutte le reclute ebbero un cavallo, Mark li chiamò fuori, davanti alla scuderia. Solo Gifford, il Thukil, sembrava a suo agio sul grosso animale.

Appena ebbero imparato come sellare i cavalli e furono in sella, Emily andò da uno all'altro, sistemando silenziosamente le staffe, poi rimase indietro mentre Mark parlava dei dettagli dell'addestramento.

Una delle reclute stava faticando a tenere il suo cavallo e, per ordine di Mark, smontò. Emily balzò verso il cavallo quando vide che portava indietro le orecchie, piatte contro la testa, ma il cavallo si impennò e l'heku, sorpreso, lasciò andare le redini. Lo stallone spaventato partì di colpo e uscì dalla scuderia.

Emily tese una mano quando Silas fece per andare a riprenderlo, e lui si fermò mentre Emily fischiava forte.

Devia uscì di corsa dalla scuderia e vide immediatamente il cavallo. Partì ventre a terra e lo raggiunse velocemente. Una volta davanti allo stallone, il Border collie si girò e abbassò il petto a terra, ringhiando piano. Gli heku guardarono incantati il Border collie che prendeva il controllo del cavallo e lo faceva ritornare nella scuderia.

"È stato impressionante!" Disse una delle reclute, meravigliata.

"Se ci sono problemi, lasciate che se ne occupi Emily", disse loro Mark: "Sa meglio di tutti come lavorare con i cavalli e come tenerli sotto controllo".

Emily si fece avanti e prese le redini del cavallo quando Devia glielo portò vicino. Accarezzò il cane, che poi ritornò al suo posto accanto ai lupi, mentre Emily riportava lo stallone al suo proprietario.

Quando Mark cominciò a parlare di procedure, Emily tornò nella scuderia e poi uscì con il cavallo zoppo. Prese le redini e lo condusse nel corral. Silas si unì a lei quando cominciò a farlo camminare lentamente intorno al corral controllandogli i piedi.

"Come sta?" Le chiese dopo qualche minuto.

"Si sta rimettendo", rispose piano, poi ansimò e si voltò a guardarlo.

Silas cominciò a ridere: "Bello!". Si voltò quando Chevalier apparve di colpo: "Che cosa c'è che non va?"

"Niente, Signore".

Chevalier studiò Emily mentre faceva camminare lentamente lo stallone intorno al corral.

"Ha paura", sussurrò.

Silas annuì: "Accidentalmente, ha parlato".

"Con te?"

"Sì, Signore".

"Ha sentito qualcun altro?"

"Non credo".

Chevalier si avvicinò e fermò Emily: "Puoi parlare con Silas senza problemi".

Sentì che la sua paura aumentava.

"Em, Silas è un amico e lo sai. Parlare con lui non ti farà punire".

Mark si avvicinò quando vide l'Anziano: "C'è qualche problema?"

Silas sussurrò una spiegazione e Mark sorrise, ritornando dalle reclute.

Quando Chevalier sentì che Emily era più calma, ritornò nel palazzo e Mark si avvicinò a lei: "Andiamo sulle colline per rodare le nuove reclute. Vuoi venire?"

Emily non alzò nemmeno gli occhi, continuando a far camminare il cavallo zoppo.

Silas sorrise: "Troppo tardi, Em. Hai già parlato con me".

"Andiamo", disse Mark, tendendole la mano.

Emily guardò le colline di un verde rigoglioso e poi gli alberi scuri tutti intorno.

"Non c'è nessuno là dentro. Ne abbiamo già parlato. Non c'è nessuno tra gli alberi"

Silas le prese gentilmente la mano: "Andiamo, puoi cavalcare con me".

Dopo qualche momento, Emily annuì, ma gli passò davanti e mise una briglia al suo stallone. Quando montò in groppa, senza sella e lo portò davanti alla scuderia, il resto degli heku si era già riunito. Emily era impressionata. La sua cavalleria di 7 heku era ora diventata un gruppo di 107 Cavalieri.

"Andiamo", ordinò Mark e il gruppo si mosse insieme per uscire dalla città. Una volta arrivati sulle colline a ovest della città, Mark diede il via libera a tutti, perché facessero quello che volevano.

Emily rimase ferma a guardare gli heku che si sfidavano, controllando spesso gli alberi per vedere se qualcuno la attaccava.

Kralen ridacchiò e si avvicinò a lei: "Smettila di guardare tra gli alberi. Non c'è nessuno".

Dopo qualche ora di corse, Gifford, la recluta di Thukil, era in testa alla classifica delle gare. Quello che era cominciato come un qualche corsa disordinata, era diventato serio, con scommesse e strategie.

Mark sorrise quando vide che Emily si divertiva. Si avvicinò a Silas e Kralen e sussurrò: "Sta sorridendo".

Silas annuì: "Sapevo che se avessimo potuto portarla qui, senza essere aggredita, si sarebbe ricordata quanto le piaceva".

I tre heku alzarono in fretta gli occhi quando sull'intero campo cadde il silenzio. Mark rise quando vide che Emily stava avvicinandosi lentamente con il suo stallone alla linea di partenza che avevano segnato le guardie, dove c'era Gifford in sella al suo cavallo.

"Adesso ci divertiamo", disse Kralen, spostando il cavallo per vedere meglio.

Gifford sorrise quando Emily si affiancò a lui: "Raccogli la mia sfida?"

"Che cosa sta succedendo?" Chiese Silas a Horace.

Horace sorrise: "Gifford ha vinto a mani basse, quindi si è vantato che nessuno può batterlo. All'improvviso, Emily è andata sulla linea di partenza".

"Lui lo sa che lei ha un cavallo da corsa?" Chiese Kralen.

Horace scosse la testa: "Non credo".

"Scommetto su Emily", disse uno dei Cavalieri di lunga data.

"Accetto la sfida", rispose una delle nuove reclute.

Emily voltò la testa per guardare Mark e quando lui sorrise, scrutò ancora una volta tra gli alberi e poi si abbassò ad accarezzare il suo stallone.

"Siete pronti?" Chiese Horace.

"Sì, Signore", rispose Gifford, stringendo più forte le redini.

Quando Emily non rispose, Horace scosse la testa: "Lo prenderò per un sì. Al mio tre..."

"Uno..."

"Due..."

"Tre!"

Entrambi cavalli si lanciarono al galoppo veloce e corsero attraverso il campo erboso. Emily prese quasi immediatamente la testa, curvandosi in avanti per offrire meno resistenza al vento. Gli incitamenti della Cavalleria riempirono la radura e attirarono l'attenzione degli heku in città.

I quattro heku alla fine del percorso osservavano con trepidazione per vedere se il Thukil sarebbe riuscito a raggiungere e battere la mortale. Per la prima volta dopo anni, Emily sentì l'euforia di volare attraverso un campo su un cavallo e sentì il suo stallone che spingeva più forte, con i suoi istinti di cavallo da corsa che venivano a galla.

Quando raggiunse il traguardo, si voltò mentre il cavallo di Gifford volava oltre gli heku dietro di lei. Gli sorrise e lui scosse la testa ridendo.

"Questo sì che è un cavallo veloce", disse, anche se era difficile sentirlo in mezzo a tutto il baccano che facevano i Cavalieri.

"Bel lavoro, Em", disse Mark, cavalcando verso di lei.

Emily gli sorrise, continuando ad accarezzare il suo cavallo.

"Il divertimento è finito", ordinò Silas: "Gli Encala e i Valle sono venuti a farci visita, ritornate in città e prendete le vostre postazioni".

La Cavalleria partì immediatamente per tornare a palazzo, lasciando indietro Emily con Mark, Silas e Kralen.

Emily controllò attentamente intorno a sé e poi parlò piano: "Non voglio vederli".

Mark cercò di sembrare indifferente, anche se dentro di sé stava facendo salti di gioia perché Emily aveva parlato con loro: "Non so perché siano qui. Immagino però che se passiamo da dietro potremmo evitarli".

Emily scosse la testa: "Mi troveranno".

"Non gli permetteremo di avvicinarsi a te".

"Non avrete scelta", disse, tanto piano che fecero fatica a sentirla.

"Allora non rientriamo", disse Kralen". Andiamo a farci una pizza".

Mark scrollò le spalle: "Per me va bene".

Emily lo guardò, sorpresa.

"Beh, che c'è?" Le chiese lui: "Possiamo restare qui fermi, tornare a palazzo o andare fuori per una pizza".

***

Chevalier guardò gli Anziani nemici giù nell'aula: "Bene, lo ammettiamo".

"Avremmo dovuto essere informati quando Emily ha mostrato la capacità di incenerire gli heku", ringhiò Sotomar.

"Perché avremmo dovuto farlo?"

William tese la mano per fermare Sotomar: "È importante che siamo al corrente dello stato di salute della Winchester. Come suoi amici, ci sembra ragionevole pensare che avremmo dovuto essere avvertiti".

"È stata ferita, durante l'attacco?" Chiese Sotomar.

"No", rispose Zohn.

"Ora che Emily è tornata, insistiamo per essere tenuti aggiornati degli eventuali sviluppi".

"Questo non succederà mai". Gli disse Chevalier.

"Perché no?"

"Non sono affari vostri... per dirla senza mezzi termini".

William socchiuse gli occhi: "Portatela qui".

"No".

"Perché no?" Come facciamo ad essere sicuri che ve ne state occupando?"

Perché è così".

"Dimostratelo", sibilò Sotomar.

"Tocca a lei decidere se vuole vedervi", gli disse Kyle.

"Allora chiedeteglielo subito".

Chevalier scrollò le spalle e poi scomparve dalla stanza. Ci furono parecchi minuti di tensione prima che tornasse e si sedesse.

"È andata fuori a prendere una pizza", disse loro Chevalier, accennando un sorriso.

Kyle rimase senza fiato: "È andata di sua spontanea volontà?"

"A quanto pare, dovendo scegliere tra venire a palazzo con i Valle e gli Encala e la pizza, ha scelto la pizza".

Zohn rise e guardò Sotomar: "Spiacente, ha parlato... beh... a modo suo".

Sotomar lo fissò minaccioso: "Pretendiamo che venga a trovarci per una settimana".

"Anche noi", aggiunse William.

"Non succederà", disse Chevalier: "È stata piuttosto decisa a non voler entrare a palazzo perché c'eravate voi due. Ha detto che anche se fosse passata dal retro voi l'avreste trovata".

"Ovviamente non è ancora pronta a vedervi", disse Kyle.

"Le avete detto che c'eravamo qui noi oppure avete parlato solo delle fazioni?" Chiese Sotomar.

"Non lo so, esattamente".

"Potrebbe essere rilevante, se sapesse che siamo solo noi", disse William: "Eravamo amici".

***

Chevalier si alzò quando sentì Emily e gli heku che ritornavano, dopo la pizza: "Le parlerò, ma non farò nulla per obbligarla a venire qua".

Sotomar guardò William e poi annuì: "Questo è accettabile".

Chevalier e Kyle uscirono entrambi e trovarono Emily sulle scale di servizio. Lei li guardò quando si avvicinarono:

"Ti sei divertita?" Chiese Chevalier, con un sorriso dolce.

Lei annuì e guardò Kyle.

"William e Sotomar chiedono di vederti", le disse Kyle.

Emily fece una smorfia e poi sussurrò: "No".

"Sono solo loro. Non hanno portato nessun altro dalle loro fazioni".

"Nessun altro?" Sussurrò.

"No, solo loro due".

Emily guardò Mark, che le sorrise.

"Ci saremo anche noi".

Dopo aver ottenuto dei cenni affermativi anche da Silas e Kralen, Emily allungò la mano verso Chevalier che gliela prese sorridendo e la accompagnò nella sala del Consiglio.

I Consiglieri furono sbalorditi quando entrò e le guardie intorno a lei si avvicinarono quando si sedette sulla sedia che normalmente occupava Alexis durante le riunioni difficili.

William le sorrise: "È veramente un piacere rivederti".

"Grazie per aver accettato di vederci", aggiunse Sotomar.

Emily controllò che ci fossero le guardie dietro di lei, poi si voltò a guardare gli Anziani nemici. Per alcuni minuti ci fu silenzio nella sala del Consiglio, finché Zohn non si decise a parlare.

"È qui, ora che cosa volete dirle?"

"Io sono venuto a scusarmi per quello che ha fatto Salazar", disse Sotomar, con gli occhi che esprimevano dispiacere vero: "Non lo sapevamo, altrimenti lo avremmo fermato".

Emily lo guardò un momento, poi fissò William, che le sorrise: "Io volevo solo vederti. Mi considero ancora un tuo amico e non vorrei altro che rinnovare quell'amicizia. Tutta la fazione Encala ti considera un'alleata".

Emily si avvicinò e parlò all'orecchio di Chevalier, che annuì e disse a Sotomar: "I Valle hanno attaccato Thukil".

Sotomar annuì: "Sì, l'abbiamo fatto ma non aveva niente a che fare con te".

Emily guardò Chevalier che vide la sua esitazione.

"Continua, Em".

Emily sospirò e poi sussurrò di nuovo all'orecchio di Chevalier, che strinse gli occhi mentre ripeteva quello che gli aveva detto: "Lasciate in pace gli Equites".

"Non abbiamo in progetto..."

"Oppure dovrete vedervela con me" riferì Chevalier. Sotomar la guardò, sbalordito.

Chevalier sentì la paura di Emily che aumentava e sussurrò: "Non tocca a te proteggere gli Equites, Em".

William rise piano, accanto al Valle.

Sotomar gli diede un'occhiataccia, poi si rivolse a Emily: "Per favore... devi capire che l'attacco a Thukil non aveva niente a che fare con te".

La sala del Consiglio rimase silenziosa mentre il Consiglio e gli Anziani nemici guardavano il dolore nei suoi occhi e come diventava sempre più tesa.

"Sono affari delle fazioni", spiegò Sotomar.

Emily sussurrò ancora all'orecchio di Chevalier, che sospirò prima di ripetere: "Ha detto che lei è un'Equites, e questo lo rende un problema suo".

Quinn sorrise, mettendosi comodo.

Era chiaro che Sotomar si stava arrabbiando: "È così, allora? Sei tornata con gli Equites e sei nemica di tutte le altre fazioni?"

Lei scrollò leggermente le spalle, continuando a osservarlo.

"Bene, se è quello che vuoi! Possiamo ripartire dalla prima casella e i Valle ricominceranno la loro missione di ottenere il tuo controllo", disse secco.

"Non minacciarla!" Gridò Chevalier, alzandosi di colpo.

"Ci faremo sentire", gli disse Sotomar, precipitandosi fuori dalla sala del Consiglio.

William stava ancora sorridendo: "E poi dicono che gli Encala sono volubili".

"Suppongo che anche voi riprenderete la vostra crociata per ottenere il controllo della Winchester?" Chiese il Capo di Stato Maggiore.

William scosse la testa: "Proprio no, siamo già abbastanza occupati a ricostruire la nostra fazione e non abbiamo tempo di inimicarci qualcuno che consideriamo un'amica".

Sul volto di Emily apparve un lento sorriso.

William si inchinò, fece un cenno ai Consiglieri e uscì.

Mark non riuscì a contenere la rabbia: "I Valle non riescono proprio a fare un passo indietro, vero?"

Chevalier scosse la testa: "No, la considerano ancora una Valle a causa di Ulrich".

"Allora possiamo sostenere che appartiene a tutti", disse Quinn: "Suo padre era un Encala, però suo marito è un Equites".

Emily si rannuvolò e guardò Quinn, che le chiese: "Che c'è?"

"Io sono un'Equites", disse piano.

Quinn le sorrise dolcemente: "Lo sappiamo. Credo che nessuno lo abbia mai messo in dubbio".

Lei abbassò gli occhi: "Sono stata irrispettosa, viziata, imprevedibile, egoista e impulsiva".

Quando nessuno rispose, continuò: "Se mi accetterete ancora, cercherò di migliorare".

Zohn aggrottò la fronte: "Accettarti ancora? Pensavamo che non fossi mai andata via".

Emily guardò Chevalier, studiando i suoi occhi: "I Valle sono arrabbiati. Il fatto che io sia qui mette in pericolo gli Equites".

"Mi piacerebbe una bella lotta".

"Stiamo parlando di un'eternità di tentativi di catturarmi".

"Te l'ho già detto", le disse Chevalier, prendendole una mano: "Ti proteggerò per sempre".

"Lo faremo tutti", le disse dolcemente Kyle: "Gli Equites si proteggono tra di loro".

~FINE~

ALTRI LIBRI NELLA SERIE HEKU:

Libro 1: Heku (Disponibile in italiano)

Libro 2: Valle (Disponibile in italiano)

Libro 3: Encala (Disponibile in italiano)

Libro 4: Equites (Disponibile in italiano)

Libro 5: Proditor (Disponibile in italiano)

Libro 6: Ferus (Disponibile in italiano)

Libro 8: Antichi e 'Vecchi' (Versione inglese)

Libro 9: (Versione inglese)

Printed in Great Britain
by Amazon